走进美丽乡村

龙启权 —— 著

团结出版社

图书在版编目（CIP）数据

走进美丽乡村／龙启权著. -- 北京：团结出版社，
2023.12

ISBN 978-7-5234-0659-5

Ⅰ．①走… Ⅱ．①龙… Ⅲ．①散文集-中国-当代
Ⅳ．①I267

中国国家版本馆 CIP 数据核字（2023）第 230118 号

出　　　版：团结出版社
　　　　　　（北京市东城区东皇城根南街 84 号　邮编：100006）
电　　　话：(010) 65228880　65244790
网　　　址：www.tjpress.com
E - mail：zb65244790@vip.163.com
经　　　销：全国新华书店
印　　　刷：四川科德彩色数码科技有限公司
开　　　本：170mm×240mm　1/16
印　　　张：36.875
字　　　数：550 千字
版　　　次：2023 年 12 月第 1 版
印　　　次：2023 年 12 月第 1 次印刷
书　　　号：ISBN 978-7-5234-0659-5
定　　　价：108.00 元

感恩你的眷顾

代序

　　春去秋来，岁月如浪花，不断翻卷着往昔的过往。不觉间，从出版第四部散文集《走进赤水河》至今，五年过去了。近五年，在工作的同时，我努力用文字记录人生的轨迹，抒发心中的情怀，让孤独的灵魂在漫游中找到了一种依靠，让沉静的内心在文字的堆砌中得到了慰藉。这些文章，盘点下来有200余篇，它们都沉积在我的电脑中，像没有家的孩子，孤苦伶仃地隐藏在文档的一角，不被人认知，不被人接受，我想是该给它们找个家了。

　　人总是有共同追求的东西，任何民族也不会拒绝诚实，拒绝善良，拒绝平等。之所以我们生存的空间滋生着细菌，作家是优秀民族文化精神的代表，今天空前活跃的社会现实、丰富深邃的文化振兴，都在持续不断地给予作家以创作资源。不管是有意识还是无意识，作家的生命成长、人生感受、艺术修养，都会与其所处的时代息息相关、唇齿相依。所以，作家要有面对现实而写作的勇气，要在生活与精神两个层面上做时代的参与者，做时代的代言人，反映民众心声，讴歌人性光辉，用文学的责任抒写这个伟大的时代。

　　正因为如此，我觉得肩上有一种无形的责任，有时压迫得喘不过气来，甚至让我寝食不安。我必须创作，必须担当，但创作是艰辛的，因为一个普通作家，不是为荣誉而战，也不是为金钱而战，更多的是一种责任和担当，因为这个社会需要一种精神和食粮。于是，我精选了近期创作的159篇文章汇聚于此，以飨读者，算是一种便餐。

　　文学的传播从本质上来讲是精神的传播，是思想的传播，是娱乐的传播。

我只是一个普通的作家，没有伟大的思想，没有高大的格局，没有高深的技巧，只是用自己的写作方式传播属于自己的思想。在创作中，我喜欢把创作的内容还原到历史的现场去思考，去提炼，努力追求文章的厚度和深度，力求文章思想的穿透力。在写作方法上，把文字背后的思想放在历史的进程中去观察和思考，喜欢用自己的语言风格和选材风格去体现对历史时段的把握，努力在主题的把握中释放出时代的闪光点，用思想和情感去冲击人们的思维情感，让读者在文学审美的同时得到灵魂的保养，让思想与情感在阳光、温暖、善良的价值理念下乘凉。

当今时代，书的定义已经发生变化，在我幼小的记忆中，书是神圣的，是人的精神食粮，是读书人梦寐以求的，能得到一本书，心里会感到无比的荣幸，而今的书似乎已经贬了值，作者辛辛苦苦出版一部书，能拥有多少读者？能传播多远？我曾经问过自己，这些文稿是否给它安个家？是否让它们成书推送给读者？我犹豫过，徘徊过。但考虑到青春已去，人生近老，既然写了，还是出版吧，也许数十年后，对这个社会来说，或许是一部不可多得的文史资料，一部可以充饥的精神食粮，一部可以让人记起的心情笔记。

生活总是这样，你以为会失去的，可能在回来的路上；你以为拥有的，可能在失去的途中。我并非文艺大家，从来没有多少人知道，也没被多少人忘记，我只想做好自己，也不需要别人来恭维，因为岁月已经让我变得很沉静。出书的目的并不是让别人记住我，而是应该记住我书中记录的这个社会的和谐和山水间的美，因为这些东西，永远是人们不可或缺的美餐。

文学不能忘却精神的创造，不能忘却对人类温情的关怀和道德的美善。作家应该通过自己的作品，为拯救这个社会失血的灵魂挺身而出，为传承中华民族的传统美德而勤奋笔耕，为弘扬爱国爱民的时代精神主动作为。一篇好的作品问世，要经过作家的反复酝酿和创作修改才能完成。作家文艺创作的过程，本身就是思想的磨炼和净化的过程，只有具有高度时代责任感的作家才能写出无愧于时代的精品力作。而我没有那么高尚，我就是一个普通的作家，所有的文章只是真实的时代记录、真实的情感再现，以及真实的人生理念。在我收编的一百多篇文章中，如果有那么几篇值得你读，让你能记住，那我已经很知足了，因为我不喜欢用我的思想去教育别人，而是让自己的思想去与人同行，让感情去打动别人。

　　人生如路，要有耐心，走着走着，说不定就会在凄凉中走出繁华的风景。我想文学作品也如此，创作中的情怀需要用苦难浸泡的，没有伤痛，作品就少了厚重，只有在情感的伤口中盛开的花朵，才是陪伴读者默默前行的风景。既然作品成书，就不必去在意别人读与不读。那些对我的文章喜爱的、关注的、伴随的，就把他们雕刻在我心灵的石碑上，让我的情感与他们互动，让我的审美与他们同行，至于那些批评与指责，我不在乎，该记住的就记住，在人生的路上慢慢吸取精华养分，该淡忘的，就将它融入宣泄的泪水中，随着岁月的漫流而消失。

　　我始终认定，一本好书比它的作者更富智慧，它能传达出作者没有意识到的东西。正如书画一样，许多书画里总是留下许多空白，而这些空白正是留给欣赏者自由想象的空间，许多观众想象的意境，往往是超出作者的创作意图的。许多时候，空白也是美，正是因为"一千个读者中有一千个哈姆雷特"，但愿这部书能带给读者不一样的感受，不一样的风景。

　　有人说：没有什么人会无缘无故地眷顾你，除非是你欠他们一份感恩。这些年，我写了几百篇文章，上千首诗歌，感谢关注和品读我文章的人，是我的创作占用了他们太多的时间，所以，我欠他们一份感恩。为了那滴水之恩，我愿意努力前行，不辜负，不懈怠，积极作为，以一颗感恩的心永世偿还。

　　谢谢我的读者，感谢你们陪我走了一程又一程。因为有我，你的内心不再孤独，因为有你，我的人生更加精彩，愿明天还有你们的眷顾。

目 录
Contents

▼
▼
▼

第一篇章　过往怀旧

第二篇章　乡愁记忆

第三篇章　情感漫流

第四篇章 风雨同舟

第六篇章　评论视角

第一篇章　过往怀旧

在岁月中跋涉，每个人都有自己的故事，看淡心境才会秀丽，看开心情才会明媚。累时就歇一歇，随清风曼舞；烦时就静一静，与花草凝眸；急时就缓一缓，和自己微笑。人生如路，要有耐心，走着走着，说不定就会在凄凉中走出繁华的风景。

人生是需要用苦难浸泡的，没有了伤痛，生命就少了精彩和厚重。只有在伤口中盛开的花朵，才是陪伴我们默默前行的风景。生活的过程中总有不幸，也总有伤心，就像日落花衰。有些事你越是在乎，痛得就越厉害，放开了，看淡了，慢慢就淡化了。

走过一季季的年轮，许多事慢慢淡了忘了，许多人渐渐走了远了。不必去在意小小的委屈。该铭记的，就把它雕刻在心灵的石碑上；该淡忘的，就将它融入宣泄的泪水中。

在尧坝古镇听雨声

　　初夏时节，细雨连绵不断，一落就是数天。恰逢周末，朋友相约到尧坝古镇玩耍，他们冒雨游玩，我却一个人独坐大鸿米店的窗前，手捧一卷诗书，想用心读读，可怎么也静不下心来，便任其自然，遥看细雨飘飘而下，静听门外动听的雨声，心轻嗅着湿润的空气，思绪万千随风飘荡，寻觅着曾经的烟雨旧梦，脑海里缓缓地流淌着古老悠扬的旋律。

　　此刻，我的心魂踩着六月的清风，流连在江南的历史文化古镇，不愿狂野，也不忍离去。尽管我离开尧坝已经十年，那里的山，那里的水，那里的人我仍然那么熟悉，那样有感情。一别经年，我那曾经别出心裁，冒上峰之大不韪，亲手倾力打造的一方乡土，那梦里常常牵挂的地方，依然是我灵魂的依附。那旧日的木瓦灰墙，木柱廊檐，拱形石阶，民国商铺，那小溪的水荡烟波，斑驳的秀竹花果，一切记忆犹新。

　　在每个牵挂的日子里，我总借一缕氤氲雾霭，触摸缥缈的梦境，再信手摘一片树叶，把自己消弭于幽幽的长笛中，随润湿的风潜入那美丽的古街。

　　当我的手指滑过墙壁上的青苔，我便辞别了红尘的喧嚣，挽起一篓三角梅的暗香，在悠远的唐诗宋词中浅吟低唱——"南朝四百八十寺，多少楼台烟雨中"。品味着这样的诗句，我的眼前便会映现这样的画面：古朴的东岳庙，幽静的古街，那长长的青石街上站着一个红衣美女，手持油纸伞，唱着乡村的歌谣，幽婉的歌声醉了古镇乡民……

　　在那大鸿米店的台阶上，静静地坐着一位紫衣女子，临街梳妆，美丽的容颜陶醉漫步的游客，飘逸的发丝吸引了相机的快门，一个美女是一道风景，一个古镇被美女陶醉。漫步古朴的老街上，顿觉隔世的传说并不遥远，我分明看见——尧王正指点江山，刘珍人在仙顶遥望，九龙相拥场外，聂龙回首四望，古街上帅哥靓女两情相悦，凝眸依依。

举目远望，透过龙头宾馆的上空，分明看见溪水上涨，小河流水的声响如乐队深深浅浅的弹奏。视野外的情感在脑海里蔓延，一丝温润，一丝惆怅，几分怀想在心头徘徊、荡漾。那街坊发出的吱吱呀呀的声响让我看到了从北宋皇祐年间传来的久远的脚步。此刻，我真的好想借一帘烟雨，伴随一壶米酒，与古镇共醉。

"试问闲愁都几许？一川烟草，满城飞絮，梅子黄时雨。"看烟雨蒙蒙，听山风徐徐，喝一口盖碗茶，点上一支香烟，真的好惬意。时有靓女打着雨伞漫步台阶，浅衣短裤，偶尔回头一个微笑，何等妖娆？雨落在红红的油纸伞上，发出滴答的声响，那声音的悠扬，唯独此刻的我才听得那么专注端详。

虽然细雨连绵，古街的人来来往往，那雨巷青石板上的脚步声，不知踩碎了多少人的幽梦？踩痛了多少人的寂寞？晨钟暮鼓中，又送走了多少流年季节？这古镇在历史的延续的同时，也延续了古镇的文化和人的思维。

我在尧坝镇工作期间，曾经很多次像今天这样坐在这里喝茶聊天赏风景，我不知道有多少的镜头留下了我的身影？但我的名字却与古镇同行，因为在这里我留下了太多的足迹。今日，雨还如当年千丝万缕，缠绵飘然而下，只是当年刚毅果敢、雄心不已、勇往直前的我已经不知何处？

随风飘落的雨，滴答地落在瓦片上，然后从窗棂前不停地向下滑落，最后落到石板上摔得粉碎。美好的回忆有时会跌进思念的海……声声低诉，一纸辞章，绽放了褪色的记忆，迷失了一街青石；律动的细雨，牵动了我的思绪，滴穿了我的眼眸。我不知道古镇上烟雨茫茫的今天，会不会阻隔那些对传统文化的守望？

遥望大鸿米店的厢楼，参观的人络绎不绝，他们在寻找黄健中的脚印，寻找杨坤、石兰的踪影，在聆听陶泽如在门外要饭的声音。一阵风过，庭院的竹子在摇摆，我不知道这风吹皱了谁的相思？落叶缤纷，凌乱了谁的花事？我想——曾经的那一天，《大鸿米店》故事里那穿着青花上衣，白色长裙，打着油纸伞的女主人公，不为情事所困，不为叶落所惆怅，在烟雨中悠然闲步，追寻久远的梦魂，那该是怎样的一种唯美和浪漫？

人生如梦，思绪如风。在这么美好的雨季和优雅的环境里，我为什么总想不出这个世界鲜花盛开的世外桃源在何处？陶渊明也不过像我如此，所谓世外桃源，不过是酒后梦中的一道风景而已。

在我的记忆里，尧坝镇有个桃花源，那不是在古镇，而是在仙顶。每到春天，那里桃花、李花、梨花处处盛开，一望无际。那里远离城市的喧嚣，林涛阵阵，山风和煦，民风淳朴，农民日出而作，日落而息，过着世外桃源般的生活。我曾经多次去赏花休闲，写下过《桃花伴我仙顶行》的游记。在我的记忆里，真的是另一个美好的世界。可到今天，桃花在我心里一片一片飘落，曾经美丽的桃花雨，淋湿了我的诗心，斑驳了美好的记忆。

连绵的山雨，汇聚成溪水，必将涌入江河，形成情感的激流，碎了一江倒影，添了一段新愁。那烟波江上，千帆竞发，荔乡诗人何不生陆游情绪，念天涯人远，烟锁重楼？何不学清照淑女，重拾江南，鸿雁声声，凄清切切，发出断肠人在天涯的呼唤？

曾记得，在这古镇的礼堂，我吹起过袅袅箫音，那婉转悠扬的旋律，荡漾开了尧坝场人们心中的涟漪，装点了古镇的夜，潋美了古楼山的风景，陶醉了仙顶山的神仙。我走后，我充满激情的梦遗落在了这里，湮没于烟雾一样的细雨之中。

今天，我静坐古镇大鸿米店，桌上一杯淡茶，手捧诗书，深思久远，却始终不愿走出去，真的好想与古镇执手余生。

时间近午，朋友游心犹在，我仍独坐窗前，细雨正迷蒙，洗耳静听门外雨声，旋律悠扬。品上一口清茶，闭目静听，街上游人脚步声时远时近，发出平平仄仄的旋律，让人九曲回肠。

难忘槐树情

随着年龄的增长，记忆在慢慢减退，有些事渐渐地淡忘了。然而总有那么一些事常常在脑海里浮现，一直忘不了。也许该忘记的总会忘记，不该忘记的总会记起，能记起的一定是值得珍惜的。

在我的生命历程中，对槐树有种特别的感情，这种感情已经根植于心，难以释怀。每当春暖花开的时候，那一树树如梦似幻，晶莹剔透的槐花，总能勾起我美好的回忆。

我的老家在新店的一个小山村，老屋是一个依山而建的土木房子，共有九间小屋，我父母带着我们弟兄姊妹五人一直生活在那里，直至2010年，因为"上杭高压线"要从我家老屋上空经过，房屋被迫拆迁了，现在能看到的只是一片草丛和周边的树木、竹林。在我的老屋斜对面有一片槐树林，树已经长得很大，每一棵都有小碗口那么粗，枝叶很茂盛。我不知道他们是谁栽种的，也不知道栽种于何年何月，只见它们就像一些情同手足的兄弟姐妹，手拉着手，肩靠着肩的，在我家门前安然地组成一个小小的树林。自我懂事起，每一年的槐花飘香时节，那略带甜味的香气，在春天温暖的空气里弥漫着，飘散着，让人觉得温馨，觉得惬意。那时候，母亲就吩咐我们摘回一筐筐的槐花回来，用锅煮熟，那可是猪的上等好饲料。常常，我们手执一串槐花，看了又看，闻了又闻，然后猛吸一口气，一副陶醉的样子。摘一粒花瓣塞进嘴里，慢慢咀嚼，细细品味，清香且甘甜。有时也用一些槐花泡茶喝，喝起来清香润肺，虽然有些苦涩，但那种香气，总让人记忆犹新，难以忘记。

槐树的生命力很强，它的花落到地上，下一年就会长出许多小苗；它的根系很发达，发散很快，庄家人并不喜欢它，因为当一块地长上了槐树，很快就会被槐树根占有，庄家根本生长不起来。我老家到处都是槐树，几乎满山遍野都是，大的像水桶那么大，而且木质坚硬，可以做家具。槐树在幼苗的时候有很多刺，一般人不愿去碰它，但我从小就不怕，经常在树间玩耍。槐树花是很香的，离树很远都能闻到香味，女孩子们特别喜欢，但女孩子没有爬树的能耐，为了取槐花，她们经常用竹竿在槐树上敲打，先把一串串的槐花打落在地上，再提着一个筐，把像一串串珍珠一样的槐花捡起来，拿回家放在花瓶里，享受那种特有的香味。记得小时候，我们小男孩看到这种情景，总像猴子一样，忍着被刺扎的痛苦，机灵地爬上槐树，拽住一根根树枝，把槐花一串串地摘下来，扔在地上，等待女孩们来捡，看到她们高兴争抢的情景，我们的自豪感总会油然而生，作为男孩的自信很是强烈，尽管身上到处都划着血痕，但仍然很开心。

　　槐树长到一定时间树枝就会分权，树干就会炸裂。槐树皮和花都是可以吃的，虽然很难吃，但在那个贫穷的年代，不知道它救活了多少条生命。据我父亲说过，在闹饥荒那些年，许多农民根本吃不饱，也有不少人因为没有吃的被活活饿死了，我的爷爷奶奶都是在那时染病死去的。那时吃泥米（白善泥）、棕树皮、芭蕉头等大有人在，几乎是能填饱肚子的都拿来充饥。那时槐树花算是很好的东西了，父亲他们摘回来一背篓的槐花，没有锅灶，就生吃，靠那一树树的槐花，救活了他们。如今我们过着美好的生活，许多年轻人在生活上挑三拣四，而有多少人能知道我们的长辈们经历的那段艰难岁月？

　　槐树的生命力很强，它不光生长在南方，在北方也很多。我1980年参军，在机枪连训练了29天就被调到营部通信班，担任无线电话务员。在我们班的门口栽有一排槐树，当时树干还只有小碗那么大。老战友们告诉我，说那些槐树是原来一个合江老兵要退伍时栽下的。我曾经问过为什么要栽槐树，老同志们说："槐树具有怀念的意思，当时栽树的合江老兵是为了怀念部队生活，怀念部队的战友而栽的，退伍时栽下这些树，是让后来的人能记住他们。"在部队作为老乡是很亲热的，我常常因为我的老乡栽下了这些树而感到自豪。在部队的日子，我每周要给这些树浇一次水，门前的槐树长得很快，到我要退伍时，已经长得粗壮茂盛，使得我们的营房门前绿叶成荫，在烈日时节，在树下感到的是无限的清凉。特别是槐花开的季节，花香四溢，在房间内也能闻到浓浓的槐花清香，让人快乐无常。每当这个时候，我就会想起栽树的老兵，想起老兵那份部队情结和心愿。我退伍还乡，曾经到处打听那位听说叫钟明友的老兵，但我一直没有找到他，这一直是我心里的一个结，总感到有那么一点失落和遗憾。

我当兵在河南宜阳，那里天气很干燥，很少下雨，冬天到处是白雪覆盖。那里能生长的树种不多，主要是白杨树、梧桐树、槐树、柏树和苹果树，其中白杨树、梧桐树主要生长在公路旁边，在小山里主要生长着槐树、柏树和苹果树。在部队我从事的是无线通信，经常训练都在树丛里进行。我们野外训练是在树下阴凉隐蔽的地方进行的，我通常都选择在槐树林里，那里的槐树多而密集，人在林子里完全不被人发现，既符合通信保密的要求，又具有清新舒适的感觉。因此对槐树有着特别的感情，这种感情深藏在我心中难以释怀。

一晃三十多年过去，我退伍后就没有回过部队，不知那里的槐树长得怎样了？我想应该很茂盛吧！老家的房子被拆了，我已很少回去，但我时常怀念年少时的淘气，怀念那些和我一起玩游戏的小伙伴，怀念在老家时的点点滴滴，更怀念老家屋前和部队的那些槐树林。

这些年在县城生活，对农村越来越陌生了。最近周末，到新店老家哥哥家去玩，晚饭后，便出去散散步，这也是我多年的习惯。天还没有黑，只是空气中有了点夜的气息。我行走在已经变得宽阔的山间道边路上，听身边呼啸的山风，看来来往往的飞鸟，赏树林里春暖花开的美景，那种优哉游哉的感觉好生惬意。我走到老家旁边的山顶，空气中突然袭来一股熟悉而陌生的芬芳——浓郁且清甜。是路边的桂花吗？明明不是桂花盛开的时节。是什么散发出来的清香如此沁人心脾又如此熟悉呢？我环顾四周，刻意搜寻，突然发现山林里有许多槐树。哦，是槐花！那满树洁白而丰满的槐花啊，一串串，一簇簇，似晶莹剔透的珍珠，又像一个个椭圆形的灯笼，朦朦胧胧地绽放在槐树那苍郁而优雅的树叶之间。再往前，走进林子，到处都是槐树，棵棵槐树都开满洁白而清亮的槐花，那晶莹的槐花在微风中互相拥挤着、亲昵着，交头接耳，努力放射出它的芳香。那神态，就像一群挤在一起"叽叽喳喳"互相说笑的可爱孩子。我不禁惊喜地感叹道：

"哦，又是槐花飘香时！"

这些年忙于生活的奔波，已经多年没有闻到槐花甜香的味道了，今天偷闲故里，再遇槐花盛开，那种清新的芳香令人心中顿生惬意，感到的是一种沉静的美，一种浓浓的情。在这种优雅的感觉后面，却孕育了我深深的怀想，孕育了我无限的惆怅，我不知道这种惆怅是否会永远与我相伴？

又见香帕

近日收拾旧物，发现了一卷层层包裹之物，打开一看竟是一条熟悉的手帕。睹物思人，感想翩翩，彼景伊人，历历在目。

记得是在我中学快毕业的时候，因打球手臂轻度骨折，手几乎不能动弹。一天中午开饭时，臂吊绷带的我来到了学生食堂，排队打饭，调皮的学友们从后一推，将她撞在我的手臂上，弄疼了我的伤。我轻声地叫了一下，回头一看，一个清丽的女孩正怒目看着后面的"肇事者"，然后向后挤开一段空间，让我不再受挤。此时，一个投机的同学，想从这空间插队，被她用力挡在一边，由于用力过大，手碰到了我的背部。我又回头看到的是歉然的微笑，我羞涩地移开了目光，背后传来的是一群调皮鬼的笑声。当我买好饭找座时，听到了一声轻轻的叹息和议论："唉，这么帅气的小伙子怎么偏偏是个残疾呢？"

当时的我，又好气又高兴。气的是被这女孩误认为残疾，喜的是还有这样美丽的女孩认为我帅气。

经过近月的休养，风光满面的我出场了，那时我喜欢打篮球，加上我们的班主任老师是打篮球的高手，我们几个大点的同学经常陪老师打球。有一天，我发现远处总不时地有一双明亮的眼睛在偷偷地看我，但每当我仔细观察时，那人就匆匆转身走开了。时间长了，她和几个女生在我们打球时就干脆跑到面前来看，见我投进一个球，便给一些掌声，一个失误，便说："打得不好，手艺差。"她们更多的是打击我，说我的坏话，经常当着老师的面指责我，让我很没有面子，有时候我心里很不舒服，真希望她们走远点。有几次，在球场上没有她们的影子，心中又产生了一种奇怪的感觉，总有一种渴望见到那双明眸的企盼。然而每当我遇见这双明眸时却又不敢去正视，总装出一种不在意的样子。

有一天，我们放学正准备回家，与我同路的一个同学拿给我一样东西，东西是用报纸包着的，外面还用纸条封好的，那同学说是阿雪给我的。我感到奇怪，心想她送了什么给我呢？她为什么要送东西给我呢？但我还是没有打开看。回到家里，我小心翼翼地打开包裹的报纸，里面是一个笔记本，还有一条带有女儿香的绣帕，叠得方方正正，洁白的底子正中绣有红花，一股清香扑面而来。我怀疑是不是她搞错了，但细一想应该是有意而为。从此，我心中多了一份深深的挂念。

此后的日子里，她时常来看我，找我主动说话，说什么在报纸上看了我文章，想提高写作水平，找我借书看。其实，每次我都看她是随意拿本书就走，而且还书时总不忘再拿走一本。

时间一长，同学们从羡慕嫉妒，变成了认可。当时他们给我起了个绰号，叫我"博士"，说是因为我一说话就像老学究一样，讲得头头是道。以后只要她来，就有人在门口高声通报："博士，你的'那个'看你来了！"头几次，她总是红着脸低头不作声，后来她也笑笑，偶尔骂他们几句。

由于家里很穷，每天放学要回家帮着大人做些事，到学校又得读书，几乎没有时间与她接触。一天她找到了我，叫我到绿树林中一叙，她哽咽着问我："你为什么要躲避我？"天啦，此话从何说起呢？任由我百般解释，她就是不信。我想少女的感情竟这么纯真和脆弱。

然而，我大错特错了，经过几天对我感情的折磨，她见我没心看书了，就对我说："我气你不理我，我就要让你急，看你还在不在乎我，下次再这样，真的不理你了。"听了这句话差点把我气晕过去了。于是，我第一次发怒了："感情折磨真好玩吗？"我对她大声吼道。你猜会怎么着？她却咯咯大笑："你发起怒来真好看，很有男子汉风度，我喜欢。"一句话让我又好气又好笑，怒意烟消云散。

时光荏苒，没有好久我就当了兵。入伍时，她约了好几个同学来送我，我是由生产大队敲锣打鼓送到政府的，有许多亲戚和干部陪同，到政府后，一起入伍的在政府大院站着队，镇干部都在，他们只在院子边默默地看着我。送新战士的车很快就开动了，临行前，他们都赶过来与我握手告别，而她没有，只是默默地站在我的对面，深情地看着我，我似乎发现她的眼睛里噙着泪花。那种情景我永生难忘。从此，我就怕上了告别。

我到了部队，给她写过几封信，她也回了，但渐渐语言都很平淡，说些生活学习的情况。一年后的日子里音信渐断，第一个被称作"女朋友"的人从世界中消失得无影无踪。

后来，我听萍姐讲，她已经爱上了与她同姓的人，感情非常好。她曾经向同学们说："博士人不错，就是家里穷。"听到这话，我既感到悲哀，又感到欣慰。悲哀的是我家里真的很穷，欣慰的是她给我了一个"不错"的评价。在一个不能左右自己命运的世界里，此情只待成追忆，只是当时已茫然。

这条香帕我一直收藏着，至今已经30多年过去了，现在仍然很新，还有香味。老婆叫我丢掉，但我还是悄悄地收着。不是为了什么，只是为记载我生命的一段历史，记录那些曾经给我关心，给我同情，给我帮助的人们，以致让我永远怀着一颗感恩的心，努力地回报社会，回报我的亲人和友人。

又到杨梅成熟时

　　"五一"刚过不久，县作家协会组织部分作家到天堂坝杨梅园开展采风活动。恰好我要到天堂坝杨梅园进行今年"合江杨梅节"启动仪式现场的选址，于是就随同大家一起前往，以便享受作家群体"煮酒论英雄"的快乐。

　　福宝杨梅在川南黔北是享有盛名的。主要有两大品种，一种是本地杨梅，个头不大，色泽浅红，给我的味觉是甜中带酸；另一种是从江浙引入的，果头大、色深、肉厚、汁鲜，这种品种既具有沿海杨梅的特点，又具有本地特质土壤和气候酿造的独特味觉美，是当地农户重点培植的品种。

　　杨梅的果实水分较多，组织很疏松，每年采摘期只有半个月左右，合江成熟期多在每年的六月中下旬，气候较热，运输时间以一日为限，否则就霉变。所以，在杨梅成熟时，要想吃到好的杨梅，最好亲自到杨梅果园去采来吃，那样才能真正品尝到杨梅的本味。如果在超市买，那肯定买不到新鲜的。因为杨梅在运输途中受到颠簸挤压，其水分会部分流失，也就没有那么鲜美了。而现采现吃，原汁原味，才能真正感受到它的美。现摘现吃杨梅，给人的感觉是除了鲜甜的味觉之外，舌头还有一种麻酥酥的感觉，这是因为新鲜杨梅的颗粒饱满有韧劲，与舌头产生摩擦而致。这种感觉，是吃别的水果难以感受到的。

　　由于杨梅鲜果保存的周期较短，当地农民为了保存它的特有价值，便都纷纷用来泡酒，这种酒叫杨梅酒。福宝杨梅酒有其独特的味觉，这与当地传统工艺有很大关系。据当地的农民讲，福宝杨梅酒在泡制前要对杨梅进行精选，要选色好、果大、水分饱满、没有变质的新鲜梅子。泡酒前要用开水浸泡，已达到消毒、去污的目的，泡酒要按照相应的比例，加糖不加白糖，而是加蜂蜜，这样泡制的杨梅酒色泽鲜红，本色不改，酒性温和，味觉香甜，让人青睐。

福宝杨梅与我有着深厚的情结。过去我对杨梅并不了解，要说知道一些的话，都是从诗词中得来的。最早让我感知的要算"青梅竹马"这个成语了，因为成语里那段故事让人回味和向往；唐诗宋词中有不少涉及梅子的佳句，诸如"黄梅时节家家雨，青草池塘处处蛙""郎骑竹马来，绕床弄青梅"；又如"半黄梅子，向晚一帘疏雨""一川烟草，满城风絮，梅子黄时雨""和羞走，倚门回首，却把青梅嗅"；《三国演义》中也有"望梅止渴""青梅煮酒"等故事的闪现。

十年前我在宣传部任副部长，正好遇到全国开展"保持共产党员先进性"教育实践性活动，我被抽到"保先办"任副主任，负责宣传工作。当时需要积极挖掘典型来引导教育人们，重点是要重塑爱民书记形象。根据有关方面的推荐，我们确立了李林、刘淑兰、杜明全三个典型人物向上申报。为了写好典型人物材料，我亲自采访了这三人工作地方的许多人，就是这时，因为李林同志的先进材料，我走进了福宝杨梅园（当时叫天堂坝杨梅基地），寻找李林与杨梅的传奇故事和情结，于是我对杨梅有了进一步的认识和了解，并对杨梅产生了好感。

前年的六月天，正是杨梅成熟时，福宝杨梅节正在风风火火的进行。恰好周末无事，我便邀约了泸州的十余个朋友到福宝去吃杨梅（这只不过是个由头而已）。前年福宝杨梅结果特别好，我们过了福宝向天堂坝行进中，公路边就有许多农民坐在路边卖杨梅，看到我们去了，都热情地问我们要不要买。我们是想亲手去采摘，感受现场采、吃的特有风味。快到天堂坝，就可以看到绿树掩映中那红红的果子了。

我们刚下车，就有很多农民向前来问我们买不买，我们说明来意后，当地农民都很支持和理解。有一个小姑娘很热情地给我说："我家的土鸡和腊肉特别好吃，邀请你们中午在我家吃饭，只开饭钱，杨梅酒随便喝，杨梅随便吃，自己采，不收钱。"这很合我们的意，就答应了。姑娘先是把我们带到了她家，告诉我们说，杨梅是她们家的主要收入来源，每年到这个时候都有好多客人来这里买杨梅、摘杨梅。她从家里拿了一筐杨梅让我们吃，大家吃了几颗后就急着要到杨梅林去，姑娘便拿出箩筐陪我们去林子里采摘。

　　泸州朋友是第一次摘杨梅，觉得很新奇，高兴得手舞足蹈的，不停地用手机拍下那些美妙的景致。杨梅园的杨梅树很多，有四五千亩，放眼瞭望，满山遍野都是。杨梅树枝上都挂着像小小灯笼的杨梅，红里透着黑，煞是好看，非常诱人。还没有到达姑娘家的林子，朋友们竟然不管是谁家的，猴急似的拉着树枝就开摘，然后往嘴里送，姑娘反复打招呼没有到她家的林子，大家权当没听见，我行我素地做自己的事，姑娘说出一句话："像一群猴子，更像一群可爱的土匪"，大家听了都笑了，便主动邀请小姑娘在梅树下照相。

　　到了姑娘家的杨梅林，我们这群人竟然飞奔过去，争先恐后地拉下树枝。胡乱采摘一番，也不管是青是红，也不管是否干净，只顾往嘴里塞，我看着他们这副馋样，笑得直不起腰来。那姑娘慢悠悠地说："别急，没谁跟你们抢，包你们吃够，要挑大个的，还有要挑熟透了的，慢慢品尝，否则你这样胡乱吃一通，杨梅的味道还没尝到，牙齿就会发酸，等一下找到很好的都吃不动了。"这时，他们才放慢速度，开始寻找又大又红的果实。最有意思的是，小姑娘话中包你们吃够的"吃"和"亲"的音很相近，有人补了一句："姑娘包你们亲个够。"引得在场的人都大笑起来，此时那个说话的男生竟然从树上掉了下来，摔了个四脚朝天，大家一片哗然，都说"活该"，姑娘笑得红了脸，那脸蛋就像杨梅吐艳，真的很美，美得很朴实。这个玩笑直到现在我们几个人在一起，都会笑掉肚皮。

　　我们去的人几乎是男女各一半，男的就上树去摘，女的就坐在树底下照相聊天，坐享其成。有个女士很幽默，她给男士们下任务是每个人必须摘满一筐，好带回去让亲人们分享。男士们开始很兴奋，后来就叫苦连天了。有个女士安慰说："谁叫你们要爬到我们的上面去呢？要爬上去就要经得起累。"整得大家捧腹大笑。

　　在树上我们边摘边吃，那种又酸又甜的感觉回味无穷，我们都放开肚皮吃，篮子里也装满了，男士们衣冠不整头发凌乱地从树上滑下来，个个都像残兵败将。已近中午时分，我们才踏上归途，去享受姑娘家的佳肴美味。

　　这次作协现场采风，树上的杨梅果子很多，枝丫上到处都是，果子与枝叶相映衬，看上去有种特别的美感，同时也让人感受到一个生命的成长与延续。有的作家喜欢表现自己，都纷纷摆着各种姿势照相，微信朋友圈里不断地晒图片，整得大家的手机都叽叽嘟嘟地响个不停。这是一个群体快乐的事情，更是杨梅作为一种生命贡献给人们的美和奉献的精神传递。

一年一度的杨梅又快成熟了，那些青青的果实，即将完成它们的生命历程。杨梅是普通的水果，或许说在有的人心中并不是那么珍贵，但它展示给人们的，是一个生命从诞生到成熟到回归大自然的过程。在这个过程中，留给我的却是那红红的果子里耐人寻味的酸甜，还有那映入脑海中的开心与快乐。其实人生何尝不是如此？从来到父母身边到离开这个世界，本是一个来回，而这一路上，别人看重的不是你得到了什么，而是你留下了什么。

郁积的心结

从小就听说沿赤水河有一条通往夜郎国的古道，我们的先人到夜郎国去，就从城里的南关场出发，沿着赤水河边的夜郎古道，经过密溪、先市、赤水、金沙、土城，再行走于高山之间，穿过道道山梁便可以到达夜郎国的首都桐梓。

夜郎国人文历史悠久，春秋时期就有夜郎国的存在，秦汉时期属夜郎国治地，唐宋曾两次置夜郎县。那里是中国稻作、鼓楼建筑保存较完整的地区，千百年前延续至今的"竹崇拜""牛图腾"与斗牛、斗狗等独特民族风情，构成了内涵丰富、扑朔迷离的夜郎文化。夜郎国的具体位置，史籍记载都很简略，只说："临牂牁江"，其西是滇国。牂牁江是汉代以前的水名，今人根据其向西南通抵南越国都番禺（今广州）的记载，考订为贵州的北盘江和南盘江。多数人认为，夜郎国的地域，主要在今贵州的西部，可能还包括云南东北、四川南部及广西西北部的一些地区。夜郎国的历史，大致兴于战国，至西汉成帝和平年间，前后约 300 年。之后古夜郎国神秘消失。这个古老的文明在史籍记载中留下了一团迷雾。

由于夜郎古国地域较广，因而通往夜郎国的古道也很多，从四面八方去夜郎的道都叫夜郎古道。而就古代巴蜀去夜郎的古道就不多了，从合江符关到夜郎国的古道应该是最重要的古道之一，也是通行距离较近的古道之一，不然"唐蒙出使夜郎"也不会选择走符关。正因为如此，我对"唐蒙出使夜郎"的古道产生了一种心结，经常问自己：唐蒙为什么要选择走符关进入夜郎？夜郎古道是不是经赤水河而上经贵州仁怀到桐梓（或遵义）的？赤水河沿岸的历史文化沉淀是否十分厚重？赤水河两岸的自然风光是不是很美？于是我便产生了打开心结的欲望和冲动，想沿着赤水河两岸去寻找答案。我想，虽然历史已经久远，但只要用心去寻找，在对夜郎古道沿途的集镇、码头、道路、墓葬等历史文化的挖掘和感悟中，一定能找到我想要的东西，同时也是推动合江文化、旅游发展所需要的东西。

我想去寻找走夜郎古道还有另外一个目的。那就是在我小的时候，父亲经常给我讲起他为了求生，曾沿着赤水河谷的夜郎古道，一路帮人栽秧子，历时一个多月最后到桐梓的故事。由于坝区与山区气候变化和季节相差的因素，我们合江坝区与贵州山区栽秧季节要相差一个多月，合江当时有一批帮人栽秧队，每年从合江坝区开始，逐渐向贵州山区进发，历时一个多月才返回家。我父亲就是其中一员。那时帮人栽秧每天只有半升米，相当于人民币六毛钱，父亲为了我们的生存，每年基本上都要沿着这条线帮人栽秧一个多月（打工），直至后来改革开放土地下放了，他才没有走这么远去帮人了。

我长大后，很感激父亲为养活我们几姊妹而付出的艰辛和努力，想去寻找那深陷在大山深处的父亲的脚印，去寻找父亲在我童年时代给我们讲的一个个故事，去感受经过时间洗礼后的一个个古镇的变化，一条条道路的更新。然后回到父亲身边，将我现在看到的听到的讲给他听，让他感受到他的儿子没有忘记他年轻时走过的艰辛路，让他感受到他的子孙在踏着他的足迹努力将路走得更宽更远，让他感受到时代的发展变迁和社会的进步，让他老人家晚年更加充实和快乐。我便一直想去重走这条古道，但因工作原因，一直没有找到一个完整的时间去实现这个梦想。

一个人只要有一个目标，而且努力向着这个目标前进，最终这个目标一定会实现的。但愿在不远的明天，我能实现我的梦。

终于在一个春天，我约了几个朋友，利用周末背上简单的旅行包出发了。

踏着父亲的足迹，我们从新店坐车到先市，以合龙桥为起点，以夜郎古道为主线寻古而行。快到合龙溪，看到的是一座石拱桥，"合龙桥"三个字刻在拱顶北侧的扇形石上，整座桥用山涧里的石墩搭建而成。站在桥头，放飞思绪，我似乎从这座古桥的一墩墩石头中看到了一种风景，那是古人的智慧和灵魂的再生。

合龙溪也叫伏龙溪，因合龙桥而得名。合龙桥是合江境内修建于清朝跨度最长的单拱石桥。相传在修建合龙桥时，由于跨度较大，工匠们精心设计，每一墩拱桥石的长宽高都进行了精密的计算和准确的打造，并严密组织施工，做桥拱时也很顺利，但就在合龙的最后一块石头时，设计好的石头不是大了就是小了，无论如何修改放上去都不恰当。石匠掌脉师（施工总负责人）先后经历三天，换了二十一块拱心石都没有让桥完美合龙，掌脉师非常纳闷。正在这时，有一个牛偏耳（买卖牛的中介人）从桥下经过，看到石匠老师无计可施的样子，便唱着说："山对山，岩对岩，坝子边那个猪槽抬过来，日装太阳夜装月，桥头香火永不灭。"石匠师傅看过鲁班，懂一些门道，便将牛偏耳请到，好酒好肉款待，然后在桥头架起香火祭拜天神后，将那猪槽抬来安装上，真是恰到好处，大桥成功合龙。此桥便取名合拢桥，随着历史的变迁，"合拢桥"被后人写成"合龙桥"。桥下的小溪取名为合龙溪。桥头当时用香火祭神的地方后来修成了寺庙，叫"合龙庙"。至今香火都很旺盛，菩萨很灵验，深受当地老百姓爱戴。

看着合龙桥，我真佩服我们的先人，当时在没有任何机械，也没有水泥的情况下，用他们的智慧和汗水，建成这样一座大跨度，高质量，连接南北的单拱石桥。原桥两边有60厘米高的护栏，后来公路从上面经过，泥土已经填满了整个护栏，即使在不断加重负载的情况下，这座桥也完好无损。

古桥是一段沧桑的历史，砌在古桥上的每一墩石头都在述说着过去的故事，涓涓的溪水伴随着先人的足迹流淌到今天。虽然先人已去，精益求精、艰苦奋斗的精神却成了不死的灵魂。

离开时，我的心中有了一个和古桥的约定，待到来年山花烂漫时，我还会再来看看。

过合龙溪，我们开始沿着赤水河谷上行，站在河边放眼望去，清澈的河水在阳光下荡漾着灵光，时而有小鱼在河边晃动，一条仅容一人通行的山间羊肠小道在河边向深山林子中慢慢延伸。经过了一个个沙滩，跨过了一条条小溪，穿越了一个个山岭，听到了河边渔民讲述的一个个故事。考证传说我不感兴趣，我要的是前行时，那种脚踩着经历了多年风吹雨打的石阶，体验枯藤老树、古道西风、残阳流水的心情。穿越林间小道，没有工厂的烟雾，没有汽车的尾气，没有都市拥挤和喧嚣，眼前只有烂漫的山花，只有郁郁葱葱的灌木，只有路边细水长流的小溪，伴我们一路欢歌笑语，在寂静中充满一种特别美妙的感觉。

在赤水河的沿途中，到处都可以看到残砖破瓦的废墟，那是古道中的凉亭，还有很多满是纤夫脚丫印的古道。我走累了，便坐下来歇一会儿，坐在河边，遥望那弯弯曲曲的古道，仿佛看到了先人挑着沉重的担子艰难地行走，累了，就在凉亭休憩一会继续赶路；仿佛也看到父亲那光着脚丫，从这条路一天天地远离家乡，用那弯曲的背影支撑我们一家的生存的影子。

改革开放三十多年来给我们带来的巨大变化，无论到哪里都是水泥路、柏油路甚至是高速公路，货物装上汽车后马达一响，转眼到了目的地。古道边曾经居住的人家早已搬迁至公路边，村民曾经耕耘过的一丘水田被枯萎的杂草覆盖着闲置在那里。河边的路已经很不好找到了，古道大多被杂草覆盖，遇到溪沟，往昔的竹木便桥已经找不到了，要过去只有脱了鞋袜，赤脚跨进水里或田里，再朝着水田对面走去，有时要翻过几块水田才能上岸。在田中行走本是农民们经常的事，我年轻时也经常下水种田，按照农民的说法："犁耙铲搭、花编揪押、踩草上树、栽管除护"我都干过一些，干农活还算懂行吧。那时候，光着脚丫在什么地上都能走，而今很少打赤脚，双脚踩在泥土里，心里一阵悸动，心怕被田里的瓦片等刺伤了脚。如今生活在城市里，双脚早已没有了泥土的气息，唯有在乡村才能看到卷着裤腿赤脚走路的老农，此刻，在大河边的水田里行走，似乎让我找回了三十年前的那种在水田里踩着稀泥的感觉。

三角沱算是赤水河下游河段上的一个古码头，这个码头由石头垒成，依山而建，拾级而上，是赤水河上一个很古老的码头，据当地人说，这个码头始建于唐朝，是连接人和、茅山等地的水陆通道。这里是一个河面很宽的回水沱河段，水流不算很急，平时有许多船只在此停泊度夜。

三角沱那地方有我很多难忘的记忆。我在二十八岁那年，因工作调动，我从车辋到了人和乡任武装部部长。人和是个很偏僻的地方，当时没有公路，出门就是步行。我的老家在新店，每到周末，我便从人和场出发走路到先市，再从先市坐车到新店，再走路回家。三角沱是人和场到先市场的道路的中间站，因为那段路三十公里，步行要两个多小时。三角沱这地方树木参天，绵竹丛生，道路从林下穿过，环境幽雅美丽，有生意人在此叫卖东西，特别是热天，过往的人们都要在这地方小歇一会儿再走。我也是如此，每次到此，都要停下来歇一歇，平静一下心态，厘清一下思路，欣赏一下风景。当时每回一次家要大半天的时间，为了家，为了尽到一个家长的职责，又只得周周如此。其实那时候走路不累，因为有一种归属感和为生存而奔波的理念在支撑着自己，而今想起那段艰苦的岁月，心里有无数的感慨，也为我年轻时的坚强勇敢而自豪。

在那里还有一个叫人难忘的故事，那是一九九三年的秋天，我们当时的车辋镇政府属于先市区管辖，领导干部经常要到先市区公所开会，政府就买了一条小船，以便应急交通之用。有一天我同乡上的龙济民、李道钦、戴育会、李政瑛、徐生琼等从先市区公所开会回车辋，船至三角沱机器出了问题熄火了，驾驶员袁云多方努力都再也发不燃，船在河当中漂泊着，随着水流慢慢下行。我们的船体很小，船上又没有锚，船如果漂到水经上是很容易翻船的，船上的许多女同志发出了惊叫声。当时的党委书记龙济民努力稳定大家的情绪，我们几个年轻的男同志便下了水，护着船向岸边靠。我们将船护送到岸边，然后拖着船上行，直到找到安全地带，才把船靠岸固定，我们步行回车辋。许多年后大家谈起这事，都为当时的情景而害怕，同时也为当时我们的团结、勇敢而骄傲。

三角沱以上，水流变得平缓，我们穿过白杨坡，便到了黄角湾。黄角湾是先市镇与车辋镇之间的一个主要渡口，这里因为有一棵很大的千年古榕树（当地人称黄桶树）而得名，历史以来从先市走路到车辋都从这里过河，也是夜郎古道上的一个重要渡口。二十年前我在车辋工作，那时很穷，每月工资不到一百元，为了节约坐船费，周末回家基本上都是走路，一走就是两个多小时。有时遇到晚上，船家不开船，我们就将衣服裤子脱下，用一个塑料袋装好固定在头上游泳过河，那时年轻，走路游泳不累，而今想起那些岁月，虽然有些害怕，但还真有很多乐趣让自己无法忘记。

沿黄角湾上行，道路变得宽敞平坦。二十年前，这一段河的两边全是蚕桑树，而今很少有农民养蚕了，桑树已经不见，进入我们视线的多是果树和菜地，还有就是亮堂堂的楼房。

车辋场是一个依山而建的水码头，是夜郎古道上的一个历史文化古镇，是合江八大古镇之一，始建于南宋时期，历史悠久，辐射地域广阔。车辋以"三山三溪"而闻名，其中有"怀阳第一峰"之美誉的天台山，有以翠绿闻名的丁山，有状如"五鸡齐鸣"的五鸣山，还有溪流如画的黑蛮溪、大王溪、白水溪。境内高山流水点缀其间，峰峦峡谷交相辉映，风光旖旎，景色秀丽。

我翻过白水溪，快到赤水的铧碱坝时已经十分疲惫，按照预定计划，第一天必须走百里路在赤水市宿营，虽然我们的脚都走痛了，同行的一个兄弟的脚打了血泡，已经不能行走，在夜幕降临之时我们没有到达目的地，便在车辋镇鲜鱼村的一户农民家住了下来。这家农户姓陈，是我认识的一个老朋友。早在1993年，当时龙济民在车辋乡镇府任书记兼乡长，我是社会事务办主任，为了积极改善车辋的交通条件，政府组织全乡人民修建车辋到赤水的公路，我们负责宣传工作，每天要用高音喇叭进行广播，我们的前线编辑播音室就设在这户家，所以我们很熟悉。这次我们走到这里有人走不动了，本想休息一会儿再走，但老朋友很热情，我们刚坐下一会就把鸡都杀了，盛情难却嘛，我们也就没有坚持走。

在农村农户家借宿，在早些时候是常有的事。记得在我17岁那那年，我刚高中毕业，我舅舅为了帮我找工作，他带着我到泸州去找他在北京师范大学读书时的同学，那时家里很穷，没有钱赶车，我们就从老家走路去。我的老家到泸州是90多里的路程，我们是在晚饭后开始出发的，刚过分水岭我不小心摔了一跤，脚踝处很快就肿了起来，我实在走不动了，我舅舅就带我去借宿，当时已经是晚上两点多了，又是冬天，天气很冷，找了许多户人家他们都不开门，最后有一户人家户开了门，我们说明了来意，但那户家的主人怕我们是坏人，不相信我们，在我舅舅再三请求下，他才同意我们进了屋。那时的农村都很穷，那家主人去抱来几个谷草垫在堂屋中央，给了我们一床没有外套的被子，我们就这样睡了。那晚的借宿，虽然我脚很痛，但还是睡得很香。

在21世纪的今天，这类事情已经很少了，特别是对于像90后的年轻人，恐怕听都没有听说过。我们再次体验这种生活，真是别有一番风味。那一晚，主人把他家最好的床和崭新的被子让给了我们，让我们感到很温馨很幸福。我们用盐开水洗了脚，早早地睡了，没有精力去听那哗哗的赤水河流水，没有精神去品味那大山里的清新空气，躺在床上，很快就睡着啦，睡得是那么香，那样的甜。

第二天我们还是早早地起了床，继续沿着赤水河边的小路而行。这一带地势开阔，稻田连片；赤水河环绕而上，河两岸沙坝连绵，河水不深，非常适合渔民捞鱼作业，故此，当地百姓称这个地段为鲜鱼坝。站在此地河边瞭望，东南边为高大的前锋嘴，西南边就是川黔交界处的赤水天然气化工厂。

从赤天化上行五公里，便是赤水市区。赤水市位于贵州省西北部，赤水河中下游，东南与贵州习水县接壤，西北与四川省的古蔺、叙永、合江三县交界。城区距遵义300千米，距贵阳450千米，距重庆240千米，距成都350千米，距泸州70千米。赤水历史悠久，受巴蜀文化影响较深，是贵州开发较早地区。远在新石器时期，赤水地区已有人类活动。

北宋大观三年（1109年），赤水列入行政区划建置，当时属滋州仁怀县，县城在今赤水市复兴镇。北宋宣和三年（1121年），撤滋州，降仁怀县为堡，改隶泸州合江县。赤水是国务院唯一以行政区名称命名的国家级风景名胜区，景观以瀑布、竹海、湖泊、森林、桫椤、丹霞地貌等为主要特色，兼有古代人文景观和红军长征遗迹，被中外专家誉为"千瀑之市""丹霞之冠""竹子之乡""桫椤王国""长征遗址"五大特色。

我们坚持沿着历史的夜郎古道而行，但在赤水市区，历史的古道许多地方已经被现代建筑占领，我们只好穿越赤天化产区，绕道华一纸厂，经北门口沿现在的滨江路上行出了赤水市区。

在我童年的记忆中，现在的赤水市早期在之溪（赤水至合江河段）河畔老百姓口语中叫"仁怀厅"，九支叫"安溪坝"。那时候赤水城区只有熙熙攘攘的几条小街，九支街道只有几百米长，而今城市快速发展，高楼林立，街道纵横，一片繁华的景象。特别是曾经杂草丛生的赤水河两岸，现在已经修起了坚固的滨江防洪堤，两岸的滨江路在鲜花和植被的装点下变得美丽而修长。

童年的乡间小路

　　我虽然还不算进入老年，但随着年龄的增长，怀旧情结越来越重，特别是在纷繁的生活琐事缠绕心间，人际间的虚情假意中伤心怀的时候，便升起逃避现实的想法，在这个时候，便怀念起童年，怀念那些充满童真、充满幻想、充满希望，而又没有烦恼、没有忧伤的童年。

　　我的童年和少年时代都是在乡下度过的，那个时候的烦恼最多就是书没有读好，家里的事没有做好被大人批评，除此之外是没有什么烦恼的事缠身的，天天都是快乐的日子。人大了，人际关系、工作关系、社会关系的处理便成为一种负担，天天压得你抬不起头来，让你难以摆脱痛苦的困扰和煎熬，于是烦恼就会常陪伴着你，让你不得安宁。

　　人生旅途漫漫，我常常在想，究竟有多少失意等待着我。当我无法面对它们，它们便接踵而来。我想把一切的失意都看成一种挑战，一种锻炼。那么，人生要经历多少的挑战和锻炼，才能真正解放，才是真正的解脱？在这阳光明媚的日子里，却又那么的寒冷，寒风就好像是一双恶魔的手抚摸着我，原以为是那么的清凉，可它却使人憔悴，难以呼吸！都市的人群常常失去了笑声，被周围的环境压抑的喘不过气来，没有言语，没有表情，只有一身的煎熬。在人生这一片孤寂的沙漠之中，究竟哪里有一泓深潭？无语的万物陪着无语的我，冷漠过后是苍凉！

　　每当星星缀满天空，月亮爬上柳梢头，我就开始把往事翻箱倒柜。这时候我才发现，我的记忆开始变差，已经忘却许多过去的事，但那些深深印记在心里的东西，我却忘不掉。那些在瞬间一闪而过的让人烦躁不安的琐事，依然会像长长的常春藤缠绕着我，任凭怎样的努力去淡忘那让泪水打得湿漉漉的回忆，它却依然在某个静谧的黑夜里悄悄地叩击我的心扉！

近来心情很坏，来自各方面的压力让人变得憔悴，自己便想找一种解脱来放弃身边的一些烦心事，于是便努力去想那在乡村度过的童年，去想小时候放风筝时奔跑在山溪和田边地头的身影，去想那乡间充满泥土芬芳的小路。

城里的生活很让人生厌，心情不好时，便想到乡下去走走，走走童年走过的老路，寻觅童年游戏的场所，那种雅致真的无法形容，一切的困扰和烦恼都会随着轻风飘然而去。走在乡间的小路上，思绪就像漫天飞舞的蝴蝶一样，一个个多彩的梦从心中放飞出来了，怡然自得。田野中蛙鸣交响曲，此起彼伏；蜻蜓的柔声细语，一阵阵从树梢上飘荡过来；微风吹来，树叶摩擦而沙沙地响就像是混编的浑然一体的交响乐。

在不远的塘堤上飘来阵阵野花的芳香，那是不知名的野花在攒动，旷野里麦浪滚滚，绿油油的。那在热天曾经天天洗澡的池塘已被灰绿的荷叶覆盖，塘堤上树枝在风中飘然舞动，田地里的向日葵露出笑脸，那满山遍野的果树已经将童年的红土地遮掩，树上挂满了沉甸甸的果实。

漫步在田间的小路上，任温柔的阳光从身上流淌而去，多彩的畅想在脑海中闪烁着光芒；随意地躺在路边的草地上，享受着阳光的沐浴，嗅着太阳的味道；在菜地的小沟里长出一棵棵嫩嫩的小草，放到鼻下深深地吸着淡淡的清香，让我悠然陶醉。

在这山乡的旷野里，心情无拘无束，一切的烦躁忘得无影无踪，可以欣然地和大自然说悄悄话，亲吻着嫩嫩的小草，放开喉咙和小鸟一起唱歌，依偎在微风的怀中欢心地做着美丽的梦。

夜幕掩藏了乡间的落日，在夜晚漫步走在山乡的小路上，可以忘情地欣赏皓月下美丽夜景，在心中编织起月亮上美好的童话故事。幻想着嫦娥翩翩舞动的身姿，畅想着吴刚那动人的绵绵细语。可以在幽静的月光里浪漫心情，静静地依恋在明朗的月光怀里。在月光如银夜色里，遥望星空星星点点，轻轻呓语说给星星们，把愿望悄悄地告诉给星星们，把不想让别人知道的秘密交给皎洁的月亮保管。

漫步在乡间的小路，看着农户里升腾起的袅袅炊烟，聆听着山野里飘出来的犬吠鸡鸣，温馨而自然。再瞧村民们在田地里的辛勤劳动，体会"谁知盘中餐，粒粒皆辛苦"的真正含义。在这样的乡间小道上漫步，心中不会有任何的烦恼，也没有牵挂，很多的烦琐湮灭在这漫山遍野之中。

乡间的小路上那曾经的足迹，曾经的梦想，曾经的幻想，都留在了我甜滋滋的梦境里。对乡村小路的那份独有的依恋，那抹不去的浓缩情怀，都留在了斑驳的记忆里。直到现在，想起童年时期走过的乡间小路，心里美滋滋的，真想回到童年，再悠然地漫步行走在乡间的小路上。

理想与现实总有那么遥远的差距，城市的花红酒绿虽然能再现生活的品位和现代人的地位，但在花红酒绿的背后滋长着人性的欲望酿就的悲哀，而乡村还是那么原始，那么纯净，那么风光美丽。在烦躁的都市生活让人生厌的时候，不如到乡村去走走，那里才是美的天坛，烦恼的消毒剂，心情的归宿。

我是一棵古老的树

　　从千年以前，我就在桥下等，等我钟情的人从我眼前走过。那时，我只希望她能轻轻地向我走来，只希望能悄悄地瞥她一眼，然后微笑着目送她远去。

　　她踏着春天的碎步来了，她并不认识我，我不是枝头摇曳的花朵，不是翠鸟嘴里婉转的歌，而是长在她身旁的一棵树，和她父亲一样高大的一棵树。

　　后来，她从我身边走过，风吹雨打，我已成为一棵饱经沧桑的树，为找她，我涉过湍急滩险的大河，攀过悬崖峭壁的山坡。

　　她拥着冬日的凉风来了，她接受了我，我就像是草地茵茵的绿意，像是窗前溶溶的月色，像是一支为她鸣唱的歌。

　　我是一棵饱经沧桑的树，为了她，我踩过荆棘满地的荒园，闯过虫蛇遍野的沟壑。

　　她带着春天的鲜花来了，她融入了我，我们就像树上一双红红的香果，我们就像山林里一对黄灿灿的蜜蜂，我们就像长江与赤水河，融入了就密不可分。

　　我是一棵饱经沧桑的树，为爱她，我痛过、哭过、疯过；为爱她，我劝过、求过、承诺过、挽留过。我追过星斗满天的梦境，尝遍梦醒清泪颗颗的孤独。

　　她披着冬日的白絮来了，她并没永远钟情我，她后悔了，她埋怨了，她怕赌输，她怕丢失她年轻的面子，因为我不是炉上暖暖的热气，不能让她天天待在温床里；因为我这颗陈旧的种子，不能为她创造童话中浪漫的记忆。

我是一棵饱经沧桑的树，为爱她，她的十个请求使我无法再挽留，在痛苦和不情愿中我还是选择放手，因为尊重就是最大的爱最深的爱。

现在，我只能等在长期寂寞的路口，让相思长成一棵古老的树，但愿有一天她能走到树下，感受这棵树的执着与古老。

春天的思念

　　我喜欢春天，喜欢春的活泼，春的生动，春的气息。一年之计在于春，春是新的起点，新的开始，处处洋溢着蓬勃的生机，当和煦的春风弹奏着爱的和弦，当淅沥春雨演绎着缠绵爱恋，当春晖抛洒万千柔情给大地，我的思念便在这春的梦里开始了浪漫之旅。

　　浪漫的黎明献出火红的朝霞，在飘雪的时光眺望春天。尽管积雪依然残存；尽管枯干瘦硬的枝丫上尚未吐露一枚叶片，然花儿早已在寒风中俏丽盛开。一丛丛、一簇簇，一片片的黄、红、粉、白的迎春花、杏花、桃花还有带雨梨花竞相开放，争奇斗艳，先花后叶就是春花的特点了。莫非春花不需要陪衬吗？还有什么能比寒冷而又漫长的冬季更能衬托出春花的清新和温馨呢？在灰褐色的背景里，花瓣更显得娇艳欲滴、稚嫩而鲜亮，浪漫春日的新意和暖意就这样徐徐地展露出来。于是，天蓝了，芳草绿了；于是，风暖了，冰河开了；于是，花开了，太阳笑了。

　　春天把她最美好的一面展现给我们，让我陶醉在春风中，陶醉在花丛中，陶醉在明媚的春光中。因为思念，我的心情和这个春天一样美丽，思念着一个人，才知道这美丽的春花也能表达真挚的爱恋，才知道这暖暖的春风也会吹响爱的风铃，才知道这丝丝春雨也能倾诉爱的缠绵。

　　因为思念，注定我和这个春天一样多情，摘一朵馨香的花瓣，揽一片飞渡的流云，拾一颗遗落的星星，谱一曲爱的诗篇。每一朵盛开的花儿都似我如花的笑靥，每一片流云都在为我传递着爱的信息，每一颗星星都在为我们祈祷祝福。

　　我在春天想你，当春风用欢快的口哨演奏出春天的恋歌，我将在这美丽的季节放飞准备就绪的灵魂，从北方到南方，从海角到天涯，飞洒春光爱恋。今夜，摇响春夜思念的风铃，让星辰告诉我你的消息，让我知道你是否如我思念你一般在思念着我。

我在春天想你，想知道你的心情好吗？身体是否依然无恙？送你的歌声是否还在珍藏？春风又起的时候，又一片绿叶飘入我的梦乡，那就是你送我的一封情书，密密麻麻地写满了思念。

假如，心事如春花般妩媚，那么我情愿停留在这个春天，用如花的美丽承载你真挚的爱恋。我喜欢春天多情的季节，更喜欢在这季节中演绎的浪漫的爱。

送走冬天的冷寂，迎来春天的奔放，我知道你会在遥远的地方为我祝福，也一定会如我思念你一般在思念着我……

古镇寻梦

五月繁花正艳，一如我心底的旖旎。我轻轻地走来，用温柔的目光拥抱着你——尧坝古镇。

其实，我们的距离，只在一步之遥。因你太小，太简单，让我只能以心相望，却不敢靠近你，怕你八百米长的巷道容不下我脚步的丈量，也怕你唯一的小巷承载不了我思绪的放飞。

当骤然飘来的一缕情丝，缠绕梦的画笔，丝丝缕缕绘着前世的踪迹，我才知道，我应该转身，转身看看你，哪怕是一笑的回眸，也要去找寻那一个失落了千年的梦幻。我抚着一缕潮湿的心绪，轻轻地走进了你古色古香的小巷。

午后的阳光斜斜地，斜斜地亲吻着你，在你悠长而古老的身影里，我踩着街上那一块块石板，任由我的脚印与无数南来北往的脚印重叠、交错。

名人故居、东岳庙、大鸿米店、茶坊……那古老而褪了色的旗幡，在风中招摇着昔日的繁华与昌盛；高低起伏、错落有致的翘角飞檐在静立中沉默，沉默着陈年的记忆，旧时的怀想。一盏盏高挂的灯笼，在风的路口，舞一片血的颜色，让人心中打战。我猛然惊醒，我的梦就落在了这里！

是的，在这里，你手提灯笼，照着前世的相遇，让我今生来寻找你的踪迹。我剪霞做衣，裁云为裳，顺着你的琴声而来，循着你的足音而行。你把我轻揽入怀，目光洒下无边的温柔，我的双颊泻下幸福的泪滴。

除了喜欢你，我已别无选择！从此，我沉迷昏醉；从此，我心无归路。

在过往的流年里，我唤醒了沉睡的心脏，理性地打捞着你，始终置你于心灵最温柔的一角。

可是，你能告诉我，今生的相见一定要经过前世的相遇吗？如果是，那么，请你握紧我的手，别让我在如流的岁月里，站成永久的飞翔姿势，再度迷失自己，再度让心游离。

如果你的目光，似这千年古榕的阴霾闪过，那么，我宁愿我的梦幻，随风跌进大鸿米店那镂空雕花的阁楼，跌进那雕梁画栋的戏台之上。

那老式的花雕，旧式的古床，温暖着我童年的思念，少年的梦幻；陈旧的木柱，典雅的回廊，是我心灵深处上演了千百回相遇的剧场，拾起我失落了多年的梦幻。在这戏台上，浓妆淡抹，荡气回肠地上演着一幕我人生戏剧的心酸。

你说，我们今日的相见是一个错误，其实，我有节奏的脚步没有错，只是我们错过了季节，是不见今日的人儿不着旧时妆吗？

我匆匆地，匆匆地垂下容易泄密的眼帘，让背影在夕阳的余晖里，站成一道落寞的风景。平静的表面，在掩饰内心怎样狂乱的忧伤！

有谁，能为我撑一把油纸伞？遮掩我的清泪，在脸颊上狼狈地逃难。

有谁，能送我一碗孟婆汤，让我的脚步，失了韵律，乱了规章……

我知道，白天就要沉睡，黑夜就要醒来。那么，就让我与你作一次依依的别离。你呢，好好地珍惜自己，我呢，不再作寻梦之旅。

故乡的竹林

离别故乡已经20多年了，故乡的老屋因国家建设“上杭”高压线被拆迁了。也许我真的老了，越来越喜欢怀旧，近年来常常想起故乡的老屋，想起那片竹林。

我老家的竹林有很大一片，除房后是树林外，基本上围绕我的老屋长满了三方。竹林里磁竹、斑竹、巴竹、黑竹、硬头黄、鸡爪竹都有，种类很多。特别是斑竹，又大又高，大的直径五六厘米，是我们老家几个村特有的。斑竹柔性非常好，在农村很贫穷的年代，抬人所用的轿子就是用斑竹来做的。斑竹的丫枝是农村做叉头扫把的主要材料，经久耐用，农民特别喜欢。磁竹用处很广，是农村编箩筐、背篼、箢箕、筲箕的主要材料，在农村真的离不开它。我家还有一片黑竹，也叫罗汉竹，它的表皮全是黑的，竹节很短，看起来特别漂亮。我小的时候老师们特别喜欢用来做教鞭棍，还有老农民用来做烟杆，特别是做水烟斗，那是最好的材料。

今年清明节，我特意去看看故乡的老屋，看看那片竹林。山还是那座山，地还是那方土地，可故乡的老屋除了还有一个地基之外完全没了踪影。记忆中那木质高柱横梁早已被浓郁的藤蔓代替，唯有那片竹林，历经20多年的风雨沧桑，依然倔强挺立，虽然远不如先前的青葱茂密，但仍然像一道绿色的屏障，环绕在地基的周围，给那里平添了许多灵性和生气。

故乡的竹林啊，既是我儿时的乐园，也是我成长的见证。我父亲在我小时脾气怪，为人却非常正直，总把人的品性看得比生命还宝贵。记得在那草都不长的年代里，根本没有吃的，每天肚子饿得咕咕叫，我和同龄的伙伴们去一个农户李大伯地里偷摘黄瓜吃，却被人发现了，别的伙伴都飞一般地逃跑了，唯有笨拙的我被抓住了，割草的背篓也被李大伯拿去了。为此，我不敢回家，躲在那片竹林里。天黑了，伸手不见五指，夜行的老鼠窸窸窣窣地从我的身边跑过去。我害怕极了，蜷缩在一起，泪水像奔涌的泉水湿了衣襟，却一点不敢吱声。等到焦急的母亲把我找回家时，父亲果然大发雷霆，愤怒地举起手中的大粗碗就要向我的头部砸来，幸好母亲手疾眼快，拼力夺下了他手中的碗，我才幸免于难，要不，我的脑袋准会开花。可自那以后，我就再也不敢做偷鸡摸狗的事。

父亲的一生都钟爱竹子，那片竹林，是他一棵一棵亲自栽种的。那竹林里，融进了他的心血，他的爱，他的理想。他说，他要把老屋的四周都种上竹子，好让我们就像生活在竹的摇篮里。他还常常对我们说，做人就要像这竹子，正直而谦虚，还要随时对自己的言行进行小结。父亲是个粗人，没有文化，但他对竹的理解和感悟与孔子的"三省吾身"又是何等的相似。

建设"上杭"线要拆我家的老屋，父亲始终想不通，也不让拆，周边的房屋该拆的都拆了，他却不从老屋搬出来，他说他舍不得老屋，也舍不得那片竹林，他要永远看护那片竹林，直到生命的最后一刻。后来镇上的领导打电话给我，要我做工作，我向父亲讲了很多国家建设的重要性，但就这件事不听我的。后来镇上和村上来人强行爆炸房屋，我只好将他老人家骗到我家呆了几天，好让村上的人把房子炸了。当他回到家里看到老屋没有了，他坐在竹林里放声哭了，哭了整整一天。从此以后，每次回老家，他就坐在竹林里发呆。我知道父亲的那份情结，但我又能说什么呢？因为我的心情也同样沉重，那里毕竟是我出生和成长的地方，那里有我的童年，我的梦。由于没有人管理，加上周边的人偷伐，竹林已经变成很稀疏了，但竹的精神和气节却早已根植于我的心底。

至今，那片青青的竹林永远根植在我的灵魂里，面对滚滚红尘，我把竹林注册成了我的人品，弹性处世，谦虚为人，即使承受万般沉重，也宁折不弯，郁郁葱葱地陪伴着日月风雨，逐节走好生命的每一步，让人生路上的每一个枝节都充满着生机。

故乡的竹林啊，我永远的怀念，永远的回忆！

怀念我的父亲

父亲离开我已经一年了，他的音容笑貌却依然根植于我的脑海中，抹不掉，忘不了。在我心里，他没有走，他的身影和笑容还定格在我一年前的记忆中，只是再也抚摸不到他的头，握不到他的手，唯独把思念和回忆留给了我。

我的老父亲是一位忠厚的农民，从小出生在贫困之家。就在中国工农红军开始二万五千里长征的时候，他来到了这个世界。20世纪30年代，中国农民居无定所，生活处在水深火热之中，为了生存，他随祖父多次迁徙，五岁时才随我祖父定居在我现在的老家瞿雨山。因家里实在贫困，他只上了两年学，八岁便弃学回家，从此开始了一生的帮人生涯。八岁就开始在灯杆山那地方帮别人家挑柴到沙坎卖，每天大概能兑几两米。八岁呀，对于我们今天的孩子来说，八岁是什么概念？是穿衣吃饭都要父母照顾的孩子。九岁时，他帮助本生产队的肖树清割草喂牛，大人一升米一天，他兑半升米一天，一干就是三年。十二岁开始帮人栽秧子，每天兑三角米，十三岁开始帮人打谷子，每天兑一升米，就这样帮人干九年。

父亲十八岁那年，我祖母去世，父亲是唯一的一个儿子，当时他的妹妹只有五岁，由于身体较差，五岁还不能行走，全靠父亲照顾。十八岁以后，父亲在农忙时就帮人栽秧打谷，淡季就开始在尧坝场买柴挑到密溪场卖，在尧坝买茶叶挑到合江卖，在笔架山买水果挑到尧坝卖，以此来维持家庭的生计。我家到合江多远？七十里的路程啊，对于我们今天的人来说，那种艰辛是不可想象的。

父亲和我母亲结婚后，就以挑担担（买东西来卖）卖来维持生活。1958年大跃进，大炼钢铁开始，父亲去了古蔺白沙区群英公社挖矿炼铁，每个月

18元钱，经历一年时间，因大哥得重病，医治困难，我母亲在无奈之下连续两封急信要求回来，父亲收到急信后，没吃早饭便赶路回家，经一天两晚才回到家里。大哥先得肚皮疯，后出麻子，又得麻干。父亲回来后，千方百计为大哥治病，经历半年时间才把大哥的病医好，可是他再也回不了古蔺，那边已经不再要人了。

1961年食堂下放，生产队叫大家各自挖地种粮食维持生活，那年六月，连栽红苕的种子都没有，父亲跑到流心垭去捡别人剩下的红苕藤回家栽种，那年小天干，到处是干田，他连续几天不睡觉，整天整夜挖干田来栽种红苕，栽了很多，待红苕长大了，生产队不准私人收，全部收为集体，父亲千辛万苦地劳动，结果自家没有得到收成，他一气之下，重病不起，让整个家处于瘫痪状态。他26岁那年，我祖父去世了，一家的重担全部落在他的头上。母亲是地主子女，那个时代，地主子女是抬不起头的，经常要受到别人的批斗和欺凌，很多时候一家人是埋头度日。

大食堂刚下放，我和弟弟来到这个世上，那时家里一贫如洗，生活十分困难，经常有上顿无下顿的。那年五月，家里穷到了极致，根本开不了锅，三十岁的父亲为撑起这个家呕心沥血。有一天实在没有办法，父亲早上把自家的一根木棒拿到离家近二十里的流石坝场上去卖后，买个南瓜回来才做上早饭，那种心酸今天的人们怎能想象，但那个时候的父亲，他又与谁去商量，向谁去诉说。为了生存下去，大哥只读了两年的书，就在家干活。

父亲三十二岁那年，家里房子失火，家里被烧得一无所有，随后在各方的支持下，父亲百般努力才修了三间草房。由于修房子在生产队借了点粮食，那年年终结算全家只有120斤谷子，那是六口之家半年的生活口粮呀？那艰辛的日子，父亲那坚实的肩膀已经不堪重负。但父亲作为一家之主，勇敢地撑着这个困难的家庭，那年分别向左邻右舍借了8次粮食才勉强维持生活。

父亲是很有正义感的人。就在我妹子出生那年的春天，生产队有个知青伙同队长的儿子偷了离我家不远的一户农民的鸡，被我父亲看见了，父亲坚决要求还给那家农民，他说："现在大家都很穷，养一只鸡真的不容易，一只鸡生的蛋也许就是一家人的生活用盐的来源，你们偷去吃了，怎样对得起那家人？"在我父亲的严厉批评下，他们把鸡放了，可怀恨却上了心头。没有多久，田里的谷子已经成熟，父亲夜晚回家，看见有人在田里偷谷子，父亲悄悄上前看，正是上次偷鸡那两个人，父亲出面劝阻，那两人便逃跑了。这件事，为我家带来了厄运。

那年七月初八，那是我父亲的生日，他一早到生产队专房（生产队的晒场）去晒谷子，刚到就被一个知青用扁担打了，当即倒在了晒场上，后被送到医院，半个月后才勉强能走路。那年冬天，有人诬陷我母亲说她搞迷信活动，被送到新店学习班，那个冬天十分寒冷，母亲在学习班没有床睡，夜晚连被盖都没有，这算是一种严厉的惩戒。为了让母亲晚上不被冻死，父亲一边照顾我们弟兄四人和不到半岁的妹妹，每天早晚要为母亲送火箧（一种竹编的简易烤火的用具）和送饭，那种艰辛，那种无奈与无助，今天的人们怎能感受得到？

我当时只有八岁，完全记得父母受到的整治和伤害，记得我当时哭了，从早上哭到了中午，哭得很厉害。说实在话，在当时我心里有恨和报复心理，发誓自己一定要努力和自强，今后一定要有所作为，长大了一定要报复他们。这也许是我勤奋读书，不懈努力，不言放弃的原始动机。

在家里十分贫困的情况下，我们兄妹五人，他们都因为经济困难而没有读上书，只有我坚持下来读完了高中。想起读书的岁月，我就会流下心酸的眼泪。记得读高中时每学期是七元钱的学费，每一次交学费都是父亲从亲戚家借来的，每学期要开学了，他总会为我的学费发愁。我曾提出放弃读书，在家干活可以为家里减轻点负担，但他不同意，他说："能上高中不容易，原来都是推荐去读，像我们这样的家庭想都不要想，好在你正碰上了改革开放的统一考试，凭分录取，你才有了读书的机会，一定要好好珍惜。我们再穷，我砸锅卖铁都要让你读毕业。"我不知道父亲为了给我借到七元钱的学费走过多少路，进过多少户人家，但我知道每次出去借钱都要深更半夜才回来，很多时候回来都唉声叹气。

高中毕业后父亲便送我去当兵，当我顺利通过以后，他脸上总是挂着笑容，我知道，他很高兴，更多的是寄予我的厚爱和太多的希望。临行前，家里实在没有钱，他为了给我准备十块钱的零用钱，去找了生产队长，想向生产队借。队长对他说："你以为生产队是你的呀？没有钱就别让娃儿去当兵，在家里干活不就挣钱了吗？"不管父亲怎么说，队长也不同意借钱给父亲。后来他找到了生产队的出纳，出纳是我祖母的后家侄儿，父亲跪在他面前向他求情，才借到了十元钱。父亲把钱交给我时，他说："我们家穷，没有更多的给你，去到部队许多东西需要自己买，你节约着用吧！"那一刻，我分明看着父亲眼里噙着泪。我不要，父亲硬是塞到我的手里，而且紧紧抓着我的手不放。吩咐我说："到了部队，要记得多帮助别人，只有多帮助人，才能得到别人的更多帮助。"父亲送我到了乡政府，分别时，我偷偷把那十元钱放到了父亲的衣兜里，登上了载我们新兵的一辆货车。父亲站在人群中，穿着一件肩膀上补了几层疤的衣服，头发凌乱，黑黄的脸上露出丝丝皱纹。他高高地抬着头，两眼看着我，嘴里好像在说些什么，显得那样朴实而出众，那时我分明看到，父亲那满带希望的双眼，一直目送着我的远去。

父亲借钱的事是我后来才听说的，所以每当想起这些事，我没法控制自己的情感和眼泪，时常被父亲那份纯洁无私的爱打动着，同时也警醒自己不要辜负父亲的希望，要努力拼搏，积极作为，用自己的实际证明他的努力没有白费，用挣来的荣誉挽回他曾经丢失的面子。

后来父亲又送我的两个弟弟也去当了兵，为的就是希望我们有所作为，今后不被人欺负。很多年后，我们有能力报仇的时候，父亲却阻止了我们。他对我们说："冤冤相报何时了？做人要宽容和大度，能原谅别人的就原谅别人，过去的事就让它过去吧！人生总有许多无奈与无助，但只要有信念和能够坚持，就能挺过去，我们不都挺过来了吗？"是啊！"做人要宽容和大度"。父亲的教诲在我心里留下了深深的烙印，每当别人伤害我的时候，我总会想起父亲的话，然后去原谅别人。

那个时代，农村的农民是非常贫困的，不要说吃好，能清汤寡水地填饱肚子就算不错了，有上顿无下顿的日子是经常的。直到"文化大革命"结束，中国全面实行改革开放，随着土地的下放，我们农村的生活才稍微有所好转。

任何社会都没有绝对的公平和正义，特别是那个时代，为了竞争，人与人之间的矛盾日益突出。由于我出生在农村，家族中没有人在外做官掌权，也没有人教我怎样走人生路，说实话，许多时候连话语权都没有。我刚出社会，什么都不懂，很多时候还要被人欺负，遇到不开心、不顺利的事情，我唯一能倾诉的就是父亲。他经常教育我："做人要学会宽容，学会大度，与人相处，需要彼此之间的理解、信任。凡事多向好的一面去想，这样才不像你想象的那样糟糕。"这些朴实的道理，于当时我的人生观的确立起到了很重要的作用。至今想起，如果没有他的开导与教诲，也没有我今天的作为。

父亲是慈祥的，很多时候总是为我们操心和忙碌。我们兄妹长大成人后，在他的操劳下我们都各自安了家。各自成家后，为了生存，大家都各奔东西。我退伍回乡后，几乎都在外面工作，没有时间很好地照顾他。每次见到他，他都说："你们都很忙，生活不容易，我能照顾自己，你们都有了一个家，有事就去忙吧，空了能回来看看我就心满意足了。"父亲说的是大实话，但对我而言，这朴实的话语中蕴藏着的不仅仅是浓浓的亲情和厚爱，而且还有父亲对我的宽容和理解，于是我心里总有种愧疚感。

前些年，国家实施西电东输工程，建设的"上杭"高压线要经过我的老家，老家的房屋被迫拆迁，这意味着父亲经营了几十年的家就要不复存在了，他支持政府的工程建设，但他留恋这个家，留恋他生活了几十年的这片土地。房屋搬迁时，他坐在堂屋的门槛上，一支又一支地抽着烟，就是不舍离去。我们一家人都去劝他，但他根本不理我们，从早上到晚上一直坐在那里，饭都是送到那里吃的。晚上他仍然不走，呆呆地坐在那里，眼睛了饱含着泪花。我理解父亲不肯离去的那份情结，更深深懂得父亲对这个家的感情。在那里，他十几岁就开始经营这个家，为这个家付出了一生的心血；在那里，他哺育了一代儿女；在那里，他经历了多少生活的磨难？在那里，留下了他多少的汗水？在那里，他付出了多少艰辛？那份对家的感情已经进入灵魂，进入骨髓，谁又愿意放弃？直到第二天早上对房屋实施爆破时，他才离开了那片土地，那个曾经生我养我的家。

老家没了，他只有跟我们生活在一起，尽管年龄渐渐增大，身体的病也多了起来。每次送他到医院治病，他都不要我们陪同他，他经常说："你们都在上班，一天忙到黑，工作也很累，我能自理的。"一天晚上，我在医院陪他，因为确实疲劳，我躺在椅子上就睡着了。半夜时分，我才醒来，发现我身上盖着一床被子，他却坐在病床上看着我。我赶紧起来把被子给他，让他睡下，他不肯，轻声对我说："你明天还要上班，盖上被子多睡一会吧！我没事的，明天还可以睡。"这只是几句朴实的话语，却蕴含了一位父亲对儿女无私的爱，那种爱就像童年躺在父亲臂弯里的那种爱，那么亲切，那么温馨，那么深入肺腑和灵魂。

只要父亲身体好些，总是努力为我们操劳。我和爱人都在上班，每天早上，我们还没有起床，他却早早地为我们做好了早餐，中午和晚上下班回来，桌子上总是摆着热气腾腾的菜饭，尽管菜饭做得很简单，但感到特别的温暖。我经常劝他多休息，不要这么累地为我们操劳。他总是说："当老人的要对下辈好，下辈人才对你好。现在我动得，能做一点就算一点吧。"是谁说父母是个宝，福禄跟着跑，父母在家的感觉才在，这话说得一点都不错。尽管我都是五十多岁的人了，有了自己的孩子和孙子，但没有父亲的日子，我真的找不到家的那种感觉。我爱父亲，我怀念我的父亲。

父亲是得肺癌走的。在他生命的后期，他几次问我，他得的是什么病，我一直告诉他是冠心病。别人来看他，他也向别人说："我这冠心病总是好不了。"作为儿子，我白天黑夜都陪同在他身边，几乎没有上班，整整陪同他五个月，因为他爱我，我爱他。在医院里，一次偶然的机会，他听到了我和护士说的话，似乎知道他得的是什么病了，后来他一直坚持要在家里吃药治疗。我问他为什么不住在医院，他说："医院没有家里好，我的病看来医不好了，我们是穷人出生，你也不富裕，能节约点就是一点。"直到他生命的最后时期，他都还在为下辈人考虑，这就是如山如海的父爱。

在他离开这个世界的前四天，我因背他上厕所造成腰肌拉伤，动弹不得，只好到医院治疗。第四天我勉强能下床，便赶回他身边。此时的他已经几天不能进食了，连流食都不能喂进去。他看到我，很开心地笑了，然后说："我要睡了"，然后他闭上了眼睛，离我们而去，走完了他勤劳朴实的一生。离开我们时那种慈祥的面容，至今在我的脑海里还有清晰的图像。

我的父亲一生安平乐简，朴素无求，言传身教，不仅给了我们健康的躯体，更给了我们正直的灵魂。他一生勤勤恳恳，任劳任怨，对家庭认真负责，一丝不苟，为人忠厚，襟怀坦白；谦虚谨慎，平易近人，生活节俭，艰苦朴素，对我们深爱严导。他对自己却处处严格要求，给我们的更多是理解和宽容，用他的沉默和孤独换取儿女的开心和快乐。他几十年如一日的教养之恩，重于泰山，浓于热血，激励着我在人生的旅途中勤勉努力做事，堂堂正正做人。他带着我们从白手起家到成家立业，再到衣食无忧，一路艰辛，付出了一生的心血。本想在他晚年多尽尽孝心，让他好好享受儿孙满堂的天伦之乐，可是他就这样匆匆而去了。他走得太急，甚至还没有来得及向我的两个弟弟告别，我们还有太多的话想对他说，还有太多的事要为他做，还有太多的恩情还没有回报，可他就这样匆匆走了，把无尽的痛苦留给了我，让我一生不安！

而今，我无数次在梦里见到父亲，他还是老样子，面带微笑抚摸着我的头对我说："傻孩子，不要难过。"我答应过他不会再伤心难过。可是想起他，我不觉泪流满面。假如眼泪能够构造通天的梯子，假如思念能够铺成上行的天路，我会不顾一切径直走入天国，再把他带回我的身边，让他再度华年，可惜已经不可能了。

我的父亲是一个农民的父亲，是农村千百万个普普通通父亲中的一员，一生没有轰轰烈烈的事业，也没有声名远扬的荣耀，但那种勤勤恳恳，乐于助人的奉献精神，艰苦朴素，勤俭节约的作风，为人正派，忠厚善良的品德，却永远根植于我的心中，他勤劳朴实的精神，激励着我在漫长的人生历程中走好每一步。

父亲是坚强的，病痛无情地折磨着他，他却从未说过一声痛，直到生命的最后一刻，他还是坚强地不打镇痛剂，我实在不忍心看到他疼痛难忍的样子，很多时候是偷偷把止痛药放在开水里喂他。临终前他看我的眼神我一生都无法忘记，我知道那里面饱含了太多的爱，那一声关心的话语，让我愧疚地低下了头，无言却泪如雨下。他养育了我五十年，这五十年来我曾吵过他，怨过他，讨厌过他，可他还是用那无私的爱包容了我，给予我的爱像汪洋，我只短暂地照顾了他几个月，回报给他的爱不及汪洋一滴水，他却那么满足，那么欣慰，与他相比，我显得那么渺小。

我孤独寂寞的游走于人生路上，在悲伤失落的日子里，再也没有他的理解和关爱，再也没有他的唠叨和劝解。在这个世上，只有他的爱是最无私的，只有他的爱对儿女是毫无所求的。他走了，留给我的是无数的愧疚与无数的不舍。多少个漆黑的夜晚，我仰望星空，真的希望能再看他一眼，因为我好想他。

赤裸一生来盛事，含辛茹苦勤做人。青山绿水埋忠骨，豪气冲天在人间。父亲留给我的是做人的勤劳俭朴的品德和大度宽容的精神。他是最伟大的，是我永远怀念的。我将以他为榜样，精心教育我的子孙，让他们能真正拥有正直的人格和高尚的灵魂，能真正成为对社会、对国家有用的人才，以此回报他的养育之恩。

　　在我们的人生旅途中，总会有得失相伴，悲喜相依。当我们离开父母以后，终是在磕磕绊绊里成长起来，终是在风风雨雨里学会历练。四时有更替，季节有轮回，严冬过后暖春必到。常怀感恩之心，总能够发现良心所在，正如古人所说：耐得住清贫见真情，守得住云开见日出。忠孝在路上，只有行动才能证明我们心中的诚善，当我们都是白发苍苍的时候才会明白"水去汩汩流，花落知多少。成家立业在今日，莫待明朝悔今朝"的道理。

　　人生的亲情大抵如此，当你拥有的时候不知道它的弥足珍贵，而当你失去了却又总是怀念不已。花有重开日，人无再人生。家有老人，在生当精心赡养，莫待离去痛苦余生。

酱油飘香

冬天的风已经刮到了春天的门前，古老的大街上呈现出了佳节将到的气氛。我正欲找朋友聊天，我突然撞见一个卖酱油的老头。他还是往日的模样，担着一对有盖的木桶，一身黑布衣，迈着一瘸一拐的步子，只是那沙哑的叫卖声显出了他的老境。呵，岁月能催老人的容颜，却催不老人的心志。多少日月，他仍执着地走街串巷，耕耘着他那一份禁土。

没有曲折的故事，没有动人的情节，时隔二十多年，他早已被我遗忘了。此刻偶尔与他相遇，昔日情景，总在脑中盘旋。

那时，我住在青山环绕的乡村，他常挑着酱油在我家一带叫卖。"卖酱油哦，先市酱油。"这韵味十足的吆喝声组成了我童年生活的一部分。听到这声音，我们几个孩子常抱着瓶子等候着，妈妈不反对我买他的酱油，因为他卖的酱油色泽好，味道香，品种正宗。因为那时农村很贫困，酱油一方面作为调味品，更多的时候是孩子们用来拌饭吃。老头儿酱油的价格很公道，对孩子，给足分量后，还要在你瓶里添一点，并且很讲卫生，他的酱油桶上有盖，漏斗上蒙一层纱布。边打酱油边说："吃的东西，要干净。"

有一个雨天，家里酱油用完了。我弟弟才两岁，几乎都用酱油拌饭来吃，没办法，妈妈叫我到街上去买。我拿着冰冷的瓶站在屋檐下，隔着雨帘朝那山间小路期待地盼望着。妈妈似乎看出了我的心事，说："这么大的雨，卖酱油的不会来了。"但我一动不动，静静地等待着。在一阵风雨过后，一串串熟悉的叫卖声从远方传来。那时，我得到一种希望的满足，这种满足似乎比买的酱油更沉重。

老人对我这样的孩子不会缺斤短两，因此，他在打酱油时从未有人走到身前监视，我们真的对他很放心，这种放心，有时超过了自己的亲人。有时大人叫买酱油，自己却忘了拿钱便去找老头，和他一说，他常说："没关系！没关系！下次还要来嘛。"把酱油打足了，照常给加一点。

我逐渐长大了，进入中学，妈妈有时也叫我买酱油，我便有些不愿意。总觉得我是大孩子了，提着瓶子进教室是多丢脸的，有时没有法子，便将瓶子盖好，放进书包里，总害怕别人看见。这一行为被妈妈发现了，她老人家语重心长地说："做人要实，虚伪总会让你的希望变为泡影。"当时，我还不完全理解这话的含义。那时，我充满着理想，天地变得宽阔，有时，自己就像翱翔天空的小鸟，志高如流水，甚至有时对那卖酱油的老头产生一种嫌弃的念头。可那老头天天叫卖，年复一年，在艰辛而又自满中度过他的岁月。这是多么平淡的人生呵。

时光如流水，二十多个寒暑过去了，举手抚额，脸上已经露放出细细的皱纹。生活激流如万里海洋，回看自己托身在浮云之上。虽然我已经早已离开了乡村的古屋，住进了集镇的楼房，但在生活航程的搏击中，经历了经商、当兵、执教、当官，虽有志气和理想，但在前进的道路上几度挣扎，意志常在恒心与毅力之中动摇，终就碌碌无为而度日。事业理想，于心中积淀，然因懒惰而却步，为官为民，虽无所求，但多因情趣而热情之。修身自省，少进取之心，无责任之感，不敢承受生活的重担，随光阴变日，随日月放歌，壮志终难酬。那些往昔幻想中奋飞的翅膀，高举的风帆，逐渐在思想的驿站中停歇。正如那个肩挑生活重担，迈着艰难步履的卖酱油老人的叫卖声，逐渐被遗忘一样。

人生的路有时很窄，窄得无法让人通行。在世纪之交的冬天，那卖酱油的老人的叫卖声又响在我的耳际。他还是那么边走边吆喝着，脚步比原来更加沉重。他再也不认识那个在雨中买酱油的光脚丫的小孩，他再也认不出那个哭着向妈妈要豆油的穷孩子。然而，我却忆起童年的一切，那满带饥饿的乡村孩子，那幼稚的童真，那虚伪的追求，以及经历的失意、坎坷和追求、奋斗中的苦与乐、那老头吆喝着从我身边走过，他的脚步是那样坚定有力，他不求权，不求利，唯求生。他的生活是最真实的，他的人生，就像他卖的酱油一样，从没有虚假的成分，永远是那么真，那么实。是啊，在人生的长河中，虚荣与自尊老是飘浮在上面，那必将在生命的转折点搁浅。做人，只有脚踏实地，找准生命的坐标，把应该承受的担子负在肩上，不再徘徊，不再停步，勇往直前地走完自己的人生路。如那个卖酱油的老人，执着地走着自己的路，虽贡献微薄，但终究无怨无悔。

　　卖酱油的老头去了，我的目光停留于天空，在心灵的朦胧中，仿佛空中有无数的卖酱油的老人在走，他们的脚步走得那么自信和充实。

老家的冬天

我是农民的儿子，我深深地爱着故乡的土地和那里的父老乡亲。岁月已经将我带到五十岁的年龄，每到冬天，我更容易把他们想起。

霜降已过，冬天的寒风就开始来了。在这个时候，总是我最想家，最怀念家乡季节的时候。

老家的冬天比城里要冷些，但在老家过冬很有雅趣。我年轻时在乡下教书，每到冬天来临，我家附近老乡的猪就开始杀了，老乡杀猪总会少不了请我到家胡吃海通一番。农村的菜是最好的，完全是绿色食品。当时农村还很穷，但老乡总会把所有的家底都拿出来招待我们。不管天晴下雨，一般情况下我们农村左邻右舍基本上是全家出动。在农家吃饭，老乡要让我们酒过六巡，吃得大醉方可。到那时，个个满身的酒气，摇摇晃晃，手舞足蹈，或说或笑或唱，大有超凡脱俗的皇帝老儿似的洒脱。老乡最看重实在、直爽的客人，客人来了，主人最有面子，客人喝醉了，主人最高兴。

冬腊时节，忙碌了一年的乡亲们终于可以放松一下僵硬的肌肤，舒展一下紧绷的神经。家家屋檐下挂满丰收和喜悦。在厨房里，金黄的腊肉，串串泛着金光；房屋的周围都会准备很多柴草，为过年而做了充分的贮备；在农家的地里，什么白菜、萝卜、莴苣菜、大葱样样齐全，定格了山村的色彩。乡亲们的脚步慢了，生活的节拍慢了。

冬天是农村翻耕土地修堤造田的时节。过去，全村上下的男人都会集中在鱼塘周边，修补夏季里被洪水冲垮了的堤坝，那种轰轰烈烈的场面现在难得一见。男人们相互吼着酸溜溜的号子，笑声一直陪伴太阳从东走到西。高潮的时候连四个人抬的石头，两个人都笑呵呵地收拾了。有时也会有年轻力壮的女人忙碌其中，更增加了打情骂俏的，跑上蹿下的，说笑声吼叫声尖叫声像开了锅一样，有人漏嘴的时候也惹出了张三的媳妇跑到李四屋里的实话，"哄"的一下像国际新闻一样迅速传遍村子，晚上就会有吵架的故事上映了。儿时的印象里，工地旁边一群孩子玩着不同的游戏，浑身抹满了泥巴，撕坏了衣服也忘情不疲，那个高兴劲绝不亚于现在孩子滑冰、上网的程度。

遇到有新修田地的大工程年份，那场面就更大了。男人集体干活，流水作业；女人集体起灶做饭，分工协作。"大锅饭"的场景热闹宏大，就连晚上也是灯火通明，喇叭不停。但是大多数年景，冬季干燥的时候较多，抢收种地的时候最忙。一下雨，山野里就响起此起彼伏的赶牛吆喝声。这也是耕牛一年中最辛苦的季节，有耕牛的人家，往往是连人带牛一起被请去帮忙，帮忙犁地是不收报酬的，主人家做上一顿好饭菜，一壶白烧酒，好生招待就行了，淳朴的民风就是这样的简单没有一丝的铜臭味。

进入深冬，山上的草木焦黄一片，树下落叶深深一层，风一吹，落叶和着黄土飘满山梁。山羊群，在枯草丛中寻觅着一点点绿色或能吃的老叶子，春夏季不吃的草料，此时也吃得劲欢。年少的放牛娃（割草喂牛的孩子）要么在山坡上打仗嬉闹，要么把草帽盖在脸上放心地睡觉。在我的记忆里，不少十多岁的放牛娃都厮混在一块，时间长了没事了就玩起最原始的游戏。有几对后来还结了婚，不过他们的孩子比他们也小不了多少。

老家的乡亲最为善良、勤劳、纯朴、热情、无私、直爽。我清楚地记得小时候在家玩火而烧着了自己的棉衣。横七竖八的带子无法解开了，呼呼地火烧掉了衣服，烧坏了腿。赶来的乡亲用双手把熊熊燃烧的火苗泯灭，把我从死神中抢救出来，至今还有许多无法忘怀的细节。

工作离家远了，与乡亲见面的时间少了，每逢回家过年的时候，遇到一些可敬的乡亲，他们总会问寒问暖，无微不至，有时比自己的父母问的都细致，没有一句的虚伪，没有半句的寒暄，更没有一件找麻烦的事，这些最使人难以忘怀了。勤劳了一生的长辈们，遇到的第一句话就是：吃了没有，到屋坐坐。是啊，他们对每一位稀奇的客人都是一样的热情，纯朴的像一张白纸！导致有些小人以为有所求而嘀咕且却步不前。我的父亲是地地道道的农民，对人很实在，哪怕遇到外省的生意人都给吃给住，我们一直都无法理解，并且一再叮嘱他们注意不法之徒或江湖骗子，最终还是父亲说得在理做得实在！

　　勤劳的乡亲，最使我感动。他们年复一年，日复一日，生命的全部只包含两个字"劳动"。舍不得吃，舍不得穿，就连生病了都是努力扛着，硬是扛不住了，在山上去找一把草药熬汤应付。家乡有几个辛勤忙碌一生的长辈，临死时才住了几天医院，打了一支抗生素！

　　每次回家要走的时候，父亲都是忙忙碌碌，无言无语，没有挽留，只有嘱托！无言的期盼都在慢慢弯曲的背影里。父亲站在路口的身影，像每天来往的阳光一般，照耀着自己平平淡淡的生活以及工作的分分秒秒！

　　去年，老家开始实施农业综合开发项目。把千百年耕种的坡地新修成了水平梯地，修了公路、修了水渠、修了大坝，种植了成片的荔枝、柚子，成了本地的示范田。旧貌换新颜，日子月月甜。祖宗想都没想过的事情变成了现实！陈家老汉80多岁了，每天要搬石头砌堤坝，笑哈哈地忙碌不止。好像忘记了自己是一位古稀老者，心想还要再活五百年！

　　年复一年，老家在我的记忆里一遍遍放大，一天天变美。常言道：谁不说俺家乡好！每一个从家乡走出的学子，包括打工在外身受外地感染的农家子弟都是同一个愿望，希望家乡更好更美更漂亮，乡亲更好更富更健康！

　　说实在的，随着年龄的增长和事业的成功，生活已经不成问题，城市的生活丰富多彩，生活环境比农村要好得多，但我常常想我农村曾经的家，想那个生我养我的土地，想那些关心我帮助我从贫困线上走出来的乡亲。虽然我也努力为那片土地，为那里的老乡们做一些事，但我的努力永远不能偿还那些乡亲们对我的那片深情……

　　看来家乡情结已经成了我的一种心病。在岁月的长河里，我将永远想念祝福牵挂我的老家！

聆听心灵的声音

此时的夜很静，很凉。可能因为我白天喝了太浓的茶的缘故，在床上辗转反侧，不得安静入眠。想开电视看看，但扭头望着老婆熟睡的样子，不忍心打扰她的好梦。所以，披衣下床，走出门外，一个人享受着个世界的宁静。

站在阳台上，静听这中秋节后的第一个清晨，竟是那样的妙不可言。只听耷旯里的蟋蟀声声，让我迷醉得也好想加入它们的队伍中去浅吟低唱。或许，夜深人静时，才是它们的世界。偶尔的几声犬叫，偶尔的几声鸡叫声，告诉那些早起的人们，天快要亮了。

昨晚，悬空高挂的圆月，似乎也累了，此刻在渐渐飘落西方。或许，它也感觉到了孤单，后羿对嫦娥的深深期盼，已被王母娘娘给破坏。望着后羿挫败失落的背影，让那些不能团圆的有情人，不禁黯然泪下……

返回屋内，坐在电脑前，聆听着自己喜欢的古筝音乐，拉动心底那悠悠琴弦，浮想翩翩。沉浸在一片迷惑里，总是走不出那幽幽古筝声声的诱惑。在朦胧而又明清的乐声中，码着自己的文字，再次把思绪导入曾经的滚滚红尘……

在这个茫茫网络大海里，已经没有过多的情绪需要我去缅怀，只有一个真实的自己，只有一个赤裸的灵魂，独自在自己的空间里自由呼吸。

时而欢快的古筝乐声，仿佛穿透万水千山，跨越滚滚红尘，宛如一片云雾，轻轻飘过我的眼前，缠绕在我的心尖。虽然看不清楚它飘忽的影子，也无法琢磨到它真实的模样，却能感觉到它深深地映在了我的心上，刻画出一个不变的情节。

那一阵阵清脆的古筝声，在即将消失的瞬间，把我所有的情绪都带走了，让我没有了自己，忘记了世俗。心语点滴跳动成有形的文字，拨动琴弦，小赋一篇心灵深处的咏叹调，在这动听的旋律中飘逸……

每当夜深人静时，每当与文字诉说悄悄话的时候，都喜欢聆听这种迷醉心灵的音乐，去捕捉文字背后的淡然，感悟生活里的理性，感觉欢愉时的心旷神怡。

渐渐沉浸在这音乐里，整个人没有了知觉。呆呆地望着窗外那轮低于树梢的圆月，默默地对着流动的风儿，诉说自己不能表达的心扉，委托它们带去对心里那个知己深深的牵挂和爱意，希望他能明白我的依恋和祝福。

此时的我，在这个寂寞的清晨，在音乐的陪伴下，情绪缕缕，若隐若现渐远又渐近。搜索着自己的记忆，寻找着一点情绪，想想自己的经历，问问自己的感情，是否还隐藏着几许柔情在呻吟？才发现我的思念，没有到处遨游飘散，因为我感觉不到，在这茫茫人海，没有了让我值得去思念的人，没有谁值得我去痴情的等待。

在情感世界里，已没有了什么思绪，既然无法琢磨到文字的气息，那么就让心儿随着这悠远的音乐，在宇宙之间缓慢飘远，飘远……

此刻的我，在用一双清瘦的手，蘸着自己生活里的一点一滴，敲打键盘，反思自己的路程，让自己打开模糊不清的结，走出不属于自己的风景线。借大自然里那一缕柔柔清新的风，吹醒自己昏睡的神经，在成长的书页上刻下，那些自己走过的点点滴滴，记录下人生路上真实的情感历程。

寂寞的时候，喜欢一个人静静地回味，让那些烦恼的开心的事，都在一首喜欢的音乐感染下，抒写出生活里灵魂的投影。用一种自己喜欢的方式来融化灰尘，让纯净在脑海里停泊憩息，静静地守望这寂寞的空间，让来自天堂的天平掠过每一个心情的角落。

翻开曾经的日志，看看那些伤心的开心的文字，渐渐触摸到曾经岁月的痕迹，暴露出自己最真实的面具。然后，在细细品味中感受人世间的真、善、美……

落叶的孤独

　　一片落叶在岁月里飘零，频频回首却等不到阳光的温暖；一片落叶在风中飞舞，毅然飘落却等不到雨露的眷顾。于是，这片落叶有了无法抹去的孤独，孤独如同晚秋覆上的一层白霜，深而疼痛。

　　秋天就要远去了，这曾让落叶坠落的季节而今在远离的时候，与落叶作着最后的告别，将一缕温暖的阳光洒在了他的身上。落叶在风中偷偷地抽泣时选择了转身，就在秋天要离开的时候，他把自己的目光锁在了平静无波的水面上。

　　落叶的眼泪滴滴落进水里，浑浊了本来清澈的江水。秋风温柔地抚摸着落叶，爱怜地说："跟着我走吧，远方有你的梦。"泪眼蒙眬的落叶哭着摇了摇头却怎么也不肯跟风走，风知道落叶是在等秋天的回来。

　　落叶未能盼回阳光明媚的秋，冰冷的寒霜却紧束缚住落叶的身躯。落叶哭了，它的眼泪如霜般洁净。秋要走了，留给落叶一个萧瑟的世界，孤零零的枝头，空旷的树林，萎靡的一个梦。走了吗？真的就这样走了吗？一点牵挂，一丝爱恋都不留下，就这样走了吗？

　　小山冈的风像海潮一般狂啸，催促着落叶的离开。秋就要走了，风说要把落叶带到小溪边，那里有落叶更好的归宿，碧绿的青苔或许能给落叶新的希望与向往。落叶哭了，哭得很伤心。小溪拥有落叶从春到夏的梦，那是绚丽的七彩的梦。当他还是枝头嫩芽的时候，他曾看到过深秋的深邃与广阔。也就是从那个时候开始，他喜欢上了住在小溪旁的秋。

　　曾问秋天：如果你走了，你会把你的小溪留给我吗？秋天认真地点了点头：如果我走了，我能留给你的唯一的就是这条小溪。落叶哭了，他喜欢秋天住的那条小溪，那是一条清澈见底的小溪，一年四季如春奔流不息。然而，如果没有了秋，拥有那一条小溪又能怎么样呢？还不如待在深山中直到腐烂为止。

秋天一定是爱着自己的，落叶总是这样地告诉自己，要不然他不会总是一遍遍地呼唤着"落叶！我的落叶！"，搂着落叶紧紧不放。秋天走了，有一天风儿告诉落叶。落叶哭了，秋天真的走了，却吝啬得连再见也舍不得说。纵是如此落叶对秋天的思念却没能减少一点点。

风儿带着落叶来到了小溪旁，秋天曾经住过的地方，似乎空气中还有花香的味道，还留有秋的痕迹。落叶每天不停地流泪，他的眼泪跟着溪水远走。有一天小溪却突然干涸了，落叶也无法再流出一滴泪。落叶祈求阳光将自己一点点地撕碎，像尘埃一样地碎，他说只有这样才能赶上秋的脚步，让秋天带着他一起远走。

阳光心疼地搂着落叶，紧紧地搂着她，不停地追问落叶这是为了什么？落叶哭着说："这一世的爱恋只给秋天，纵使他已经离开，或许再也无法等到他的回来，因为爱，就让我化作零星的碎片安放在小溪中，待来年春暖花开溪水奔腾的时候，小溪一定会告诉秋天，我是这样深深地爱着秋天，一无所求。"

落叶依旧还是那片落叶，他心底深藏着一种孤独，那是谁也无法解开的心结。小溪旁的落叶有着深深的孤独，那孤独是因为秋天的离开。

其实，我就是那片落叶，我不知道，在岁月的长河里，我的秋还会不会回来？

难忘美丽的正月

　　我是在农历正月出生的，对正月有种特别的偏爱。正月是春天的象征，红梅吐艳真的十分漂亮。我是属兔的，经历了冬天寒冷煎熬，总希望春天的早日来临。况且正月过后，浪漫的樱花、桃花、李子花就会娇艳地盛开。

　　在这个很美的春天，总有一些感动的情怀，逐渐泛滥成灾，悄悄弥漫，心尖藏着一处看不见的深渊。

　　这样的季节，适合抒情，我想写很多很多的情诗，希望每一字，每一句，都有你的身影。虽然，天地万物都不是你的主宰，但我渴望，睁开眼睛到处都能见到你的影子。

　　你看见了吗？微风过处，优雅轻盈的花瓣在轻轻飞扬，仿佛我内心深藏的温柔，也能在瞬间化成一朵一朵的微笑，如那些花朵一样美。

　　回忆是一个必有的生命历程，我在记忆中走走停停，纯粹的轮回必须经过年年岁岁。人生旅途漫漫，究竟有多少失意等待着我。当我无法面对它们，它们便接踵而来。我想把一切的失意都看成一种挑战。那么，又将有多少的挑战能让我的心情真正的解放，真正的解脱。

　　在这阳光明媚的春天，有时候也有那么一丝寒冷，北风就好像是一双恶魔的手抚摸着你。原以为是那么的清凉，可它却是那么的疼痛，使人憔悴，难以呼吸！一个人失去了笑声，被周围的环境压抑得喘不过气来。没有了言语，没有了表情，只有一身的煎熬。虽然是春天，世界有时也是冷漠的，在刚刚过去的晚冬的日子里，在一片孤寂的沙滩上，究竟哪里会有一泓深潭？无语的万物陪着无语的我，冷漠过后往往就是苍凉！

　　每当星星缀满天空，月亮爬上柳梢头，我就开始把往事翻箱倒柜。这时候我才发现，我可以忘却你的名字，忘却你的笑容欢言，但那些深藏在心里的故事，那些风风雨雨的经历我却忘不掉，那些在瞬间一闪而过的永恒的思恋，依然会像长长的常春藤缠绕着我，任凭怎样努力去忘记那让泪水打得湿漉漉的回忆，但它却依然会在某个静谧的黑夜，悄悄叩响我的心扉！

潮湿的空气，润湿了我的心田，时间的季风，吹皱了对你的思念；细雨蒙蒙中，孤独寂寞的香气又弥漫于回忆的空间，我把笑容伴泪水留下，那阴冷的雨注满了心湖，视线中你的脸模糊了又清晰，原来你还未从我的记忆中消逝……

在冬日里，有关春天的无数个假设，有关你的各种想象，绽放在这个春天的深处，漫过草地，漫过心海，漫过这个多情的季节，如一首婉约的诗躲在心底。

历史的记忆有些时候只能在诗里等待羽化成蝶，就像那些娇美的花蕊，最终也只剩下最后的一瓣，享受飘零后的孤单。

当春天开始唱歌，人们在歌声里陶醉。美丽的长江赤水，有无数的涛声依旧，潺潺的流水，顺应着人的思绪，在千回百转的想念里，曲折迂回，任凭我自由自在的抒情。

正月的温暖气息，总能勾起一些不安的情绪，使得我的思念开始莫名地泛滥，定格成一页泛着清香的桃花诗笺。

在我的生命里，最恨你的身影，因为你的身影常常完整清晰地进入梦里。

记得你曾经告诉我，即使我枯萎成一株残菊，你也将会好好爱我，任凭爱的心儿沉醉，你会好好珍惜这来之不易的缘分吗？

现在，夜色已深，我轻轻梳弄三千情思，携着满怀婉约的心事，伴随那些流逝的时光，回忆你我之间相逢的浪漫和美丽。

城市的灯火依旧通明，温暖你梦境的那盏灯光已经熟睡，平常，我总喜欢把你放在心里，现在，就让我把你挂在天上，我想让你的眼睛和眨眼的星星一样明亮，一样调皮可爱，仿佛你正看着我安静地进入梦乡。

你知道吗？我们阻挡不住满山遍野的春色，就像无法阻止内心的河流，让一切潮湿的呼吸停止在黑暗里一样。

你看，正月的梅花有多美，惊艳过后，眼角的潮红还没退。今夜，就让我写一首美丽深情的情诗，让我在这首充满思念的诗里沉醉，就如当初在你的眼眸里沉醉。

　　不去抱怨，你的誓言已经成为我生命里最华丽的梦。不管它们怎样穿过岁月的风雨，我只能听凭心思缄默，任凭岁月沉淀。我知道，即使我拼尽全身力气，也无力追随。渐行渐远的是你的背影，终究只会定格成我心里一幅忧伤的风景。

　　此刻，窗外微风习习，我的心微微疼痛，孤独寂寞引起的感动，总是来得太匆匆。趁着斜风细雨还没淋湿眼眶，趁着今晚有如银的月光，就让如水的夜色无限地延长，让我们彼此都能牢牢记住对方。

难忘童年

想起童年，我闭着眼睛也能描绘出门前那棵时常去掏鸟蛋的老榕树，一到春天便挤满小孩的那片向阳的绿草地；我能说出我常割草的山坳里有多少棵树，多少座坟墓；我也知道哪个山洼里长着牛最爱吃的野草，哪个山旮旯里长着我小时候最爱吃的山桃……是啊，现在想起，童年的那些事多像是在昨天发生的啊。

"小嘛小儿郎，背着那书包上学堂……"这是我学会的第一首歌谣。那是我从母亲的针线笸箩里偷了剪子玩耍弄破了手指头吓得大哭时，母亲跑过来，随手抓了撮细土按住我的指头，她就唱了这首歌。不知是母亲没有嗔怪我，还是她动听的歌谣迷住了我，我顿时止住了哭声。从那以后，我不仅学会了这首歌谣，还夸赞地教给我的朋友们。我们唱着它，跑向山洼摘起大把的山果，我们唱着它来到涝池边挖起大块的塘泥弄出大大的炮响。

每每唱起这首歌，我的眼前就浮现出母亲唱歌时的情景：那特有的韵律和拖腔，那轻轻地落在我肩头的手的节拍，那眉宇间流露出的这孩子什么时候才能长大时的忧虑。

那时的生活是很苦的，口粮吃完了，只靠上面救济的那一点粮食根本吃不饱，特别是每年开春，缺吃断顿是常有的事。于是我也提着小竹篮，跟着大点的孩子去学习挖野菜，慢慢地，我就能分辨并叫出那些野菜的名儿了。感谢大自然对我们的恩赐，第一次我就满满地挖了一篮，我能为家里添口粮了，我的心里有说不出的喜悦。

多年以后，一次和母亲谈话时，母亲似乎很内疚地说："孩子，你是自己挖野菜把自己养大的。"我颇感不安地说："不，妈妈。是您一手把我养大的!"母亲落泪了，但她既而又笑了，眼里含有几分苦涩。

不是吗，真诚地养育我度过童年的不正是我亲爱的母亲吗？

因弟妹多，八岁了我还没上学，看着小伙伴挎着书包很神气地走向学校，我心里很不是滋味，我曾向母亲提起过上学的事，母亲当时没说话，后来又说父亲不同意，我什么也没说就摔门跑出了屋子，我听见母亲在背后叫我。那一次我哭了，哭得很是伤心。

记得父亲同意我上学是那年秋天。那天吹着冷冷的风，别的社员都放工了，父亲因顶撞了队长，被罚仍在犁地，我去给他送衣服。父亲在地边蹲着，牛在吃着草。当我把衣服披在蹲在地上父亲的身上时，从来很少笑过的父亲回过头笑了，他拉住我的手说："爸像牛，你像牛犊儿，对吗？"看着一向倔强但这会儿眉开眼笑的父亲，我大胆地说："不！爸，我不做牛犊儿，我要做你手中的鞭子。"父亲哈哈笑了，他拍着我的大脑瓜动情地说："孩子，你该念书了，将来做个官，就没人欺负你爸了。"

第二年春天我就成了一名小学生了，但我不会忘记帮父母做些家务，也不会忘记怎么弄到自己的学费。几乎所有的假日我都是在割草喂牛，或者是拾狗粪度日。每天早早地起床，经常要走到几里地以外去割草，傍晚我也早早回来，喂牛喂鸡的安顿家里。把拾的狗粪积累起来，到时候后拿到收购站一卖，于是我不但不愁学费，还能给家里添点油盐钱。

拾狗粪的过程是劳累而愉快的，可有时候也充满危险。暑假末的一天，我领着朋友正在大山里捡粪，忽然听到一声尖叫，我回过头见一条花蛇窸窸窣窣地逼向一个小伙伴，天哪，我顾不及多想，不知哪来的胆量，抢起扁担就砍了下去，花蛇被打得在那里扭滚。见吓呆的伙伴没被蛇咬着，顿时我浑身瘫软地坐在地上，过了好一阵才缓过神来。我觉得我一下子长大了，是啊，我打死了蛇，我保护了伙伴，我多勇敢啊。

那天回家，我和弟弟争先恐后地向母亲讲打蛇的经过。母亲听完长吁了口气，疼爱地搂住我，她夸赞我后，就不再说什么了，只是一味地看着我，那眼神似乎在说：孩子，你长大了，能自个儿保护自己了。

是的，我的确长大了，过了一年我就到五里外的镇上上了初中，为了能为家里减轻一份负担，上初中我还经常利用中午割一背篓草，放学再背回家。初中毕业正赶上全国恢复高考，我总算考上了高中，三年后，我没能像父亲期望的那样做官，而是当了兵，后来考上了教师。

在山里长大的我，是很难忘记童年那段虽有点酸楚但又是那么美好的时光的，正是在这段时光里，我受到了大山的陶冶和启迪，我有了战胜苦难的毅力和胆量，有了山里人那种特有的朴素，有了面对浮躁和喧嚣时能保持心中的一份淡然。

如今，看到那些天真烂漫无忧无虑的孩子，看到手牵孩子在大街上漫步的妈妈，我心头就不断涌现出一阵阵暖意，我知道这暖意来自小时候割草、拾狗粪和做家务事时的愉快，来自母亲唱那首歌谣时的令人难忘的眼神。

而今，我们都生活在幸福的年代里，有上顿无下顿的日子已经不复存在，然而少年时代那些不能忘掉的故事，常常勾起我的回忆，总让我常常想起那些辛酸的岁月，想起那个时代的亲情和友情！

难忘北方飘飞的雪花

这南北的天气真相差真大，国庆节我们全家出游到北方，出发时合江的天气还 22 度，中午我们在车里还开冷气，转瞬间到了北方天空就变了脸。在合江分明是明丽、浪漫的晚秋，甚至街道两旁的我不知名儿的树叶没来得及枯黄，没有秋与冬的过渡，亦没有季节的变换，思想上更是没有做好入冬的准备。一出门寒冬就神速地来了。纷纷扬扬的雪花，飘飘洒洒，摇摇晃晃，如漫天飞舞的蝴蝶一般下了起来。

昨天晚上在大雪纷飞中，好友约我到咖啡店喝茶，找一个临窗的位置坐下，我俩各自要了杯清香的铁观音，清香的茶在我们面前腾升着热气。室外大雪纷纷，室内春意融融，赏雪景，喝热茶，这何曾不是幸福？我们有一搭无一搭聊着陈谷子烂芝麻的话题，更多的是观看外面世界银装素裹，赏窗外的雪树银花。雪白的夜色，极有诗意，我们陶醉在银色的世界中。

窗外的树枝上，挂着厚厚的积雪，像盛开的满树的梨花桃花；灌木被厚厚的瑞雪所装扮，像披了洁白婚纱的娇羞的新娘；草坪、道路更是被松软的雪覆盖，似乎正在孕育着一场幽幽的冬事。仿佛一切都变成了洁白，平日里多彩的世界终于被这第一场大雪主宰，乖乖地统一成了白的色调。面对这纯白的世界。此时我不禁想起伟人毛泽东《沁园春·雪》"北国风光，千里冰封，万里雪飘。望长城内外，惟余莽莽；大河上下，顿时滔滔。山舞银蛇，原驰蜡象，欲与天公试比高……"这是大自然的杰作，经伟人大气魄的渲染，心中也不禁升起一股难以名状的豪情。

昨夜的大雪直至现在依旧漫天飞舞地飘着。雪花，在人们的不经意间，穿过枯枝落叶，斜过青砖红瓦，毫不掩饰地渲染着晶莹的纯美，绽放出馥郁的清香；用她那万丈豪情，尽情地舒展着"山舞银蛇"的恢宏，舞动着"原驰蜡象"的豪迈；用她那轻盈的舞姿，自由地银装了玉树琼枝，素裹了天地苍茫。映入我眼帘的是飞扬的雪花覆盖了还在泛绿的垂柳，粉雕了依然勃发的白杨，洁白如玉的大地上，悄无声息地呈现出丰瑞的意象，旷世的清凉。

不错，我是喜欢雪的！我喜欢雪，喜欢雪的圣洁，雪的宁静，喜欢雪的空灵，喜欢雪在空中飘飘洒洒轻舞飞扬的样子，喜欢那雪中漫步的情怀，喜欢雪在自己的脚下沙沙作响的声音。而飞雪、飘雪、瑞雪，在诗人眼里，恐怕又是另外一种景象了。"忽如一夜春风来，千树万树梨花开"说的是夜晚飞雪，无声无息，即至清晨，我们才发现树上都积满了雪，像开了一树梨花。"燕山雪花大如席，片片吹落轩辕台"用极度夸张的手法写出了雪之大；还有那首郑板桥的千古绝唱："一片两片三四片，五六七八九十片，千片万片无数片，飞入梅花都不见。"全诗几乎都是用数字堆砌而成，却丝毫没有累赘之嫌，全诗没有一个雪字，读之却使人宛如置身于广袤天地大雪纷飞之间，但见一剪寒梅傲立雪中，斗寒吐妍，雪花融入了梅花，那么人呢，人也可以融入了这雪花和梅花之中？

下雪对于北方的农民们来说更是好兆头、好景象。"瑞雪兆丰年""今冬麦盖三层被，来年枕着馒头睡"，生动描述了农民兄弟对雪的期盼和喜爱。但凡事有个度，下雪能给人们带来愉悦的心情，能净化空气，能将天地间装扮的银装素裹。但下雪同样也给人们的出行带来诸多不便，道路打滑、雪后气温骤降、地面结冰也极易造成交通被堵，增加交通事故，还有可能引发火车停运、高速公路被封等连锁反应。昨晚喝完茶赏完雪打车回宾馆的路上看到路边有许多被大雪压断了的树干横七竖八地在路边躺着，树枝上还长着没有被萧瑟秋风吹落的未曾发黄的绿叶，心也不禁为那些折断的树干疼痛。

1992 年冬发生在合江的那场雪还记忆犹新，那是我记忆里合江下的最大一场雪，当时我在车辋乡工作，山区的雪下得特别大。那个时候，农村还很穷，许多农户住的还是草房，大雪压坏了不少房屋，竹子更是大多被压断，道路上到处是被雪压断的横七竖八的树枝，现在想来还令人心有余悸。是呀，不容置疑这就是大自然！既有温情脉脉的一面，也有无情残酷的一面。

此刻窗外北风呼啸，雪花依旧在天空飘舞着，那轻盈的体态，潇洒的舞姿，优雅的韵致，飘飘洒洒，纷纷扬扬，但愿雪花飘落适可而止，不要再给人类带来灾害。

那晚我们久久不能入睡，心里总有那场雪的影子。在地域之间，跨出一步就有很大的差距；在生活空间里，此时阳光明媚，彼时风雨交加。

文章写到此，夜已经深，心里有无限的感慨，但又不便说出来。有些东西不说出来比说出来更有味道，那就还是让读者自己去品味吧。

30 年回望同学情

　　初冬的 11 月，天高云淡，寒风也毫不吝啬地携带着冬日的阳光，赐予毕业 30 周年的同学灿烂的心情，把欢乐储存于心间，把喜气谱写在脸上，一个金黄般的季节铺散在校园里。

　　2010 年 11 月 20 日是先市中学高 80 级同学刻骨铭心的日子。这一天，同学们在阔别了整整 30 年之后，终于来到美丽的母校相聚了。

　　遥想那读书时代，我们高 80 级同学有太多故事，一个个不知天高地厚的学生将读书的烦恼留在老师耕耘的课堂，有的同学背过老师板书的眼睛，悄悄溜出教室逗留，或小差开于课堂上，或用课桌将前排同学冲撞。严谨而严肃的老师总是孜孜不倦地教诲大家，你们是祖国的未来应该有高远的理想，知识是人生的财富你们要用心收藏。无知的同学们啊，半生半熟地咀嚼着老师的恩赐，似懂非懂地吮吸着甘露的芬芳。随着不可阻挡的时代召唤，不尽成熟的理想融入了农村、部队、边疆。

　　有人说牵挂是一种幸福，被人牵挂更是一种幸福。思念是一种沉沉的忧郁，思念时不管你在哪里，做什么都抛不开、挥不去的渴盼，思念，是一种幸福，思念，是一种苦痛，思念是一种温柔的心痛。30 年的同学情让我们的思念永远持续着。

　　追忆那个奇特的年代，男女有别的"三八线"画断了少男少女牵手的梦想，压抑了无数真实个性的张扬，故作儿时的深沉，把青春少年的萌动埋藏，整个班里竟无一牵手走进婚礼殿堂，无奈将心中的红杏撑在了外人墙上——

　　30 年的分别，30 年的牵挂，30 年的翘首企盼终于迎来了今天欢聚的时刻。前来相聚的高中同学，绝大多数都是毕业后就没有再见过面了。为了生存，不少的同学高中毕业后或者是当兵，或者去外地务工，都纷纷离开了美丽的故乡。所以这次的高中同学聚会可以说是对着毕业照老面孔找小面孔，感慨良多。11 月 20 日上午，66 个高中同学分别从广东、成都、威信、重庆等地区不惜舟车劳苦陆续会集在一起，参加 80 届高中同学毕业 30 周年聚会！

重返校园聚会，这是我们 80 届全体同学共同的心声！多少次心灵的呼唤，多少次梦里的寻回！30 年前，我们在这里苦读！今天，我们回来了！来寻找当年读书的足迹！校园里有我们青春年少的梦想和追求！当年的往事在同学们的脑海里浮现！同学们在学校门口都争先恐后地合影留念！把这难忘的时刻装进永远的记忆！现在我们终于相见了，依然那么熟悉！那么亲切！当年的恩师依然坚守岗位，当年的一草一木如今已经茁壮成长！当年的茅草房、瓦房校舍如今已是高楼大厦！忆往昔，恰同学少年，风华正茂，踌躇满怀，激情洋溢，曾记得，操场边，中秋聚首赏明月；校园里，你追我逐嬉戏迎晨光；田径场，你我奋力拼搏展英姿；教室里，你我学海苦读求知忙；青春年少的你我，有着情窦初开的懵懂，有着不切实际的幻想，有着天真幼稚的冲动，有着单纯无知的鲁莽，昨日的冲撞早已随岁月的消逝而淡忘，但是，当年的同窗友情却永远铭记在我们的心中。如今，30 年的翘首企盼终于迎来了今天的盛会，欢声笑语，汇成了你我的心潮澎湃。岁月无情人有情，稚嫩面庞已呈现出皱纹，岁月催人老。历尽沧桑，同学们有的是历练后的成熟与稳重，有的是感悟人生后的平淡与豪放。人生能有几个 30 年啊！你我真的该在劳碌中找点闲暇，去往事的长廊里走走，去听听亲切熟悉的声音，来看看久违难忘的笑容……

相见的那一刻，同学们可能略微感到有些陌生，忽然之间甚至叫不出彼此的名字，你猜我，我猜你，一旦稍微说出一个姓或一个字，站在眼前的你便和记忆中的你重叠了，于是，便热烈地握手在一起、拥抱在一起，又笑又跳，久久不愿意分开……当年的你是那么的瘦小，总是坐在最前面，现在全变了，个子长高了，也变得成熟了……爽朗的笑声，荡漾在美丽的母校广场上，同学仿佛又回到了 30 年前的学生时代，是那么的天真、浪漫。我们惊讶地发现，斗转星移，我们同学之间的深情厚谊，却一点也没有随着时间和空间的变迁而改变！

30 年前的情景还历历在目，30 年前的欢歌笑语还荡漾在耳边，30 年前依依惜别的场景记忆在心间。我们忘不了老师语言柔和的教诲，忘不了同学之间的纯真友谊，忘不了教室里渴求知识的眼神，更忘不了同学之间无忧无虑的嬉笑打闹。在先市中学母校，我们组织了"阔别30年"自我介绍，每个人都说上一段感言。许多同学异口同声：读书的时候，男女同学难得说上一句话，有的甚至高中两年，还真的没有说过一句学习以外的话。是呀，我们的花季年华，就是那样的楚河汉界，男女授受不亲。毕业时，大家还都是十六七岁的小伙、姑娘，腼腆得不好意思向同学们说一声道别就各奔东西了。四十而不惑，同学未了情。过了四十岁的年龄段，就进入了怀旧的青春期，渴望同学聚会的心情便由此与日俱增了。忙忙碌碌丢失的虽然是找不回的逝去的青春，但因缘相聚的回忆永远年轻。

联谊会上同学们激情满怀、畅所欲言，都想把30年彼此思念相互诉说。30年的分别，30年的牵挂，30年的翘首企盼终于迎来了今天的相聚。如今同学们都过了不惑之年，当年同窗、各奔东西，无论你回到故里，或远在他乡；无论你事业辉煌，或暂时失意；无论你身居要职，或平民百姓；也无论你多么闲暇，或何等繁忙……可是，同窗之情永不变，同学们终究忘不了你我曾经朝夕相处、共同度过那人生最纯真、最浪漫的学生时代……

11月20日晚宴结束后，同学们又组织了丰富多彩的篝火联谊晚会，把埋藏在心里30年的思念、珍藏了30年的感情尽情地歌唱。让我们再次以优美动听的歌声表达自己的感情！一首首优美动听的歌曲，荡漾在美丽的夜空；一个个矫健的舞姿，在舞池中翩翩起舞；一阵阵欢歌笑语回荡在同学们快乐的心田里。最后，伴随着一曲《难忘今宵》的大合唱歌曲，将晚会推向了高潮！

11月21日清晨，同学们冒着蒙蒙细雨徒步登上后山实验室外空地，栽下了两棵大荔枝树和20棵枣子树，为的是让历史记住这一天，让校友们能记住这一届同学，让自己记住我们的母校，记住我们曾经留下的美好的回忆。栽完树，我们在那座象征着学校知识前沿的实验大楼前尽情地欣赏，尽情地欢笑。接着，同学们游览了校园故地，参观了30年后的美丽校园，在我们曾经读书的香樟树下，许下了一个个美好祝愿，祝愿我们的同学友谊天长地久！

参观完新校园，同学们迫不及待地来到了魂牵梦萦的母校大操场，这里是我们天天出操锻炼的地方，这里是同学们相识聊天的地方，这里是我们曾经手拉手走向社会的地方。来来来，照张全家福！大家在操场一角进行了合影留念，老师与同学，同学与同学以最美的英姿，最灿烂的笑容留在了摄影机镜头聚焦的那一刻。老师、同学们争先恐后的相互合影！各班同学集体合影！恨不得把这人生最美好，最精彩瞬间溶入同学们永远的记忆里，用一生的时间慢慢去品尝，慢慢去回味。

为了增进友谊，促进沟通，11 月 21 日上午 9 点 30 分，同学们在母校举行了联谊座谈会，非常热情地邀请了当年的学校老师王德云、邓云高、郭隆熙等近 10 个老师参加联谊座谈会活动。座谈会主持人——介绍到会的学校领导、老师和同学们。原学校领导祝国祥等老师做了热情洋溢的讲话。同学聚会的组织者龙启权、裴红华、黄家贵、孙详清等同学代表都在联谊会上发表了精彩的相聚感言！

在聚餐酒会上，同学们频频举杯祝福，向老领导、老教师、老同学敬酒！向长辈们敬酒！祝愿我们的同学友谊万古长青！祝愿我们的老师健康长寿！祝愿我们的母校明天更加灿烂辉煌！干杯！为我们 80 级同学 30 年聚会！干杯！为我们的同学情！祝福我们的同窗之谊永存！干杯！为我们的师生情，祝福我们的恩师健康长寿！干杯！为我们的母校，祝福我们的母校更加灿烂辉煌！

"酒不醉人人自醉"，同学们都为这激动人心的场面所陶醉！都为这浓浓的同窗情谊所陶醉！昨天，正是今天最深的回忆！今天，正是昨日梦想的实现！明天，我们把这激动人心的一幕，深深地印在记忆的脑海里，让聚会的镜头永远闪耀着同学们精彩的人生旅途！

流水无情人有情，同学情怀比海深。即使时过境迁，时间催长的只是年龄，抹不掉的仍是同学真情。

挥一挥手告别了短暂的相聚！不为走过坎坷而叹息，不为来时的路而感伤。珍惜、把握今天每一个生活细节，翻新明天更多的生活花样，用与时俱进的观念迎接未来，以年轻的心态在和谐的大自然中徜徉、歌唱。

相聚，让我们的同学友谊更加深厚！离别，让我们的思念变得更加绵长！祝福您，我亲爱的同学！祝福您，我亲爱的老师！让我们的友谊天长地久！在人生的旅途上，让我们再期待着下一次的相聚。

记得的路却有还不清的情

在我的人生历程中，见过许许多多的河流，长江滔滔，黄河奔流，珠江澎湃，嘉陵江汹涌，赤水河悠悠，乌江柔和。这些河流在我的心里都很美，让我难忘，但都比不上我对那条小溪的深情，至今那么的依恋，那么的在乎，那么的牵动我的心。

那是一条不大的小河，准确地说是一条小溪，涨水时是河，天干时是溪。它坐落在新店与沙坎交界的地方，是划分我的老家和舅舅家的一条河，在那里记录着不少我童年的故事。它的样子至今让我记忆犹新——那清澈见底的河水，哗哗的流水声，两岸高高的巴竹，桥上那一条条沉睡在水流中的石头，河岸那尊不太大的菩萨，还有在微风的吹拂下的草丛，河边奇特而美丽神奇的鹅卵石……

我母亲被评为地主子女，嫁给我父亲后我家一直抬不起头，做什么事都得小心翼翼的，不然就会被批斗。好在母亲性格很好，心很慈善，左邻右舍对她都很好，生产队的社员都没有对她另眼相看。我家里本来有些家产，但在我四岁那年的端午节早上，我玩火柴，被烧着了手，一下把燃着的火柴丢在了走廊上的麦秆堆里，迅速燃起了大火，当时我家是草房，很快把家里的房屋全部烧了。当时大人都出去干活去了，母亲在近处割草最先知道回来，她冒着烈火将生产队的一头耕牛牵了出来，然后进屋去抱了一床被子，还没等她出来，大火就封了大门，她冒死冲出门来，就已经昏迷了，好在邻里有个赤脚医生，后来把她抢救了过来。房屋烧后，唯有四锭银子（每锭半斤）被父亲放在墙内没有烧化，其余的东西一无所剩，就连铜壶等都烧成了一块。从此家里一无所有，就连居住都是亲友们和社员们支援的竹木搭成的草棚。支援最多的当然是舅舅一家，他们本身很穷，但能分一点给我家的，他们都尽量分给我们，当然也还有其他一些亲戚，大家都很尽力，让我父母从艰难中走了出来。从小很穷，经常连稀饭都吃不上，每天晚上几乎没有饭吃，这是我童年岁月里留下的难以忘怀的记忆。

在我的记忆里，我最喜欢走的亲戚就是舅舅家，那里不光有好吃的，也有两个娘娘与我同岁，去了她们总陪我玩。记得很小的时候，逢年过节，爸爸妈妈总是带我去舅舅家。那时的山路很难走，连一墩石头都没有，特别是雨天，道路泥泞，走起来十分费力，所以那条路，我至今仍然记得很清楚。山路上长满了野草，有的地方还不到二十厘米宽。很多地方是水田坎，一不小心就会掉到水田里，我曾经也掉到田里过，结果是一身水，半身泥。路的旁边有一条绵绵流淌的小河，水流咕咕的声音是那样的清晰，又是那样的入耳！至今想起还是那样的好听！那里没有城市的喧哗，没有来来往往的车辆，寂静得有些让人害怕！就是这样一个地方，我仍经常期盼着去那里，在我小小的心灵里，那是一个温暖的地方，一个值得我留恋和向往的地方！

小时候去舅舅家，要蹚过一条河，那时没有什么桥。记得有一次，是寒冷的冬天，幺舅带我到他家去，到了那条河，他便打着赤脚，把裤脚卷得好高好高，躺在背上的我是那么的温暖，那么的温馨！他不会跟我说冰冻的河水有多寒冷，有多刺骨，我只是笑着说："等我长大了，我也背你们过河！"虽然现在路通了，桥也有了，也用不着我背他们过河，但这么多年以来，我一直很少看望他们。其实在心底，我想告诉他们：我真的很想念他们！我真的没有忘记他们对我的关心和厚爱。

每次去那里，舅舅总要去小河里摸几条小鱼，还会把盛放在箱子底层的没有动过的东西小心地拿出来，要我品尝！那时的我一点也不懂事，只知道吃的东西好像都是甜的……

我两个舅舅都特别喜欢我，在我的记忆里都说我懂事，很少批评我，我也特别喜欢他们。在稍大一点的时候，每当没有上学就往舅舅家里跑，其实我家到舅舅家有七八里路，但几岁的时候就经常一个人来来去去。当时最怕的是那条小河，那条河是有座桥，但没有桥面，桥上面是石墩子，水要从石墩子中间流过，墩子与墩子之间较宽，因为人小，经常是一步跨不过，如果踩滑了就会掉进河里，小时候每次到那里，就要等到有大人从那儿经过，有大人来了，就要给他磕个头，求他们抱我过去，农村人都很善良，见我是小孩，一般大人都会帮这个忙的。后来大点了，就拄着一根棍子，慢慢地一步一步地过去，很多时候大人都会帮忙。

到了舅舅家，他们都会做最好吃的东西给我吃，那个时候，煮干饭吃就是最好的了。舅舅舅妈从来就没有把我当小孩看待，去了就当是贵宾来了，在那里给了我很多自信和快乐，也在我心里埋下了深深的爱和无限的感激。

舅舅和舅妈都渐渐地老了，近来也多病，他们都是地地道道的农民，我经常偷偷地给他们一些钱，但他们经常都不会要，还要吵我，说："你们都不宽裕，现在我还干得，生活还过得去。"听到这些话，心里很温暖，很感动，然而更多的是感激。现在每当我有空，也经常去看看他们，他们想我像小时候那样经常去，那份真情让我很珍惜。现在如果他们家有什么事，我就要求借钱给他们，因为我就这样拿给他们，他们根本不要，待到还钱的时候，我就主动了，总找些理由不收，或给他们留一些，以此来报答我小时候他们给我的那一份无私的爱。

在我参加工作以后，我就很少去看他们，我经常说自己很忙，他们也说，现在你这么忙，没有时间就不要管我们，我们都很好的。工作再忙，时间是有的，只是没有用心去寻找而已。特别是我在乡镇工作那些年，连他们过生日有时都没有去参加，但他们从来都没有埋怨过。只是有一次，舅妈的生日，我没有去，妈妈回来说，你舅妈今天说了一句，她有十六个外侄，在她生日一个都没有去。这句话深深刺痛了我，在我心灵深处，是一个无法言说的痛，也是一个留在心底的遗憾！

昨晚，在酸酸甜甜的梦里，我又想起了曾经哺育过，深爱过我的那些地方，想起那条河，河对面舅舅的家……也不知道什么时候，泪水沾湿了我的枕头，沾湿了我蒙眬的双眼。醒来清晰地记得我在梦中大声地哭喊着："舅舅、舅妈，你们还好吗？"

现在我也不知道我小的时候舅舅拿东西给我吃时我的模样有多可爱！但我知道那个时候吃的东西很香，很甜……舅舅的爱就像一条小河，涓涓的河水源源不断地流进我的心窝，伴随我人生的成长，为我的生命而歌。

一直忙于工作和生活，在幸福的日子里，也忘却了一些不该忘却的记忆！当梦醒时分，有一种灵感在我脑海里呼唤，有一种声音在我耳边回响……我想，哪天又该好好去看看那条小路，那条河，还有河边那几个曾经给我无私之爱的白发苍苍的老人了。

家乡 40 年的变迁

　　人生走得太匆忙，生命的时光也很匆忙，穿越青春的岁月，不知不觉间一觉醒来，头发已经斑白，还没有来得及对过去进行回头顾盼，对未来细想打算，人生已经过去了一半。也许这正是人们所说的：老得太快，明白得太晚吧。

　　时光如水，奔涌而去，当我还沉浸在"我还年轻"的幻想中时，不知不觉间改革开放已经过去40年了。这40年既是我越过严冬，迎来人生春天的40年，也是我爬上高山，越过人生仕途的高峰，回到本真自我的40年。

　　我是改革开放的经历者，也是改革开放的受益者，从改革开放之初十五岁的小青年，已经到了接近退休的年龄。转眼间，半世人生已去，翻开四十年的历史变迁，我的家乡发生了翻天覆地的变化，我的家也发生了翻天覆地的变化。作为家乡的一员，真的感到自豪，感到庆幸而欣慰。

　　我家住在合江县的一个偏僻小山村，房屋在伏龙山的半山腰上，出门便瞧见丁山，落脚便是泥泞的山路。在改革开放前的20世纪六七十年代，我老家的村非常穷，根本就吃不饱饭，一日三餐能够有稀饭、麦羹羹、红苕汤填饱肚子就算很不错了。

　　由于地处偏僻的乡村，那时农村没有通电，晚上，天一黑就早早地洗漱睡觉。要是睡不着觉，那也得先熄掉灯，不然要挨大人的巴掌，因为费油，这在节俭的山里人看来是不容许的。可以说，像我这样经历了那个时代的人们，心里都被那种生活在黑暗中的日子吓怕啦。

　　"半大小子，吃穷老子"这是农村人常念谈的一句话，意思是半大的孩子食量较大，不学干活就会把父母吃穷。所以农民的儿子早当家，男孩早早地学会了干活，七八岁就得下田帮忙。女孩在家是金贵的，可是也是不能闲着，五六岁就学会做扫地、割草、打猪草、洗衣服之类的活。家里不养闲人是大人们时常挂在嘴边的话——农家子弟不干活，你想干啥？如果怼嘴还有可能吃棍子。

我家兄妹多，母亲经常有病，就靠父亲在生产队挣工分，由于劳动力少，每年都要补钱，家里没有粮食吃，每天几乎是吃两顿，而且根本吃不饱。为了挣工分，我几岁起就割草喂牛，十三岁就开始在生产队干活挣工分。农村那个时候是以小组为单位的集体劳动，每天天刚亮就要出工，那时是按照每天五排稍（农村大集体时记工分的一个单位，大约两个小时的时间）来记工分的，早上要干一排稍活儿才吃早饭，上午半天和下午半天分别是两排稍，即中间休息一次。

我们现在所说的村民那时候不这样称呼，那叫社员，社员都在生产队参加集体劳动。一般来说，大多数生产队全劳力男社员出一天工能记10分，全劳力女社员每个工日记8分，身体有病的，有残疾的，未成年的要根据个人能力的实际由小组进行评分，个人评分后，每天的出工就按照评定的分值来给个人记算得分。我当时刚参加集体劳动，贫困家庭出身，干活还算勤奋，每天可以记5分。在年终结算时，每10分值值两毛钱左右，但要根据各个生产队的经济状况来确定，有些队高一些，有些队要低一些。劳动力多的家庭年终决算时，扣除分给社员各种食物折算的钱，能有百十元钱结余；而劳动力少的家庭就会补钱。那时，农民没有收入哪里来钱呢？实际上就是扣除应该分得的口粮，用口粮来折算现金。

那时生产队有队长、副队长、保管、会记、出纳等管理人员。生产队由几个小组组成，男女社员都听生产队的小组长安排工作。

那时候社员不准搞副业和经商，私自搞副业的被称为"资本主义的尾巴"，要被割掉。所谓割资本主义的尾巴，就是社员所有的副业收入全部没收，然后送去坐学习班进行改造。而私自经商做生意的称为"投机倒把"，也是不允许的，同样也要送去坐学习班。

认识我的人都以为我是城里的，都认为我是温室里成长的文化人，我要感谢他们对我的抬举恭维。其实，我生在农村，长在农村，农村的犁耙铲搭，花编揪押，采草上树，挖地种粮，插秧打谷，喂牛放羊，排水挑粪，烧锅煮饭我都能干。我在农村生活了二十三年，农村的大多数农活我都干过。那个时代，白天走的是泥巴路，夜里睡的是木架床，一到下雨天，还要当心房子会漏雨、墙体会倒塌；大风刮来的时候，还惧怕屋顶的草被卷走，让自己没有安身之所。所幸的是，随着改革开放的春风吹来，这一切都已一去不复返了。说实话，正因为经历了那些艰苦岁月，才坚定了自己必须走出农村的决心，也才成就了我的今天。

在我记忆里，四十年前的昨天和四十年后的今天，农村的反差真是的天壤之别。四十多年前的农民，几乎都穿黑色的或蓝色的衣服，衣服上面往往还带有许多补丁，哪个人穿上一件灯芯绒或华哔叽布料做成的衣服，那算是好得不得了啦。那时的布要凭票供应，由于布票不多，又没有多余的钱，过年时能添置一套新衣服已经算很奢侈了，而且穿的衣服大多是买布来自己做的。今天我们的衣服全是机械制作，色彩五彩缤纷，衣柜琳琅满目，什么样式都有，本来还是很好的衣服，看不顺眼了就被丢掉了。

四十年前的农村，人们的衣服是穿了又补，补了又穿，爱护衣服就像爱护自己的生命一样重要。记得在我很小的时候，同母亲一起去割草喂牛。母亲每次出去时总会把裤腿卷到膝盖上，我觉得奇怪，于是问母亲："把裤腿卷起来不怕划伤腿吗？"母亲说："划伤腿可以自然长好，划烂裤子就没有布来补啦！"在母亲心里，爱护衣服比爱护自己的身体更重要。那个时代的人们，情感和心灵都被贫穷压迫得扭曲。每当回首那段艰苦的岁月，总能想起母亲那些令人心酸的话语。

由于家里穷，父母在我八岁的时候才送我读的书，记得那时每学期的学费是两元四角钱。我读书的学校很破烂，老师用的是木黑板，而且是用木架子来支撑着的，擦黑板用的是抹布，教鞭就是一根树枝，我们用的桌椅都是木板钉成的，一不小心裤子就会被钉子划破，露出又黄又黑的臀部。因为我小时候个子比较矮，有的时候还要跪在凳子上听讲，教室的地板是土平整的，那时还没有水泥地。窗子是固定性的方木条做成的，根本没有所谓的窗户。教室的光线也很暗，一到冬天的下雨天，坐在后排的同学根本看不见黑板上的字，只能听老师讲课的声音。我们的体育课很单调，除了篮球和乒乓球以外，没有什么体育器械，更没有电脑室、音乐室或实验室这些先进的设备。

上了初中后，黑板还是老样子，但有了专门的黑板刷，教鞭是用黑竹来做的了，我们用的桌椅是新做的了，表面打了凡尼水，光滑而素雅，舒服极了。教室的地板是用三合土（水泥、石灰、黄土的混合体）打平的，有了可以推得开的窗户。我们的体育课有了羽毛球、篮球、乒乓球、毽子等了。

改革开放之初，农村还是大集体干活，农村仍然很穷。那时我们农村没有电灯，都是点煤油灯，每天回家总是黑不溜秋的，好像还是在黑夜中摸索。1980 年我高中毕业后，为了生存，父亲送我去当了兵。那时联络全靠书信，1981 年，父亲来信告诉我，说家里安电灯了，那种欣喜，我在远方也能感受得到。1982 年，父亲又告诉我，说家里实行了土地联产承包责任制，土地下放了，不需要大集体干活儿了，可以自由安排农活和粮食种植。他高兴得不得了，说几个晚上都睡不着，在认真地构思怎样安排家里的生产和活路。说实话，读着家里的来信，真的有种说不出的幸福感，深深感觉到家里的穷就要苦出头了，感受到了改革开放的春风真的很温暖。

确实如此，土地下放以后，社员改叫农民了，农民的家庭生产都在认真的规划，科学的安排，勤奋的耕耘，家家都有了饱饭吃，农民的吃饭问题算是完全解决了。大家的生活得到了改善，也可以随心所欲地买自己喜欢的衣服了。不仅仅青年男女、儿童小孩都有漂亮衣服穿。到 1984 年年底我退伍还乡时，像我家那样的贫困人家，吃饭穿衣已经不在话下了，大多数农民家开始改善生活质量，着手改造房屋，把原来的草房改为瓦房，建设自己温馨的家园。

四十年前，我们农村老百姓住的房子大多是低矮的草房，房子上经常掉灰尘，蚊帐顶上全是灰，睡觉时不小心拉动了蚊帐，灰尘就会掉下来，让人睁不开眼睛。房屋周边水沟发臭、污水横流，遍地都是垃圾。

改革开放之后，村民的收入突飞猛进，洋房如雨后春笋般拔地而起，每家每户都有了自己装修别致的楼房。而今我老家的农村，农民家里各式各样的家具电器与城里人并无差异。煤气炉、冰箱、消毒碗柜、太阳能热水器和宽屏彩电应有尽有，也安装了天然气和自来水。大多数人都用上了智能手机，许多农户开上了小汽车。他们行走在干净宽敞的农村大道上，经常聚在一起跳跳健身舞，敲敲小锣鼓，每个人脸上都洋溢着幸福的笑容。

农村人总是勤劳的，能吃苦是农民天生的本性。21 世纪初，外出打工的年轻人在外吃足了没文化的苦，挣了钱后不想再回农村，一个个都在县城或城镇买了新房子。村中只剩下一些老人，渐渐的烟火味越来越少。许多昔日农家房屋成了蝙蝠和老鼠的天下，房前屋后的野草让人见了心酸不止。随着这些年国家对农村和农业的进一步改革，农村的发展的环境更宽松，发展的机遇更多，发展的空间更大。城里的农民开始重返农村，按照他们的话说：家园不再了，心似乎也没了着落。山里的空气清新，纯天然的食物到处都是。青山绿水，田园风光，美丽的乡村让人向往。于是形成了返乡潮，走出农村的年轻人，在党的光环照耀下发迹成了富豪，年龄大了又回农村养老了，近些年来，农村的人群变多了，感恩改革开放的心潮沸腾了，原本寂静的乡村再一次被打破了。

农村的交通也发生了很大的变化，四十年前，老家新店到合江县城每天只有一班公共汽车，80年代初每天上午和下午各一班，价格是七毛钱。我老家那个村中，全村一辆单车都没有，出行探亲访友只能用脚丈量地球。现在每半个小时就有一班车通往县城，就老家一个社，买有汽车的家庭就有10多户，大多数家里都有摩托车，以前的泥泞道路早已变成了宽广的水泥路，出行自由又方便，这在以前是做梦也不敢想的。

现在的新农村，每到节假日，农家小院的楼房上还会挂上五星红旗，一面面旗帜迎风飘扬；规划过的整洁的乡村院坝上，身着节日盛装的村民们，会自觉地聚集在一起，手拉手围成大圆圈跳起了地域性的民俗舞蹈。改革开放，经济发展，国家富强，民族兴旺后，给农民们带来的幸福和喜悦，尽情绽放在每个人的脸上。

在四十年后的今天，古老的故事说也说不完，火红的日子爱也爱不够。改革开放像炙热的太阳为大地绽放光芒，沸腾的生活为农村谱写辉煌……走进农村，一栋栋崭新的楼房镶嵌在青山绿水之中，山上水果成片，地里蔬菜遍野，田间鱼跃稻香，真是一幅美丽的乡村图景。

我作为一名在20世纪60年代出生的人，经历了改革开放前农民的艰辛和改革开放后农村走向富裕的过程，也经历了中国从改革开放到民族振兴再到经济腾飞的发展历史，岁月的年轮在我的生命历程里划去了两万多个日日夜夜。对于这些逝去的时光，不仅是没有遗憾，没有后悔，更是我的财富。五十多年，经历了新中国不断崛起的过程，是荣耀更是一种发自内心深处的自尊。

改革开放四十年对于我来说真的是如同一部跨时空的梦幻电影，恰似在昨日，却是在今天。时光荏苒，岁月如歌，回眸改革开放四十年的历史，我们的国家实现了从解决人民生活温饱问题到构建和谐社会的跨越。我们的民族像一头沉睡的雄狮开始觉醒，开始奋进，人们的物质生活、精神生活都取得了巨大变化。改革开放使我们国家获得勃勃生机，变得繁荣昌盛。我的家乡正是在改革开放的号角声中完成了自我的更新和蜕变，而我正是这个蜕变的经历者和实践者。

改革开放给我们这代人带来了极好的机遇，让我们这代人与前辈们有了截然不同的命运。命运就掌握在我们的手中，幸福也掌握在我们的手中。幸福是什么？幸福就是有党的关怀，幸福就是有同志们的关爱，幸福就是人生不懈地追求……

夜很静，山很青，岁月静好，这样一个好的时代，趁我们还没有老，返璞归真回到农村去，重新找回那些曾经丢失的记忆。那些蹉跎的岁月，那些平淡的日子，那些曾经的梦想，虽然被时间冲淡，但那种勤劳俭朴，忠诚善良，努力前行的精神却得到了继承和弘扬。

自然界的春夏秋冬在不断轮回，而民族的春风却永远和煦。农村已经变得很美，我将伴随时代的春风回到农村，寻找那些即将磨灭的脚印，直到老去，叶落归根。

童年趣事

我的童年是在贫穷的农村度过的，那时家里很穷，除了上学的时间外，每天得割草喂牛，在家还得干许多家务事。许多童年的趣事渐渐的淡忘了，但还有许多事深深地留在了我心中，让我难以忘怀。

在我十岁左右的时候，白天下地帮着大人干些农活，中午大人休息的时候，拿把镰刀，草帽都不戴，和哥哥在背后的自留地里砍高粱秆儿，一人多高的高粱已经结果了，沉甸甸的高粱穗子低着头，捏一粒下来，里面还是浆，往嘴里一嚼，有点甜味，远比做成高粱粑好吃——石磨推的，没糖，粗糙，满口钻。高粱叶子一片片，又宽又厚。替我挡着头顶的骄阳。高粱里有些是"灰苞"——长不出高粱的，专挑这种秆儿，左手握着，右手齐根一拉就断了，然后把所有的高粱秆扔在高粱地外面，等多了，用手一拢，一拧身，扛在肩上就弄回家。高粱秆儿拖在地上"哗哗"想，那阵势，宛如得胜的将军。哥哥高兴了，用黄荆枝条给我编一顶帽子，像解放军一样戴在头上，让其他孩子看得眼热。"灰苞"嫩的时候可以吃，剥开外面的叶子，里面像一支大号的雪茄烟，不过外面是雪白的，吃起来软绵软绵的，没什么味道，里面如果黑了就老了，不能吃，里面有虫。

太阳快下山了，该我在家做饭理家务。我家里很穷，那个时候还没有用煤，做饭全是烧柴，夏天烧火是特别难受的事，天热，坐在灶前更热，一身都是汗水，黏糊糊的。只好放把柴在灶膛里，跑到外面透口气，估计着要燃完了，再进去添把柴。做饭最难的是蒸麦饭，在做饭之前先要用石磨将麦子磨烂，我人小，那个时候不到十岁，推磨是很吃力的，一个人又要推又要添，有时磨里的底子推完了，磨子会变得很重，要很费力才能拉动，拉起来时，脚步要快，不然，磨杆会打到自己的下颌，痛得难受。麦面不能太粗，粗了蒸不熟的；也不能太细，细了就搅不散，会起灰粑，难以与米饭融合，也蒸不熟。农村做饭使用木甑子来蒸，等到米粒刚熟的时候，就要将饭粒进行过滤，再将麦面和到饭粒之间放到甑子里蒸。我人小，每次都要在灶背后垫上一个小凳子才能够得着，如果不小心就会摔下来，自己被摔倒不说，那顿饭就吃不成了，还要挨大人的打。而今想起来，真是又好玩又好气。

夏天的农村，蚊子特别多，到了傍晚就出来，耳边一直"嗡嗡"声不断。那时没有蚊香，我们就在屋中间，下面放谷草，上面放柏树枝，上面再放些草，点燃，一房间的白烟，"嗡嗡"声就没有了，耳边清静了很多。但这个活的技术要求很高，放草要恰到好处，少了熏不住蚊子，多了火焰就大，把房子点燃了就不只是熏蚊子了。

一天的蒸烤过后，晚上乘凉实在是畅快的事。晚饭过后，洗完澡，然后把白天砍的高粱秆拖到坝子里铺成厚厚一层，把篾席子甩在上面，把父亲的椅子、茶杯端出来，给母亲把凳子蒲扇准备好。就可以躺在席子上了，把身体尽量舒展开，享受席子的清凉。嘴里嚼着白天就砍好的高粱秆儿，任那甘甜顺着喉咙流淌。高粱秆是小时候嚼得最多的"水果"。仰面望天，天上月光皎洁，繁星满天。耳边是草丛里"音乐家"们的演唱会，远处大喉咙的青蛙也在展示自己的美声唱法。身下是高粱叶子的清香，稻花香随着清风吹拂，田埂上星星点点的火把，是那些大孩子在打黄鳝泥鳅。身上凉风习习，那是妈妈在为我打扇，妈妈给我讲那遥远的星河的故事。雾升起来了，在月光的沐浴中，仙女纱衣般的雪白。"稻花香里说丰年，听取蛙声一片"就是这样的意境吧！在大人的交谈中，在妈妈的故事里，我轻轻地进入了梦乡。

我长大后，从部队回来，当了一名老师。有一次，我叫学生写一段夏夜乘凉的作文，学生们纷纷摇头，"老师，没乘过凉，都在家里看电视，吹电风扇"。是的，到而今在城里，在乡下，乘凉确实离我们远去了，那"嗡嗡"的蚊子，满身的汗水，甜甜的高粱秆汁液，母亲的蒲扇已经不复存在。但我童年的那些趣事却时常萦绕在我的心间，让我永远难忘。

其实，人生总会有许多趣事，有的随着时间的流逝而渐渐淡忘了，但有些事一辈子也忘不了，因为那些事是用心去做的，是刻骨铭心的，在那些事的背后有辛酸，有快乐，更有激发人生斗志的精神和动力。

宅家过年

这个特殊的时期，宅家就是支援国家。

"爆竹声中一岁除，春风送暖入屠苏。千门万户曈曈日，总把新桃换旧符。"每当新年到来的时候，总会想起王安石的这首诗。

春节将近，心里就会浮现出过节留下的美好画面，就会想起童年过春节的快乐时光。随着生命的延续和年龄的增长，现在对过年已经没有太大感觉了，不过还是时常怀念儿时的时光。怀念，并不是因为那时多么美好，而是那种仪式感在记忆中无法抹去。

记得小时候过年，虽然没有现在过年的花样多，但还是年味十足。那时，要过年了，总会天天和大人一起为过年而忙碌着。父亲是勤快人，我从小就不敢偷懒，加之父母要挣工分吃饭，弟妹都小，繁重的家务落在我的肩头。那是我家很穷，印象中年夜饭都是素菜为主，如果有粉条炖鸡就算很不错的了。

那时我家买不起电视，无法看到央视春晚的节目，吃了年饭，就只有躺在床上等待新年的到来。如果说过年还有快乐，那就是大年初一去串门拜年，能讨回很多零食吃，什么油条啊，糖果啊，瓜子啊，花生啊，能吃到这些平时吃不到的东西，这就是过年最大的乐趣。家里穷，过年是穿不上新衣服的，所以直到现在，我对过年穿新衣服都没有什么概念。

现在回过头来看，那时过年绝对没有现在过年精彩。比起那时，现在过年有烟花、礼炮、彩旗飘飘；大街、楼房、灯火辉煌；歌舞、剧院、电影电视满天下，简直就像在天堂里一样舒服。不管怎么讲，对过年总是有种特殊的感情，每年到腊月十几，我总会想想怎么过好一个快乐的年，为自己，也为母亲和孩子。

安心隔离，素食生活，居家就是"理性"的选择。

年味儿是自己过出来的。虽然已经不像孩提时那么充满渴望和期待，但依然很享受过年的那种感觉。

今年春节前夕，我便开始规划今年的年怎么过——哪天邀请兄弟姐妹们团聚，哪天去为老祖先人挂坟，哪天拜访亲戚朋友，从正月初一到初八规划得满满的，也非常具体。可上天没有给我心想事成的机会。武汉市新型冠状病毒暴发，让我过年的计划都成了泡影。

本想带着家人过一个有仪式感的春节，找回童年的记忆，然后给孙子们讲讲我童年过年的故事，可是事与愿违。在疫情如洪流般奔涌的当下，所有的计划就像刚启动的电视机被按了暂停。再好的节目都只有等待下一次的重新启动。

正月初一，在新闻上看到中央成立疫情应对领导小组，总书记亲自主持召开会议对冠状病毒引起的肺炎疫情防控进行安排部署，我似乎明白这将是一场没有硝烟的战争开始。本想过一个平凡的春节，但今年的春节注定不平凡。

除夕前夕，专家发出的"宅家过年""不要参加集会"的倡议，微信朋友圈不断地传来疫情信息。当时我在农村老家，家乡的老百姓都说："既然武汉的疫情传得这么凶，大家说得这么严重，我们也该注意了。"有人说："我们待在家过年好，不串门聚会少花钱，简单素食更养颜，安逸得很！"是啊！这只是农民朴实的语言，但在这话语的背后，我似乎看到了中国农民的自觉性，看到了民族的信誉度和凝聚力，看到了中国公民的责任心。

疫情如冬天的风，席卷了中华大地。我分明看见：医务工作者回到了工作的第一线；许多单位干部职工回到了自己的岗位；许多省市开始向武汉派遣医疗队；官方媒体发出了全民抗疫、上下一盘棋的最强音。

武汉的封城，信息传遍神州大地。凡是有责任感的人，放弃假期，放弃与家人的团聚，放弃个人的利益，积极深入到抗击疫情的第一线，没有一人退缩，没有一声怨言；除了冲向抗击疫情第一线的人员外，十四亿中国人积极响应，为社会负责，为祖国分忧，自觉在家里隔离，毫无条件地支持抗击疫情。在这个春节，我宅在家中，但在众多的信息传播中，让我看到了一个有高度的社会自觉，一个有担当作为，一个政令畅通，一个民族团结的中国。这也许是我今年春节意外的收获。

居住在泸州的家中，我分明看到，大家都自觉地待在家里，共同营造没有病毒传播的空间，保护着共同的家园。

我在家里，翻阅着一条条信息："我家只有我一个孩子，不要告诉我妈！"这是一个年轻护士发给亲友的信息："列车已经出发，我不回家与亲人团聚了，下一站我就下车返回医院参加抗击冠状病毒战斗。"这是一个刚踏上归途的医生给单位领导的信息回复："我们夫妻两人都在医院全力抗疫。妈妈，请帮我照管好孩子！"读着一条条信息，翻阅着一张张照片，一个个感人的故事敲打着我的心，让我的情感难以平静。

一个晚上，我在《华媒联盟》看到一条消息，就是南航从墨尔本至广州的航班，没有旅客回中国，飞机上全是澳洲华人购票后，把无偿捐助的救援物资放在自己的座位上运回了国内；在美国，美籍华人知道武汉发生疫情后，当天几乎所有的口罩都被华人买下运往了中国。一个外国销售员说"这个民族太强大了"；哈佛七剑客发出"祖国有难我必回国"的强烈声音；旅欧精英们发出了"宁愿放弃生命，也不放弃祖国"的誓言。是啊！在灾难性的疫情面前，全球华人都怀着一颗赤子之心，积极作为，默默奉献。我作为一名中国公民，难道我还能沉得住气？

作为一名普通公民，我该做点什么？我在不断地询问自己。

我虽然不在抗击疫情主战场，作为国家公民就有一份责任。从正月初三开始，我不再追剧，开始用手中的笔，为打赢这场没有硝烟的战争摇旗呐喊，为声援在一线抗击疫情的人们尽一份力。短短的十余天时间里，我创作了抗击疫情的诗歌8首，散文两篇；利用自己的微信公众号，编辑诗书画宣传作品10期并投放于网络；为本土作家修改文稿15篇。说实话，我每天几乎都工作到晚上一点，虽然，宅居自我隔离，但我并没有休息。所做的与那些舍小家为大家，日夜奋战在抗击疫情第一线的人们相比是微不足道的，但我也很欣慰，这个宅家的光阴没有白费。与往年的春节相比，这个春节过得更有意义。

第二篇章　乡愁记忆

　　人生，对每一个人来说，都是一条陌生路。一个人的命运，通常不是由意料之中的事件构成的，而许多事情往往是出乎意料的。人生有很多意外，嫁给你的，不一定是你心中苦苦追求而向往的；绊倒你的，不一定是你日夜提防的。当我们日渐成熟后才发现，所谓意料之外其实都在意料之中，只是你的智商没有发展到可以预见的地步而已。

　　成功者之所以成功，是因为他已经拥有了成功的心态，即使暂时一无所有，他也能创造一切，得到想要的；而失败者之所以失败，是因为心态错误，即使暂时拥有良好的外部条件，也会随着时间消失殆尽。但那些历史的过往，那些生活中精彩的瞬间，犹如淡淡的乡愁，会永远留在人们的心中。

穿越茂北公路的记忆

近年来，心里总牵挂着一个地方，那里曾经留给我无数的感动，那里也曾经留给我深深的怀想。

这些年来，我不知道我牵挂的人们生活得怎么样？也不知道那座城市现在变得怎么样？很多时候想去看看，却总因工作忙的原因未能前往。今年刚从领导岗位退下来，时间相对多一些，又重新唤醒了我牵挂的情感。正好中国作协组织到贫困地区的文化扶贫活动，为我的梦想带来了很好的机遇，于是我带着敬仰之心，前往我渴望重游的北川，寻找那份心灵的感伤。

去北川之前，我应一个朋友之邀请先到了松潘古城，在那里感受了西域古城的厚重文化。本来从松潘到北川只有两百多公里的车程，我自驾车却走了六个多小时，这并不是我驾车的手艺不高，而是在这美丽的秋天，到处的风景都很迷人，许多地方不得不停下车来看看风景，而且是看着就不想离去。

从茂县到北川，我选择的是走山间小路，小路虽艰险，但世间的美景往往在很少人到达的地方。

人生总会遇到许多意外，不是每一次意外都能给你惊喜，有些意外会让你惊恐一生。从茂县方向进入茂北公路没多远，公路要翻越山顶，本来是下午三点多钟，山顶雾气沉沉，能见度不足十米，天空没有下雨，却看不见前方的路，我只好摸索着前。当地人说，临近傍晚更严重，几乎看不见道路，我又不敢停车，只有慢慢地向前走。说实话，在我驾车十五年的经历中，像这样的白天超级浓雾里行车还是第一次，当驶出了那一片雾区，我仍然惊魂未定。也许人生之路就如此，很多时候，你根本看不清方向，看不清道路，但你还得努力前行，不然你就会永远停留在黑暗里，看不到光明。

　　穿过浓雾地区后，道路开始连续下坡，顺山谷盘旋而行。路的左边是高耸入云的大山，地震时造成的山体裂痕依旧十分明显，松垮的泥土，滑落的碎石，还有横七竖八倒在谷底的枯树残枝；路的左边是深深的峡谷，山上滚落的巨石，被洪水冲下的废砖烂瓦，形如一座座小山丘。这是一条泥土路，往来的车辆很少，大部分是为节约过杆费的货车。道路一边是悬崖河谷，一边是陡峭绝壁，有些路段非常陡且有急拐弯。汽车行驶在上面颠簸不定，路上不时可见从山上滑落下来的石头，我不断提醒自己：小心落石。

　　地震灾区的路崎岖而跌宕起伏，到处都是障碍，随时都充满惊险，一路风尘袭扰，让人惊魂难定。这正如人生的旅程，何来风平浪静？不管再苦再累，你都得勇敢前行。

　　这条山路穿越在茂县与北川之间，在茂县境内还算勉强可以通行，但到了北川境内就糟糕了，公路在大山峡谷中穿行，路面大量破损，高山流水与高山落石随处可见，许多地方被落石占据了公路的大半，小车要择路小心通行。我驾着车只能小心翼翼地观察着通行，车速最能跑到四十码算不错了。

　　在茂县往北川公路八十多公里的地方，我同一辆货车和一辆越野小轿车同行，他们在我的后面。当到一个高山斜坡地段，山上突然大量落石，数十块千余斤的山石倾泻而下，纷纷落到了山谷的河里，许多山石落在了货车的车厢和后面的越野车上。我把车开到前方一个相对安全的地方停下来，迅速返回去施救，好在车上的人员安然无恙，可车已经被山石堵住了道路无法开动。当那两辆车的人员弃车跑到我停车的地方后，他们四人惊魂未定，有两个女同志放声哭了，我帮他们报了警，请求地方支援。他们都说我幸运，我的车刚过山体滑坡落石就下来了，我真的感觉自己幸运，如果缓行几十秒，被山石打中的就是我的车子，或许还有可能是生命的一次来回。人生没有一帆风顺的路，风险到处都存在，要到来的总会到来，能过去的总会过去，我们没有必要在乎那么多。不经风雨怎见彩虹，不经艰险何来成功，事无艰难何来人杰，生活的得与失我们又何必太在乎。

　　走在这样的路上，心里虽然有些惶恐，但高山峡谷的风景真的很美。每到斜坡开阔地带，我便会停下车了，欣赏这里别样的风景。这是秋天，到处都呈现出秋的气息，品味着秋的味道，读着秋的清爽，悠悠秋意柔愁，悠悠岁月幽逝，在季节的情愫里，满载春的芬芳，秋的神秘，在这山谷里体味着

"落石与山泉飘飘下，秋景与蓝天共一色"的感觉。秋的意境肆意席卷着大山深处呈现的苍穹，那高山黑石中虽然带来萧条，但那山石的空隙间却处处蕴含着生机。

随着深秋的到来，大山深处的树叶开始变黄，把满山遍野的绿色装点成了金黄的世界，说实话，那美景真的美得无法用词汇来表述。本来秋天就是一幅美丽的图画，大地本身铺洒着金黄，不需刻意地装扮，便会自然呈现出来，轻轻地笼罩着大地，让人感受大自然的美景。

这条山路多数是在河床的岩壁上开凿出来的路，小河潺潺的流水总是伴随我的前行，因为两岸山高，河谷哗哗的流水声是在山谷中回响，那声音像音乐，流淌着动听的乐章，那声音像大山的呼唤，呼唤着那些因大地震而远去的儿男，深入其间，让人心灵感到的一种震撼。

在峡谷的三岔河地带，地势稍有些平缓，大山的绿由山顶渐渐向谷底延伸，在那林荫深处，偶尔住着几户人家。房屋上的炊烟袅袅升起，经过长时间的峡谷之后，才似乎让我感觉到在这深山峡谷间还有人烟的存在。

我停下车，走出浓密的树林，站在高高的山头，从进入河谷公路以来，似乎才真正看到天空。说实话，走在这深深的河谷里，似乎走进了一个漆黑的深渊，举头仰望，看到的只有小小的一线光明，而那一线光明都是被浓浓的云雾遮掩着，这样的道路何不让人心有余悸？其实，人生的路并非处处都有光明，很多时候，我们都在黑暗的路上行走，就像时光有白天和夜晚一样，不管是光明，还是黑暗，我们都得去面对。我们不需要惧怕黑暗，黑暗往往是光明的前奏，经过漫长的黑暗，总会迎来光明的到来。

在这深山峡谷间，我明显感觉到春的生命到这里开始衰退，山景由绿色正向橙黄交替着使命。秋天的树叶渐渐露出金黄，在峡谷的乱石中更显得挺拔俊美。流动的溪水似跳动的音符，唱着秋的稳重成熟。秋，内敛含蓄，它经历了春的妩媚，夏的火热，知道浮华与赞誉终究是过眼烟云。于是就静静地、淡淡地守着一片悄悄来临的温馨。这深山峡谷的秋景如诗如画，带着淡淡的忧郁，感怀过去的繁华，感受季节的轮回，浸染我本来孤寂的心灵，萦绕我惆怅的心间，孕育着我心灵深处的片片思绪。

很多人说，秋是悲戚伤感的象征。秋天虽然不像游子认为的那样"冷雨瑟风、残荷败柳、老树昏鸦、夕阳西下"的凄凉景象。孤独又寂寞，萧瑟且无奈，茫然却无助，却是我此刻真实的心境。我原本对秋天也有些恐惧与心怯，总是在疑惑与无奈中经历秋季，偶尔也迷茫流失的光阴，感触以往那关于秋的记忆。遥望眼前高大的群山，俯视山谷河水奔流，独处秋意盎然的山野，孤身一人行走在深山野谷之间，心中一丝凉意袭来，苦涩的感觉油然而生。

此时此刻，真想用心捧起那一抹夕阳，把夕阳的短暂与人生的无奈糅合，忘却风干的往事与难以释怀的记忆，不让它如影相随。面对人生的世界，四季之秋何尝不是人生之秋？该来的总是会来，该去总是要去，谁也无法阻挡，无力摆脱。当人生经历自然之秋时，只要用心去感受你就会发现——人生脆弱的情感总会在这样的时候流露。

从茂县到北川的茂北老公路仅仅 112 公里，我却走了五个多小时，到达北川已经是城市灯火辉煌的时候。被落石砸坏的越野车上的两位来自甘肃的同志搭乘我的车一同到的北川，我们到了新北川宾馆，正好遇到全国的一个棋类比赛在那里进行，普通房间都没有了，只剩下两间豪华套房。甘肃游客把两个房间都要了，我嫌费用太高，便想另外找个地方住。正在这时，甘肃客人给了我一张房卡，他们说："我们两个只需要一个房间，这个房间给你。"

我正在犹豫，他们似乎看出了我的心思，很大方地对我说："你不需要付费的，算是我坐你的车的车费。如果今天山石把我们砸死了，有多少钱都没有价值了，我们都很幸运，因为我们还活着。"

我掏出钱给他们，他们只是望着我笑笑，然后慢慢地在我的视线中消失了。我手里拿着钱，呆呆地站在那里，望着两个陌生人远去的背影，我似乎才感觉到他们的伟大和我的渺小。

神秘的古郎洞

有人说，人生从来没有真正的绝境，无论经历多么漫长岁月的洗礼，无论经受多少暗无天日的磨炼，只要心中怀着超凡脱俗的信念，那么总有一天，他就能走出困境，让生命放射出美丽的异彩。

古郎洞就是这样一个隐藏在大山深处的神秘生命，它以超凡脱俗的信念数万年修炼自己，而今就像一个美丽的姑娘，穿着节日的盛装再现在观众的面前。

在四川盆地南缘与云贵高原北麓，赤水河穿插迂回其间，地貌高峻，河谷深切，石灰岩渐渐发育成熟成为一个溶洞，就像一个神秘的姑娘，正整装待嫁。

我慕名而来欣赏这个神秘的姑娘，走进姑娘家的大门，呈现在我们眼前的是长达数里的盐井河峡谷。

盐井河是赤水河的支流，发源于乌蒙山脊梁，全长六十余公里，在古蔺境内流入赤水河。据导游讲，盐井河的名称是因为古代赤水河是盐运之河，古蔺山区的用盐就是用小木船从赤水河转运到盐井河，然后由挑夫和背夫运往当地的盐号，再发送到老百姓的手中的。所以盐井河是一条古代盐运的河，又因河段内有一口古井，水质清澈甘甜，水流量较大，在当地很有名，后来人们就把盐运与古井结合，取名盐井河。

盐井河两岸峻峭高耸，绝壁如削。谷底溪流淙淙，怪石嶙峋。河水漫过道道堤坝，形成一幅幅低矮的瀑布。河水碧绿发蓝，两岸苍劲树木千姿百态，丝竹垂吊，绿树倒映，高山翠峡，急滩深潭。河边栽种了许多花草和景观树，加上山腰里民居与山林组成的自然风光，营造出一幅秀丽的天然图画。

　　初秋的季节细雨绵绵，天空下着小雨，我没有打伞，尽情地享受着雨中漫步的乐趣。小草顽强地抗击着河水的冲击，把青青的绿色献给大地，成片的花草郁郁葱葱，七彩的花朵将这个景区点缀的美丽而柔情。游走在空旷的河边小道上，遥望朦胧的天空，带雨的微风吹到脸上让人顿感清新，我静静地感受盐井河那仙女般的婀娜多姿和大自然的多姿多彩。在这里漫步河边，任微风拂面，便有"蚩尤塞寒空，蹢躅崖谷滑"的感觉，只见寒雾缭绕，雾重故地湿，不由得心神俱畅。人行谷中，俗事消弭，实乃避世静修之世外仙境。

　　我们沿着盐井河岸边漫步，约半小时方到溶洞下面。往上山游道而登，辗转多道弯，便有哗哗的流水声传出。地处半山间，何来山水流出？突然间我感到很为惊奇。导游告知，那是溶洞里的阴河流出的水，长年累月，奔流不息，声音在河谷里回旋，其本身就是景区的一道风景。

　　爬上半山腰，走进溶洞口，便是一个宽广的天然大厅。据导游讲，古郎洞原名青龙洞，位于盐井河岸绝壁的半山腰，形成于白垩纪年代，至今已有几万年成长历史。全洞共分上、中、下三层，面积六十余万平方米，地下还有数十公里长的暗河。洞内有原驰蜡象、心有灵犀、地心引力、普贤赐福、千乳倒悬、交相辉映、天然图画、石花争艳等大小景点数十个。与其他洞穴类景区相比，古郎洞有其石奇、洞幽、水美的独特风格。

　　我们一行人在洞口大厅进行了集体合影，然后沿着溶洞游道前行，开始欣赏这别有洞天的美景。

　　初入古郎洞，呈现在面前的是层层叠叠的石花和成排结队的石笋。它们完全靠岩壁上渗透的水一点一滴经过数万年的积累而形成的。大小不一，形态各异的石幔、石笋，就像巧夺天工的工艺品，令人目不暇接。景观平台周围的钟乳石到处都是，在七彩灯光的衬托下，琳琅满目，斑斓绚丽。

　　沿着溶洞深处的小道而行，一幅巨幕似的钟乳石飞瀑从天而降，其形十分壮观，给人以新奇的美感。前方的洞口，圆润而平缓，看上去在远古时代应该是一条地下暗河的河道，它像是被巨大的地心引力拉向了幽暗的地下世界一样，很多地方如同飞泻的水帘，奔流直下，惟妙惟肖。更为妙不可言的是这水帘侧方竟然昂然耸立着一根粗细均匀石柱，很像孙悟空的金箍棒！在人造光影的衬托下，水帘呈现出一片蒙蒙绿意，似仙似幻，金箍棒则金光闪闪。在这独特的景观环境下，让我怀想那水帘的后面是否曾经是孙猴子游戏的地方？

沿着洞内台阶而行，穿过一个低矮的小洞，呈现在我们眼帘的又是另一番景象，那宽阔的大厅，四周壁上那绝美的构图，让我感受到这里就像一座斑斓辉煌的地下艺术宫殿，就像一座内容丰富的洞穴科学博物馆，表现出来的是神秘的色彩和美的世界，留给人们的是心灵深处的震撼。

洞中景色总是让我充满着对大自然神奇的梦幻，走进这里让我目不暇接，流连忘返。石花、石帘、石布，这些带着生命之源的景色异彩纷呈，其形成的过程给人以启迪——铸就这些美丽和辉煌的是平淡无奇的点滴细水，它千万年的坚持和追求感天动地，生长出神奇的美丽世界，柔情也能铸就钢铁般的意志和坚忍不拔的性格。

洞内景观奇特，暗河密布，景点丰富，形态各异的钟乳石栩栩如生，石瀑布、石灵芝、石珊瑚等奇观随处可见；钙化池面积庞大，晶莹如玉，碧水从天而降，形成了仙境瑶池景观；洞中视野开阔，四个高约百米的洞厅首尾相连，穹顶各具特色，有的像挂满繁星的浩瀚夜空，有的如国画大师笔下的泼墨山水，夺人眼目、幻如仙境。

古郎洞里幽暗深邃，行走于崎岖而湿气的洞内游道上，左右环视，洞内皆是褐石奇异，怪石嶙峋。洞里钟乳石千态万状，而最为绝妙奇异的，莫过于那壮观恢宏的"一柱擎天"。这顶天立地的石柱是由石笋和石钟乳结合而成。石笋是向上生长着的，是溶洞顶部的水落到洞底后，水被蒸发，水中所含的二氧化碳散去，留下的碳酸钙一点点地沉淀，从而慢慢形成的。

一柱擎天是古郎洞的一道亮丽风景，从洞顶倾泻下如瀑布般的石柱锋利嶙峋，错落有致，居高临下，大气磅礴。擎天大柱的旁边有许多钟乳石形成的瀑布，抬头远望，那些好像从云霄飞泻而下的美景，在令人感叹的同时也不禁对大自然的神来之笔心生敬畏。如若不是鬼斧神工，又何来这静谧而壮美的奇观？擎天大柱就像一块记录着岁月与自然之力的神碑，向我们缄默地倾诉着时光荏苒，巧夺天工的真谛。

洞天胜境是古郎洞中面积最大的大厅，在国内溶洞中体量罕见。更为重要的是，在这个溶洞大厅里，汇集了各种钟乳石景观，从石笋、石钟乳到石旗，从石幔到石盾，从石花到穴珠，从瀑布到石柱，一应俱全，相当于钟乳石家族的全家福。

洞天内有许多石幔奇观。在大厅中央举目遥望，千姿百态的石钟乳、石幔、石旗和鹅管，它们星罗棋布，在灯光的映衬下，形成了一个令人眼花缭乱的玄幻世界。高悬在大厅洞壁上的石幔群有的像骏马、有的像牛羊、有的像婆娑树冠，构成了奇异的景观。它们不像是没有生命的无机物，更像我们想象中的异星生物——它有硕大的脑袋，以及长长短短的触须，一个个像是飘浮在暗黑的精灵，展示出活灵活现动感；它们奔跑在原野上，追求阳光的灿烂，为自由而狂欢，然而它们惊扰了玉皇安详，被心胸狭窄的玉皇施展了魔法，让它们与世隔绝，不见天日，藏身黑暗，永远定格在这洞天石壁的荒原上。

边池是古溶洞内重要的景点，也是溶洞内水资源最丰富的地方，那里不但有山有水有河有景，而且还有图有画有色有声。走进这里就会动人心魄，熠熠生辉。边池是一层接一层向上堆砌的小型梯田状的景观，也就是徐霞客所说的仙田。池水清冽而宁静，带着不可名状的高贵与超脱。那浅浅的水底依稀可见柔和的白色，简直是自然的真与纯，带给人们非常柔美的感觉。

边池旁边有一个瑶池，水虽然不深，但清澈透明。池水外是一个较大的大厅，空间较大，池子的旁边有一块巨石，看上去就像一座大山从空中坠落到彩池边，让山与水形成阴阳的组合，给人以更多的想象空间。边池的四周被钟乳石环抱着，游道从边上穿越而过。登高而望，这个边池有着古长安华清池的感觉，似乎在几万年前，天皇和王妃曾经在此戏水寻欢，洁体更衣，演绎美丽的爱情。虽然没有"遂宾于西王母，觞与瑶池之上"的富贵，但淡然的优雅的瑶池真似蓬莱中的仙景，纯洁且美丽得不可再生。

边池的旁边是地下暗河，因为底层的塌陷已经将暗河暴露在人们的视线之中，由于没有灯光，只能听到地下暗河流水的轰鸣声。上为边池，下为阴河，地层重叠，水体相融，真是沐浴寻欢的好去处。

"春寒赐浴华清池，温泉水滑洗凝脂"，遥想那唐代佳人杨玉环沐浴的华清池，未必比得上这里的优雅和美丽。钟乳石低低地悬挂在边池的上方，氤氲出忽近忽远的朦胧，如同贵妃对我偷笑献媚，让人心神难静。大厅半明半暗的光环烘托出的浪漫，让人感到地下宫殿特有的神秘氛围。我停留在边池与阴河相接的游道边，享受着边池的清幽和流水的哗然，感受着隐士超凡脱俗的风情。

　　在洞内行走，有人耐不住寂寞，故意拉大嗓门吆喝，便会产生超越想象的混响，这种声响如潺潺流水的动听，如松涛绵长的浪漫，如山花吐艳的柔情，带给人们的是无限的幸福和满足。

　　古郎洞是美丽的，洞里的一切皆为奇观。无论是那濡染了斑斑岁痕的"深蓝魅影"，还是那俨然是人间天堂的"活水幽泉"，都是何其的令人沉醉。

　　我总认为，大自然的山山水水中，最能体现造物主鬼斧神工的，莫过于溶洞里那些宏伟的天赐图景。置身其间，一个又一个的惊喜让你血液膨胀，那种超越自我的美感享受不是用语言可以表达的。

　　采风是写作的源泉，也是再现作家灵魂的载体。作家要写一篇文章容易，但要写好一个活着的景区，那需要认真地研读和品味。在古郎洞，我看到的只是表面的风景，那隐藏在风景背后的精神，对我来说还是一个谜。我真的没有弄清这个"美丽姑娘"的前世今生，更没有读懂她生命的内涵和气质。我既然与她为邻，就愿意与她联姻。但愿明年的春天，我能收到她的嫁衣。

北川的天空仍然下着雨

北川是作家们十分关注的地方，我作为一名文学爱好者也不例外，对北川总是有种牵挂。我也说不清这种牵挂是对"汶川大地震"死难同胞的牵挂，还是对北川人民生存状况的牵挂。这些年来虽然几次到过北川去凭吊死难同胞们，但每次去都有不一样的感觉。现在已经四年没有去了，心里总有再去北川的愿望，想再去看看那一片土地，去看看生活在那里的人们，去寻找时代的变迁后历史留下的足迹，寻找在得与失面前，自我心灵的平衡和情感上的慰藉。

近日正好省作协组织部分作家深入北川开展文化扶贫活动，我正好赶上这趟车，再次走进了北川。

我们作家一行十人先到新北川开展采风活动。新北川县城坐落在原安县的永昌镇，距绵阳只有二十余公里，是汶川发生地震后，由山东省援建的一座新城。北川新城规划起点较高，城市设计理念较新，房屋建筑独具特色，民俗文化极为浓厚，既有老北川的历史文化内涵，又有浓郁的时代气息，给我的感觉非常好。特别是生态景观大道连接新老县城的通道，道路宽阔平坦，两旁乔木和花灌木造型美观，极为气派，对视角有着极为震撼的冲击力。

"汶川地震"一晃就八年过去了，在历史的年轮中只不过是刹那的事情，老北川留下了伤痛的记忆，新北川城镇却重新焕发出了生命的活力。带有羌族风格的楼房，健全的服务设施，尤其是清真寺等宗教场所的建立，让人们更加感受到尊重生命、尊重个人的价值取向。在城市规划中，更体现了尊重自然的元素，这是难能可贵的，因为我们重建家园，不仅仅是为了再造一个新北川，更重要的是为了重塑一个敬畏自然的强健的时代灵魂。

　　新北川到老北川县城大约 26 公里，我们沿着景观大道前行，在一路欣赏北川新城美丽景观的同时，心情开始慢慢变得沉重起来，因为老北川那片土地上，我曾经目睹过无数鲜活的生命在那里消失，那个埋葬了无数生命的废墟，总是浮现在我的脑海里，随着老县城的临近，往昔的记忆越来越变得清晰。这种记忆让心灵再次受到冲击，让情感再次受到震荡。谁说人类是何等的坚强？谁说人定胜天不是一种梦想？在无情的大自然面前，其实人类是多么脆弱和渺小！

　　走进老县城，我们沿着参观路线走了一圈。站在高处望去，昔日的老县城早已荡然无存，只见残垣断壁一片废墟，里面那种触目惊心的氛围仍然存在。在古城街口的不远处，有一个简陋的露天灵场，地上摆放着许多鲜花，像是不久前有人来寄托过哀思。我们也自觉地走了进去，纷纷买了些菊花，向那些大地震中死去的同胞致哀。当我闭上眼睛，默默地为他们祈祷时，我似乎感觉到，在这片低沉的天空下，好像有无数的游魂正向我们哭泣，每一位走进这里的人们都被这凄惨的场景感染，人人都带有难过的思绪。

　　"5·12"大地震时，北川是震源的中心地带，受灾非常严重。我县参与救灾的地点，就是北川中学。后来每次踏进这片被毁灭的土地时，总会为当时的惨状所震惊，心里总有一种突然被电击的感觉，总有种说不出的苦涩和难受。而今我已不愿再去描述那个被大自然摧毁的惨景，我也不愿意将伤痛的心一次再一次的刺伤。

　　我再次漫步在北川中学前方，遥望那里的残缺楼房，遥想那几十个鲜活的生命经历死亡前的恐惧痛苦和绝望情景，心如刀割的感觉骤然升起。学校废墟的广场上一块巨石在那里矗立着，倾斜的篮球架隐隐约约还可见。周边的房子都成了一堆堆的瓦砾，即使没有垮塌的房子也是东倒西歪满目疮痍。据地震纪念馆的资料介绍，震前的北川有两万六千余人，存活下来的有四千余人，近两万人被那场地震夺取了生命，死去的人中被挖出来掩埋的不到三千人，大部分人都被就地掩埋在了废墟之中，所以说北川是死难者的坟地，许多珍惜生命的人都会来到这里凭吊，这也是我此行的原因。

　　我们这次实地考察，时间安排的是两天，对整个北川老街几乎走过了每个角落。在这两天里，我几乎流着泪。看着那些惨烈的场景，想着那些死难者的遭遇和经历，内心非常难过，但更多的是一种忧虑。在大自然面前，人类竟然是何其的弱小，在灾难面前我们是那样的无助和无奈，生命竟然是这般的脆弱，本能欢歌笑语的生命在瞬间就消失了。"汶川地震"给人们的普遍启示就是生命的可贵，其他的都不重要，你即使有万贯家产，即使是权势倾国，面对灾难你又能怎样？

当今的人们，早已习惯了舒适的生活，很多人忘记了自然界的约束和威力，为了追求恣意的生活，人们已盲目地夸大个人意志和创造能力，开山毁林，破坏生态，毁坏环境，这种可怕的思维一旦上升为社会整体的意志，便是对地球资源无休止的掠夺和疯狂的破坏，也必然会受到大自然的报复和惩罚，这对人类来讲无疑是一种悲剧。黑格尔说得好："人们欢呼对自然的胜利之时，也就是自然对人类惩罚的开始。"

我在网上，读到一个网友写的一段话，我觉得写得非常好，值得我们去深思。他说："生命是人类存在的最高形式，没有生命的世界，对人类来说就是没有任何意义的存在。所以说敬重生命，首先要敬畏大自然，珍惜生命首先应该尊重自然规律。保护生态，保护家园，这已经是一个刻不容缓不可回避的最现实的问题。"

新建的北川"5·12"大地震纪念馆给我的是庄严肃穆大气的感觉，当我走进这里时，心情更加沉重阴郁，泪水常常模糊了双眼而不能自抑，那不仅仅是悲怜的眼泪，也是良知和人性的本能诠释，为那些可怜的亡魂掬一把同情之泪；向那些奋不顾身救人的军人，医务工作者，地震志愿者致敬，他们的身上闪耀着人性和道义的光辉，这是我们社会的骄傲。然而，不管这里陈设的东西多么让人震撼，但给我的感觉仍然是个令人伤痛的地方。抗震救灾中，各方人士为之付出了艰辛的努力，精神值得肯定，而与那死去的几万同胞的生命相比，我们为之付出的又何能算是"丰功伟绩"？

说实话，我也算无神论者，但走进北川让我感悟的还是灾难的恐怖，让我欣慰的是灾后人们的坚强不屈和对未来希望的信念。失去的已经失去，虽然心理的创伤一时难以修复，这里的人们总是带着淡淡的哀伤，灾难的打击和失去亲人的痛苦需要时间去抚慰。但只要有追求生活的勇气，就有了前进的动力，也就有了燃放生命光芒的激情。

在北川两天的考察和深入生活，让我重新审视了地震灾区的灾后重建后人们的生活，带着诚恳的心意凭吊了遇难的同胞们。当目光再现那些让人触目惊心的灾难场景的时候，感觉整个北川的天空仍然下着雨，阳光还没有穿透厚厚的云层，潮湿的空气浸透了人的肺腑，让人感到心灵深处的沉闷。

离开北川的时候，有位当地居民给我讲，前几年，北川又经历了一次大雨的洗刷，当时整个北川城积水深达五六米，所有埋藏在地下的灵魂都经受了大水的洗礼。各级政府在加快城市建设，推动经济发展的今天，怎样与大自然和谐相处，这是值得我们去深思的。

毕棚沟，我心爱的姑娘

　　谁说春天是迷人的季节？其实秋天也很美，就看你能不能发现。

　　2017 年秋天，我和妹子等几家人相约去川西旅行，听说川西的秋天很美。我们通过网上查找，选定了去川西著名景区——毕棚沟，因为那里是集原生态景观博览、登山穿越、极地探险、滑雪滑冰、休闲度假于一体的多类型原生态旅游风景区。据资料介绍，毕棚沟以其优美的自然风光、完美的生态景观、优良的生态环境著称。景区内红叶、杜鹃花种类繁多，森林原始、瀑布飞挂、冰川奇特。我原来去过四姑娘山，那里的风光十分秀丽，而毕棚沟被喻为四姑娘山的美丽背影，我想一定非常值得一看。

　　我们开着车前往，一路风光无限。到了理县境内，到处可见秋的色彩，金色的彩林，绿色的山林，处处都呈现出迷人的色彩。毕棚沟景区最大的特色就是红叶彩林。在秋季，毕棚沟的枫叶红得比米亚罗早，山川泉水间，到处都是娇艳似火的枫叶，徜徉其间，有如置身"火"的世界。而且此时毕棚沟的天气情况也非常好，很适合徒步旅游，选择此时去完全是正确的选择。

　　毕棚沟在理县境内，那里拥有自然景点 82 个，其中一级景点 38 个，二级景点 33 个，三级景点 11 个，人文景点 5 个，像璀璨的珍珠镶嵌在六个分景区内。景区内奇峰峻峭、沟壑纵横、冰川林立，野生动植物种类繁多。神秘传神的女皇峰，不得不使你顶礼膜拜，还有白视峰、蟾蜍爬树、夫妻树等奇观。沟区内自然环境和景观资源原始古朴，涵盖冰川、雪峰、海子、原始森林、溪流、瀑布、高山草甸、红叶、花海、彩林等自然风光，以山雄、水异、林秀为特色。

　　走进毕棚沟景区，本是晴朗的天气，阳光从天空洒向大地，把这个景区照得很明亮，可微风轻吹，寒冷的风刮得脸上生痛，由于我的估计不足，带的衣服不多，走进景区就感到有些冷。同行的自家妹子是个温柔而细心的人，她似乎发现我穿的衣服太单薄，关心地问道："哥哥，冷吗？"我在家人面前历来都显得高大而伟岸，经常伪装自己把最坚强的一面留给他们。由于太要面子，实在不好意思说出心里的寒冷，只是淡淡地说了句："没事！还好！不冷！"细心的妹子分明看出了我在伪装，只是望着我笑了笑说："哥哥，你是金刚变的呀？不怕风雪不怕寒？"她没有点破我的谎言，伸出那纤细的手拉着我有些粗糙的手，发现我的手冰凉，于是把她的披肩轻轻给我披在了肩上，轻声地说："披着吧，我穿得厚，不冷！"尽管披肩不那么御寒，但那一刻我真的感到很温暖。

我妹子是我一生疼爱的人，她天生丽质，勤劳而朴实，做事高调，而做人却十分平和，而且是一个做事很细心的人，每次和我在一起，总会让我感到特别的亲切和温暖，她不但会关心我的生活，还会关心我的冷暖，很多时候让我这个当哥哥的都为她的聪明才智而点赞，更为她对人的真诚、做事的细腻、对我的关心体贴而赞赏，更为我有这个妹子而感到骄傲。

我们坐着景区的旅游大巴穿越在景区的盘山公路上，山沟流水，山壁彩林，山上美景，层层叠叠的美景冲击着我激动的眼球；浓绿的树，深红的叶，清清的湖，湛蓝的天，纯白的雪呈现给我们的是个五彩的世界。妹子和我坐在一起，她是个见景兴奋的人，每当看到险峻奇峰，高挂的冰川，神奇的寺庙，她都会拉着我的手说："你看，那儿好美！"然后举起相机不断地按着快门。我是个不太好动的人，或者说是慢热型的，丰富的情感总会深深埋在心里。而妹子的健谈、大方、活泼、容易兴奋正是我性格的弱项，所以和妹子在一起，我总是感到无比的快乐和幸福，因为她的性格填补了我心灵凹陷的沟。

妹子还是个非常好学、好奇而易于亲近的人。我们赶到前沿景区，她就主动和导游攀谈起来，问这问那，注重景区的文化内涵，因为她嫂子这次没有同去，她便成了侄儿侄女们的"头"，时时都充当着"主持人"的角色。她知道我很稳重，勤于思考而不爱多说话，便经常说些笑话来取乐我，让我在孩子们面前出洋相，她趁机偷着乐。她怕我寂寞，总是要我陪在她身边，有时会牵着我手走路，这让同行的其他同志都感到很羡慕，她倒不那么在乎，对别人说："哥哥是我最亲近的人，他一路走来为我们付出了很多，现在他老了，我不照顾他谁来照顾他啊？"听到这些话，我真的很感动，我也因有这样的妹子而感到骄傲和自豪。

导游不停地向妹子介绍景区的情况，我静静地听着导游的讲解。据导游讲，毕棚沟是中国西部地区新发现的最好的自然生态景区。景观富集多样，囊括了原始天地八绝："原始森林、湿地草甸、高原湖泊、溪流瀑布、雪山冰川、奇山异峰、彩林红叶、峡谷温泉。"是一处集原始生态景观博览、登山穿越、极地探险、冰雪娱乐于一体的原始生态风景区。

我们沿着景区游道向前走，穿过一个湖泊之后，在两山的中间有一块坪坝，那里聚集了许多人，里面响着美丽的旋律，有不少游客在那里跳舞，我用心一看，好像跳的是藏族的锅庄。我想，因为这里海拔高，气温较低，大家跳跳舞，暖暖身体罢了。但细致一看，这里还真有许多藏族和羌族同胞，他们都穿着自己的民族服装，领着游客们在跳，这时我才明白，这是景区有意组织的文化活动。

见那热闹的场面，妹子再也静不下来，便拉着我加入跳舞的人群了，跟着节拍学跳着锅庄舞。其实，锅庄舞的跳法我并不陌生，前不久我在汶川参加省作协的培训，每天晚上都去汶川民族文化广场学跳，所以加入游客跳舞的大军，我很快就跟上了节拍，动作还规范。妹子见我跳得不错，便表扬我说："没想到哥哥还全面发展哈！"我只是望着她笑了笑，边跳边说："哥哥的能耐多着呢。"妹子望着我不断地笑着，然后说："这么优秀的哥哥，我怎么没有发现呢？"我似乎感觉，在她的笑里藏着一种讥讽。

毕棚沟景区属于少数民族地区，当地主要居住着藏、羌、汉三个主体民族。理县所居的主要是嘉绒藏族，这是藏族中的一个分支，嘉绒藏族于公元4世纪从西藏迁徙而来，距今已有1300多年的历史。羌族素有民族活化石之称，公元前4世纪已活跃在岷江上游。千百年来，各民族不但完整地保存和延续着本民族的语言文字、宗教信仰、文化习俗、生活方式，而且形成了独特的共居文化。藏羌民族锅庄，正是这种独特共居文化的经典，这种民族自娱性舞蹈是本地区古老悠久民族文化之树上璀璨的明珠，无论男女老少，无论藏族、羌族还是世居的汉族都喜欢。逢年过节，婚宴团聚人们点燃篝火，杀羊烤肉，挥舞串铃皮鼓，围着咂酒载歌载舞，通宵达旦，由此延伸着丰富的民族内涵。

毕棚沟地处亚热带季风气候向高原气候过渡地区，早晚凉，中午热，温差较大。我们到山上已是中午时分，蓝天白云呈现在我们的眼前，由于海拔在 3600 米以上，山上都是厚厚的白雪，风吹来还是十分寒冷。据导游讲，昨天这里还下着很大的雪，今天在化雪，所以特别冷。

秋天的毕棚沟经常被冰雪覆盖，高山、丛林银装素裹，道路像铺上白色毯子一般，树挂上了厚厚的霜凌，雪花飞舞，无所不浪漫。走进毕棚沟，那里的山山水水，彩林农家都会带给你美妙的回忆，都在向你发出欣喜若狂的呼唤。

毕棚沟最美的风景要算盘羊湖，盘羊湖因有盘羊在那儿出没而得名。盘羊湖海拔高度约 3670 米。属典型的高山湖泊，湖水清澈透明，湖周围的原始森林遮天蔽日。奇峰异石比比皆是。藏族人把这些山峰称为神的化身，同时在她们身上寄托着许多美好愿望，也留下了许多神奇的传说。

在毕棚沟景区，处处是风景，山、水、林、石、路都是绝美的景观，只要举起相机，随处都可以拍到极美的照片。我们走走停停，边走边照相，这种感觉真的很好。

我们边走边欣赏这里绝好的美景，妹子是个喜欢照相的人，她的照相设备家伙硬，而且手艺不错；我本是一个摄影爱好者，但与她相比，我却显得很渺小，因为她的摄影技术和构图意向确实比我好多了。在老师面前，最聪明的就是装傻，很谦虚地向老师求救，然后老师照的美丽照片就发进了你的手机里，让你空了慢慢去欣赏，既欣赏照片，也欣赏那种高超的摄影技巧。说实话，在盘洋湖那地方，不管你拍照技术多烂，随便怎么拍摄，都能拍出美丽的照片，在此留影绝对不会令人失望。在这个五彩斑斓的世界，浓绿的树，深红的叶，清澈的湖，湛蓝的天，纯白的雪，每一次快门，都是一幅绝美的画。

燕子窝景区在盘洋湖的右前方，全程 5 公里，海拔 3673—3837 米。优美的自然风光、完美的生态景观留给我深刻的印象。那里有原始森林、高山湖泊、高山草坪，还有瀑布、奇峰怪石等。燕子岩窝的瀑布高约 360 米，瀑布极高的落差，从绝壁之上像一条白龙腾空而下，十分壮观。

在燕子窝景区的低洼地带是一个山谷，山谷间的湿地草甸上游动着几只牦牛，不知是野生的还是藏民家养的，在这高寒的雪地上悠闲地走动着，周围覆盖着古老的岷江柏树和红杉树。这里的山峰、草地、山林、流水浑然一体，形成一道道美丽的风景，让人们饱览眼福的同时，又带给人的是一种美丽的欣赏和心灵的震撼。天空中不时有飘飘洒洒的雪花，构成一幅美丽无比的图画。我被这原始的、野性的美的景色陶醉了，情不自禁发出心灵的赞叹。

倒沟冰川是毕棚沟景区最大的冰川，倒沟冰川在盘羊湖的左侧，像 V 字形横亘在两山之间，冰川气势宏大，十分壮观，然而，今天被密闭的乌云笼罩着，偶尔才露出一点峥嵘的面孔。问了当地的藏民老乡，说冰川看着近，到达冰川的脚下还有近 10 公里的路程。如果继续穿越，翻过冰山，就会到达四姑娘山。这里已是海拔 4000 米了，我已经感觉到有些高原的反应，有点心慌气短，而且不知是高原反应还是身体感到很冷的原因，突然感到肚子有点痛。我向妹子说了，他们都很关心我，为我而放弃了继续前行的脚步。妹子赶快拿出了她背包了的水杯，旋开盖子，递给我说："喝点热水吧！你穿得少，也许受冷发生了胃痉挛，喝点热水也许会好点！"我接过水杯，看着妹子那关切而心疼的表情，我心里感到特别温暖，也特别的感动。在生活中，我们都习惯了对外人的关爱说谢谢，而忽略了对亲情的回报，因为亲情的关心、关爱和无私的奉献太多了，往往我们认为理所当然，不在意了。其实，亲情比什么情感都真切，都实在，无微不至的关心从来就没有想过要回报，那份无私感情，值得我们好好珍藏、珍惜、铭记在心。

看着崎岖的山路和脚下泥泞的草甸呈现出的美，心里有种说不出的滋味，我不知道这是对美景的感动，还是对亲情的感动。妹子挽着我的臂弯，不停地询问我身体的感觉怎么样——肚子还痛吗？我笑了笑说："放心吧！哥哥死不了，这辈子还没有享受够妹子的照顾呢！"同行的朋友们都哈哈大笑起来。

我们恋恋不舍地开始返回，沿途记录着山间的美景，感受着川西秋天的韵味。

回到游客接待中心，妹子叫我帮她照一张相。我说："你不怕我的手艺差，照得不好看吗？"妹子笑着说："我不好看，风景好看呀！"此刻我才留意到，站在我面前的妹子披着长长的丝发，就像燕子窝垂吊的瀑布，只是呈现出不同的色彩；高高的鼻梁上镶嵌着一双水灵灵的眼睛，就像两汪清澈的湖水，含情脉脉地映照着我的影子；耳朵上垂吊的耳坠就像毕棚沟山林的冰凌，发出透明的光；从嘴缝露出的牙齿，就像倒钩冰川的一角，那么雪白无瑕；脸上露出微微的笑容，就像毕棚沟秀丽的风景，那么美丽动人。

此刻，我才真正意识到，站在面前的这个人，已近五十岁的年龄，五十岁不正是人生的秋天吗？春天虽然美丽，但却只是表面的光鲜和浪漫；而秋天既有色彩斑斓的光华，更有厚重而高雅的内涵。她不就是毕棚沟的缩影吗？毕棚沟就是一个博大而美丽的姑娘，一个光鲜而高雅的姑娘，一个厚重而充满内涵的姑娘，一个我欣赏和心爱的姑娘。

回程的路上，我突然有一种创作的冲动，因为这次旅程，留给了我很多难以忘怀的记忆，每当回想起，都会为美丽的景色和妹子的亲情所包围，但愿我的文字记下的不仅仅是毕棚沟的美，更重要的是生命的旅程中那份温暖、实在、无私的亲情。

米亚罗的秋色

　　金秋时节，我应理县朋友之邀参加他们举办的红叶节，让我人生第一次走进米亚罗，走进中国面积最大、景观最佳的红叶彩林风景区。

　　米亚罗风景区在四川理县境内，理县是个山美水美，风景秀丽的地方。境内山峦起伏，峡谷幽深，浓厚的历史积淀和神秘的峡谷风情，非常值得一游。尤其是以谷脑河为骨架串起来的米亚罗红叶、古尔沟温泉、鹧鸪山雪景、毕棚沟、龙胆沟瀑布、羌村藏寨、佛教寺庙等景观，相互补充，让历史文化、民族文化、雪山美景与红叶彩林风光合理配置，和谐相处，不管什么爱好的人，都能找到所需要的观赏点和情感的满足。

　　米亚罗是藏语的名称，汉语的意思是"好耍的坝子"。米亚罗地处岷江支流杂谷脑河谷地带。杂谷脑也是藏语"吉祥"的意思。景点沿着谷脑河两岸分布，地处四川西北部，邛崃山脉北段，美丽的鹧鸪山南麓，处于成都至九寨黄龙旅游线的中间地段，景区东西长127公里，南北宽29公里，幅员3688平方公里，比北京香山红叶风景区大180余倍，是我国目前发现并开放的面积最大、景色最为壮观的红叶风景区之一。据当地人介绍，景区内有三千三百道沟，三千三百道梁，三百里红叶装饰着三百里江山，处处有红叶，山山有积雪，沟沟有泉涌。山被红叶遮掩，水被红叶浸染，道被红叶铺成，一簇簇、一团团燃成米亚罗秋的火焰。雪山、温泉、森林、红叶、藏羌文化，构成一个神奇的红色梦幻走廊。景区内群山连绵、江河纵横、林海浩瀚、空气清新，四季风光宜人。其中尤以瑰丽的金秋红叶、神奇的藏羌少数民族风情驰名中外。景区植被覆盖面积90%，森林覆盖面有75%，山、水、林生态环境保持优良。金秋时节，万树姹紫嫣红，争奇斗艳。斑斓的色彩与蓝天、白云、山川、河流构成一幅醉人的金秋画卷。

　　景区的美景分散为一片一片的，并不是很集中，走走看看是欣赏米亚罗的一大特色。每到风景美丽之处，游客们总会停车路边观赏拍照，有的甚至沿着山间平坝开进林子去赏近景。到米亚罗旅游的很多是旅行社组织去的，多为跑马观花的看一阵子就走了，我们是自驾车去的，时间很充沛。在主景区，我记不清那叫什么的一个乡镇，那里景色非常美。绝大多数游客都在山谷里远望风景，而我们总想登到山顶去看看近景，问了很多人都说走路上山要好几个小时，所以大家都不敢去，好在碰到一个保安，他是当地人，他给我们说有一条小公路，可以到山顶，但是泥结石路，路面很烂，不知车子能否开上去。我想既然来了，不想留太多遗憾，决定去试试。我们穿过一个古老的民居，沿着民居的房后找到了那条上山的小公路，路面很烂，也很窄，一辆车勉强能够通行。公路依山而凿，一边紧靠山体，一边悬崖绝壁，盘旋而上，十分险要。因为路面不平，说实话，开着车真是心惊肉跳，大约经过半个小时的车程，我们终于到达了山顶。

　　登上山顶，举目四望，山峰林立，沟壑纵横，远处雪山白雪皑皑，在太阳光的照射下明亮而透明。山谷公路蜿蜒如长龙，小河涓涓流水如白带，宽敞之处藏羌民居镶嵌其中，与现代建筑相互映衬，构成一幅幅藏区民族生活画卷，尤为壮观。那灿烂的风景，旖旎的绿林，蜿蜒的河流，潺潺的流水，给人们的是心灵的愉悦和无限的感慨。我们上山的人都被那种美妙的景色惊呆了，美女们甚至惊叫了起来，狂奔到红叶间，摆弄着各种婀娜的身姿，让相机记录着那个美妙的时刻；男士们一个个发出尖叫的声音，厚重的声波，震撼着整个绿林，在山谷深处响起了浓浓的回音。

　　那里山腰长满五颜六色的多色树种，景色斑斓，红、黄、绿色相互交织，密林中的枫树、槭树、桦树、鹅掌松、落叶松等渐次经霜，树叶已经被染成绮丽的鲜红色和金黄色，万山红遍，层林尽染，姹紫嫣红，争奇斗艳，如春花怒放，红涛泛波，金黄流丹，尤为奇观。斑斓的色彩与蓝天、白云、山川、河流构成一幅醉人的金秋画卷。俯视山林，每一片林子都十分吸引眼球，每一个画面都十分精美。我们走进林子深处，近观红叶、黄松，色彩让人陶醉，相机不断地按下快门，不管什么角度，都能拍到漂亮的风景，可以说不需要取景和调焦，照出来的每一张照片都是绝美的风景，那种美感，只有身临其境的人才能感受到。山顶上可以看到几处古老的藏族民居，房屋有些破损，已经没有人居住。古屋在彩林深处，四周生态原始，绿树环抱，山花烂漫，果树林立，留给人们的是一种原始的生活状态。深入其间，那种身居林间，与世隔绝，与山为邻，与树为伴的古老民族生活的影子还可以找到。此情此景，正好印证了唐代著名诗人杜牧的"远上寒山石径斜，白云生处有人家。停车坐爱枫林晚，霜叶红于二月花"描绘的山林美景画卷。

从山顶下来，我们走进了当地民族村落去体验民俗文化，那里主要居住着藏族和羌族同胞，也有汉族人，不过汉人多为因为经商和经营旅游服务迁徙过来的。据史料记载，当地所居嘉绒藏族公元4世纪从西藏迁徙而来，距今已有千多年的历史。羌族，素有民族活化石之称，公元前4世纪已活跃在岷江上游，千百年来，各民族不但完整地保存和延续着本民族的语言文字、宗教信仰、文化习俗、生活方式，而且形成了独特的共居文化。藏羌民族悠远的历史和灿烂的文化在数千年历史长河中无不与歌舞相随相伴。藏羌民族锅庄，正是这种独特共居文化的经典，这种民族自娱性舞蹈是理县古老悠久民族文化之树上璀璨的明珠，无论男女老少，无论羌族、藏族还是世居的汉族都喜欢。逢年过节，婚宴团聚人们点燃篝火，杀羊烤肉，挥舞串铃皮鼓，围着咂酒载歌载舞，由此延伸着丰富的民族内涵。所有在景区内民族风情特色明显，民族色彩浓厚。景区中红叶簇生处多居住着藏族和羌族同胞，他们淳朴的民族习俗及风情、古老雄伟的石寨古堡，还有羌族的羊皮褂、藏族的珊瑚腰带、藏羌极具特色的餐饮及民族建筑、华丽的服饰、浓烈欢快的"锅庄"舞蹈，构成一座巨大的藏羌民族文化风情走廊。

中国的地域文化特色是十分明显的，同一个民族在不同的区域，其民族风情各有不同，也许这就是地域的差异性。在康巴藏区，民族的服饰与西藏有一定差异，形成了独具特色而又多姿多彩的服饰系列。这一个地区民间的服饰可分为康北服饰、康南服饰、木雅服饰、嘉绒服饰、牧区服饰五类。其服装类型主要有藏袍、无袖坎肩、围腰、袍裙、围裙、长布衫、毡根、僧装、皮褂、领夹、衬衣等。藏民喜欢穿传统藏靴，帽类以金盏帽、礼帽、狐皮帽最为流行。男女装饰极为丰富，从头到脚都有不同色彩、形状以及不同图案的装饰，一般由金、银、玛瑙、翡翠、珊瑚、松耳石等精雕细制而成，给人古朴庄重、厚实豪放、贵重之感。

晚上我们在古尔沟雪莲温泉酒店住宿。古尔沟风景也非常漂亮，那里栽种了许多红枫、黄松和地域花草，红的、黄的、绿色的树种相互掩映，加上正是秋菊盛开的季节，到处都是花的海洋，耀眼而夺目。漫步其间，悠闲而恬静，烦躁的心境烟消云散，压抑的情绪得到完全释放，那种惬意真的让人感到无限的幸福。

古尔沟是有温泉的地方，古尔沟的温泉很有名，那里的水温达 40℃—60℃，含有偏硅酸、锂、锌、硼等 20 多种对人体健康有益的微量元素，对风湿、胆结石、消化系统疾病和皮肤病均有一定疗效，所以到此的人，晚上都会选择去泡温泉。这里的宾馆大多提供了温泉泡澡服务，其费用是含在了住宿费用中的，不另外收费。我不知道这种温泉是否如酒店服务人员说的是天然温泉引来的，但既然来了，总得去体验一下。

在旅游的过程中，我们看到的许多景点，听到的许多传说，买到的许多商品，其实有许多是不是真实的，我们也无须去考证，因为我们旅游寻求的是开心快乐，只要感觉好，开心了，快乐了就够了。

现实生活中，有许多事情，睁一只眼闭一只眼就过去了，何必去搞得那么清楚？当你把什么都搞懂了，什么都看明白了，你就没有快乐了。

昆明考察记

2010年5月初，因为工作的原因，我有幸到昆明市参加考察。这是在心里孕育了很久的一个愿望，但未成行。由于在网上了解的云南很美，所以一直让我心驰神往。

我们从重庆出发，飞机晚点近一个小时开始起飞，机场的等待让人心急如焚。

终于起飞了，天空是一个奇妙的世界，白云一团一团挤在一起，像雪白的棉花，柔柔的软软的，似乎能够躺上去睡个懒觉。有的山头依稀可见，在云层里呈墨黑色。起初我以为那是黑云，也疑惑，怎么会有那么黑的云？仔细辨认，才看清是山，仅仅一个山头而已。随着飞行的高度，舷窗外已全然没了陆地的痕迹，正值下午，艳阳从西边直射过来，云层上万道金光，煞是美丽。此时看过去，飞机和太阳是一个高度。人类是智慧的创造者，能够借助科技翱翔于蓝天甚至宇宙。在飞机场，观望那些庞大的飞机，其实它们就是智能化了的神奇的雄鹰。

由于云层的美丽，许多人都在拍照，我和朋友们也拍了不少。坐飞机，总使人浮想联翩，因为舷窗外的风景变幻无穷，这云层上面，其实就是天外之天，神仙是否就住在这里？

太阳收起最后一道霞光时，我们也到了昆明。酒店是朋友预先订好的，一切就绪。到房间放好行李，我和水牛下楼熟悉环境。酒店周围有大型超市、公园、小吃店等，看来居住的酒店周边很繁华。

第二天早上，我们走了很远的路去吃过桥米线，这是特色的云南小吃。卖过桥米线的店子都不大，但人很多，我等了很久才等到了一大碗米线，吃到嘴里，感觉真不错。

吃过早餐，我们游民族村。这天天气很好，太阳一出来就照得人身上直冒汗。民族村入口有条街叫昆明故城，都是经营茶叶和民族服装的，也有云南小吃。我特别珍爱竹筒饭，带有淡淡的竹香味，而且干净卫生。走进民族服装店，让人眼花缭乱，不论是手工绣制还是印制的，其款式的美丽和颜色的搭配以及鲜艳程度，无不叫人惊叹。细细观看那些衣服，眼前仿佛乍现一位曼妙女子，她亭亭玉立，款款地微笑地向你走来。

民族村很大，由于天气太热，我们没有走完，但那一座座木楼或者小竹楼使人印象深刻。一切都取之于自然，吃的、住的、用的等，真正的原始生态。那些少数民族的演出，节目短小，但却很富民族特色，给人耳目一新的感觉，许多少数民族表演的形象而今还记忆犹新。

滇池大舞台，我们观看了《彩云之南》大型演出，其内容充分展现了云南各个民族丰富的生活和劳动场景。彩云之南，孔雀之乡，壮实的小伙子和美丽的姑娘们耕作、纺织，相互爱慕，繁衍生息。

由民族村出来，步行至海埂公园，租了电动车在滇池边开了两圈。风有点大，大家都感到有些冷意，就没有待太久就走了。

第二天早上起来，天气变得阴沉沉的。朋友开车送我们去野生动物园，路上已经下了雨，可走走雨又停了。野生动物园不愧为野生，整个都在山上，我们乘坐游览车，沿路看到了孔雀、梅花鹿、斑马、麋鹿、骆驼、鸵鸟等。鸵鸟在路上悠闲地迈着猫步，很优雅的样子。很多动物都是在山上放养的，它们在密林里行动自如，悠闲自在。老虎和狮子也是放养的，游人步上天桥，就可以尽情地观赏。天桥是木板铺就，很宽阔，走上去很舒适。山上树木茂密，空气清新，想必老虎和狮子在这样的幽美的环境下心情一定很舒畅。

天上下着细雨，真可谓山雨蒙蒙，如果不是大家走得匆忙，衣服穿得少而感到冷，不然，我们肯定会慢慢欣赏，因为此时此景，很富有诗意。

雨渐渐大了，我们匆匆下山。本计划还要去世博园的，而雨似乎没有停的意思，就只有返回了。

回到宾馆，我总是在想：人生有许多旅行，有些旅行是成功的，有些旅行是失败的，不管成功与失败，只要走了，就一定有所收获！这种收获不是在物质上，而是在精神上，只有认真去品味才能感受到。

绿色氧吧玉兰山

　　身为合江人，对合江的山山水水总是那么依恋，那么多情，那么充满着热情和自信。在城市房屋如林，交通如织，繁花似锦的今天，要找到一片栖息的绿地，实在如蜀道之难。每当这个时候，涉足合江山水，走进莽莽森林，那种飘逸与洒脱情怀，总让人感到自信和骄傲。

　　玉兰山是合江的风水宝地，那里绿树成荫，山泉涌出，瀑布飞洗，山鸟翔集，动物群居；那里竹林遍野，树木葱茏，山花烂漫，芳香四溢；那里山谷纵横，湖景与山林相掩，林荫小道，绿树婆娑，自然成趣。

　　玉兰山位于四川盆地南缘与云贵高原的过渡地带，是云贵高原大娄山延伸至川渝黔交界处的一条支脉，它犹如一条巨龙横跨于川渝黔的边界上，面积数百平方公里，主峰海拔 1800 余米，森林覆盖率 96%，森林植被覆盖率98%。景区有森林面积 4.5 万亩，其中竹林 1 万亩，是地球上同纬度低海拔罕见的树种保存完好、物种十分丰富的常绿阔叶林带，是难得的天然动植物基因库。景区内有四川省林业厅挂牌保护的葵花松母树林基地和别具特色的丹霞地貌。玉兰山以森林风光为基调，集众多的飞瀑流泉、奇根异石、险峰峻岭、幽峡深谷、珍禽异兽等于一体，其中尤以气势磅礴的竹海令人惊奇，竹墙、竹廊、竹湖、竹海构成浩浩荡荡竹的海洋，老竹、新竹、竹鞭、竹叶、竹笋、竹须无一不是那样多情，让人心生遐想。

　　在我看来，整个景区是湖的世界、瀑的舞台、花的乐园、鸟的天堂、藤的王国、根的展厅、中草药的故乡、野生动物的家园、自然物种的基因库。

　　玉兰山属亚热带季风型原始阔叶林区，多雨多雾，荫蔽潮湿。山野里生长着众多的花类植物，四季皆有花开，尤以玉兰花为多，故名曰"玉兰山"。

随着人们对精神生活追求的提高，走出户外亲密大自然成了人们的最爱。玉兰山也渐渐成了重庆人感受自然的休闲之所，合江人更是乐在其中，一有空闲便跑进山中，与山为伴，以林为侣，视玉兰美景为知己，不离不弃。

玉兰山原始森林生物物种丰富、植物区系复杂、生态系统保存完整，是树的海洋、花的世界、溪的乐园、瀑的舞台、鸟的天堂、藤的王国、根的展厅、中草药的故乡、野生动物的家园、自然物种的基因库。景区内的美景较多，揽秀亭、仙人瀑、琴蛙湖、飞泉谷、翠竹长廊、珍珠壁挂、缠树藤王、烟雨岩、仙女浴池等50多个精妙景点，深深吸引着人们的向往。

玉兰山是我的最爱，前些年，只要进入夏季，总会前往玉兰山度假休闲，享受那大自然恩赐的清凉与惬意。近年来，因为修建琴娃湖蓄水工程，山上的接待设施被临时破坏，交通不太通畅，也就很少光临。但那里的自然风光与山水美景，却深深地印入我的心灵，让我在这酷热的夏天，心里无法平静，总有去享受那里的清凉的冲动。

是啊！青山尽含千古秀，烟雨红尘几度飞。玉兰山以森林风光为基调，集众多的参天古树、飞瀑流泉、险峰峻岭、幽峡深谷、珍禽野兽等于一体，构成了一年四季一幅幅绝妙的山水图画。深入其间，令人叹为观止，流连忘返。

玉兰山是自然风光与四季花香的结合体，不同的时节有不同的风光，不同的时期给人的美感各不相同。那是我一生中最留恋的景区，在那里，我曾经度过春夏秋冬，感受过春的秀美，夏的清凉，秋的红韵，冬的寒冷。

春天，玉兰山流水潺潺，泉水叮咚，南竹婀娜，枝芽鹅黄，浅草嫩绿，万物复苏，百花绽放，莺飞燕舞。清塘碧池随处可见，或深或浅，形态各异。漫步其间，温婉的情感犹如躺进爱妻温床，充盈着几多脉脉秋波。山中清池，平静如碧，微波不兴，玲珑剔透，素净空灵中再现几许安详。大雨过后，山泉飞泻，潭水汹涌，层浪叠起千堆雪，璀璨成花，白沫泛波。山泉云集，水潭联动，有的形如圆镜，有的貌如方斗，景随情动，情随景迁，千姿百态，变化无穷。小道古木横陈，盘旋往复，行走其间，玉露沾衣，仿若踏进世外桃源，已分不清仙境人间。清流不竭，情若石盘，留给人们的是山的挽留和水的眷恋。

春暖花开时节，游走在风景如画的玉兰山，无法阻拦的思绪任由蔓延。

人生无倦，看古木参天，嶙峋多画意，藤蔓绕枝间。那千年的古树蕴含着的万种风情，静默矗立，任风云变幻，面不改色。叶落归根，大树横亘于丛林，任风雨雕刻，任苔藓爬满，慢慢回归自然。人徜徉在大山林海之间，沐浴着暖阳，那悠悠缓缓的时光，在丛林深处的碧溪里流淌。掬一捧清泉，携一缕草香，便可淡看流年随波荡漾。烟雨岩瀑布飞泻，雾气腾升，将层林尽染，几卷春风姗姗来迟，古树上悄然间冒出几片鹅黄的嫩叶，墨黑的枝头便挑起了一山的春意。你还来不及分辨，漫山的苍翠已画卷般铺展开来。这时，山林里的兰花、牵牛花、山茶花、映山红、水仙花、桃李花、樱桃花、等野花擎着它独有的色彩，装扮着润软的溪岸、幽深的古道、陡峭的山崖。整个大山便包裹在花的海洋里了，漫山遍野、争奇斗艳、生机盎然，似彩云绕峦。置身花海，使人朝气蓬勃、生机盎然、超凡脱俗。

春天的玉兰山是各种鸟兽谈情说爱最浪漫的地方。茫茫林海成了它们卿卿我我、追逐游戏的伊甸园。野鸡、山鸡、竹鸡、猫头鹰、画眉、黄雀婉转鸣啼，呼朋引伴，叽叽喳喳，打情骂俏。岩羊、獐子、豪猪、拱猪、野兔、松鼠等在林中穿梭跳跃，寻觅食物和谈情说爱。乌梢蛇、岩斑蛇、碎蛇、青竹飚等从洞穴钻了出来，或挂在树上或者躺在路边悠闲地沐浴着春阳。在这美丽的大山里，无论动与静，都是一幅绝美的图画。

玉兰山这个动植物的家园，远离了人类的惊扰，鸟兽们倒也逍遥自在，只管尽情地畅游林海、放声歌唱、寻欢作乐。溪边黝黑的泥土上，深深浅浅印着走兽的足迹，隐约可见，那走兽遁形的密林深处，神秘之感油然而生。

到了夏天，玉兰山山青水碧，万树葱茏，满目苍翠，使人们沉醉在绿色的林海里。从琴娃湖到佛经岩，磅礴的山势逶迤绵延。那连亘的山峦或陡峭或舒缓，似波澜翻滚，又似万马奔腾，涌动的波峰浪谷，无穷无尽地延伸到云雾迷漫的天际。仰望玉兰山周边的山峰，那巍峨黛绿的群峰吞吐着浩渺的云雾，那灰蒙辽阔的天空已与群山浑然一体，分不清哪里是天，哪里是山。云雾在山间缭绕，泛起的乳白轻纱将重山拥抱。那轻柔的雾，如丝如缕，在林荫道上轻飞曼舞，潺潺溪流若隐若现。驻足凝望，那晨雾飘过的地方好似心灵追逐的方向，淡淡的，如一缕相思，弥漫着无尽的牵挂；浓浓的，如满怀思念，在这重峦叠嶂里慢慢决堤。思绪万千随雾轻漫，那些灵秀的温婉，轻盈的寂寞，都在这虚幻与现实之间定格于一双深情凝望的双眸。

夜宿琴娃湖景区，清凉雅致，夜幕之下，风声、蛙声、鸟声连绵不断，就像一部交响曲在高山上演奏，优美的旋律伴随满屋的负氧离子，足以让人感受到大自然的美。早起远望，一轮旭日缓缓升起，穿透晨雾，霞光万丈，为整个山林镀上一片金黄。山谷将雾气敛起，倏忽间，天山分明，林渊爽朗。

闲暇之时，漫步其间，玉兰山那无边无垠的原始森林莽莽苍苍，犹如广阔浩瀚的海洋。参天大树比比皆是，遮天蔽日，光线暗淡，偶尔有斑驳的阳光从枝叶间透下，似碎碎星光洒落一地。走在里面很难区分东西南北，迷路之感油然而生。在这幽深的山林深处，丝丝凉意沁人心脾。

夏季炎热，多种花木竞相放艳。每每这个时节，便会引来无数游人，人们惊叹于她的超凡脱俗，惊叹于她的清凉美景。登上玉兰山观景台，一览众山，身临其境，总会让人有"山河壮，梦如烟，走进深山望故园；风萧萧，莫等闲，欲穷风景忘流年"的感慨。

夏天的玉兰山也是竹的世界，楠竹、水竹、墨竹、刺竹、箭竹就像一张厚厚的绿毯袭裹山腰，或挺拔苍翠，或典雅高洁，或婀娜多姿。随风而起，波浪凌空，真可谓"青山锁翠""绿竹含烟"。

山是水的傍依，水是山的解读，山因水而奇，水因山而秀。那奔流不息的清泉、从天而泻的飞瀑更是增添了玉兰山夏天的灵性。一路风景一路瑶池，玉兰山的水是清澈的，清澈得可以看见河底的碎石；水是纯净的，纯净得犹如一面明镜映照白云蓝天、翠竹山峦。琴娃湖的水面碧蓝澄澈，微风拂过，四周的翠绿橙黄，竹巅沉影湖中，配以蓝天白云，湖面便形成一幅幅美丽的画卷，那种美感，只有身临其境的人才能感受到。

夏天，玉兰山的风景最为壮观的莫过于"烟雨岩飞瀑"。沿着琴娃湖岸边的山道一直往北走，穿过茂密的林间甬道，便听见远处传来轰鸣的激流声。这里的水流顺山势急转而下，劈空坠落，轰轰隆隆，肆意喷薄，惊天动地，飞珠溅玉，犹如银河九天悬落，又似白缎风中狂舞，没有牵绊，没有阻拦，一泻百里。那皓白飞泻的瀑布，雄壮激扬，那震撼山谷的咆哮，不绝于耳。

秋天的玉兰山，五彩缤纷。红叶铺山，彩林满目，炽热浪漫，神奇迷人，野果盈枝，那缤纷奇幻的色彩，把游人看得眼花缭乱。秋风席卷，落叶铺陈古道，深橙的青秆，浅黄的银杏，枫叶染红丛林，真是丛林深深秋意浓、野果簇簇醉秋风。野梨子、丝栗子、酸枣子、斑鸠果等野果盈满枝头、唾手可摘。

金色的秋季，玉兰山莽莽的原始森林里，耐寒的树木，仿若沉淀了岁月的精华，层层叶片更显浓绿。孑遗植物在迷蒙的雾霭中吮吸着秋的气息，那些古老的参天大树，欲穿破苍穹，去争取阳光的青睐；树干上长满了青褐厚密的苔藓，将树干包裹得严严实实；树丫铺天盖地，山鸟四处飞翔，在那些被风吹拂着的树叶上，偶尔有轻盈的羽毛散落。原始森林的广袤与神秘，浩渺与幽远的景观总带给人们雅致之感。秋风拂过丛林，雏菊静静地绽放，路边的野花放出清香，淡化了山林里凄风苦雨和无边萧瑟。落日余晖点染秋林，让人心生愉悦。

冬天的玉兰山并没有萧瑟的景象，那连绵不断的楠竹和林木仍然释放出绿的色彩，绿的山野，绿的沟壑，绿的花草装扮着绿的世界。还有那冬菊、月季、蜡梅悄然开放，留给人们的是一个充满青春活力的世界。

由于玉兰山的海拔相对较高，冬天容易积雪，是人们赏雪景，晒美景的绝好去处。当凛冽的寒风呼啸而过，一夜间漫天的大雪纷纷扬扬，将整个天幕遮挡，巍峨的山脉湮灭在茫茫白雪之中。林海白雪皑皑，银装素裹，冰清玉洁，分外妖娆。此时听不见鸟鸣的声音、看不见野兽的活动踪影，真是"千山鸟飞绝，万径人踪灭"。那些曾经欢快跳动的清泉已被凝固成永恒的舞姿。泻下的山泉，已成条条冰凌挂于山涧。树枝上厚厚的积雪被凛冽的寒风吹过，形成一把把风刀，有的片状，有的针状。浓密的大树，在大雪和寒风的雕塑下，银装素裹，非常壮观。连片的山中楠竹全被压弯了腰，呈现出向大自然低头的弓形状，连地上的草尖也包裹着冰凌，晶莹剔透。置身其中，便觉得瑞雪会瞬间把你掩盖，难以呼吸。那一种震撼，让人战栗，让人畏惧，又让人流连忘返，尽享冬雪的妖娆和绰约风姿。在如此壮观的雪景面前，所有的文字都显得苍白无力，此情此景不禁让人感叹："人生不到玉兰山，访尽千山也枉然。"

玉兰山是"四季皆风景，春夏吸人魂"的旅游胜地，由于交通建设的滞后，使得这片西南的处女地还处在"养在深闺人不知"的境地。随着人们对大自然的亲近和对旅游休闲的追求，我想在不远的将来，这片美丽的风景，定会驻足在人们的心间，让人流连忘返，爱不释怀。

漫步兰州黄河边的记忆

——走进青藏高原之一

　　2014 秋天，我应邀在兰州参加中国西部文化论坛活动，便有了机会到兰州。兰州是中国西部地区的重要城市，也是具有深厚历史文化的旅游城市。我曾经读过许多中国古代边塞诗歌，写兰州的特别多，所以留给我的印象也特别深。很多时候想前往兰州，想去黄河边漫步，寻找母亲河的历史脚迹，但由于工作的原因，始终没有机会前往一看究竟。说老实话，对于一个五十多岁的人来说，实在是有点遗憾。这次有机会到西北兰州，去感受那厚重的历史文化，去拥抱伟大的母亲河——黄河，真的是让人很激动的事情。

　　我是 9 月 9 日从成都乘飞机到兰州的，到达兰州已经下午四点多了。主办活动方的主人非常热情，专程派了专车前来接我。接我的人员很会说话，也像是主办方事前有交代，一路上都给我讲有关兰州的历史、黄河的故事，让我对兰州贫瘠的灵魂得到及时的历史文化补充。到达兰州近五点钟，刚下车，我就迫不及待去黄河边，感受母亲河的温暖。接待我们的当地姑娘很热情，也很开朗，边走边给我们介绍兰州的史实和黄河的传说，让我们非常开心。

　　兰州又称金城，是甘肃省的省会、中国西北第二大城市、西北的区域中心城市和交通枢纽，是中国原七大军区之一的兰州军区本部所在地，也是中国 18 个铁路局之一的兰州铁路局本部所在地。兰州是唯一一座黄河穿越市区中心而过的城市，市区依山傍水，山静水动，形成了独特而美丽的城市景观。南北群山对峙，东西黄河穿城而过，蜿蜒百余里，有带状盆地城市的特征。

兰州地处黄河上游，属中温带大陆性气候，年平均降水量360毫米，年平均气温10.3℃，全年日照时数平均2446小时，无霜期180天以上，适宜瓜果生长，所以兰州又被称为瓜果之城。

兰州，始建于公元前86年。据记载，因初次在这里筑城时挖出金子，故取名金城，还有一种说法是依据"金城汤池"的典故，喻其坚固。两汉、魏晋时在此设置金城县。十六国前凉时又移金城郡治于此。隋代开皇三年（583年），隋文帝废郡置州，在此设立兰州总管府，"兰州"之称始见于史册。后来虽然州、郡数次易名，但兰州的建置沿革基本固定下来，相沿至今。

秦始皇统一中国后，分天下为三十六郡，兰州一带属陇西郡地。西汉初，依秦建制，兰州仍为陇西郡辖地。到了元狩二年（前121年），霍去病率军西征匈奴，在兰州西设令居塞驻军，为汉开辟河西四郡打通了道路。昭帝始元元年（前86年）在今兰州始置金城县，属天水郡管辖。

西汉昭帝始元六年（前81年），又置金城郡。宣帝神爵二年，赵充国平定西羌、屯兵湟中后，西汉在金城郡的统治得到加强，先后又新置七县。东汉建武十二年（36年）合并金城郡和陇西郡。安帝永初四年（110年），西羌起义，金城郡地大部被占，郡治所由允吾迁至襄武（今甘肃陇西县），十二年后郡治又迁回允吾。东汉末年，分金城郡新置西平郡，从此，金城郡治所由允吾迁至榆中（今榆中县城西）。

西晋建立后，仍置金城郡。西晋末年，前凉永安元年（314年），分金城郡所属的枝阳、令居二县，又与新立的永登县（在今兰州市红古区窑街附近）三县合置广武郡，同年，金城郡治由榆中迁至金城，从此金城郡治与县治同驻一城。

隋文帝开皇三年（583年），改金城郡为兰州，置总管府。因城南有皋兰山，故名兰州。大业三年（607年），改子城县为金城县，复改兰州为金城郡，领金城、狄道二县，郡治金城。大业十三年（617年），金城校尉薛举起兵反隋，称西秦霸王，建都金城。不久迁都于天水，后为唐所灭。

唐统一中国后，于武德二年（619年）复置兰州，武德八年置都督府。显庆元年（656年），又改为州。天宝元年（742年）复改为金城郡。乾元二年（759年）又改金城郡为兰州，州治五泉，管辖五泉、广武二县。

　　宝应元年（762年）兰州被吐蕃所占，大中二年（848年），河州人张义潮起义，收复陇右十一州地，兰州又归唐属。然而此时的唐朝已经衰落，无力西顾，不久就被党项族占据。

　　清初依明建制，兰州隶属临洮府，卫属陕西都指挥使司。顺治十三年（1656年），裁卫归州。康熙二年（1663年）复设兰州卫。康熙五年（1666年）陕甘分治，设甘肃行省，省会由巩昌（今陇西）迁至兰州。从此，兰州一直为甘肃的政治中心。乾隆三年（1738年），临洮府治由狄道移至兰州，改称兰州府，又改州为皋兰县。当时兰州府辖管狄道、河州二州；皋兰、金县、渭源、靖远四县。乾隆二十九年（1764年）陕甘总督衙门自西安移驻兰州，裁减甘肃巡抚。

　　民国二年（1913年），废府（州）设道，并兰山、巩昌二府为兰山道，辖管皋兰、红水、榆中、狄道、导河、宁定、洮沙、靖远、渭源、定西、临潭、陇西、岷县、会宁、漳县等十五县。道尹驻省会皋兰县。民国十六年（1927年）改道为区，变兰山道为兰山区。民国二十五年（1936年），划甘肃省为七个行政督察专员公署，皋兰、榆中属第一行政督察区（专署驻岷县）。民国三十年（1941年）7月1日，将皋兰县城郊划出，新设置兰州市，与皋兰县同治今兰州城关区。市区面积16平方公里，人口17.2万余人。民国三十三年（1944年）市区扩大，东至阳洼山，西至土门墩（不含马滩），南到石咀子、八里窑、皋兰山顶，北至盐场堡、十里店，面积达146平方公里。

　　1949年8月26日，兰州解放。从此，兰州进入了一个新的历史时期。中华人民共和国成立以来，兰州市建置曾几度变更。兰州市现辖城关、七里河、安宁、西固、红古五个区和榆中、皋兰、永登三个县。

　　傍晚时分，城市灯光渐渐亮起，黄河边的美景更显得特别雅致。我同来自河南的夏丹丹一见如故，因为我曾经当兵在河南，对河南有种特殊的感情，夏丹丹是个很健谈的小伙子，听说我曾经在河南待过，也有种亲切感。我们两人同行于黄河边，边走边聊，雅兴很浓。

　　兰州是黄河唯一穿越其城市中心的城市。我们都知道，黄河是中华民族的摇篮，母亲河，中华文明和五千年历史文化的发祥地，是华夏民族精神的象征，龙的图腾。黄河是中国历史第二大河，第二长河。它发源于青海巴颜喀拉山，直入渤海，流经 9 个省区，300 个县市，全长 5464 公里。流域面积达到 752442 平方公里，上千条支流与溪川相连，犹如无数毛细血管，源源不断地为祖国大地输送着活力与生机。在兰州这地方，黄河两岸绿树婆娑，风景秀丽，滨河大道修建得美丽而大气。站在河岸遥望，黄河水色澄黄，河面宽广，波涛汹涌，十分壮观。导游给我们讲，这是秋天，水还比较清澈，要是夏天，水要浑浊得多。到了严冬，黄河水会结冰，那时河流会断流，会有许多孩子在河面的冰层上玩，那种雅兴又是别有一番风味。

在兰州，可以说外地去的人必须去看黄河铁桥，这是兰州的历史见证，也是黄河上的一道景观。黄河铁桥位于兰州城北的白塔山下、金城关前，有"天下黄河第一桥"之称，是兰州市内标志性建筑之一。铁桥建成之前，这里设有浮桥横渡黄河。浮桥始建于明洪武年间（1368—1398 年），名叫镇远桥，今尚存建桥所用铁柱一根高达三米，重约数吨，上有"洪武九年"字样。清光绪三十三年（1907 年），改浮桥为铁桥，是黄河上游第一座铁桥。桥有四墩，下用水泥铁柱，上用石块，弧形钢架拱梁，是后来进行加固工程时增建的，传说全部工程共耗白银 30 余万两。登桥远望，不远处的黄河如带，蜿蜒盘曲，为兰州这一工业城市增色不少。

据当地知情人介绍，这座铁桥经历过不少风风雨雨。铁桥承建时，建设方曾保证保固 80 年。但历时仅 42 年，即 1949 年的解放战争，铁桥受战火影响中断了 11 个昼夜。后经抢修，虽恢复了通行，但人行桥上桥面晃动不定，已难以担负日益繁忙的运输任务。1954 年，人民政府对铁桥进行了全面的整修加固，增加了弧形钢架拱梁，使这座古老的铁桥不仅变得坚固耐用，而且还威风凛凛，绚丽壮观。

随着时间的流逝，而今兰州市区已架起了 10 多座造型美观，结构新颖，工艺先进，气势不凡的铁路公路桥。这座古老的黄河铁桥已不是沟通黄河南北的唯一通道了。尽管如此，人们还是敬仰它、观赏它，因为它像一部史诗，镌刻着兰州古往今来历史的变迁，展示了兰州人民灿烂艺术的画卷。

这次到兰州，安排的时间很短，9 月 9 日下午到，第二天没有安排时间参观，所以，晚上我们就将黄河看过够，同时也穿越了兰州城的主要历史文化景点。时近十二点，我们一行人在黄河边与母亲河同在，吃兰州烤鱼，品味当地美酒，感受兰州美食，欣赏灯火辉煌的黄河美景。

　　夜深人静，母亲黄河像是也进入梦乡，变得很平静，潺潺的流水，像西北汉子高亢的歌，娓娓道出高山流水的清韵，那婉转的旋律让人感到无比的舒心。黄河两岸杨柳垂吊，花草掩映，灯光从天空倾泻而下，从树林的空隙中洒落在人们的脸上，让人感受到一种灵魂深处的辉煌，这种辉煌既是母亲黄河历史的写照，又是兰州这个古老的城市呈现出的美丽风景。

走进高原城市西宁

——走进青藏高原之二

由于工作的原因，我到兰州参加一个会议，终于找到一个机会来到西宁。我们是从兰州坐大巴到西宁的，一路观景，风光秀丽。映入我们眼帘的多是高原大山，这些山又多为红色土地，与我们四川相比，少了一片绿，却多了一片红，给人很多新鲜的感觉。我们坐了三个多小时的大巴，于下午两点多才到西宁市。

一到西宁，手机收到短信："欢迎来到夏都西宁"。我们不懂为啥叫夏都，导游解释说：西宁周围群山环抱，冬无严寒，夏无酷暑，气候宜人，年平均温度 16 摄氏度左右。夏季凉风习习，凉爽如秋，是天然的避暑胜地，因此叫夏都。

西宁市区平均海拔 2295 米，是地地道道的高原城市。来西宁之前，我误以为西宁是青藏高原和黄土高原的分界线。导游告诉我们，两个高原的分界线是日月山，坐落在青海省湟源县西部，属祁连山脉，古时为中原通向西南地区和西域等地的要冲。比唐朝玄奘还早到天竺取经的高僧宋云，在北魏神龟元年（420 年）从洛阳西行，便是取道日月山前往天竺的。唐朝时，文成公主也是经过日月山赴吐蕃和亲。相传当年文成公主远嫁吐蕃，曾驻扎于此，她在峰顶翘首西望，远离家乡的愁思油然而生，不禁取出临行时帝后所赐日月宝镜观看，镜中顿时生出长安的迷人景色。公主悲喜交加，又想到联姻通好的重任，毅然将日月宝镜甩下赤岭。宝镜变成了碧波荡漾的青海湖，而公主的泪水则汇成了滔滔的倒淌河，后人就把赤岭改名日月山。

古城西宁，历史上曾几度辉煌。如今的西宁，仍保留着古朴的民风和传统。半个多世纪以来，有无数优秀的内地人才来此支边，有的在这里一干就是 50 年。西宁市内除了湟水河，还有南川河、北川河、西川河以及解放渠等人工改造的河流。

"刚来时喘不上来气，空气还特别干燥，时时刻刻都得拎着水壶，晚上还总失眠。后来适应了，也喜欢上这个地方，如今孙子都大学毕业了。"一位老人平淡地给我们介绍西宁的气候。

西宁取"西陲安宁"之意，是青藏高原的东方门户，地理位置十分重要，古有"西海锁钥"之称。西宁古称"湟中"，是一座具有 2100 多年历史的高原古城。西宁曾是西汉将军赵充国屯田的基地，是丝绸之路青海道的通衢、沟通中原与西部边地的重要城镇，也是历史上"唐蕃古道"必经之地。今天的西宁市为兰青铁路终点、青藏铁路和青藏公路起点，依然是通往青藏高原腹地的交通要冲。

西宁是一座历史文化旅游名城，有众多的名胜古迹，也有众多的少数民族。人数较多的有回、藏、蒙古、满、土等 36 个少数民族在此聚居，占到总人口 100 万的近 1/4。少数民族世代保留着穿戴民族服装的习惯，使得西宁的大街上流动着色彩丰富的颜色。

到达西宁，我们迫不及待地走进市区，去感受那里的地域风情。在街上，首先闯入我眼帘的是一对穿着长筒靴的情侣，男士的发型很有个性，像鸡冠；女的穿着短裙，炫耀着腿腰的线条。我们借故问路，对方用标准的普通话回答："我俩是土生土长西宁市里的，是不喝青稞酒的少数民族。"话说得很诚恳，很友善，并不是刚到西宁时导游介绍的西宁人对外来人"很凶"。我们继续漫步，有一个藏族老兄与我擦肩而过，他身着一件带毛边的藏袍，一只长袖在腿边甩来甩去，还真的很浪漫，留给我的印象特别深。

在西宁的长江路上闲逛，街上的行人寥寥无几，远处隐约有脚步声传来，我随即睁开眼睛，转身看到几个喇嘛缓缓地走过来，他们看着我，我环顾四周没有其他人，便慢慢地走自己的路。

在这条街道上，很多人都戴着具有民族特色的帽子。据了解，回族人在头饰上仍保留着古老的传统，男子戴着白色无檐小帽；妇女则头搭盖头。当地的老人告诉我，这个民族的奥妙在盖头上，你不懂民族习俗你就无法区分是媳妇还是少女。老人告诉我们，盖头有少女、媳妇和老年妇人之分，少女戴绿色的，媳妇戴黑色的，老年妇人戴白色的。而回族男子的特点在胡须上，这个民族的男子很注意胡须的修饰，男子一般在二十几岁开始留胡须，不同的年龄段，胡须的修饰方式不同，留的长短也不一样。

在黄昏中走进西宁，俯瞰这座城市，抬头即是蓝蓝的天空白白的云，蓝得纯粹，白得透明，站在这里呼吸着空气，几天的劳累感一扫而空。这座城市给我的印象，除了遍地牛羊肉，便是安逸和惬意，这里的人们大多按着他们自己的意愿生活着。傍晚的西宁，景色依然美丽，只有在这样的蓝天下，才可以感到如此的惬意。

在这里的街口，导游告诉我，从这条街口出去，沿着公路前行，翻过一座山，往西就是玉树了。我不知导游为什么要介绍这个，听到这话，心里就有一种异样的感觉。我沿着导游指引的方向远处眺望着，瞬间眼睛变得模糊了，泪水突然润湿了眼眶。我知道，那个地方是我们的一个痛，我真想去看看，可时间安排不允许，也就只有放弃了。生活中总会有些遗憾，因为有遗憾，生活才会丰富多彩。有些愿望不是想实现就可以实现的，得看时间和空间允不允许，如果愿望想实现就能实现，那这个世界就真的是风花雪月了，也就不会有高山与平原之隔。

傍晚时分，大家都觉得肚子在闹情绪了，导游积极推荐到湟水边去吃小吃。真是一方水土养一方人，湟水是黄河的一级支流，也是西宁的母亲河。西宁的餐饮在西北小有名气，在南北大街附近的一家大棚式的农贸市场内，各色小吃不胜枚举。著名的风味小吃有殷凉粉、余酿皮、杨卤肉、康猪肉、李羊头、辛酸糟、孟大豆、王客娃刀把、宋精兑、刘粽子、羊肠治家……这些小吃共同的特点是用姓氏命名，特色十足还非常便宜。当地人特别推荐的是回族同胞用熟牛奶制作的酸奶，表层奶皮金黄，奶质洁白如脂，芳香扑鼻。我们各自点了一份，吃得很开心。

第二天上午，导游介绍，西宁的景点较多，到处风景都很美，除了城市快速发展后形成的自然景观外，最有名的是"西宁古八景"。这次到西宁算是去拉萨的过境之地，并非目的地，只安排了一天时间，要坐下午三点的火车到拉萨，所以行程安排得很紧，没有时间去把古八景看完。在我们的一再要求下，导游才答应带我们去看两个好的景点。于是我们只是跑马观花地看了"五峰飞瀑"和"北山烟雨"两个景点，感觉确实不错。

著名的五峰飞瀑位于互助土族自治县的北沟。因为这里的山峰很像五个手指，所以叫五峰山。这里环境幽雅，泉水众多，细流飞洒，好像瀑布高挂，至今仍然是青海旅游胜地。

五峰山有三奇，即林、泉、洞。人们又归结了三林、三洞、三泉。三林是松树林、杨树林和桦树林，夏季林木郁郁葱葱，繁茂遍野，到了秋季，松青、杨黄、桦叶变红，层林尽染，风景无限。三洞是东洞、西洞、北洞。东洞深 8 米、高 3 米、宽 3 米，西洞深 7 米、高 2 米、宽 3 米，北洞深 10 米、高 3 米、宽 4 米。洞内布满冷苔苍，别有韵味。三泉是龙宫泉、隐泉、裂口泉。三泉水以龙宫泉水质最好，泉水经石雕龙口喷吐，沿七级石壁泻下，形成瀑布，水溅山径，在泉石周围刻有"山幽林更静，人间歌不尽，鸟语花香地，泉中水长流"等诗句。

从龙宫泉拾级而上，便是五峰寺。五峰寺始建于清朝乾隆年间，主要建筑有菩萨殿、龙王阁、玉皇宫、香公楼、同乐亭。近来，亭台楼阁、绘饰新彩，更加引起游人注目。五峰山也是青海民歌演唱胜地，俗称"花儿"会，每年六月六，正是五峰山风光最美的季节，五峰山六月六"花儿"会也就闻名遐迩。届时，西北各路歌手云集五峰山上，引吭高歌，声震四野，从黎明一直唱到深夜，"五峰六月歌仙会，八乡四野觅知音"，如此大规模的群众艺术盛会，为五峰胜景增添了异彩。

北山烟雨是西宁的美景之一，也是西宁独特的气候造就的奇特景观。西宁四面环山，南北两山却因奇、秀为人所爱。北山便是以奇制胜。西宁北山，又名土楼山。土楼山上曾建土楼山神祠，在神祠的旧址又修建寺庙，旧称北禅寺，也叫永兴寺。早在北魏，郦道元在《水经注·河水》中曾记载："湟水又东径土楼南，楼北倚山原，峰高三百尺，有若削成，楼下有神祠，雕墙故壁存焉。"由此可见，北山迄今已有两千多年的历史了。北山的古迹不少，这也是北山至今还作为西宁的一大名胜而著名的原因。如今，这里还有佛寺、道观、砖塔、洞窟、壁画和露天大佛。经历代的扩建增修，在峭壁断崖间凿成洞窟，自西向东依次分布着"九窟十八洞"。高原的气候乍雨还晴，而到土楼山游玩，最佳胜景则是雨中观。在烟雨中才能真正感受到土楼山隐约模糊、水墨入画的意境。站在斗母殿，殿檐滴水如珠，雨幕中的群楼像笼罩了一层轻纱，道路纵横像是几笔粗墨，片片树林犹如淡墨渲染。遥望南山，似见似不见，形隐而神存。唯有北山顶上那座具有唐代建筑风格的宁寿塔，在烟雨蒙蒙中矗立，像是一位久经风霜的老僧，在思索着苍茫的人世。

另外，西宁还有石峡清水、金蛾晓日（娘娘山）、文峰耸翠、凤台留云（凤凰山）、龙池夜月、湟流春涨等六处景点，因时间关系，没有到实地欣赏。据说：石峡清风是一个秀丽清爽的避暑好去处；金蛾晓日位于大通回族土族自治县的娘娘山，山顶有一座天池，每到夏季雨水旺盛之时，天池里水波荡漾，池畔蝴蝶飞舞，五色斑斓。文峰耸翠有着一个美丽传说。据说，人们曾经在南山修建一座阁楼，便有凤凰落到这儿，当地人视为祥瑞之兆。凤台留云流传着"龙现于长宁，麒麟游于绥羌"的故事，由于海拔比较高，凤台上经常云雾缭绕，自成景致。龙池夜月景点泉水清澈，夜色清朗，明月高悬，奇观较多。湟流春涨是指每当春夏之际，湟水上游冰雪消融，水源充足，流至西宁西郊河、北川河、南川河先后注入湟水，遂河水骤涨，波涛汹涌，漫步湟水河岸，柳色如烟，公路如砥，高楼林立，夜晚万灯辉煌映衬着一天星斗，风景宜人。这些景点动听的传说和美丽的风景只是听导游介绍的，没有亲身的经历，心里总感到有种缺失。

快到中午，我们的车要经过西宁西山湾的西宁植物园，顺便去看了一下。那里是一座天然公园，也是一处集游览观光、科普研究、园林艺术展示、园林植物繁育推广、濒危植物保护等于一体的大型现代园林绿地，反映高原特有植物景观，创建出具有高原特色和地方民族特色的园林植物配置艺术，引种国内外适应本地气候特点的栽培植物，以丰富园林绿化树种和品种，为市民提供优雅、优美的休憩游览场所。

在北方，一年之中萧瑟的时候就是晚秋时节，树叶在冷风凄雨中一片片飘落。人的心境有很多时候会受外界环境和因素的干扰，每个人看到这种萧瑟凄楚的场面，都会有不同程度的伤感。然而那些飘落的树叶像一只只蝴蝶，绽放出生命最后的美丽，给人的感觉同样是一种美。

任何生命都有他的轮回，在他生命即将结束的时候，尽力释放着美丽的光环，这不得不让人们永远记起和赞颂。

在西宁停留的时间不长，却感受到这里独有的文化气息，体验到当地别具一格的风土人情。下午3点5分我们一行登上了去拉萨的火车，继续去感受那美丽的西域风情。

火车上看到的风景

——走进西藏高原之三

走进西藏是我多年的夙愿，许多年来这个愿望一直期待着，但由于工作的重压在身，一直找不到去西藏高原的时间。这次参加全国小康社会建设的高峰论坛，在拉萨安排了一个重要会议，为实现我的心愿创造了条件，这也注定我不会放弃这样的机会。

我们是从西宁上火车去拉萨的，一路上饱览高原绝色风光，让我本来平静的心情生发出无数次的感动，留给了我太多的美好记忆。

在西宁上火车，我本是10号车厢的，因一个老人为了和家人在一起，提出给我换车厢和座位，他们一家人好在一起。出门远行图的就是开心，我就答应了，虽然我一个人孤单地在一节车厢里，但那老人却能和家人在一起了，我还是很欣慰的。我一个人坐在4号车厢，与我一个包间的有河南和天津的客人，他们与我虽然素不相识，但大家也很谈得来，互相介绍后，便有陌生的熟人的感觉，一路欢歌笑语，相伴而行。

从西宁出发，火车在高原奔驰而行。车上的客人大多面朝窗外，不断欣赏高原美景。车窗外风光旖旎，蜿蜒的高原河潺潺流过，树与水的倒影相得益彰。纯净的天空中堆着一团团云朵，它不像平时看见的云远远地平铺在天空中，它们是立体的，远的近的错落有致。特别是近处的云一丝、一片好像伸手可得，那样真实可爱。火车经常从云雾里穿过，车和云雾常常融为一体，看上去那么清晰，那么壮观。

高原上到处可见显露出的顽石，它们经过大雪的洗涤，多为黑黑的。枯黄的牧场，连绵的山峦，留给人的皆是美丽和震撼。草原上到处是黑黄的牦牛，它们行走在草原的绿色地毯上，为高原装点着盛装，使得高原上的静景和动景有机组合，形成一组组美丽的图画。那些云彩、积雪、草原、牧民、牛羊自然地把这些多色彩的元素组合得恰到好处，让你举起镜头就是一幅幅最美妙的画卷。

高原气温较低，但阳光很灿烂。从车窗望去，灿烂的阳光洒向远去的田园、河畔，白云摇荡，进入眼帘的是一派宁静祥和的田园风光。在高原上，阳光照耀草原，看上去一草一木都那么清晰，给人的视角留下太多的动感。高原上许多地方是一望无际的大平原，那种广阔平坦一览无余的视角冲击让人很受震撼。身在高原上，心胸也变得宽广，心志也变得豁达，心情变得舒畅。

那高原上的公路也显得险峻而壮观，它与铁路基本上是同行，不过公路要穿越高山和深谷。从远处望去，那种盘旋的路，留给我的印象是大气磅礴，美丽宏伟。它在高原上穿越气象万千，起伏连绵的群山，又在平坦的草原上形成笔直的长龙，看上去乃是天下奇观。真所谓峰外多峰岭外有岭，山舞银蛇舞弄蓝天。

列车开出西宁不远，青海湖进入我们的视线，虽然远距离观看，感受不到近观的视觉效果，但隔窗而望，那碧波荡漾的青海湖已尽收眼底，让人感到广阔幽兰的壮美。

随着列车的行进，远处的雪山逐渐清晰起来，天空中突然出现了美丽的霞光，宛若清纱遮住了的少女泛起红晕的脸庞，又如一条条彩色的薄纱吹散在天边。渐渐地窗外所有的事物都清晰起来，霞光、雪山、河流、沟壑将草原点缀五彩斑斓。

青海湖渐渐在视线中消失，而昆仑雪山涌现在我们的眼前。我们先经过海拔4160米的玉珠峰站。有人说这里有昆仑山美丽的雪景景观，因天色近晚，我们也没有下车，无法看到那六月飞雪的美景。但借着暗淡的霞光，我们隐约可以看到昆仑山东西两侧海拔6000米多米的玉虚峰和玉珠峰。据说那里终年银装素裹，云雾缭绕，形成了闻名遐迩的"昆仑六月雪奇观"。见到高原雪山美景，带给人们的是惊喜。虽然较远，可距离留给我们更多的神秘。那不可触摸的银灰色让她深深地印在我的心里。昆仑山上的雪山接踵而来，有的坚挺、雄浑如阳刚的小伙，有的丰满光滑如阴柔的少女。当火车停留在玉珠峰站，那一连排的雪山近距离地站在你的面前时，无论信不信，你都会感到自己真正走进了高原。那夺目的银色自半山腰蔓延至顶峰，似乎不甘心地要和白云融为一体，肆无忌惮地展示着自己的圣洁和骄傲。

列车在急速地向前行进，窗外的一片湖水、一群牛羊都会引起众人的惊呼，弄得大家紧张兮兮的，生怕错过什么绝佳风景。真佩服那里的雪山、白云、蓝天、牛羊，每天被无数人这样赞美、惊叹，却这样不卑不亢、不骄不躁地淡定地存在着。

列车行至错那湖，那是一片水草丰茂的地方。特别喜欢那散落在湖边各处大大小小的水洼，水质清冽、明净，像镜子般将蓝天、白云倒映在水里，还有黑白相间的牦牛，他们纷纷陶醉在自己的美貌之中了。这样的景色伴随着我充满惊喜的旅程，真是让人激动不已。

去拉萨的火车，沿途到处都是绝美的风景。由于路途有些疲劳，车窗堆积的摄影者较多，我也就把方便让给了别人，自己总是在二层人群中欣赏着这高原美景。由于当时没有做记录，过后回想起来，对几处大的景点记忆要深一些。

位于青藏高原腹地的唐古拉山又称当拉山，蒙古语意为"雄鹰飞不过的高山"，与喀喇昆仑山脉相接。这里空气极其稀薄，气候恶劣，连绵的雪山展示着"生命禁区"的苍茫和神秘。在世界铁路最高点唐古拉山垭口旁边，有一座世界海拔最高的铁路车站，这就是海拔 5068 米的青藏铁路唐古拉山车站。

天湖纳木错是青藏铁路沿线最美的天湖，位于西藏自治区拉萨市以北当雄、班戈两县间，面积 1940 平方公里，湖面海拔 4718 米，为西藏第一大内陆湖。天湖纳木错是藏传佛教的朝拜圣地，每年都吸引众多信徒和游客前来朝拜和参观。

藏北羌塘草原位于西藏自治区北部的昆仑山脉、唐古拉山和南部的冈底斯山之间，东西长约 1200 公里，南北宽 700 公里，平均海拔 4500 米以上。羌塘高原是世界上至今生态环境仍保存完好、未经深入开发的区域之一，牧民们仅季节性地在这里的部分区域活动。青藏铁路横贯羌塘草原，游客可以在火车上领略壮丽的自然风光和独特的人文风情。

青藏铁路要穿越我国最大无人区可可西里。可可西里位于青藏高原腹地，北有昆仑雪山，南接唐古拉山，平均海拔在 5000 米以上。可可西里蒙古语意为"青色的山梁"，也被称为"美丽的少女"。我曾经听说过可可西里特别的美丽，那里风景秀丽，藏羚羊漫山遍野，高原山花烂漫。但我们的火车穿越可可西里时，给我的感觉是戈壁荒滩，空气稀薄，大风四起，气温较低。列车员跟我说，这一带最低温度可达到零下40多度，是排在世界第三位的无人区，被称为"人类生命禁区"。但是这千里无人区却是野生动物的天堂，有野牦牛、藏羚羊、野驴、白唇鹿、棕熊等，共有230多个物种，特别是藏羚羊更是这青藏高原特有的灵物。藏羚羊离火车不远，它们安静地吃着草，没有在乎火车的到来，隆隆的列车这庞然大物从它们身边经过，它们竟然也不会害怕。也许它们是人类的好朋友，根本不需要回避人类的行为。

列车翻过了风火山口后没多久，便上了一座铁路桥。在我们列车的对面还有一座桥，听列车员讲，对面那座桥叫沱沱河公路桥，是万里长江第一桥。公路桥南面的小镇因河而得名，叫沱沱河镇。来自格拉丹冬冰峰的雪水自由奔放地在高原流淌，在此处冲刷出宽阔的河道，因是九月间，现在不是丰水期，小河的流水显得很平淡。

我是在长江边长大的，也一直生活在长江上游地区，对长江有种说不清的热爱。长江是中华的母亲河，她哺育了亿万中华儿女，对于我来讲更是颇有感情。我们居住在长江边上的人，天天吃的是长江水，也许有的水就是来自这里。所以走进长江源头，看着那清澈高原雪水，心情不免有些激动。突然间，我又想起那一句名句："君在长江头，我在长江尾，日日思君不见君，共饮长江水。"

约中午时分，列车经过错那湖。错那湖是藏北地区一个淡水湖，由于这里水草丰美，所以，错那湖周边是藏北地区一个重要的牧场。错那湖周边的景观与可可西里截然不同，这里有大片的草场，铁路两侧是散布在草场上的湿地，我们看到了成群的牛羊活动其间，悠闲地寻找着它们所需要的食物，那么自由，那么无争，安详地生活着，与人类相比，它们是多么的潇洒和自由。

傍晚时分，我们的列车到达终点拉萨火车站。下了火车，凉风徐徐袭来，全身感到了一丝寒意，但阳光依然很足很刺眼。出了站口看到站外有好多持枪的武警在警戒，给我们一种威严而紧张的感觉。我们随着人群向前走，武警不允许出站的旅客停留，也不允许拍照。这是我到过的城市管理最严的，我也不知道是为什么，偌大个拉萨火车站前广场竟一个人也没有，也许这是藏区安全保障的一项措施吧。

美丽的高原城市林芝

——走进青藏高原之四

2014 年的深秋，气候已经变得有些寒意，应朋友之邀，我专程到了西藏林芝，去感受那里的高原风光和民族风情。

林芝位于西藏的东南部，属于雅鲁藏布江中下游地区，其西部与拉萨市相连，西南部与山南市相依，东部和北部分别与昌都市和那曲地区交界，南部与印度、缅甸接壤，是一个边境城市。林芝素有"西藏的江南，中国的瑞士"之美誉，现在已经是西藏的一个较大城市，也是西藏重要的旅游城市。

到林芝我是从拉萨出发坐旅游观光大巴前去的。我不知道从拉萨到林芝有多远的路程，但我们的旅游大巴大概走了七个多小时才到林芝政治经济及文化中心的八一街道。

八一街道位于尼洋河畔，距离雅鲁藏布江与尼洋河交汇处约 30 公里。据我的朋友介绍，这里原名"拉日嘎"，中华人民共和国成立前只有几个零星的村落和几座寺庙，几十户人家。西藏和平解放后，因这地方与缅甸、印度交界，属于边境地区，解放军开始在这里建设军事基地，并驻有大量军队。部队开垦荒地，白手起家，艰苦创业，使得一座高原城镇逐渐崛起，成为一座高原城市。因为当初主要是军队驻地，所以这里叫八一街道，其实八一街道不是一个街道，而是这座城市的代名词。现在这里除部队驻扎外，周边的农民聚居于此，市区变得繁华，人气比较旺，市内还有西藏农牧学院与高原生态研究所等机构，成了西藏的一个重要城市。

林芝海拔并不高，拉萨海拔 3600 多米，而林芝海拔只有 2900 米，是非常适合人居住的地方。由于米拉山挡住了西北风带来的寒冷和雅鲁藏布江这条暖气流的浸润，造就了林芝特有的冬暖夏凉的气候特点。

我们从拉萨下来，一路上见到的都是雪景和光秃秃的山梁，而到了林芝地界，植被变得非常好，到处都是青山绿水，遍地都是花的海洋，景色十分秀丽。

我们到了林芝之后首先去了比日神山。比日神山藏语意为"猴子山"，是林芝地区享有盛名的神山。比日神山是西藏原始苯教推崇的神山，相传当年"佛苯相争"时最先出来反对佛教的苯教徒阿穷杰博曾与莲花生大师比法力。莲花生大师到达雅鲁藏布江与尼洋河交汇处时，凭借法力调集狂风试图将村庄和树木全部吹倒。阿穷杰博则以巨石压住树木才得以幸免。接着两人又在比日神山山脚的古鲁村斗法，莲花生大师想彻底摧毁苯教，于是试图将比日神山推入尼洋河，在阿穷杰博的阻拦下均告失败。从此，工布地区的苯教得以保存。至今，信奉苯教的当地百姓仍然坚持着山石崇拜、神鸟崇拜和天梯崇拜的信仰。在当地，每年的"萨嘎达瓦节"，苯教信众都要聚集在神山边，悬挂多彩经幡，布置经幡阵，围绕神山诵经祈福。走进林芝，到处都可以看到神秘的经幡阵。从远望去，山坡上经幡云动，神采飞扬，处处再现藏民们对神山的敬仰。

林芝的藏民还有转山转水转湖的习俗，每月的十五，藏民们会到这里来转山。他们手里拿着转经筒，围着山转圈，以示他们对神山的虔诚。据说藏历十五是最大的节日，转山的人人山人海，每个人都会虔诚地把一年的希望和祝福向神山倾诉。

比日神山上建有林芝自然生态博物馆，自然博物馆是西藏唯一的一座以自然资源为主要展示内容的博物馆。由序厅、自然资源厅和放映厅三部分组成。主要展示西藏境内的动物、植物标本、奇特原始森林生态景观，直观地展示了林芝千姿百态的原始生态风貌，收藏了大量的藏羚羊、孟加拉虎、小熊猫等动植物标本，看上去显得极为珍贵。

从比日神山下来，天已近晚，我们去游览距市区不远的尼洋阁。尼洋阁又叫东南文化博览园，是西藏第一个非物质文化博物馆，也是中国第一个门巴族和珞巴族文化展示馆。尼洋阁位于八一街道的娘乳岗的旁边，是一座高36.9米高的藏式建筑，是西藏的第一座阁楼，传说是工布王为西藏本土教苯教的开山祖师辛饶米沃所建，属于一座传教宫殿，其建筑风格可以称得上是林芝一带建筑的代表作。

尼洋阁的气势恢宏，外观十分壮美，藏族风格情调较浓。它远观像一座宝塔，近观是一座阁楼。尼详阁共分为 14 个展厅，以民族服饰、农耕文化、狩猎文化、宗教信仰、建筑艺术等多个方面来展示了当地民间传统文化。馆内收藏有工布地区最具代表性的原始生产工具和生活器具，集中展示了工布藏族、珞巴族、门巴族等民族文化。

第二天朋友带我去中缅交界地区的南伊沟，据说那里的山色清秀，水色静美，自然风光十分迷人，具有西藏的九寨沟之称。听介绍后我心里很激动，渴望早一点去一看究竟。于是我们早早地起了床，天刚明亮就乘车前往。

我们从八一街道出发，沿着美丽的尼洋河边南下。汽车穿过一片片胡杨林，在宽阔地带，悠闲的牛群、马群活动其间，看上去别有一番风味，给人的全是优雅的高原图景，动景与静景的有机结合，就像一幅高原的美丽画卷，视角的冲击让人激动不已，心情舒畅。

尼洋河是林芝最有名的河流，它似一条碧玉通透的绸带，飘绕在林芝的山川和沟壑之间。河水清澈透明，两岸森林茂密，景观遍布，处处都是美的风景。据说，这条河流在较高海拔地区河道还很窄，而且基本被冰雪冻结不见流水，但随着海拔迅速降低，河水融化，汇聚周边雪水奔腾而下。两岸的山坡上也布满了森林，这里的树林给人有种才发芽不久的感觉，树叶很小且嫩绿诱人，鲜嫩的绿色有时让人感到心旷神怡。而尼洋河水随着深度的增加，颜色也变成碧玉般的绿色。

伴着尼洋河的潺潺流淌，错高湖、然乌湖、噶朗湖点缀其间，这些高原湖泊似一颗颗珍珠镶在林芝的大地上，碧蓝的湖水映照着一座座雪山，看上去真的太美。错高湖又叫"巴松错"，藏语意为"绿色的水"，它是红教的著名神湖。在湖心岛上建有错宗工巴寺，据说是修建于唐代末年，供奉的是强巴佛和千手观音。巴松错宛如仙女下凡，带着种种的传说，在那里悠然不断地演绎着历史文化赋予的神奇的故事。

汽车沿尼洋河边行驶了一段距离，再沿着湍急的帕隆藏布江而上，经过多东寺后，就到了海拔 4311 米的嘎瓦龙雪山之下。那里有一个叫博窝（好像也叫波密）的地方，朋友说那里是林芝地区的著名风光旅游景点，来到林芝的人基本上都会去看。我们来到山脚，山路两旁布满了经幡，绵延环绕千米的幡旗，给这美丽的大山增添了无穷的色彩，也深含着当地族民带给外来的人们平安吉祥的祝福。这里的树木多为云杉红松，在那金黄色的树丛里，偶尔有红毛野鸡出没其间。朋友介绍说，如果再往森林的深处走，还会看到獐、马熊、草鹿等动物。说实话，我来之前，我只知道西藏的黑山积雪，乱石临空，还真想不到，林芝这地方生态环境是那样美，那样地充满了生机。

朋友带着我们徒步登嘎瓦龙雪山，山高路险，虽然海拔4000多米，可能是良好的心情的因素，除了累之外，还没有高原反应的感觉。站在高山之巅，俯视着白雪皑皑，绵延起伏的群山，激动的心情难以言表。高原雪山上那纯洁的白雪，洗刷着我因为生活、因为生存而被污染的灵魂，那份纯净之美，把人的情感带到那兴奋而深邃的境界，让人感到大千世界的美妙而神奇。

下午时分，我们到达南伊沟。那里神山圣湖相连，原始森林遮天蔽日，树丛野花似锦，真的算是人间天堂，树的海洋。那里有伞盖如云、苍斓斑驳的雪松，有错落曲弯、奇巧盘旋的怪松，有直刺云霄的挺拔的傲松，也有体态诱人的雅松。那松叶上如丝般飘拂的苔藓，被藏民称为"树挂面"，风一飘来，婀娜摇曳，风情万种。那里的古树松干，都带着原始的印迹，树枝伸展出绿色的臂膀，相互紧紧拥抱，将满山遍野的林木连接成为原始的森林，编织成绿色的童话。在蓝天白云的映衬下，阳光一照，枝隙间透出了万缕金光，那种美只有身临其境的人才能体会它的韵味和神圣。

森林里有山溪相伴其间，从山上倾泻而下的飞瀑，就像一条白练悬挂大山深处，透过林木的空隙，释放着耀眼的光彩。飞瀑激荡而下，扬起了漫天的雨雾，同时也将清新空气挤进人们的肺腑，让人感到负氧离子浓浓的冲击。走进那原始森林，可以尽情放声呐喊，释放郁积多年的沉闷；可以尽情放歌，发出对快乐人生的呼唤。那大山的回声，那林涛的回应就像温热的山泉，轻轻地流进心灵，流进血液，让人感到无比的温馨和惬意。

世间山水纵然美好，但人生不可能将美好的东西都看到，由于生存需要工作来支撑，时间总是有限的。这次旅行中，林芝还有许多美丽的地方我没有时间去，这不免是一种遗憾。

走进林芝，我有一种特别的心情和境界，深深感到这里人与自然界的和谐，感受到身在纯自然中的自由快乐。因为那里空气清新，河水清冽，山林清秀，雪景透亮，水声风声鸟啼声环绕其间，花味草味泥土味芳香扑鼻，野草花香随风飘荡，遍地是美景，处处有神韵，让人心旷神怡，陶醉其间。

在林芝，我真的算是激动地拥抱了大自然，享受着高原美景温馨的抚摸，让那深秋的原野洗去了我在喧哗的城市里沉淀的浮躁，那种被长期束缚而禁锢的情感得以释然，拥抱自然的怡然之情在心里升腾，本已尘封的豁达情感得到了尽情的释放。这种久违的感觉不是所有的人都能感受得到的。

神奇的拉萨

——走进西藏高原之五

我是 2014 年 9 月 12 日下午到达拉萨的。由于坐了 24 个小时的火车，慢慢适应了高原的气候，所以高原反应不算明显。按照行程的安排，当天就休息，以便让身体完全适应高原的气候。走进拉萨，导游要我们当日不能洗澡，本来坐车就两天没有洗澡了，还得坚持一天，真的很难受，因此晚上早早就睡了。

拉萨又称"日光城"，位于西藏高原的中部、喜马拉雅山脉北侧，地处雅鲁藏布江支流拉萨河中游河谷平原，平均海拔 3658 米，属西藏第一大城市，这座历史的古城具有 1300 年的历史了，是国务院首批公布的 24 座历史文化名城之一，也是西藏自治区政治、经济、文化、宗教的中心。拉萨风光秀丽、历史悠久、文化灿烂、风俗民情独特、名胜古迹众多、宗教色彩浓厚。那里生活着藏族、汉族、回族、满族等 30 多个民族，全年多晴朗天气，降雨稀少，冬无严寒，夏无酷暑，气候宜人。

第二天早晨，走出旅店大门，一阵风吹来，带着丝丝寒意。我背着相机，早早地漫步在拉萨街头。

这就是拉萨吗？如果不是到处有穿着藏族服饰的同胞，我几乎以为，这里就是中国南方的一个现代化都市了。这里有一样的高楼大厦林立，一样的出租车往来如织，一样的琳琅满目的超市，还有一样的充满现代气息的街道人流。

走在宽敞的柏油马路上，两旁宫灯式的路灯造型古朴，与地域风情十分协调；房屋建筑不高，但错落有致，古朴古香；街边花园相连，高原花草到处盛开，灌木、乔木相映其间，给人以新奇之感。城市现代化的建筑，与藏族古老的庙宇风俗，相互交织映衬，一时间，我有点眩晕了。这回，不是因为海拔的缘故，而是眼前的千年古城，古今完美的融合，令我太过惊叹。

早上看的第一个景点是布达拉宫。布达拉宫在拉萨的红山之巅，是一座举世闻名的宫堡式古建筑群，它建于公元 7 世纪，是我国著名的古建筑，全国重点文物保护单位。布达拉宫为观音圣地普陀洛迦的梵语译音，意为观音慈航以普救众生。始建于唐代初年松赞干布时。布达拉宫海拔 3700 多米，占地总面积 36 万余平方米，东西长 360 米，南北宽 270 米，主楼 13 层，高 117 米，是世界上海拔最高，集宫殿、城堡和寺院于一体的宏伟建筑。

整个布达拉宫依山而筑，宫宇叠砌，巍峨耸峙，气势磅礴，其建筑艺术体现了藏族传统的石木结构碉楼形式和汉族传统的梁架、金顶、藻井的特点。在空间组合上，院落重叠，回廊曲槛，因地制宜，主次分明，既突出了主体建筑，又协调了附属的各组建筑，上下错落，前后参差，形成较多空间层次，富有节奏美感，又在视觉上给人以高耸向上的感觉，是世界建筑史上的奇迹。

相传，藏族吐蕃王松赞干布好善信佛，迁都拉萨后，经常在拉萨近旁的山上诵经祈祷，给这座山取名为"布达拉"。"布达拉"是梵语音译，译作"普陀罗"或"普陀"，原指观音菩萨所居之处。公元 641 年松赞干布迎娶唐朝文成公主后，欣喜之余，为公主造了布达拉宫。当年所建的布达拉宫高 9 层，共有 999 间宫室，加上修行室共 1000 间。然而世易时移，布达拉宫饱受雷、电、战火劫难，历尽沧桑，破败不堪，仅存法王洞和主殿帕巴拉康。现在的布达拉宫是 17 世纪以来重新修建的。

布达拉宫的主体建筑，就其功能主要分两大部分，一部分是达赖喇嘛生活起居和政治活动的地方，另一部分是历代达赖喇嘛的灵塔和各类佛殿。

第一部分主要集中在白宫。白宫始建于 1645 年，历时 8 年，以松赞干布时原有的观音堂为中心，向东向西修建起一片巨大的寺宇。整个寺宇的墙面被涂成白色，远远望去，分外醒目，人们称之为白宫。白宫高 7 层，位于第 4 层中央的"措钦夏"（东大殿），面积 717 平方米，由 38 根大柱支撑，是布达拉宫最大的殿堂，历代达赖喇嘛在此举行坐床、亲政大典等重大宗教和政治活动。第 5、第 6 两层是摄政办公和生活用房。最高的一层（第 7 层）是达赖喇嘛冬宫，这里采光面积很大，从早到晚，阳光灿烂，俗称"日光殿"。殿内陈设豪华、金盆玉碗，珠光宝气，显示出主人高贵的地位。宫殿外，有一个宽大的阳台，从这里可以俯视整个拉萨城。远处是起伏连绵的群山，美丽的拉萨河宛如一条缎带，从天边飘来。近处是片片田垄阡陌，绿树村舍，还有古老的大昭寺金碧辉煌的金顶。

第二部分主要集中在红宫。红宫建于1690年，当时，清康熙帝还特意从内地派了100余名汉、满、蒙工匠进藏，参与扩建布达拉宫这一浩大的工程。红宫的主体建筑是各类佛堂和达赖喇嘛的灵塔。宫内有8座存放各世达赖喇嘛法体的灵塔，其中以五世达赖喇嘛的灵塔最大，最华丽，高14.85米，塔身用金皮包裹，镶珠嵌玉，据说共用黄金11万余两，珍珠、宝石、珊瑚、琥珀、玛瑙等18677颗。红宫中最大殿堂"司西平措"（西大殿）面积725平方米，殿内正中上方高悬乾隆所赐"涌莲初地"匾额，设有达赖喇嘛宝座。殿中还存有康熙帝赠送的大型锦帐一对，是布达拉宫的珍宝之一。三界殿是红宫最高的殿堂，一旁的经书架上，还放置着雍正皇帝赐予七世达赖喇嘛的北京版《丹珠尔》经书。红宫最西是十三世达赖喇嘛灵塔殿，高14米，传说殿内的坛城是用20万余颗珍珠串缀而成的。布达拉宫内部精美豪华的装饰一方面是藏族艺术的宝库，另一方面也折射出旧西藏贵族与占人口95%以上的农奴之间的巨大差别。

红宫主要是宗教活动场所和灵塔祀殿，而白宫是达赖喇嘛的居室和政治活动中心。红白两色浑然一体，充分体现了旧西藏政教合一的社会特征。自从白宫落成后，五世达赖喇嘛由哲蚌寺移居这里，一直到他去世。此后的历代达赖喇嘛都将布达拉宫作为自己居住和进行宗教活动的地方，于是布达拉宫成为喇嘛及信教群众顶礼膜拜的圣地。

布达拉宫作为西藏"政教合一"政权的中心，收藏保存了极为丰富的历史文物和工艺品，堪称西藏历史文化艺术的博物馆，其中50000多平方米色彩鲜艳、人物形象栩栩如生的壁画是布达拉宫的一绝。布达拉宫的壁画可分为4类：宗教故事、风俗民情、人物传记、历史事件。历史上布达拉宫扩建的场面被壁画生动地记录下来，特别是文成公主进藏的壁画，再现了公元七世纪汉藏两民族和睦相处的情景。在西大殿的一面墙上，绘制了1652年五世达赖进京觐见顺治皇帝的壁画；十三世达赖灵塔殿内，则绘有十三世达赖进京觐见光绪皇帝和慈禧太后的场面。宫中还有近千座佛塔、上万座塑像、大量的唐卡以及贝叶经、金珠尔经等珍贵文物典籍。明清两朝皇帝封赐达赖喇嘛的金册、金印、玉印、诰命等也珍藏在宫中，这些也充分代表了历史上西藏地方政府与中央政府关系，应该说，这些文物是中国形成多民族融合的历史见证。布达拉宫中还有许多华美精致的卡垫、华盖、法器、帐幔、锦缎、金银器皿，瓷器和石器等，看上去令人眼花缭乱，叹为观止。

现在看到的布达拉宫是 1994 年才修缮完成的。1985 年，国务院决定拨出巨款对布达拉宫进行大规模的维修，据说这是中华人民共和国成立以来对古代文物建筑保护投资最大的工程。这次修缮历时 9 年时间，投资 5300 万元，这在当时来说是很大的一个数目。经过修缮，布达拉宫这颗高原明珠，再次发出夺目的光彩，吸引着越来越多的中外游客前来参观。现在，布达拉宫已被联合国教科文组织列入"世界文化遗产"名录。

看过布达拉宫后，我们又赶往大昭寺。大昭寺是拉萨重要的旅游景点。世界各地的信徒，都赶来这里朝拜。走进大昭寺，首先映入我们眼帘的是那石板路上，藏民磕着等身长头，虔诚，坚定地做着同样的动作，真的很令人感动。

在释迦牟尼佛像前，肃穆虔诚，顶礼膜拜。一旁，还有朴质恭敬的僧人，为佛祖供灯。站在佛前，酥油灯的光亮，令人温暖安定。我看着身旁微笑着转经的藏族老太，心中也不由得欢喜起来。

来到这里，游人密密麻麻，显得有些拥挤，很多时候看到的都是人们的头。为了快速疏导，管理人员们要求只能在行进中观看，不能停留，我们只得随着人流而涌动其间。但这里尽管人员很多，但不嘈杂，整个气氛显得独特，庄重，神秘，祥和。很多人说，拉萨是这个世界上最具特色、最富魅力的城市。我现在知道，为什么每个亲身体验过的人都是那么的"无疑"了，因为每一个来到这里的游客，心里都带着一颗虔诚的心，人的情感都融入藏传佛教的世界里了。

走出昭觉寺，已经是中午时分。经过几个小时的游玩，两腿变得无比的酸软，好想找个地方坐坐，缓解一下身体的疲劳。正好拉萨城头有数不清的川菜馆，到处都可以闻到藏区浓浓菜香，我们走进了川菜馆，一边休息，一边品味着西藏的佳肴。午餐吃着正宗的川味麻辣鸡，心里很有亲近的感觉。

当一个人置身在庙宇众多，僧侣云集的城市，吃着口味地道的家乡菜肴，喝着当地可口的酥油茶时，那种独特感觉，真的是美不可言，这种记忆会深植于脑海，让人永生难忘。

下午，我们去看了一会八角街。拉萨八角街又被称为八廓街，是围绕大昭寺修建的商业街，是目前拉萨最繁华的商业街。

八角街是东西南北四街围成的多边环形街道，周长超过 1000 米，有 35 个街巷。虽然八角街只是一条小小的街道，但它是随着大昭寺一起成长的，已经有着 1300 多年的历史。7 世纪，松赞干布下令修建大昭寺，大昭寺建成后，朝圣者络绎不绝，日积月累逐渐踩出了一条环绕大昭寺的小径，这就是八廓街最早的轮廓。后来，随着信徒的增多，大昭寺的周围出现了小寺庙、旅店、商铺，八角街也粗具规模。由于来自蒙古、不丹、印度和其他地区游客、香客、商贩的到来，八角街发展成了集观光、民俗、购物于一体的商业街区。

八角街的主要景点有转经道和达赖密宫，转经道在藏族群众中有着重要的地位，在转经道上，仿佛有一种无形的力量指引你顺时针沿着这条路走下去。去八角街。那就一定要去玛吉阿米酒馆，这是那个浪漫的六世达赖喇嘛仓央嘉措的密宫。"玛吉阿米"在藏语中的意思为纯洁的少女，也许，这个酒馆就是仓央嘉措遇到他一见倾心的姑娘的地方。玛吉阿米酒馆与这个浪漫的班禅一样，酒馆的布置十分的浪漫，是一个艺术酒吧，它的四周贴满了摄影作品和手工艺品，书架上摆满了各色的书籍，这里是逃避与遗忘的地方。

八角街的环境十分的古朴，它保留了拉萨原有的风貌，还存在着许多老式的藏族建筑。八角街的商品种类十分的丰富，有经文、念珠等朝圣用品，也有马具、藏刀等藏族手工艺品，总之，各色商品琳琅满目，一定会让你眼花缭乱。

在街上，我看着前面的艺僧们用和有颜料的酥油，沾着冰凉的清水，在宝塔形状的木板上，塑造着美好象征的图案。我转到一旁的转经道，只见一个个装束形貌相异的游人，或是藏民，排着长长的队伍，沿着环行的路，缓缓而虔诚地前行。藏族佛教里蕴含了许多朴质的真理，只要我们用心去感悟，就会感受到佛教给我们带来的智慧。据说，傍晚时分，这里是人如长龙，壮观无比。身临其境地让人感受到是心灵的宁静，心中的烦恼也随之远去。

走进八角街，同行的朋友都纷纷去购物了，我是不太喜欢购物的人，便独自一人赶到拉萨地区博物馆，去感受了那里厚重历史文化和民族风情。晚上还独自一人去看了代表拉萨民族文化的大型演出《走在幸福路上》。

回到旅馆，已经晚上十一点钟，回味拉萨之行，感慨万千，收获颇多，心中总是难以平静。走进拉萨之前，虽然对佛教有些了解，对佛的敬仰也怀虔诚。走进拉萨之后，那种对佛教模糊的认识变得更加清晰，特别是那人山人海的游人，一个个朝拜在佛的面前的情景，留给我们的感悟，不仅仅是崇拜佛教的行为，而且是那发自内心的渴望美好，渴望和谐，希望平安幸福的心境。

拉萨这个充满神秘感的高原城市，留给我了太多的美好记忆。从那精美的建筑和厚重的文化中，让我看到了泱泱华夏的历史辉煌，让我看到了祖国伟大的身影，让我感受到了中华儿女追求幸福，祈祷未来的虔诚之心。

带着幸福的微笑我睡着了，那些虔诚的身影仍然在我的梦中。我不知道梦醒时分我将是怎样的心境，但我敢肯定地说，对拉萨的美好记忆永远不会消失。

漫步鼓浪屿

　　多年以来，总是听人说厦门是个美丽的地方，但由于工作的原因，一直没有找到机会到厦门看看。今年市作协组织到厦门采风，对我来说当然是个好机会，加上每年七八月份是工作相对没有那么忙的时候，所以我也就报名参加了。

　　在厦门城区游玩安排在我们到后的第四天。这天早上，我们在下榻的金泰路的凯悦酒店用过早餐后，乘坐大巴到海滨看大海。厦门这座城市给我们的感觉不大，好像比我们泸州市大不了好多，但是城市很干净很整洁，虽然已近秋天，但这里艳阳高照，太阳照在身上晒得很痛，不过城市街道两边全是高高的热带植物，街心的绿化带又长又宽，大树很多，因此到处显得很阴凉。而且在公路的两边，每隔一段距离便有长木椅子给人稍做停歇。街道两旁的绿化很好，有各种美丽的花树，听导游说仅三角梅就有好几种，大多花期都在八个月以上，开起来十分好看。听说这里的凤凰花很多，我特别想看到，但是导游说要等到九月份方才开花，我也就只能想象它花开的样子了。

　　由于今天游鼓浪屿的时间安排得比较宽裕，大家建议先到环岛路海边去享受一会沙滩戏水的快乐。厦门环岛路素有东方夏威夷的美称，也是国际马拉松比赛赛道。环岛路的旁边就是阳光沙滩，非常的漂亮。站在沙滩上可以隐隐约约地看到台湾荆门的大蛋、二蛋、三蛋、四蛋岛屿，美丽的鼓浪屿也展现在我们的眼前。

　　我们走到海边，与大海亲密接触，赤脚走在软软的沙滩上，感受着海浪或轻柔或粗犷的抚摸，每一次海浪自天边汹涌而来，都会引起大家的惊呼，无论男女老幼，都开心地大笑。其实，我们每当身处海边，就会发现大海天生有让人心旷神怡之感，面对那辽阔无边的水天相接的阔大背景，你很自然地就会心胸豁达、心情愉悦。

我们一群人只有四人下水游泳，其余的都在海边踩水寻欢，在太阳的炽热淋浴下享受脚底下海水的清凉，大家也不停地照照相，留下了自己美丽的身影。我和儿子沿着沙滩走了两公里，在不同的地方欣赏不一样的风景，感受不一样的心情……

上午玩过沙滩，顺便吃了点东西，我们就赶到通往鼓浪屿的轮渡码头。这里的轮渡虽然是两只渡船对打，但轮渡的人很多，真的可以称得上人山人海，在码头的轮渡上，人与人之间基本没有多大空间，要想看海景，得上二楼，不过得加收一元钱，福建人硬是精明，哪儿都是生意，大生意小生意都做。

沿途我们远眺了具有 15 米高的郑成功的巨大雕像，热闹的海滩浴场，幽雅的菽庄花园，高耸而立的日光岩。站在轮船上，两边翻滚的浪花向后奔去，前方的景色却一一跃入眼帘。巨大的郑成功雕像迎风而立，守卫着这一方美丽的土地；美丽的海滩浴场，人们在快乐地嬉戏逐浪；气派而幽雅的菽庄花园，尽情地展示着迷人的风姿；高耸而立的日光岩有着无穷魅力，这一切令人目不暇接，而迎面吹来的海风给这个酷夏增添了几分凉爽。

我们渡过海峡，下船就到了鼓浪屿。走下甲板，一群卖鼓浪屿手绘地图的人涌了上来，建议我们买岛屿地图，我想就这么个小岛，不需要看什么地图，况且有导游引路，便就放弃了，可那些卖地图的人跟了我至少五十米，我实在过意不去，也就买了两张来送给身边那些单独来游行的学生们。过后我想，我为什么要买呢？是因为那个卖地图的人的执着打动了我，他是一个学生，父亲死得早，是为了挣开学的学费才选择做这点生意的。在生活中，只要你能执着地去做你想做的事，迟早会成功的；你卖东西，不是别人不要，是别人需要的时候没到，情到深处，金石为开。

我们沿着渡口上岸的左手边漫步，首先映入我眼帘的是民国时期的古街和古街上的小别墅。说实话，在我眼里，其建筑并没有多少很古老的沧桑感，只是整体很协调。不过它的街巷很特别，每一处院子都不太相同，风格各异，装修装饰富有民俗特点，而且有多个国家的风格，特别在那些别墅的门前，拍摄婚纱照的人特别多，这本身就是一道亮丽的风景。小岛上的每一处都那么新奇神秘，从不同的视角去看，每一处都是风景。我们在导游的解说下前行，街上的店铺都卖一些港台特色商品，我们边走边看边买一些小吃来品尝，大家你请我吃这样，我请你吃那样，很有一番风趣。这次我们一行22人，老同志偏多，行进速度很慢，我们似乎在用脚步去丈量小岛的每一寸土地，用双眼去看尽小岛的每一处风景，用心灵去体会小岛的每一丝雅致。导游很有责任心，一再要求我们每一个人紧跟着他走，每隔几百米就要清点一下人数。其实，鼓浪屿就那么点大，很容易就会弄清楚方位和景点，不需要担心迷路的，只是导游的职责要求而已。

鼓浪屿原为多国的租界，所以在这个小小的岛屿上，据说曾经有13个国家有租界，因此岛上留下了不同类型的建筑，还有一些漂洋过海的华侨依据国外的风格和各自的喜好建了很多的房子。因此，鼓浪屿又被称作"万国建筑博览"。而在清末和民国初期，这里基本上都是外国人占领着，中国人去建房，得从外国人手里去买土地。外国人在这里建有一个健身体育场，在大门口有一块警示牌，上面写作"中国人和狗不得入内"的字样，今天想起来，在那个时代，中国人不能在自己的地盘上行走，真是中国人的悲哀。

据导游介绍，在鼓浪屿住过的名人也很多：林语堂、林尔嘉、林巧稚、殷承宗、陈左煌等，现在仍然住在岛上的名人还有郑小瑛和舒婷。我们边走导游就边给我们一一介绍，让我们身临其境，亲自感受名人的住所的外在风格。应该说，环海、绿树、建筑是鼓浪屿外在的美，人文和历史构建了它的精华和灵魂，而且这一切早已浸染在鼓浪屿人的日常生活中，深入到了鼓浪屿人的灵魂深处，就连我们这些从天府之国来的普通文化人，在这一方净土的熏陶下心也变得纯净淡然了。

今天我们要去的重要景点是日光岩、菽庄花园和琴行。日光岩海拔只有七十几米，实在不算好高，但我们的队伍走得很慢，我就只有走走停停了。在山下，我们眺望日光岩山顶的巨石，其上面的唯美就尽收眼底，也别有一番情致。

到日光岩看风景，你应该用心灵去感受，做一番彻底的神游。俯瞰脚下的鼓浪屿，各种风格的建筑错落有致，好像从这钢琴之岛上弹奏出来音符，演绎成一曲最浪漫的旋律。眺望远方，红色、圆穹顶部的建筑十分明显，那就是鼓浪屿最有名的八卦楼；稍离我们近点的，这竖着十字架的建筑，就是闽南最有名的大教堂"三一堂"，是新婚情侣拍婚纱照的首选。再往前看，鼓浪屿隔鹭江与厦门相望，这里的特色建筑与厦门的现代化高楼大厦截然不同，仿佛时间在这里也停滞了，将我们留在19世纪末20世纪初的历史中。

在日光岩上，大家都把身影留下，而我最看重的，是拍摄城市与海、天融合的美景，这在其他地方是很难拍摄到的，在这里我终于拍摄到了几张非常漂亮的照片。导游规定我们在这里只能玩三十分钟，说实话，我真的感到太少了，以致迟迟不想下山，因为站在上面，即使什么都不做，心里闪现的全是让人舒心的美景，给人感悟的却是大自然的神奇。

下了日光岩，我们来到了海边，这里的外滩是沙滩游泳场，旁边是一座气派非凡的园林式建筑，这就是具有"海上花园"美称的菽庄花园。菽庄花园面向大海，背依日光岩，里面的景观多而且很雅致，什么钢琴博物馆、四十四桥、招凉亭、十二洞天、听潮楼等说法很多，我们一行人有的已经精神疲惫了，所以也没有每一个景点都去。我们沿着海边游道，慢慢欣赏这个独特的园林建筑，这个花园在里面看不到大海，但是只要一走出来，顿时就有种海阔天空的感觉，且花园里的每一处建筑都是入画的好地方。其中四十四桥给我们的印象尤其深刻。从高处看，四十四桥就像是一条白色的腰带把花园连成了一个整体美景。我们有的同志有些疲倦，雪哥提议大家在海中碉楼旁边的走廊上休息一会，大家看着脚下的海水扑打着一个个浪花，右前方人群涌动的沙滩上有不少的人群在奔向大海，享受海水的清凉；对面厦门高高的建筑群或隐或现在人们的眼前；迎面有阵阵的海风吹来，天空偶有白鹭飞过；这种海天一色的情景令人情由境生，我们真想就这么一直坐下去，迷失在这美妙的意境之中。可惜时间不等人，因为晚上泸州老窖驻厦门总经销的付总请我们在厦门那边吃晚饭，我们得在六点半以前赶回去。于是我们继续前行，去看钢琴博物馆。据说这里有全世界生产最早、品牌较多的钢琴，收藏的种类也很多，加之这时候大家又累又热，在这博物馆有空调，大家就努力往里涌，既是为了观赏古老钢琴的真面目，又是为了享受这里的清凉。

从钢琴博物馆出来，在大门口休息了一会，大家等齐了，我们就基本上完成了在鼓浪屿的游玩。说实话，真的游兴未尽，就连很有名气的海洋世界都没去，实在有些遗憾。其实，生活就是这样，有时候经常出现遗憾，正因为有遗憾，我们才努力去找寻遗憾背后的东西，生活本无尽善尽美，留点遗憾才有下一次欲望的再生，才有人生的进一步探索。

导游将我们带到海边的土特产商店，这里有琳琅满目的鼓浪屿特产。我们走了进去，服务员首先引领我们在桌边坐下，给我们上来工夫茶，让大家安心下来品尝他们的特产。因为我们明天就要返回四川，大家无法控制自己的购买欲，钱包里的票儿总是不停地往收银台上跳，让那些美女服务员笑得乐开了花。最有趣的是，同行的易国章兄为和美女套近乎，主动提出给该店的美女服务员唱一首歌来为大家助兴。国章优美的歌声获得了在场所有人的掌声，吸引了所有人的目光，可惜的是被挑战的美女回馈给国章的只是楚楚动人的微笑，她的歌声被在场快乐的气氛消失了，说待直白点，人家哪敢给歌唱家相比，只有耍赖了……我们一群人对于这里的东西很感兴趣，他们有的在品茶、有的在吃东西（免费的不吃白不吃），有的在唱歌，有的在听服务员推销产品，有的在选购东西，每一个人都是那么富有创意，使得我那可怜的相机一直超负荷运转，横着、竖着，拍不尽其中的惊奇。

我们沿着滨海小巷向轮渡码头走去，此时已经是夕阳西下之时，那些在我们来时喧嚣的巷子开始恢复了它本来的清幽与宁静。我们缓缓穿行于其中，感受着曲径通幽的美妙，在心灵深处，似乎在与那些名人进行灵魂对话，似乎在慢慢品味那些关于鼓浪屿的传奇故事。刚来的时候，只是感到一种新鲜，此刻，真正感到鼓浪屿的厚重，走过的每一条小巷都风情万种，每一幢老屋都有着自己的故事。

我想，如果我们明天不离开厦门，今天晚上不去吃那顿客人热情的晚餐，我们就在岛上住一晚上，亲身感受岛上夜晚的美景和情趣，那该是多好啊！我想，那种美景应该是——太阳已经慢慢下山了，但还停留在大海的那一边，夕阳照耀在海面上，泛起一片金色，给夜幕降临的小岛增加神秘的色彩。游客走得差不多了，那沿岛的长堤显得格外的悠长，我们漫步在长堤上，叙说着自己的人生故事；小摊小贩收拾了东西回了家，老人们在悠闲地散步，年轻人在长跑，情侣们静静地坐在夜幕下亲昵，年轻的妈妈跟孩子在窃窃私语；海上渔民们收网返航，渔舟唱晚在夜幕下变得特别美丽。这个时候的鼓浪屿也许不再是旅游的景点，而是一幅幅宁静的生活图景，一张张灵动的生活照片。

我们就这么走着，走着就离开了这座美丽的岛屿。当我站在厦门环岛路的海边眺望这个充满传奇色彩的岛屿，我似乎看到在那千回百转、古朴深幽别墅群里，只见林木葱茏，花草丛生，木门紧闭，台阶延伸，仿佛里面掩藏着历史上无数的传奇故事，掩藏中国人民一百多年的辛酸和愧疚，掩藏着她的主人穷困时的凄凉和兴盛时的自豪。

我与奶子沟的秋天同行

岁月冲淡了事业的情怀，却演绎了对大自然的眷恋。随着年龄增长，心灵的空间渐渐从纷繁复杂的政治生涯中退出，移情别恋于中华大地的山山水水，在那美丽的大自然中寻求心灵的慰藉，享受生活的乐趣。

最近因为工作清闲了，想出去看世界的想法便多了起来，生活总是在心路历程中注定人生路途的孤独，"我从哪里来，将往何处去"，岁月让我对余生产生茫然。"路漫漫其修远兮，吾将上下而求索"，有志者总是踏着儿时的梦想走来，我们曾经都编织了一个个美好的梦。从孩提时代到弱冠年华，从而立之年到不惑、知命之年，理想常常随着年龄的增长而翻新，然而追逐梦想的心却从未改变。

秋天渐渐进入尾声，树叶开始飘零，在这个秋风萧瑟的季节，总会有许多失落的情感在滋生。我不知道自己的生命历程能走多远，但我知道走过秋天，冬天就会来临。其实谁也不愿走进冬天，但冬天的到来是必然的结果，我们又何必去逃避。生命的自然规律是不可违背的，既然来到了秋天，那就好好珍惜这秋天吧，因为秋天很美。

沉寂的心总需要在大自然中去释放才能变得洒脱而开朗，为了放飞心情，我选择了旅游，因为我需要感受这美丽的秋天。

人生本是无数次旅行组成的旋律，因为完美的旅行，总会有青山绿水，有蓝天白云，有雪山草地，有绿树红花。

这次秋天的旅行起念于妹子的相邀，她们也觉得很闷，想出去散散心，我也就成了跟班，跟着一群女人去了。本想到光雾山看红叶，她们说川西奶子沟的彩林更美，那里还可以感受雅克夏雪山的风采。我早就听说黑水奶子沟八十里彩林，风景如画。还有雅克夏雪山、还靠近达古冰川，而且比米亚罗更美，这就更加深了我对奶子沟红叶彩林的向往。于是我们开车就去了。这正是："人生最大的喜悦，就是遇见彼此的那盏灯，你点燃我的激情，我点燃你的梦想，彼此相约同行。"

奶子沟位于川西阿坝州黑水县境内，属于藏族地区，在藏语中是美丽富饶、幸福安宁之意。那里的八十里彩林风情谷，因身处深谷独享清幽雅静的奶子沟而得名，又以美甲天下的彩林而闻名。那里植被丰茂，阳光灿烂，氧气充足，是个天然的大氧吧。

黑水是彩林的世界，在雄奇的冰川下、美丽的雪山上、独特的藏寨边、蜿蜒河流旁均有成片的彩林分布，其中，景色最为壮观的是地处奶子沟的彩林带。奶子沟八十里彩林位于黑水至马尔康的要道之间，与红原大草原相连，是我国目前开放的面积最大、景观最壮观的红叶景区之一，享有八十里画廊的美誉。从距县城 5 公里处开始一直到垭口雪山，长达八十里的峡谷中，长满了阔叶林、次生林和灌木丛，其树种主要有掸树、青杠、日本落叶松、枫树、沙棘、白杨等。每当金秋季节，漫山遍野，层林尽染；有大红、紫红、探红、糯红、粉红、金黄、鹅黄、草绿、墨绿、咖啡色、褐色的树叶，有一串串鲜红色、金黄色的野果，各种色彩汇聚于群山之间，形成一个万紫千红、五彩缤纷的彩色世界，宛如一幅绚丽多彩的油画呈现在你的眼前，任何画家手中的笔也难以画出如此绚丽夺目、令人陶醉的色彩世界，任何语言学家的文字形容在它面前都显得那样苍白无力。彩林中若隐若现的古老藏寨、磨坊，游弋的牛羊，藏家人友好纯朴的笑脸，藏家女孩百灵鸟般的歌声，同远处座座洁白晶莹的雪山交融在一起，构成一幅幅万紫千红的彩色画卷。

进入奶子沟，金黄的树林格外夺目，树叶在山风吹拂下摇曳，金子般的颜色在太阳光照耀下光彩夺目。小河贯穿整个沟谷，公路傍着小河蜿蜒前伸，两旁群山叠彩。阳面的山坡大面积树叶已明显凋落，而阴面依然色彩斑斓。红的、橙的、黄的、绿的、褐的、灰的……各种色彩如同哪一位画家在作画时打落了油彩碟，各种染料泼洒在了山坡上。即便是落了叶的树丛依然透露着迷人的色彩。太阳高照，连绵的山峰映着蓝天白云，远处可清晰地看到雪山在阳光照耀下熠熠发光。小河的水清澈见底，河边的灌木丛也是五彩缤纷。一路美景将我的双眼撑得很痛，蓝天白云、亮丽雪山、山林彩画、小河流淌形成一幅幅美丽的画卷，我尽有万般词汇，也无法形容这一切的美景，面对这五彩斑斓的世界，我似乎感到语塞词穷。

我们置身于彩林中，透过林间的空隙，隐约可见古老的村寨、磨坊、转经台，不时还可以看见身着漂亮服装的藏族姑娘、小伙骑着骏马，赶着一群群牛羊，在开满鲜花的草甸上驰骋，一阵阵牧歌随着风声飘向远方。偶尔还可以看见金丝猴、猕猴和一只小鸟活跃于其间。远处，座座洁白晶莹的雪山在阳光的照射下闪着圣洁的光芒……雪山、红叶、彩林、藏寨、小桥、溪流、湖泊构成了一幅幅绝妙、美丽、古朴、生动的山野风光画卷，给人以强烈的视觉冲击。沿着沟谷的小溪边进入丛林，看见的却是彩林变成的绿色世界，绿水青山，鸟语花香，彩蝶纷飞，情趣盎然，让人乐不思返。

在奶子沟景区，由于沟谷小河潺潺流淌形成了许多湖泊，水清见底，山上的彩林和远处的雪山在湖里形成美丽的倒影，给人的感觉真是美丽至极，让人情不自禁地为之叫绝。其中哈姆湖是最漂亮的湖，长约 1500 米，宽约 200 米，湖水呈碧绿色，湖中常可以看见成群的野鸭嬉闹、玩耍，无以计数的鱼儿在湖中自由地游弋，与游人和睦的相处，令人不禁陶醉于这湖光山色中。

走出八十里彩林区，沿着山谷公路盘旋而进，便到达雅克夏雪山。雅克夏雪山又名垭口山，是黑水县北部的高海拔雪山，海拔 4450 米。巍峨雪山常年笼罩在雾霭之中，静若处子，亘古不变地接受着春雨、夏阳、秋风、冬雪的滋润洗礼。据当地人讲，每年九月至次年六月，整个山峦都穿着厚厚的白雪冬装，只有夏季白雪才能融化进入溪流远行。盘山公路顺着沟壑蜿蜒曲折一路攀升，缠绕于山腰，平时也积满雪，车子通过，碾轧出一道道轮痕，远处看去似一条欲腾云驾雾的蛟龙，实有壮美之感。雅克夏雪山山势平缓舒展，群山绵延起伏，层峦叠嶂，潺潺溪流生生不息，森林资源丰富多彩，植被分布垂直带谱明显，从山坳一路朝山岭望去，郁郁葱葱的寒松古柏渐向茂密的灌木丛和高山草甸落幕，直至山顶蓝天白云交织的边缘。

登上白雪皑皑的雪山，总会让人十分兴奋，游客们都纷纷登山拍照，可能由于温度突然变到零下几度，有的人的手机的照相功能被自然关闭了，帅哥们想抽烟却打火机不能着火。反正没事做，大家纷纷以半山腰的经幡为目标，开展登雪山活动，由于积雪较厚，结果都被摔在厚厚的雪中，许多人摔成一团，互相积压着，瞬间成了一群雪人，茫然地欢呼着，或许这就是旅游的乐趣所在。

经过雅克夏雪山，我们沿着高山峡谷的公路前行，人生的路就像这旅行，走一段路看一段风景，看看走走，走走停停。我们不知道前方的风景到底有多美，也不知道前方的路是什么样子，但总是勇往直前地走去……

我很欣赏一句广告语："人生就像一次旅行，不必在乎目的地，在乎的是沿途的风景以及看风景的心情！"人生就是一段旅程，在旅行中遇到的每一个人，每一件事与每一个美丽景色，都有可能成为一生中难忘的风景。一路走来，我们无法猜测将是迎接什么样的风景，没有预兆目的地在哪里，可是前进的脚步却始终不能停下，因为时间不允许我们在任何地方停留，因此，我们只有在前进中不断学会选择，学会体会，学会欣赏。

人生旅行的起点我们不能选择，而终点我们不能阻止出现，过程却是在我们自己脚下。在人生的旅途中，没有哪条路是没有风雨没有坎坷的，也没有哪条路始终是黑暗没有光亮的，不管是阳光灿烂还是风雨交加，在时间的流逝中，都将成为旅程中的一部分回忆，我们既然选择了就得走下去，要想走得好，那么只有随时保持足够的信心和勇气，才能不断前进，寻找到更多更美好的风景。

我们在永定客家土楼做客

　　这次泸州作家到厦门采风，专门安排了一天到永定去参观客家土楼，感受客家人的民风民俗。

　　我们住在厦门的金尚中学旁边，根据行程安排，到达永定的客家土楼单边要三个半小时的车程。所以我们决定早上八点用餐，八点半出发，到了后吃午饭，然后再参观。

　　我们作家代表团八点半钟准时出发，目的地是永定县湖坑镇湖坑村客家土楼。我们出城后沿着到漳州的高速公路行驶，路况不错。沿路两旁山清水秀，到处都是荔枝龙眼和香蕉园，就连村镇街旁巷尾都是这些果树。有的香蕉已然结果，用很大的袋子套在果穗上，和我们那里的梨子套袋差不多，区别就是袋子的大小不一样。我隔着车窗在飞速行驶的汽车上拍了几张照片，效果虽然不怎么好，但香蕉园还是可以看得清楚的，就像我们那些山坡上的玉米地一样，从路旁一直延伸到山腰。而山顶上基本上是高大的树木，而且那些树木树干为白色，树高而直，枝叶不多，漫山遍野的，看上去十分壮观。

　　我们的车经过龙岩和漳州，但都没有下车。出了漳州境后，到永定的路不知是没有高速还是驾驶员不想走高速，我们的车是沿着一条二级公路行进的。这段路山高路陡，弯道很多，农业产业也不那么发达。从山体的滑坡地带看，这个地区为红土地地质，矿石好像不多，相反植被较好，农房也土色土香的，土木结构居多，偶尔可看到圆形的建筑体。汽车在山路上行驶了两个多小时后，才到永定县湖坑村的土楼景区。

　　我们到达土楼景区时是正午时分，为了让大家有精力去游玩，导游带着我们去先用餐。中午吃的是所谓的客家特色菜，因为是团餐，菜实在是少得可怜，大家严格开展空盘行动，一点残渣都没有留下。饭后有人开玩笑说："这里的菜真好，连盘子里炒菜的菜汤汤都抢得没有了"——可见其中的美。

饭后，导游带领去参观。从吃饭地点到景区还要走一段路程，中午的太阳有点大，我们好多同志都对头上进行了武装——戴上了当地的遮阳帽。我们沿着一条较宽的旅游道前行，路边有围栏，围栏上每隔二十米就有一块古今名人的牌子，几乎中国有名的人物都被移植到了这里，实在是很有创意。

福建土楼主要是分成永定土楼群、南靖土楼群和华安土楼群三个部分。而我们今天参观游览的是永定土楼。永定县内现存各式各样土楼30多种，两万多座，其中以方形、圆形和府邸式土楼为主，是闻名遐迩的"土楼之乡"。有人说永定土楼长得像个句号，却引出了无数个疑问号和惊叹号。就此问题我询问了当地导游，导游答非所问地介绍起当地的民俗，让我哭笑不得。

永定土楼居住的主要是客家人。在我为来厦门之前，还真的没有认真去研究过。很多人误认为"客家"是一个民族，我也曾经这样认为。其实客家是汉族的一支特殊的民系。两千多年以来，中原地区的汉人因为宫廷内讧、逃避战乱、自然灾害及政府南迁等到种种原因而出现六次较大规模的向南方迁移。第一次是秦始皇时派兵五十万驻扎广东南岭；第二次是东汉末年黄巾起义和三国两晋时期；第三次是唐朝末年至五代十国的动荡时期；第四次是南宋时期的金兵南下导致汉人南渡；第五次是清兵南下，客家人抗清失败而迁移；第六次是清代雍正年间的"湖广填川"。根据专家统计，两千多年来，中原地区大量的汉人南迁，目前主要定居在福建、广东和江西地区，然后又扩散至四川、广西、海南、台湾、香港、东南亚等地。相对于这些地区的原居民而言，他们应该是客人，所以统称"客家人"。

过去在我的脑海里面对客家土楼一直是一个模糊的概念，还以为是什么穿透结构的古体建筑楼。到了现场观看后，心里感到的是一种震撼，很难想象客家的先人们用生土、竹子、木板、小石块垒起如此庞大坚固的建筑物，简直就像一个个大大的碉堡。从山顶上看土楼群，你会发现它们就像一个个从天而降的飞碟。我不知道那些世世代代的客家人是怎么习惯住在这些建筑里面，因此原先对建筑感觉乏味的我，也好奇地想去一探究竟。

永定土楼样式很多，从外形看主要可以分为圆楼和方楼两种。我们在行进过程中经过了几座土楼，但导游都没有带我们进去。他给我们解释说，由于时间关系，永定土楼我们无法一一参观，今天重点参观的是"土楼王子"——振成楼。

振成楼始建于 1912 年，费时 5 年时间建成，耗资当时的 8 万大洋，占地面积 5 千多平方米。振成楼坐北朝南、依山傍水，完全符合了风水学中的"左有青龙、右有白虎、前有朱雀、后有玄武"之说，被认为是富贵吉祥之地。从远处看像一座堡垒，加上它的左右两个厢房，看上去像古时候的官帽。右边的厢房是过去教书育人的地方，左边的厢房是过去"打烟刀"的作坊，烟刀就是切烟丝的工具，这可谓是教育经济两手抓。

振成楼由内外两环楼构成，外环是土木结构，内环是砖木结构。它的外墙高 16 米，共四层。一层是厨房、膳厅，二层是仓库，三四层是卧室。客家人刚迁移到这里的时候，如果遇外敌入侵，只要关上大门和两个边门敌人就很难入侵，这也许就是土楼的防盗自卫功能吧。

土楼的最大设计特色莫过于它的防震功能了，土楼的先民们早在百年前就考虑到了这个重要的功能了，在设计上外环楼的墙体随着高度的增加而逐渐向内倾斜，形成了下大上小、向心力极强的墙体，并在墙体中放入了竹片和杉木条，增加了墙体的拉力，大大提高了抗震能力，防震效果也就很好。

由于正当中午，太阳较大，今天的气温也在 35 度以上，挺热的。我们在土楼大门前的竹林边休息了一会，大家照照相。然后我们就进入土楼参观。

走进土楼，让我忽然发出一种无法用语言来表达的神奇、感慨——外部如碉堡，进楼有洞天。木结构的回廊从下到上，显得古色古香。底层是土楼内的居民改建成的厨房，小店铺，以及会客的场所。按照当地风俗，二楼主要作粮仓，三楼四楼才是居住的地方。一般进楼有正门和侧门之分，三楼和四楼是人员居住的，房屋也才开窗户。因此，如果进门关死，整个土楼就成为易守难攻的堡垒。平时若是防范小偷更是轻而易举。里面中央是祖堂，用来祭祀、婚丧嫁娶、召开长者会议。楼里有两口水井，分别处于八卦阴阳图中的"阴眼"和"阳眼"之上。

带着我们参观游览的当地导游是一位热情好客的客家小伙子，顶着炎炎的烈日在土楼群转了一大圈。一路上不停地给我们讲客家人的渊源和土楼的发展历史，以及当地的风土人情。在土楼参观走累了，他就给我们讲了关于土楼的一个有趣的故事——在 20 世纪 70 年代初，某超级大国的卫星发现中国福建的西部布满了无数个大小不一、或圆或方的不明建筑物，他们怀疑可能是核反应堆，也可能是导弹发射井，而且规模庞大，数量惊人，引起该国当局的高度重视，于是派遣特工人员以记者的身份前来探个究竟，结果探明是一座座土楼民居建筑。虽然虚惊了一场，但是为土楼旅游的发展带来了前所未有的契机。

在土楼群里转了一个多小时，楼群街角到处都是卖纪念品土特产和水果茶叶的摊点。其中有一处卖油画的地方，画品是画家现场画的，画像非常精美，我一进屋看了很惊叹，还以为是彩印的，而认真一看，所有的画都是真迹，特别是猫、狗和金鱼画真的叫绝。我问了一下价，才四百元一幅，当场签名盖印，我正欲买，可同路的人跑得飞快，我看一会，他们都不知跑到哪里去了，我不便久留，也就放弃了。到今天我都还在后悔当时为何没有下手？我离开那个店子，有点依依不舍，那位画家用善良的眼神看着我，他说："不买没有关系，今后再来。你是一位懂画的人。"离开时，他还礼貌地与我握手致意，他的形象至今在我的脑海里还比较清晰。

我依依不舍地从振成楼出来，我的队伍已经不见了，我努力往前赶，看见村口路边一棵很大的榕树，树干要几人才能合抱，榕树枝繁叶茂，巨大的树冠留下很大一片阴凉，我们同行的人在那里围着树干乘凉歇息，也有老者在那里看手相，吸引了不少人围观。我迅速打开相机照相，因为受到客观条件时间的限制，我怎么也不能拍到它的全貌，就边走边拍了一些局部景观。这也是我近几天在福建看见的最大一棵榕树。

休息一会后，热情的导游邀请我们到他家去喝当地的特色茶。他的家离土楼不远，也是一个院子，底楼有多个茶园。我们都去了，分成两桌在品茶，老板给我们泡了当地较好的红美人、铁观音、大红袍、乌骏眉等，让我们一一品尝。同时也热情地给我们介绍、推荐一些他家的茶叶。他们的诚意让我们感动，大家感到价钱也比较合理，我们一行人就买了他们的一些茶叶。我也给我单位的弟兄带了一点，虽然不多，但也是一份心意，至少还可以证明我的心中还想着他们。此刻，我就是一边喝着从那里带回的茶，一边在电脑前记录我们此行的故事片段。

从导游家喝茶出来，我们就坐景区的小车直接到停车场，准备返回厦门，因为回去还有三个多小时的车程。本来我们计划还要参观一个土楼的，由于有的同志感到劳累，我们就放弃了。

上了车，我们便沿路返回。那里的一切都随我们的车子的移动渐渐消失在我们的视线之外，留下的仅仅是那些难以忘怀的记忆。

再见了，永定县湖坑的青山绿水，再见了那圆圆的客家土楼！

今天是中秋佳节，满天星斗照亮了整个夜空，圆圆的月亮洒下妩媚的银光，让人深思，让人遐想。我静静地坐在电脑旁边，聆听夜晚的安详，回忆那些零碎的片段。在这样的夜晚，我似乎感觉到永定那些圆圆的土楼，正像一个个的月亮，将那厚重的民俗文化酿造成了柔和的光，深深地照在世界人民的心上，让人们感到无比的幸福和安详。

我和孙子有个约定

2020 年 9 月，我大孙子龙泓锦开始读一年级了。一个周末，我要到尧坝镇去参加一个活动，孙子说要陪我去，我觉得不方便就没有带着他，无意间对他说："等我空了带你出去玩。"当时顺便说说，过后就忘了。

国庆节前夕，孙子突然问我："爷爷，你说带我出去玩的，说话不算话呀?"孩子这一问，真的把我问着了，而且我感到有一种羞愧的感觉。大人为了哄孩子经常随便找借口，说了自己就忘了。而在孩子的心里，大人的话一诺千金，应该说话算话的。孩子这一问提醒了我，不管面对大人还是孩子，我们都要认真对待，言出必行，行必有果，这才是对人格的负责。为了兑现我对孙子的承诺，决定国庆节带他们出去玩玩。

儿子他们平时工作也很忙，工作压力也很大，也想趁节假日出去放松一下。大家商量，觉得泸沽湖很好，大家都没有去过，便决定去泸沽湖玩，顺便看看川西的风景。

十月一日，我终于兑现了我对孙子的承诺，带着一大家子人从泸州出发，开车前往泸沽湖。

按照我们的计划，一号晚上住西昌，感受一下西昌的地域风情。第二天上午看看琼海，欣赏琼海的别致风光，体验西昌的彝族风情。

汽车在高速路上一路奔驰，儿子和我换着开车，总的来说较轻松。初次进入大凉山，心情还不错。地上的风景，空中的云彩都带给我不一样的情怀。

我们在西昌住了一晚，第二天在琼海边打卡玩了一会，便开车前往泸沽湖。从西昌到泸沽湖有 270 公里的车程，从数字上还不算远，但由于没有高速公路，要行驶 7 个小时才能到达。

西昌到泸沽湖要穿越大凉山区。凉山地区以彝族为主，因为山高，物产缺乏，看上去老百姓很穷。在公路的边上，有很多农民摆着摊点叫卖苹果。在我的知识宝库里，苹果以中原苹果为佳，对凉山苹果没有多大概念。当地老百姓给我讲，凉山苹果是中国西部最好的苹果，以鲜甜清脆出名。在果农的反复推销下，我实在经不起劝说，买下一大袋，算是对贫困山区农民的关爱吧。

到达泸沽湖已是黄昏时分，儿子之前预订了客栈。那家客栈在四川境内的湖边，环境还不错。停下车，安排好住宿，便迫不及待地去湖边摊点感受泸沽湖的美食。泸沽湖的美食以烤食为主，卖面食的店子也很多，但纯粹的中餐店基本上找不到。入乡随俗，我们选择了一家烤食店，点了很多东西，大家都抢着吃，因为这特殊的美食总能引起独特的兴趣。

泸沽湖位于川滇交界处，一边属于四川省西昌市盐源县，另一边属于云南省丽江市宁蒗县，景区距离城区都有 200 多公里。泸沽湖是一个高原断层溶蚀陷落湖泊，属于长江上游的雅砻江支流水系，是云南省海拔最高的湖泊，是中国第三大深水淡水湖泊，素有"高原明珠"之称。泸沽湖周边住着纳西族、彝族、普米族、蒙古族等七个民族。优美的自然环境，奇特民族风情，使这里成为著名的旅游景区。泸沽湖湖区水面海拔约 2700 米，面积约 50 余平方公里，湖水平均深度约 40 米，最深处达 73 米。整体宛如一颗洁白无瑕的巨大珍珠镶嵌在祖国的西南部。

泸沽湖周边大山环绕，其中格姆女神山海拔 3754.7 米，是泸沽湖四周最高的山峰。整个湖泊，状若马蹄，水质纯净。东北方有肖家火山，西北有格姆山，湖东有里务比岛。里务比岛实际上是延伸的山脉蜿蜒而下，直插湖心，似苍龙俯卧湖中汲饮甘泉，形成泸沽湖上一道亮丽的风景。

泸沽湖湖区由于四面环山，所以形成了多处湖湾，有名的有达祖湖湾、鸟觉湖湾、洼垮湖湾三处。达祖湖湾在女神山的下面，环绕安娜俄岛，湖湾有一个纳西村，是湖区较大的一个民族文化村。洼垮湖湾面对的是女神山，地域开阔，有十里沙岸，非常壮观。鸟觉湖湾是一片石滩，石滩内堆积着无数金黄色石片，是一个重要的旅游节点。

泸沽湖湖水清澈，碧波微浪，看上去十分雅致。湖中有些小岛，从湖岸边看去，就像几棵小树立在湖的中央。据当地群众讲，这些岛屿都很大，最大的有几千平方米，岛上还有寺庙、花园等人文景观。

泸沽湖主要有七个岛屿，相对独立的有三个，即里格岛、里务比岛和黑瓦吾岛。其余还有媳娃娥岛、博凹岛、安娜俄岛等。这些岛屿的名称大多是摩梭人取的，带有摩梭人的文化符号，由于各个民族的语言不同，其称谓也有所不同。尼喜岛是最小的岛，靠湖的北端，似一块长方形的岩石躺在湖中，上面布满青苔和灌木。里务比岛在泸沽湖半岛西南顶点之外，与三面环水的半岛有脉络相连，只是有一个峡口把岛屿分割开来，形成独立的岛屿。根据记载，里务比岛上曾建喇嘛寺，由于没有人去维护管理，如今寺庙已毁。

黑瓦吾岛是一个独立的岛屿，也是相对比较大的岛屿。岛上旅游设施齐备，道路建设完善，是比较安全的岛屿。凡是来泸沽湖旅游的人，要上岛观光体验的都上这个岛。所以人们习惯上称之为湖心岛。

我们租了一条人力游船，准备到湖心岛上去看看。从岸上看湖中的岛屿好像很近，当我们坐着船划向湖心岛时才发现，岛距岸上很远，最近的地方都有2000多米。我们坐的人力船，从岸边出发到达湖心岛整整划了一个多小时。

到达湖心的岛屿上，环视湖面，湖中各岛亭亭玉立，给人以山在水中，水环山绕的感觉。我们等上小岛，岛上林木葱郁，翠绿如画，花香扑鼻，藤蔓纵横。站在岛上的高处，环湖而望，湖面清澈如镜，蓝天白云映入水中，与湖景融为一体，水天一色的美景呈现在眼前。湖水微澜，在岛屿边沿荡起层层浪花。海藻随波起伏，藻花点缀其间，发出微弱的声响，就像音乐，给人以清雅之感。湖面上船只在碧波之上缓缓滑行，加上徐徐飘浮于水天之间的摩梭民歌，使其整个湖面十分雅致，给这个天然的湖泊增添了几分古朴，几分宁静。

在湖心岛上有环形步道和观景花园。我和孙子沿着游步道而行。到达山顶，有一个很大的花园，里面各种花卉都有，开得十分鲜艳，让人一见就心动起来。孙子跑进花丛中要我给他照相。孙子留下倩影后说："真的好美！"我笑了笑说："爷爷说带你出来玩兑现了哈。"他说："好嘛！算你说话算话。"听到孙子的这话，虽然不新鲜，但也是一种安慰。

游完湖心岛，已经是中午时分，孙子他们肚子饿了，我们便去用午餐。饭后听说草海的风景不错，我们便开车去草海。草海是长满草的高原湖泊，泸沽湖的水与这里相连形成的子湖泊。泸沽湖的草海景区一共有四个，云南和四川各两个。我们去看的是云南的草海。那里一望无垠，无边无际的野草铺满整个大地，草中有水，可以在草的空隙间划船游玩。因我们是从农村走出来的人，对野草太熟悉不过了，也没多少兴趣，所以简单看看就走了。这个草海上有一座走婚桥，桥体深入到草海的深处，两旁青草与碧水相接，野草随风漂移，湖水碧波荡漾，景观别致。站在桥上，举目遐想，隐约可看见摩梭人走婚的场景。微风拂过，清新而有快感。

走出草海，我们开车到纳西村玩。纳西村是泸沽湖地区云南地界最大的民族文化村，也是游客比较集中的地方。那里的绿地深入湖中，半岛与湖面相连接，柳树林立，花草遍地，景观独特。整个村子的规划布局较好，有一条主街道串联多个巷子，巷子与巷子之间彼此依存，风格相近而不重复。建筑风格为纳西民族风格，古朴而雅致，与丽江古城大同小异。整个村子由旅游公司来统一经营，据说与丽江古城的经营管理是同一家公司。村子都是围绕旅游来做的产业，民俗客栈、餐饮小吃比比皆是，商铺分布合理，业态布局科学，旅游商品品种繁多，服务体系较完善。道路交通规划合理，休闲娱乐配套较好，可以说是个非常有特色的旅游景点。

我带着小孙子在湖边玩耍，小孩喜欢玩水，捡了许多小石头，一颗一颗地往湖里扔，然后激起一层一层的浪花。孙子问我："这浪花为什么会消失？"我告诉他："时间上任何东西都有一个从开始到结束的过程。浪花也是如此，开始很大，慢慢地就消失了。"一时间我感觉有点惊讶，似乎觉得孩子真的长大了。

我陪孩子坐在湖边的石凳上，望着一望无垠的湖面，夕阳西下的霞光映照在水面，清澈的湖水放射出耀眼的光，加上空中白色的云彩映入湖面，在湖上似乎看到了一个七彩的天空似的，让人感到十分美丽而温馨。

天渐渐暗下来，儿子相约去吃特色牛肉。我们便找了一家特色餐馆用晚餐。吃过晚饭天已经黑了。我们沿着环湖公路而行，返回到所订的客栈。

第二天，天气很好，阳光很早就出来。高原地区云彩并不厚，太阳出来便直射在人的身上，使本是深秋的清晨变得十分暖和。在湖面上看日出是泸沽湖的一大特色。也就是说，看日出不看天上，而是看湖里。因为湖水十分清澈，天空的太阳和云朵映照在湖面，通过水的反光来看倒影，既十分清晰明了，又晶莹剔透，柔和而美丽。此时，许多摄影爱好者抢着时间在拍摄，都希望拍到最好的照片。我不算摄影爱好者，在这方面既没有天赋，也没有好的"行头"（摄像机），只是用手机记录下那瞬间的美丽，同时也在证明，何年何月何日曾经到过这里而已。

待儿子儿媳他们收拾好孩子穿戴，顺便吃了点早餐，我们便上路去继续环游泸沽湖。因为之前给孙子有个承诺，要让他们在泸沽湖玩个够。只要他们说没有玩够，我们就不走。

我们到了大落水村，这个地方不算什么好的景点，也没有什么特别突出的，不过大部分游客到泸沽湖都要到那里去打卡，也算是"到此一游"而已。在大落水村是摩梭人的村落，沿湖岸大都是摩梭人家的木房子，由于旅游业的快速发展，现在多数人家都改造为可提供住宿的旅馆，村民都围绕旅游做起服务业。摩梭之家民房建筑风格奇特，大多为方木垒成的井干式木楞子房，以木板当瓦，每块长约1米，宽0.17至0.26米不等。内部结构为适应其母系原则而组成家庭特点，有火塘所在的正室，为全家的中心。旁有老人及未成年孩子住的地方。我们去玩时是上午，据当地摩梭人，说那个地方晚上很热闹的，游客要比白天多。我问为什么呢？那人说，晚上当地的摩梭人会穿起传统服饰，表演歌舞。欣赏完摩梭人的民族歌舞，还可以到湖边支起的帐篷里去吃烧烤，十分惬意。

出了大落水村，便进入小落水村。这个村子位于泸沽湖北部，处在一个三面环山，一面环湖的小山谷里。小落水村是云南境内泸沽湖边的最后一个村寨，同时是个古老而传统的村寨。云南和四川的交界线就在村口。小落水村房屋比较雅致，民族风情较浓，因为以旅游为主，找不到太多农民生活的气息，所有的村民都是围绕吃住行游购娱来做服务的，据说村民的收入还挺高的。据当地人讲，10年前，这个村子原来只有20多户，很少有人会到这里来，像是被遗忘的孤雁，静静地在那里等待。最近几年随着泸沽湖旅游的兴起，游客才渐渐踏足这里，并逐渐成为旅游胜地。现在的人气较旺，许多外地人也纷纷来到这里做生意，使得村子天天都很热闹。

下午时分，泸沽湖看得差不多了，我们相约去爬山，感受一下泸沽湖周边大山的风景，从山上看湖又是另外一种景象。

我们选择格姆女神山。据资料介绍，格姆女神山海拔3754.7米，是泸沽湖四周最高的山峰。我从达祖纳西村后的进山古道登山，穿越山林古道，沿途树木葱茏，柏林芳香。时至秋天，偶尔可见菊花散落于山间，发出淡淡的香味。沿着转山路道，经过很长的路程，才到达了山的顶峰。在快到山顶的地方，有女神庙和女神洞等景点，虽然没有多少看的，但打卡还是必须的。在摩梭人的神话传说中，此山是神山，是格姆女神的化身。泸沽湖形如半月，只有登临女神山才可窥见泸沽湖全景。在摩梭人的节日"转山节"期间，摩梭人都要上女神山祭祀女神。从山头到脚，转山的队伍形成一条条色彩绚丽的长龙，"女神歌"响彻云天，形成"天人合一"的特别画卷。

从格姆女神山下山后回到湖边，天色也近黄昏。晚霞映照在湖水中，将湖水映得一片火红。孙子看着惊叫起来，不停地叫着："爷爷，你看，好美！"我分明看到，孙子脸上那稚嫩欢快的笑容。

回到居住地，一家人去吃烧烤。因吃烧烤的人特别多，老板很忙，我们便坐着等待点的烧烤上桌。大家都没有说话，小孙子龙冠旭突然发话："今天好安逸啊，太阳掉在水里了。"大家都笑了起来，没想到一个三岁的孩子竟然说出这么动听的话来。在这句话的背后，似乎让我们看到了泸沽湖落日的美丽画卷。

大孙子龙泓锦接着对我说："爷爷，这次是你带我来，下次该我带你来了。"我说："好啊！说话算话。"孙子说："说话算话！拉钩！"……

一个新的约定又开始了。带给人的不仅是承诺、等待和期盼。同时也蕴含着孩子的长大和我的渐老，蕴含着孩子童言背后的善良与担当。

其实，人生就是在不断的承诺和兑现的循环往复中完成自我的变革蜕变与更新的。

夜宿法王寺

　　说起来也真是怪极了，我昨天下午去法王寺时，还是艳阳高照，热如仲夏；然而，今天早上回来时，太阳像一个害羞的少女，时隐时现。更为甚者，午后竟然是瓢泼大雨下个不停，疑似到了那烦人的雨季。

　　历书上说，昨天是拜佛的好时辰，又是周末，所以，应好友们之邀，忙里偷闲，一起踏上了佛教圣地法王寺。于是，就有了我人生中第三次夜宿法王寺的经历。在我的记忆中，到法王寺不下二十次，有时是专程去游玩，更多的是陪客人而去。但很少在那里住宿，此前的两次夜宿也是原因各异。

　　记得第一次是在 20 世纪 80 年代末，那时退伍回来刚考上教师时，单位组织的一次旅游活动，在法王寺旁边的一个农户家住了一宿，当时法王寺没有和尚，寺庙还是文化站在管理，房屋也破烂不堪。那次我们住的是二十多个人的地铺；第二次是在 20 世纪 90 年代初，参加一个市县作家的一次采风活动，目的是感受生活，为法王寺写点东西，那次是在寺内的前大厅厢房内住的，当时寺内有二十多个房间，可以对外接待。而这次去，所有的客房都已经建成香房，供奉起了佛像，没有办法对外接待了，在我们的再三要求下，寺院安排我们住在寺院的茶房里，是临时打的地铺，这也是我有生以来的头一遭。

　　寺院里的生活，给我印象是一个"早"字。早吃，早睡，早起。比方说，昨天的晚饭，下午 5 点出头，早已是素斋落肚。而那时，太阳还高悬在天穹之中。闲来无事，只好到后山漫步，观看竹海扬波，倾听林涛风韵，虽然山路难走，但乐趣无穷。

　　晚上 8 点未到，我们从凤凰山顶回来，只好窝在法雨寺的茶房里，寺庙是清净之地，有人想打牌，我没同意，大家便用打坐和练内气来消磨时间，以借此养养浮躁的心。因为住处没有电视。10点钟不到我们就熄灯休息了。入夜的法王寺，一片寂寞和宁静。

第二天早上，天还没亮，要做佛事功德的善男信女，凌晨4点左右就起床了。4点半，晨钟敲响，寺院里的一天生活开始了。5点半，我也不得不起来。6点半，早饭就已落肚了。如在家的话，这个时候，我还在床上做着美梦，"呼呼"大睡着。因此，这寺院里的早饭，那才叫早呀！

说实话，我这次去法王寺，纯粹是去凑热闹。因此，吃好早饭，我和朋友们一起给好友的老婆举行皈依三宝弟子的拜师仪式。做完法事，同去的一行人踏上了回家的"征途"。

回家的路上，我想，这法王寺的夜，很宁静，更清静。那里，是佛门净地，是净化心灵、祈求福祉的地方；那里，是佛门圣地，是养身修性、功德圆满的地方。我们去并不是为了看风景，也不是去看庙宇，但只要有空，总还是想去。在社会浮躁，人心浮躁的今天，我们都需要静一静，都需要用一种另类的养心剂来修补心神。走进寺庙是一种善心的再现和重组，使人不至于丧失善良的本性；走进清净的地方总有种异样的感觉，也有种特殊的收获，或许，昨晚的我，心灵在不知不觉中受到了一次净化。

夜宿苟坝农家

　　国庆节刚过不久，应遵义市播州区文化旅游创业示范区的邀请，在遵义市文创区的苟坝开展革命老区"手拉手"活动。之前我曾经多次到过遵义市赤水河边的乡镇考察，也专程去过枫香镇，但那次是为寻找赤水河边乡镇的历史文化而去的，走的是枫香的小河边，欣赏山清水秀的田园风景。我曾经了解过红军到达苟坝时，中央召开会议的一些情况，但没到到实地去考察，留了一点遗憾，这次专程来苟坝，算是对我上次遗憾的弥补。其实，生活中本来就有许多遗憾，因为遗憾才构成了人生的丰富多彩；如果没有遗憾，人生就不会像山涧的死水潭，永远都是那么平静，那么无奇，那么没有生机和活力。

　　晚上我们住在红军"苟坝会议"旧址旁边的白云飞农家小院。遵义建立文化旅游创业开发园区以来，把原来分别属于遵义县等区县的六个乡镇划入了文创区，成了相对独立的专属区，重点以文化旅游创业开发为主。"苟坝会议"革命遗址属于文创区的核心地带，与旁边的花茂新农村示范区连成一片，形成众多的乡村旅游景点。

　　我们住的农家小院属于核心区的范围，具有典型的乡村旅游风格。在这一片区，所有的农家小院都进行了统一的规划，在建筑上采用红墙青瓦风格，配以农家绿化小院。房屋布局合理，绿化精心雕琢，花草树木相掩成趣，自然风光清新而质朴。小院与小院之间规划了游步道，标牌标识在完善中，方便游客进入和参观，准入效果还不错。

　　晚上我们在红军食堂吃饭，所谓红军食堂是当年红军到达苟坝时用餐的地方，原来的房屋已经毁坏，遵义市文化创意策划区成立后，为了传承红色文化，弘扬红军精神，在原址上进行了修建恢复，把红军食堂打造成游客接待的核心区和重要参观点。

据文创区的孙主任给我们讲，苟坝革命老区，其修复本着修旧如旧的精神，园区投入不少专项资金，修缮中尽量保存朴实、自然、典雅、厚重的乡土风貌。第一期修缮工作去年才基本完成，修复结束后举行了揭牌仪式，老一辈革命家杨尚昆之子杨绍明，周恩来侄女周秉宜，朱德外孙刘敏和当地群众数百人参加了揭牌仪式。毛泽东之孙毛新宇没有来，但发来贺信，希望老区人民利用好这个教育体验基地，让更多的人受到革命传统的教育，从而汲取无穷的精神力量。

红军食堂与"苟坝会议"旧址相距不到五百米，其周边多为当年红军住过的小屋，这些小屋原本多数被毁，现在已经全部进行了修复。展厅内陈列了红军到达苟坝时遗存的军用物品，领导人的住所进行了一一再现，各团营住房区进行了合理分设，标牌标识齐全，环境打造井然，路道、院坝皆用当地青石铺成做旧，表面看上去，确实有当年的味道。在该区域内还专门建设了红军广场、毛泽东塑像等还原历史的设施，尽管还不算尽善尽美，但可以让人感受到红军在1935年的时候的艰难岁月，可以想象当时红军到达苟坝时的情景。

在整个中心区内古树较多，看上去有气势磅礴的感觉。我们今天来寻找革命先烈的足迹，弘扬的是长征精神，许多历史的真实我们只能从书本和传说中来感受、想象当时的场景；然而那些高高矗立的古树，却见证了那一段真实的历史。站在那些参天古树下，我们是渺小的，但正因为我们的渺小，才显现了它们的高大和伟岸。那一棵棵伟岸的古树，不只是见证了那段历史，更传承了那在艰难岁月中探索前行的革命精神。看到它们，我似乎又看到了那些红军将士们风餐露宿，日夜兼程，不怕苦不怕累，勇往直前的光辉形象。他们表现出来的长征精神正如那些高大的古树，在我的心中显得威严大气，仍然释放着生命的原色，让这种生命的绿色永葆常绿的青春。

根据历史记载，1935年1月，中国共产党领导的中国工农红军第一、第三、第五、第九军团和中央（军委）纵队突围转移到遵义创建川黔苏维埃根据地。遵义会议，毛泽东进入党中央领导核心，政治局常委分工毛泽东帮助周恩来指挥军事。

3月10日1时，红一军团林彪、聂荣臻一个"万急"电报上报中央，建议攻打打鼓新场（今金沙县城）。中共中央总书记张闻天在苟坝主持召中央政治局委员、候补委员，中央革命军事委员会委员和部分中革军委局以上首长开会，专题讨论进攻打鼓新场问题。会议从早上开到夜间，大家都赞成林彪、聂荣臻攻打打鼓新场的建议，只有毛泽东坚决反对。会议采取少数服从多数的原则决定攻打打鼓新场。毛泽东全力劝说也无济于事，他心里明白，打鼓新场绝对不能打，因为他了解过打鼓新场的地理位置和敌军的部署情况，若打必然被数倍于我军的敌军包围在打鼓新场，很有可能造成全军覆灭的危险。在会上毛泽东急了，面对大家的不调查不了解，纸上谈兵的决策发了脾气，对主持会议的张闻天说道："你们硬要打，我就不当这个前敌司令部政委了！"在座的首长毫不客气地顶撞毛泽东："少数应该服从多数，不干就不干。"毛泽东离开会场，张闻天搞了个举手表决，结果把毛泽东的前敌司令部政治委员职务表决掉了。毛泽东深知这次战斗的严重危害性，强烈的历史责任感让他无法放弃最后的努力。深夜，毛泽东独自一人提着马灯，步行三里到周恩来住处进一步阐明这场战斗的严重性，要周恩来晚一点下发进攻打鼓新场的作战命令。毛泽东说服周恩来后，又同周恩来一起去说服朱德。当晚收到红军各地的军情报告，皆对攻打打鼓新场不利，周恩来又找到张闻天分析军情，解释了毛泽东建议的正确性。于是张闻天于第二天上午又组织召开政治局会议，重新研究毛泽东的意见。经过争论，毛泽东、周恩来、朱德终于说服参会的中央政治局委员、候补委员和中革军委委员，决定撤销进攻打鼓新场计划，恢复了毛泽东前敌政委的职务，避免了中共中央和中央红军全军覆灭的危险。

会后，毛泽东向周恩来提出，在长征路上，中央首长们白天行军，晚上开会过于辛苦，许多军事问题总是在会议上浪费时间，容易错失战机，于战略转移中的红军来说极为不利。建议成立中央新三人团，代表政治局全权指挥军事。周恩来将毛泽东的提议转达张闻天。3月12日，张闻天召集政治局扩大会议，提议成立了中共中央政治局最高军事指挥机构三人团。会议通过了成立周恩来、毛泽东、王稼祥为三人团的决议，确立和巩固了毛泽东在党中央和红军中的领导地位。

毛泽东在遵义枫香镇苟坝村复执中国工农红军最高领导权、指挥权，使党中央和中央红军的命运实现了生死攸关的伟大转折。在帮助周恩来指挥军事时，就构思成熟把"滇军调出来"战略计划。这个计划是从一渡和二渡赤水两次被动转移实践中形成的。按照这个战略计划，毛泽东和周恩来领导中央红军科学决策，四渡赤水河，力挽狂澜，甩掉了国民党 40 万大军的围追堵截，实现了中央红军的战略大转移，避免了中央红军全军覆灭的危险。

应该说，"苟坝会议"是遵义会议的收篇之作，它不只是确立了毛泽东的军事指挥权，更是实现了中央的权力改革和重要人事调整，对中央红军的战略大转移的胜利乃至中国革命的成功有着非常重要的意义。

走进苟坝，重温这段光辉的历史，心里很难平静，给我的启迪和感悟较多。遥想伟大的长征，有多少人为此呕心沥血？有多少红军战士献出了宝贵的生命？特别是一代伟人敢于担当，勇挑重担，一心为民的精神，永远值得今天的我们学习和传承。

在 1935 年 1 月 11 日那个特别的日子，毛泽东提着马灯去找周恩来。那漆黑的夜里点亮的那盏马灯，不只是照亮了那条山村小路，更是照亮了那黑暗的夜空，照亮了毛泽东前进的道路，照亮了中国的前程。那盏马灯是毛泽东命运的象征，也是中国工农红军由黑暗走向光明的象征，更是中国共产党人敢于担当历史责任，引领中国人民走向胜利的精神象征。

晚上，主办方组织我们重温毛泽东提着马灯夜行寻找光明之路的历史。我们来自川、滇、黔的 60 余名文化、音乐人皆提着马灯，走在了当年毛泽东去找周恩来的那一条路上。数十盏马灯在夜空下形成了一条长长的巨龙，我们每一个人都成了马灯长龙的一部分，以我们共同的身影铸就了革命老区新的一道亮丽风景。我们的马灯虽然没有像当年毛泽东提的马灯那样能照亮中国的前程，但那种精神我们在接力，我们在传承，我们在延续。

晚上住进小店，一个人躺在床上，打开电视，中央一套电视正好播放纪念红军长征专题片。我用心统计了一下，中国工农红军从第五次反"围剿"开始，经历湘江战役、四渡赤水河、雪山草地、四方面军的川西战役，红军牺牲人数近 30 万人。这些牺牲的同志，用生命谱写了中国共产党的昨天，用鲜血染红了我们的五星红旗，换来的是今天我们的幸福和中国的强盛。

今天夜宿革命老区农家，面对历史沧桑，沉思历史的变迁，许多红军的故事已经成为 80 年前的历史。然而缅怀那些为革命而牺牲的英烈，心里总有种说不出的痛，也许这种痛将成为我心灵的阴影，伴随我走完自己的人生。

走进夏天

人们大都喜欢春天，歌颂春天，一提起夏天，却总是害怕，怕那炎炎烈日，怕那酷暑难当，可是我却独爱夏天，我喜欢夏日的火热，喜欢夏日的激情，喜欢夏日的蓬勃，喜欢夏日的浪漫，喜欢夏日的美丽。

夏天带给我太多美好的回忆。在童年，我是个调皮的小男孩，每当夏日来临，我就会迫不及待地穿上短裤头，像个小泥人一样地跑来跑去，心情特别舒畅。夏天哥哥还会带着我到水塘里游泳，在水中凉爽又舒服，进入水中我就不想出来，一定要玩个够，所以在我六七岁的时候就学会了游泳。那个时候还没有现在这样的条件，没有电扇，更没有空调，我家住在农村的土房里，夏日的晚上家家都搬出竹床和凳子，在房子外面的晒坝里吃晚饭，竹床就是饭桌。那时邻里关系相当融洽，我们小朋友们会端着饭碗到各家的"餐桌"上去吃菜。吃完晚饭，收拾好碗筷，竹床就是乘凉的地方了。我们小朋友们有时候会聚在一起捉迷藏，有时候我们会安静地坐在一起听大人们讲故事。记得和我家不远的一位阿姨，她父亲是同盟会会员，父亲已经去世，她和她母亲住在我们老家的旁边。我就最喜欢听这位奶奶讲故事了，她讲的故事我能记得很多，后来我长大了，课文里就有她讲的鲁迅文章里的故事。有时候我会躺在竹床上看满天的星星，习习的凉风轻轻吹着我的脸，小小脑袋里想着自己的小心事。

夏日的清晨，我会早早起床，到园子里采摘开放了的栀子花，洁白的栀子花散发出一阵阵芬芳，让我欢喜让我快乐！

小时候，夏天的中午是我玩得最开心的时候，因为夏天中午大人都睡觉去了，我们小孩子们就约上几个，用黄荆条的颠颠做一个圈，然后网上很多蜘蛛丝来做成网，用这样的网去网蜻蜓，谁的蜻蜓多谁就是"老大"，这是整个夏天最爱做的事；还有就是在黄荆花开时去捉"绿蚊"，捉到后用线把它的脚套上，然后拉着线的尾端，听绿蚊飞翔时发出的动听的声音。傍晚，我们会一起到草地里捉蚂蚱，那些蚂蚱翅膀很美丽，我们把它们展开夹在书里，干了以后就是很漂亮的标本了。时光匆匆过去，我对夏天的喜爱却始终没有改变。

夏天的早晨是美丽的，草上，树上到处都是晶莹的露珠。小心翼翼地把露珠捧在手心，轻轻地用露珠洗洗脸，使人神清气爽。走在花草香气中，感受到那空气都是香甜的。也许你会发现这夏天的早晨，有人起得很早，随处可见在地里干早活的人们，在你睡懒觉时，有的人已开始下地劳动了，一日之计在于晨，只要你用心去体会，你会觉得这清凉夏天的早晨是很美丽的。

夏天的夜晚是浪漫的，吃完晚饭，我和老婆有时会到街上走走，到广场上转转，微风吹过，好不惬意。抬头望望天空，无数的星星布满了整个夜空，看着它们愉快地眨着眼睛，你仔细聆听，它们会告诉你很多浪漫神奇的故事呢。广场上有很多人跳着广场舞，一对对的情侣在窃窃私语，孩子们在嬉戏玩耍，老年人在慢慢散步。这不就是一幅国泰民安的美丽图画吗？

夏天是迷人的，到处都是郁郁葱葱的树木，茂盛的花草，林间的小鸟儿，花间的蝴蝶，到处都是生机勃勃的景象，一点也不比春天逊色。夏天传承着春的生机，蕴含着秋的成熟。如果没有夏天的炎炎烈日，怎会有秋天的硕果累累呢？我想，如果我不是诗人而是个音乐家，可能会谱写出一曲抒情曲；我只是诗人，也只能写一些小诗来赞美美丽的夏天。

我喜欢夏天，还因为夏天像一个青年人，灼热的阳光是他灿烂的笑脸，迸发的热量是他蓬勃的气息，葱茏的草木是他厚密的头发，水涨潮急的山洪是他的力量。而池塘里荷花露出清丽的面容，在轻风拂送下，舞动着婷婷的身姿，似一年轻姑娘在轻轻歌唱。于蓦然回首中，已是"接天莲叶无穷碧，映日荷花别样红"了。

我知道，在夏天，农民朋友们顶着烈日在田地里辛苦劳作，建筑工人们在烈日下挥汗如雨，交警在烈日下指挥着交通，军人在烈日下为祖国站岗放哨，他们是最可爱最可敬的人，如果可以，我愿为他们送去清凉。

是啊，万物静观皆自得，只要你内心能有份享受和欣赏这自然的想法，那么大自然就能够给你带来无限的快乐。如此来说，你是否也觉得这个夏天很美丽呢？让我们来珍惜这夏日的每一天吧！

走进普洱太阳河森林公园

五年前的夏天，我应大理市委宣传部之邀请，专程到大理参加文化旅游发展研讨会。会后，大理市文化局的同志向我说起过普洱莱阳河之美，也推荐我们去看看，因我要赶到丽江参加一个活动，时间仓促，没有前往实地参观，心里总觉有所失落感。好在今年国庆黄金周找到一块空闲时间，邀约了文学界的几个朋友，自驾游到了普洱莱阳河国家森林公园。到了后才知道莱阳河已经改名了，现在为太阳河了。我问了当地导游，为什么要改名呢？导游告诉我，莱阳河变成了太阳河，是当地人民的一种希望，他们希望心中升起不落的太阳，让大地母亲滋补和养育当地人民。这种希望是美好的，有美好的希望才有美好的未来。

我们是晚上十二点过才到普洱的。第二天一早，我们驱车前往太阳河国家森林公园。刚行驶至景区旅游环线上，起伏的山峦，行云雾海，绿树瓦屋便呈现在我们的眼前，让人的心情感到无比的轻松和舒展。

据导游介绍，整个景区围绕"天人合一、人与自然和谐共融"的目标来打造的。游客在此能感受到生态为主体、森林为依托的自然环境美，能与各种野生动植物亲密接触，让人能亲身体验、深度感知自然野趣。目前景区主要有"犀牛归隐、猕猴乐土、鱼影溯溪、桫椤小径、嬉猿半岛、鱼鹰戏水、蝴蝶溪谷、旅行的小熊猫、嬉鸟乐园、兰花幽园"十大景点。

太阳河国家森林公园分布有各类植物近千种，有国家保护的珍贵树种大杜鹃、帧捕、龙眼、红椿等，还有珍贵树种假含笑、增生用材树种团花八宝树、药用植物野砂仁、花卉植物山海棠、兰花等，仅兰花种类通过采集标本鉴定的就达 153 种，被称为"天然花园"。公园地处亚热带和南亚热带结合部，那里森林茂密，河流交错，气候凉爽，空气清新，动植物种类繁多，已经成为游客们向往的地方，同时也深深吸引着我。

我们首先到达的是茶马古道遗迹景区。进入景区的第一感觉就是空气自然清新，视角冲击不断。在雾霾频发的今天，人们都感到缺氧，呼吸的空气总感到有种特别韵味，来到这里，空气是那么清新，绿色覆盖整个心灵，让本已变得沉重的心情突然间得到释放，让饱经挤压的灵魂在这里得到慢慢的清洗。

进入景区不远的山林间，映入我们眼帘的是一群犀牛。据我所知，我国的犀牛已经不多了，现在的犀牛主要生活在非洲地区呀，我想在这里怎么会有这么多呢？问了一下当地导游，她们告诉我，本地犀牛已经绝迹了，现在看到的这些犀牛是国家公园专门从非洲引进而来的。犀牛是非常聪明的动物，它们知道到人们专门为它们准备的区域去大小便，很爱卫生的。犀牛是水陆两栖动物，在陆地容易感染皮肤病，但它们知道用泥浆来降温、驱虫除病，很会动脑子，在这个花红酒绿的世界，有的人明知是社会病毒，却还是要去沾染，从某种意义上讲，犀牛比我们有的人强多了。

在古道遗迹的入口地段，湖光山色相映，草坪林涛相融，景色十分优美。走在栈道上，不时有可爱的小松鼠蹿到路边，与游人互动游玩，乐趣横生。古道两旁有各种各样的动植物，绿树成荫，古木参天。庞大的犀牛、可爱的猕猴、优雅的白鹭、稀有的金丝猴、贪吃的小熊猫活跃其间，非常可爱，让人与自然和谐相处。

栈道的两旁还有被誉为"恐龙时代"的植物——桫椤，看着栈道两旁的桫椤很难想象它们是穿越了上亿年的沧桑！抚摸着桫椤，闭上眼睛，随着桫椤我们穿越到恐龙时代，呈现着我们心中每一份幻想，似乎我们在与恐龙时代零距离的相处。

行走在栈道上，我们发现有好多的猴子在树上蹿动，猴子们自由自在地穿梭在林间，它们看到人过来的时候，会主动地来到你的身边和你玩耍，向你要吃的，还会很配合地同你一起拍照。

这里最可爱的是小熊猫和金丝猴。小熊猫有一双水灵灵的大眼睛；毛茸茸、胖乎乎的身子，蜷缩起来像个大皮球；四肢很短。看起来憨态可掬。小熊猫可贪吃了，每当看见有行人路过其领地的时候，都会过来抱住行人的大腿，很可爱萌萌地望着你，让你掏出食物给它们。直到东西到手了它才肯罢休。它吃完美食后，会叫一声，好像在说："真好吃，我还要吃。"然后离去。金丝猴的头很大，一双小眼睛好似两颗黑珍珠，屁股很红像偷擦了妈妈的口红，尾巴又细又长，仿佛爸爸的皮带。别看它尾巴细，其实它可以用尾巴来站立。它活蹦乱跳，抓耳挠腮的样子可爱极了！金丝猴讨食的方法跟小熊猫不同，它会趴在饲养员的身上，用眼神告诉饲养员："我好饿，给我点吃的吧。"这些乖巧、可爱的小动物们给游客带来了无穷乐趣，给景区增添了一片生机。

在深林古代上，没有烂漫的海边岛屿，不会产生时尚都市般吸引人的购物欲望，这里只有吸不完的清新空气，欣赏不完的密林盛景，观赏不尽的野生动物。这里是动植物天堂，是游客灵魂的归宿。

黄竹林箐景区是十分有特色的一个景区。在这片辽阔的林区内，流泉飞瀑，深谷幽壑，天地碧水，林间草地，构成一幅幅景色秀丽的山水画卷。茂密的原始森林的幽深，藤蔓交织古木峥嵘的奇观，鸟叫蝉鸣猿啼声声的优雅，给我留下了深刻的印象。在景区登高远望，浩瀚的林海绿浪滚滚，叠翠的山峦群峰竞秀，让人心旷神怡感觉，流连忘返。

太阳河是一条美丽的河流。它曲折婉转，依山环绕，清澈的河水在峰峦幽谷之间迂曲穿行，在密林花草之间迤逦延伸。河流两岸的森林、草地、河滩、树木葱郁，奇花异草遍布，珍禽异兽嬉戏其中。这里分布的植被类型有热带季节性雨林、落叶季雨林、季风常绿阔叶林、落叶阔叶林、暖热性常绿针叶林及次生灌木林等。丰富的植物资源，构成了太阳河林区独特、多样、秀丽、清幽的森林景观。景区内热量丰富，气候湿润，森林茂密，树林繁多。有着夏无酷暑，冬无严寒的宜人气候，被游人喻为人间仙境、世间天堂。

走进太阳河森林公园，我们漫步在茫茫森林中，观赏中华桫椤，品茗兰花的清香，欣赏犀牛的奔跑，聆听飞禽鸟语，互动小熊猫的游荡，饱览游鱼的徜徉，与少数民族载歌载舞，真是乐不思蜀，流连忘返。

这次太阳河国家森林公园之行，由于时间不宽裕，有些景点没有到达，离去时才感到有点遗憾。其实生活中处处都有遗憾，因为有遗憾，才能激发我们的求知欲，因为有遗憾，才能激发我们再一次的向往。但愿在不远的将来，我会再来。让视角的缺失进一步修复，让灵魂的航船再一次靠岸。

走进秋天的合江

在我人生的季节取向中，十分喜欢秋天的感觉，特别是故乡合江的秋天，总是牵动着我绷紧的神经，逼迫我到了秋天必须走进山野去，感受秋的韵味。

走进秋天，你会看到秋的色彩如同阳光，照耀着生命历程的来路。阳光在田野上滚动，抚摩着嫩绿的禾苗，在天地间升腾，映照着洁白的云朵，叠映在忙碌的身影里，带给耕耘的喜悦。

秋天是魔幻的，就像七彩虹般绚丽惊艳，梦幻多姿，美轮美奂。秋日里走进阳光灿烂的合江，你就会看到姹紫嫣红，欣欣向荣的蓬勃景象。

合江的秋天，山村的房前屋后都是勃勃生机的景象。庄稼墨绿深沉，丰满含蓄，菊花"满架秋风一院香"，秋南瓜藤蔓在山坡地头伸脚，浪漫洒脱的行走，冬瓜吊着、站着、睡着，悠闲地等待冬天的来临，对面人家阳台上，一架丝瓜牵牵绕绕地编织着烂漫的风景。满山遍野的树叶经过夏天的炙烤后，处处都显示出稳重和成熟的色彩。

合江真的是个美丽的地方，在北方一片萧瑟的秋天，合江的山依然是绿的底色，绿的韵味，合江的水处处银光闪闪，清澈透明。特别是到了中秋时节，万物开始浓妆淡抹，可走进合江的赤水河，两岸山清水秀，山花遍野，果实高悬，蔬菜呈绿，仍是一片繁荣的景象。当你走进大小潮河，山高树壮，满目清秀，山泉奔涌，瀑布高悬，山溪潺潺而下，山鸟鸣嘀飞翔，高浓度的负氧离子将人们厚厚的笼罩，让人感慨万千，心旷神怡；还有那高吊的篱笆豆、深埋的红薯、金黄的柿子都在思念着回家。当你漫步在长江两岸，四处流浪的麻雀，成群结队地在竹林和山野间飞翔，给秋天增添了生气和祥和；留守秋天里心灵最美最快乐的喜鹊，不停地报喜人们入秋的欢快。那山间池塘里圆圆的荷叶已经回归故里，留在泥土深处的藕条白浪翻涌，呈现出淡淡的清香，那山间层层梯田与田坎山的蔬菜与林竹的组合，形成一幅装帧精美、赏心悦目的油画。

秋天夜空清新而又有一丝丝凉意。走进农家，漫步山间可享幽幽夜空之静美，可感明月如银，星光笼罩之优雅。走进秋天的合江，山野呈现秋高气爽的景象，让人舒展的是空旷辽阔的豪迈情怀。即使到了晚秋，凉风簌簌，落叶纷纷，花草树木轻装素裹，但绿色满山，层林尽染，特别是到处可见的荔枝、柚子、桂圆，青枝绿叶，厚重而秀美。在合江，不管你走进沟沟壑壑，还是高山平野，都有游走在画廊间神奇之感。有人曾经说过，大自然是艺术家，四季画幅，总是一季一新，一帧不落地按时挂在山野人家门前，像一幅风景秀丽的日历，一页一页挂在山上，贴在田园，卷在山谷里，让人在享受和心动中提升自己。

走进合江，你会感受到合江的农民真诚而朴实，他们那厚道胸怀和厚重的情感，得益于秀丽的山水风光的熏陶。山里人为什么淡泊名利，心无旁骛？是因为他们活在真山真水里，活在山水画轴中。人因为眼里有美景，心里才能产生美好，情感才能得到深化，境界才能高远。

走进秋天，踏进了思索的季节，人享受到这样的美好，应当感谢老天爷的恩赐。秋天教我们成熟，教我们冷静，教我们懂得感恩。庄稼感恩农民的培养，果树感恩阳光的温暖，花草树木感恩大地的慈爱，就是河水也温顺柔美地感谢峡谷的包容，唱起流畅明快、婉转悦耳的山歌，让大山感受心灵的慰藉。

走进秋天，我们便已经走出暑热，走近了热与冷的融合。秋天的农民完成了秋的收获，欣欣然走出山区，奔向城市，去打工，去求财，去圆梦，同时也去接受工厂的污染和大气的熏陶，待到来年春天，又回到大山来洗肺、清血，享受故乡的美，造就故乡的情。

秋天是美好的，合江的秋天更是美得流秀，这种感觉早已经深深地注入我的脑海里，让我已经中毒。每到秋天，我总会走进合江的山村，享受秋的秀美，洗涤心的尘土，让自己的情感在秋天里奔放，让自己的灵魂在秋天里孕育。

有时候我在想，为什么人的心境不能如秋天一样清明辽远？也许这不是我这样一个知识平庸的人能领悟的。但我们是人，人就应该懂得感恩和回报，美丽的合江带给我们的是山青水美景秀的环境，我们虽做不到"蜡炬成灰泪始干"的高洁，但我们可做一轮太阳，做一次月亮，亮亮堂堂地照亮人们，将温暖的情感传递给别人。合江人本来就是"半潭秋水煮茶"的山水，晶莹剔透，光明磊落。悠久的历史文化和秀丽的秋色风光已经造就了合江人独特的地域精神，但愿这种精神能持续地汇聚成一条清澈荡漾，激情澎湃的河流，在与合江美丽的山山水水的融合中谱就一曲经典颂歌，让后人传颂。

走进泉州开元寺

这次我同泸州的作家们来到泉州，主要是参观开元寺。开元寺在全国有很多座，之前，我对泉州开元寺了解不多，或者说就根本不知道泉州开元寺的来历和现状，在前往的路上据雪哥讲，开元寺历史悠久，文化底蕴深厚，双塔很有名气。

我们的车直接开到了泉州西街，开元寺就坐落在这条街边。要到时，导游给我们介绍了一些有关开元寺的情况。开元寺是全国重点文物保护单位，历史悠久，规模宏大，构筑壮观，景色优美，名扬海内外，几乎所有来泉州的游人都前往一游。

走进开元寺的大门，映入眼帘的是一个庭院。庭院里树木、花草都很多，特别是几棵千年古树苍翠欲滴，那茂盛的枝叶遮天蔽日，给大地洒下了一片浓荫；还有那里的几棵龙眼树，树上正挂着果子，就像无数颗星星，发出耀眼的光，给人以丰收的景象，因为我们来自泸州，龙眼也是我们家乡的名果，看起来特别眼熟。虽然今天的泉州烈日当空照，气温高达36度，但众多的大树为我们前行的通道搭建了厚厚的绿荫，人在绿荫下徜徉，感到无比的清爽，无比舒服。在这个庭院里，还有名贵的刺桐花，刺桐花开红似火，绿树环抱，红绿相映，显得春意融融、风光如画。

在这院子里，一个很精致的佛塔吸引着大家的眼球，看上去确实十分精美而完好。导游告诉我们，这是开元寺东西塔中的一座，是泉州古文化的标志性建筑，也是大宋朝灿烂文化中石造建筑艺术的代表作，中国四大名塔之一。更可贵的是，自建成之日起，历八百多年历史的洗礼，除了塔刹和部分栏杆条石在明朝大地震中受损外，经两座巨型石塔的主体建筑石料依然是南宋建造之初的建筑石料，未曾替换。相对于那些建筑构件修了又修换了又换的所谓古建文物，这才是中国最古老的建筑物。其建筑技术、抗震性能之高超，绝非是国人嘴里夸夸其谈的故宫和长城所能比拟的。所以有泉州人说它是"世界第一塔"，这当然有点言过其实了。

我们一行人在此都留下了自己"到此一游"的身影，特别是我的儿子很兴奋，特意请雪哥陪他在此留影，以示友谊长存，风吹雨打不变色。盛源老兄做事非常认真，写作更是精益求精，他把每一处文字用笔记录下来，以便为写作提供可靠依据，他的这种精神就值得我学习半辈子。

在塔前休息时，我请教了导游关于东西塔的由来和历史沿革，导游是一个地道人，给我讲得很详细，我当时录了音，回家后核实了有关资料，他对东、西塔真很熟悉。东塔名"镇国塔"，咸通六年（865 年）由倡建者文偁禅师建成五层木塔。前后经过几次毁坏与重修，先是将木结构为砖结构。至嘉熙二年（1238 年），本洪法师又将砖结构改为石结构，后由法权法师、天锡法师进一步改造，前后经 10 年才完工。东塔通高 48.24 米，塔平面分回廊、外壁、内廊和塔心等四部分。塔为框架式的结构。正中的塔心直贯于各层，是全塔的支撑。各层的八角柱上均架有石梁，搭连于 2 米厚的塔壁和倚柱，顶柱的护斗出华拱层层托出，缩小石梁跨度。石梁与梁托如同斧凿，榫眼接合，使塔心与塔壁的应力连结相依形成一体，大大加强了塔身的牢固性。塔壁使用加工雕琢的花岗岩，以纵横交错的方法叠砌，计算精确，建筑工艺缜密。稳固的基础，配有符合力学原理的坚实塔心，使这座重达一万多吨的建筑物虽经历 700 多年风霜雨露而岿然不动。1604 年的八级地震，也无法动摇它的根基。石塔不但坚固无比，而且造型精致。塔檐呈弯弧状向外伸展，檐角高翘，使塔身有凌空欲飞的态势，显得轻盈。每一层各设 4 个门和 4 个龛，逐层互换。这样既平均分散重力，又可使塔的外形更加生动和美观。每层塔檐角各系铜铎一枚，微风吹动之时，铎一声叮咚，悦耳怡人。塔顶有 8 条大铁链，连接 8 个翘角，显得气势磅礴，紫气飘摇。每一层塔壁上还刻有 16 幅浮雕，分别刻有人天乘，声闻乘、缘觉乘、菩萨乘和佛乘等，共计 80 幅栩栩如生的人物雕像，刀工细腻，线条流畅，巧夺天工。

以拜庭为中心的东西两个广场还各有一座塔，东西两塔相距一两百米，遥相呼应。西塔名仁寿塔，五代时期的梁贞明三年（917 年）王审知由福州泛海运木来泉州建此塔，初名"无量寿塔"。北宋政和四年（1114 年）奏请赐名"仁寿塔"，前后经毁坏与重修多次，易木为砖，至宋绍定元年至嘉熙元年（1228—1237 年），由自证法大师易砖为石，先于东塔 10 年建成。西塔通高 44.06 米，略低于东塔，其规模与东塔几乎相同。唯男性有须观音及猴行者浮雕引起游客与学者的广泛兴趣。

我们在院子玩耍一阵后，便向着寺院走去。开元寺占地面积 7.8 万平方米，建于唐朝垂拱二年（686 年），传说原来这里是一片桑树园，桑树主人黄守恭梦见有一个僧人向他募地建寺，他说等桑树开白莲花后就献地结缘。几天后，满园桑树果然都开出白莲花，黄守恭被无边佛法感动，把这片桑树园捐献了出来。因而开元寺也得了"桑莲法界"的美称。

开元寺山门对面有一堵高大照墙，上面有泉州古代书法家书写的"紫云阁"三个大字，字体秀气端庄。在寺院前方，是一块很大的院坝，院坝中央有一座两个小孩高的大香炉，两旁各有五棵高入云霄树叶繁茂的大榕树，榕树旁有一排一人高的小石塔，左侧放着一只巨大的大石龟，东西两条长廊围护着拜庭。院坝里除香炉外，还有许多大树和配套风景物，最值得看的就是一百多只鸽子在场内走来走去，与游客融为一体，亲密无间，有时还飞到你的肩上与你同行。这不是一种现象，而是人与自然的融合，神与人类的融合。在这里唯一让人不舒服的是那几个端着碗向游客要钱的人，我觉得不应该出现在这里，因为有点煞风景。

面对开元寺大门，映入我眼帘的是天王殿，只见天王殿的屋顶装饰着许多五色瓷片，图案有许多动物花卉，工艺精美，色泽鲜艳。屋脊中央有一座小巧玲珑的小宝塔，宝塔两旁有两条五彩缤纷腾空而起的小龙，按照建筑学的说法，这个造型叫双龙护塔。

院坝的正前方是座石砌的长方形大平台。走上台阶，人们都在这里烧香祭神，听说这叫月台。月台上面的建筑古色古香，所有门柱都有对联，我和盛源都在读着门前的对联，但左右都对不上，觉得有些神秘感——也许本身就是单联。

过了月台，走进金碧辉煌的大雄宝殿，就可以看见五尊七八米高迎面而立的金色大佛，称为五方佛，分别代表东西南北中。旁边有几尊较小的佛像，两侧还有两尊色彩斑斓的天兵天将。大雄宝殿里面柱子很粗，每根柱子有两人合抱那么大，所以又叫作百柱殿。抬头一望，屋顶上有许许多多舒展双翅伸出双臂，木刻的天女，它们色彩缤纷、千姿百态，并巧妙地把石柱和木梁连接起来。天女们有的手中捧着文房四宝，有的怀抱琵琶，有的吹笛子，简直让人眼花缭乱目不暇接。绕到大雄宝殿的后厅，十八尊金光闪闪的罗汉呈现在我眼前，它们有的开怀大笑，有的沉于悲伤之中，有的面带慈爱，有的面露凶光，它们神态各异、动作诙谐有趣、栩栩如生，集中表现了人间的喜怒哀乐。

大雄宝殿后面是甘露戒坛，人们常在这里祈求风调雨顺平安康健。往后走是藏经阁，里面是藏放经书的地方。这两处正在维修，我们也就没有进去看。

横过长廊，大雄宝殿的右侧是准提禅寺，又叫"小开元"。寺前有四根青石龙柱，门侧墙上分别写上"龙吟""虎啸"四个大字。

在百柱殿的后边，是传说中开过白莲花的千年老桑树。树干看上去似乎都要枯干，腐朽了，但是它的枝叶枝繁叶茂，一年四季，郁郁葱葱。桑树奇特的生命力吸引着每一位游客，来参观的人无不连声赞叹，喜欢在树前留影。寄托着一个美好的希望——愿自己的生命力和这株桑树一样旺盛，长年不衰……

从寺庙出来以后，我们一行人就各选所需去了，有的在东西塔前研究文字和建筑构造；有的在建筑碑记前认真审视历史的厚重和修建、保护历史文化的而有功之人；有的在老树下寻求那生命不息的千年历史的生长过程；有的在佛祖前虔诚地献香礼拜，祈祷今生的平安和幸福；有的却在院坝上与鸽子嬉戏寻求人与自然的和谐之美……

在塔前我寻思着历史的厚重，欣赏古人建筑的独具匠心；我在千年古树前遥想那生命不息的艰难岁月和永固长青辉煌历史；在寺庙前我沉静地思考中华悠久的道教文化和佛教文化曾经拯救过多少人们的心灵，传承了多少祖先遗留下的思想灵魂。当今时代，东西方文化在不停地博弈和抗争，作为东方文化代表者的中国人，该怎样把祖先留下的灿烂文化发扬光大？

带着无限的眷恋，我们走出开元寺。说实话，在这里我并没有很好去欣赏美丽的风景，感觉到更多的是老祖宗的智慧和精神，在人们核心价值取向有些模糊的今天，我似乎看到了中国历史文化给人们带来的启迪和希望。

走进神秘的福宝

在合江县城东南角的川渝黔交界处，有一个原始森林区，人们称之为福宝原始森林公园，那里茂密的林海，就像星星散落在云贵高原的尾端，在整个大西南地区显得璀璨而耀眼；它更像中华大地上的一枚胸花，镶嵌在西南的大地上，那么美丽，那么绚烂，深深地吸引着人们的向往。

福宝森林公园位于四川合江、重庆江津、贵州赤水、习水的交界处，由福宝森林公园、四面山景区、赤水旅游景区、习水森林区相连而成，面积近千平方公里。亚热带的三千多种植物活跃期间，林木高耸，森林密布，杂竹掩映其间；山地起伏，绿浪波涛；山路盘旋，小鸟云集，林荫深处风景秀丽，是川渝黔边区人们避暑休闲的最好去处。

福宝林海有广阔无垠的原始森林，豺狼虎豹出没其间，飞禽走兽影现其里。野猪、野山羊、野兔、野猫、野鸡、红腹锦鸡、白汗鸡、竹鸡等珍稀动物时时活跃于林间。楠竹、慈竹、巴竹等竹类以及天然树种保存完好，所以在福宝林海中常年都可以采集到楠竹、慈竹、苦竹笋等鲜笋，香菌、青冈菌、阳雀菌、包谷菌、三塔菌等野生菌俯拾即是，此外还有艾胡、天麻、淫羊藿等大量的名贵中药材。可以说，这里是个天然的宝库，不同季节都有不同的奇珍异宝呈现在人们的眼前。

奇花异果妖娆而丰硕地点缀着福宝林海四季美丽的风景。林海内空气温暖湿润，土质肥沃，适合多种植物的生长，形成植物多样性的特点。无论草本还是木本植物，一年四季花开果熟，当地的人一般将草本植物的果实叫作"泡儿"，如石滚泡儿、薅秧泡儿、乌泡儿、毡帽泡儿等泡儿的种类繁多，到处都有，每每进入林海总得美吃一顿，那味儿酸得到位，甜得可口。还有藤本植物和木本植物的果实也很多，像刺梨子、地瓜呷、味味子、梨爪子、野李子、野板栗、毛桃子（猕猴桃）、八月瓜等，还有些野果的名字保证你没有听说过，像猫儿瓜、光屁股、饭砣粑等应有尽有。

福宝林海花的种类就更多了，没有名的闲花野草就不用说了，能够叫得出名字的像兰花、山茶花、杜鹃花、百合花等，数不胜数。只要进入林海总会带给人花开花谢的怀想，能让人深感生命的鲜活与美的显现，感受到生活的恬静舒适，感受到大自然的神奇与通灵。

福宝林海沟壑纵横，河溪密布，到处是高山，沟壑有流水，自然风光秀丽。那里的河溪来自大自然的鬼斧神工，从大山深处奔涌流出，几经玩转盘旋，汇入到大漕河。大山深处便是漕河之源，清澈的河水，就像大自然母亲的乳汁，哺育着大山深处的儿女，让福宝那方土地变的冰清玉洁，让这方的人们纯洁而高雅。

走进福宝原始森林，无论你走到哪里，溪清流澈，绝大多数是冷沙土的竹根水，累了渴了随意饮用，泉水甘甜而纯净，有开胃去脂之功效，饮之绝对不会生病。水是林海之源，它养育了大山和山上的一切生命。它由高山峡谷的涓涓细流汇聚成潺潺小溪，穿出森林蹚过草地跃下悬崖峭壁合成漕河日夜奔腾的旋律，并一路向西，在两河与小漕河汇合后流入江津境内，然后汇入长江，流向大海。这条河流用它那甘甜的河水养育了川渝广大的人民，呵护了具有旅游"金三角"之称的福宝原始森林区。

走进福宝森林区，你可以尽情享受大自然的美，呼吸高密度的负氧离子，感受天然的绿意。走累了，找一块大石板躺下美美地睡一觉，那是神仙般的享受。那种美感实在让人从视角到心灵的舒服，让人所有的烦恼和忧伤都烟消云散；那种心动的感觉，只有身临其境的人，才能感受到那里的美妙和惬意。

人到仙境心地宽，才思敏捷出诗行。作为诗人，漫步其间，诗情自然大发，吟诗作赋，一气呵成，虽不成大气，但可自我欣赏——"遥望林深顶着天/山涛翠影绿连绵/晨曦初现雾幔起/鸟语花香竹林间/沟壑山泉当酒饮/藤蔓深处好休眠/超脱凡尘清心欲/林涛相伴话成仙。"

福宝原始森林是中国西部著名的旅游胜地，也是川渝黔人民文化交流和友好往来的重要地区。早在春秋战国时期就形成的夜郎古道和茶马古道穿越其间，连接着山区人们的情感，洋溢着山区人们的热情。那古道上，一个个被草鞋和马掌磨出的历史印痕，曾经承载过人们生活生存负重的历史，诉说着这片区域古人们的生活故事。从合江经甘雨到福宝，从福宝到习水、到綦江，到处都有古道的痕迹，处处都诉说着历史的故事，那些关于古盐道的传说和福宝古镇的兴盛历史，记载着周边十里八乡人们生活的辛酸，记载着人们千百年来的深深情感交流，记载着过往商贾用汗水浇筑的血雨腥风，同时也证明着这片原始森林的古老和商业的繁华。

福宝林海是个风景旖旎，花香鸟语掩映其间的地方。每到春暖花开的季节，沿着山清水秀的林区道路而进，给你的感觉绝对是心动和精彩。在林海深处，可以赏百花争艳，听鸟语蛙鸣，观林荫秀色，品原生野果。那种情调实在让人赏心悦目，诗情大发，流连忘返。在大山深处，无论走到哪里，空气馨香，百花盛开，耳边林涛阵阵，眼前绿浪翻滚，人在画中走，绿从身边过，让人心旷神怡，陶醉其间。

福宝林海由多个小景区组成，每处风景都有其独特的个性和神奇的色彩。玉兰山清新淡雅，竹林密布；烟雨岩瀑布高悬，泉水叮咚；佛经岩绝壁高悬，红石浪漫；天堂坝高山平谷，鸟语花香；红圈子高入云端，绿浪连绵。整个景区就像艺术的画廊，处处流溢出天然的神功。森林深处，风景独异，奇花异木相辉映；山峰顶上群峰凸起，林木相映其间；山谷平地，古屋散落林间，炊烟袅袅，升腾的是古朴的民俗文化。

走进福宝林海，站在高处眺望，林海深处新楼碧瓦竹树掩映，梯田环绕，偶有鸡犬相闻，早上薄雾从山下升起，弥漫了村庄，偶有白鹤翔空伴炊烟，归巢燕雀争晚霞的奇观。这里四季好景，层林尽染。虽说乌蒙磅礴，多神奇险峻，可到了福宝林海犹如到了江南水乡，风吹稻田，绿浪滚滚；农家院落，竹树掩映，就是另一种感觉了，或许你会忘记这是云贵高原的尾端。生活在林海的人家是幸运和幸福的。沿着曲折蜿蜒的小路，走进林海深处的村寨，稻田房舍、山林树木相间。林海人家环境优美雅逸、生活恬静舒适，森林边是庄稼，庄稼地外是树林。站在高处极目远眺，层层梯田绕山顺水，村庄楼舍参差错落，要么依山而造，要么傍水而生，不是田园环绕就是丛林掩映，就像撒落翠屏间的花朵，点缀着葱山绿野。生活在这样环境里的人家，早起雾中听鹭语，晚霞淡去鸟声绝；春时蛙鼓伴日落，秋来蝉语逐月升；暑夏河里嬉流水，冬天山间赏飘雪。这是一种美的享受，是一种天赐的福分。

福宝人家保存着传统民俗的风貌，家家干净、整洁、卫生。不管房屋的好与坏，不论家庭的富与贫，哪怕住的是茅草陋室也得讲究整洁、干净。有客人到来感到舒心，自己过起日子也舒坦。早晨，人们起床后的第一件事就是生火烧水洗脸、做饭、扫地，把屋里屋外打扫得干干净净，就是平时做事情也不会乱扔乱摆，地上落下一点渣渣都会立即收拾干净。

福宝人家喜欢竹木和水果，每家房前屋后都会点缀几丛竹子，栽几棵桃树、梨树、或李或橘。四季有花开，常年有熟果，给人的感觉就是清爽自如。有的人家要在晒坝上搭个棚架，好让瓜藤豆蔓爬上去争抢夏天的阳光，圆一个秋天的梦。在这样天然的凉棚下，幽雅僻静，乘凉喝茶摆龙门阵，凡心随风去，尘念逐云烟，极其舒心惬意。

福宝人家修造的住房功能性明显，实用性强。每家每户的灶房、柴炭房、火塘间都是独立分开的。如果你到林海人家做客，主人家要做什么好的饭菜招待你，只有等到坐上饭桌以后才知道。"燕呷窝"、堂屋里、火塘边，或者是凉爽的院坝里，是陪客人摆龙门阵喝茶的地方。冬天天气寒冷，火塘里烧起暖烘烘的火堆，主人和客人围坐在火塘边，一边聊天一边喝着土罐里煨的手工茶，打发闲暇的时光。随着经济社会的不断发展，农村生活也在不断变化，影像电器不断进入林海人家，晚饭后还可以就着茶壶酒杯，喝酒品茶，看看电视，听听音乐，以丰富精神文化生活的内容。

福宝人家是十分好客的。客人来了一盆洗脸水、一支烟、一杯热茶总是少不了的。客人到来，首先是一盆温热的洗脸水，叫你抹抹汗，特别是大热天一路走来汗流浃背，主人家端上一盆热水，洗个热水脸。接着就是一杯凉茶，舒心。这就是靠山吃山靠水吃水，这是山区人家与林、与水生活的缘分。

如果你走到福宝人家，不管你是特意去做客还是路过他们的家院，他们都会热情地和你打招呼。要是正遇上吃饭，不管你是生人还是熟客都会很客气地邀请你，这时候你就不要客气了，该吃饭就吃饭，该喝茶就喝茶，有烟有酒都一起跟上，一盆水一杯茶一支烟让你宾至如归。平常时间做客林海人家，烟茶酒是缺少不了的。林海深处野生茶比较多，人与茶结缘已久远，与水交情共天长。有时候，晚上坐在火炉边上摆龙门阵，喝点小酒，隔一段时间，主人又会给你倒上热茶，困了累了又要洗个脸，烫个脚，喝一杯茶才去睡觉。

福宝人家接待来客讲套路。冷天，火炉上的茶壶总是热的，热天呢，桌上的一壶凉茶总是满的。饭后一杯茶，摆龙门阵一杯茶，睡觉前一杯茶，起床后还有一杯茶，这是待客的基本礼仪。就是没有客人，自己干活累了回到家喝杯茶解渴也很方便，尤其是冷沙土的泉水泡出来的茶，喝起来甘甜可口，清凉解渴。由于山区林木水碱性重，具有美容养颜，洁齿明目的功效。

福宝人肤色嫩润，牙齿洁白，养眼悦目。尤其是深山中的女孩，水灵细嫩的脸蛋，清亮透明的眼睛，洁白无瑕的美牙，看一眼就会让人喜欢。

福宝森林公园是上天赐给合江人民的天然瑰宝，带给人们的是自然之美和大山的情怀。正是这片原始森林孕育了勤劳、俭朴、多情的合江人民，让自然的美与人性的美在历史的传承释放出艳丽的光彩。

走进腾冲

在云南边陲有一个叫腾冲的边城，与缅甸接壤。可别小看了这城，著名的史迪威公路就是从缅甸一直修到这里，而且二战期间抗日将士与日军在这里展开了十分惨烈的战斗，将士们用血肉和生命筑起了保家护国的长城，痛击了侵华日军，抵住了日军的疯狂进攻，使得腾冲和云南的腹地免受了血洗之灾。

2012 年秋天，泸州市作家协会组织部分作家到腾冲采风，我应邀参加了。作为一名公务员，平时工作很忙，也很少有机会外出学习。我外出必须要给四个领导请假，这次领导开恩，都同意了，给我提供了这次学习的机会，心里真有说不出的高兴。我们一行近 20 人，合江与我同行的还有小红、小英、丽梅三大美女，一路谈笑风生，欢歌而行。我们从合江出发，带着对一个陌生城市憧憬，带着对 20 万战死沙场的抗日战士的敬重，带着对文化鉴赏的美好期望，我们从重庆直飞腾冲。

到达腾冲已是傍晚时分，在四川本是浓雾笼罩的阴霾天气，而在那里却艳阳高照，明媚的阳光普照在翠绿的大山里，举目四望使人感到特别的舒坦。

到了腾冲，我们先吃了晚饭，在导游的安排下，我们住在了城区的一个花园小区内。这个小区都是别墅小区，房屋皆为两层，每栋别墅外都有花园，小区内有小溪环绕，房屋建在青山绿水之中，绿化占地比建筑用地要多出好多倍，花草、池塘、健身场、健身路道穿插其中，环境十分幽雅。

第二天一早，我和刘先赋兄早早地起床，沿着小区去散步。早上大概七点，我们便出了门，本是晚秋时节，早上的风足以让人感到寒冷。天刚亮，东方就可以看到一个圆圆的火球，也许是心情的关系吧，早上看去特别的圆，也特别的大，不到十分钟，太阳便挂上了树梢，约七点半钟，温和的阳光照在人的身上，让人感到十分惬意。路边有条小溪，小溪里的鱼儿很多，一大早便三五成群的游玩着，像是等待第一束阳光的到来。早上的空气很新鲜，我们散着步，聊着天，走了很多的路。

早餐后，导游就带着我们出发，第一站是参观火山。腾冲多山，当地人多数是傈僳族，在古代他们就在这深山里以刀耕火种，打猎为生。赤脚走千里，练就了一副铁脚板，那双脚可以"上刀山，下火海"。每年的火节，按照当地的传统，用 27 把长刀架成 27 层"刀山"，然后寨里的勇士赤脚登上刀山，接下来就是赤脚从铺成长长的炭火中踏过。上过"刀山"下过"火海"的人是十分受人尊敬的，傈僳族人也以之为豪。这是腾冲富有特色的民族风情，但最有特色的莫过于腾冲的地质，腾冲实在是大自然赐予云南的最美最典型的地质博物馆了。

腾冲不仅有丰富的地热资源，更是有丰富的火山资源。在腾冲大小火山有 97 座，其中 30 多座有着完整的火山喷发口，我们去的大空山、黑空山和小空山就是最典型的火山。平时所见到的山总可以用山峦起伏、峰峦叠嶂或是山峰林立等来形容，但在这里都是不切实际的，因为这三座火山就是在平地上崛起，并且相距很近，山脚几乎连在一起且在一条直线上。没有山峰，远远望去就如倒扣着的三只粗大的碗，但当你真正走近它时，你才能认识它的伟大和惊心动魄。

黑空山在西边，是最大的一座，中间的一座叫大空山，是三座中最高的一座，约上百米，东面的最矮的叫小空山。上山的路很好走，因为方便，也就去了小空山。若不是先入为主知道是上火山，人们还真难相信这是一座火山，因为山上山下都是厚厚的松软的泥土，看不到一点石块或是岩石之类的。在火山口四周是高大挺拔、如华盖般的松树林，其间还有绿草如茵，杂花生树。小空山远看不大，但爬上山后才知道并不小，那只"倒扣的碗"朝上的"碗底"很大，山口直径虽不足 500 米，而深约百米。站在薄薄的火山口边缘，呈现在眼前的是巨大的呈抛物线状的圆形深坑，深坑像口大锅放在那里，而锅底就在中央最深处。虽然锅壁四周早已长满了杂树及花草而变成了绿色，给这大锅披上了厚厚的草色，但站在这深坑的边上，看着这陡峭的山底，看着圆圆的、深深的、十分有规则的山口，真是心有余悸，仿佛那幽深的山口像黑洞似的在渐渐地陷下去，把四周的一切包括自己在内杳无声息地拉进这锅底。山上是粗大的古松，遒劲的松枝像巨人的手伸向天空，朗朗的蓝天下，白云悠悠地飘游，好像是松枝在移动，扯着淡淡的如纱如帛的白云。裸露的树根又如龙爪深深地植入地面。在松树的空隙之地是低矮的小草，如绿毯贴地而生，草丛中还有着红的、黄的或是灰色的菌类，这为草地增添了一丝亮色。

我们静静地背倚古松坐在如茵的草地上，听着山风呼啸，松涛低吟，看着山花摇曳，落叶飘摇，真是快乐无限，心情舒坦。面对这古与今结合点的火山，思绪也随着悠悠的白云在飞，随着火山口底部的深陷，也许心像所至，眼前呈现出 4000 万年的那场惊天动地，摄人魂魄的火山喷发。惊天巨响之后，山石腾飞，岩浆以极大的压力和速度喷出山口，带着炽热，带着火光，带着浓烟和雷鸣，喷发而出，飞升到天空，映红了天、映红了地……于是这种炽热射向天空，形成了"火山蛋""火山石""五金矿藏"，而浓浓的火山灰经过时间老人的沉淀却变成了黑油油、松软软的沃土。

站在山口边，同行的文友们都在纷纷照相留念，努力留下自己美丽的一刻。而我静静地站在观景台边，幻想着远古的昨天火山爆发的那一幕……火山喷发是火山最壮丽的瞬间，是火山浓缩了一生的生命于一刻，把自己的蕴藏在深处多年的炽热情感，给大地、给万物以最宽宏、最无私、最壮丽的奉献。集一生精华于一瞬，凝万钧热能于一端。这也许就是这火山的最亮丽最灿烂最辉煌的时刻。这一刻对于以光年为单位来计算时间的宇宙来说，对于山川河流江海湖泊来说只是闪现的一瞬，即使在于人来说也是十分短暂的。但在这短暂中却包容了一种奉献精神，一种执着追求，一种生命方式，一种生存意义。

离开火山，我们向着热海前进。要说腾冲的旅游，多数都是天然的资源，要说天下奇迹，热海算是其中之一。

腾冲热海位于腾冲县城西南 20 公里，面积约 9 平方公里，较大的气泉、温泉群共有 80 余处，其中 10 个温泉群的水温达 90℃ 以上，到处都可以看到热泉在呼呼喷涌流淌，热水小池热气蒸腾。处于这热腾腾的云雾山中，好像身在一个天然大澡堂。世界上有温泉的地方很多，但像腾冲热海这样面积之广、泉眼之多，实属罕见。人人见了肯定都会目瞪口呆，似乎到了一个梦幻的童话世界。

我们未进热海，远远看到在青山峡谷中一片氤氲弥漫，薄薄的、白白的，像轻纱飘浮在山间。那不是云，而是热气，是地下的热气腾空而起，且长年不断。腾冲的地热资源十分丰富，热海是地热群发的地方。热海是在山谷之中，一进山门就倍感这里的山更青更绿，空气也分外清新和滋润。一路向里走去，路边时不时就有几眼热气在冒，有的更大一点的可以用来蒸饭煮菜。当然腾冲人已经在那里兴建了宾馆酒店温泉浴场，利用地热资源招徕观光之客。空气中飘浮着淡淡的硫黄味，这大概是温泉所特有的。

热海有一个很美丽的神话传说：在远古的时候，这一带天寒地冷，人们苦不堪言。有个善良的老人历尽艰险，寻找办法，决心使这里变成温暖丰腴的地方，让人们过上幸福的生活，他愿万死不辞。后来，他的诚心感动了神仙，神仙赐他一颗宝珠让他含在嘴里，他顿感燥热难耐，便一口气喝干了几条河水，最后他变作了吐热水的小龙。凡是他歇过脚的地方，就有了数不清的热泉。从此，这里便四季温暖，牛羊肥壮，五谷丰登。

其实这是这里独特的地质构造造成的，地下岩浆活动剧烈，成为丰富的热量源。也是地质构造，才造成许多泉水。泉水被地热加热，成为温泉。温泉成群，成了热海。现在，为了游人游玩，成了热海公园。修建了木头栈桥、石头台阶和石头栏杆。到处建有热水池，也有大的露天泡澡池和露天游泳池。也有室内"浴谷"，我们没有进去，不知道啥模样。在景区，主要的泉水都保留了其原来的外貌，成为热海中的一个个观赏景点。

我们游览的热海是沿着一条山谷布置的，在这山谷中，遍布热泉、沸泉、气泉，94 摄氏度至 97 摄氏度的高温热水，伴随着蒸汽，从悬崖顶上，从石壁中，从砂砾、乱石里，从河床深处，争相喷出。我记得有：蛤蟆嘴、眼镜泉、鼓鸣泉、珍珠泉、怀胎井等，还有那著名的大滚锅。腾冲市的海拔高度在 1600 米以上，热海的海拔应该更高，水的沸点不会到 100 摄氏度，但由于水中含有大量的矿物质，相对会提高泉水的沸点。所以我注意到在热海，好多泉水温度在 96 度，最高达 97 度。纯水在那海拔高度、在那较低的大气压下不可能达到这温度的。

蛤蟆嘴温泉在一山洞里，蛤蟆嘴里喷出一股热水，整个山洞热气腾腾，雾气缭绕，看起来有点模模糊糊。看那蛤蟆嘴，我越看越像是乌龟头。

　　眼镜泉，顾名思义，泉水口是两个，就像眼镜。鼓鸣泉的泉水从一条狭缝突突冒出，咚咚之声像擂鼓。珍珠泉的泉水，一颗颗冒出的气泡似一串串洁白的珍珠徐徐上涌，到了水面犹如珍珠轻轻滚动。池水上面雾气缭绕，石壁上"珍珠泉"三个石刻红字在雾气中时隐时现。那怀胎井也是泉水，制成两口水井。奇异的是，那水井的水面永远是与井口相平，既不低于井口，也溢不出井口。用桶打出水后还是保持水平。另外，两口井的水温相差四十度，所以又称"龙凤井"。传说喝了这水，女人易怀上孩子。这水经分析，含有丰富的微量元素和稀有惰性气体。两口井处在一大块石坡边上，石坡上刻着一个大字，不知道是什么字，不认识，也没有介绍。

　　"美女池泉华裙"是一种高温热泉水流过后的沉积物，金黄色，像美女穿的裙子。这也是第一次见到，刚看到路牌时不知道是什么东西。在好多泉水边上，也能看到这些沉积物，这些沉积物不断堆积形成美丽的图案，就像美女五彩衣裙点缀在美化了泉水周围。

　　最有名的就是那"大滚锅"了，它昼夜翻滚沸腾，四季热气蒸腾，看上去水是绿颜色的，不是深蓝色的。塘中有三个大的喷水孔，西北角的一口温泉喷出的水柱，高出水面约30厘米，使热泉如一终年沸腾的开水锅，非常壮观。大滚锅呈圆形，直径3米多，水深1米多，里面的水呈淡蓝色，水面上不断翻滚着水浪，热水喷涌并带着强烈的蒸气水泡在汩汩地翻滚。热气腾腾向上，时强时弱，一阵强烈的热气涌出，那热气随风四溢，弥漫四周，十步之外不见人影。大滚锅就好像有谁在这下面不断地加火添柴，就连四周的地面也是很热的，在那儿站久了，会感到一股股热量透过鞋底直往脚心。据说大滚锅的出水温度达102度，云南"十八怪"之一的"鸡蛋串着卖"，正好给大滚锅旁卖鸡蛋提供了方便，用稻草穿成的一串串鸡蛋拎在手上再浸入大滚锅，过不了几分钟就可享用。所以，大滚锅，名不虚传，走在边上，感到热气扑面，硫黄味特浓。假如没有栏杆和铁链，走在边上肯定会胆战心惊。

　　大滚锅由于是一个最特出的景点，占地很大。大滚锅一面靠山，三面就是一个大平台。大平台的台阶中间，还有龙凤石雕，就像故宫里的一样。

　　据说从前有一头牛到大滚锅边舔吃带咸味的泉水，不小心掉入锅内，待牧童从村里喊人来时，已煮成一锅牛肉。这只是传说而已，不过，把鸡蛋放进去，用不多久就煮熟了，大滚锅的边上就有卖熟鸡蛋的，说就是在里面煮的，我们一人吃了一个。到达大滚锅时，已到中午，我们没计划在那里吃饭，旅游景点里的饭特别贵，所以买几个鸡蛋先充充饥。

大滚锅的边上，人工修建了不少"地热蒸脚"的小方形石头池子，看上去一大溜，不过好像没开放，没看见有人去。我们急着赶路，更不可能去蒸脚。还有一个"大滚锅民间理疗室"，也没有时间和兴致去考究。

热海景区的温泉很多，也很漂亮，走进去全是一片温暖的天空。假如这些温泉在泸州就好了，我在空闲时，可以去洗洗温泉澡，舒筋活血，延年益寿，何乐而不为呢。可是命运常常是这样捉弄人的，好好的温泉却在交通不便的边塞县城。

热海公园除了热气腾腾的温泉外，山头和路边绿化也很漂亮，有热带的树木，也有温带、寒带的树木。杜鹃花、茶花、玉兰花正盛开着。走在木栈桥或石板路上，抬头四望，一座座别致的小石桥横跨在山谷之间，一树树开满鲜花的三角梅，点缀在路道两旁，看上去真的让人惊叹不已。路边的照明用的地灯，安在用火山岩制成的灯罩内，很有特色。就连那些垃圾桶也是用灰色的火山岩制成的。火山岩内的一个个小气孔显而易见，就像加气混凝土似的。

走完所有景点，显得有些疲倦，大家便不约而同去泡温泉。那里的池子很多，也很大，每个温泉池可以容下十多个人，什么玫瑰泉、香槟泉、硫磺泉、芦荟泉等，各种类型的泉水都有，水温也高低不同，能够满足各类人群的需要。在那里泡温泉的人也很多，我们在那里泡了近两个小时，泡得很开心，很刺激，很舒服。

地热温泉是把自己的热情和温暖一点点地、慢慢地释放出来，奉献给大地万物。这也是一种精神，一种思想，一种意义，一种活法。生命的价值不是以长度来衡量的，短暂如流星划过天空，却是那么的闪亮，它是用生命来燃烧。

第二天我们去了北海湿地保护区。腾冲北海湿地保护区，位于县城西北，距城 12.5 公里的打苴乡境内。属亚热带火山熔岩堰塞湖，是西南唯一的高原火山堰塞湖沼泽湿地，年龄接近 60 万年，主要由北海和青海两个天然湖泊组成。这里四面环山，地理位置特殊，属高原火山堰塞湖生态系统，大片漂浮于水面的陆地；犹如在五彩缤纷的巨型花毯，具有生物多样性复杂、生产力极高的特征。走进这里我似乎真正体验到了大自然的绚丽与神奇。

湿地有"地球之肾"的美称，是地球上重要的生命支持系统之一，是陆地上的天然蓄水库，在蓄洪抗旱，减缓径流，防治污染等方面有着非常重要的作用。湿地也是生物物种保护和地质历史遗迹保护地，同时还是地理学，地质学，生物学等的重要研究基地，对地理研究，生物多样性科学研究具有重要意义。北海湿地属天然的常年性漂浮状苔草沼泽地，水面覆盖着的巨大的草排（即浮状苔草），草最厚的地方可达 2 米，全国罕见。北海湿地特殊的环境孕育了多种珍贵鸟禽和奇异花草，还是多种候鸟的生息之地。

北海湿地主要由青海和北海两个天然湖泊组成。两湖相距不足千米，但由于海拔高低差异和环境不同，两湖的特色各不相同。青海在北海东部的丛山之间，是一个典型的高山湖泊。宽广的水面呈鹅蛋形，纵深面呈漏斗状。湖畔水草密生，菱角艾草四处飘荡。湖岸四周皆山，山水相生相映，风景真的很美。

天气艳阳高照，炽热的阳光让人们的血液不断沸腾，朋友们走累了就在茶亭里歇息，多数同志拿着手中的相机不停地捕捉时间的美景，真想把这里的美丽全都装进自己的心中。经过一会的休整，我们又坐上了游船，在清澈的湖面上，享受那大自然给我们带来的美趣。

第三天，我们主要在和顺古镇玩耍。和顺古镇位于云南省腾冲县城西南 3 公里处，古名阳温暾，因境内有一条小河绕村而过，取"士和民顺"之意而更名"河顺"，后人写作"和顺"。古镇从东到西、环山而建，渐次递升，绵延两三公里。明清古建疏疏落落围绕着小河边而建，古建筑群前一马平川，清溪环绕，垂柳拂岸，夏荷映日，金桂飘香，让人流连忘返，民国代总理李根源有诗赞和顺："绝胜小苏杭。"有"华侨之乡""书香名里"的美名。

走进古镇，首先吸引我们眼球的是和顺图书馆。这个图书馆为中国最大的乡村图书馆之一。前身是清末和顺同盟会员寸馥清组织的"咸新社"和1924 年成立的"阅书报社"，后经海外华侨和乡人捐资赠书。大门内有著名数学家熊庆来题词"民智源泉"和张天放题词"在中国乡村文化界堪称第一"，还有胡适、熊庆来、廖承志、李石曾等诸多文化大家的题字。图书馆的建筑为中国传统的楼房建筑，前置花园，美观素雅。拾级而上，依次是大门，中门，花园，然后是图书楼藏珍楼、景山花园等。

在古镇上有一个反映滇缅抗战的博物馆。这是一个民间出资建设、民间收藏、以抗战为主题的博物馆。滇缅抗战是世界反法西斯战争的重要组成部分，是中国远征军和中国驻印军与美、英盟军歼灭日本侵略者的战场，是中国人民在近现代史上第一次将侵略者赶出国门的战斗。博物馆分5个部分：山河破碎、悲壮远征、沦陷岁月、剑扫烽烟、日月重光。通过大量老照片、纪录片、史实资料、油画、连环画等，和馆藏文物一起，真实再现了那段历史。当年的抗日将士，在亡国灭族的危难时刻，英勇抗日，以他们的血肉之躯筑起钢铁长城，以短暂的生命爆发人生的强光，掀起强烈的民族自救的滔天巨浪。

沿着古镇建筑群往前走，有一条像是湖泊的河流，当地人叫"陷河"。陷河是以生物多样性特征为主的湿地，因其人行其中极易陷入，被当地人形象地比喻为陷河。河里水草丰茂，野鸭水鸟嬉戏其间，泛舟其中，田园野趣，令人沉醉。和顺游子有词云："家乡好，最好陷河头，绿柳丛中穿紫燕，红莲塘畔卧青牛，结伴泛孤舟。"陷河紧连着龙潭，龙潭为地下涌泉形成，龙潭面积有数十亩，碧波荡漾，水体澄澈，游鱼可数，潭周边以精美石栏饰之，潭中石亭翼然，潭畔古木苍天。在龙潭的旁边修建了一座楼阁，名为元龙古阁，从周边看去，楼阁倒映在龙潭中，如诗如画，为和顺侨乡一胜景。传说古时和顺有龙为患，和顺先民在此修龙潭以敬龙，因而求得后来的风调雨顺。

在龙潭的最尾端有一座小山，在山间有一座美丽的博物馆，这就是艾思奇纪念馆。艾思奇（1910—1966年）原名李生萱，是我国现代著名哲学家。他青年时代所写的《大众哲学》《哲学与生活》两部著作，曾引导无数青年走上革命道路。"艾思奇纪念馆"院内古朴古香，点缀西式阳台。环境清幽典雅，中西合璧的房屋建筑风格独具。

在和顺除了建筑风格的独特、优美之外，给我留下很深印象的还有古树。和顺古镇自然生态优越，镇内树龄在百年以上的古树名木有近百棵，除了魁阁的两棵秃杉，位于和顺张家坡的千手观音古树群也颇具特色，古树群由七棵拔地参天的百年古樟树组成。其中五棵沿一直线而列，近观如绿色华盖，擎天巨伞，远望似千支手臂向四周展开，神似传说中的千手观音。古树群下，一条历经数百年沧桑的火山石古驿道蜿蜒西去，与村前的捷报桥相连。

我们在古镇上走了大半天，由于爱好的不同，选择的路径也不尽相同。

我们一群人走得四分五裂，各自寻找自己的所爱去了。我和雪哥、先赋、小红、书勇等走累了，便在小河边坐下来喝茶。不多一会，我们发现了一位不约而同来到这里的泸州客人，便相约同坐，聊天共叙。在称作朋友的天平上，天地间并没有远近，腾冲离泸州本来很远，而在那里却有很多泸州人，而许多人都是前几天才去的，是巧合还是缘分呢？也许是因为我们的心很近，也许是人间真情拉近了时空距离吧。

由于时间很紧，腾冲的美景无法一一看完；由于文章不能太长，在腾冲看到的风景和感受不能一一记述。夕阳西下，绯红的晚霞布满天空，我们坐着大巴，留恋不舍地离开了腾冲，离开了高原上那个美丽的城市。美丽的风景装进了历史的记忆里，快乐的情感流露在了文友们的表情中。回眸离我渐远的火山、热海、湿地、古镇，我忽然感到那不是山、不是水、不是物、不是景，而是一种感悟，一种心情，这种感悟和心情将永远定格在我们生命的历程里，不断地复活，不断地再生。

走进汶川那片土地

汶川，十多年前名不见经传的大山深处的一座城市，因为地震却成了一个让中国人魂牵梦萦的地方。我是川南人，对川北的汶川并不太熟悉，因为地震，让我的心紧紧与汶川联系在一起；因为地震，让我的情感总是牵动汶川那片土地。

又是一年"5·12"的到来，总想再到汶川去看看，看看十多年来汶川的变化，看看今天那里的人们的生活现状。也许是心灵的牵挂之情感动了上帝，特意给我安排了一次进驻汶川的机会。让我静心聆听汶川人幸福生活的声音，让我细细品味汶川人情世故的精彩，让我慢慢欣赏汶川那独特风光的美丽。

我实在难忘那个让人惊恐的日子，2008年5月12日14时28分，我正躺在大桥镇政府住宿楼上的寝室里休息，突然间的地动山摇将我从睡梦中惊醒。当我从床上坐起来的时候，政府大院里已经云集了许多人，大家都在纷纷议论着，高谈着。很快得到消息：汶川县发生里氏8.0级大地震。

后来据有关资料报告，汶川地震确认遇难69181人、受伤374171人、失踪18498人。"5·12"是汶川的灾难，也是中国人的灾难，那些死去的灵魂将永远安息汶川那片天空下，"5·12"成为他们永远的心痛。过去的只能成为我们永远的纪念，已将成为心灵深处让人伤感的回忆。灾难给我们留下的回忆总是在疼痛终延续，我不知道这种心灵深处的痛会延续多久，也许只有当我们再次看到汶川人自信的笑容，看到汶川人今天美好的生活，看到乌云散去后那一束束美丽的阳光，我们颤抖的心或许才能抚平疼痛的伤口。

再次走进汶川，心情总不能平静，来不及休整，便走进街头去感受新汶川的繁华。街上的人群川流不息，吆喝声、叫卖声此起彼伏，商业欣欣向荣，给人的是一片繁华的景象，昔日的萧条与冷落早已成为历史，留给我的只是一种感伤的记忆。

县城威州四面环山，堡子关雄踞杂谷脑河与岷江之间，有"三山雄秀，二水争流"之誉。威州镇是汶川县政治、经济、文化中心，也是阿坝州的门户。这里古属冉駹部，自汉代以来所设汶江、绵池、汶山、汶川等建置皆以境内岷江而得名（古"汶""岷"通用），历代治所有些变迁，现在称为汶川羌族自治县。

之前来过几次汶川，但都是路过而已，因为走进汶川心里就有一种阴影笼罩着，心情总是很沉重，也没有停下脚步静心去体验新汶川之美。这次走进汶川，是我特意来的，时间安排比较充裕，有足够的时间去感受汶川民族文化的深邃与厚重。

汶川境内主要少数民族为羌族，按照地域划分属于藏羌，即在中国大移民中，从青藏高原迁徙来的民族。羌族历史上是善战的民族，羌碉是其民族代表性的杰作。羌碉高大挺拔，造型奇特，建筑材料主要以片石和带黏性的泥浆、木料砌筑而成，形状有四角、五角、六角、八角形等，以四角形居多。碉楼旧时用来抵御外族的侵略与猛兽的袭击，还兼有住房的功用。今天，人们能看到的羌族碉楼，堪称羌族住房建筑的活化石，是羌族人历史文化的积淀和民族精神的象征，这也是每一个走进汶川的人十分敬畏的建筑体。

羌族的房屋建筑独具特色，风格独异。他们修建房屋多为就近取材，利用附近山上的土、石等资源，先在选择好的地面上掘成方形的深一米至两米左右的沟，在沟内选用大块的石片砌成基脚。宽约三尺，再用调好的黄泥作浆，胶合片石。石墙自下而上逐渐见薄，逐层收小，石墙重心略偏向室内，形成向心力，相互挤压而得以固定。屋顶结构层次由下至上分别是主梁、椽子、劈材层、竹竿、黄刺。他们在建筑时不绘图、不吊墨、不画线，结构匀称，棱角突兀，雄伟坚固，精巧别致，全用眼力砌石垒木，把整个山寨一气呵成连成一体，没有单门独户的房子。可以说，这是世界建筑史上绝无仅有的一大奇观，令人叹为观止。

羌族男士擅长表演羌笛。羌笛是一种竹质乐器，距今已有二千多年历史了，由早期的羊腿骨或鸟腿骨制作成为三至四孔的乐器演变为现在的竹质五孔乐器。

"释比"是羌族人最敬重的人，"释比"在汉族来说就是我们所说的巫师。相传羌族的释比文化产生于 4000 多年以前的羌戈大战，羌人借助神的力量战胜了数倍于自己的敌人，羌人的祖辈就口口相传，把其中的法咒、羊皮鼓舞流传了下来。因为羌族人信奉白石神和白色羊神，在羌戈大战时用羊祭旗，用羊皮制战鼓。听说羊皮制作的战鼓音质清奇，音量高，极具鼓舞士气的作用。战争结束后羌人的首领杀了许多羊，用皮制成许许多多的鼓，让战士们击鼓庆功。所以在喜庆和丰收的日子里，羌人就有了击鼓的习俗。

羌族男子喜欢跳羊皮鼓舞，而女士们喜欢跳沙朗。沙朗舞由祭祀舞演变而来，随着时代发展形成了一种娱乐性较强的舞蹈形式，类似藏族的锅庄。沙朗的很多舞蹈动作都是模仿劳作时的姿势，这也足以说明羌族的舞蹈和汉族的舞蹈一样，早期都是起源于人们的劳动。

在汶川，要感受独特的羌族民族文化，除了威州的羌族文化村外，龙溪羌人谷是民俗文化很浓的地方。那里是古羌人冉駹部族的繁衍生息地。唐朝时期，龙溪被称为霸州，山上还有饱经沧桑的霸州古城遗址，其中，东门寨是唐宋时期的坝州城遗址。早在 2000 多年前，羌族人就以精湛的建筑艺术著称于世，他们的村寨往往依山傍水，十余家或数十家，相聚为邻，以石砌房，以索桥、栈道相连，筑为村寨，据险而建，依险坚守，克险生存。

在羌人谷，一半以上的居民都会讲羌语，当地的"释比"人数是羌族地区最多的。所以，震后重建时，当地政府便利用这一特色资源，将龙溪打造成"释比文化传承地，最后的羌人谷"的魅力乡镇。

离开羌人谷，我便去了汶川地震博物馆，因为这里是历史的见证，更是汶川灾后重建的大爱精神的结晶。

汶川博物馆由上海世博会中国馆"东方之冠"的设计者何镜堂院士设计，于 2009 年 11 月 1 日开工，2010 年 3 月 20 日竣工，总建筑面积 9071 平方米，总投资约 6460 万元，集博物馆、文化馆、图书馆和购书中心功能于一体，建筑群体平面呈 L 形，围合出的空间成为市民活动的开放性广场，体现了公共开放的人性化设计，同时与中轴线广场相协调，并极大减弱周边现有建筑的干扰和影响。汶川博物馆一楼是关于汶川地震的图片展。二楼是羌族的历史和文化，姜维城遗址出土的彩陶残件，在石棺葬中出土的新石器时期的双耳罐等珍贵文物，都足以说明这个不屈的民族与中国历史的共振与碰撞。三楼展出的则是广东援建汶川的成果。

　　这个博物馆是以这次地震灾难作为一次历史性事件来记录的，它见证了地震的破坏力，见证我们直面这场灾难的举动，见证这代人的精神境界。在这里我们可以看到以人为本、关爱生命的人文情怀，焕发出患难与共、血浓于水的中华民族精神。

　　人类的历史是一部反抗遗忘的历史。地震博物馆的使命在于记忆，它不只是记录了地壳的物理变动，而是记录了人类的精神。

　　随着导游的讲解，我漫步在展厅的角落，感受着中华的大爱精神。在这里，让我看到了中国人的勇气。地壳内部释放的能量摧毁了一切，但人们内心释放出来的勇气支撑着人们的精神。这种勇气，足以惊天地、泣鬼神；让千古同哭，万世同悲；足以说明中华民族是一个没有艰难困阻能击垮的大家庭。正如《世界末日》中所说："我们人类经历了历史的混沌、错误和过失，经历了所有的苦难，经历了时代的变迁，只有一种东西能净化我们的灵魂，激励人们超越自己，那就是勇气。"在这里，让我感到了人类对自然的敬畏。地震，证明了人类的渺小，人类应该在自然界面前保持一种敬畏。有些灾难，即使人类保持敬畏也无济于事，但有更多的灾难却会因为人类的敬畏而化险为夷。在这里，让我感受到了中华民族的大爱精神。灾难摧毁了人类的生存空间，但只要一息尚存，"爱"永远是这个世界永恒不变的主题。父母用身体护住了孩子、老师用生命捍卫了学生、战士拼尽全力拯救那些不相识的人、大学生用自己的鲜血拯救受伤的人们……有多少人敞开了心怀，打开了钱包，张开了血管，有多少爱在奉献，多少爱在传承，留给我们的无穷的感动。

　　相传大禹是从威州这片土地走出去的，所以威州被称之为大禹的故乡。大禹就像一颗闪亮的星星，照耀着这个民族的成长。相传大禹同炎黄两帝一样，是中华民族共同敬奉的始祖，历代都深受海内外华人的敬仰，他治水13年于外，三过家门而不入的故事流传至今。大禹治水的历史就是从岷江开始的，作为江源岷山导江的第一人，他创造了独有的治水方式、体系和理念，形成了"上善若水"，尊重自然生态法则的精神，开创的"岷山导江，东别为沱"治水经验贯穿中华古今，成为华夏子孙的古训。

　　大禹死后，后人把他尊为水神，各地兴建禹王宫、禹王庙，对他进行祭祀，主要是怀念他的治水功绩，并祈求他保佑风调雨顺，河流安定。大禹文化可谓是古蜀与藏羌复合文化的集成体，"你中有我，我中有你"的大禹文化组成要素相融互动，争奇斗艳、相得益彰。大禹的影响，"不仅仅在历史，而且还在当下"，大禹文化的内涵与精神蕴藉在于他能以文象的力量和文脉的形式于潜移默化中给受众以启迪和教益，并使之获得人文精神的钙质，点燃止于至善的文化光焰，从而不断地走向睿智与崇高。

姜维城遗址是岷江上游一处极具代表性的重要遗址，位于威州镇的汶川中学后山上。姜维城遗址包含了新石器、汉代和宋代等时期的遗存，有着丰富的文化内涵。2003 年度遗址发掘的宋代遗存中发现的遗迹和遗物，为了解当时这一地区各民族文化、经济交流和中央政府的管理提供了重要的实物资料。传说蜀汉大将军曾在汶川一带驻防，现存有古城墙，有人为之命名为姜维城。

姜维（202—264 年）是三国时期蜀国名将，曾经到汶川平定边乱。姜维本是天水冀县（今甘肃甘谷东）人。《后汉书·西羌传》："西羌之本，出自三苗，姜姓之别也。"姜维是羌族人，三国时期为数不多的少数民族"干部"之一。早年任曹魏中郎，后投蜀汉，先任仓曹掾，继升中监军、征西将军。蜀建兴十二年（234 年），诸葛亮攻魏，病亡于五丈原军中，姜维等将军秘不发丧，摆脱司马懿追兵，从容撤回汉中。费祎死后，他掌蜀汉兵权，并升任大将军。景耀六年（263 年），汉中失守，姜维自沓中（今甘肃舟曲西北）撤兵，魏将诸葛绪据守阴平（今甘肃文县西北）桥头，断其归路，姜维从侧后进击，迫退魏军，乘势过桥，与蜀将廖化、张翼会师，据守剑阁（今四川剑阁东北），魏军 10 万被阻。因魏将邓艾出奇兵直逼成都，刘禅出降，姜维奉命投降。西蜀灭亡后，他还想利用钟会复兴蜀汉，参与魏将钟会叛魏，事败被杀于成都，可见他忠于蜀汉的坚定信念。

背依岷江东岸的姜维古城，沧桑不改伟岸。沿着正在施工修建的姜维城盘山公路而上，整个姜维城凸显眼前。古城墙全用泥土夯筑，尽管经过 2000 多年岁月的打磨，垛口却依然清晰，沧桑不改伟岸。古城的风骨、古城的气节、古城的灵魂和精髓，需要人们用心灵的触觉去领悟、用精神的炼炉去融合、用生命的真诚去注释。从它斑驳破碎的光影中，我看见了古代先贤叱咤风云的一生。陈子昂"前不见古人，后不见来者，念天地之悠悠，独怆然而涕下"那种旷世沧桑的感觉登时涌上心头。姜维城几千年积淀下来的历史深度和厚度，让人痴迷，让人敬畏。置身茫茫天地间，便会产生一种旷世沧桑之感，顿感人之渺小。

红军桥是汶川独具特色的一道风景线，它横跨在岷江之上，古朴的色调，典雅的风格，精美的雕饰，足以让人心旷神怡，感慨万千。相传中国工农红军第四方面军主力部队长征途经汶川，就是从这座桥上过的岷江。1935 年 3月，红四方面军离开川陕根据地开始长征。在总指挥徐向前同志的领导下，打通了岷江流域的西进要道，主力经威州渡过岷江，占领了威州地区。徐向前、陈昌浩、李先念、王树声等领导红军在汶川县进行了 5 次战役战斗。红军在汶川虽然只有几个月时间，但在羌藏山寨播下了革命火种，建立了苏维埃政权，留存了大量的红色历史遗迹。

汶川的文化深邃而厚重，汶川的历史悠远而流长，我没有办法说出心中的美感，更无法说出心中的感伤，因为汶川的故事说不完。灾区离我们很远，但我们的心与灾区人民紧密相连。一方有难，八方支援，从这一刻起，中国政府和中国人民顷举国之力量进行救援，全世界友好的国家和民间团体以及普通民众，不论信仰，不分肤色，跨越国界慷慨解囊，无私援助，一个汶川，成了人类共同支援的目标，在每个人的心中，都厚实地储存了汶川的名字。

十余年过去了，虽然时间具有淡忘痛苦记忆的功能，但是，汶川地震给人们带来的创伤却始终无法忘却。每当我想起那些在地震中失去父母的孤儿、失去儿女的孤寡老人，想起那些成千上万被毁灭的幸福家庭时，汶川的名字就成为我难以忘却的伤痛，成为我超乎寻常的纠结和痛楚！看到今天这个美丽的城市，看到汶川人民走出痛苦，将一个个支离破碎的家重新组建成幸福祥和的家庭时，我那紧绷的神情自然放松了许多。

有人说，汶川地震的救援和重建，见证了中国模式和中国特色。我想说的是，汶川的变化中，让我看到了中国人民众志成城的力量，看到了一方有难八方支援的民族精神，看到了中华民族的崛起和强大。为此，我为自己是一名中国人而感到自豪。

汶川的变化，既是汶川人勤劳勇敢的见证，更是中华民族传统美德的再现。今天的汶川是美丽的，博物馆、姜维城、羌族文化街、红军桥、羌人谷装点了美丽的汶川新城；而大禹、姜维、红军、羌人和那千千万万曾经投身于抗震救灾的人们，他们流淌的是中国人的血液，传承的华夏民族的大爱精神。在今天这幸福汶川的背后，让我看到了汶川的天空下多元文化的溢彩飞扬，让我看到了民族团结展示出的精神力量，让我看到了中华民族的强大和伟岸。

走进西双版纳

西双版纳傣族自治州，位于中华人民共和国云南省西南端，是云南省下辖的一个自治州。西双版纳，古代傣语为"勐巴拉那西"，意思是"理想而神奇的乐土"，这里以神奇的热带雨林自然景观和少数民族风情而闻名于世，是中国的热点旅游城市之一。属北回归线以南的热带湿润区，由于入射角高，冬至时分高度角最低为45°，本区热量丰富，终年温暖，四季常青。具有"常夏无冬，一雨成秋"的特点。一年分为两季，即雨季和旱季，旱季长达7个月之久（10月下旬至次年5月下旬），雨季降水量占全年降水量的80%以上。本区热量丰富，终年温暖，四季常青。又因距离海洋较近，受印度洋西南季风的控制和太平洋东南季风的影响，常年湿润多雨，所以森林繁茂密集，植物盛多。因此西双版纳被誉为"植物王国"，在这片富饶的土地上，有占全国1/4的动物和1/6的植物，是名副其实的"动物王国"和"植物王国"。

西双版纳包括景洪市风景片区、勐海县风景片区、勐腊县风景片区三大片，每一片内又有若干景区，共有19个风景区，800多个景点，总面积1202平方公里。该区有着种类繁多的动植物资源，被称之为"热带动物"王国。其中许多珍稀、古老、奇特、濒危的动、植物又是西双版纳独有的，引起了国内外游客和科研工作者的极大兴趣。景观以丰富迷人的热带、亚热带雨林、季雨林、沟谷雨林风光、珍稀动物和绚丽多彩的民族文化，民族风情为主体。该区景观独特，知名度高。

西双版纳拥有许多的世界之最和中国之最，其中包括最多鸟类等多项纪录入选中国世界纪录协会世界之最、中国之最。

西双版纳全州总面积有19582平方公里，人口100多万，下辖景洪市和勐海、勐腊两县。这里居住着傣族、哈尼族、布朗族、基诺族、拉祜族、佤族、瑶族等十几个民族，其中傣族 85 万人，汉族 25 万人，其他民族 25 万人。与老挝、缅甸接壤，国境线长 1069 公里。每年的泼水节于 4 月中旬举行，吸引了众多国内外的游客参与。

西双版纳的主要景观以傣家风情景观为主。傣族是西双版纳人口最多的少数民族，有精巧的竹楼，优美的孔雀舞。傣族少女服饰精美、容姿秀丽、能歌善舞，是西双迷人的景致之一。傣族人居住的竹楼是一种干栏式建筑。竹楼近似方形，以数十根大竹子支撑，悬空铺楼板；房顶用茅草排覆盖，竹墙缝隙很大，既通风又透光，楼顶两面的坡度很大，呈"A"字形。竹楼分两层，楼上住人，楼下饲养牲畜，堆放杂物，也是舂米、织布的地方。傣族男子一般上穿无领对襟袖衫，下穿长管裤，以白布或蓝布包头。傣族妇女的服饰各地有较大差异，但基本上都以束发、筒裙和短衫为共同特征。筒裙长到脚面，衣衫紧而短，下摆仅及腰际，袖子却又长又窄。

傣族以大米为主食，最具特色是竹筒饭。制作方法是将米装进新鲜的竹筒后加水，放在火上烧烤，吃起来清香可口。普洱茶是云南西双版纳特产，唐代就远销中国各地，清代时远销东南亚及南亚，现已进入日本和西欧等国家和地区的市场，成为中外驰名的名茶。西双版纳傣族自治州特产非常丰富，仅水果就有 110 多种，这里动植物品种繁多，是有名的"植物王国"和"动物王国"。傣族的历史悠久，在长期的生活中创造了灿烂的文化，尤以傣历、傣文和绚丽多彩的民族民间文学艺术著称于世。早在一千多年前，傣族的先民就在贝叶、绵纸上写下了许多优美动人的神话传说、寓言故事、小说、诗歌等，仅用傣文写的长诗就有 550 余部。《召树屯与楠木诺娜》《葫芦信》等是其代表作，被改编成电影、戏剧等，深受群众的喜爱。傣族舞具有很高的艺术水平和鲜明的民族特色，动作为多类比和美化动物的举止，如流行广泛的"孔雀舞""象脚鼓舞"等。

傣族的音乐悦耳动听，除了为舞蹈伴奏外，常与诗歌相结合。雕刻、绘画也具有鲜明的特点。傣族信仰上座部佛教，在傣族地区，佛塔和佛寺随处可见。傣族民居——竹楼，是我国现存最典型的干栏式建筑，造型古雅别致，住在里面清凉舒爽。傣族男子有文身的习俗，表示勇敢、美观，亦能吸引异性的爱慕。

西双版纳傣族，是与水有缘的民族，称为水的民族。民谚说"泡沫跟着波浪漂，傣家跟着流水走""水创世，世靠水"。傣族心目中的水，是孕育万物的乳汁，是生命的血源。傣族创世史诗《巴塔麻嘎捧尚罗》中讲到，开天辟地的英叭天神，就是用水混合其他物质造成了地球。是水形成地，水是万物之源。

傣族法典中规定："建勐要有千条河。"丰富水源，是傣族选址建寨定居的重要条件之一。

正如民谚说："寨前渔，寨后猎，依山傍水把寨立。""无山不狩猎，无河不建寨"，所以，所有傣族村寨都傍水而建。傣族对水的依恋，还与风俗习惯和居住地气候有关。傣族过新年节时，有浴佛、泼水、划龙舟等活动，都离不开水；亚热带的高温，人们要一日几浴；傣族开水田种稻，灌溉也要水。傣族的生活离不开水。

傣族民间工艺十分精湛。傣族通巴与花包是其代表。通巴、即挎包。以各色毛线、棉线为原料织制。包长 30 余厘米，宽 20 余厘米。包正面、侧面、后面，或织花卉鸟兽、或织几何图形，包底部缀有彩穗，色泽鲜艳美观，做工精细，民族特点鲜明，是深受游客喜爱的纪念性商品。产品除在本州销售外，已出口缅甸、老挝。花包，傣语称为"骂管"，本是青年男女娱乐、传情的玩具。歌舞餐厅将丢包活动搬上舞台以后，花包随之变成小巧玲珑的纪念品，深受游客喜爱。曼景兰等地的傣族妇女，抓住机遇进行花包生产，使花包涌进旅游商品市场。

民族服装也很独特。美观、素雅简洁的傣族女装，绣有各色图案，镶有银饰品的哈尼族，基诺族男装特色明显；古朴的拉祜族，布朗族女装是深受国内外游客喜爱的衣着。西双版纳州民族工艺品厂根据游客的需求，开发了夫族、哈尼族、布朗族、拉祜族和基诺族服装生产，以传统布料与现代布料相结合；传统款式、色泽、饰品和现代款式、饰品相结合，设计缝制出民族特色鲜明的民族服装进入市场，销路极好，形成了独特的文化产业品牌。

木质工艺品繁多。以木质细腻，色泽鲜明的木材和优质的层板为原料，采用绘样、锯裁、拼贴等方法，将反映西双版纳少数民族衣着服饰、生活习俗、民居建筑、自然风光的雕刻艺术品，拼贴在成板框内，精心打磨、修饰而成。此种木版画、兼顾雕刻艺术和浮雕艺术特点，民族特色鲜明，画面色泽自然、古朴、素雅。大型木版画，多被用于装饰馆堂、居室。小型木版画，被游客视作民族特色鲜明的礼品，用于馈赠亲友，作纪念品保留。

木雕、根雕工艺精湛。传统木雕，多为木刻佛像、神牛、金象，主要用于拜佛。进入 80 年代以后，木雕随之出现。主要木雕产品有木像、木狮、木牛、木马、人像、变形人、木手镯、木项圈等。根雕产品是依树根原形加工制作成的神似或形似的动物、植物、建筑物等选型来创作的；另一种根雕产品是绞杀植物生根自然形成的各种造型，经人工修饰制成的艺术品。

银饰品与蝴蝶装饰制品繁多。版纳的传统银饰品主要有钗、耳环、项圈、手镯、臂环、胸饰、脚镯、戒指、腰带等。蝴蝶装饰制品系 20 世纪 90 年代初开发的新型工艺品。主要产品为蝶盘、蝴蝶标本卡；另一种是以彩蝶为原料，制作出 56 个民族的古今人物造型装饰蝶画。产品做工精细，小巧玲珑、色彩鲜艳美观，深受游客欢迎。

傣族佛教建筑也很多。数百年前，小乘佛教传入云南省西双版纳，成为傣族全民信仰的宗教。这里佛寺建筑随处可见，几乎每个村寨都有佛寺，有的佛寺旁还建有佛塔。佛寺、佛塔成了傣族群众生活的中心场地，成为他们心目中的圣殿，佛教建筑艺术也成了傣族人民宝贵的文化艺术财富。

西双版纳傣族佛寺建筑以重檐多坡面平瓦建筑为主。佛寺大多呈方形，坐西朝东，屋顶坡面由三层相叠而成，中堂较高，东西两侧递减，交错起落。屋顶使用长方形片瓦，瓦钩建在横檐之上。屋顶正脊和檐面之间的戗脊，用石灰抹平，上面排列各种瓦饰。正脊上的瓦片呈火焰状，戗脊首端大多竖有凤的形象，风格独特。

在西双版纳，进佛塔要经过的门亭也别具一格。在一个两重檐人字屋顶的一侧，呈直角的再照样建筑一个屋顶，连接在一起组成门亭。檐下只有柱子支撑，无墙壁，四通八达，供人出进，虽属重复建筑，由于布置巧妙，更显出了傣族特殊的建筑风格。从中可以看出傣族建筑的显著特点。那就是这些建筑物没有一座是把柱子镶嵌在墙中的。

各大佛寺的风格大多相同，佛殿内部基本上由佛座、僧座和经书台三部分组成。佛座上塑的释迦牟尼像，大多是坐像，佛祖的耳朵奇特，又大又宽，呈 "<" 形。身材瘦小，眉清目秀，双手扶膝，流露出一种神秘的气氛，使人

产生对傣族历史追溯的好奇心。

西双版纳的历史文化深厚。泼水节是最重要的节日。相传，远古时候，傣族居住的地方遭受一场灾难。夏无雨，春无风，秋无艳阳，淫雨满冬。需晴不晴，需雨不雨，四季相淆，庄稼无法种，田荒地芜，人畜遭疫，人类面临灭顶之灾。

那个被人们称为帕雅晚的人，见到如此光景，决心到天庭弄清缘由，禀告天王英达提拉。他以4块木板做成翅膀，腾空而起，冲入天庭，将人间遇到的灾难报告了天王英达提拉。英达提拉闻状一查，知道是负责掌管风、雷、电、雨、晴、阴的天神，捧玛点达拉乍制定了旱、雨、冷三季之规，凭借广大神通，蓄意作乱。而这个捧玛点达拉乍，法术高明，众天神均对他无可奈何。

为惩处这个乱施淫威的天神，英达提拉装扮成一个英俊的小伙，到捧玛点达拉乍家里去串姑娘。被捧玛点达拉乍长期禁闭在深宫中的7位女儿，对这位英俊伙子一见钟情。英达提拉便将捧玛点达拉乍降灾人间，使人类面临灭顶之灾的实情相告，7位平日已对父王心情愤懑的善良姑娘，决心大义灭亲，拯救人类。她们天天围在父王身边撒娇，探查他的生死秘诀。面对娇女，捧玛点达拉乍终于吐露了秘密：他不怕刀砍、箭射、也不怕火烧水淹，他怕的是自己头上的发丝。姑娘们探得秘密之后，将自己的父亲灌得酩酊大醉，乘机剪下他的一撮头发，制作了一张"弓赛宰"（直译为心弦弓，娄必弦弓），他们刚把弓弦对准捧玛点达拉乍的脖子，他的头颅便倏然而落。然而捧玛点达拉乍的头是只魔头，落地喷头，火势冲天。7位姑娘见状，不顾安危扑向头颅抱于情中，魔火顿灭。为扑灭魔火，7位姑娘只好将魔头抱在怀中，不断轮换，直到头颅腐烂。姐妹每轮换一次，便互相泼一次水冲洗身上污迹，消除遗臭。

捧玛点达拉乍死后，树鲁巴的麻哈捧重修历法，执掌风雨，使人间风调雨顺，人民安居乐业。传说，修订的历法是由帕雅晚于傣历六月托梦给他的父亲宣布的。因此，傣族便把公布新历法的六月作为辞旧迎新的年节。人们在欢度新年时，相互泼水，以此纪念那7位大义灭亲的善良姑娘，并寓驱邪除污，求吉祥如意流传至今。傣历新年，一般要过三天或四天，通常称为"宛麦""宛恼""麦帕雅晚玛"。"宛麦"是辞旧岁之日，有些类似农历的除夕。这天，人们要打扫卫生，准备过年的食品，辞旧岁迎新年。"宛恼"多数年份为一天，有时为两天，意为空日，不属于旧年报天数，也不属于新年的天数，民间通常把"宛恼"说成捧玛点达拉乍的头颅腐烂之日。

西双版纳文化已经成为世界文化旅游的典范，每一个景点都融入了文化的元素，让文化真正成为旅游的灵魂，让观者在历史文化的熏陶中感受到大自然之美。

西双版纳除傣族文化以外，还有很多美丽的风景值得一说，去了绝不后悔，看了欣喜不已。与我同行的一个美女说："来之前，我有一个向往的梦，来之后，我有一个不回家的梦，这里太美了，我真想留下。"其实，人人都向往美好，但不是每个人都能天天拥有美好。

在西双版纳，我们除了学习傣族文化以外，我们还走了几个景点，这些景点给人的感觉真的很好。

西双版纳原始森林公园是西双版纳最大的综合性生态旅游景点之一，公园融汇了独特的原始森林自然风光和迷人的民族风情。园内有北回归线以南保存最完好的热带沟谷雨林、孔雀繁殖基地、猴子驯养基地、大型民族风情演艺场、爱伲寨、九龙飞瀑、曼双龙白塔、百米花岗岩浮雕、金湖传说、民族风味烧烤场等十大景区五十多个景点，突出体现了"原始森林、野生动物、民俗风情"三大主题特色。公园地处昆洛国道旁，距景洪城区8公里，园内森林覆盖率超过98%，品种繁多的热带植物遮天蔽日，龙树板根、独木成林、老茎生花、植物绞杀等植物奇观异景随处可见，峡谷幽深、鸟鸣山涧、林木葱茂、湖水清澈，让您真切感受到大自然的神秘。爱伲寨的抢亲、泼水节的欢畅、各民族的歌舞表演，任游客亲身参与，使游客置身于浓郁的民族风情中流连忘返。孔雀开屏迎宾，猴子与人嬉戏，黑熊、蟒蛇、蜥蜴、穿山甲等珍稀动物，让您见识真正的动物王国，让游客充分感受人与自然、人与动物的和谐相融。

西双版纳勐仑植物园坐落在勐腊县勐仑镇。植物园被湄公河的支流罗梭江环绕着，形状如葫芦形。植物园是著名植物学家蔡希陶教授于20世纪50年代建立。园林占地面积900公顷，培植有中外热带植物3000种，各种植物长势良好。植物园中设有植物标本馆，珍稀濒危植物种资源库和技术实验室，已成为我国热带植物资源开发利用和保护的重要研究中心。

孔雀湖位于景洪中心地区，占地18700平方米，三面有湖水围绕，清如明镜。1977年始辟为公园，园内建有亭台水榭，植有奇花异卉，并饲养着孔雀、巨蟒、狐狸、野猪、猴子、八哥、画眉等珍稀动物。岸上奇花异卉争奇斗妍，湖中建有傣式水榭，湖水也清清，碧波也荡漾，睡莲盛开，宁静的湖面倒映着街道两旁挺拔的油棕、贝叶、槟榔、椰子，是游客乘凉、歇息的好地方。湖内备有游船，游人可在迷人的孔雀湖上荡起双桨，尽兴游玩。

民族风情园位于景洪市城南、风景秀丽的流沙河畔，占地面积66.7万平方米，分为南园和北园，它将西双版纳珍贵的热带植物和浓郁的民族风情融为一体，可以说是西双版纳景观的一个缩影。南园的春季，繁花似锦，争奇斗艳；南园夏季，沉甸甸的水果挂满枝头；南园的秋季，郁葱葱，凉爽宜人；南园的四季，俨然是个绿的世界、花的世界、美的世界。北园住着"水的民族""谷"族、"濮人"的后裔、"舅舅的后代""猎虎的民族"，流传着《召树屯》《娥并与桑洛》的故事，《烟本雀本》和《牡帕密帕》的史诗，《神人顾米亚》的神话，《布林嘎与伊梯林嘎》的传说，似出水芙蓉的傣家少女，山花烂漫般的哈尼姑娘，雍容华贵的瑶族妇女，她们吹着"葫芦丝""芦笙"，唱着"巴什"情歌，跳着孔雀圆圈舞，尽情地享受着"泼水节""汤帕节""特懋克节""扩塔节""盘王节"带来的祝福与喜悦地徜徉在这水声、歌声、笑声、欢声的海洋里。公园哈尼族的独绳秋，供游人一试身手；还有傣族、哈尼族、基诺族、布朗族、瑶族、拉祜族的展览馆，为游人介绍西双版纳的民族风俗，和展出多民族的历史文物。园内还开辟了4个露天歌舞场，举办傣族孔雀舞、象脚鼓舞、哈尼族竹微舞、基诺族大鼓舞、拉祜族三弦舞及彝族芦竹舞表演，并邀游人共舞同乐。在"泼水节"期间，还增加多种民族游乐项目如斗鸡、傣族婚礼中的拴线等婚俗表演和泼洒圣水等民俗表演。平时还可应团体客人的要求，组织多种民俗活动。

热带花卉园。西双版纳热带花卉园建于1997年，占地面积1200亩，其前身为云南省热带作物科学研究所的热作标本园。该园以"园林的外貌、科研的内涵"为主题，集种质资源的收集保存、科技成果展示、旅游观光、爱国主义教育和科普教育于一体。

曼听公园在景洪城内的曼听寨边，千年以前是西双版纳首领的御花园，傣语称其为"春欢"（魂园）。随着荒地开垦为花果园，来这儿居住的人增多，而成为如今的曼听寨。公园占地 400 余亩，建有一座纪念周恩来总理的纪念铜像。敬爱的周总理身着傣服，左手端水钵，右手持橄榄枝，两旁是傣族群众载歌载舞相互泼水祝福的浮雕，生动逼真。公园内有佛寺两座，以及"傣王宫"，孔雀园、泼水场，各工艺品长廊，融自然景色与人文景观为一体，让人赏心悦目。

走过几个主要景点，留在我心里的不仅仅是美丽的风景，还有的就是西双版纳的民俗禁忌。这是一种民俗，更是一种文化。其主要有：

不能抚摸"小和尚"的头部。西双版纳小乘教规定，男人一生中要过一段脱离家庭的宗教生活，在社会生活中凡遇到难事，才能解除苦难，从降生到成人后才会有社会地位。凡是男孩在七八岁时都要时佛寺里当一段时期的和尚，称为"小和尚"。"小和尚"在佛寺里生活要自理，要劳动，还要学习佛教经书，进行严格的修身教育。两三年后可以"还俗"，还俗的男子才可以结婚成家。若未当过"和尚"的男人，被视为生人或野人，在社会中没有地位被人看不起。在寺院修身时，不准与女人谈笑，不准外人抚摸小和尚的头（这和汉族喜爱儿童抚摸头完全相反），若被外人（特别是女性）摸过头，被视为仇人，"修身"时间作废，必须从头开始。所以，外来游客，若到寺院参观千万记住此习俗。

傣家住宅，都习惯住在楼上，而楼上卧室只有一块隔板与客厅相分，卧室中没有楄板，几代人都住在里面，是用蚊帐分开，中间有一定间隔，分门进出。卧室是不容外人窥看的，过去的习俗规定，若主人发现外人窥看主人的卧室，男人就要做主人的上门女婿，或到主人家做三年苦工，即使是女客人也要到主人家服役三年。因此，游客无论到傣家参观或做客，千万不要因神秘感而窥看主人的卧室，虽然现在打破了过去的俗规，但窥看傣家卧室始终是不受欢迎的。

傣家楼上客厅中有三根柱子，两根是卧室与客厅并排分开的，一根是火塘旁边的。卧室中的两根，靠外的一根叫"吉祥柱"可以靠着休息，靠里的一根是人死后用的，称为"升天柱"，家中的人死了，家人把死去的人靠在这根柱子上（不分男女）沐浴、穿衣、裹尸体，等候火葬。火塘边的一根是绝对不许靠近的，那是傣家的"顶天柱"，若靠了柱子意味着不尊重主人。

在傣族人家上竹楼、进佛寺必须脱鞋，进门后要按照辈分大小、资历深浅，依次而坐。傣族认为门槛是人、鬼必经之道，不能用凳子作枕头，因为凳子只供人坐，不能用脚跨过火塘，不能随意移动火塘里支锅用的铁"三角架"。在街上买菜时，不能用脚指来讨价还价，不能踩和尚的影子，更不能摸他们的头，傣族认为"头"是人的首领。上楼脚步要轻，晚上不能吹口哨，大庭广众面前不能说别人的坏话，妇女产后不满月不能到别人家去玩，家中有丧事，未出丧不准到任何人家去。

走进香格里拉

人生总在岁月流逝中渐渐变得成熟，同时也渐渐走向衰老。在不知不觉之中，孩子已经长大，孙子已经五岁了，这意味着生命中的我已经进入了接近退休的年龄。工作清闲了，在家也就待不住了，有空闲就想邀约朋友出去玩，开心快乐毕竟是人人都追求的。

我是靠朋友们扶着走路的人，朋友是人生路上最美丽的景色，现代网络是彼此沟通的一根跳动的心弦。我们用这根心弦将彼此的心灵缠得更紧，点缀着人生路上的亮丽风景。所以，我们会相约同行，从年轻走向衰老，一路同行，共同收获人世间感人的友情。

大孙子从小就是外婆带着，很少在我身边，爷孙俩有时候感到有些陌生。一个周末，我带他到泸州长江边玩耍，空中飞机突然飞过，他目不转睛地望着飞机，直至飞机在视线中消失。然后他对我说：爷爷，你带我出去耍吧！我想坐飞机。一句简单的童言，却总是萦绕在我心间，让我的心情很难平静。这些年忙于工作，孙子都是他外婆和奶奶带着，作为爷爷，很少照顾他。孙子这么大了，我很少带他出去玩，心里有种愧疚之感。现在是暑期，我该兑现我的承诺了。

做人总不能欠别人的，对朋友如此，对孩子也如此，虽然他们还小，但他们也是人，也是我们的朋友。陪朋友旅游，带孙子避暑，同时也看看风景，这既是一种心愿，也是一种享受。

（一）慕名香格里拉

盛夏到来了，家乡总是变得酷热。每当这个时候，就想约上几个朋友出去游玩，释放心中压抑的情感，享受夏季的清凉。

到底去什么地方玩？我在大脑中不断翻腾和寻找着。正巧这个时候，泸州市音协副主席唐雪梅做了一个丽江行的旅游方案，邀请我一同前往，这似乎是按照我们的想法来做的规划，我欣然答应了。

云南是高原地区，气候四季如春，总让人向往和迷恋。云南丽江等适合度假休闲的地方，我曾经去过很多次了，要说是去看风景，我实在没多少兴趣，真正想去的目的，一是了却孙子的心愿，带他去坐一次飞机；二是去感受中华人民共和国成立 70 周年来，这些地方经济、社会、人文的变化，感受祖国美丽的大好河山，品味少数民族地区特有的民族风情。同时也利用年休假的机会去祖国边陲，享受夏季的清凉、品味人生的幽雅、放松郁积的情怀。

香格里拉是我慕名而想去的地方，因为几次到丽江，都没去香格里拉。想去香格里拉主要有两个原因：一是慕名那里的香格里拉大峡谷，特别是金沙江上的虎跳峡，十多年来总是装在我心里，不停地想象它的样子。大脑中产生过许多画面，但就是没有与现实接轨，想一看究竟。二是香格里拉有我两个兄弟在那里，邀请我很多次了，就是没有去看望他们。在人生的路上，朋友是生活的财富，是前行的推进剂，是失意时的静心丸，是快乐的助兴剂。拥有朋友，就拥有开心与快乐，就拥有四季花开的乐园。但朋友是需要用心去换的，需要努力去维系和交流，不然时间长了，有些朋友稍不留意就丢失了。

这些年来，随着年龄的增长，对他们的眷念和怀想与日俱增，曾几次想开车前去，却因为种种原因而搁浅。

10 年前，我在做博客，在一篇博文中看到一则故事，是 80 年前一位美国人驾机失事降落在香格里拉，后来被当地的藏民救起，于是他居住在那里，在对香格里拉地区进行了考察后，对香格里拉大峡谷充满着独特的情感，那里给他的是神话般的冷峻和寓言般的深邃。他把这种异域他乡的独特体验记录了下来，最后作家根据他记录的故事写成了一部长篇小说《逝去的地平线》，吸引着很多人对那里产生向往，我也如此。很多年来，我一直在找这本书，但没有找到。

所以，我一直向往着这个地方，希望能看到书中介绍的那些山舞银蛇、清泉飞泻、河水奔腾的壮观美景，希望能看到绿树成荫、山鸟云集、虎豹啼鸣的刺激画面，希望能感受到古道幽幽，人马同行，穿越悬崖绝壁，峰峦积雪，瀑布高悬，直入云天的高原情怀。

香格里拉市原来是中甸县改名而来的，藏语的意思是"心中的日月"，按汉族人的说法就是世外桃源的意思。它位于云南迪庆藏族自治州境内，处在迪庆高原的中部，属于喜马拉雅山脉的一个组成部分。该地区原来主要是藏人居住，随着旅游的兴起和商品的流通，汉人逐渐进入定居，现在已经是一个多民族汇聚的地区。

我们是从泸州直接坐飞机到丽江的。香格里拉目前还是一个交通闭塞的地方，高速公路还在修建中。因为交通不便，大自然美景没有被破坏，很多地方还保存着原生态的高原特质，加上蓝天白云的自然风光，草原湖泊的轻风徐徐，杨柳依依草原成片的绿色植被，气候宜人的高原气候，总是吸引着人们的向往。

丽江到香格里拉只有100多公里的路程，由于目前还是小公路，弯道特别多，路况也很不好。孙子还小，不知是高原反应还是晕车，他完全失去了天真快乐的本性，一路都在呕吐。见孙子这个样子，我心里很痛，甚至怀疑自己的决定是否是错误的。我将孙子紧紧抱在怀里，默默注视着他那有些难受的表情，心里有着隐隐的痛。也许这就是亲情，这就是无声无息的爱。

中巴车开了4个多小时才到达香格里拉。下车以后，孙子在广场上欢蹦乱跳的，还带了一点好奇的野性，精神状态很好，我绷紧的神经慢慢地松弛了，看来我的担心是多余的。一家人完全可以按照计划去享受高原美丽的风景和夏季的清凉。

（二）依拉草原上的感悟

到了香格里拉，我们首先去的是依拉大草原。依拉草原位于纳帕海自然保护区，中甸县城西北部，距县城大约8公里。我们是坐中巴车去的，孙子的状态已经很好了，我的心情得到完全放松。同行的除了我的朋友和同事，还有许多来自其他地的年轻美女，他们一如沿途的风景般掠过，却久久地停留在我的心里。既然同行，大家一起交流，谈着走进高原的感受，话语很投机，一路欢歌笑语相伴，让人精神愉悦。对于陌生人，只有旅行，才能让我敞开心扉去交流，去感受。

路边的藏式房子在蓝天白云的映衬下非常粗犷、美丽。我倚窗而望，饱览一路的美景——蓝蓝的天空，移动的云朵，雪白的山峰，绿绿的草原，清澈的湖泊，哗哗的流水，五彩的山野鲜花，碧绿的青稞田，真是让我赏心悦目、心旷神怡。

我们走出汽车，踏上那片茫茫的草原，心里有着无限的期待。当眼前那一片绿色衬着蓝天白云映入眼帘的时候，我就只想飞扑到这片绿意中，享尽惬意，放飞自由。

纳帕海与依拉草原其实是连成一体的，而依拉草原属于纳帕海自然保护区内，是草原与高山湖泊相互拥抱的结合体，正如男人和女人，肢体相互交织，形成一个相依相偎的整体。有人说，男人是山，女人是水，这里就是很好的例证。

纳帕海自然保护区气候湿润，牧草生长比同类地区快。每年5月，草原方吐嫩芽，而纳帕海已是绿草茵茵。6月伊始，各种野花竞相开放，茫茫草原，琼花瑶草争奇斗艳。成群的牛羊随草海起伏，如在海中沉浮。茫茫草原，四处是"风吹草低见牛羊"的草原美景。7月的依拉草原，宛如碧波荡漾的海洋，上面浮满数不清的鲜花、玫瑰红的野芍药、野菊和说不出名的各色香花野草，与秀丽的纳帕海、美丽古老的依拉村连为一体，形成一幅美丽的画卷。

我们去时是8月中旬，也许是时节不对，我看到的，就像苍老的女人，体态已经不再丰满，满脸已经长满了皱纹。显眼的却是天然湖泊纳帕海。纳帕海不大，但水质清澈，四周山体相连，绿树掩映，空中蓝天白云，清晰透明。遥望湖面，空中白云朵朵映在水中，形成空中有湖，湖中有天，云水相融，水天一色的美丽画面。湖的旁边有些民居建筑，在湖面可看见其倒影，给人以清秀，淡雅的感觉。草原延伸到湖泊中，形成了许多半岛，草原地面与湖水相融合，草原中有水体，湖泊中有草原，形成了游客们拍照，玩耍的一道风景线。

绿草中偶尔可以看到一片一片的野花，花色各不相同，有的红得让人心动，有的紫得让人心跳。我躺在这片柔软中，任风吹日照，天地美好，此生何求。据当地藏民介绍，湖西北山上是中甸古寺通钦寺的遗址，曾有一尊三丈六尺高的强巴佛像，明代旅行家徐霞客慕名而来，结果因未能看到而抱憾终生。

　　我是对文物古迹特别敏感的人。听说有古迹，我就慕名而去，想去看看到底是什么样子。由于很多路段是沼泽地，非常难走，不小心就会掉进沼泽里。草原地区，视线开阔，看来不远的路途，却走了很久也没有到达，几乎走得腿脚疼痛，腰肌酸软，精力疲惫。我曾经犹豫过，也想过放弃，但又不甘心，因为我向来决定做的事，是绝不放弃的，尽管道路跌宕起伏，路途曲折艰险。这不是追求什么结果，而是培养自己的意志力和执着前行的精神。

　　走了很久才登上那座具有传奇色彩的山峰，结果什么也没有找到。好的是，登临古寺遗址，纳帕湖及草原尽收眼底。湖水像镶嵌在这片翠绿中的蓝宝石，在阳光照射下，湖面发射出耀眼的七彩光芒，看上去十分壮美。这种独特的风景和感受，让我的心情在依拉草原的上空放飞和飘逸，那种感觉只有自己的心灵深处才知道，没有能够表述的语言。所以说，人生如路，要有耐心。走着走着，说不定就会在凄凉中走出繁华的风景。

　　人生需要探索和在苦难中浸泡，没有艰辛和伤痛，生命就少了精彩和厚重。只有在伤口中盛开的花朵，才是陪伴我们默默前行的风景。不必去在意小小的委屈。该铭记的，就把它雕刻在心灵的石碑上；该淡忘的，就将它融入宣泄的泪水中。

　　依拉草原特色的玩法是骑马逛草原。由于草原与湖泊相连，泥土松软，水草丛生，沼泽遍布，加上常年马儿驰骋，地面凹凸不平，不便步行。大凡到那的游客都选择骑马游玩，同时也是这个景区增收的重要项目。

　　孙子从来没有骑过马，他是男人，我需要他去体验骑马这种既有风险，又能体现男人魄力的运动。他开始不敢去，害怕从马背上摔下来，我告诉他，人生在世，做任何事情都有风险，只是看你怎样去把控，把风险降低到最小。在我的一再劝说下，他同意让我带他一起骑马游玩。我和孙子实现了第一次的骑马合作，感受了骏马奔驰大草原的独特美感，让孙子感受了一次丹巴汉子的潇洒。

（三）噶丹·松赞林寺的情感再现

　　出了依拉草原，我带着孙子和爱人走进了松赞林寺，去接受藏族文化的洗礼。

松赞林寺是香格里拉著名的一个景区，由多个景点组成，包括云南最大的藏传佛教寺院、著名的藏区十三林、有小布达拉宫之美誉的噶丹·松赞林寺；有香格里拉"母亲河"、藏民族取圣水的水源之地奶子河；藏区著名的神湖、护法金刚白登拉姆的寄魂湖拉姆央措湖；有茶马古道重镇、香格里拉神话的中心尼旺宗古镇，以及天葬台、尼旺宗湿地等。这里是香格里拉最具影响力的以宗教旅游、民俗旅游、湿地旅游为主的综合性景区。

我们主要游玩了噶丹·松赞林寺。松赞林寺位于大香格里拉景区腹地，这里是该地区佛教文化的圣地，也是藏族文化的展示载体。

走进景区大门，从寺门望去，整个进寺石阶就像登天云梯，立于大山之旁，直冲云天，气势非凡。石梯与门厅连接，形成一道南天门似的风景，十分壮观。这里的石阶直线上升，除偶尔有个小平台外，没有缓冲地带，需要直线上爬。石阶有多少梯，有人说是999梯，有人说是499梯，没有人能说清楚准确的数字。作为游客，不是史学研究，只要游得开心，找到快乐的心情已经足以，何须考究那点点滴滴。

已是下午三点过的时间，高原上的阳光十分强烈，照在人身上就像火烧似的，把人皮肤烤得疼痛。

带着孙子慢慢沿着石阶而上，孙子已经走了很多路，但他很坚强和勇敢，还在努力地前行，这正是我所期待的，因为我不希望一个孩子在襁褓中成长，而应该在磨难中前行，当经历过风风雨雨的磨炼之后，他才会懂得人生没有一帆风顺，温室里长不出参天大树。

我们朝着寺院大厅拾级而上，直冲寺院大殿而去。到了石阶云梯的中间地段，孙子悄悄给我说："爷爷，我累！"听到这话，一种酸涩之感涌向心头，他今天至少已经走了五公里路了，他只有五岁呀！走这么多路已经尽力了。我似乎觉得对孩子太严太苛刻，看到他疲惫不堪的样子，眼睛突然模糊了……

是啊！作为一个成人，我已经汗流浃背，两腿酸痛，何况他是个孩子。

我们停下来休息了一会，但是石阶上没有遮阴的地方，石阶上发出的地热足以让人感觉得到浓烈的热浪；直射的阳光炙烤在身上，就像人在火堆旁烧烤一样，皮肤有隐隐的灼痛。我已经感觉到身体在流油，汗水将衣服打湿后，衣服紧贴在背心里，已经与皮肤形成一个紧密相连的整体，没有衣服与皮肤之分。

这么高的气温，我怕孙子中暑，便背着孩子拾级而上，艰难地爬行着。汗水沿着背心往下流，很快湿透了我的裤子。孙子不停地说："爷爷，你的汗水把我的衣服打湿了。"我没有回答，也无法回答，只是努力地前行。

由于我是肺活量较大的人，容易出现高原反应。我很快就开始出现呼吸困难，头痛眼花症状明显。回头看妻子，她自己步行已经很艰难，根本没有能力带着孙子走路。我只有坚持，只有勇敢地向前走，当爬完所有台阶，把孙子放在一个有阴凉的平台上时，我已经瘫软在地上。

喝了一点水，休息了一段时间，我感觉好多了。妻子说："身体不行，我们就不去看了，休息一会儿就下山去！"我感觉她有些伤心的样子，孙子也用期待的目光看着我，在他的眼里，我似乎看到一种久违了的亲情感。人生原来就是一个懂字，世界很大，个人很小，没有必要把一些事情看得那么重要，该得到的就得到，不该得到的就放弃。生活的过程中总有不幸，也总有感伤，就像日落花衰。有些事你越是在乎，痛的就越厉害，放开了，看淡了，慢慢就淡化了。我们总是事后才明白，懂生活很难，会生活更难。走过一季季的年轮，许多事慢慢淡了忘了，许多人渐渐走了远了，留在身边的就只有那么几个人。

我的高原反应慢慢缓解了，既然来了，就不愿放弃，我一定要让孙子从小就要学会坚强，让他明白，美好的风景，要经过艰难的跋涉才能看到，绚烂的人生，需要艰苦的努力才能实现。

我们沿着松赞林寺游道而行，整个建筑依山而建，规模宏大，气势雄伟，建造技艺精湛，藏传佛教文化色彩鲜明。整个寺院由三大部分构成，中间是主体建筑体，层高五层楼，外观建筑特色分明，房顶和楼柱皆是金黄色，气势雄伟，雕楼庙宇，金碧辉煌，十分壮观。

寺内古今建筑技艺综合应用，空间布局合理。墙面采用唐卡手法画面填充，色彩斑斓，线条分明，十分夺人眼目。主殿的楼层内全是空的，主要供"迎佛节"等藏法大会时使用。平时是游客的参观重地。寺院的两边是佛藏大殿，主要供奉藏传圣佛。殿内佛像高大雄奇，金光闪闪，精湛巍巍香烟萦绕，色彩鲜艳，其较大的规模和浓厚的藏传文化氛围给人以震撼之感。

登上松赞林寺的主楼之顶，凭栏而望，空中蓝天白云，清晰明了。远处的香格里拉主城区尽收眼底，低矮建筑成片相连，天际线一脉相承，高原藏族风格十分明显。俯瞰山下奶子河蜿蜒盘旋，河水清澈艳丽，杨柳依依，花草簇拥，美丽而清纯。对面的拉姆央错湖镶嵌在群山之间，在阳光的照射下反射出明亮的七彩色线，非常的美丽壮观。

人生，对每一个人来说，都是一次陌生的旅行。一个人的命运，通常不是由意料之中的事件构成，而是由出乎意料的事件构成。我们在此看到的，不是原来期待的快乐旅游的风景和心情，而是当身体出现问题后，那种家人团结、理解、依靠的情感图画构成的风景。

（四）冲赛康藏族庄园做客

在藏区旅游，走进藏族人家，体验藏民生活，感受藏族文化，这是游客们所期望的。在经过一天的游玩之后，晚上我们走进了香格里拉城郊的一个藏族庄园，感受藏族人家浓浓的民族风情。

这是一栋两层楼土木建筑，墙上刷着贵族才能用的黄蓝相间色彩，和周边其他房屋上的白色区别明显。从建筑格局上，庄园前面有山门。山门用木雕图案装点，门额上分别用藏文和汉文竖写的门牌。进了山门是一个可以容纳数百人的大院。院子边高大的旧木质旗杆上挂着新的彩色经幡。

据导游讲，这里原来是土司的庄园，建于清朝初年。改革开放以后，随着交通的改善，城镇的发展，藏民们与汉人渐渐融合，大多在城镇购买了新房，搬出了传统的藏民农家。藏民庄园逐渐退出历史的舞台，被保存下来的已经不多了。冲赛康算是香格里拉周边保存较好的几个庄园之一。不过这个庄园虽然保存了藏族庄园的原貌，但其功用已经不再是民居的用途了，而是带有商业化经营的农家。

我们走进庄园，主人首先是给我们献上哈达，表示对客人到来的欢迎。随后将我们带到二楼的大厅。这个大厅是专门用来接待来宾的，面积约有200平方米，中间是方形的舞台，面积在60平方米左右。围绕舞台四周都摆满了长条桌，桌上摆满了藏家火锅、菜品、美酒美食和酥油茶等。特别是以牦牛肉为主的美食，实在有些吸引人，看着就让人胃口大开。

游客们围着长桌，享受着藏家美食。藏族同胞在舞台上唱歌跳舞，音乐相伴。人们素不相识，但对歌者争献哈达。在主持人引领下，藏族人祝福语弥漫整个大厅，台上台下互动联欢，场面十分热闹，场景十分壮观。

酒足饭饱之后，游客们聚集在庭院里，随着音乐鼓起，大家围着篝火跳起了锅庄。欢歌载舞激情竞相怒放，气氛融洽，欢声笑语弥漫夜空！

在藏民庄园做客，庄园扎西给我讲起他先民们的生活。在中华人民共和国成立以前，奢侈的生活属于农奴主的，而占绝大多数的农奴却生活在水深火热之中。在许多庄园的楼道中，陈列着皮鞭、脚镣等刑具，那些都是庄园主压迫和统治农奴的工具。有的庄园中还保存着旧时的监狱，这是贵族统治农奴的工具。庄园里的农奴平日里住在对面的农奴大院，低矮的地窖子一样的房子里，没有床铺，只有草席。在饮食上，也有森严的等级之分：一等粮食庄主食用，二等亲信用人食用，三等普通农奴和牲口食用——将农奴看的与牲口等值。我国藏族是从奴隶社会直接过渡到社会主义社会的民族，所以许多文化元素都还有奴隶社会的痕迹。现在这家庄园，居住者不是原来房屋的主人，而是移民过来的商人。这个庄园只是一个商业经营的载体而已。

藏族庄园的活动刚结束，我在香格里拉的一个朋友早已将车开到门口等着我，接我去他家玩。其实，他听说我要去香格里拉，当天早上从200多里外的建筑工地，开了近5个小时的车赶回来，为的就是见一面，尽地主之谊。这种情感，只有当事人才能领悟到。

真诚的朋友，是人生路上的知音，是心灵的共鸣。岁月中的点点滴滴，不仅仅是一种感情的交流，更是闪光的记忆。这种朋友，在人的一生中，又有多少能坚守如初？懂得感恩才能收获真情，所以，无论是天涯海角，我的祝福永远在他的身边！

（五）穿越香格里拉大峡谷

我们离开香格里拉市区，带着渴望和期待的情怀，驱车走向香格里拉大峡谷。

由于我们对当地情况不熟悉，便跟随旅行团而行。给我们导游的是个中年的藏族人，他叫扎西尼玛次仁，阅历丰富，知识面较广。一路上都在给我们讲当地的民俗文化和传说，语言特别丰富。他从小生长在这里，对这片神奇的土地充满着感情，他赞美藏族人的为人，就像他们顶礼膜拜心中的神灵一样真诚。他给我们讲起有位美国人驾驶的飞机如何降落在这个香格里拉大峡谷，如何被藏民救起，如何在这里生活的故事……

一路上，他讲述着这里的传说，讲述着许多美丽的故事，每个故事都是一个生命的传说。在他的身上，反映出藏民直爽、豪放、宽厚的品质。

我们的车在香格里拉大峡谷穿行，两边高山遮日，抬起头来仰望天空，只能看到一条白色云朵组成的光带，其余就是高山峡谷。公路边大多是悬崖，奔腾的金沙江水从大山中奔涌而出，在峡谷里发出咆哮的声响，给人以惊天动地的感觉。

导游还告诉我们，游香格里拉大峡谷最好是徒步，要走十天半个月才能初步认识这里的概貌，要想真正领略其深邃和美丽，还需要更长的时间。他告诉我，他的一个朋友喜欢探险，曾经和藏民一起穿越过峡谷的一段，在7个昼夜的时间里，他们不停地向峡谷的深处走去，遇到深水的地方游过去，他们还带着渔网，时常捕捉一些鱼类充饥，领略其真正的探险生涯。在这里，他们不仅要征服恶劣的环境，还要和经常出没的野兽作斗争，这是怎样的人生经历，只有亲身经历者才能领略其中的乐趣。

我们的车子终于开到了香格里拉大峡谷虎跳峡的进口处。我带着孙子在沿着陡峭的石阶往下走。峡谷两侧山崖耸峙，夹着一条线似的蓝天。举目仰望，两岸悬崖绝壁，天际线一望无际，这种画面就是一道亮丽的风景。放眼四望，崖壁似乎撑不住重负在颤着晃着，造成一种危势，越看越觉得峡谷更窄天穹更低人更渺小，心中便有一种不可言状的压抑和惶恐。但我们还是向前走去，由于是第一次穿越峡谷，因而感到新奇而略显兴奋。

虎跳峡谷底宽不过二三十米，两边绝壁。河道在此落差较大，所以形成激流，在峡谷中发出咆哮如雷的声响。在河谷的中央，有一块巨大的奇石，长约十余米，宽约两三米，表面因长年河水冲击，色泽已经变得乌黑，看上去就像一块巨大的乌木顺卧在河中，形成一道亮丽的风景。

我们沿游道慢慢下到谷底，感受着虎跳峡河水惊涛拍岸惊奇、奔涌前行的奇特景观和峡谷风情。这谷底的海拔是1600多米，而两边的玉龙雪山和哈巴雪山顶端海拔达到5000多米，海拔相对高度在3500米以上，是世界三大深度大峡谷之一。

虎跳峡地名的由来，曾与古代猎人有关。相传在哈巴雪山上有一个猎人，追击一只老虎，追到了金沙江河边，老虎已经无路可走。猎人越来越近，老虎在情急之中，纵身一跳跳到了河中的巨石上。猎人看在眼前，但拿老虎没办法，最后只有放弃了。其实世间正是如此，该放弃的就放弃，不属于你的何必刻意追求。世上没有一样东西是永远属于你的，包括你最爱的人，养大的孩子，包括你的财富，你的身体，最后也会回归尘土。凡事都有缘起缘灭，强求不得。人生如过客，欢欢喜喜地来，高高兴兴地走，最重要的是，科学把握当下就够了。

谷底的河边有一条步行道，可行走的路只有一步之宽。路旁深陷处是滚滚的河水，清澈透明见底。相传是盐茶古道，历史文化深远，文化古迹到处可循，但一般不主张游客前往，我们只好停留在山谷栈道边，遥望大山坡上隐隐约约可见的盐马古道，想象古代先民们的艰辛和生存的不易。

据当地人讲，虎跳峡有三个，我们看到的是其中一个，这个峡谷还相对较平缓，最惊险的在哈巴雪山之下，那里因交通不便，只有国外探险家才可以进入，没有对普通游客开放。据当地人讲，那些地方清幽得近乎蛮荒，峡谷寂静极了，没有风声，没有鸟鸣，没有虫儿低吟的丁点余韵，所有声息都被峡谷吞噬或掩埋。那种寂静是峡谷所特有的毫无杂质的寂静，而且野生动物较多，非常危险，非当地熟悉地形和道路的山民，很难走到里面去。

听到这一说，我们虽到了虎跳峡，但未真正看到虎跳峡，毕竟有点遗憾，但人生本在遗憾中寻求完美，在完美中留下缺失，这本是人类进步的规则。世上本来就没有十全十美的东西，我们又何必追求完美无缺呢？

其实，峡谷的意义远不止在自然界，它对生命、人生等终极问题不乏一种隐喻。人类生命恰因"峡谷效应"而诞生。宇宙茫茫，而生命的生态圈却极其狭窄，如同在天宇中划定一条"峡谷"。地球与太阳恰好处在这种位置，地球的轨道侥幸穿越了这条无形的峡谷。万物之灵的人类就这么从天宇的峡谷中走来。

每个人都竭力把握自己命运的航程，尘世忙碌一生，蓦然惊觉并未走出命运的"峡谷"，然而，社会在峡谷中行进，历史在峡谷中行进，人在峡谷中走走，岂不是人生的一桩逍遥事？

写完这篇稿子，已是午夜时分，心中郁积的情感完全得到了释放。离开电脑，泡上一杯茶，慢慢品味着香格里拉之行的收获与快乐。

　　人生有如泡茶。茶叶好比生命的本质或潜能，而水就像来自环境的挑战。挑战不强，像是用温水泡茶，茶叶浮在水面上，难以泡开，无法释放它蕴含的幽香与甘美。只有够强的挑战，在滚烫沸水的冲刷下，茶叶在其中翻滚浮沉，才能散发出它所蕴含的幽香与甘美。

　　躺在床上，正是农历七月十八的时光。午夜的天空，月光仍然很明亮。一缕淡淡的月光，透过窗纱照在床上，我依靠在床头看着窗外那朦胧的夜色，轻轻打开心扉，让思绪飞向远方。

　　我不知道曾经与我风雨同舟的好友们，此时是否也在凝视着这淡淡的月光、朦胧的夜色。

走进兴文石海

兴文石海是世界地质公园、国家级风景名胜区，位于四川省宜宾市兴文县，属四川盆地南沿山地与云贵高原的过渡地带。公园内石灰岩广泛分布，特殊的地理位置、地质构造环境和气候环境条件形成了兴文式喀斯特地貌，是国内发现和研究天坑最早的地方，也是研究西南地区喀斯特地貌的典型地区之一。

公园内保存了距今 4.9 至 2.5 亿年各时代的碳酸盐地层中，地层中含有极其丰富的海相古生物化石和沉积物标志，公园内各类地质遗迹丰富、自然景观多样、优美，历史文化底蕴丰厚，各类地质遗迹与独特的僰人历史文化和丰富多彩的苗族文化共同构成了一幅完美的自然山水画卷。

宜宾兴文石海位于四川省宜宾市兴文县境内，东通泸州，西接宜宾，与蜀南竹海相邻，是我国喀斯特地貌发育最完善的地区之一。因全县石林、溶洞遍及十六个乡，故有"石海洞乡"之誉。

兴文石海景区面积 70 平方公里，以岩溶地貌为特色，以石林、溶洞为基础构景，地表奇峰林立，千姿百态，地下溶洞交错，洞中有洞，如迷宫仙境。2005 年 2 月 11 日，联合国教科文组织在法国巴黎举行第二届世界地质公园专家评审大会。以 7 票通过正式成为第二批世界地质公园。景区已发现大小溶洞 183 个，面积 1 万平方米。现已开放的天泉洞，洞体规模宏大，为厅状型多层地下岩溶洞群，洞道总长 4.2 公里，总面积 81168 平方米，总体积 270 万立方米，分"穹庐大厦""天泉明宫""泻玉流光""云步通幽""石花奇观""长廊石秀""石林仙姿"等七个大厅。"泻玉流光"有个奇特的"天窗"，泉水从"天窗"飞泻而下，如银帘高挂，宏伟壮观，故名"天泉洞"。天泉洞出口处有神奇的"天盆"——大漏斗，比号称世界之最的直径 330 米、深 70 米的美国阿里西波大漏斗还大得多。具有很大的观赏价值。在石海景区中心景区，地下是溶洞，地上是石林，在方圆 14 平方公里范围内的地表上，有典型而齐全的石芽式、棋盘式、尖脊式、石林式等奇峰怪石，构成了规模宏大的石海景区。地面景区的主要景点有迎宾石、七女峰、天涯望归人、石林翠竹、翠屏古塔、斜塔、石林以叠翠、夫妻峰、龙牙观瀑等。景区内还有古城遗址九丝山、凌霄山。

兴文县地处四川盆地南部与云贵高原过渡地带，境内保存了 2.5—4.9 亿年各个时代的碳酸盐或含碳酸盐的地层，是喀斯特地貌最久远、最齐全、分布最广泛的地方。"三绝共生"的"地表石海、地下溶洞、天坑"，让前来旅游的客人和进行科考的专家赞不绝口。二亿三千多万年前，兴文石海一带还是一片汪洋大海。250 万年前的一次地质构造运动，大面积石灰岩相继出露于地面，形成了石海的茫茫地表石林，这一地质变迁，已经被坭盆纪到二叠纪时代的大量化石所佐证。这片岩石的海洋是目前中国面积最大的地表岩海。随着时间的推移，地面上的石灰岩受到雨水的不断冲刷、溶蚀，形成了地下洞穴、地下河流。天长日久，地下河空间扩大，超过承受极限后开始出现垮塌，出现了漏斗、石峰、石柱，洞中出现了边石坝，地面则留下石幔及各种形态的沟、漕、石林、石牙、石孔与残岩断壁。地面的泥土一天天减少，石头一天天增多，从高处往下一看，灰白色的大地就像是一片翻腾的大海。

世界级规模的大漏斗、大量的流入型洞穴、完整的喀斯特流域、优良的喀斯特发育条件，构成了独具特色的"兴文式"喀斯特地貌。"兴文式"岩溶早在 20 世纪 80 年代就已成为四川乃至中国岩溶地质研究的典范，与云南石林、广西地峰组成了中国西部喀斯特地貌三种类型的典型代表。因此，兴文喀斯特地质资源具有重要的科学价值和国际对比研究意义。

地质公园包括 4 个园区：有以天泉洞为代表的 200 多个大小溶洞组成的洞穴群小岩湾地质园区；以自然生态著称，汇聚了峡谷、瀑布、湖泊、溶洞、古僰人遗址等多种地质遗迹景观的僰王山园区；形成于距今 4.9 亿年的奥陶纪的古石林、千年银杏、溶洞群、翠竹林海相伴相生的太安石林区；以桫椤树为主掩映的凌霄僰人遗址园区。

天泉洞，是兴文石海洞穴群中很著名的一个溶洞，形成地质年代距今约

300万年。其空间规模和系统游览长度均居世界洞穴之首。目前已探测长度为10.5公里，上下共分四层。石花、石乳、石笋、石柱、石幔、石瀑布、石梯田等洞内沉积物种类繁多，或卷或翘、或立或吊。重镶迭嵌，千态万状，似仙阙楼台，若瑶池胜景，如海市蜃楼，使人目不暇接，疑入梦境。

　　僰族是一个充满传奇色彩的民族，距今已消失500余年。但公园内至今仍保留着许多僰人的遗物遗迹。据史料记载：天泉洞在先秦时期就曾是已神秘消亡的古僰人栖居地。明朝万历年间，历史上著名的九丝山僰、汉大战，这里曾作为僰人屯粮练兵的场所。清代，当地苗族人也长期在此躲避战乱和匪患。洞内外保存完好的岩画、七星灶、滤硝池、石城堡等遗迹，神奇独特，扑朔迷离，记录着一桩桩"僰苗"历史。僰人后裔每年农历九月初九前后，用9天时间举办盛大的"僰人赛神节"活动，以祀先祖，传承民族文化。

第三篇章　情感漫流

幸福似穿鞋，松紧自明；幸福如喝水，冷暖自知。如果说快乐是生理的，那么幸福就是精神的。幸福就是用生活中的苦，酿造人生的甜酒。幸福是一种感觉。不依赖慑人的权势，不依赖过人的财富，不依赖超人的才华，依赖的是自己的勤奋和努力的前行。

工作诚然重要，因为我们要生存，必须要有一定的物质基础作保障。空了就出去走一走，去看一看，看看大千世界的美好和谐，记录生活的点点滴滴，让我们压抑的心情得到释放，让我们的孤独情怀有所依靠。当走遍祖国的山山水水之后，我们会发现，自己的人生一样会活得很精彩。

灵魂与春雨同行

初春的阳光唤醒了沉睡的寒冬，把大地催绿，将古树催青，让经过霜雪洗涤的百花露出了新芽。植物王国的各种生命从睡梦中醒来，舒展着僵硬的身躯，让在冬天积累的芬芳在春风的吹拂中释放。

已近"三八节"的时光，菜花已经开放。久居城市的人们纷纷走出家门，到菜花铺就的山野，享受视野的金黄。在这美丽的时节，一阵隐隐的雷声过后，我江南的故乡下起了入春以来的第一场雨，虽然不大，却给人们带来了无比的惊喜，让人们感受到了春雨的清新，体味着春雨的韵味，享受春意盎然的美丽。

春雨潇潇，轻轻地唤醒大地，洗去冬日残留的尘埃，同时也清洗着我沉寂已久的灵魂。窗外的雨淅淅沥沥而下，细细的雨丝似轻纱，似帷幔在空中穿行。我打开窗，迎面扑来雨洒泥土吐出的芳香，这种久违的芳香令人心旷神怡，让人陶醉。独立窗前，遥望雨中的天空，情感如雨丝连绵起伏，心境如春风徐徐飘升。我渴望春雨，好希望得到一场人生春雨的洗涤。我喜欢春雨，是因为她无私得就像一位伟大的母亲，把万千灵魂刷新，并给予无尽的关怀。

"好雨知时节，当春乃发生。随风潜入夜，润物细无声"。春雨是温和的，既不像夏天的雨那样伴随着一阵电闪雷鸣，令人们不敢出门；也不像冬天的雨那样伴随着一股刺骨的寒冷，让那些欲出门的人望而却步。春雨，往往是在夜里悄无声息地来，待到白天悄悄而去，留给人们更多的是夜间雨打树叶沙沙响的声音，穿透窗户进入房间的是那清新的气息。

在这春雨到来的时候，我总会情不自禁地走出家门，走到绿树遮掩的草坪，接受春雨的洗礼。那淅淅沥沥的雨，带着她独有的清凉与明丽，纷纷扬扬，飘飘洒洒，舒缓于无垠的天空。柔软的雨丝舞动着优美的风姿，在天与地之间划出美丽的弧线。她洒向大地，留下的是如纱、如丝、如帘的倩影。在辽阔的天空下，雨像雾又像风，眼前的世界好像是童话里的仙境。春雨是无私的，她从不选择土地的肥沃或贫瘠，仿佛是为履行前世的约定，总是伴着春天而来，把沉睡中的山川大地轻抚，雨过之处，呈现出的是一片朦胧绿意，让天空更加明净，让山林更加翠绿，让河流更加壮阔。

漫步春雨中，我感觉到自己的人生多了几分温柔与浪漫。视线深处，街道、楼房给人模糊的轮廓；行走的人们穿着五颜六色衣服，打着各种色彩的雨伞，若隐若现穿行在雨中，他们美丽了这场春雨，也装点了城市的风景。

"但觉衣裳湿，无点亦无声"，在这样的意境中，有谁会拒绝这柔和的春雨的洗礼呢？沐浴柔和的春雨，即使有什么烦恼，也都被洗刷掉了。望着那些被春雨滋润的点点绿意，心中充满了喜悦。我索性不打伞，总喜欢顶着雨漫步雨雾中，享受雨中漫步的清爽。微风掠过，那细雨从房屋、树林的间隙中飘飘洒洒而下，轻轻打在我的脸上，那种清凉而飘逸的感觉实在是无法用词汇来表达。身在风雨中，雨丝打湿了我的头发，然后一滴一滴地往下坠，水珠从脸上滑过，慢慢坠入脖颈，那凉丝丝、痒酥酥的感觉让人陶醉，这种水与血脉的融合，激荡着情感的波澜，在心中涌现出流动的涟漪。就这样与春雨亲密接触，享受春雨的抚慰，一切忧愁和烦恼都会随着雨水的流淌而忘却。我喜欢让清新凉爽穿透身心，享受雨中漫步的独有滋味，让心灵释放因工作带来的重负，让情感伴着风雨一起飘游，但愿风停雨住的时刻，我的情感会在山花烂漫的原野驻足。

春雨洗刷着我的故乡荔城，满城的荔枝树像一群精灵，在春雨的洗涤下似乎找到了生命的源泉，充分地吮吸着甘甜的雨露，呈现出青翠的绿色；桃花李花玉兰花泛起的花朵，有的像一片红霞燃烧，有的像雪花烂漫，轻盈地装点了美丽的城市。在滨江河岸，大树上的雨水顺着树梢往下滴，变成了一串串银珠撒落一地；小草不声不响钻出地面，编织成绿色的地毯，水珠悬挂在绿绿的尖尖上，就像一颗颗珍珠，晶莹明亮；高高垂下的柳树，如帘般的枝条开始抽枝，在那婀娜多姿的柳丝上，已经露出点点新绿；胡须满挂的小叶榕树，在它的枝条上冒出了颗颗花蕾；迎春、杜鹃、月季、百合，她们一团团拥簇在一起，争相绽放出自己的美丽。山花烂漫，群芳争妍，各种各样的花儿在雨中尽情地绽放，装扮着美丽的春天，造就的是人间生命的仙界。

伴着舒缓的江水，我用心倾听那美妙的落雨声，飞溅的雨花仿佛是琴弦上跳动的音符，演奏出优美的旋律。那一刻，我会感触到春雨的婉约含蓄，春雨的单纯温柔，春雨的深邃透彻，春雨的洒脱奔放。已知天命的书生，少年的梦已经远去，虽然当年的天真与浪漫已被岁月侵蚀，但听雨的兴致却越来越浓烈。任凭风吹雨打，云卷云舒，听雨的情致没减。

我十分佩服雨水制造美妙音符的天赋，使我心灵在自然中得到升华。雨水淹没了世间的灰尘，也洗净了人世的沧桑，让世间万物焕发了崭新的风采，自己却幻化为一条溪流，悄悄地流进大海，让生命在季节的变换中循环。经过春雨洗礼之后的万物，充满直指苍穹的活力，让其绿叶与花环绽放人间，同时也装点了人们的情感世界。

春雨是无私的，她总把自己的柔情献给广阔的大地，用自己的心血去滋润人们的心田。在微风的吹动下，她更像是一个迷人的少女，正向我们展示着她的舞姿，给我们以美的感受！或许只有在这多雨的春天，我们才能感受她真正的柔美。

我喜欢春雨的清爽，喜欢春雨的多情，喜欢春雨的洒脱。眼前的春雨仍在朦朦胧胧地下着，如丝如缕将天地织在一起，牵动我的心弦，使我有一种冲动，使身心与雨交融，随雨一起舞动。我常常就这样静静地感受洗尽人间哀愁的雨，体验着雨丝绵绵凝织的万千思绪，这是一种欣赏，一种陶冶，一种享受。

大千世界粉尘多，行路哪有不沾土，灵魂不洗将生锈，失落总在悲观中。就让大自然特有的恩赐洗涤我所有的不快和失意，让绵绵细雨抚慰我疲惫的心灵。慢慢地享受生活所赐予的每一个清丽美妙的细节，你就会发现，生活处处都是美，只是你没有用心去体验而已。

细雨过后，我站在窗前，眺望远处的绿色静静地思考：人生四季，风云变幻莫测，怎么样才能躲过冬的寒冷，夏的酷热，永远享受春的和煦呢？我知道，春雨总会被夏季风干，被冬天冻结，她的美能永远留在我的心间吗？人都有自己的梦，我的梦在何方？迷茫，就像雾里看花一样，看不清楚现实，看不清世界，更看不清人心，于是，我只有顺着自己的感觉慢慢地向前走。

　　春季本从冬季中走来，理想总从现实中追寻。抬头远望，为灵魂的纯洁，为世间的美丽，也许我该努力前行，因为不能辜负这多情的春雨带给我的心灵的慰藉。

　　人生路漫漫，遥望理想的彼岸，心情仍然很沉重。我多么希望永远拥抱这春天，让丝丝春雨滋润我曾经失落的心田。然而我又多么希望自己是一滴春雨，用自己清纯的热血带给人们以甘甜，待到春暖花开的季节，我却在泥土中长眠。

泪水洗涤出的灵魂

"风住尘香花已尽，日晚倦梳头。物是人非事事休，欲语泪先流。闻说双溪春尚好，也拟泛轻舟，只恐双溪舴艋舟，载不动许多愁。"每当读起李清照的《武陵春·春晚》这首词，心中的失落感油然而生，岁月催老了我的容颜，却无法吹散我记忆深处的那一缕缕愁绪。

我算是个农村的孩子，从小生活在农村，天天与农家的猪牛鸡鸭为伴，干的是农活，吃的是粗粮，过的是贫困的日子。在我小的时候，家里很穷，一日三餐都没有保障，经常过着吃不饱穿不暖的生活，也不敢想今后有一天能走出农村，找到一份称心的工作，因为在我那个家族中，就没有一个有正式工作的人。但我生性要强，不管农村有多苦多累，我从来没有叫过苦流过泪。

我小时候并不爱哭，即使调皮、偷懒被父亲打了也不会哭一声。在我九岁的时候，在家用弯刀劈柴，不小心扎到左手大拇指上了，把大拇指第一关节以前劈成两半，当时的那种钻心的痛的感觉真的很难形容。当时家里没有人，我也没有哭，赶快把扎破的手指连接在一起，再用布条把手指缠好，一个人跑到房屋前面的田坎上，找了一些铁线草放在嘴里咬烂，然后糊在受伤的手指上，曾听大人说过，铁线草能止血治伤口。像这样的事情遇到过很多，尽管很痛，但就是不会哭，所以左邻右舍的都说我是坚强的孩子。

说老实话，我小的时候真的很坚强，从来不会被苦难吓到，但我脸皮薄，自尊心特别强，最怕别人说我不懂事，怕心灵受伤，只要父母或老师批评教育我，我就会哭，就会流泪，不过这种情况不是很多。

按照母亲的话说，我天生心慈，喜欢同情别人，从小就情愿自己吃苦受累，把好事都留给别人。我也确实如此，每当看见别人受伤或难受时，我心里特别不好受，有时候看电影、电视里悲伤情景或感动画面时也会流泪，但也不是经常，毕竟这样的节目不是很多。

随着时光的流逝，人渐渐长大，在成长的过程中，经历岁月的敲打和磨砺，想哭而哭不出来的时候开始出现了，脸上的泪水越来越少了，但心里的泪却越来越多了。

在我的人生历程中，让我哭得最伤心的有过几次。一次是我妹子出嫁。那天早晨，我不知道怎么搞的，自己的情绪完全失控了，当着所有的亲友，我放声痛哭了。我只有一个妹子，在我没有结婚以前，我的生活起居都是妹子照顾的。因为我小时候家里特别穷，为了生存，妹子小学毕业就没有读书了，开始帮助妈妈做家务，烧锅做饭的担子就落在了她的肩上，当时她才12岁。按照今天的说法，12岁只是一个小小的孩子，可那个时代，穷人家的孩子早当家，根本享受不了童年应有的快乐。那时我在中学教书，住在家里，每天早晚要干农活，在学校要争分夺秒地备课、上课和批改作业，回家就耕作在田间地头，我的饮食起居都是由比我小七岁的妹子提供保障，兄妹那份情感也许别人是无法感受到的，所以她的出嫁是我的哭嫁，那天我整整哭了一个多小时。好在妹子结婚后很好，家庭很幸福。有人说结婚是喜事，有人哭不好，这只是骗人的鬼话。

另一次哭得很伤心的当然是父亲出殡的那一天，那是2017年正月二十三。父亲是正月十七去世的，对于他来说是一种解脱，他已被病魔折腾了一年多，时常被病痛折磨得痛苦不堪，夜不能寐，也仅剩下皮包骨头了。他走的时候，我一直守在他身边，看着他咽下最后一口气，我觉得我很坚强，我没有哭出来，我想着父亲种种的好，他得到了解脱，他其实还活在我的心里，不哭。一切都按习俗办理后事，直到正月二十三，当人们将他抬出门口的那一刹那，我是泪流满面，号啕大哭。那时候，天空也下起了雨，人们说这是好兆头。但我知道，再也见不到他了，再也不能为他尽孝了。还是那一句古言"树欲静而风不止，子欲孝而亲不待"，心疼！我失去了父爱，我在为爱流泪。

时光又一天天过去，我已经进入知天命之年。随着年龄的增长，人本应该变得更加成熟，可是不知怎么的，过往的云烟，却令我改变了很多，我反而变得更加多愁善感，心灵很容易受伤，情感特别敏感脆弱，不经意的一个拥抱，一个眼神，一个故事，一段电影，一句问候……都让我悄悄流泪。有时想控制自己的情绪，但就是控制不了，眼泪说流就流了，我也有些不相信，但事实就如此。

2016年5月5日是我在局里召开的最后一个工作会，也是我离任的告别会。本来能"平安着陆"，退居二线是个高兴的事儿，可是说着说着，眼睛瞥到同事们深情的眼神，我就不能自已了，泪如泉涌，泣不成声。也许有人说我不舍得离开这个岗位，抑或是因为离任而伤心。其实不然，就是因为那一个眼神，一个不舍的眼神，勾起我7年多来与他们一起生活，一起工作，共同奋斗的情怀。他们给我的支持、帮助令我感激，他们给我的关心和爱戴让我暖心，他们给我的理解和宽容让我感动。这是一种相处的不舍，没有悲伤，有的只是爱。

退到二线来，工作轻松了，看电影和电视的时间多了起来，时间长了便成瘾了。我越来越喜欢"追剧"了，经常被剧里的情节感动，当男女主角经受磨难，最终走在一起的时候，我会感动；当她和他说我爱你的时候，我会感动；当他说我会照顾你一辈子的时候，我会感动；当他们手牵手共赴国难的时候，我也会感动。当抗战大戏中，英勇的战士流血牺牲的时候，战友眼中的泪水也变成了我的泪水。他们为得到流下幸福的泪水，为失去流下伤心的眼泪，而我只因为他们传递的无私无畏的精神而流泪，只因情景触发我心灵的感伤而流泪，只因他们再现的爱国爱民的思想而流泪。我的年龄已经到了更年期，我不知道我的思想是否在自我完善？我的灵魂是否在自我更新？但我知道，我没有小时候那么坚强，我比小时候更喜欢流泪。

前不久我们被市委组织部抽调到古蔺采写"余芬的故事"，走到乌蒙山区，看到山区那些70多岁的农民还在田间地头种地以维持生活，那些残疾人拖着笨重的身体在公路边叫卖山货以求生存，看到那些满脸黢黑的孩子背着书包行走在上学路上，我的泪水簌簌地流了出来。面对同行采访的很多朋友，我努力地克制自己，可还是无济于事，满脸的泪滴无法掩饰我对他们的同情和敬重。同路的朋友问我怎么啦？我还是爱慕虚荣，不想让他们说我柔弱和多情，只好说眼睛进了虫子，很难受。

岁月沧桑，人生如故。我已经不再是孩子了，可很多时候就像一个没有长大的孩子，看见别人哭而哭，看到心酸事就会流泪，看到很多人的自私自利而感到悲哀。现在更加麻烦的是，每当看到社会上信仰缺失、道德缺失、文明缺失的时候，我会流泪；看到国家的富强、民族兴旺的新闻报道的时候我会流泪；看到新农村花果满山绿树成荫，农民安居乐业的时候，我也会流泪。其实我不想流泪，但我不能自禁。

最近，国内一批文化人准备拍摄 40 集有关赤水河的电视纪录片，因我是赤水河流域历史文化和民俗文化的研究者，也是全面记录赤水河流域多元文化的《符节古韵》一书的撰写者，所以特邀我作为纪录片的编剧。开机典礼 8 月 18 日在土城进行。那天，我站在赤水河边，面对红军"四渡赤水"的渡口和红军"青杠坡战役"遗址，我体内的血液突然沸腾，眼泪止不住地流了出来。其实，我也不知道是什么原因，也许是因为我对我们的民族充满感情，也许是因为爱这片土地爱得太深，也许是因为我血管里流淌的是中华民族的血液，我的灵魂已经不仅仅属于我自己。

都说男儿有泪不轻弹，只是未到伤心处，这伤心应该都是因为爱吧，在爱面前流泪不丢人。我不知道什么时候我不再流泪？也不知道我的生命会延续到何时？只要生命没有终结，泪流就很难停滞，但愿我曾经流淌的泪水，能滋润炎炎华夏的土壤，孕育民族精神的再生。

聆听你深情的诉说

在这样一个美丽的日子，是你的用心，将我带到了美丽的地方，让我融入了一种从来没有过的境界。那里很暗，那里凉爽，没有世外的人流，没有陌生的目光。溶洞的水不停地滴下，我安静地坐着，聆听你深情的诉说。

夏天，室外的骄阳已经让人们的心脏变得干枯，花草只想安静地坐着，看着黄昏的天空。夕阳从东墙晒到西窗，心里总升起空落落的感觉，暮色渐浓的黄昏绚烂之极归于平静。此时，只想把人生的感悟当作一碗浓茶，在品味中慢慢渗入我的心怀。世上没有一种东西能真正超越时空，抵达永恒，唯有烟尘中的爱才是永恒的。

低头凝思，我好想不是本来的我，一切的冷静与沉稳，都被这凉飕飕的气流吹灭。仰望洞口的光环和身边或隐或现的面孔，再静心聆听那真诚的诉说，心灵的空间犹如喜欢的万籁俱寂的夜晚突然让思绪飞扬。来自溶洞深处的激流，如火如荼，如静如圣水一般漫过全身，浸润心灵，洗濯心中的烦躁和忧伤，洗尽积压已久的尘埃，让心灵的积血奔放横流，人生的情愫，仿佛一切都回归到了原点。

在漆黑的空间里，一切都那么静，来自大山深处的水滴，从树梢上轻轻掉下来，然后落在水潭里，像音乐，不断演奏着生命情缘的乐章，那么动听，那么绵长，那么充满激情和快感。

等待的美丽，相遇的浪漫，重逢的喜悦，我会珍藏每一个温馨的记忆，永远不会随岁月的流逝而泛黄，往昔的记忆永远在我心底流淌，那一汪人体的清泉，永远是滋润我心田的甘霖……

有人说难找世外桃源，其实，只要你用心去找，它也许就在你的身边。

世外桃源只是一个理想的境界，这种境界只能用心去感受，没有用心你不会找到真正的世外桃源。

走出大山的深处，在明净的阳光普照的前庭，我看到了路边的榕树，金黄的叶子一片一片地辞别枝丫，悠然地飘落下来，在凋零中，有一种飘逸洒脱的美。同时几棵落得早的树已增生了新叶，翠绿的嫩叶在清辉的映照下，晶莹剔透，美如水月。面对这生命情感的凋零和新生，我不禁感叹——它们原是一个世界，却有着不一样的唯美，不一样的辉煌。

于是我明白，一切因缘的雪融冰消或抽芽开花都是自然的，有些东西你刻意地追求，也许你根本无法得到，你没有想要得到的也许在特定的时间和环境下，悄悄地降临到你的面前，就像大自然中，我们尽一切的努力也无法阻止一朵花的凋零，尽一切努力也不能使落下的任何一片叶子回到枝头。

我想人生也是如此，抱着这种平常自然的心态去面对生活中的成功挫败，悲欢离合，爱恨情愁，拥有时尽情地享受我们相拥的幸福瞬间。

回到家，我静静地坐在窗前，拭去思念的泪花，微笑着望向心中的远方，静静地想念，静静地牵挂，默默地祝福……

此时，我好想回到那飘逸的有叮咚滴水声的暗暗地洞里安静地坐着，静静地看雨，听雨，我喜欢轻盈飘逸的雨丝，带给我无尽的遐思，我更喜欢凄凉冷清的雨滴，因为她可以掩藏我内在的忧伤。

漫步雨中

　　炎热的夏天刚过，绵绵的秋雨已经淅淅沥沥下了好几天，带来秋天的阵阵寒意，就这样不紧不慢地静静地洗净了天空，洗掉了落叶，任片片黄色的落叶在地上画出色彩斑斓的特殊的地毯，给人以别样的风情。

　　就在这样的雨天，空气中弥漫着潮湿的气息的日子，独自走进如雾一样的雨中，再次享受特有的独步雨中的惬意和快乐。每次走进雨中，心里就会升腾起一种莫名的亲切，一种熟悉的雨的气息就会在心中悄悄弥漫，那是我长久以来对雨的特殊喜爱，在毛毛细雨中，我从来都是不打伞的。我生性就不喜欢用雨伞，在部队的时候，首长就说过，军人连死都不怕，还害怕淋雨吗？打那以后，我出门从来不带雨伞，即使是大雨，我也会淋着，因为我喜欢被雨淋湿的感觉；况且伞会剪断美丽的视线，隔绝和雨的亲密接触，会让人的眼光变得短浅。

　　任细雨调皮地打湿了脸庞和头发，甚至仰起脸，迎接她的洗礼和抚摩，悠闲地伸出手，接住这些可爱的精灵，享受那种凉丝丝，痒酥酥的感觉，偶尔有几颗雨滴闯进嘴里，竟然感觉有一种甜味沁入，真是感觉很美。走在这毛毛细雨的街头，深深地吸一口纯净的空气，心情也如沐浴过后格外地清凉舒爽。

　　身边的人来去匆匆，而我脚步轻盈地尽情享受着这大自然特殊的恩赐，如蝶儿留恋在美丽的花园，独自用心灵和这空灵的世界对话，把自己和大自然完全融合在一起，而忘记了自己竟然是在闹嚷嚷的街头。

　　这几天上下班的时候，竟然依然是毛毛细雨陪伴，真爽！本来驾驶员每天要接我上下班的，最近我开始独自走路了，一来锻炼身体，二来好在雨中修补我遍体鳞伤的心。走在街上，雨点滴滴答答地弹奏着，伴着我轻松的脚步，如一首曼妙无比的乐曲在空气中流动，感觉那每一滴雨水都是那么多情。

在缠绵的气息中感受着来自家里的温柔牵挂，心底竟然如花儿一样绽放着迷人的微笑。虽然只是只言片语，但足以温暖我的整个世界，都说"秋风秋雨愁煞人"，我却在这样的秋雨中感受着一份如水的情谊，一句简单的问候，我已经醉在温柔的风里，一点温情的牵挂，我便陶醉在这如诗如幻的世界里。

这是一个让人遐想的时空，上下班都步行在这毛毛细雨中，让细雨浸润着我这颗曾经受伤的心，洗刷我满面忧伤的脸庞，洗去世俗与偏见的尘埃，让我的心和身都变得更加纯净。这是一个多情的潮湿的雨季，但愿淋湿的不是我的梦。

他们不仅仅是我的风景

　　生命总是在岁月的流淌中延续，人总是在对社会的认知中慢慢成熟。当人为生存而努力，让思想和灵魂不断进化，每一个节点，总会留下许多值得留念和回忆的风景，这些风景随着时间的推移和生命的延续，有的渐行渐远，慢慢消失，有的却深深地储存在大脑深处，永远也无法抹去。

　　在我的生命延续中，遇到过很多好人，在认识的当初都很尊重和珍惜，然而随着时间的推移，有些情渐渐淡去，有些人渐渐远离，有些承诺已经成为过去，有的朋友因为大家都为生存而缺少联系，人在变老，形象渐渐模糊消失。

　　在我五十多岁的人生经历中，认识的人确实很多，可以用成千上万来形容，但真正能从当初认识始终如一地陪我走到今天的，实在没有多少，我把这些人称为特别的人。这些特别的人闯进我的生命里，既不是我的兄弟姐妹，也不是我的情爱知己，而是介于朋友和亲人之间的关系，而正因为有这种人的存在，才使我的生命充满灿烂的色彩，也正因为有这样的人存在，才让我的一生不再孤独、不再寂寞，因为这些人正是我悲观时的兴奋剂，落寞时的起动机，痴狂时的清醒剂，创作时的原动力。

　　我不知道别人是否与我有相同的经历和体会，更不知道别人的生活里是否也拥有这样一些人？我想也许都会有的，只不过不像我这样敢于大胆地说出来而已。在这个社会里，做过的事情不敢说，说出来的事情不敢做，这是人人皆知的道理。对于我来说，这种人很多时候只是纯粹的精神寄托，不能被单纯的划归为朋友，因为她们所倾注的关爱超出了一般朋友的界限，可又不能升华为爱的感觉，彼此之间常常淡淡如水。那种情感，是超乎寻常友情，而又不能归类到爱情的情感，只能是介于两者之间。

一个作家的生活其实就像一口平静的枯井，因为潜心于写作，所谓结交朋友，联络感情的事大多放在了写作的背后。作家的内心感情，大多倾注于作品中的人物；要说眷恋，作家多与作品中的人物恋爱，有时爱得死去活来。当我们回归到现实的生活中去，很多时候是情商远远低于智商的。所以作家都比较钟爱作品中的人物，希望有那么几个与自己相依相偎的朋友，因为有了这样的一些朋友，生命中才会荡起层层涟漪，生命的色彩才会七彩斑斓。当我们的心中有了这些人，我们的生命才有希望和寄托，因为很多时候想着对方、惦念对方、希望对方、祈祷对方，因对方高兴而高兴，因对方伤情而伤情，总是惦记，不会忘记。

我的生命里，姐姐是个特殊的人，我们没有血缘关系，却以姐弟相称，我们情深似海，却没有爱情的成分，我们彼此牵挂，相依相存，为的是帮助对方努力前行。

记得那年春天，我终于结婚了。当我陪着我的新娘走进我家的堂屋时，她站在我家堂屋的一角，用手轻轻理了理头发，两眼紧紧地盯着我，脸上露出了开心的笑容。当我拜过堂，她又引导我带着新娘回洞房，结婚的每一个环节都有她的身影和笑声。那时我年轻，思考问题简单，处理问题方法单一，根本就没有去思考姐姐心里在想什么。总觉得她是姐姐，帮助弟弟、关心弟弟是情理中的事情，对她默默无闻的付出就没有说上一个谢字。而今想起来，心里就有种莫名其妙的隐痛。

姐姐离开我后是去了广东打工，到广州后也不知为什么，一直没有与我联系，也许是伤感，也许是失落，也许是怕我担心。不过那时普通人家还没有手机，通讯还只能是座机电话。直到离开我 10 年后，她回来了，那一晚我亲自为她做了几道她在家时特别喜欢的菜，希望我的劳动能弥补多年心里隐藏的愧疚。因为在我结婚以前，只要姐姐在，她都会为我准备我爱吃的饭菜，在她的身上，让我感到姐弟情和母子情的双重温暖。那一晚，她抱着我的孩子，不停地给我妻子讲述打工的艰辛和她外出后的经历，我只是坐在旁边，默默地注视着她，注视着她与年龄不相匹配的有些苍老的脸。

第二天，她早早地起来，为我做好了早餐，然后带着我的孩子玩去了。吃着姐姐为我做的早餐，心里总有种说不出的滋味，我也不知道是怀念，还是愧疚？

那次回来在我家里住了两天就走了。自那次一别，10 多年又过去了，我们已经成了失联状态，想起来很不应该的，但事实就是如此。

而今，我会在偶尔的时间里默默地想她，想起她时，心里暖暖的，有一份美好，有一份感动。在忧愁和烦恼的时候，我也会想起她，很希望她能回到我身边，在我痛苦时给我安慰，在失落时给我鼓励，在骄傲时给以提醒，然而我却从来没有敢向她倾诉，因为我不能自私地将自己的痛苦和忧伤传递给别人，让别人无辜的为我分担，我怕属于自己的那份忧伤会妨碍她平静的生活。我们很少联络，在短暂的人生中，我们相聚的时光真的少得可怜，但是在彼此的心中都保留了一份惦念，一份嘱咐。

前些年，我到广州出差，苦苦地寻找过她，可都没有找到。我不知道她是有意逃避，还是出现了什么变故？心里一直很困惑，成了一个解不开的谜团。回想过去，她曾经因我悲伤难过安慰过我，也因我迷茫哭泣安慰过我，她的心时刻对我敞开。她对我的帮助和安慰从来就没有间断过，直至她离开。而今，偶尔闲暇，我会静静地想她，默默地念她。快乐时，我会在第一时间默默告诉她，因为希望她能和我一起分享快乐；可当忧愁烦恼的时候，同样会想起她，依然希望她能给我一句问候，只一句，就足以让我的烦恼随风而去，就会心静如水。

姐姐只是我生命中众多好人中的一个，这些好人因为生存，因为婚姻，因为事业都由当初的热情变成了后来的冷漠。就如山间的溪流，高山的流水总会取代深潭的积水，往下流淌的水永远回不到她的原位，历史的痕迹总是会被后来者磨平，留下的只是曾经的记忆。

说实话，在我的生命中，姐姐她早已经成为一个路人，很多年来完全没有联系，可是，我会因为一个故事，因为一首歌曲，因为一段剧情，因为一种颜色激发我的灵魂让我想起她，想起她曾经与我一起经历过的风风雨雨，一起经历过的人生磨难。

我曾经有个少年知己朋友，小时候一起割草喂牛，一起上学读书，后来海誓山盟成为生死兄弟，可当大家各自成人，安家立业，各奔东西，慢慢把许多承诺都忘了，见面也就少了。

我有位可算是相识半生的老兄，我们曾经是彼此非常信任、相互支持、配合默契的文朋知己。创作上互相鼓励，事业上互相支持，生活上彼此关心，随着年龄的增长，创作的作品越来越多，名气越来越大了，事业更加有成，按理说彼此应该更加珍惜半生的情意，可惜的是老兄在背后偶尔会说我一些坏话，做一些伤感情的事情。我不知道是自己没有做好？还是老兄嫉妒我取得的成绩？反正见到我时，感觉他脸上的神经绷得很紧，再也没有以前的轻松和坦荡。有人说同行多结毒，难道昔日的好友也会因为嫉妒而放弃几十年的感情吗？虽然每一个人都有自己的爱恨情仇，都有自己的选择和自由，但是几十年的感情怎么说丢就丢？想起来，心里会隐隐作痛。

还有那些曾经歃血为盟的兄弟，那些承诺生死相依的豪爽朋友，那些肝胆相照的同学，在经历时间的沉淀后，才会发现自己曾经的幼稚和个体能量的渺小；才会发现在权力和金钱面前许多感情都会变浅。也许是年龄大了喜欢怀旧的缘故，空了就会想曾经从我身边走过的一些人。每当想起她们，心里总是暖暖的，执着于与她们的情，与她们的缘，但又很愧疚，因为这些在我人生道路上给予过关爱，让我感动过的人，为什么会在人生路上丢失了呢？昔日曾经的好友知己，今天还在吗？曾经日夜相随的哥们朋友，今天在何处？

其实我们都想痴痴守候，可现实生活并没有给我们天天守候的理由。对待那些过去的好友，想起一起的艰难岁月，我常泪如雨下；曾经的"不求拥有，只盼痴痴守候"的誓言，早已经随时光的流逝而变得模糊，只是在心底深处留了一个小小的空间，静静地固守着那份说不清的情感。因为有了曾经的往昔，生命里会多了一条彩虹；因为有了淡淡的记忆，我们才会更加珍惜自己的生命。我与姐姐的感情只是人与人之间很多种感情中的一种。可以说这是一种超乎自然的、凌驾于爱情与友情之上的纯纯的另类情感，因为拥有了这种超然的情感，即使没有一起慢慢变老的誓言，却依然会觉得心醉。或许相识相知只是瞬间，可要彻底地忘记却要用一生的时间，但是，很感激命运，感谢上苍给了我这样一些人，因为这些人让我在这个世界上不再孤单，不再寂寞。有这样一种情感，当我受伤时会及时给予安慰，让自己享受着一生的眷恋和牵绊。生活中的这种朋友只能用心去感受，只能用心去珍藏。

人生的旅途中有很多风景需要欣赏，有一些人陪着慢慢地行走，会在心底里升起久违的温暖。自然界的寒冷虽然可以凝固我们的体液，淡化我们的意识，却无法阻止我们思想上的温度抬升。有了心灵上的温润，可以感化彼此曾经的陌生，可以在思想的海洋里纵横驰骋，相濡以沫。痛苦时多一个人分担，就会减少一份痛苦，快乐时多一个人分享，就会更多一份快乐。像我这样的人，虽然这一生不会在物质上富有，但却可以让心灵富足，那就是朋友间真挚的情感。有人说：有些缘分注定是逃不掉，有缘才会相聚，有爱就当珍惜。人世间发生过多少爱恨情仇，大千世界里，多少人能风雨同舟，芸芸众生，又有多少人能相伴一程？人与人的相遇相知，注定成为美丽的传说，如花似月，在静待开放时，吐一缕馨香，悦人心田。回忆让人微笑，微笑使人陶醉，犹如在花红柳绿里，采撷风的轻盈，云的舞姿，鸟的自由，水的清凉。让这样的情感在身体里游走，在脉络里漂流，那种幸福感是不言而喻的。

不管我们的生命将如何结束，人生终将走到尽头。不想失去，不愿溜走，虽然时间可以让我们走得不能太久，就像那首歌唱的那样：毕竟我们相聚过。缘起缘灭，有些注定却可以打破，只要我们的心依旧，不管走多远，彼此的牵挂也会到白头。人生总有谢幕的一天，我们都会有老去的时候，不管心被沧桑如何洗刷，但深情依然满怀。因为不再年轻，所以珍惜拥有；因为经历岁月很久，所以感慨真情。因为真诚的同行过，洒下的必然是生活里最美丽的芬芳。我很感激这个世界，给了我那么多让我留念和感激的人们，尽管他们中大都已经走远，已经不在我的身边，甚至有的已经成为伤我害我的人，但我希望他们会过得很好，过得幸福安康，因为毕竟曾经拥有过彼此的尊重和相伴，曾经拥有过那份真实的情感，曾经拥有过彼此的心动和感伤……

梦里相思寄远方

近来春雨连绵，门外雨声潺潺，清风拂树蝉声起，让人心烦意乱。寒意袭进窗，窗外漆黑无光亮，独立窗前久思量，思绪万千情丝不断，便感心冷意寒。沉思已久，牵挂依旧，心中情感连连涌出，记于此，以解乡愁。

忆峥嵘岁月，青春从手指间滑落。相识满天，知音何处？风雨同舟，海誓山盟，待雨过天晴，人在何处？深夜入梦，忆往昔，打开心灵的闸门，让情感径流……

恍恍惚惚，一阵微风从窗口吹入，为我无数晶莹的泪珠找到释放的窗口，一滴一滴潜入字里行间，吸进我清莹的容颜。遇到你，我的坚强和隐忍如此不堪一击。室外沙沙的树叶在婆娑，不知那是不是幸福万年的唱和？绵绵细雨飘零，不知那是不是世世不分的承诺？

恰到好处的玩笑，开朗执着的沉默，伴随着我顽劣不驯的性格。善意期盼的等待，真诚温暖的关爱，吹醒我灵魂深处的情怀……如春风，凝固月下独坐幽情，如春雨，滋润心中期待已久的梦，如春花，飞舞一地轻浅醉红。无须刻意雕琢，无须背负枷锁，没有约定，无须相等，如涓涓语流飘洒干涸的心田，一切是那样的灿烂，一切是那样的自然。

我是多情的孩子，但我的情不会变成爱情来流出；我是常伤感的人，伤感的泪常常在不经意间流出。我的忧伤你会心疼吗？我的清寂你会理解吗？我的嬉戏你能包容吗？佛说前世 500 次的回眸，才换来今生的擦肩而过，缘可遇而不可求。所以我静静地等待叩开你紧闭的心扉，默默地等待你来呵护我脆弱的神经。人生是无数个画面的组合，步履穿梭为谁而倾？流转眉眼为谁而梦？轻歌曼舞为谁而作？我想听听你的回答。

　　相识相知的两颗心，悄悄穿透蓝屏，跨越时空，凭着纯洁的柔情与牵挂，彼此相约在春天。春天来了，茫茫人海中没有感受到幸福的关怀，飘摇在寻觅中的心无法拥有停靠的港湾。心灵的空间，总是希望相同的兴趣爱好，相似的人生处境，相像的处世心态，总能让相依相约的路上，越来越能用真诚去读懂对方，同时也深藏对方的真诚。每声问候，每份关心，每句话语都如清风渗入对方的心底，释放出柔绵的气息；每个信息，每份叮咛，每句牵挂也会像阳光带去甜蜜，带去无比的快乐和愉悦……

　　没有诺言，心中会涌起阵阵暖流，没有约定，永远都会温馨的倾听。我真诚地感谢你用善良正直的本性，聆听工作的不顺；用幽默含蓄的热情，排解遇事的烦恼；用处之泰然的气度，给予真切的祝福。相处总是无拘无束，谈论总是推心置腹，喜欢听我讲艰辛和奋搏的历程，喜欢听我讲为人处世准则与底线，当然我喜欢听你爽朗的笑声和亲切的呼唤。我们都知道，共同拥有的这份信任和温情，一定会恬淡而温馨。

　　月缺月圆，花落缤纷，我们犹如驿站相遇的两列火车，被对方的灯火吸引，被对方的精彩打动，尽管双眸溢满深情，尽管灵魂快要燃烧，但我们都理智地去珍惜那份激情，在潜移默化之中把灵魂的尘埃荡涤，烦恼时诉说心声，开心时分享乐趣，失意时鼓励振作激励……

　　精神的寄托，灵魂的相守，生活的守望，其实谁也没有离开谁，谁也没有要求谁。今生有缘，但我们只是相识相知，灵魂深处的那份情感是那么纯净；尽管我们彼此相依，彼此尊重，但我们从没有超越道德的红线，把对方作为今生的托付和依靠，因此注定不会走进婚姻的殿堂，只是那份情感的相依和爱好的依靠。

　　人是水做的骨肉，相依相拥孰能无情。一路走来，我们纯净如水，如梦似烟，悲秋伤春，对影成泣。我们都知道，有一种思念很痛，有一种牵挂很苦，但能坚持这份纯洁的相惜却是一种福。

　　有些感觉不需言语，有些心情不可启齿，有些缘分不需要结局。浮云远行，万物重生，天有多高，情有多长。听一个喜欢的人喃喃絮语是一种享受，接受一个真诚的人问候是一份甜蜜。对你信任的人，不管相距多远，总割不断默契温暖，割不断万千柔情，割不断牵挂无限……

　　是谁说，做红颜，每天把真实的感觉写在脸上，做知己，时时把思念的句子散落暗夜。知己不求十年修得同船渡，百年修得共枕眠，但求相逢相知，懂得残落的叹息，懂得安慰和鼓励对方，让彼此的牵挂能圆彼此的梦。

相识是缘，相知是幸。不知你是否知道？你是我指尖凝眸的身影，是我隔屏相望的永恒！不愿暗自垂泪，不愿茫然失落，期待心灵眷恋，期待情梦留存，期待着走更长更远的路，让牵挂飞扬。尘埃飞舞，香迟风归人如醉，烟雨伴随，寂寞流水亦销悲。执笔心动，愿这丝丝牵挂坠落在你的枕畔，红尘眷眷，愿徘徊思绪能听懂我相思的情浓！

知音是贴切默契，知己是长聚深交。很多时候不需过多的言语，深懂你嬉笑话语里的疼爱，深知你沉默之后的真心，你也深懂我大悲大喜的叹息，更能容我自然坦荡的性情。酒逢知己千杯少，话语投机心曲多，坚信我们彼此的欣赏，不仅美丽了心情，更会美丽人生。

愿我们都把这份心灵的圣洁之情，珍藏在未来的岁月里，让她永不变质。

爱你到心灵的深处

　　轻轻走到窗前，拉开窗帘的缝隙，漫天的诗意从空隙洒落进来，沐浴了我的梦幻。

　　穿越时空的庄严，一种情愫在我胸中弥漫，那是梦里相思的奥秘。手指敲击键盘，文字在呼喊，我的指间，键盘敲打着千古的饥渴，意念开始燃烧。沉沉的黑夜，月亮点燃了激情的火种，于是我穿越唐风宋雨，隐秘地向你走来。我说我喜欢春天，你说你不喜欢冬天，因为她寒冷无情吹皱了许多风景。你说在你的眼里再不会有风景。我说你是我一辈子心里的疼……

　　风在窗外沉吟着诗语，我在这里诉说着情怀。一支笔移动了多少历史的深沉，记录着多少相思的诗魂。尘世令许多人失望，于是我们在短信的溪水中得到抚慰、看到希望。涓流浸润的情致、所有甜美的梦想、所有的渴望与憧憬，于指尖化作烟雨蒙蒙的圆满，有如一场甜美的春梦。

　　茫茫人海，我们相遇，让我深爱上了你。对着你的信息，任泪水浸透我柔软的诗心；饮泣将一段相逢刻进历史，然后，我面对时光微笑。因为我曾拥有最为甘美的时光，心中有你，梦中有你，永远相思！

　　当我走过许多高山和低谷之后，了解了人生的荒谬与甜蜜，一路轻尘走来，多少棱角成圆，唯一不变的是我依然崇尚爱情，或许青春的消逝这已成梦境，可又有谁会拒绝那如水的月光对你的温柔抚摩呢？

　　我想：人生最美的相逢一定是情感的共鸣！每个人都有一段历史，而相逢演绎了一段重叠的历史。我懂得，依依惜别将是最后的温存，但信息的温度会彼此永远记得。

　　又至黎明了，你睡得好吗？我忍不住又来看你发来的信息，这样的时间里，没有你和我冷冷地呢喃，也没有人在应和，而我，就在这里翻过所有的信息，再翻转成这笔下如烟如雾的散漫的文字。这样的时间里，我静待在浮华背后。用手轻轻地扫过你心灵的渡口，那些落下的花瓣和言语还在盛放。而今夜的灯火，没有你便没有了光亮。风吹不走月亮，雨打不败花朵，谁也无法把你从我心中夺走，可是亲爱的，爱在咫尺却远在天涯。这样的时间里，我用眼睛一遍遍地抚摸着你曾经发给我的信息，我用心灵一次次地试图捕捉你的温馨。

其实，我知道每个季节里你都在痛苦，你无法逾越你的世界去面对自己。对你，我无法靠近，却希望靠近。我在生活里靠摄取一些回忆作为心灵的营养。写着自己孤独的灵魂，打发了睡梦后的无聊，却也建立了自己的城堡，你，除了回忆让我无法靠近。

冬天就要过去，雪花飘落，花瓣成了泥，变作了花树的肥料。可我的爱，为什么注定开不出成熟的花朵云儿？我在漫漫的人生路上行走，风儿在温柔地吹，我对风儿说：请带去我对你爱的消息，寒冷的风儿吹得我浑身冰凉。我的指尖触不到你的腰际，我的唇吻不到你的温柔，我的爱翻越不过你今生的网，我只有默默地爱你到心灵最深处……

潮湿的心情

作别了冬季的冷瑟，便迎来了梦幻般的春天，经历了风雨洗礼，度过了人生艰难的一段岁月，总希望春天早日到来。

又是一个周末，虽然只有半天的休息，但也倍感珍惜。工作的不顺利，心情的不愉快，使得自己已经不像本来的我，我不知道新的一年是什么样子，但总不至于像这些日子那么糟糕。面对种种不约而至的工作压力和心情积压，有时候真的感到难以承受，有时想哭，作为男人的自尊在困难面前有时候也变得扭曲，但看到那么多支持我的人寄予我的希望，那么多敬仰的眼光在我心里萌发，我实在没有倒下去的理由。人活着不一定是为了自己，更多的是为了身边那么多和你坚持站在一起的人，为了对历史和后人有所交代，让生命的价值能更好体现，所以我只能坚强地站着，不能把那些来自工作的压力转嫁给那些跟随着我的人。我一个人去担当来自各方的压力，去承受痛苦和烦恼，让他们去享受开心、快乐，去过幸福的生活，我想也是值得的，只是不知道他们能否理解和明白？

这些天天气很好，阳光灿烂，但我每天都在压抑中度过。傍晚时分，太阳西下，寒风慢慢地笼罩我的全身。家人都出去吃饭去了，唯我独处。倚窗而立，临风远眺，凝眸间，总有一些情愫简约明媚，总有一些沧桑滑过心海。这种日子，素雅洁净，轻若风，悠若云。孤身一人，浮想联翩，心里有种静静的、淡淡的感觉，淡然里轻拾一枚光阴，那经络里渗透的，是依稀可辨的过往。

于是，许多思绪在我微凉的指尖轻轻滑落。年华似水，当我站在流年的水岸轻声叹息，一些淡淡的温暖和疼痛就在心底，在静默中让自己跟自己对峙。

现实生活的烦琐与忙碌，纷繁复杂的心情，是文字难以描述的。许多时候，想说的话没人听，许多时候，想说的话没有找到合适的人来听，更多的只能默默埋葬在心里，让它变得陈旧后慢慢腐烂。有时候总感觉文字被夹在现实和虚妄中，终是变得无力和苍白，用它来表白有时很艰难。岁月，把素笺背后的那枚痴念，剥落得瘦瘦的，只剩一息。所以，无心轻碰……

一直以来，文字于我，是一种情感的寄托。当初的一份悸动，似指间清泉缓缓流淌，如指尖花蕾静静绽放。但现实的忙碌与疲倦，让我不知道，自己以后还会不会坚持下去，我还能坚持多久。

记得有一天，我在微博上看到这样一句话："人生在世，即使你不懂得人生的真谛，但也必须感谢生命的慈悲。于是，心里的困惑就在这句话中释然，眉结就在这一刻舒展。"生活原本就是由一些平淡组成，没有华丽的章节，有的只是寻常，隔着时光，只需轻轻一碰，大片的心事便会跌落到时光的影子里，堆积成流年。

其实，人的一生时光里，频繁而不间断地重复着的事就是说服自己。说服自己知足、妥协、放弃、忘记，说服自己早出晚归。吃亏、原谅、慈悲、宽恕，说服自己不计较、不称重、不夸耀、不攀比。生活于我，似乎像太阳的晨起暮落那么简单，默默为别人做一些他们一时不懂而终身受益的事，为父母做一些他们不一定知道但让其快乐开心的事，为孩子做一些简单而受用的事。

有时我在想，生活是一种美的过程，是人们在岁月里的痕迹，那么，我们是不是可以换一种方式留下一点岁月的痕迹呢？席慕蓉说得好："你若盛开，清风自来。"其实，许多事情都是一念之间，心念不同，呈现的境界自当不同。

我觉得，人在活着的时候能为家人，为他人多做一点力所能及的有益的事，这些岁月的痕迹，便会永远留在人们心中。或许，于安然之地，珍藏你我的遇见，且行且惜，便可守一份安然，心也许会永远微笑向暖！

放手总会让人心痛

"时间顷刻，秋逝冬来，远方漂泊，落花凋零颓败，月影孤寂沉沦……如果可以，请让地老天荒，请让永恒长存。"这是你曾经在夜晚写下的诗篇。而今，夜依旧如此，月依旧如此……只是时间已逝，不再回来。夜幕下心灵一片空虚，每当这样的时刻总是想起你，那曾经美好的过去又一次在我脑海中浮现，笔尖轻轻滑落在日记中，所有的言语都将在记忆中停息……还会记起我们所有的擦肩而过吗？

夜幕拉下的时候，信步走进已是寒冬的夜。月光如水倾泻出它柔弱的光芒，使影子变得朦胧而又梦幻。月色清雅，近似于冷漠，俯视风穿高墙，庭院落叶双双，月似银盘悬挂，黑黝黝的夜空。星光，是镶嵌钻石，衬托这月的孤单。那摇曳在风中的残叶，如夜色里翩翩起舞的精灵，穿透着夜风和皓洁的月光，我止步于那夜色月光中的草地，聆听着一首忧伤的歌曲。

"风雨之后无所谓拥有，不肯回头，所有的爱都错过。"在不远的一个房间里传出了一种声音，听着这伤感的旋律，不由得有一种心领神会的笑意。是啊，既然经历了风雨，又何苦那么执着的等待？从深渊里爬上来刚感到一点轻松，再回头是不是又一次走进深渊，从头再来一次苦苦的挣扎。我曾经倚窗听雨声，雨滴滴打着芭蕉叶，发出滴答滴答的声音，那清脆的点点滴滴都打在心上。心中那隐隐的痛，随风雨的洗涤而深埋，而弃之于那心的角落。知道离开之后，就不会有人提起，城市不相信眼泪，感觉眼眶湿润的时候，找一个没有人的地方，痛痛快快地哭一场，收起那种脆弱的样子，在别人的故事里笑逐颜开。

"风萧萧兮易水寒，壮士一去不复还"。想起这句既豪放又风冷水寒的句子，有一种凄然和荒凉的感觉，自己当然没有与古人相提并论的资格，自知无壮志豪情，更无那种诗情，此时只是想借鉴于古人之词，用来壮胆。借酒浇愁何时了，往事知多少，杯中之酒乱心志，何以能解千愁。宁愿回到那条泥泞的小路上，只是感觉有那么一点点的寒意。那样弱不禁风的等待，会随时间慢慢沉淀，有些人会在心底慢慢模糊。学会放手，有时候总要在看清楚事实的时候，如果说别人的幸福需要自己的成全，也许同时也就会成全了自己的一片碧海蓝天。

好想牵着你的手

初夏的夜晚很静，天气十分闷热。饭后散了一会步，回到家想写点文字，但就是写不出。于是坐在电脑前，一个人放飞心情，让情感在夜空飞翔。

是谁说要将过去永远珍藏，将心中曾经有的爱埋葬？我不这样想，文章记录的是心灵的真实，虚伪只能留给那些编小说的人。一个人连自己心灵的真实都不敢说出来，不敢面对内心的直白，那他哪有资格成为一个让读者拥戴的作家。

说实话，我常常是独自一人漫步夜空遐想，一杯淡茶，一缕清风，煮一壶相思。有时候一个人傻傻地待着，什么也不想，独享这一片安宁，一片孤寂。

走过一段路程后，总会有许多人让你难以忘怀。亲情、友情、爱情时常成为心灵的一种负重，随着时间的变迁，有些情感总会发生位移，有时候让你难以定位，但并不是指爱情。

走到今天，我经历了许多领导，走过了许多单位，在这些人中除了极个别的以外，大都是让我难分难舍的人。走的单位多了，牵挂的人就多了，值得回忆的事也就多了。闲了，总会想起他们，想起那些与我同甘苦共患难的朋友，想起那些牵着我的手一起走路的人。

时光，流年逝水，岁月，五味杂陈。不经意间，想念我们一起走过的美好，想念我们一起走过的时光，想念我们一起走过的日子，于是只能用文字，记录现在的心情。

我知道，刻骨的记忆，铭心的画面，一直都不曾离开，也一直不曾忘怀。随着时代的变迁，我很少走出门外与他们喝酒聊天，疏远已经成为不言的事实，我不知道他们是否把我忘记？忘记了也是正常的事情，谁叫我不常与他们相遇。现在我已经习惯一个人在静夜里冥思，已经习惯"咫尺"却如隔天涯。曾经好几次无声地告诉自己：只要有你们，我就幸福；只要你们在，时光就不会变老。

人生即是一场相遇，即便错过了繁花似锦的流年，依然可以在记忆里烙下或浅或深的印记！唯有珍惜而安好！

翻开往昔的回忆，如果可以，我愿意永远牵着你们的手，行进在乡间小道，漫话曾经的风风雨雨，品味那时留下的天真幼稚的快乐和幸福。如果可以，我愿牵着你们的手，漫步沙滩，细数海浪声声，潮涨潮落。如果可以，我愿牵着你们的手，一起飘过云海，漫过天涯，跨越人生的每一旅程。如果可以，我愿意牵着你们的手，走过春的浪漫，夏的灿烂，秋的妩媚，冬的宁静。而这一切只是"如果"而已！

今天，你们还记得我吗？一个不多言不多语的书生，一个一脸杀气，说话铿锵有力男人，一个多愁善感，喜欢流泪的诗人。此刻，你们中有人也像我一样独坐西窗，思念故人吗？

其实，我一直怀念我在尧坝、宣传部、大桥独自一人关在寝室书写文字的日子，所有的快乐与彷徨，都一览无余地展现在那里，然后与每一个人分享。或许那是一种心灵的记忆，更是一种超俗的幸福吧！或许是怀念那些文字，更是怀念那份心情。那些似曾相识的文字，那些辗转难眠的夜晚，那些历历在目的故事，给过我徘徊，亦给过我快乐。

真的很久没有敲击键盘的愉悦了！那时候，一直沉迷于应酬、打牌、玩QQ等组成的网络之间。现在想起来，当时的我是那样卑微的苟且偷生。那些寂寞无聊的日子里，是你们一同陪我快乐走过。

现在虽然不常在一起，有的已经许多年不再相见，但我没有忘记，没有忘记那些曾经关心我照顾我的人。或许我们今生无缘，没有一起走到老，然而我们却有份难得的情意在心中永远珍藏。也许有一天，你们没有了我，阳光会一样明媚，工作会一样忙碌，日子会一样充实。而我心灵的意欲，却永远存放着最初的感动与美好的记忆。今生，你们注定是我生命里一幅绚丽的画卷，也许，有一天颜色会越来越淡，但足以记录我们的曾经与过往。

假如有一天我真的能牵着你的手，该有多好啊！我会把所有的往昔与柔情都糅进你的手掌，再轻启红唇，凝望双眸，岁月就这样默默穿越我们之间的视线。让酒桌上的誓言变得美丽，让漫步乡村的话语成为笑柄。面对曾经发生在我们身边的故事，来一次实战回忆，那一定会十分惬意！

在那些艰难的日子里，也有那么一些人在我的背后窃窃私语，有一把刀，曾经插进我的背心，说实话，当时很痛，但我从来就没有恨过。我知道宽容和忍耐是最大的智慧，何必与小人一般见识而降低了自己的品位。在这个社会，在人生的历程里，总会有那么一些人，谱写你一生的特殊经历，我相信总有一天，你们终究会懂得我的内心，因为我的大度而让你感到忏悔。在我生命的历程中，和我牵手同行的人，大多感受过我的孤独，带给我过不少的快乐。或许，她的身影将会伴随着我一生，陪我看日出日落，云起云归。如果真的可以，我愿在如此静美的岁月里，随时光渐渐地老去，也在所不惜。那一路走过的风雨与年华，和着被岁月浸染的故事，是那样的弥足珍贵。

张爱玲说过："喜欢一个人，会卑微到尘埃里，然后开出花来。"而在友情的天坛里，没有谁是谁非，珍爱一个人，即使岁月慢慢变老，爱却不会静静老去。

多少年后，我老了，在我要回去的那个地方，那个连鸟儿都抵达不了的彼岸，我会想念那些从我身边走过的人，想念那些陪伴过我日日夜夜的影子，想念那些被我想念着也想念着我的人。当一切都结束，在远方不再有想念，但我也许还能记起自己的甜蜜和苦涩、辛酸与孤独。虽然那样的想念没有归途，但能够想念一个人，也被人想念，生命的这张地图终究是漂亮的。

夜深人静，独坐书房，敲打出这些文字，目的是记住我们一起走过的日子，重温我们之间那段美丽时光，以免让自己今后老糊涂了，什么都想不起了，连感谢的话都没有说出来就离开了这个世界，多可惜呀！

我真的要说一声谢谢你们！因为有你们，我的生活才变得丰富多彩，因为有你们，我的人生才变得绚丽灿烂。此刻，我好想再一次牵着你们的手，不问逝水流年，不问沧桑岁月，风雨兼程继续走下去，直到下一辈子。

寂寞的子夜

不知从何时起，我竟然习惯这样的夜，喜欢一个人在这子夜回忆以前的忧伤。那时的寂静，叫人心痛，叫人心酸；那时的寂静难免会让人多愁善感。寂寞也成为一种忧郁，一个美丽伤感的画面，一个看不见摸不着能体会的伤痕……

此时又是这样的一个夜晚，一个人坐在电脑前发呆，想着以前，想着可能不会出现的他。或许只有子夜的时候，当只剩孤单和寂寞成了伴侣，我才会让眼泪缓缓地打湿我的心情，弥漫着内心深处的记忆，守候着灵魂深处的凄凉，在夜色里融化，挣扎，成为酸楚，心痛，淹没在这黑蓝色的海洋……

只有这样的子夜，当繁华褪尽，当生命回归真实的时候。我才会携着我那长长的酸楚的往事再勉强给自己一张灿烂的笑容，一份开朗的情怀，一个心灵的寄托，一颗纯洁的灵魂……

只有这样的子夜，才会在这漆黑的世界里聆听花落的声音，欣赏满天的点点繁星，凝望天边那轮哭泣的残月，翻出那些很久以前的日志，翻阅那曾经伤痛的岁月，拨响那苍白无力的誓言，数数自己走过的脚步，抚摩那漂泊的双眸，摸摸风尘里自己灿烂过的笑容，撩起那羞涩的心潮，抛开那星星点点的怨恨，滴落下这一生的遐想……

蓦然回首，收拾起一路的心悸，在无奈中洗刷掉你熟悉的影子。刻画在心中的梦幻，悄悄滑落相思的泪，慢慢淡化了一切的过去，只能让黑色覆盖慰藉心伤。我知道，曾经有你的日子，恍惚昨天，淡淡地挂在天边。

可惜时光一转，你已经消散，那份属于我们的纯真的情感已经走远，不再温暖……

　　此刻星星依然点缀在你我的身边，植在我心灵深处的却是曾经拥有过你的碎片。我知道，那些有你的日子，感觉真好，回忆，只剩伤痛。虽然花落一地，鲜亮的颜色褪尽，在风月中散落。

　　但是我也知道，此时没有你的日子，孤单的人会越来越憔悴，留恋的心也会越来越痛。所以我才会喜欢上在这寂寞的子夜去回忆以前。想要告别的时间，也会很残酷，在爱的道路上停止前进，落下这相思之雨，化作行行清泪……

　　躲避在寂寞的角落回味那曾经的甜美，那种甜美简直就是一种深深的折磨，即便如此，我还是义无反顾的喜欢这深沉的子夜，喜欢这时候翻出我对你点点滴滴的记忆，脑海里残留你的碎片，在这一刻还原，想着你的好，想着以前自己对你所做的一切，开始后悔。酸痛的感觉冲击着全身，不知道是自己伤了还是伤了你之后的心疼……

　　子夜，夜很深沉，同样在一片夜空下的你还好吗？很想尝试着去拨通你的电话，可又怕打破你那片夜空的宁静。心情随着回忆越来越难受，直到自己无法去支撑，只有拖着疲惫的身躯，带着对你的思念入梦。

我在静静地想你

今天的夜好静，静得能听见自己的呼吸声。我总是在这样的夜里安静地想些事情。卸去了白日里所有的伪装，放松心情，唯剩本真。

望着窗外的那一小片的天空，那点点闪烁的繁星，它们一定不会感到寂寞吧。而此时的我是孤寂的。常常觉得自己像是一个流浪者，没有起点，也没有终点。面对这前面漫漫长路，我茫然失措，我不知道该把脚步迈向何方。生命里有一种声音，一种想呐喊的声音；有一种渴望，一种想为实现梦想而奔跑的渴望，然而当无情的现实将所有美好的梦想击得粉碎时，我学会了用沉默来对抗一切。

夜色落下时带来了一阵凉风，这风从敞开的窗口吹来，吹动着我的思绪，我听见房中挂着的风铃也在碰撞，发出"叮叮"的响声……

独自倚窗，任风铃的和弦弹拨思念，我的心不由自主地眺望你的城市。此刻，我在想你。凝视窗外的夜空，远方的天际繁星闪烁，一片温柔的月光从窗口溜进，把我的相思染得发白。往事凸现，一种依恋化成相思的雨，飘在我的心灵。我想你那明亮的眼眸爱抚我孤独的灵魂，醉倒我心灵的梦。

今夜，因你不在身边，这夜没有铺开一地的芬芳，寂寞在滋长，夜也漫长。一个人独自倚窗，想你的感觉越发强烈。我想细细描绘你的脸，想你在那暗暗的灯光照耀下略暗的肤色，想你的笑靥如浪花般的美丽，如湖水般的温柔；想你幽深的眼睛如闪烁的星星，镶在我子夜的边缘，照亮我爱的世界。

因为想你，我无法入眠。一个人在寂寥中展开纸笔，我要细细描绘关于你的细节。我想在爱笺上写满我的心事，再画上这相思的夜景，把我的温柔嵌入画面……然后，将这爱纸笺叠成一只飞鸟，寄给远方的你，让我的思念日夜缠绕在你的梦里。

窗外的月光静静地照着我，你在我的眼前流连。想你飞来我的身边，轻轻地拥我入梦。今夜，我拿起思念的笔，把我的想念悄然写进梦里，再把所有的渴望都抖落在玉兰花瓣上，让它结满我痴情的期盼。让我轻逸飞扬的想念融化在我深切的亲吻里，我的目光望着远方，搜寻你那热烈的眼光。

午夜的风，送来你烟草的味道。一颗相思的心带领我的目光穿透夜的阻隔……香樟树下，你的身影，在我深情的眸子里相依。多少次，月上梢头，我们就带着初恋的热烈相约树下。一份挚爱，一份真情，组成相拥的旋律，在美妙的夜色里抒情。

我们有着无限的热情，燃烧思恋，消融在美妙的夜色里。我静静地站在花园里，聆听你深情的诉说，让你紧紧靠在我温柔的怀抱里，轻轻地吻着你的黑发，听你清唱爱的心曲。期望你深情的目光，将我的情感包裹，让爱的情弦轻轻弹拨，我们合奏一曲真情的欢乐……

今夜，我在静静地想你。窗外月色清幽，榕树下挂满相思的浓情。你的身影像影子贴在我的心上，让我倾情想念。我的爱独自呢喃，在风中倾诉。一个人在这如水的夜色中，静静地想你，想你的漂亮与美丽，想你善良与浪漫，想你带来幸福的微笑，不再让我有新的泪滴。

没有你的夜是多么的漫长。因为想你，不知何时，月光也退了出去。夜，越来越黑，越来越深了。一个人倚在窗前，我能听见自己思念的心跳……

想你是那样的不可抑制，是一种痛彻心扉的伤。就让无限的深情，在这字里行间尽情地挥洒；让这因想你而生的伤感渐渐地成为人生历程中最美的风景。

今夜，让我静静地想你，我想知道你在做什么，想知道你有没有在想我；想知道当你凝视远方的时候，你的眼前是否划过我的身影；想知道当你走进甜美的梦乡，是否看到我在梦的路口等你。我喜欢静静地坐在这里想你。虽然，我不知道这样静静地想一个人，对方是否能真切地感受到。如果你常常会有一种莫名的心动，你是否知道这是因为我在静静地想你？

就这么静静地想你，静静地在心底呼唤着你，我真的很想在这宁静的夜空里呼唤你，尽管我知道，漆黑的夜里，风儿无法将我的心声传得很远。但我总觉得，无论多远，你一定能够听到。因为想起了你，这个夜晚变得美丽而忧郁。我想为你点亮一盏橘色的灯，静静守候着你疲惫的归来；想为你递上一杯你最喜欢的温热的菊花茶，缓缓驱散你脸上的倦容；想用你温柔纤细的手指，轻轻抚平我眼角的皱纹；想用你轻柔温情的呢喃，抚慰我躁动不安的心灵。然后静静地看着你……我祈求，祈求这一刻的宁静永恒。

　　我喜欢这样想你，让自己的心有柔软的疼痛和幸福的甜蜜。不经意间，我会静静地想你在心里，想你的身影，想你爽朗的笑声，想与你相拥在雨中漫步，想与你在幽幽月华下携手相依，然后一起慢慢变老。如果可以，我情愿是一只鸟儿，可以飞越万水千山，夜空中沉默的那轮皎月也是寂寞的。但我不会寂寞，因为我离你是那么近，我喜欢你窗前散发的淡淡的灯光，温馨而祥和，我可以真实地感受你的气息。但我不会鸣叫，不会打扰你的清静。

　　你知道吗？今夜，我在想你，默默地静静地想你。我知道，我的一切都是徒劳，但我会坚持这样，因为只有想你我才会开心，这已经成了我的一种病。

看得到你的背影，看不到你的心

这些天，心情一直是烦躁不安的，烦躁来自太多方面的事情。环境治理，公路撤迁，招商引资，事业发展，民间纠纷调解，一大堆的事情摆在面前。从进入办公室开始起，就没有时间是属于自己的。曾经，我觉得工作是一件快乐的事情，时光过得充实而且满足，现在我会莫名其妙地忧郁和发呆。因为有许多事情让我难以理解，因为有许多付出不一定能得到回报。

为工作，我付出了时间，付出了智力，付出了热情。有些工作你努力了，最终可能连认可都得不到。这些，我都可以不在乎，因为，生活本来就是不公平的，从出生就注定了不公平。我有自己的生活方式，也有自己的价值观。为何我还是如此烦躁不安？

不安的根源，在于我心底的某处空落落地疼。不安的根源，在于我可以经常看得见你的背影，但看不见你的心。

你忘记了我曾经给你留下的只言片语，又已经有很久没有你在我博文后面留下足迹了；还有手机短信也无法得到你温暖的声音。

可以想象得到，这段时间你是非常忙碌的。你要处理的许多事情，你要承担家庭的压力，还有方方面面关系的打理，你是非常辛苦的，脑力和精神必须时时刻刻运转。如果仅仅是因为忙而遗忘，或者是因为忙而抽不出时间，我不会难过。事实上，肯定不是因为忙而造成的。

也许，你是故意的疏远，故意的冷淡。你害怕某种结果，害怕我的陷入会造成对我更大的伤害，所以你在保持距离。为了这种也许，我该保持距离，保持一种无嗔无欲的心态，再痛再苦也只得忍受。

也许，我根本就没有上你的心头，这也是令我最难过和不安的一种也许。

我只能当这是也许了。

　　寻求安慰，我不断地回想着你曾经说过的话。知道有人喜欢你是一种幸福；找到了自己喜欢的人也是一种幸福。无论从哪个角度来看，我都应该是幸福的啊，可为何我找不到幸福的感觉？大概是因为太喜欢了吧。

　　我烦躁不安，是因为心里埋藏着深深的悲哀，悲哀的是还能看得见你的足迹，却看不见你的心。

苦涩的思念

最近不知为什么，大脑里空空的，总感觉生命中有那么一个人离我很远，也很近，常常让我欢喜让我忧，苦苦追寻寒冬。每到夜深，思念总折磨着我，从我内心深处蔓延出来，越来越浓，有时候让我几乎窒息。夜空很静，一点声响都没有，这么静的夜，好像专门为我想你做铺垫的。

呆呆地看着电脑屏幕，想着和你在一起的快乐时光，不知不觉发现自己的嘴角挂着一丝微笑，笑得那么的会心，冷不丁的感觉视线模糊了，一股热乎乎的东西滑过脸颊，重重地落在手臂上。于是我给它起了一个名字：相思泪。

一直以来，都是从别人的文章或话语中得知：想一个人是什么样的感觉，现在我深深地体会到了想念一个人是怎么样的感觉。

我说："想念一个人的感觉就像喝了一杯冰冷的水，慢慢变成了，热热的泪……想念一个人的感觉就像是喝了一杯没有放糖的苦咖啡，但嘴里含了块糖，依旧是甜蜜无比……"

每天夜里想你都叫我失眠，当清晨的阳光透过窗纱把第一束光照在我身上，我依旧在想你；不是因为寂寞才想你，而是因为想你才寂寞！早上醒来，看看时间，是你现在开始工作了。吃饭的时候我常傻傻地坐着发呆，筷子在空中挺立，想着的是你也在吃饭，吃得好不好，想你今天过得好不好，快不快乐，想你会像我一样每时每刻地想我吗？想你和我的相遇和相别为什么无声无息。

真的很想你，于是我只有无可奈何的继续承受思念。我知道这份思念已经很漫长了，也许，没有人比我更知道想一个人痛的味道了。现在，想你的时候，我已经不哭了。而是心脏的跳动会忽然强弱得没有了规律，速度也是咚咚的飞快，于是我开始胸闷，开始体验一颗针刺进心脏的感觉。

我也希望爱你别这么深，想你别这么多。那样会活得更快乐些轻松些，于是我用各种方法淡忘你。忙碌在工作里，忙碌在网络里，你无论任何时候都在我的脑海里，挥之不去，谁也替代不了。

其实我并不愿意说出我深深的思念，因为我怕成为你心理的负担，哪个男人不希望爱得轻松？而且我深深地知道，如果你也如同我一样思念，你一定会努力地走近我；如果你无所谓，那么无论我有多渴盼的眼睛多浓的相思，你都不会在意我的。

书上一直说，一个男人爱到极致情到深处的时候，也就是要失去的时候了。我害怕失去你，没有这份爱我不知道我的心会碎成什么样子，没有你的爱我不知道这蓝天白云间还有什么是我留恋的。于是我不得不努力控制我爱的脚步。不敢频频的给你打电话，不敢表达对你太浓的爱意，不敢一次次诉说我的相思。

说实话，爱你太多，真的胜过爱自己；想你太痛，却也无药可医；思念太苦，竟也绝不放弃。今生注定一个清高的我会为你心痛，我想你的时候心底就浮现一丝伤痛。

想一个人需要理由吗？不！其实爱一个人没有错，想你不需要理由。我想你，是在静寂的深夜，静静地凝视那颗星。想你，是在清冷的凌晨，悄悄滑落的泪滴。想你，是当想起你名字时，一种怦然的心动。想你，是一种深深的关爱和祝福。从此，我对你总有种牵挂，在日里夜里风里雨里在岁月里苦苦的追寻、等待，思念的痛苦，但爱却不愿释手。

还是那句话：想你，真的让我心痛。你曾经把你最真实的心放在我的手心里。而今，我会用我一生的时间把你放在心里，永远地祝福你，深深地爱你。

爱真的太简单，爱真的太深奥，简单得都不知道爱是什么了，深奥得让我们无法去探索明白到底什么是爱！我想要的是一份简简单单的爱，当我们一起穿越爱情之路的时候，无论是苦还是甜，你可以紧紧地牵着我的手，永不放开。随时给我一个拥抱，一个吻，要我们一起去克服万难，当走过一段路之后，回首前尘，就可以发现我们的每一分辛苦，都必筑成一步道路。无论是悲苦还是沉痛，是忐忑还是尴尬，只要拥有那一瞬间的心动，就是幸福的。

只要我们能更加懂得对方的重要，懂得爱情的珍贵。现在我的每一根神经都为你牵动着，随时随刻都会想起你，我已经习惯了这样的感觉，假如要我说放弃爱你，我是绝对做不到的。我们彼此之间，或许有一些地方做得不很完美，那都是可以谅解的，因为世间本来就没有完美的爱情，所以我会在摩擦中更加懂你，爱你，不说放弃。

在生命的历程里，你会永远在我的梦中吗？不管你会与不会，我会在更加寂静的夜里慢慢品味想你的感觉……要你伴着我的思绪入梦，梦里的你我距离更近。

难忘我的初恋

初恋，谁都不会忘记，但谁都不愿提起，因为所有初恋都是在美好中开始，又在泪水中结束。

我永远记得和阿梅初次见面的时候，那种熟悉的感觉让我在刹那间就相信了——人，是有前世的，而我和阿梅是前世就熟悉的。

阿梅从容而略带些纯真的微笑仿佛一直存活在我心底，从过去到现在一直如此。而她也仿佛涉过了万水千山，走遍了海角天涯，突然从前世走到了今生，出现在我的面前。于是我知道，我和阿梅之间会有一个故事，一个在前世未曾演绎完的故事。

我从没有问过阿梅，她当初见我时，是否也是在短短几秒内就从心底接纳了我，就如同儿时接纳一个未曾谋面的亲人。因为我固执地认为这种感觉不会是我单方面一个人有的。我很想问问她心中有没有我这个人，其实，问不问与有没有都无所谓，重要的是，我们在极短的时间内就由陌生到熟悉，再到推心置腹。

我和阿梅就在那种神奇的熟悉感的支配下，开始了我们之间的种种纠缠。

什么时候爱上阿梅的，已是不可考的了。也许，那种感觉是从前世一直延续到今生的，只知道发现的时候，我已经无法自拔了，而阿梅在那时正残忍地告诉我，她喜欢上了我的一个朋友。

我不知道自己是如何做到的，在刹那间调整好自己的情绪，隐瞒了自己的感情，并宣称自己要帮阿梅抓住她的幸福。

也许爱得越深，就越矛盾。我一面希望阿梅能够快乐，一面又希望能够独占阿梅。那种矛盾的心态，在那时无时无刻不在折磨着我，让我日渐消瘦，而阿梅就在那时点破了我的心思。

那时的我和阿梅，是时常有书信往来的。而阿梅就在一次的信中写道："……假如我没猜错的话，你心里并非'无有人'，那个'无有人'只不过是你掩盖事实的一种手段，……你是一个被情网住的俘虏，你心里有她，而她的心里不光有你，还有一个与你同等重要的人。于是，你忧心忡忡，想用虚伪的笑来掩饰一切，想要忘了她。可是到目前为止，你始终未能如愿……"我没有承认，我就像一个溺水的人抓住了一块浮木就再也不肯松手一样，一口咬定阿梅是错的。

再后来，阿梅被那个男孩拒绝了，这时我才敢承认我自己的感情。我知道我对阿梅的感情已经太深，深到只要她肯接受我，那么即使我只是一个幻影一个替身都不在乎了。然而，阿梅也同样拒绝了我，她说在她的心中，我只是一个哥哥。

阿梅也许永远不会了解，她的那个"不"字给我的世界带来了怎样的冲击。就在那一刹那，我的世界褪去了它全部的颜色，所剩的只有苍白。

那段日子不知是如何走过来的，阿梅的刻意疏远让我更加颓废。我开始恨，恨与阿梅的相遇，恨阿梅曾对我的细心体贴，恨阿梅点破我的心思给我希望……我恨一切我认为自己可以恨的，然而改变不了一个事实：我依然忘不了阿梅。

时间就在那种极复杂的感情中滑过了，我仿佛像变了一个人似的，对一切都不在意起来。

后来，我们都毕业了，因为阿梅对我的疏远，我和阿梅闹了两次绝交。当然，是带着几分孩子气地闹意气，也有几分背水一战的感觉。之后，我们就又好了起来，只是不提感情。那时，我把每一个和阿梅有一点相像的女孩当作阿梅，我对她们好，好到连我也不知是不是在喜欢她们。不过，随着时间慢悠悠的过去，我也渐渐地了解，在我的心底，始终只有阿梅。

但是，我知道因为不提感情，我和阿梅才有这样的平静与和谐。于是我压抑自己的感情，直到自己麻木不仁。然而，就在这时，阿梅却投下了一颗"炸弹"，她说其实她是喜欢我的。心已经麻木的我，反应平平，只是平淡地回答了一声。直到几天后，这颗"炸弹"才在我的心中及脑中爆炸！

虽然我不知道，她所谓的"喜欢"指的是什么？但是她的这句话还有那天的温柔体贴以及似乎带着深情的眸子，又一次搅乱了我的心。只是，我不敢有太多的幻想，因为我怕一切只是自己会错意。

再以后的日子似乎真的有一点恋爱的味道。我要远行，阿梅知道了会紧张地嘱咐我这嘱咐我那，我会在某次与阿梅的通话中说想她，让她不停地说话给我听，而阿梅竟也依我；当我坦白地告诉阿梅，我嫉妒她身边的男孩时，她只是置之一笑，不会像那样冷淡我……在这样的情景下，仿佛回到了我们曾经最初的那个年代，那个带着几分两小无猜青梅竹马的感觉的年纪，直到有一天的一个突发事件。

那天之前，阿梅给我打电话的时候提议想和我见面，我很高兴地同意了她的提议。我发誓，如果我当时能够预知所会发生的事，我不会答应阿梅去看她——两天后是我生日，我们就会见面了——至少我不会带别人一起去。可惜我不能预知未来，于是我去了，而且，为了在两天后我的生日会上，阿梅不会只认识一两个人，在征得阿梅的同意之后，和几个会在我生日会上出现的、平日里和我很好的男孩一起，快快乐乐地上路了。

然而事情就那样发生了，直到今天我都不明白是怎么发生的，只知道我们突然就吵起来了。这是我们认识六年以来唯一的一次面对面的吵架，不是冷战，是真正的吵架，两个人就站在大街上相互瞪着眼睛，指着对方大吵起来！我是口拙的，而阿梅是能说会道的，于是我怒极地转身就跑，甚至扔下了在一旁已经看呆了的几个朋友。

身无分文的我一边哭着一边决定走路回家。背后传来嘶哑的声音，回头，是阿梅，她的脸上有怒气，也有无可奈何。她走到我的身边，凝视我，有些咬牙切齿地："小醋桶！就这么跑了？把我们都扔下，我和你的朋友都不熟，你不是要我难堪吗？"我瞪着泪眼，只是不说话。阿梅又说："真不知道你到底怎么了，说走就走，也得给我留一点面子吗。跟我回去！"我瘪瘪嘴，心里有无限的委屈，却还是和阿梅一起回去了，可是默契不复存在。

我的生日，阿梅终于没有来。我哭了，却终于知道，这一次，什么都变了，虽然因为各种原因，我和阿梅永远不可能成为陌路人，但在那一次吵架中，我们又一次地疏远了对方。

数月后，阿梅和我终于很平静地通了电话，谁也不提曾经的那次争吵，都只轻轻地说声："你好吗？我很想你。"

放下电话，我凝视相片中的阿梅与我，相片中的我带着微笑拍着阿梅的肩，而阿梅的手握着我的手，眼中尽是宠爱与温柔……曾经的美丽岁月啊！

泪又轻轻滑落，我没有动，心里却知道，这泪将是与阿梅这长长数年纠缠里存在的最后一滴，含着我刻骨铭心的爱的泪。因为我知道，我的初恋已经是该到谢幕的时候了，尽管我很舍不得，然而帷幕已拉下……

你的爱是我永不消失的影子

　　三十年前，在人际交往中，书信是最主要的载体。而今的网络时代我们都很少用它了。也许，再等几十年，书信将成为古董，让年轻人难以理会。为了不忘记我们幸福的岁月，为了记住我们刻骨铭心的爱，为了记住我此刻的心境和情感，在我收拾整理心灵的空间中，用古老传统的方式写下这一封未发出的书信，待到我们白发苍苍时来回忆我们曾经的故事，待到后人来研究历史时发现我与你的过去。

　　我不知道我们为什么会是这样分别？你的离去，我的心真的很痛，因为，我忘不了你那温柔的一笑，忘不了你那甜蜜的话语，忘不了你那火辣辣的爱。本来生命之中我与你已经成为一个整体，彼此的依靠让心灵深深相拥，天天的牵挂使彼此谁也离不开谁，尽管我们有那么多的误会，有那么多的埋怨，那么多的眼泪，那么多的担心害怕，但我没有离开过你，心里永远装着你，更忘却不了你那轻盈的身影。当铺天盖地的乌云压在我的头顶，我一个人努力去迎击，目的是不想让你受累，当我回过头来，你却已经远去，你可知道我是多么的痛苦，流了多少次泪？就在这时，我还一个人走进庙宇，默默为我们祈祷，请求上帝保护好你，请求将厄运降给我自己，只要你幸福开心我什么都愿意。

　　当我回过头来再也看不到你，QQ 桌面上你已经将我删去，发送的微信总是在发送时刻出现红色的惊叹号，表明你已经不再接收我的信息，博客里已经没你的足迹，所有的联络方式都成了一纸空文。其实我有好多话想说，好多事想问，说话没人听的滋味实在叫人难忍。我不知道你为什么要离我远去？一次次独自坐在电脑面前发呆，然后不知自己在做些啥子，一次次我在梦中惊醒呼叫着你的名字，一次次梦醒后才发现泪水打湿了枕巾……

　　我本来一生很坚强，我就不知道突然间为什么为爱我流下那么多的泪水？你知道吗？最让我痛苦的是忘不了你又见不着你，想向你诉说而又没有办法向你诉说。我知道你在努力将我忘记，所以才删去了我们所有的联系方式；我也在努力忘记，但每天我从梦中醒来，我的大脑全是你的身影，日复一日不能停息，我根本就无法将你忘记。我不知道苍天为什么这么冷酷让我与你分离，梦中好苦，醒来好累。

　　五年深深的爱，那是用多少血和泪融合的，五年的真情，那是用心与肉酿造的，怎么说分离就分离？说实话，这辈子我忘不了你给的情，忘不了你给的爱，更忘不了你给我的关心、帮助和理解，我们生活中的点点滴滴每天都在敲打着我的心房，让我根本无法放下。我忘不了在我艰难的日子你坚定如一同我站在一起，给我安慰，帮我解压，我忘不了在我生病的日子你两头奔波为我送饭端茶，我忘不了在我生气的日子你打的来为我做饭喂食，我忘不了在我痛哭的时候你紧紧地抱住我，轻轻地擦掉我脸上的泪，我忘不了你独自一人坐着公车到老远的地方来陪伴我……

　　我更忘不了那年那月你颊上一抹绯红，羞答答的玫瑰悄然开放。忘不了我们日日夜夜相思的煎熬，忘不了我们梦幻般期待相拥的缠绵，忘不了我们每一个心动的瞬间，幸福的光芒跳跃在脸上的时刻，忘不了我们真爱的火花点亮的每一个夜晚……

　　对我来说，因为难忘，所以还深深地爱着。经过失去你的痛苦反思，悔恨与自责已经让我的心变得破碎，现在我才深深地懂得，在我的心里，你的眼是天上最亮的一颗星，蕴藏着无限柔情，喜欢看着它沉醉执迷不悟；你的心是浩瀚的海，包容着我无尽缠绵，我喜欢你爱恋你痴迷到义无反顾；我多想再牵着你的手，一起走向未来的人生，共享四季的风花雪月；多想天天听着你的声音，悄悄地诉说着幸福的浓情蜜语；多想跟着你的脚步，一起走遍海角天涯……我多想还像过去那样我们亲密无间地爱着，忘记世间一切的浑浊，忘记生活的烦恼，用我坚实的肩膀，让你好好依靠，用我炽热的胸膛，温暖你的心房，让我的双手将你紧紧拥抱，让我们的心里都充满阳光，让人生的世界灿烂光华，让你就这样拥有我，拥有一生的幸福，一生的快乐，一生的无悔。

　　曾经，我们真心相亲相爱，而今我们的爱已经伤痕累累，布满了沟壑，阻碍着两颗心的靠近。来不及捕捉，幸福已经像泡沫一样，转瞬破碎；来不及触摸，快乐亦似轻烟，消失得无影无踪。现在的你，为何是如此陌生？曾经的爱，难道是那么牵强？伤害，猝不及防，无法躲避。

　　忘不了的缠绵沉入海底，忘不了的誓言写在风中，眼前的沟壑还来不及填平就已被心伤的泪盈满；还来不及回味，爱已经走近悬崖，跳下去，万丈深渊，退回去，汪洋无际。今夜，我似乎无奈，无助，无语，恨自己没有飞翔的翅，能飞跃这片悬崖，逃离这份痛苦，从挣扎中解脱。然而我泪流了，总是忘不了你的好；心伤了，还是忘不了你的爱，无数个无眠的夜，无数次痛苦的挣扎，却无法忘记我们爱的心动。心的疼痛，该忘记的却无法忘记，想留下的却轻易失去。好想找个理由，让自己忘了纷飞的泪；好想找个借口，让自己忘记曾经给你的伤害；好想有一颗平静的心，让自己从痛苦的深渊里走出来。

　　曾经，因为冲动，我们彼此伤害；因为难忍心痛，我们继续伤害……以后，我们的爱能不能找回来，我不知道，看着渐渐远离的爱，回忆着往昔的美好，心痛，不甘，不舍，全化为眼角的泪在记忆里纷飞。因为还有爱，所以痛，因为在乎，所以难舍；因为来之不易，所以在经历阵痛之后还想珍惜。

　　夜夜都经历着爱与痛的折磨，放不下，忘不了；忘不了，放不下。爱恨相拥，该如何去做？

　　好想忘了你的好，忘了我的泪，忘了彼此曾经的爱；好想忘记你的情，忘记曾经的美好；好想天天酒醉去淡忘所发生的一切，但是真的做不到，忘不了。我多么希望让爱重新回到幸福的轨道，既然还有爱，我们就把曾经的一切当作一次迷路吧，也请给我一次机会，让我们从现在开始，尽心去寻找丢失的爱，重新爱一回。

　　既然还有爱，就让我们从现在开始，用爱去淡化伤害，用爱去忘记过去，寻爱的路途茫茫，但我相信，只要我们用心去找，不管有多远，也不管有多难，我们都能成功地找回。忘记的过程艰难，但我相信，只要用心去做，不管有多少伤，不管有多少痛，我们都能被爱融化。因为彼此还有爱，所以我们要学会忘记，学会用彼此的爱去忘记该忘记的一切；学会用真诚的爱化解心结，把我的爱放在你的心上，也请把你的爱放在我的心上，以后的日子我们将用爱去填平所有的沟壑，让眼角流下的都是幸福的泪。

我知道，我还在做梦，你早已经消失在我的梦中，我不知道我的痛苦要延续多久？今天，站在光秃秃的山岗，眼含热泪望着天空无奈地呐喊——我的狗狗啊！我的宝贝！你在哪里？你要我忘了你，我怎么才能忘了你？

看着别人幸福的牵手漫步，我心中却充满了苦涩，似乎幸福永远不会属于我。我可以微笑着去祝愿自己爱的人幸福，而自己却失魂落魄。而今终于明白，幸福不是那么简单，即使靠得再近，中间却隔着一颗心的距离，使你对我而言遥不可及。因为爱，我祝愿你幸福，即使幸福从不属于我。

如果你是雨，那我就是伞。等雨是伞一生的使命，也许有一天，世界上没有了雨，那伞的使命也就结束了，伞会随着雨而离开这个世界。

今天，我的心在滔滔的江边流浪，你要我忘记，可我真的忘不了你，无奈的我觉得是那么的累，我真的不知道什么时候能忘记你，能忘记我们的过去！

数月过去了，往昔的一切还在记忆犹新。谁说时间能将记忆消失？谁说真爱能渐渐忘记？

你是我的感动

　　一本书的厚度衡量不了一颗心的从容，而一颗心的从容却把握得了一本书的厚度，让我们豁然开朗的，也许只是一句话，左右我们心绪的，也许只是一页纸，而所有这一切，在于我们是否把这作为开启心房的钥匙，在不知不觉间推开一扇窗，照进阳光的颜色，泛着七彩的波影，被温暖地包围着，萦绕着，如光一样透明。

　　敞开心扉，让心情在阳光下晾晒，其实并不冷，尘封一段往事，折叠成岁月的形状，允许日子在花开花落，云卷云舒中，定格成一道无法消失的风景，打开书页的瞬间，飘落下来的泛黄纸笺，上面是否记载着一段早已遗忘的曾经的誓言？心在淡淡流淌的音乐中温习一段久违的世界，在素笺上寻找往日的柔情，心湖泛动的阵阵涟漪，激荡起的波纹里会映照出谁的身影？

　　无声的岁月悠悠而过，散落成生活的美好如影随形，能够温暖心扉的，永远是安宁的文字，在历练中雅致地挥洒一言一行，在纯粹中潇洒地展露笑容，穿过岁月的风尘，在寂寞中聆听孤独的歌声，以简单的幸福完善复杂的人生。

　　捧着一本厚重的书，静坐在桌前，以平淡的真实来引领自身的安详，在宁静中自省，在淡泊中升华，思索和接纳的永远都是心灵的回声。生活在书香中濡染，生发出来的韵致和美丽如兰一样芬芳，这就是我们走在这个世界上的最优雅的痕迹。

　　一本书，一杯茶，一个安静的女人，应该是一幅很美的画卷，虽有着些许的寂寞，却如墙角的梅花一样，散发着淡淡的幽香，这看似寂寞却并不寂寞的女人，就如天空上明净的云朵，似乎是在自己的守望中云卷云舒；又似清香四溢的花儿脉脉芬芳，仿佛是在自己的故事里花开花落。

　　这样的一个女人，总是会让人心生暗恋的。

你永远是我的影子

夜色静静的深远，雪花漫漫的飘舞，午夜之后的世界奇特的安宁。

路灯下的脚印和道路上的车辙越来越不清晰，没有风的吹拂，让我觉得细腻而轻浮的脚步声，是那样的孤单，那样的坚定，而移动的身影是那样的无奈，是那样的疲惫，脚步的呻吟声催促着移动的身影，向路的另一端移去，却将我的心情遗留在每一个脚印里，将那飘舞的雪花深深的埋葬。

有一种感觉错落在清净的思绪里，似乎我的身后好像有一个熟悉的身影，跟随着我的移动而默默地移动，是那样的轻盈，是那样的奔腾，是那样的依依不舍的感觉，似乎又担心让我发现的样子，心中那无限激动的喜悦心情，犹如一股暖流涌入了我的心头，一定是她来了，她怕我孤独，更怕我忧郁，她那疑惑的脚步声，紧紧而有节奏地跟随着我的脚步声，那脚步声快慢的频率，更让我确定我的感觉。

她来送我一段路程，让我在离开之前不再孤独。我猛然回头，想捕捉到她那疑惑的眼神，再看一眼那憔悴的身影，给她一个放心而安静自如的微笑，打消她对我的牵挂和惦念，也让她感觉到我在离开这里之后，能够安静的生活，不再为往日的恋情所困惑。

可是，在我回头的那一瞬间，世界还是那样的冷漠无情，和我路过时的景色一样，没有任何的改变和突出的多余，没有我感觉中想要的那一切，没有我期盼的那个身影，更没有得到我想得到的安慰和被安慰的感觉，那些要表达的微笑和眼神，还有要说的话语，又都悄然吞进了肚子里。

我能感觉到我的表情和我的心在同一时间里紧了一下，整个身体的血液似乎流淌的缓慢了起来，一种流动的冷，开始在我的身体里循环，我知道那个熟悉而陌生的身影不会再出现了，可是那种起初的孤单和寂寞没有了。

　　在雪雾里没有遇到行人和过往的车辆，只有一双流浪小猫的眼睛，在冰冷的街道上游荡着，为一口吃的而不能休息，就像我飘忽不定的心情一样饥渴，周围高矮不等的建筑群体，都隐蔽在雪的世界里，少了几分白天里的荣耀，仅有的几盏稀疏可数的灯光，在灰蒙蒙的色调里，也显现不出它们的光彩。

　　空旷的站台里除了我以外，只有一个困倦的检票员，吞吐着烟雾，几根凌乱的胡须上，挂着薄薄的寒霜，哼着不知道名字的小调，打发时间，而他的后面，却有一个熟悉的身影，背着一个红色的行囊，而那个熟悉的行囊，刺痛了我的眼睛，止不住的泪水，涌到了胸口，她真的是我的影子，永远为我相随。

期待的乡村落日

近日来，阴雨的天气持续了十多天，让我着实不能容忍老天的悲情。毕竟是春天，谁愿意一出门回来就落得浑身的泥水？人都希望这个世界多些暖阳和静谧，就如同那日头，不管一天中刮过几阵风，下过几场雨，只要傍晚时分奔出一片金灿，照亮人们回家的心情，人们照样会眷念它，眷念充满风雨的日子。说起来这倒是悲喜剧的演绎方式——过程艰辛、惨淡，结局却是豁然美好的。但我近些日，甚至近些年始终是凄惨的。我的凄惨似乎因我对别人、对自己的苛求而致，我不仅要求常常能沐浴到日落时的光，还要让日落那自有和周遭的丰富情态来鼓胀我的情思。而我终日奔忙在集镇与乡村的事故之中，纠缠于纷繁的工作事务里，已很久未能静下心来欣赏落日了。于是，落日成了我印象中一幅陈旧的画，我常常在想念它的时候，把它从记忆中搜出来，拂去上面的岁月尘埃。

其实，我真的想有个空闲能清静地站在某个高处看一次日落。工作虽然很忙，但在时间上不是没有可能，没有可能的是已难以寻找到那样平和的心态和境地。设想我就那样专注地看着日落的情节，且旁若无人地，那么身后将有一群同胞在注视着我，看我是个从哪里冒出来的白痴，或是这个曾熟识的家伙接下来像卢武玄那样有什么想不开的举动。咳，这个年代想大胆地做一件开心的事真难！就如同身居高位，爱上了一位不该爱的 MM，却怕因此惹上绯闻一样。

在我的记忆中经典的观看日落情景是在乡村发生的。乡村的夕阳是纯净的，正如村子里毫无矫饰的姑娘的脸蛋，永远是人们旷阔而沉寂的视野里生动的主角。它就那样红红地散发着温和，原野和乡村在这种温和里沸腾起来：

水牛悠闲地甩着尾巴，眯着眼做着反刍动作，在熟悉而狭长的田埂上踏出铿铿声；昂着头在前面领路、嗓子鼓鼓的公鹅，炫耀着自己的嗓音，嗓音不太美妙，但不妨碍它传彻每个农舍和树隙；吃饱了的鸭子一进村子，就摇着身子扑通扑通跃入门前的池塘，嘎嘎叫着忙于洗浴；而枝头的鸟儿正相互交谈一天的捕食经过，夸着彼此的宝宝……"太阳姐姐到大海里洗澡了，等你明天早上醒来，就又会看到她的。"母亲摇着蒲扇，对懵懂的我说。是呀，太阳的身子正轻盈地滑入天边灿烂的云海，她怕被别人偷觑似的，悄悄地掩上了门，于是大地渐渐暗下来，村子里的灯火也次第亮起来……

心情好，抑或不好，乡村落日都是与我的心情靠近的，在意气风发偶然又感到孤寂、压抑的少年时代，在少不更事而茫然地体味着世事中苍凉部分的时候，我就那么呆呆地看着落日——我的爱和恨在落日面前是那么赤裸，仿佛落日能感受到我生命中的光华和沉重；在沉思中，我的心情变得悠远，与古人相接，能感受到"白日依山尽，黄河入海流"的壮阔，"大漠孤烟直，长河落日圆"的空灵，"夕阳无限好，只是近黄昏"的失意和无奈……

我对乡村日落乃至乡村生活产生美妙的感觉，是在对它们非常熟悉、而后又失却它们的时候，好像一个低头不见抬头见的友人，与他阔别后，他的好越来越觉得不可替代了。

很奇怪，人们多只是喜欢看日出，而且喜欢到远方捕捉那壮观的瞬间，诚能如愿，当然也不枉奢侈了气力和金钱的。可是，经常听朋友或身边的人抱怨说，特地到泰山或黄山看日出，却被偶至的雨搅了。我也似曾有同感。

前几年我在宣传部工作，因工作需要应报社的同事们邀请去黄山旅游，一路上感觉天朗气清。汽车轻捷地行驶在皖南的盘山公路上，我也在车窗边惬意地游目于掠过的斑驳树影，心想，明天早晨将有精彩的日出等着我呢！不料，车到汤口天气就坏起来，到了晚上，哗哗下起了雨。第二天及以后的行程，都是在雨中完成的。既然来了，总不能一无所获吧？许多同事因疲惫和扫兴，索性以索道代步上山下山，可我沿途还是一丝不苟地玩赏雨给黄山带来的那种独特的美。雨中的黄山空谷传响，云遮雾绕，山形忽隐忽现，山体与松竹在静穆地承接了细密的雨后，显得光洁而苍翠欲滴……

在我的生命历程中，因为生存的原因，我已变成个循规蹈矩的人，因而不敢将那次感受黄山中好的部分强加给同事和朋友，而在他们提起那段伤心之旅时，就糊里糊涂地劝慰他们：不妨去看看乡村日落，那也是一种享受。

他们愿不愿看，去没去看乡村日落，我是不得而知的。兴许他们在看了乡村落日后会有别样的感受，兴许他们根本就不会去看。

按说，我对看乡村落日的期待那么强烈，也早该去看一看了，没想到真的回到了家乡，竟疏忽了此事，或者干脆说没有勇气面对乡村落日了，犹如邂逅了久盼相逢的朋友，反倒无话可说。于是，我觉得自己也变得虚伪了，怕直面真纯的东西。

一次次无功而返后，我悲哀地相信，我珍存的乡村落日只属于我的少年时代，正如许多爱发生在那个年代，遗落了，就再也找不回来了。

牵挂与期盼的情愫

　　夜色挡不住醉人的温柔，淡淡的月光洒下宁静的细碎，辉映在我的脸上，留下了一抹雾一样的清冷，手捧一杯清茶，端坐于窗前，怀想从那一刻开始蔓延。期待的怀想一点点地浮出，直到淹没了我的思念，感受着久违的心情，牵挂着，惦念着，期盼着，渴望着，纠缠着……复杂的心绪也遮盖不了我此时的眼睛，因为，那里有一颗晶莹的泪珠儿似乎要滚落。

　　你会心疼吗？我想你会的。

　　满天的星斗，闪闪烁烁，有的耀眼明亮，有的几乎看不见模样，不知道，这些星斗里面哪一颗属于你，而哪一颗又属于我，是否，我们有着同样的轨迹，永远也不可能重合？是否我们有着不一样的行程，有一天，我们彼此惊奇地发现，前面的或者是后面的那颗星星就是你或者就是我。美丽的梦想隐藏不了满脸的幸福，那上面有一丝浅浅的微笑仿佛要绽开。

　　你会开心吗？我想你会的。

　　遥远的灯光点缀了夜的黑暗，霓虹的色彩装饰了一个一个瑰丽的梦，月儿朦胧，似嫦娥在挥舞着摇曳的水袖，欲说还羞，这样迷醉又浪漫的夜晚，不需要什么语言，不需要什么行为，只要彼此懂得心灵中共鸣的声音就够了，你中有我，我中有你，在灵犀的精神世界里隐藏着我们的秘密，而心情也不再感到那么压抑。

　　你会陶醉吗？我想你会的。

　　轻柔的风默默地吹拂，仿佛也感觉到了你和我心中满满的情意，你还好吗？我托风儿把我的祝福送给你，带着浓浓的思念，带着长长的牵挂，带着深深的眷恋，在这风轻云淡的夜晚，你是否能感知我的想念？月儿跨越红尘，传递一阕千里婵娟的诗篇。

你会幸福吗？我想你会的。

静谧的夜晚，容易让一个人想念，往日的点点，涌上心头，徘徊久久，原来，即使时光流逝，心中也无法忘却这一段浪漫的情缘，任思念蔓延，释放满怀的柔情，尽情演绎温柔的眷恋。一颗流星划过夜空，留下坠落的光华点点，知道吗？那就是我为你送上的美好心愿，用心地凝望好吗？它会为你带去一个美好而温馨的夜晚。

你会感动吗？我想你会的。

心情中流落的思绪越来越柔软，一个人，就这样默默地温柔，默默地想念，有风吹来，竟是这样的温暖，风过处，有着暗夜里独特的气息，那么的暧昧和缠绵，是否在这样的一个夜晚，我们不应该只这样的想念？可我们还是冷静了，把这美丽留在心中吧，也许会有另外一种情缘延续在心间。

你会失望吗？我想你不会，因为你是懂我的。

夜色阑珊，不知道此时的你是否也在想念，也在期盼，也在纠缠，也在伤感……如我一样，心中的呼唤声声，脸上的泪光点点，知道吗？不是因为忧伤，而是因为太想，心中的渴望时时撞击着心底深处，带来一处处看不见，却感觉很痛很痛的伤。

你落泪了吗？我想你不会，因为我希望你是快乐的。

红颜也相思

　　夜深了，我无法入睡，推开窗，墨蓝的天像经清澈的水洗涤过，水灵灵，洁净净，既柔和，又温婉；没有月亮，没有游云，万里一碧的苍穹，只有闪闪烁烁的星星，宛若无边的蓝缎上洒印着数不清的碎玉小花儿……

　　夜阑人静，黑夜与睡梦笼罩着大地，万籁俱寂。浪漫的霓虹醉成一幅独立隽秀的风景，微风轻轻亲吻我的脸颊，展出诱人的魅惑，一种柔情，一份温馨，心在此刻荡漾着一抹悸动！风吹起如花般破碎的流年，而你的笑容摇晃摇晃的，成为我命运中最美的点缀……

　　我的生活依然一如既往地平静，唯一的波动就是想你时的泪水。每次念你的名字，胸口总会泛起斑驳的疼痛，那是温柔的痛。那些深深浅浅的印记，闪烁着的月白与深蓝，反反复复地回荡着昨日的酣畅。所有的忧伤与欢欣，是梦不能停止的呼吸。

　　我在思念中轻轻笑着，就算岁月的寂寞行走在荆棘泥泞艰难困苦的路上，你也别怕，我用生命为你铺满了最温暖的路，再多坎坷我陪你出发！

　　一次相聚，生命是一段旋律，感动过你感动过自己，去过的旅程都成为过去，是你在那大地的胸膛里的句句真话给我勇气，经过风雨人生，生活的感悟可以胜过千言万语，当守护变成信念，连泪水都是甜的！我的心不再孤寂，因为爱注进我的心里，爱一个人的努力我在坚持，我没有放弃，这也算是一种福气！

　　是你让我相信一声问候，一份纯纯的相思，也是一种小小的幸福；是你让我相信未来的路，偶尔孤孤单单却不孤独，是你的一声声问候让我有种暖暖的幸福；是你的鼓励让我看到另外一个自己。跌宕起伏的路上每当我跌得疼痛，你总是站在我身边，和我一起仰头微笑……

用眼睛去素描你内心的世界，曾有的敏感脆弱，将有着固执冲动和爱哭，我也会安抚着体谅你心疼你。你说也许冬天会带走一切，可我坚信绿色的祈求，春天依然有鲜花，你要相信，每个冬季，我都能在冰雪中温暖你的双手；就算黑暗的恐惧会让你心头涌现一些不安的感受，我也会在黎明中给你温柔！

余温的心情，落在相约的路上，一串馨香飘过，你依稀温润的笑脸盘旋在我的脑海里。在纸笺上铺满的文字，是难言的情愫。在每一个白天或晚上，你的身影映红了我期盼的目光，如那清泉伴茶，芬芳游离唇齿。失落在想你的梦里，失落在牵挂你的日日夜夜中。

虽然今生我只是你的红颜，但今生因为有你，我总有一分淡泊，一分安然。

疼痛的思念

今晚肯定又要失眠了。现在心绪颇不宁静，轻轻敲开记忆之门，如烟往事涌上心头，久违了的感情历历在目，虽然短暂，但我无法忘记，拿什么来忘记你，岁月匆匆载着我从此岸走到了彼岸，当我放下满身的疲惫，当我以为已经放下所有的一切的时候，那段尘封已久的往事，那朦胧的思念在不经意间渐渐苏醒。

我不知道生命中有过多少次偶然，但我刻骨铭心于那一种渺茫的几近荒谬的情缘，也不知道是怎么就被你那一张巨网给网住了，到如今却像柔丝般缠绕着我，竟然就让我久久的不能忘怀，同时让我陷入深深的思念和淡淡的愁绪中，在时间和空间里让我那样的措手不及，让我无法掌控自己的情愫。

我知道这种情感就像那雨后的彩虹，只是给我一时的美丽和绚烂，只是我生命的一抹，是我人生风景线上一道旖旎而虚幻的风景，那种情感永远无法真实的存在，虽然感觉那样的亲密无间，但毕竟还是隔着一张无形的巨网，让我们无法靠拢……

从早晨到现在一直都盼着你的电话，哪怕是一条小小的短信也行，我要你告诉我："你去哪里了？怎不问我要不要跟你一起去"。我在等啊！可我什么也没等到……

刚认识你时，也许是初次见面的原因，你显得有点腼腆和尴尬。可后来你认我为哥哥，我以兄长之心疼爱着你，没有一点杂质，没有一点污垢。和你相处的日子，我才知道你是一位年轻有为，风华正茂，有鸿鹄之志的女人。我喜欢你多情的眼睛，爽朗动人的笑声，尤其是你无意中的一个微笑，真的很美，很美……

　　你对我无微的关心和照顾（饭桌上的一筷子菜，都让我从心底感到温暖）让我久久不能释怀，刚开始时我以为你只是我生命中的一个过客，过了就会忘记。可是你的笑，你的声音，你的一举一动，还有你灵动的眼眸，深深地印在我心底，让我无法忘掉你，你有自己的独特的思想，很成熟，有时也逗人，也很幽默。当然有时也像一个孩子，在哥哥面前那么可爱，那么无瑕，那么天真活泼。

　　我以为我不会再想你，可不知道为什么，整天脑子里全是你，工作时都走神，就连睡觉时也梦到你。也许这就是所谓的"魂牵梦系"吧，有好多次都想电话打给你，可每次手指触摸到按键都滑下来了，我怕你正忙，怕你不理我，怕你觉得我是在骚扰你。

　　我知道，也很清楚，我们是两个世界不同层次的人。可是，我都不知道该怎么办，怎么样才能不想你——我亲爱的妹子。

　　我好想唱歌呀，把对你的思念全放在歌里吧——"当散步时会想到你，当游荡时会想到你，当你的脸孔，会出现在我的梦里，当你的声音，会出现在我的耳际，我才知道，你已经住在心底。当散步时又想到你，当游荡时又想到你，当你的脸孔，又出现在我的梦里，当你的声音，又出现在我的耳际，我才惊觉，我已经被你占据。""当手机里没有你的呼唤，当电话里没有你的留言，当你的身影，不再陪伴在我身边，我才知道，你已经是我最大的依恋。当我习惯你的存在，当我害怕你的离开，当我们小别的时候，我痴痴等待，当我们吵架的时候，我默默发呆，我才知道，这种感觉就是爱。"

兔子与狗狗的故事

　　兔子和小狗的相识缘于兔子与小狗父亲的交情，从她父亲的介绍中开始相识。不同的年龄，不同的境遇；但有相同的心情，相同的默契，在相处中积淀了纯洁的真情，厚厚的兄妹爱，在人生路上就这么自然地相互关心，相互支持，相互倾诉，彼此相依。

　　他们在一起时，会有无限的激情，会宣泄着困惑和失意，追忆着美好的时光，用幸福与快乐抚慰着对方心中曾经的痛。

　　终于有一天小狗对兔子说："别人总用别样的眼光看我们，以为我们是情人，我真的好委屈。"

　　兔子却对她说："我们是兄妹，我相信这个世界上会有真正的异性兄妹情，我们没有做过对不起亲人和朋友的事，只要对得起自己的良心，走自己的路，让别人说去吧！"

　　小狗说："我怕！我怕输不起，我要走我的路。"

　　她走了！时间愈合不了心伤，我的梦还在——天天梦见她。

　　曾经，小狗问兔子，你是不是一直都在骗我？兔子说："我问心无愧，从来就没有骗过你，对你的关爱是无限的，对你的感情是纯洁的。"小狗总是不相信，猜疑和不信任成了小狗的心病，也是小狗的痛，她担心时间长了会不会产生爱情。

　　曾经，小狗因为误会一个短信而打了兔子一巴掌，自己像疯了似的狂哭。惊慌过后小狗傻笑："我没有想到我们以这样的方式结束。"

　　曾经，小狗在下乡时不小心差点摔了一跤，兔子在去拉她的时候衣服被拉坏了，小狗歉意地说，我本来就爱你，我爱得深了，用力也就重了。使得在场的人大家都笑了起来。如果是不知情的人，还真的认为他们是情人。

还有，小狗特别怕黑，怕走夜路。每次回家晚了，小狗会说："送我回家吧。"可现在小狗离开了，兔子问：以后谁送你回家呢？小狗的回答是义无反顾的行程。

兔子的担心只是暂时的。小狗告诉兔子说，她要找个爱她的人。这让兔子难看不堪，他无言以对，只有痛在心里，爱在心里，好失落，好自卑，因为他们不是爱情。

在梦中，小狗告诉兔子，流浪的心有了休憩的地方，一位兵哥哥闯入她的生活，为她鞍前马后。感冒了，他会为她守一夜，会为她风里来雨里去抓药。她被他感动了，是一种幸福的感觉。

兔子说，为了避免别人猜疑，只要你幸福，就忘了我吧！小狗说，我能忘了你吗？你是我的哥哥。

后来他们就少了联系，偶尔有个短信。平淡的日子，难平的心思。小狗的任性和多愁善感总是占据着兔子的心，他喜欢她这样。

小狗又出现在兔子的面前时没有一点征兆。她对兔子说，世间上的男人除你之外没有几个是好东西！

兔子小心翼翼地问，我又怎么了？小狗就哭了，她说那男人阳光帅气，但她喜欢的是他穿上那身橄榄绿，就有一种特殊气质。小狗的父亲是当过兵的，从小对军营有种向往，当她认为自己已经找到归宿时，那人却告诉小狗他找到了一个比她更年轻更漂亮的了。他说不满意自己的婚姻，可他抵御不了小狗美丽的诱惑，他欺骗了小狗，并请小狗原谅。小狗倾注了全部感情后，才发现自己充当的只是他发泄情感的工具。小狗接受不了这个现实，她说这个男人才是真正的骗子。

走过这段路，小狗才发现，她与兔子虽然没有爱情，但兔子才是真心真意关爱她的人。人生的真爱只有一次，放过了就再也没有了，只有珍惜，才能拥有，只有坚持，才能幸福。小狗痛苦而悔恨地对兔子说，我知道你对我最好，但我现在只当你是我的哥哥，没有其他想法，也不会有其他想法，并请兔子原谅。兔子说我知道。兔子还是一如既往，对小狗有求必应。此时的小狗不再那么自信，已经客气许多，也不要求兔子帮她点什么，兔子心里却莫名地痛。

有人说："男女之间没有真正的友谊。"其实在当今社会，真正的友谊是完全存在的，所谓的蓝颜知己和红颜知己就是最有力的例证。但做蓝颜和红颜，双方都会承受来自许多的猜疑，面对许多让人哭笑不得的尴尬局面。由于别人的误会和亲人的指责，小狗很委屈，到底还是走了，尽管兔子的极力挽留，尽管兔子的一万个舍不得。她走时脸上似乎阳光灿烂。兔子还是那个兔子，痴痴地等候在他人生的路上，他希望她能回来，他希望她没有把自己忘记，希望她走过一圈弯路后能回到原来的起点，能说她曾经说的话："我会做你一辈子的妹子！……你是我的依靠。"

其实，相识就是一种缘，无所谓缘深，也无所谓缘浅。属于你的始终会来到你的身边，不属于你的始终留不住。缘来了，你要珍惜，只有珍惜，你才会拥有。

我们都有去猜测他人某些事的权利，但乱加猜测和乱下定义，往往会在不经意间害了一些人。这些本来善良的人承受的痛苦又有多少人去想过呢？

我只是默默地想你

与你相识在茫茫网络世界里，通过这条细细的网线，传递着我们不能言破的情怀。在静静的深夜里，在涓涓流淌的浪漫的音乐中，用那双略带僵硬的手敲击着思念的文字，悄悄地诉说着心底那缕心语。想你，却不能告诉你。

我们虽呼吸着同一方空气，同顶着一片蓝天，但我们却相隔一片无边无际的天空！只因我的世界里没有你，你的世界里亦没有我，我们只是彼此生命中的一名匆匆过客。相识的日子像烟花一样美丽而短暂，美丽得让我刻骨铭心，短暂得让我隐隐作痛！都说，思念一个人是甜蜜的，而我想你却不能告诉你。那种感觉，或许是一种甜蜜的疼痛吧！

我们离得很近，近得我能感受到你的呼吸，听到你的心跳，闻到你身上特有的味道。可是我们离的又很远，虽只相隔一层玻璃，我却触摸不到你的脸庞，感觉不到你的温度。远得我只能用眼看用耳听；远得只能守着你的名字，幻想着你的一切！想你，却不能告诉你，与其两个人都痛苦，不如一个人来承担好。

分别时，我们许下诺言，再不相见。不管我有多么想你，不管思念的时候多么孤单，我恪守着这份承诺。在寂静的深夜里，悄悄地想你，偷偷地念着你的名字入眠。或许，我欠了你的情债，现在到期了，该还给你了。或许这种思念只能意会不可言传吧。

为了那份承诺，想你的时候，我会打开电脑，在QQ上期待着与你无意邂逅的惊喜，那样我既见了你又没有违背诺言。看着闪亮的头像，急切地在那里寻觅你的影子，却始终寻不到你。尽管我望眼欲穿，直到眼睛酸了，身体疲惫了，你的身影却始终没有出现。慢慢地，那种与你无意邂逅的期待，便成了我上网的必修课。也许，我们只能擦肩而过，永不相逢。这样的话，我也就只能把对你的思念藏在心底里了。想你，却不能告诉你，这是何其残忍？

或许是命运残忍吧，让我在错的时间遇见了你，让我们交错在这个不可逾越的圈子中。从此，我的思念因你而起，我的快乐因你而消失。那眉间淡淡的离愁，那心底深深的牵挂，那梦里无尽的呼唤，都是因为想你。

如果有一天，我突然消失了，就请你经常打开这个网页看看。它代表着我对你永远的、最诚挚的祝福！那样的话，你只需记住曾经有个人喜欢过你，在牵挂着你就可以了。

相思情更浓

　　天空消逝了明艳的色彩，大地厌倦了轻狂的欢心，是因为成熟了吗？却也增添了几分迷蒙，虽也充实了自己，又留下多少风霜雨痛，心灵的空间任凭肃杀的侵略，沉重的欺凌，在纷飞的落叶中寻觅，为捡拾一颗金色的赤诚。临别，你那深情的目光，叫我的心长久的悲伤，我想竭力忘掉这一切，它又是这样扑朔迷离，从此一个人的身影，总会出现两个人的脚印，一个人的脚印，却又出现个叠影，我寻找着，却无从知道在哪里……

　　多少伤心多少泪，情到浓时心已碎，多少辛酸多少悲，爱到深处人憔悴，念你想你都是罪，不怨苍天不怨谁，宁愿伤心自己背，人生短短梦一回。有一种情感总在失落时，才知道珍惜。有一种缘分总在梦醒时才知道是永恒，有一种默契总在分手时才知道眷恋，有一种心情总在离别后才知道是失落。

　　想你，你走进了我的梦里，在朦胧的幻觉里，我深情地问你，是你吗？你爱我吗？明明知道你那不善表达的矜持，而我依然希望你能真切地说声，我爱你！我知道，你不会说，但你的眼神已经告诉我你的炽热，那疯狂的吻，已经说明了这一切。于是，一切的激越，便把我淹没在这爱的海洋里，想你，我把灯的心灵探索，是不是每一个闪烁的光是我疯长的情怀，它以光的速度深入到你的心灵。人说，心有灵犀一点通，此时的你是不是也和我一样？我们的心灵在幻想中萌动着，那是情的交融，那是爱的诉说。

　　想你，我会仔细地回味着你吟诵的美妙，如醉如痴。每每听你的时候，我会闭上眼睛享受那浅吟低唱的境界。想着此时的你是否也和我一样，傻傻地笑着，读着，品味着，感受着那种无以言表的感觉。那是怎样的情怀虚无缥缈中，温暖着我的有些落寞的情怀。

想你是一种美。真的！每当我的思绪划过，一种美妙的弧光闪烁着；想你，我会在你的文中，字里寻觅着炽热的字眼，也好填补我荒凉的空白。或激越、或温馨、或忧伤、或昂扬，每一段文字都是和谐的音符，弥散在空气里，飘散在浩瀚的宇宙间。

让思念作帆，让爱作舟，我们在这心的旅程中扬帆远航。在风过的日子里留痕，在雪飘的季节里凝结，我有一朵如花的梦，像茉莉一样的清纯，像玫瑰一样的鲜红，开在浅浅的，浅浅的夕阳中，开在淡淡的，淡淡的晚风中。夕阳送走了岁月的寂寞，晚风吹去了鬓丝的零落，如痴如醉的梦花，摇荡于秋水般的眼波。那是我们淡泊的情，演绎着一个美的故事，到永远，永远……

想你在风雨间

　　我知道这份思念已经漫长得没有期限了，会一生一世咀嚼我的心，我于是必须修炼到承受的极致。没有人比我更知道想一个人痛的味道了。现在，想你的时候，我已经不哭了。而是心脏的跳动没有了规律。速度也是咚咚的飞快。于是我开始胸闷，开始体验一颗针刺进心脏的感觉。

　　我也希望爱你别这么深，想你别这么多。那样会活得更快乐些轻松些。于是我用各种方法淡忘你。忙碌在工作里，忙碌在网络里，你无论任何时候都在我的脑海里，挥之不去，谁也替代不了。

　　其实我并不愿意说出我深深的思念。因为我怕是成为你心里的负担。哪个男人不希望爱得轻松？我不愿表达的原因还有很多，但我真的不愿说，说出来别人不一定懂。书上一直说，一个男人爱到极致情到深处的时候，也就是要失去的时候了。我害怕失去你的爱。没有这份爱我不知道我的心会碎成什么样，没有你的爱我不知道这蓝天白云间还有什么是我留恋的。于是我不得不努力控制我爱的脚步。不敢频频的给你打电话，不敢表达对你太浓的爱意，不敢一次次诉说我的相思……

　　说实话，爱你太多真的胜过爱自己。想你太痛，却也无药可医；思念太苦，竟也绝不放弃。今生注定一个清高的我，会为你心痛。我想你时我的心底就浮现一丝伤痛，我知道我又开始想你了……想你需要理由吗？不，我只是想你！我不知道想你是一种深深的爱恋。

　　还是那句话：想你，让我心痛。未来的日子我会一如既往的牵挂你，想你，因为你曾经把你最真实的心放在我的手心里，用我一生的时间把你放在心里，永远的祝福你，因为爱不需要任何的理由，你说对吗？

　　虽然想你让我心痛，但我喜欢这种痛，痛是为了你，所以我……

　　现在还是真的很想你，你知道吗？

心灵在夜幕下飞翔

　　已是夏天的夜晚，心总沉浸在对春天的遐想里，总希望永远是春天，心灵永远驻足在春天的世界。

　　春天对每一个人都是那么的向往，但春天不一定永远停留在你面前。夜深人静，我一个人坐在窗前，放飞自己的思绪，总结自己短暂的人生，得与失总是在灵魂深处徘徊；理想与现实在思维空间的争斗中得到感悟和深化。

　　窗外皎洁的月光，静静地泻在窗棂上，一切都归于沉寂，一个人在这沉静的夜里，什么都可以想，细数远去的日子，留在记忆中的只是更多的回忆，收获的只是没有因为自己的懒惰而留下悔恨，欣慰的是自己没有虚度年华，为后人留下了一些不为人知的文字，这些文字是以牺牲自己的健康换来的，是自己的血和汗造就的故事。虽然没有惊人的成就，但未领略青春不再的遗憾，却有了岁月不饶人的感慨……

　　对于每个人来说，生活总是一样的，不一样只是我们遭遇与心情不同，漫漫人生路上，我们经历了人生平坦、经历曲折、经历了欢笑，经历了相逢，也经历了别离；真正属于我们自己的日子并没有多少。这个时代，现实的社会生活不会由你来主宰，有很多事情是我们不喜欢的或者不愿意做的，但依然在我们的身边发生，而且违心地做了，因为不这样你就无法生存下去。每个人都想主宰自己的生活，做生活的强者，可是在生活的面前我们却是如此的苍白，却总有些东西让人身不由己，使你难以释怀。

　　在我经历的岁月中，我似乎感受和体验了什么是幸福，什么是痛苦，什么叫失去，什么叫刻骨铭心……因为经历了，才明白什么是酸、甜、苦、辣，才明白了人生的真谛，才让我们变得更加成熟，才更懂得珍惜现在的拥有。

　　对待人生经历的总结让我明白，做任何事，看待任何问题，最重要的是自己的心态。生活的空间，须借助清理而留出；心灵的空间，则需打扫而开悟而扩展。很多时候，我们需要给自己的生命留下一点空隙，就像两车之间的安全距离——留一点缓冲的余地，可以随时调整自己，进退有据。人生亦然，重要的不是发生了什么，而是我们处理它的方法和态度。假如我们转身面向阳光，就不可能陷身在阴影里。当我们拿花送给别人时，首先闻到花香的是我们自己；当我们抓起泥巴想抛向别人时，首先弄脏的也是自己的手。一句温暖的话，就像往别人身上洒香水，自己也会沾到两三滴。因此，要时时刻刻心存善意，脚走好路，身行好事。光明使我们看见许多东西，也使我们看不见许多东西。假如没有黑夜，我们便看不到闪亮的星辰。因此，即使是曾经一度使我们难以承受的痛苦磨难，也不会是完全没有价值的。它可使我们的意志更坚定，思想、人格更成熟。因此，当困难与挫折到来时，我们应平静地面对、乐观地处理。

　　在生活中，一定要让自己豁达些，因为豁达的心态，会让人不至于钻牛角尖，也会使人乐观进取。因为开朗的自己才有可能把快乐带给别人，让生活中的气氛显得更加愉悦。心里要常常保持快乐，就必须不把人与人之间的琐事当成是非；有些人常常在烦恼，就因为别人一句无心的话，他却有意地接受，并堆积在心中，便徒生烦扰。

　　一个人的快乐，不是因为他拥有得多，而是因为他计较得少。多是负担，是另一种失去；少并非不足，是另一种有余；舍弃也不一定是失去，而是另一种更宽阔的拥有。美好的生活应该是时时拥有一颗轻松自在的心，不管外面的世界如何变化，自己都能有一片清静的天地。清静不在热闹繁杂中，更不在一颗所求太多的心里；放下得失，开阔心胸，心境自然清静无忧。

　　喜悦能让心灵保持明亮，且可拥有一种确实而永恒的宁静。我们的心念意境，如能时常保持着清明开朗，展现于你周边的环境，都是美好而善良的。只要我们所做的事，对社会有意义，能让别人开心，能让自己快乐，那就足够了。人生能有几度秋？一生之中又能有几份情？珍惜身边的人，做好身边的事，让别人在你身上能看到一些亮点，得到一些东西，那你就会生活得很幸福。

　　我们静下心来，思索曾经走过的路和经历过的事，你才会发现人生的短暂，生命如梦如歌！

月光下的情结

前不久与一个网友聊天，她与我谈起现在年轻人的思维方式和爱好，便发给我所谓"IQ"的字样，我的大脑突然间就短路了，我真的不知道这是什么意思。我就问她："这是表示夜空下的月亮吗？"她回答说："哈哈！你对月亮入迷了吧！"搞得我莫名其妙。她说这你都不知道呀，这是表示"智商"，看来你的智商不怎样。过后我便想，她说得很对，随着年龄的增长，我的智商接近为零，好在情商还没有完全消失，尽管有时候就像一个傻子，但还知道一个人独自享受夜空的宁静，享受大山的鸟语，享受江边的流水声。

说实在的，我对月亮特别钟爱，与月光有许多情结。记得我在18岁那年，当时在部队当兵，中秋节的夜晚，我和我的排长在当地的289高地上坐了一个晚上，欣赏了从太阳落山到月亮下山的全过程，我们聊着天，慢慢地品味那种夜晚月圆的风情。我退伍后，就与我的排长失去了联系。

在我20岁的时候，我从部队请假回来探亲，大概是腊月十五，我从洛阳上火车到隆昌，在西安上来一个女孩，戴着一顶白帽子，很漂亮。她上来就主动和我说话，她告诉我她也是泸州的，我们便聊着天到了隆昌。下了火车已是深夜两点多钟，隆昌到泸州的汽车最早的是六点四十分，我们只有等几个小时才能赶汽车，她就说："月光这么美，怎不一起散散步呢？"我当时很腼腆，羞涩地说："外面很冷呀。"她说："你怕冷吗？"我说："不怕。"她要我陪她一起慢慢地走路到汽车站，一起欣赏美丽的月光，享受宁静的夜晚那种特有的感觉。她告诉我，她父亲是西安市政协的领导，这次是回来看祖母的。我们在泸州分别后就再也没有联系过。尽管那天天气很冷，但心情是很好的。

　　再有一次是在 30 年前一个月光明媚的夜晚，有个朋友心情不好喝了很多酒，我在赤水河边散步突然碰见了，见她走路东倒西歪的，和她聊了一会天，她非要我陪她在河边上坐一会赏月放歌，我看她真的有些醉意，赶快叫了另外一个她的好友过来，不多会她就完全醉了。我又不便丢下她们两个独自离开，就一个人坐着赏月，河边的月光真的太美了，一会在天上，一会在水里，天空的月儿星星相伴，河面波光粼粼，那种记忆永远都忘不了。我们三人坐了很久，但那位朋友总是不走，直到晚上一点过她的酒醒来才把她送回了家。

　　从这三件事以后，我对月光有种独特的感情。每当晴天月圆的夜晚，总想一个人慢慢品味月光下那种宁静和安详。

　　每次的月色当空，我便会一个人静静地坐在窗边，任夜风轻抚我的脸，抬眼细数月夜星点，俯拾一地牵挂。注视着曾经的远方，想起那些美好的记忆，我的心被染得馨香如菊，圣洁如风，时常，我会用这种思念的心情，将心房充满！

　　每当我心情不好的时候，就喜欢徜徉在月华如银的光潋中，那些已经老掉牙的故事便是我手中不可触摸的神经，引发我无穷的遐想和牵挂。也只有在这样的夜色里，在这样的孤静中，我才会对着一地的月华流光潋滟，欣赏那淡漠迷离的情思，同时激发我的创作热情，因为我需要用文字记录下那一个个美丽的故事。这样的夜晚，轻风吹拂着我的头发，激荡着我的情怀，让我向着一轮月华倾洒一地相思。

　　今天又是一个月圆的日子，夜已经很深，父母、妻子和孩子都渐渐睡去，唯我独坐书房，在这静谧的夜晚我再次推开记忆的窗，曾经的那份浪漫和甜蜜依然荡漾充盈着满满的心房。人都老了，为何还要把人生那份最美丽最甜蜜的记忆深藏呢？思念是一簇静默的目光，我害怕望眼欲穿，试着闭上双眼，可是我无法欺骗自己，心中总还有那些我曾经拥有过的点滴痕迹。对人生的追忆中，有时我会哭，因为我克制不了自己发自内心的情感流动，甚至有时心会颤抖，情会激荡，泪如清泉漫流不息，泪珠在诉说着万言千语的情由。

　　原以为轻轻地闭阖着眼眸，聆听着四季之声，我便是岁月里的一扇窗，载着四季的物华丰宝，绵延起生命的起伏。然而轻轻睁开眼，等待我的仍然是月光。有些时候，我会感觉清冷的月光会如水般倾洒在我的全身，我的心灵延伸着月华相伴下的清景绮情，遥想人生中那些奢侈的风情，有时为朋友轻诉侃侃，有时为佳人絮语绵绵，有时为牵挂眼眸流转。

烟波流转，岁月流动，伴随年华的老去，我也渐渐懂得，未经历坎坷泥泞的艰难，哪能知道阳光大道的可贵。我也明白了，人生从来都不乏相遇相知，但真正的相守，需要异乎寻常的坚毅和隐忍。生活，更多的是在静寂之中守候的。曾经有的承诺，也许只能成为一种过去，但不要忘记，因为它毕竟是在一定历史条件下的故事。这种故事不会很多，必须用心去回忆和珍惜，只有用心去尽情地灌溉，在守候中你才会有着别样的情怀！

我是一个农民的儿子，农村那片土地与我息息相关，至今我身上还有浓浓的泥土味。尽管走过一些不算属于农民走的路，但也属于一个再普通不过的男人，从来都不敢有什么奢望，最大的希冀也不过是能拥有一个温暖醇厚的掌心，与我手背相对，不离不弃，风雨相随。于是常常想，人一定要学会知足，生活不曾辜负我，在我人生的路上，能享有那么多美丽而传奇的故事，享有那么多安静而美好的时光，享有那么多对我包容的微笑，我已经感到很幸福了，内心深处的东西还有什么不能与朋友们分享的呢？在这明亮的月光下，我紧握光阴的瘦笔，记录下生命中的疼痛与甜蜜，让后人在我的文字中能找到一个生命的足迹，何不是一件有意义的事情。

在这明媚的月光下，在这无风的夜晚里，一个人静静地放开思绪，畅想星光下的夜空，让自己携带一份悠闲在月光下徘徊，让情感慢慢沉淀，让心情得到这般的放松，让灵魂得到这般安宁，这便使得自己的人生多了份真实，多了份坦然，也多了份幸福。

在寒冷的夜空放飞心情

人生总有那么多的回忆，生活中的点点滴滴总给我们留下回忆的引子，让人在前进的步履中享受曾经美好的岁月。

这个世界留给我们可以说出来的空间不大，有些事我们只能在回忆中独自慢慢欣赏，有些事我们可以说出来与朋友一起分享。而我在想，文学既然是社会生活的再现，我们为什么不能用文学的形式把人世间真正的心灵空间晒在阳光下呢？与更多的人去分享人间的美好心境，那不也是很好的吗？面对那些个人空间里的往事，我们为什么要逃避，为什么要刻意地埋藏在心底？

写这篇心情日记的时候，我曾为写还是不写犹豫过，但我无法找到放弃的理由。我不是真的爱过这样一个人，而是在我年轻的时候有这样一个人疼过我，帮助过我，爱我过，当时我根本不知道，当她结婚以后，寄了一本日记给我，日记里每一个文字都是用爱与恨写成的，看完她的日记，我流了很多泪，那不是爱，那是对爱心的回应。从此以后，她的情，她的泪，她的身影驻足在了我的心里，一种愧疚在燃烧，让我难以释怀。她没有告诉我她叫什么名字，没有告诉我在何处，也没有留下任何联系方式，她现在身在何处我并不知道，但愿她生活得很好，很幸福。

这些年来，我和爱人生活得很好，也很幸福，孩子也大了，也很懂事，他们也懂得了珍惜和尊重。而我这块心病也可以说了，因为这毕竟是我人生的一部分。有人爱我没有错，人都有爱和被爱的权利，我不知道并不是我的错，尽管那个时候我还没有结婚。

而今人渐渐老了，回忆过去便成了一种病，有时候不想都不行。人活一生总应该记住别人的好，忘记别人的错，即使是滴水之恩，可以不回报，但不能忘记，这样心里才无愧疚，心气才能平和，才会得到安宁。

在雾起的傍晚，当繁华褪尽之后，似水流年的日子，悄悄地遗落在尘埃的往事里，那些记忆，那些过往，是否真的在你柔弱的肩上随风飞舞，也随风飘逝？是不是总有一种思念，在转身的一刹那，揉碎了千回百转的情感？弥漫在守候的窗棂前，等待那一生一世的点点回眸，倚望着雨后天晴的彩虹，带给你丝丝的暖意？

有些人真的注定是我们心灵深处亘古不变的回忆，有些往事注定我们一生都不曾去遗忘，有些回忆与过往终究会成为一声奢侈的梦呓，那些终成空许的诺言，那些曾经相握的温暖，虽然不可能让过去演变成未来，但可以将瞬间定格为永恒，有些抑或深情的思念只能成为往昔的眷恋和明天的回忆。

有人说，回忆经过思念的渲染才更加刻骨铭心，往事经过岁月的打磨才更为记忆犹新。我不知道这是不是真理，但我认为一切的铭记，一切的眷念肯定曾经都温暖过我们彼此的心灵，或许都是我们不想或者不能舍弃的记忆。我不知道每一个人心中的情结，是不是都会在若干年以后，依然守候在他们的窗前，等待蝴蝶双双飞过，等待故事片片重温？我不知道我的朋友那些曾经的曾经，那些过往的过往，那些记忆的记忆，在以往落寞的心扉里是否烙下了深深痕迹？而今是否也和我一样唱起美丽的歌谣，真诚地面对那一段历史的记忆？我知道，我的歌声不是那么的轻盈动听，那么的震撼感人，但我是用心在歌唱，用情在歌唱，当我唱完这首为你写的歌谣时，我没有想过它会不会成为一首千古绝唱？但这种回忆足以让我开心与慰藉。

生活中有些往事是我们刻意想要遗忘的，然而我们真的能够遗忘吗？有些回忆，是我们刻意不想重温的，然而记忆的闸门却被无声无息地掀开。可是，又有谁能真正做到只记得该记得的，只忘记该忘记的呢？倘若如此，我宁可删除生命中那些给过我苦痛的记忆，只留下点点滴滴温馨的片段，哪怕只是一点点。其实，回忆更像是生命的重演，总有几度花开花落，几度潮去潮回。我一直很欣慰，在生命的旅途里，我们总会同一些朋友一起走过，一起回忆过。曾经的那些人，那些事，在漫漫的长河里被岁月渲染成七彩的颜色，那些花儿总飘落在天涯，那些往昔的故事总铭记在脑海里。

一直以来，我始终认为喜欢舞弄文字的男人，同样喜欢忧郁而伤感的音乐，没有激情，他的文字就难以成为美文，没有忧伤就不会写出好的文章，我常常怀疑自己就是一个多愁善感的人。

回忆过去渐渐地成了我的习惯。想一个人的日子很浪漫，也很温馨，温馨在心扉。心灵深处总有些永远无法抹去的记忆，永远无法抹去的名字，永远无法抹去的思念，这种想念能让你忘记烦恼，忘记苦痛。一路走来，总有一些人的名字会深深地烙进你的心脏，每一次微微的颤动就是每一次轻轻的呼唤。这种牵动血脉，连着心跳的颤音，你的朋友一定能听到。

有人说，想一个人的感觉很孤单。我认为有爱就不会觉得孤单，只有没有爱才会觉得孤单寂寞。当你想一个人的时候，你已经没有了自己，也忘记了自己，你才会发觉时间已经停止了转动，空气也似乎凝固。是啊，我们在生活中不是因为寂寞才想一个人，而是因为想一个人才寂寞！

夜已经很深了，此刻的我才发觉天空没有了星星，没有了月亮。夜是那么的黑，那么的沉，那么的寂静，甚至感到今天的夜晚特别的冷。在这样静静的冷冷的夜里，也许我的朋友已经睡了，我不敢惊动她的美梦。因为她曾轻轻地告诉过我，在梦里的时候真的很美！我不忍心惊醒她的梦，直到永远，我只能将这寒冷的夜空守候。

回忆成了我一种坏的习惯，已经血流不止。回忆的感觉是美妙的，但也是让人心痛的。面对冰冷的屏幕，面对遥远的天空，面对温暖的季节，我只有深深地祝福，深深地回忆，深深地叹息。虽然心痛，我却乐此不疲。想忘记过去，却又欲罢不能。

第四篇章　风雨同舟

人生有如泡茶，茶叶好比生命的本质或潜能，而水就像来自环境的挑战，挑战不强，像是用温水泡茶，茶叶浮在水面冲不开，无法释放它蕴含的幽香与甘美。只有够强的挑战，在滚烫沸水的冲刷下，让茶在其中翻滚浮沉，才能散发出它所蕴含的幽香与甘美。

人可以选择自己喜欢的生活方式，却无法摒弃生活的本质。生活原本是一杯水，贫乏与富足、权贵与卑微，都只是人根据自己的心态和能力为生活添加的调味。有人喜欢丰富刺激的生活，把它拌成多味酱；有人喜欢苦中作乐的生活，把它搅成咖啡；有人喜欢在生活中多加点蜜，把它调和成糖水。

幸福本是一种心态，你感到幸福，生活便是幸福无比；你感到痛苦，生活便痛苦不堪。同是一片天，有人抬头看见的是荫翳层层，有人却可以透过云层感受那无际的蔚蓝。

选择

——写给建党 100 周年

在人生前行的路上，许多时候我们都行走在十字路口，向前向后，向左向右，纵横交叉的路口，走向何方？对于我们来说，总是要面临着选择。对与错，得与失，往往就在一念之间。

40 年来，对往事的回忆如同一架永不停止的钟，在心灵的空间转出一轮轮轨迹。激动且充满回忆的我，每当坐在电脑前写作时，耳边就会响起部队那整齐划一的号子，响起那撼人心魄的歌声……

我要感谢网络为我们搭建了一个穿越时空的平台。就在这个平台上看到了一篇我的战友写军旅生涯 40 年的文章，我被文章里几个数字深深地吸引——"127 师 381 团 3 营"。这组曾经令我热血沸腾的数字，今天再次激起我难以平静的心。

从部队回来已经 36 年了。36 年前从走进军营到退出现役，我的整个人生，在部队这个大熔炉里煅烧历练，让自己净化得如涅槃的凤凰，浴火重生。部队的一草一木，一事一情，一苦一乐，再一次如电影般在我的脑海里回放。那一个个熟悉和不熟悉的名字，犹如静谧的夜空闪烁的繁星，在我的记忆里忽明忽暗。那星光汇集的光束，照射着我波涛起伏的脑海，在平静的心潮里洋溢出翻滚的浪花。

我带着心灵的感伤去扫描曾经的过往，追忆那曾经年轻的岁月里发生的故事。时间可以抹去我从前英俊的身影，却抹不去那段身体成长和心志成熟的岁月，更忘不了那次刻骨铭心的选择。时间可以把年轻的脸变得衰老，却衰老不了我对她一诺千金的承诺和一往情深的思念。

我的家里是四弟兄，除了一个大哥外，还有两个弟弟。1980 年我当兵了，第二年已经结婚的大哥与我们分了家。当时我家特别穷，只有四间土屋，除了一间灶房和堂屋外，用于居住的只有两间屋。当时家里的堂屋里还喂了耕牛，灶房里还喂了猪，房屋实在不够住。父亲给我说要我寄点钱回家修房屋。我当时只有 8 元钱一个月的津贴，自己还要买牙膏牙刷洗衣粉等生活用品，一年下来最多只能剩下四五十元钱。1983 年年初，我把在部队结余的所有钱共 120 元交了父亲，让他们修房子。在当时，谷子才 8 元钱 100 斤，人工 7 角钱一天，120 元钱还是能做点事。

那年夏天，合江发生特大水灾，稻田很多都被冲垮了，粮食大大减产。没有办法，父亲将我给的钱用了一部分买粮食去了，修房的事被搁浅。

1984 年年初，家里才开始动工修房子。当时不知道是什么原因，家里修的房屋修起来倒了，倒了又修，修了又倒，第三次才修起来。我只听说，中间换了一批匠人才把房子修起来了。家里花去了大量的人工和财力。那年 5 月，父亲给我写来信，叫给家里寄钱，家里修房子已经借了一千多斤谷子了，没有钱的话，家里人已经到了无法生存下去的地步。父亲在信中说："儿子，给你哥哥修房子，房子倒了三次才修好，这大大超出了预期。现在家里拉了很多债，亲戚家能借的都借了。现在家里无钱无粮，每天吃两顿稀饭都无法开锅。你母亲因为没有吃的，加上过度劳累，身体已经浮肿，但又没有钱看医生。家里实在想不起什么好的办法，只有靠你了！"

看着父亲满带悲伤而又充满期望的信，心情特别的糟糕，整个人一下子瘫软了下来。我春节回家探亲才把所有的积蓄都给了家里。回部队才 4 个月，当时我所有的积蓄只有 42 元钱，没有办法，我是家里唯一的希望，我不能辜负啊。我找到了战友李显荣，向他借了 40 元钱，总共筹集了 82 元钱寄回家。家里收到钱后用这笔钱去买了 800 斤谷子，以解决家里的燃眉之急。后来家里写信来说"怎么只寄了这么点钱回去？"当时我真的很无语，心里难受了很久。82 元钱在现在确实是个很小的数字，而在当时，是我一年的全部收入。那时我 20 岁，一个本不该承担家庭经济负担的年龄，但我已经努力了，我知道，借的 40 元年可能到年底都还不清。

那个时候，可以说是我人生最拮据的时期，很多时候该用的钱不敢用。在中原地区，气候比较干燥，脸上需要用香脂来涂抹保护，不然会开裂。没有钱，我用的护肤品停了，没多久，手上出现了很多开裂的口子，冷风吹来，有时能看到血珠子从裂口中涌出，真的很痛。许多时候，晚上痛得睡不着觉，但我又能向谁说？

1984年6月3日，副教导员找到我，他说："小龙啊！你已经当兵快四年了，是班长，还代理过排长，营长和教导员对你非常赞赏。组织上研究对老同志给予一些关怀。根据营部的实际，这次要新发展两名党员，要救助两名家庭困难的战士，每人救助金是100元。两者只能选择一样，要么发展成共产党员，要么给予100元的贫困救助，你选择吧！"

这对我来说是件好事，心里感到乐呵呵。心情平静下来，却成了艰难的选择。在当时，我最需要的是钱，因为父母和兄弟妹子需要钱来渡过难关。我出生于农村贫困家庭，出来当了兵，是一家人的希望。我不管有多苦，多累，为父母，为弟妹都是值得的。

自从到了部队，不管是在连队，还是在营部，我都是"标兵"，是首长最喜欢的战士之一，特别到营部以后，所有的干部对我都特别好，把我当成他们的知己和朋友。当时我们营长要去参加高级步校的考试，也是请我做的考前辅导。营长考入了石家庄高级步校，而我却没有考上军校，但我仍然是他们心中优秀的士兵。首长们一直想把我培养成共产党员，我还多次参加过建党积极分子的培训。这次发展党员，如果我愿意，肯定是没有问题的。

接下来的几个夜晚，我很犹豫和徘徊。晚饭后便独自一人走到营房外槐树林里发呆。冷风吹乱了发梢，同时也撩乱了心。家里父母失落的面孔，大哥期待的目光，弟妹寒酸的背影不断在大脑里浮现。带着浮躁而纠结的情感仰望夜空，眼角变得湿润而模糊。空中的冷月，带给我的是没有温暖的光。树枝在微风的吹拂下不停地摇曳，月光洒在树梢上，像是对过往的反射，更像是洒了一地的哀愁。当时我的心情，在寒风的抽打下，显得特别凄凉。

回想家穷人无能，欲语无声先落泪。在那个由清风、树枝和月色组成的凄美旋律中，我的心情犹如冰寒的清风袭来，时间和空气凝固在一起，寂静的心里进出斑驳的泪痕，整个人完全陷入了伤感的沼泽，内心深处最为寂寥的那根弦被唤起，弹拨之间，希望与失望，酿造出满目疮痍的悲伤。

我一个人孤寂地坐着，用夜晚的时间来听风与树叶组合的音乐，跟着音乐缓缓的曲调，深深陷在悲伤的情绪里不能自已。恍惚里，心无所依，在宇宙中飘飘悠悠，夜空深邃，不知该去往何方？

由于个人的情绪较差，一个人在林子里发呆已经超出熄灯时间。战友们见我吹熄灯号了都还没回营房，有些担心。战友黄绪泽带着我的两个新兵来寻找，那时我才发现，夜晚已经很深了。

第二天，我把我的心事给战友们说了，他们都说："你这么优秀，入党的问题，在什么地方都能解决，而钱的问题不是哪儿都能找到的。100 元钱，是你一年的津贴了。为入党而不要钱，你傻儿啊？"我又去请教了我的直接领导刘俊，他说："要求进步是对的。从你的家庭情况来看，这笔钱对于当前的你更为重要。"是啊！身边的所有人都劝我，先考虑要钱，入党的事情以后再说。

道路艰险，选择难断。那几天我真的不知道是怎样过来的。至今翻开我当时写的日记，一弦心音，淡淡的柔美，却又释放着悲凉，宛如寒冬冰冷的夜雨，霜雪填满了我的心头。我并非那么伟大，对待金钱与名誉，我曾经难分难舍，我也纠结过，曾经的高大与渺小，清晰了又模糊，模糊了又清晰了，缠绵不绝。这也许正是"流水无情人自恼，万花纷谢转头空"的情愫。

在我的印象中，共产党是特别伟大的，对我有着深深的吸引力。在部队的日子里，我认真读了最早的《共产党宣言》《国家与革命》《中国共产党党史》《光辉的历程》（共青团发展史书籍）等大量关于共产主义和党的发展的书籍。当时我也是我们营部的团支部委员，许多党的知识竞赛和党的活动都是我代表营部参加。在我的书柜了，今天还保存着三个我在入党前获得的有关党的知识竞赛的证书，分别是 127 师庆祝中国共产党 60 周年诞辰知识竞赛获奖证书、127 师庆祝中国共产党 62 周年诞辰演讲比赛获奖证书、127 师共青团代表证书。这些历史快过去 40 年了，对于一个具有 37 年党龄的我已经没有太大的意义，但它伴随着我对共产党的认识和了解，伴随着我思想的进步历程，伴随着我加入共产党的夙愿的延续。

人生在世，名利双收的时候总是有限的，鱼与熊掌往往不能兼得。得与失本是"物质不灭定律"，在一个地方有所得到，在另一个地方就有可能有所失去，这样才能维持这个社会人与人之间的平衡。如果计较的东西太多，名利地位、金钱美色，样样都不肯放手，那就会如牛负重，活得很累。反之，什么都不计较，什么都马马虎虎，什么都可以凑合，那也未免太对不起自己，活得没啥意思。

人生路上，路口很多，我们看似有多种选择，其实认真思考后会发现，有些路是早已注定要走的，根本没有选择的余地。就在当时，是入党和还是要钱确实是由我选择。但我为什么要选择当兵？不就是为了今后有好的人生吗？在当时来说，家里急需用钱，100元钱对我真的有吸引力，但与加入共产党相比，这点钱算什么？钱是为小家，入党是为大家，不是能在同一个档次上进行比较的。所以我放弃了钱，选择了我内心真正追求的东西——努力奋进，争取有所作为，用自己的能力和智慧回报生我养我的土地，回报兄弟姐妹，回报父老乡亲，为党的事业燃烧自己，照亮别人，奉献自己的一生。

有人说，舍得放下是人生大智慧，也是自然之道理，社会之规律。舍得放下，并非放弃理想和追求，舍去奋斗和拼搏，而是学会放下包袱，轻装上阵，拨开乌云和迷雾，展望晓日及晴天。人生因为有太多的执念，太多的愁苦，太多的奢求而模糊了视线，迷失了方向，导致最终走入了迷途，丧失了目标和追求。舍实为得，放下乃是为了更好的坚守。在当时，淡泊明志，宁静致远是我真实的内心。

就在那年12月，我退伍了。给战友借的钱我用了退伍费才还清。我当四年兵，退伍费才只有100元。回到家里，我把身上所有的钱（共86元）都交给了父亲。父亲并不高兴，连话都不与我说。我知道，父亲看到我退伍还乡，觉得我当几年兵，没有前途，没有着落又回来了，他很失望。我分明看见他背着我在悄悄地流泪……

当时的我很无语，也很难过。心里想，如果选择要钱，多100元交在父亲的手里，也许他的心情完全不一样。那时我真的有些后悔，甚至埋怨自己的无能。

往事如烟，那时的情感飘散在风中轻吟浅唱，我也在反复想，作为一个农民，入不入党又怎么样？也许他们才是对的，是我错了。当时的很多想法，恰如一场场清梦，又如一片片浮云，轻易地浮现，又轻易地破碎。父亲的失落，如一把刀子，在温柔地撕裂我那颗颤抖的心，在故乡那边远的乡村，带给我的是尖锐而悲伤的刺痛。那时的我，脸上总感到有种刺冷的风吹来，脑海里有一种埋怨的声音在回响，每天都是寂寞和惆怅相伴。

退伍后的第二年，新店中学招考教师，笔试顺利过关。在面试时，主考官问我："你是党员？"我做了肯定的回答。也许是因为我是一名年轻党员而博得了考官的信任，我被录取了。

后来，我参加招聘干部考试进入了面试，面试的时候，主考官又问了同样的问题："你是党员？"我告诉主考官我20岁入的党。回答这话的时候我感到特别的自信，特别的骄傲。或许就是因为我这么年轻就入了党，让他们对我的基本素质和品格有着特别的信任，我顺利通过了面试，成为党的干部。

在我人生的路上，我先后当了乡镇的武装部部长、副书记、镇长、书记，又在县级机关担任了副部长、局长。这些成长的经历，都是因为我是一名共产党员，都是因为我深深地爱着我们的党，都是因为我热爱着党的事业。

现在想来，我当时的选择是对的，我不后悔。至于曾经欠父母和兄弟妹子情债，我已经在人生路上努力偿还。

父亲在临走的时候，拉着我的手说："你对我是这些意思了（做得很好了），我死而无憾。"其实，由于工作的原因，对老人的关心照顾远远不够，还有很多事情没有做好，我一直欠着让他失望的那份情。他虽然走了，而我却永远带着一份歉意活着。

而今我已经五十多岁了，除了完成党组织交给我的任务以外，已经不再有太大的工作压力。心灵的成熟让自己不再计较不公平之事，不再计较别人的成功对自己的压力，不再觊觎他人的财富带给自己的影响。

半百之年，曾经沧海，阅人无数，见惯秋月春风，不再大惊小怪；历尽是非成败，不再愤愤不平；看淡人生得失，静养处事不惊。而今的我，对金钱与荣誉不再刻意去追求了，万物皆有定数，这一把胡子不能白长了。

然而，作为一名老党员，我不会因为年龄的原因而忘记了入党时的承诺，我会努力前行，为母亲的健康百年，为党的兴旺发达，为祖国的繁荣昌盛，奉献我的余生。让生命的蜡烛在兑现入党誓言中燃烧殆尽，用纯净的灵魂谱写一曲赞美的歌，在母亲生日的时候，唱给她听。

穿越时空的记忆

　　穿越时间的隧道，回到时空转折的港湾，一篇评论员文章成为历史大戏的开场。时代伟人的呼唤，如叫阵的锣鼓，催促了华夏民族全面变革的步伐。

　　"真理标准"穿着红色的外衣款款走来，如雄鹰掠过长空，以高昂头颅劈开空中的云雾，让云朵在阳光下搁浅。从此，春花媚眼含羞，万物苏醒争艳。神州大地的喜鹊，开始叽叽喳喳翻唱那些历史的过往。

　　遥望黎明渐渐破晓，期待的是晨曦。10年动乱留下的沧桑，伴随夜幕渐渐隐退。生命里经历过贫困落后磨炼的激情，开始络绎不绝地涌向原野，把希望的帆船推向渡口，让沉甸甸的心情含苞欲放。

　　穿越历史，学坎上到大寺巷，北门口到广场边，九沟十八巷记录着合江历史，不足1平方公里的土地便是昨天的县城；今天的6平方公里，养育的却是近20万人。

　　人类发展的历史就是衣食住行的历史，年年岁岁重复着春的忙碌，夏的耕耘，秋的收获，冬的休眠。合江只是国家的一个缩影，那些艰苦的岁月，今天有多少人还能记起？曾流下的泪水谁又曾忘记？在喧嚣的城市里，谁还能听到碾子碾米的嗡嗡声和织布机的吱咔声？

　　40年，我们穿越诗意般的世界，踏着历史进步的阶梯，迈着民族振兴的步履。那些树枝扎就的篱笆、石头垒砌的小屋、土坯搭建的房子；那些衣不遮体的寒冷、清汤寡水的饮食、脸朝黄土背朝天的劳作；那些背着书包高喊口号的日子、戴着袖章声称革命的岁月、批斗中倒下的灵魂已经渐渐远去，留下的只是隐隐约约的传说。

　　回到历史的今天，走进曾经风雨飘摇的乡村田园，通达的乡间小路，映衬着果木成林的美景，清澈透明的溪水环绕着农家小院，呈现的是美丽的图画。昔日的粗茶淡饭被山珍海味取代后，腰间的脂肪开始膨胀，然后运动、健身、减肥，又寻求粗茶淡饭的回归。

改革开放让勤劳的合江人甩掉了贫穷的帽子，昔日的农民，摇身一变成了富人。

春风轻轻掀开大地的羽被，泉水奏响早春的韵律，40年春风的洗礼，也成就了合江文化人。从《合江文化》《合江文艺》再到《少岷》，40年弹指挥间，曾经幸福和痛苦的年轮，深深镌刻着一部地方文艺历史变迁的故事。

在这纪念改革开放40周年的时刻，让我们斟满一杯文化人用辛勤与汗水酿造的精神之酒，放入灵魂铸就的窗前，向世人绽放《少岷》40年的辉煌。

东方旭日，红光万丈，百舸争流，千帆竞发，改革开放的春风仍然斗志昂扬。符阳儿女豪情满怀，正以实事求是的态度搏击长空，乘风破浪，扬帆远航。

风雨同舟 40 年

——纪念《少岷》铅字印刷 40 周年

人生有风雨，总有梦同舟。在与风雨同行的人生路上，总会有几本书与你相伴永久。我不知道别人喜爱如何，但对我来说，有一本杂志却一直相伴着我。

是谁说，人生的价值走向来自内心对生命价值的追求，人生有了追求才会用心去努力奋斗。我觉得这句话说中了我的心窝，因为爱书，因为有强烈的表达要求，才有当作家的梦。

我本来不是当作家的材料，从小就没有写作的天赋。读高中时连作文都写不通，经常被老师批评，很多时候连头都抬不起来，真的没有自信。毕业了去当兵，当时的部队高中生很少，领导叫我写点通讯报道，结果前三个月一篇稿子都没有发表，教导员对我说："高中生写不出文章是说不过去的呀！"当时我真的很难受，才开始天天写日记，发奋要写好文章。于是写作开始成了我的人生追求，开始做起了作家的梦。慢慢开始接触文艺创作，把对文学的追求融入了自己的血液，成了体现人生价值的重要组成部分。

真正让我的作家梦落地生根的是一本地方文艺杂志，那就是《少岷》杂志的前身——《合江文艺》。

1984 年春节，我从部队探亲回家，先市镇的一批青年教师发起成立"爱·恒"文学社，知道我爱好文学，就邀请我参加，并担任副社长，分工负责政治建设工作。文学社很快组建起来，并办起了油印体的社刊《教育天地》。就在那时，社长李中平拿出了一本铅字版的杂志《合江文艺》，大家非常心动，纷纷争着传看。在当时，先市区公所教办才刚刚买回了一台打字机，那时用字丁打字的那种，一般人连看都没有看到过。看到当时铅字版的《合江文艺》，我真的好心动，好希望自己能买到一本，可李中平告诉我，根本买不到，他都是通过他在合江文化馆工作的亲戚李仲康要到的。在我反复请求下，他才借给我三天。

这是我第一次接触《合江文艺》，借到手后真的爱不释手，到家里就争分夺秒地看起来。那时家里还没有电灯，都是用煤油灯来照明，因为家里穷，连打煤油的钱都拿不出来。父亲看到我通宵点着灯看书，心里很不高兴，批评我说：太不节约了！我将煤油灯调得很暗，还是在偷偷地看。眼睛看模糊了，就用冷水洗洗脸后继续。花了一天一夜把杂志认认真真地读了一遍。第二天，我又开始偷偷地看第二遍，把书里的许多好的句子记录了下来。记得先德彬在那本杂志上发了篇文章，是谈写作的，我读了好多遍，还摘抄了两百多字的内容，至今在我的日记中还能找到。

在部队那几年，我看过很多书，也特别喜欢杂志，像《诗刊》《星星诗刊》《人民文学》《山花》《知音》《北方文学》《解放军文艺》等基本上每期必看。就其钟爱的程度，还不至于"爱不释手"。但自从见到《合江文艺》以后，也许是家乡情结的缘故，真的好希望每一期都能读到，甚至很希望自己能有一本存放在书架里，而不是借来的，因为借的东西总是要归还的。

那年我的探亲假本来是请到正月十六的，可到正月初六，突然收到部队发来的电报，说部队有紧急任务，叫我速回。我当时是营部无线通信班的班长，全营的无线通信保障就只有我们一个班，我们班的一个战士要负责一个连的指挥通信。我本想利用假期到合江文化馆买一本《合江文艺》杂志带回部队与战友们分享，但军令如山，没办法，接到电报后，我便启程赶往朱杨溪乘火车站，乘火车回部队了。那时的火车很慢，从朱杨溪到部队所在地河南洛阳要坐一天两夜。车上没有事，想找本书看也找不到，自己总是埋怨自己没有把《合江文艺》弄起走，使得自己在火车上白白浪费了两天的时间。

1984年年底我退伍回乡，因我在部队是搞无线电通信的，当时县人武部每年都要搞民兵集训，我被请去担任民兵无线电通信教官。当时的部长是王尊祥，知道我爱好写作，非常高兴。说给我介绍文化馆的同志认识。没多久，我们民兵训练队要办板报，武装部请来了文化馆的徐文富老师来帮忙，王尊祥部长把我介绍给了徐文富老师。从此我与徐文富老师交上了朋友。在徐文富老师那里，我真正意义上拿到了让我慕名已久的《合江文艺》杂志，从此成了我一生的最爱，与我的文学人生结下了不解之缘。

大概在 1984 年前后，《合江文艺》就更名为《少岷》了，时间久远了，记得不太清楚。

徐文富老师当时没有主编《少岷》，他只是在编辑部分稿子，主要编《少岷》的是先德彬老师。徐文富又把我介绍给了先德彬老师和杨锐老师。杨锐老师是写诗歌的，对诗歌很专业。他一直把我当成小兄弟，给予了我很多的帮助和关怀，对我后来的诗歌写作起到了很好的助推作用。

在我的记忆里，当时的《少岷》没有定期出刊，有时一年出一期，有些年出两期或三期。刊名不知是林绍基题写的还是税庭显题写的。1986 年夏天，王朝闻回合江探亲，应文化馆同志的邀请，为《少岷》杂志题了字，后来《少岷》杂志的刊名用的正是王朝闻的题字。

我记不清第一次在《少岷》发表稿子是哪年哪月的事了。只记得有一次，我写了几首小诗，去找徐文富老师帮我修改，好像是正月间，我去到徐文富老师的宿舍里，当时就在文化馆的楼上。我去时他正在屋里改稿子，是有关合江县民间故事的内容。见我去了，他很热情地接待了我，在狭小的房间里，还给我端了一个小凳子，叫我靠着他坐。我把稿子给他，他认真看了几遍后，一边帮我修改，一边给我讲怎么写诗，怎么确立诗歌的主题。要说写诗，过去都是看报刊上的作品去模仿着写，没有老师指点过。这次请教徐老师，他的指点算是专业的指教，对我写作的风格的形成有很大的引领作用。说实话，在我心里，我真的很感激他曾经给予的帮助和指点。当时我只是一名农村的青年，但他从来就没有把我当成农村娃儿看待，每次拜访他，他都很热情，很和蔼，很用心地给我讲写作的常识。在他的身上，让我看到了一名编辑老师对求学者认真负责的态度和无私奉献的精神。

由于我的文学功底较差，那个时候写过不少文章，但是能够变成铅字的很少，自由投稿很多都是石沉大海，一次次的失败让自己写作已经没有信心，失落感总是弥漫在脑海里，很多时候都想放弃了。

在一个冬日的夜晚，我带着对文学几乎失望的心情，用稚嫩的文字写了一篇散文《苔痕》，寄给了当时的《合江文艺》杂志。为什么没有亲自送去呢？当时心里觉得水平差，不好当面见编辑，所以用逃避现实的方法用邮寄。

事后，就像我即将被众人淡忘一样，我几乎忘记了这件事。几个月后，我在县城开会，顺便去了文化馆。我拿到了发有我稿子的样刊，当时真的令我激动不已。这是我在《合江文艺》发的第一篇散文，拿到这本杂志，对我不仅仅是慰藉，更是对文学冰冷麻木的心灵注入的强心剂，使我那已濒临熄灭的艺术生命之火又重新燃烧了起来。

那时我在新店中学教书，每周要上二十多节课，家在农村，还要回家干农活养家糊口，写作很少。有一次写了一组诗歌，大概七八首，我用书信寄给先德彬老师，心里想：寄出去就算了事了，没有去想结果。可真是岁月无情人有情，我很快收到他的复信。信的大致内容是：谢谢你记得我这个编辑，编辑也是人，也是需要不断学习写作的作者，与你只是分工不同而已。你的诗作具有丰富的想象力和吸引力，语言平实，感情真实，很有激情，可读性强。有志者，事竟成，今后要多写，再接再厉，不断地努力，写出有分量的作品。其中有几句话我记得非常清晰："夜幕有星星显得迷人，大海有涛声显得渊博，冬季有雪花倍感浪漫，朋友中有你，我深感到幸运！谢谢你对我的信任，祝创作丰收！"我与先老师只有一面之交，他把普通作者当成朋友，他的回信让我非常激动，也十分感激。他平易近人，和蔼可亲的为人，给予我在文学创作的较大鼓励，让我对文学编辑更加崇敬。

先德彬不幸去世后，胡正银、杨锐、王天莲、唐少春等从事《少岷》编写和发行工作，也做了很多实实在在的事情。我在乡镇工作，很少有时间到文化馆去，但每次拿过去的稿子，他们都认真地对待，能发的就给发了，不能发的也给予一些修改的意见，对我来说也是受益匪浅。他们知道我对《少岷》杂志特别钟爱，每次去他们都会给我找一些近期的书，让我能更多的亲近《少岷》，品味《少岷》。

后来宋家会、吴鹏权、赖培东等一批《少岷》的编辑们，传承了《少岷》杂志办刊的好传统，在版面的扩展和内容的多样化上进行了有益的探索，以《少岷》为载体，做了很多有益的事情，留给我的印象很深。

宋晓红同志接手主编《少岷》后，带领赵刚、晏小英、何流波、胡正银、江丽梅等一批合江文化人，努力创新办刊风格，提升了办刊的质量，丰富了刊物的艺术内涵，秉承《少岷》杂志"引领思想、传承文化，培养新人"的办刊理念。曾经对我的写作给予过很多的帮助和关爱，心里总是存藏着无限的感激。说句实在话，如果没有宋晓红对《少岷》的倾情倾力，努力争取解决办刊经费问题，如果没有像晓红这样一批对《少岷》办刊执着的追求和无私奉献的编者们，如果没有一批热爱合江，努力笔耕的文学爱好者，也许没有《少岷》的今天。

这些《少岷》杂志的编辑们，尽管经历了很多变换，有的已经老去，但他们传承文化，培养新人，无私奉献，主动担当的精神，启迪着文学爱好者的创作思维，鼓励着年轻人努力前行，激励着我们更加热爱《少岷》，热爱合江这片文艺的土地。

《少岷》文学艺术交流的载体，而这些《少岷》杂志的编辑们，始终坚持以人民为中心的创作导向，积极推出无愧于时代的优秀作品，为繁荣文化艺术的创作，助推地方文化事业发展做出了积极的贡献。他们的精神和品德，值得我们去学习、继承和弘扬。他们给我的不仅仅是文学创作的知识，更多的是做人、做事的道理。作为合江文艺战线上的一员，作为《少岷》的忠实读者，我深深爱着这本杂志，时时眷恋着这片土壤，默默敬畏着那些为这本杂志呕心沥血的人们。

说实话，随着时间的推移和年龄的增长，我已经找不回第一次读《合江文艺》时的感觉了，因为时间会淡化记忆。但《少岷》这位"风格独特、内容丰富"的朋友却始终伴随在我的身边，与我一起走过了风雨兼程的四十个春秋。

对我来说，《少岷》是我的贴心知己。每当我的心情烦躁不安之时，我就会拿起《少岷》，读着一篇篇亲切、朴实、自然的文章，我浮躁的心就像被一只温暖的手轻拂似的，顿时变得安静而沉稳。繁杂的意念，总会被文章中那发自内心的真情实感吸引，像清泉洗涤灵魂，瞬间变得清纯。那时我读书不像现在这样跑马观花似的，而是一字一句地慢慢地读，慢慢体会文字背后的思想和内容，慢慢品味作者的写作构架和技巧，篇篇读来都有收获，遍遍读来都很受益。这也许正是：幸福没有标准，痛苦没有尺度，而文学却能带给我无限的快感。因为文学给了我阅读他人、认知社会、思考人生的空间，给了我纯洁思想、陶怡情操、修炼灵魂的营养，让我在人生的路上渐渐找到了生存的价值和生命的意义。

《少岷》只是一本县级的文学杂志，本来谈不上什么高雅和大气，里面的文章本没有宏大的气势，没有花哨的语言，没有精辟的意境。但她是合江文学爱好者展示才华的平台，是作者成长的摇篮，是合江人品味家乡味道的心灵鸡汤。可以说里面的每一篇文章都像拉家常聊天一样，是用通俗浅显的文字表述出来的，怎么读都不觉得枯燥，怎么读都觉得有味道。对一个合江人来说，读《少岷》就像品味家乡的花生米，看似平淡无奇，嚼在嘴里却是满口生香，因为我们都有家乡情结，因为她有家乡的味道。在那些苦难的日子里，《少岷》就像一位久经沧桑的长者，把内心的睿智深深融入我的脑海里，把勤劳的品德深深植入我的骨子里，把乡土的气息深深埋藏在我的情感中，使我不再痛苦，不再彷徨，不再失落，而成为精神的富有者。

《少岷》不仅传给了我家乡的情怀，打开了我步入文学的大门，净化了我心灵的空间，而且给了我振兴地方文艺的责任与担当。在她的影响和熏陶下，我甩掉了农民的帽子，穿起了作家的嫁衣，踏上了崇尚文学的不归路。

昨日之我已去，今日之我重生。轻装上阵的我，在《少岷》编辑老师的鼓励下，开始不断给《少岷》写稿子。也许，发一些小文章对有的人来说算不了什么，但对我而言，总有"金榜题名"般的喜悦。从此，我创作的激情一发而不可收。虽然有时我写的稿件也会被搁浅，但我并不失落，因为人生总有得失。我需要的是一个诉说的载体，是一个相生相伴的依靠，是一个伴着我喜，伴着我忧，伴着我成长和进步的知音——《少岷》。

我在《少岷》上不断发表文章，时间长了，发的文章也多了，结识的文学朋友也多了，与她们的相识，让我重新感受到了人间的真情，感受到了文学的温暖，享受到了创作的孤独与乐趣。许多年后，我慢慢明白，在人生的道路上，生命的活力和热情即将破灭的时候被激发和拯救出来，对人生的成长有多重要。

在《少岷》这片充满乡土气息的沃土里，我的不少文章得到根植。虽然今天，我的文章逐渐被国内一些报刊刊发，自己已完成了九部文集，但这片热土永远是我成就文学梦的温床，永远是我休养生息的根基。

我与《少岷》结下的深厚情谊，足以记录着我的生命历史。正因为《少岷》的不断成长和进步，正因为《少岷》的不断变革和创新，正因为《少岷》的不断成熟和大气，从而也使我"爬格子"的生涯得以延续，使我创作的源泉更加奔涌，使我文学的人生更加出彩。

　　我想，不仅仅是我深深爱着《少岷》，生为合江人都有这种家乡情怀。因为《少岷》，她承载的是合江的文化，传承的是合江的精神，担当的是合江政治建设和思想建设的重任。她不光服务于文化建设，更多的服务于经济建设和社会发展。在我看来，《少岷》不仅仅是一本杂志，而且是一部合江历史文化和旅游发展的宣言书，是一个合江县党委政府形象推广的"代言人"，是合江美丽山水和民俗风光展示的"大画廊"。是《少岷》助推了合江的经济建设和社会发展，是《少岷》弘扬了符阳儿女的家国情怀。

　　作为一名作者，《少岷》伴随了我成长的岁月，成就了我文学的梦想，丰富了我的创作源泉，可以说，她就是我的人生乐园。在我的文学人生路上，我深深被编辑的敬业精神感染，深深被《少岷》上的文章打动，深深被《少岷》的家乡情怀所陶怡。作为伴随《少岷》成长的作家，对文学创作来说，我没有懈怠的理由，只有勤奋笔耕，才能对得起《少岷》给我的那份满满的情。

　　我热爱《少岷》，我必读《少岷》，我不会忘记《少岷》。每当夜深人静之时，我总爱捧着她，进入属于我的世界。我会在那些带有乡土气息的文章中遨游我的空间，升华我的情感，再现我的精神，体会那一份美妙的感觉。

　　路漫漫其修远兮，吾将上下而求索。今天，作为《少岷》这片土壤里成长起来的作家，理应当继承前辈们的优良传统和作风，肩负起作家的使命和时代的重托，坚守崇高的艺术理想，扎根生活，努力创作出思想深邃、艺术精湛、品味深远的精品力作，用生命的光影为后人造就一道亮丽的风景，让艺术人生不至于成为一颗陨落的星。

红色的向往

今年初秋，按照党中央学史明理，学史增信，学史崇德，学史力行的要求，作为一名共产党员，带着对中国共产党建党一百周年的崇敬之心，几名党员同志相约，利用周末的空闲时间，到遵义去观看红色历史，寻找红色记忆。

我们沿着当年红军走过的路途，寻踪而往，观址而思，重温红军走过的光辉历史，追忆我党艰苦创业，挥泪垂青史的历史篇章，使自己心潮澎湃，思绪万千，中华伟人尽收眼底，无数英雄突现眼前。读长征的壮丽诗篇，追念先烈们的伟绩威名，吾等后生，受益匪浅。

我们一行沿着合江经习水的公路到遵义。沿途高山掩映，林木葱茏，小溪流水，净净淙淙。车窗外轻风习习，使人清凉爽快。车内你言我语，一会儿唐宗宋祖，一会儿柳暗花明，喜笑颜开，其乐融融。

天色近晚，车达遵义。合江籍在遵义工作的老乡给我们热情而周密的游程安排，连夜请我们品尝了遵义的特色晚餐。

遵义是繁华而美丽的，到处都有红色旅游的气息。虽然经过大半天的路途奔波。但大家却精神抖擞，头顶五颜六色的彩灯，漫步于大街小巷，欣赏红色城市的夜景。紧靠遵义会议旧址的步行街十分雅致。街心青石铺成，两岸建筑古朴。装饰精美，雕栏耸立，青瓷红檐，花草掩映，加上门市内琳琅满目的特色商品，把整条街点缀的如诗如画，典雅别致。

第二天一早，朋友们早起晨游，享受遵义美丽的风景。遵义县城规划得体，绿树成林，高大的建筑物与休闲草坪相辉映，广场与大街相搭配，加上穿着花花绿绿服装的少数民族同胞的点缀，留给人的印象实在是一种和谐的美。

我们早上八时许便来到"遵义会议旧址"，这是一群古代建筑，房屋并不高，却显得很有气派，青砖琉璃瓦相配，雕花窗沿相掩映，木楼串斗转角精美，古朴古香。那古朴的楼房在绿树鲜花的掩映中放射出奇丽的光彩。据讲解员介绍，这里本是原国民党二十五军第二师师长柏辉章的官邸，当时是遵义最好的建筑。正门上方"遵义会议旧址"的红色大字是毛泽东同志所题。面对伟人的手笔，朋友们争先恐后留影，都希望用小小的镜头摄下那段灿烂的历史和伟人的身影。

进得大门，心情就特别沉重，这座小小的古楼，却曾经容纳过中国的无数顶级伟人，这里的决策，却改变了中国人民的命运。我们一行先在底楼参观了当年中央领导居住的寝室，便急切爬上二楼，去寻求让中国革命扭转乾坤的遵义会议会场。在我的想象中。那应该是一个宽敞、豪华、气派的会议室。而当我们步入会场外的人行道时，那个面积约 27 平方米的长方形会议室映入我的眼帘，让我几乎不敢相信那里就是遵义会议的会场。会议室是这座古楼上的一个小客厅，中央摆着一张长方形的古式木雕桌，四周摆着 20 把供销椅子。会场与人行道用一块木板相隔，游人不能入内，看上去显得很简陋，但很雅致。整个大楼四方走廊，相互转通，四个楼角以木梯与底楼相连通，楼上除会议小厅外，皆为当时朱德、周恩来、陈云等老一辈革命家的住所，陈设简朴。其实，伟人并非天生的伟大，而是因为他们经历了重重艰难险阻，经历了无数生与死的磨炼，经历了生与死的考验后才逐渐变得伟大的，他们的生活与凡人相比并没有什么两样。

出了遵义会议旧址大楼，讲解员将我们带到"遵义会议陈列管"。陈列管距会址不到 500 米，这是一座占地较宽，设计得体，建筑规范，陈列物品繁多的综合性展管。陈列管由两层楼的展厅组成，按红军长征历史的时间顺序分为六大部分，主要反映了从离开苏区到长征胜利的全过程。各个展区的人物塑造，图片展示，文字叙述，战斗图表相搭配，群体与个体、战略与战术相补充，同时，充分利用声、光、色、电等综合演示手段，使陈列管的人物、图像栩栩如生，惟妙惟肖。这里完全是中国共产党领导的红军长征历程的缩影，也是红军精神的有力展示。

从整体来看，我们通常所说的"遵义会议旧址"是指当年红军打遵义时红军作战指挥、生活住宿、召开会议等的房屋群体组成。现在除了会址和陈列管，秦邦宪、李德等当年的住所，中央银行等当年红军住过的地方全部进行了修复。在这里完全可以找到当年占领遵义的影子，可以想象遵义会议后的中央怎样率领工农红军走南闯北，四渡赤水，突破敌人层层封锁、围追堵截的包围圈的场景。

出了遵义会议旧址，我们步行数里，经凤凰山到红军山。红军山是遵义城郊一座小山，海拔落差不算很大，但紧靠河边，林木葱茏，景色迷人。这里因有 3000 多名红军烈士埋葬于此而得名。山腰建有高十余丈的红军烈士纪念碑，据陪同我们参观的老乡讲，碑文是邓小平同志亲笔题写的。

这山上的红军很灵验，许多善男信女都到此山的"红军坟"前许愿求平安。沿着层层的石梯而上，我们瞻仰了"红军坟"。"红军坟"坐落在纪念碑的左侧，坟体与普通坟茔相似，前有墓碑，文字清晰，坟前有铜塑像，看上去形象逼真。从碑文可见，这座红军坟里埋的是一个红军卫生员，他十分爱当地的老乡，只要老乡有病相求，不管白天黑夜，是晴是雨，是远是近，他都毫无怨言地帮老乡看病治病。有一次，在帮老乡看病后回营房的路上，被匪徒杀害。当地老乡隆重安葬了他，年年相拜。据当地居民说，"红军坟"很灵验，只要百姓奉香祭拜，定能除病保平安。

面对这座坟茔，我们都微微低下头，为这个红军战士致敬，为我党有这样的优秀儿女儿而祝福，更为这种红军精神而自豪。也许正是因为红军是人民的军队，人民是红军的后盾，当年的红军才取得四渡赤水和红军长征的胜利。

走进遵义，我们有一种期待；告别遵义，我们是无限的依恋。二万五千里长征，红军给我们留下的不只是脚迹与身影，而更多的是一种用生命和意志铸就的精神，但愿这种精神，在中华儿女的心中能永远年轻，代代相传。

美学的大师，艺术的先驱

——纪念王朝闻先生 110 周年诞辰

2019 年 4 月 18 日，是我国卓越的马克思主义文艺理论家、美学家、雕塑家王朝闻先生 110 周年诞辰纪念日。作为他祖籍故居邻居的后人，我们都曾经深深地爱过同一片土地，同一条小溪，同一片树林。尽管属于不同的年代，那种同一片山水孕育的情怀，始终根植于心，拉近了我与这位大师的距离。在他诞辰纪念日之际，我没有理由不写一篇文章来纪念他。

王朝闻 1909 年生于四川省合江县先市镇雄坪村 6 社花滩子，原名王昭文，取"郁郁乎文哉"之意。名字是他父亲王基禄给他取的，因为他父亲是清末最后一次考取的武举人，但没有用武之地，后来留学了日本，改学桥梁工程技术，所以不希望子孙再走习武之路，而是希望他儿子能成为文化人。

王朝闻的家族算是大户人家，在他爷爷时代有 30 担良田。家族祖训非常严格，子孙起名皆依照字派来起，"昭"就是当地王家的字辈。1932 年到杭州国立艺专学习时，同班同学有个叫周昭文的，与他同名，他便主动改名为王朝闻，取《论语·里仁》"朝闻道，夕死可矣"语义，按照他的话说，起名的初心有为真理而努力追求的本意。

他先后在老家周家祠堂、车辋张家庄园、合江县立高小、泸县中学读书。1926 年在成都艺专学美术，1932 年到杭州国立艺专学雕塑。1937 年参加浙江抗敌后援会所属的浙江流动剧团和五路军战地服务队，从事抗日文艺宣传活动，同年加入中国共产党。1939 年在成都私立南虹艺专教书，后任成都民众教育馆美术部主任。1940 年 12 月赴延安，在鲁迅艺术文学院美术系任教。1941 年为延安中央党校大礼堂创作的大型毛泽东浮雕像，被称为解放区美术作品的代表作，从此声名远扬。

40 岁是王朝闻先生艺术人生的重要转折点，40 岁前是他的艺术人生，40 岁以后是他的思想人生。1949 年春天开始，他在《进步日报》《人民日报》《文艺报》等 9 家报刊发表美术评论，10 个月内连续发表文章 52 篇，产生了很大影响，1950 年结集为《新艺术创作论》。其后，他在中央美术学院雕塑系讲授创作课及全校文艺理论创作方法课，兼任《人民美术》主编，开始往文艺理论研究转向。

从 1949 年到 1966 年的 17 年期间，他共出版了 6 本论文集。继影响广泛的《新艺术创作论》之后，又有《新艺术论集》《面向生活》《论艺术的技巧》《一以当十》《喜闻乐见》《隔而不隔》等著作出版。他的文艺评论以造型艺术为主，也广泛涉猎文学、戏剧、电影、曲艺、民间文艺、摄影等领域。他注重理论联系实际，把艺术创造和艺术欣赏融为一体。他的理论发现，源于直接和间接的审美经验，以鲜明的个性，独特的见解和生动的文风为人喜闻乐见，在全国拥有广大的读者群，产生了广泛影响，奠定了他作为艺术大师的地位。

由于受"文化大革命"的影响，到 20 世纪 70 年代，中国美学还是一片空白，他开始研究美学。1981 年出版《美学概论》，成为中国第一部美学专著，国内外的大学都把该书作为美学教材，奠定了他美学大师的地位。该书先后再版 29 次，在中国乃至东南亚国家美学教育中发挥了重要作用。

王朝闻 1980 年完成的红学专著《论凤姐》，缘于"文化大革命"被迫停笔时期，该书着重再现了对极"左"思潮之下种种形而上学现象的观察和冷峻思考。在其后 20 多年中，他对美学理论的研究更趋系统和深入，研究对象不局限于文艺现象和文艺思潮，更注重审美关系和理论规律的揭示，注重从现实美、艺术美和审美心态角度阐述真知灼见。这期间出版的著述有《开心钥匙》《再再探索》《不到顶点》《了然于心》《审美的敏感》《似曾相识》《会见自己》《审美谈》《审美心态》《雕塑雕塑》等。在关于艺术的审美特性和现实的审美关系方面，阐述了自己独特而且系统的见解。这一时期研究的重点，在于探讨审美关系中的审美特征，特别是审美主体心态的研究。

王朝闻晚年仍以"夕不甘死"自勉，正如他的儿子王国辉所说"天天黎明即起，奋笔写作"。出版的著述除上面所说，尚有论文集《东方既白》《一

身二任》《趣与悟谐》《断简残篇》，专著《〈复活〉的复活》《神与物游》
《吐纳英华》《石道因缘》等。

1998 年，《王朝闻集》22 卷出版，汇集了他在 60 多年间的主要著述。这
一段时间，他主编了《中国民间美术全集》14 卷、《中国美术史》12 卷、
《八大山人全集》5 卷。这些规模庞大的学术著述汇聚了学界的综合成果，代
表着中国当代学术领域的进展，这些书的出版为中国当代文化建设做出了重
要贡献。他的美学思想和理论创见，已经影响了新中国 50 多年来的几代美术
工作者。他以几十部近达千万言的著述，成就了一座美学与艺术的丰碑。

在 70 余年的艺术生涯中，王朝闻曾任中央美术学院副教务长、《美术》
杂志主编、中国美术家协会副主席、中国艺术研究院副院长、《红楼梦学刊》
主编、中华美学学会会长、中国文联副主席、中国作家协会顾问、全国政协
第三、第四、第五、第六届委员等职。中国艺术研究院美术研究所是他在 50
年前受命亲自筹建的。他是一个富于实践品格的美学家，一个具有真知灼见
的文艺理论家，一个把一生的光和热都献给了中国文化建设的学者，在中国
文化艺术和学术建设的许多方面都做出了重要的贡献。

王朝闻是在艺术创作上取得突出成就的实践者，是著作等身的再现者。
他为《毛泽东选集》封面创作的浮雕《毛泽东像》、圆雕《刘胡兰像》、圆雕
《民兵》等作品，都属于新中国美术的代表作。在 70 余年的艺术与学术活动
生涯中，横跨美术、文学、戏剧、电影、曲艺、民间文艺、摄影等领域，先
后出版了专著和论文集 40 余种。他通过数十部千万言的著述，为建设具有中
国特色的美学和文艺理论体系做出了卓越贡献。他的美学既是艺术家的美学，
也是哲学家的美学，具有鲜明的理论特色。他一生坚持文学艺术为人民服务
的方向，关注艺术与生活中的重大课题，坚持真善美的艺术理想，强调继承
中华民族优秀文化传统和借鉴外国的先进文化。他十分注重美育教育，为提
高文艺工作者和群众的审美素养付出了毕生心血。他的美学思想和理论建树，
指导和影响了新中国的几代人。

中华人民共和国成立后，他曾在中宣部文艺处等部门工作，是国务院学
位委员会第一届学科评议组成员。他作为一位卓越的学者，一生坚持文学艺
术为人民服务，几十年孜孜不倦，为我国当代文化建设做出了重要贡献。
2004 年 11 月 11 日 23 时 10 分，已经 96 岁高龄的他因病去世，一个文艺界、

美术界、美学界的明星陨落在北京的天空下。

一位卓越学者成长的过程，就是一段学术演进的历史。在王朝闻先生110周年诞辰之际，我们怀念这位故乡的文艺先驱者，既是为王朝闻先生诞辰献上的一瓣馨香，也是对中国当下文化艺术发展的思索。王朝闻先生这样的优秀学者，所彰显的不仅是具体的知识积累与学术创新，更是一种历史使命和社会责任。

在当前的新形势下，我们的文化艺术工作者怎样摆脱空疏与浮躁的心态，静心于学习修心，真正实现学习强国的目标，我们首先要做的，就是要学习王朝闻等老前辈的可贵品质，学习他们的严谨治学的态度和执着追求的做人品格，继承他们勇攀世界艺术高峰的学术思想和治学精神，为中国当代文化的大繁荣大发展做出应有的贡献。

我与王朝闻先生只见过一面，那是1986年他回乡探亲的时候，当时我在新店中学教书，他来到我们学校，与我们老师进行了一些交流。我的爷爷与他是同年代的人，听我说起爷爷的名字，他还有印象。在我的记忆中，他当时拄着一根拐杖，戴着眼镜，头发有些苍白，但精神状态很好，说话逻辑性非常强，思路很清晰。他待人谦和温润，没有架子，了解情况特别用心，就像他的治学理念一样，他感兴趣的事情，总会刨根问底去探索，一定要寻找其内部的根源。他给我们讲了许多教书育人的深刻的道理。与其相叙，让人感受到他的博学及真诚。

他在理论艺术界人缘甚好，对后辈特别关心和厚爱，可以说，他是一位非常优秀的文艺理论大家，但同时他又具备很多艺术家所没有的素养。他不是书斋型美术家，而是学者式、田野式的美学家。1986年回家乡后，他写了《船泊泸州》《登笔架山》《情满花滩子》等七篇散文，发表在《收获》杂志上。在《登笔架山》中，他没有写山的美、山的秀、山的色，而是写层层的梯田美，赤水河的回旋之美，他与人不同的审美视角，再现了他对美学极深的造诣和对故乡这片土地的深厚感情，以及对艺术的超凡认识。据我对他的了解，他几岁时就可以模仿人的相貌捏泥人，捏出来的泥人就有点像人。他有着非常强的观察力和独立思考能力，对社会的文化现象，一直都没有停止自己深刻的思考，并且敢于说真话、说实话。从这个意义上讲，他是中国文化艺术非凡的探索者和推进者，他的思想和言行彰显了一代艺术家神圣的使命。

今天，写下几笔文字纪念王朝闻先生，我的心沉浸在无边际的悲伤与回忆中，感觉身边有着驱赶不走的寒意。我们文学爱好者，孤独寂寞地游走于人生路上，需要的是大师的引领和关怀，需要的是学习文化先行者们不忘初心，砥砺前行的治学精神。在这个世上，只有老师的爱是最无私的，是对学生毫无所求的，王朝闻就是这样的老师。他是艺术家的楷模，也是合江人的骄傲，他的艺术成就和学术思想永远是我们的精神食粮。

赤身裸体来乱世，勤奋耕耘永向前。青山绿水埋忠骨，留得声名在人间。王朝闻先生留给我们的是"夕不甘死"的做人品德和进取精神，他的治学理念和为人品德永远是我们学习的榜样。

在这春夏的夜晚，轻风徐徐吹拂着我的丝发，倚窗而立，仰望夜空，真的好希望能再看到他一眼，因为他是中国美学和艺术领域璀璨的明珠。

百年名校酿"洪波"

　　我与合江中学有种缘，这种缘让我与合江中学有着解不开的关系，因为我的人生曾经在此驻足，我的灵魂曾经在这里熏烤，我的爱国情怀曾经在这里升华。

　　2004年，孩子考入合江中学，为了照顾孩子读书，我在合江中学校园内租了一套房子居住，算是正是搬进了合江中学，与合江中学开始了缘的延续。

　　有一天晚上，碰到了我的高中老师刘开永，他见到我非常高兴，大家端上凳子在院子里泡上茶一起聊天。他给我讲起一个关于合江中学的故事，至今还记忆犹新。——那是关于合江中学老师组织"洪波歌咏队"的事。

　　1937年7月的"卢沟桥事变"，拉开了日本侵华战争的序幕。中国人民纷纷投入到抗日战争中。为民族生存而战，为民族自尊而战，成了当时热血青年的追求。民族存亡，匹夫有责。当时的合江人对外敌的入侵个个义愤填膺，积极呼吁要求参加抗战活动。然而，抗战初期，由于国民党当局抗战情绪不高，对合江热血青年要求抗战、声援抗战的请愿没有得到积极的支持。虽然在合江人民的强烈请愿下，国民党合江党部同意组建"抗敌后授会"，但没有多少实质的行动，除书写了些宣传抗战的标语外，没有开展具体的工作，合江县城抗敌气氛不浓。

　　合江县初级中学（现合江中学）是当时合江的最高学府。面对当时政府消极的抗战思想，当时的合江中学校长谢怀清等年轻教师和部分优秀学生有不满情绪。他们认为："国家兴亡，匹夫有责"，宣传抗日救国，唤起民众共同御敌，应是学生们责无旁贷的事情。他们没有向政府报告，主动作为，主动担当，积极行动起来声援全国的抗战。从1938年春，在校长谢怀清的带领下，组织学校师生开始排练话剧《卢沟桥》，自编新歌《五月的鲜花》，歌颂抗日救国运动。在学校的倡导下，由合中高年级学生罗大纪、韦代煜、丁亚辛、何本山、刘开永、刘开业、梁孟昭、先兆南等发起并组建了一支抗日宣传队，即"洪波歌咏队"。

这支宣传队主要队员，聚集在当时的合江中学瞰江楼，面对滔滔长江宣告成立后，学校广大爱国学生积极要求参与，队伍很快扩大，由于人员较多，随即将宣传队分成男生分队和女生分队。按照创作、编排、演出等进行分组，用抗日词汇编旧体诗词、京剧、川剧等节目，并自编新诗、快板等反映抗战的节目。

1938年6月，洪波歌咏队"主体队员"走出校园，深入到合江城区街道进行宣传演出。这支队伍成为合江县的第一支以抗日救亡为主要内容的文艺宣传队。

从此以后，这支宣传队伍利用星期天和节假日，经常走进大街小巷，以文艺演出的形式进行抗日宣传。他们用优秀的节目和美丽的歌声，揭露了日本帝国主义想灭亡我中华的野心和侵占我国土后的种种暴行。呼吁全县人民起来支援抗战，激发合江人的抗战热情。

1938年初夏，郭沫若同志来合江，听说合江有支抗日宣传队后，十分赞赏，并指示所领导的文化动员委员会的下属组织——第五巡回施教队队员，要加强对"洪波歌咏队"的政治指导和业务指导。同时，在全国话剧表演艺术家王永梭等的帮助下，"洪波歌咏队"全体队员热情高涨，更加投入，自编自演了几十个文艺节目，表演形式从歌、舞、朗诵，扩张到花鼓、金钱板、双簧、莲花落等地方性传统表现形式，表演内容十分丰富。后来又增添了文字和漫画、墙报等宣传方式，成了川南地区全方位宣传抗日救亡的宣传队伍，当时在云、贵、川地区产生了较大的影响。县外许多爱国学生积极声援这支宣传队伍，社会各界给予了较高的评价。

"洪波歌咏队"生机勃勃的宣传活动和社会各界的赞美之声，引起了国民党合江县党部的关注，县委党部派人到学校准备收揽该队为国民党县党部的宣传队。由于洪波歌咏队在成立之初，国民党县党部不支持，并给予学校领导以指责、批评。现在想要收为国民党的宣传队，师生们大多不同意。

1939年暑假前夕，国民党县党部书记潘三龙亲自出马，召集洪波歌咏队全体队员训话，强令要求洪波歌咏队在暑假搬迁到县党部去办公。迫于政治压力，队员们发出了无奈的感叹。

到了县党部，队员们才知道，国民党党部想把这支队伍更名为"国民党县党部宣传队"，并拉拢队员加入国民党，其国民党党组织负责人反复做队员代表的工作，说："只要宣传队员填表后就可以成为国民党党员，享受党员待遇。"这一行为遭到学生们的极力反对，并谢绝之。洪波队员更反对更名，这与国民党合江县党部有较大的分歧，由于国民党的强迫政策，使洪波歌咏队队员的积极性大大降低，部分县外队员退出歌咏队回了家乡。

1939年下半年，日本飞机大量轰炸中国城市，让中国人民伤亡惨重。开学后，为了避免日机空袭带来的伤害，合江中学搬迁到距县城十里外的班竹林和驻龙湾。由于距县城较远，当时的交通十分不便，受环境条件的限制，洪波歌咏队活动几乎处于停滞状态。

1940年年初，国民党县党部召集洪波歌咏队的几个负责人训话，指责洪波歌咏队有涉共之嫌（当时国民党说共产党是"洪水猛兽"），要求必须更名，并接受党部的审查。同学们据理反驳，慷慨陈词，质问国民党县党部负责人："作抗日宣传是否有干国法，学生热心爱国是否容许？"从此洪波歌咏队与国民党县党部形成僵局，活动停止开展。

事隔不久，刚从重庆"中训团"受训返校的合中训育主任肖月如，在驻龙湾召集全体歌咏队队员开会，明确指出歌咏队有异党（指共产党）操纵之迹象，勒令立即解散，否则，老师开除公职，学生开除学籍。

会议以后，所有队员都大失所望，带着愤怒和委屈，都林立会场不肯离去。不少会员面面相觑，眼眶里满含泪水……

走出会场，所有队员纷纷走进演出大厅，在队长的主持下，大家展开了那面经历风雨、记载着洪波歌咏队历史、已经变得陈旧的队旗，用剪刀一块一块地剪成三角形碎片，每人拿一小块作为纪念，并将印有"洪波"图案的宣传刊物分与会员。

大家拿着心爱的队旗一角，纷纷将手中的旗片贴在胸口上，带着泪水、带着依依不舍、带着失望与遗憾的目光，自发地唱起了《五月的鲜花》。那声音回响在合江中学的上空，回响在合江城市的天空，回响在中华大地上……

那声音那么铿锵有力，那声音那么豪情满怀，那声音又那么哀婉悲凉。

洪波歌咏队这支由合江中学师生发起和组织的抗日宣传队，从组建到解体仅两年时间。在这两年里，宣传队一天天壮大，宣传形式多样而充满情趣，得到了川南地区有识之士的关注和支持，受到合江人民的热烈欢迎，为中华抗日救亡运动谱写了历史的光辉篇章。他们谱写的历史不仅仅是合江中学的历史，更是合江人民抗日救国的历史；他们赤诚的爱国之心和炽热的抗日热情虽然被合江国民党当局扼杀，但他们的精神永远注入合江中学万千学子的心中，激励着合江儿女为建设美好的未来而努力奋进。

听完刘老师讲的故事，我还心存怀疑。后来我查找了《合江县志》和合江关于抗战的相关史料，证实了这段历史的真实性。

洪波歌咏队的存在已经过去了 80 年，当时的会员大多离开了这个世界。有的会员的后人在整理遗物时曾经发现过那一小块被包裹得非常完好的旗布，但无法知道其意义和用途。今天的我们，还有多少人能了解这段历史？

为了传承历史，弘扬合江中学洪波歌咏队再现的民族精神，我把相关史料收集整理于此，还原真实的历史，让今天的合江中学学子引以为傲。同时也算是告慰那些为抗日救国，为民族振兴而贡献青春和甘洒热血的人们。对洪波歌咏队全体队员算是一种怀念。

跟着屈原去学做人

最近心情有些烦躁，总是睡不好觉，于是晚上躺在床上就敞开思维乱想一通。面对当今社会的纷繁复杂，面对人世间的文化缺失和信仰缺失，站在人群中，确能看到多面的人生。可能由于自己的个性特点，总有很多看不习惯的东西，但又不想去指责别人，于是努力为自己寻找一种活法，给自己一个定位。

我喜爱文学，特别喜爱诗歌，现代诗已经让我读得很累。近段时间开始复古，喜欢读读古诗词。对中国的诗人，我最喜爱的要算屈原先生，他的诗真的很美，同时他还是第一位有创作个性的诗人。

毛泽东赞誉："屈原不仅是古代的天才歌手，而且是一名伟大的爱国者，无私无畏，勇敢高尚。他的形象保留在无数中国人的脑海里。无论在国内国外，屈原都是一个不朽的形象。我们就是他生命长存的见证人。"鲁迅评价屈原的作品为"逸响伟辞，卓绝一世"。清代文人李元度以爱憎分明的情感，撰成一联赞屈原："上官吏，彼何人，三户仅存，忍使忠良殄瘁；太史公，真知己，千秋定论，能教日月争光。"

提到屈原先生，自然会联想到他的作品《离骚》，也自然会联想到端午节、赛龙舟、吃粽子这些古老的民俗民风。由此，在中国古代被视为高雅文化的诗歌与民间习俗形成一种自然的传承关系。《离骚》是一首迷离难解的壮丽诗篇，一部感天动地的伟大华章，屈原是一个志洁行廉的谦谦君子，一位万民景仰的爱国诗人，先生和他的作品已经凝练浓缩成一个文学符号，而这一符号，是架起先生自己肉体之"死"与民众心中灵魂之"生"的桥梁。

《离骚》在许多人头脑中留下的第一印象，仿佛流星划过天际，身后拖曳的那道长长白光，说《离骚》是"死亡宣言"本身未尝不可，诗中两次出现这样的哀叹："虽不周于今之人兮，愿依彭咸之遗则"，"既莫足与为美政兮，吾将从彭咸之所居"。"彭咸"就是为殷之贤臣，谏君不听，投水而死。因此，先生虽然几度"上下而求索""览相观于四极兮""周流观乎上下"，但最终还是步彭咸后尘，踏上了投江的不归路。从《离骚》的字里行间中，我深深感到，先生内心的确太痛苦、太矛盾、太绝望了。他身系楚国王室宗族，对自己的祖国有着比普通人深厚得多的感情，楚国就是他的最爱，楚怀王就是他的梦中情人。所以他才"纷吾既有此内美兮，又重之以修能"，练就了一身"博闻强志，明于治乱，娴于辞令"的治国本领，先后担任了左徒和三闾大夫两项高官，不仅亲笔制定各种规章号令，对外应对诸侯、折冲樽俎，可以说楚国的内外大事都萃于一身。但就是这么一个受到楚怀王高度信任的屈原，却轻而易举被嫉贤争宠的上官大夫的几句谗言给击倒了，以至于"王怒而疏屈平"。

于是，被楚王疏远后，在忧愁幽思中他写下了《离骚》，以大量奇花瑶草、美人灵修的比喻和意象来抒发内心的愤懑。然而，此时他内心并未真正想到死，真正的心愿和目的在于"报国"，而不在于"死"。先生投江是在公元前278年，这一年他62岁。（距写作《离骚》大约20年后）

先生最后选择了死，是社会环境、政治斗争等一系列矛盾综合逼迫的结果。他眼睁睁看着楚国在一群宵小之徒的结党营私、招权纳贿之下日趋衰微，行将灭亡，天下大势注定要分久必合，强秦灭掉其他诸侯国，统一整个九州已经渐成现实。而他由于屡遭放逐，彻底丧失了一切可以重新参政的机会和希望……这就好比一个人目睹最心爱的人，身受剧烈的病痛折磨，自己竟无法替她分担痛苦一样。作为王族宗室的屈原，绝对不会有西投秦国进而帮助秦王来消灭自己祖国的禽兽之行。所以在这样一种忧心如焚、肝肠寸断的状态之下，他最终以投江来彻底消泯内心的极度痛苦，就成为唯一和必然的选择。屈原的死，无疑是中国历史上的一大悲剧，用鲁迅的话来讲：悲剧就是"将人生有价值的东西毁灭给人看"。

我认为，屈原不是一个传统和普通意义上的爱国者，他是一种建立于个人主义基础之上的爱国主义。这丝毫无损于先生人格的伟大，因为这才是真实的人性，才使他同我们走得更近，才让他更长久、更有意义地活在人民心中。不必为了神化屈原，而在他泥塑金身的头顶画上一道虚幻的光圈，我们并不需要水面明月、镜里仙花、空中楼阁。人民热爱的，正是这样的屈原。

每年五月初五端午节，包粽子是为了给蛟龙果腹以保护屈原，赛龙舟是为了跑在龙的前头丢下粽子。而随着时间的推移，一种深情的纪念缅怀活动，逐渐演变成了民间习俗，又进一步演变成为我们现在熟悉的端午节。虽然今天我们在吃粽子时，决不会想到要为谁而吃，但都知道粽子——端午——屈原之间的关系，这不就是屈原先生作为一个精神象征，长存于炎黄子孙心间的明证吗？

屈原把自己整个生命融入他的诗里去，他的诗直率地表现着他的为人、他的个性和他的气质。可以说他的人即是诗，他的诗亦如其人。透过他的诗，可以看到一个在许多方面和我们有着共同爱憎的伟人。

"独立不迁"，是屈原人格美的核心。《橘颂》中赞颂橘树的美好品质，"后皇嘉树，橘徕服兮。受命不迁，生南国兮。"诗人橘树寄托自己的人格，"嗟尔幼志，有以异兮。独立不迁，岂不可喜兮。"先生的一生始终坚持自己的"美政"理想，屡遭打击，毫不动摇。正如他在《离骚》中所说的："虽体解吾犹未变兮，岂余心之可惩！"他也曾打算像战国时代一般士大夫那样周游列国，去寻找了解自己的君主。但是，对于自小生于斯、长于斯的乡土的深挚感情，使先生不能他迁……

一个人胸怀坦荡，不图私利，不害人，不屈己，才能顶天立地，保持独立的人格。人在官场，必须头脑清醒，是非明辨，才能保持自己的独立而不至于随波逐流。"无求与苏世"浸透在屈原"独立不迁"的人格里，使之臻于更坚实、更完美的境地。

屈原一直保持着自己的清高和清醒，不肯同流合污。这当然会陷入孤立，但他不怕孤立，决不为投合世俗而改变自己的态度。他在诗里一再表示的："吾不能变心而从俗兮，固将愁苦而终穷。""余将董道而不豫兮，固将重昏而终身。"（《涉江》）"謇吾法夫前修兮，非世俗之所服。虽不周于今之人兮，愿依彭咸之遗则。""鸷鸟之不群兮，自前世而固然。何方圜之能周兮，夫孰异道而相安。"（《离骚》）

先生不仅是一个热情的诗人，还是一个冷静的哲人。大胆怀疑、大胆探索，追求真理、热爱真理，是他最鲜明的个性特点。《天问》中共提出170多个问题，涉及天文、地理、历史、政治等许多方面，集中地表现了他的怀疑精神与探索精神。先生借着问天"以渫愤懑，舒泻愁思。"《楚辞通释》的解释比较通达：原以造化变迁、人事得失，莫非天理之昭著；故举天之不测不爽者，以问懵不畏明之庸主具臣，是为天问，而非问天。……抑非徒渫愤舒愁已也。王夫之认为《天问》是关于天的问题；天指天理而言，大自然的变化和人事的得失统统属于天理的范围。在我看来，《天问》是先生站在哲学的高度，思考宇宙和社会的规律，所留下的一份珍贵的记录。

屈原对于美的追求如痴如狂。他把自己的政治思想称为"美政"，把理想中的君王称为"美人"，把理想中的贤才称为"众芳"，就连他笔下的水神山鬼，也无不体现着一个"美"字。这种对于美的追求，就是"民生各有所乐兮，余独好修以为常。"好修，一方面是坚持美好的政治理想，另一方面是培养自己美好的人格。就美好的人格而言，既包括内质的纯正，又包括外表的芬芳。所以《离骚》说："纷吾既有此内美兮，又重之以修能。扈江离与辟芷兮，纫秋兰以为佩。"修能，就是修态，是内美的外现。内美与修态相统一，乃是先生追求的目标。先生多次写到自己的服饰，他采来各种香花芳草，做成衣裳和佩饰，象征在自己身上培植各种美好的品德。"擥木根以结茝兮，贯薜荔之落蕊。矫菌桂以纫蕙兮，索胡绳之纚纚。制芰荷以为衣兮，集芙蓉以为裳。不吾知其亦已矣，苟余情其信芳。"（《离骚》）"余幼好此奇服兮，年既老而不衰。带长铗之陆离兮，冠切云之崔嵬。"这些香花芳草、高冠长铗，都象征着屈原人格的完美与崇高。（《涉江》）

屈原是一个严于律己的人，为了修养自己的人格，他经常展开内心的斗争。女婆的责备，灵氛和巫咸的劝告，都曾引起他思想上的矛盾与斗争。"余虽好修姱以鞿羁兮，謇朝谇而夕替。既替余以蕙纕兮，又申之以揽茝。亦余心之所善兮，虽九死其犹未悔。"（《离骚》）好修以为常的屈原，不能容忍丑恶与庸俗，他是一个无情的揭发者与批判者，对腐朽势力的贪婪嫉妒、荏弱鄙固，作了大胆的揭露和批判。他说兰芷和荃蕙的蜕变，就是不好修的缘故；"兰芷变而不芳兮，荃蕙化而为茅。何昔日之芳草兮，今直为此萧艾也。岂其有他故兮，莫好修之害也！"（《离骚》）在临死前所写的《怀沙》里，直言不讳地斥责那帮腐朽势力："变白以为黑兮，倒上以为下。凤凰在笯兮，鸡鹜翔舞……邑犬之群吠兮，吠所怪也；非俊疑杰兮，固庸态也。"他在那帮丑类中间，卓然独立，保持着自己的清白与纯洁。

千载之下的当今，屈原先生之所以仍能以他的诗歌感动我们。一个重要的原因，就是这些作品具有伟大的人格力量。

屈原先生的时代早已过去，他的人格美，一直深深地激励着我，每当我重温先生的作品，总是激动不已、感慨万千。我不知道当今的人们是怎样行走自己的人生路，更不知道他们的人生追求到底是为了什么？在我生存的那一片天空中，我似乎看到了在两千多年前屈原时代的东西在重现。我们没有能力改变社会现实，但有能力改变自己。荷花出淤泥而不染，仍然清纯美丽，我们为何不能按照自己的方式去生活呢？我将努力伴随着屈原先生的精神，走好自己的人生之路，虽然不一定会很风光，但对历史对后人无愧此生！

话说合江历史及其变迁

最近合江几个文化同人在一起研究赤水河流域历史文化，有人便说："赤水河流域是贵州的事，我们为什么要帮贵州干活路？"听到这番话我实在是哭笑不得。这也不怪谁，要怪的话只怪我们文化人没有把合江的历史搞清楚，使得合江人对自身的历史都不了解。最近有一名老师开办讲座公开讲合江历史，而把合江的历史定格为西汉元鼎二年，即合江建县的历史，而对合江建县以前近 2000 年的历史完全忽略了，我觉得既是一个遗憾，也是文史工作者的悲哀。

根据《华阳国志》《水经注》《四川古代史》《贵州古代史》《泸州市志》《合江县志》等史料记载，合江是赤水河流域建县最早，管辖区域最广，文化积淀较深厚的县，合江具有巴蜀符关城镇功能的存在至少有 4000 年的历史，在川南黔北地区除了泸州和宜宾，实在找不出比它历史更久的城镇。

合江是赤水河流域的出口城镇，也是赤水河流域历史上经济、政治、文化的引领城市，合江的历史就是赤水河中下游地区的历史，其覆盖面包括了今天的合江、习水、赤水、仁怀的绝大部分地区和古蔺、泸县、纳溪的部分地区。可以说，对合江历史的研究就是对赤水河流域中下游地区的研究，赤水河流域中下游地区的发展史就是合江的发展史。

合江之名最早起于"符"，后称"符关"，在《史记》中记为"筰关"。因邛筰属雅南地区，属于《史记》中的笔误，所以后人找不到"符"的更多记载，也是合江早期历史记录不全的根本原因。在《水经注》中有"江水东过符县北""县故巴夷地"的记载，说明了合江的区位和属地。

关于"符"和"符关"问题，许多文史工作者根本没有搞清楚，多把

"符"与"符关"混为一谈,这是对地域的错误理解。"符"是地域名,是一个行政区划地域的名称,有它的区域和辖地;而"符关"是春秋战国时期官方设立的一个征纳税费的关口,是"符"区域内的一个地方,是一个官方的办事地点。所以"符"和"符关"是完全不同的概念。

《尚书·禹贡》载,约公元前2100年前,大禹治水后则将天下划分为冀、兖、青、徐、扬、荆、豫、梁、雍九州。今合江境域属梁州。据《史记》《汉书》和《四川古代史》载,约公元前1400年至1200年的殷商时期合江仍属于梁州,到周朝时期,合江境域属巴国范围。

巴国最早见于《山海经·海内经》,其内容记载:"西南有巴国。太皞生咸鸟,咸鸟生乘厘,乘厘生后照,后照是始为巴人。"太皞即伏羲,后照为巴人始祖。巴国在中国先秦时期位处中原西南面的一个国家,国都为江州,即今重庆渝中区。始于先夏时期,于夏初加入夏王朝,成为其中一个诸侯国,鼎盛时期疆域包含今重庆全境、四川东部、陕西南部、湖北西部、贵州北部等地,灭于战国秦惠王时期。据考古发掘,巴国地区(包括今重庆全境和四川东部、陕西南部、湖北西部、贵州北部地区)史前文化发端于200万年前的旧石器时代早期,其代表性古人类是"巫山人"。结束于距今4000多年前,即新石器时代末叶,其代表性文化是"巫山大溪文化"。约4000多年前,巴人先民们就世世代代在重庆地区这片神奇的土地上生息繁衍。他们战天斗地,自强巴国不息,创造了灿烂的巴文化。《华阳国志·巴志》:"巴子时虽都江州(重庆),或治垫江(合川),或治平都(丰都),后治阆中。其先王陵墓多在枳(涪陵)。"到战国时期,《华阳国志·巴志》说:"七国称王,巴亦称王。"其疆域是"东至鱼复(奉节),西至僰道(宜宾),北接汉中,南极黔涪"。巴国依然还是一个疆域广阔,可与七国相比的国家。"西至僰道",僰道为现在宜宾兴文一带地区,从江州到僰道,当然包括了合江在内,这足以说明,当时的合江是属于巴国的区域范围。

《左传·桓公九年》:"文十六年(即前611年)以后,巴遂不见,盖楚灭之。"最终楚国夺取了巴国经济的根基:位于巫溪和清江的盐业基地。逼使巴都城也沿江向西迁移,古巴人部分迁到现在的川南、黔北山区。当时的合江介于巴与西南夷之间,几乎属于两不管,都想管的争夺之地。

到了春秋前期(前约770年至475年),今合江地区总括为荆州西南裔,泛称南蛮或荆蛮，不属周王朝的领属范围，而归入荆地外西南鬼方范围。在春秋后期，生活在今贵州北部大娄山脉北坡的鳛人（濮人族群中的一支）部落族群发展到了部落社会的高级阶段，并壮大成为一方有较强实力和影响力的部落族群。鳛人部落族群在今合江东南的习水河流域及毗邻仁怀、赤水部分境域建立起了雄长一方的部落鳛国。春秋末年（前约475年），牂牁国衰落，牂牁江上游（今北盘江）另一支濮人部落兴起，占领了牂牁国北部的直属领土，仍以夜郎邑为政治中心，定国号为夜郎。而将原牂牁国君及其族人迁于夜郎邑东北面的小邑，改号且兰，便于监视控制。兴起的夜郎国迅速扩张势力，东南降服了毋敛国，西南降服漏卧国，西边征服了莫、同竝等小国，北面越过延江（今乌江）北岸，征服了鳖国、鳛国、蜀国东南的僰国，巴国南境。这样便形成了战国时期的大夜郎国。这时的鳖国、鳛国等部落方国成为大夜郎国势力控制区范围的诸国，服从于大夜郎国的统辖。此期，合江长江以南地区皆是夜郎国范围。

《华阳国志·巴志》："秦惠文王与巴、蜀为好。蜀王弟苴侯私亲于巴。巴蜀世战争，周慎靓王五年，蜀王伐苴侯。苴侯奔巴。巴为求救于秦。秦惠文王遣张仪、司马错救苴、巴。遂伐蜀，灭之。仪贪巴、苴之富，执王以归。置巴、蜀，及汉中郡。分其地为四十一县。仪城江州。司马错自巴涪水，取楚商于地，为黔中郡。"公元前316年，秦惠王应巴的要求，使张仪、司马错率大军南下灭了蜀国。顺道向东灭了巴国。在江州设立巴郡，成为秦始皇36郡之一。《合江县志》（清同治版）载："《禹贡》别天下为九州，合江在梁州之域。商因之，周属巴国……"这说明，到这个时期，合江又属于巴国管辖范围。

楚倾襄王时（前318年至296年），派庄蹻率军西征，夜郎迎降。后庄蹻在滇为王，分派部将领属各地，包括部落鳛国在内的夜郎诸国都在他的控制之下，变为半独立状态，延续至秦统一中国才起变化，其间合江属于夜郎国边沿地带，现在合江地域东北属于古巴国，西南属于夜郎国。

公元前285年，秦昭王改蜀国为蜀郡。同期，张仪、司马错从蜀地出发，沿长江进入赤水河，然后进入贵州，推动并开辟了古代南方丝绸之路。

根据《中国古代史·秦史》记载，秦国于秦惠文王后元九年（前316年，有说是前314年）置巴郡，郡治江州县（今重庆）。郡初辖江州（治今重庆江北区)、垫江（治今重庆合川）、阆中、江阳、宕渠（治今四川渠县）、符县6县，后陆续新置5县。秦始皇统一天下后，巴郡为天下36郡之一（后期逐渐增至41郡、42郡、48郡）。许多文史工作者把这里的"符县"界定为现在的合江，这是不准确的，这里的符县是个郡，在现在的汉中以东地区。根据《传世藏书·郡县》记载（主要来源于《华阳国志》），古代梁州置郡府26个，设县136个，其中有符阳郡，辖难江、符阳、地平3县，其地区在汉中以东，也就是上述的符县地区；泸川郡辖泸川、富义、江安、绵水、泾南、合江6县，合江属于泸川郡，是136个县之一。可以看出，这里的符阳地域与合江较远，不是合江的历史地域。

公元前221年，秦始皇统一全国。原处于滇王庄蹻控制之下的半独立部落鳖国、鰼国等境域成为巴郡、蜀郡的边沿地带。后来，处于秦国巴郡、蜀郡边沿地带的部落鰼国，在秦国强大的威力下归到巴郡管辖范围。据《四川通史》载：秦先后（约前220—219年）在巴郡设置了江州（今重庆、江津、綦江等）、阆中（今四川阆中、仪陇、南充等）、江阳（今四川泸州、叙永、纳溪、古蔺等）、符（今四川合江、泸县、贵州赤水、习水、仁怀部分区地）、鳖（今贵州遵义一带）、夜郎（今贵州石阡以东地区）、且兰（今贵州黄平、福泉、贵定一带）等十二县。时为鰼国的地域（今习水县境域）划归到秦国巴郡符（治所在今四川合江县合江镇）管辖。

西汉早期，中央朝廷与诸侯之间矛盾增加，西汉王朝无暇顾及西南边远地区，大部分西南地区属于无管辖状态，其中今滇、黔地区脱离了其统治，并关掉蜀地等故徼，放弃了秦在原大夜郎国等边远夷地的管辖。当时，赤水河流域基本上恢复到了秦前的大夜郎国时的统治现状，基本独立于汉之外，而符关仍属于巴郡地界。

在西汉历史中，《汉书》记载："西汉高祖五年（前202年）仍置巴郡，次年，江阳、符县改属广汉郡（今德阳、广汉一带）。"这里的符县，与江阳同时并入广汉郡，应该说指的就是合江，而不是汉中以东的符县，因为作为郡置的符县今属陕西省地界，与成都旁边的广汉相距较远，不符合行政区域划分的实际。从这里的史料我们可以看出，"符县"作为行政区划辖制的历史至少可以追溯到秦惠王时期。

汉武帝元封五年（前106年）置十三刺史部，巴郡置益州刺史部、郡治仍为江州县，辖江州（今重庆主城区、江津、璧山、永川、綦江、南川，治今重庆江北区）、临江（今忠县、垫江、石柱）、枳（今涪陵、长寿、丰都）、垫江（治今重庆合川区）、阆中（今阆中、苍溪、仪陇）、朐忍（今云阳、万州、开县）、安汉（今南充、西充、岳池、广安，治今四川南充）、充国（今南部、西充，治今四川南部县）、宕渠（今达州、东乡、新宁、渠县、大竹、太平、巴州、通江、南江、营山）、鱼复（今奉节、巫山、巫溪）、涪陵（今涪陵、酉阳、秀山、黔江、彭水）等11县。汉和帝时（89—105年），增置宣汉（治今四川达州市），汉昌（治今四川巴中市）等3县。在东汉时期，巴郡辖14城：江州、宕渠、朐忍、阆中、鱼复、临江、枳、涪陵、垫江、安汉、平都、充国、汉昌等。东汉初平元年（190年），安汉令赵颖提议分巴郡为三郡：垫江以上为巴郡，治安汉；江州以下为永宁郡；朐忍以下为固宁郡。东汉兴平元年（194年），益州牧刘璋将巴郡一分为三：垫江以北为巴郡，江州至临江（今重庆忠县）为永宁郡，朐忍（治今重庆云阳县）至鱼复（治今重庆奉节县）为固宁郡。建安六年（201年），永宁郡复称巴郡，郡治江州县。建安六年（201年），鱼复令塞允争巴名，刘璋改永宁郡为巴郡，固宁郡为巴东郡，巴郡为巴西郡，这就是"三巴"的来源。但在这一时期，在巴郡的行政区划中没有江阳和符县的存在，这说明在汉武帝元封年间，江阳和合江已经归属蜀郡，不再属于巴郡地界。

汉初，经过约70年的休养生息，汉王朝实力增强，府库充实，国力强盛，在北伐匈奴，西通西域的同时，积极开发西南夷地区。据《史记》记载，西汉武帝建元六年（前135年），汉武帝刘彻采纳了唐蒙提出的出使夜郎，劝其归汉，并用夜郎精兵十万攻打南越国的建议，并派遣中郎将唐蒙出使夜郎国，征服了夜郎国，汉武帝令唐蒙带领随从军士千人，运送粮食辎重民夫万人从巴郡符关（今四川合江县）入夜郎，途经今赤水、习水、仁怀、桐梓等境域，拜会了夜郎王多同，成功说其归汉并约置吏。武帝元鼎二年（前115年），汉武帝以今川南部分地区，加上夜郎地区，设立犍为郡。赤水河中下游地区设符县，辖制赤水河中下游地区，主要包括现在的合江、习水、赤水、隆昌部分地区、仁怀和古蔺的部分地区，境域隶属益州刺史部犍为郡管辖。

从理论上讲，唐蒙出使夜郎，始发地为合江，而且带有精兵和地方人员近万人从赤水河而上，这说明当时的合江属于蜀郡，而且已经是一个地域的行政区，不然怎能组织这么多的人力和辎重？史书上也没有提到江阳等地域，这可以说，当时的合江就是一个建制县，这是公元前135年的事，显然与公元前115年建县有差异性。

从以上事实可见，符作为行政区划在公元前219年秦设立巴郡时就应该存在，而且有它的管辖范围，有治所地点（合江南关场），事实上已经是一个县的建制。从史学上讲，合江的建城历史应该是殷周时期，比建县历史早1200多年，合江的建县应该是秦统一中国后的郡县时期（公元前219年前后），至少可以向前推进100多年。西汉元鼎二年置符县，是在这一年西汉王朝复置了符县这个地方，这是行政区域的调整，其管辖区域与之前不完全相同，与之前的符是不同的概念，符县是由符演变而来的，属于县史的变化。正因为我们曾经的史志资料的缺失，才把本来应属于公元前219年建县的历史，推延到了公元前115年，建县历史缩短了104年。当然，这些史料还有待进一步查证，但从秦统一中国后的郡县设置时就有符县，这是无可非议的。从这个意义上讲，合江的建县历史应该刷新。

合江的建县历史来历主要源于《合江县志》，《合江县志》在清朝有雍正、康熙、同治三个版本，再以找不到更早的县志。在这三个版本中记录的建县皆为西汉元鼎二年（前115年），这是因为在清朝交通闭塞，信息不畅，当时的档案资料又不全，县志编撰人员没有占有相关工具书和史料，其建县历史多为口口相传而来，所以只知道西汉元鼎二年设立符县，对春秋战国时期合江的历史无法查证和知晓。在清朝以前，能够参考的史书只有《史记》《水经注》《华阳国志》《汉书》等，连《四川古代史》都是后来编写的，这些史书也有一些历史性错误，当时的县志编撰人员还不一定占有这些书籍，所以编写志书之难可以想象。大凡写史都是本着有证可查为根本，从这个意义上讲，对建县历史界定为西汉元鼎二年并没有错。任何历史都是人写的，写历史的人不是全能，不可能把所有的事情都搞清楚，所以缺失在所难免。就像我们今天这样，尽管占有许多志书和史料，但还是有很多历史上的结解不开，还有许多问题搞不清楚，这需要后人的进一步研究和佐证。

在秦代，全国开始郡县制，现今仁怀、赤水、习水等地隶属巴郡符。历史上的仁怀并不是今天仁怀县的概念，而是今天的赤水和仁怀的大部分地区，其治所先后在复兴、留元坝、土城、茅台等地，赤水是从仁怀划分出去的，赤水的建制历史较短。秦代后期，统治者对待原部落鳛国这类边远蛮荒地区，仍保留着部落、氏族组织，县吏通过部落、氏族组织的"渠帅"治事。由于从秦统一（前221年）到汉朝建立（前206年）仅有15年时间，原有部落方国君长，趁秦末大乱及秦国败灭之机，死灰复燃，许多原有部落方国君长又各据旧境自立，恢复旧有称号。

汉武帝建元六年（前135年），唐蒙出使夜郎收复了夜郎国，以夜郎及其邻近地置犍为郡，习水、仁怀等地皆归属于犍为郡之符县。新莽时期，犍为改称西顺郡，符县改名符信县，今习水、仁怀依旧隶之。汉献帝建安十八年（213年），改符县为符节县，隶新设置的江阳郡，符县辖地仍包括习水、仁怀等地区。东晋穆帝永和中，符节县改名安乐县，仁怀、习水等地属东江阳郡的安乐县。

公元前36年，东汉光武帝刘秀派兵攻大成国，公孙述败死，大成国灭亡。刘秀恢复益州犍为郡，改符信县为符节县。辖地为今合江、习水、赤水和仁怀部分地区，境域隶属益州刺史部犍为郡，符节县治所今合江南关场。

公元前25年，益州牧公孙述据称帝，国号大成，史称"大成政权"。时，符节县境域隶属大成政权犍为郡管辖。

9年，王莽取代西汉称帝，改国号为"新"。改益州犍为郡为庸部西顺郡，改符节县为符信县（温水南至鳖入黚水，黚水亦南至入江。莽曰符信），辖地沿袭原来的地域。王莽时期（9—24年）。

东汉献帝建安十八年（213年），分犍为郡另立江阳郡。符信县境域隶属益州刺史部江阳郡管辖。

221年，刘备在成都称帝，国号汉，史称"蜀汉"。时，今合江境域隶属益州江阳郡管辖。

263年，曹魏军三路伐蜀，蜀汉后主刘禅出降，蜀汉亡。时，今合江境域隶属曹魏益州江阳郡管辖。

265年，晋武帝司马炎取代曹魏，建立西晋。约266年，符信县复名符县，境域隶属西晋益州江阳郡管辖。

299年，入蜀就食的关中流民拥賨人李特为首领，聚集两万人在德阳起义。306年，李特之子李雄在成都称帝，国号"成"，后改国号"汉"，史称"成汉"。符县境域隶属成汉政权益州江阳郡管辖。李雄在境内广设郡县，为政宽和，与民休息，轻徭薄赋，经济有所发展，百姓富实，巴蜀出现当时南、北方不曾有的太平局面。《华阳国志》曰："雄乃虚己受人，宽和政役，远至迩安，年丰谷登。乃兴文教，立学官。"李雄不仅"立学官"，选拔世家子弟，兴办学校，培养人才，而且邀集文人学士"置史官"于成都，研究古代文化典籍。史学家常璩的《华阳国志》就是在这段时期完成的，这为我们今天研究历史提供了可考的依据，是对文史保护的一大贡献。很可惜的是，李雄死后，其子侄为皇位相残，导致成汉灭亡。

347 年，东晋大将桓温伐蜀，灭成汉。东晋改符县为安乐县（治所在今四川合江县九支镇安居坝），境域隶属东晋东江阳郡管辖。

420 年，刘裕废晋恭帝司马德文，自立为帝，国号"宋"，定都建康，中国历史进入南北朝时期。撤销安乐县，当时安乐县地域划入益州东江阳郡绵水县治（今四川长宁县北）管辖。

479 年，刘宋顺帝颁诏将帝位禅让给齐王萧道成，萧道成在建康南郊登基称帝，史称"南齐"。再次调整区划，复置安乐县，原划出的习水等部分地区划归安乐县管辖，境域隶属南齐东江阳郡管辖。

502 年，齐和帝被迫"禅位"于萧衍，梁朝建立。梁武帝时期（502—549 年）撤安乐县，置地方性军事机构安乐戍（今合江县合江镇）。大同年间（535—545 年），改东江阳郡为泸州，下辖江阳郡，合江境域隶属梁朝泸州江阳郡管辖。

552 年，梁发生"侯景之乱"，梁武帝被囚而死。梁武帝其子益州刺史陵王萧纪在成都称帝，并举兵东下梁都建康讨伐侯景。553 年，西魏乘蜀中空虚，派大将军尉迟迥伐蜀取得成功，统治四川 4 年多。到 557 年，鲜卑族宇文觉在其堂兄宇文护的扶持下，取代西魏，建立北周政权，国号大周，史称"北周"。北周保定四年（564 年）撤销安乐戍，设合江县，隶属北周泸州江阳郡管辖。

581 年，时年 7 岁的周静帝禅让帝位给北周丞相杨坚。杨坚三让而授帝位，定国号为"大隋"。隋开皇三年（583 年），隋文帝整顿行政区划，罢天下诸郡，以州统县，实行州、县两级政区制，改泸州江阳郡为泸州。隋炀帝大业三年（607 年），又改州为郡，行郡、县两级制。改泸州为泸川郡。时，合江境域先后隶属泸州及泸川郡管辖。

618年，大隋太原留守李渊趁隋末天下大乱时，乘势从太原起兵，攻占长安。李渊接受其大隋所立的隋恭帝禅让称帝，建立唐朝。同期又改泸川郡为泸州。627年，唐太宗分天下为十道，合江属于剑南道泸州辖制。唐代在道之外的形势要冲沿边地带设都督府，用于军事控制少数民族地区。同时，在都督府下设立若干羁縻州县，用以笼络少数民族聚居区的部落酋长、渠首。大多数的羁縻州县只是名义上的行政区划，虽有州县之名，而州刺史、县令官职皆由其部落酋长、渠首担任。

唐贞观十六年（642年），进行区域调整，泸州又改为路川郡，原合江辖地今习水、赤水、仁怀、古蔺、隆昌的部分地区划出，但仍归属泸川郡。在黔北置珍州，珍州治所在今贵州桐梓县夜郎镇。珍州领夜郎、丽皋、乐源三县。乐源在今习水东南部一带。在珍州东北置溱州。据《贵州古代史》载：溱州治所在今习水县温水镇西。溱州领荣懿、扶欢、乐来三县。

唐仪凤二年（677年），在今赤水河流域置羁縻浙州，浙州领浙源、越宾、洛川、鳞山四县。经考，浙州治所在今习水县土城镇，其中浙源县附郭。越宾县在今赤水市元厚镇。洛川县在今赤水市旺隆镇。鳞山县在今习水县城一带。浙州隶属剑南道泸州都督府管辖。

武周大足元年（701年），在今习水河流域置羁縻能州，能州领长宁、来银、菊池、猿山四县。能州治所在今赤水市官渡镇，来银县在今赤水市长沙镇。菊池县在今习水县温水镇，猿山县在今习水县程寨乡红旗一带，长宁在何地无可考。能州隶属剑南道泸州都督府管辖。

唐天宝元年（742年），改州为郡，改珍州曰夜郎郡，随后并夜郎郡入溱州而改溱溪郡。唐乾元元年（758年）复分出，仍名珍州，改溱溪郡名溱州。唐宪宗元和二年（807年），溱州领荣懿、扶欢、夜郎、丽皋、乐源五县。珍州、溱州二州在唐贞观年间属剑南道泸州都督府领辖，唐玄宗时期割属黔中道黔州都督府领辖。贞观十六年（642年），合江县的进习水、赤水、仁怀等部分地区调入珍州，合江县治所迁往白沙（现合江县白沙镇）。

至德二年（757年），分剑南道为东、西两川，合江隶属剑南道东川泸州郡。乾元元年（758年），泸川郡改为泸州，合江隶属于剑南道东川泸州。元和十二年（817年），合江县治所由白沙迁回合江城。全县设立南乡、北乡和西乡三个乡。

　　唐元和元年（806年），置羁縻蔺州。据《明一统志》载："旧蔺州在司东一百八十里，唐元和初置。有碑，在唐朝坝，今剥落。"唐朝坝即今习水县同民镇所在地。蔺州治所在今习水县同民镇蔺江村境域。蔺州所领胡茂、罗兰两县境域约当今赤水河以西的习水县同民镇、醒民镇、土城镇部分境域及今四川古蔺县、叙永县大部境域。蔺州隶属剑南道泸州都督府管辖，宋高祖乾德二年（964年）废。

　　唐天复七年（907年），后梁灭唐，唐西川节度使王建不服后梁而在成都自立为帝，国号蜀，史称"前蜀"。当时，合江境域属前蜀，建置如唐代不变。

　　同光三年（925年）后唐西川节度使孟知祥灭前蜀。后唐长兴四年（933年），孟知祥封为蜀王。后唐应顺元年（934年）孟知祥称帝，国号大蜀，史称"后蜀"。时，今合江境域属后蜀，建置如唐代不变。

　　大中祥符年间（1008—1016年），合江设一乡二里，其区域划分未可考。

　　北宋熙宁八年（1075年），世居今重庆綦江一带的西南蕃部渝州僚人首领木斗叛，朝廷派梓夔察访使熊本领兵讨伐平定后，在铜佛坝（今重庆市綦江区赶水镇）建南平军，领南川、隆化二县（今重庆綦江、南川）。大观二年（1108年），世居今重庆綦江及贵州桐梓、习水边缘地带的南平僚人首领木攀内附，朝廷以其地别置溱州，领溱溪、夜郎二县，隶南平军。同时，宋徽宗赵佶赐南平僚人首领木攀姓赵名泰。由此，赵泰及其族人以"天族"自居。

　　北宋乾德三年（965年），在剑南道东、西之地置西川路，合江隶属西川路泸州。咸平四年（1001年），今四川分为益州路、梓州路、利州路、夔州路四路，合江隶属于梓州路泸州。原合江辖地的今习水、赤水部分地区属夔州路南平军管辖。同期的元丰年间（1078—1085年），合江设二乡六寨，即南乡、北乡，遥坝寨、安溪寨、青山寨、小溪寨、带头寨、使君寨。

　　南北朝至北宋大观三年（1109年）的689年中，仁怀、习水相继属于东江阳郡、泸川郡、泸州的绵水县、安乐县、合江县。从秦朝至北宋末年的漫长岁月中，仁怀名义上虽隶上述郡县，事实上仍系少数民族部落首领自行统治的地区，《宋史·本纪》称之为"泸夷地"。

　　北宋大观三年（1109年），泸州夷王募弱献土归宋，宋王朝下诏以泸州东南夷地建滋州，领承流、仁怀二县，隶属梓州路。滋州与承流州县治所都设在今习水县土城镇，仁怀县县治所设在今赤水市复兴镇。合江县划出九支和安溪，设立九支县和安溪县，设纯州统辖，州治所在九支城。同年，赤水正式建置，时属滋州仁怀县，县城在今赤水市复兴镇。北宋宣和三年（1121年），撤滋州，降仁怀县为堡，改隶泸州合江县。到南宋端平二年（1235年），堡改属播州宣慰司管理。

重和元年（1118年），改梓州路为潼川府路，合江隶属于潼川府路泸州。北宋宣和三年（1121年），废纯州和滋州，在原滋州治所土城设武都城。并承流县和仁怀县，新设仁怀堡来管辖。武都城隶属潼川府路泸州管辖。仁怀堡隶属潼川府路泸州合江县管辖时。合江县境域基本恢复到符县时期的范围，包括了现在习水、赤水、仁怀的大部分地区和古蔺的西北部地区（古蔺的南部为罗氏鬼国地，今属大方县域）。

南宋时期，由于朝廷统治能力削弱，纲纪废弛，在泸南及渝南等少数民族聚居区，当地夷僚首领随意侵占军、州、县土地等现象普遍存在。南宋嘉泰初年（1201年），杨粲袭播州第十三任沿边安抚使后，开始以"卫道"为旗号，凭借武力行兼并扩张之实。杨粲于开禧二年（1206年）起，先引兵北击，趁国事动荡之秋，大量侵占"公家田"的南平夷僚穆永忠。由此，时属南平军的今重庆綦江、南川，贵州桐梓及习水中东部境域成为播州沿边安抚司控制版图。随后，又声罪讨杀"弑父自立"的闽酋伟桂。由此，播州沿边安抚司夺占罗氏鬼国领主乌江北岸地七百里。其中，时为罗氏鬼国领主和控制的西北部今仁怀、赤水及习水中西部境域成为播州沿边安抚司控制版图。在杨粲袭播州沿边安抚使，并开创"播州盛世"历史背景下，播州杨氏成为统治今黔北等地的最大封建领主。杨粲所夺得的今习水、赤水一带播州沿边安抚司控制版图，在其子杨价袭第十四任播州沿边安抚使职时未能有效控制，因而有了宋瑞平年间"播州之唐朝坝（今习水县同民镇一带）、古滋（今习水县土城镇一带）及仁怀（今赤水市复兴镇一带）等地蛮夷出扰，为边民患"，总制袁世明奉诏入蜀平南之举。

南宋嘉定年间（1208—1224年），合江调整区划建制，全县分为1厢7里20都。主要是县市厢团，白皓里、安溪里、云翔里、水北里、白马里、带滩里、中当里。现在的赤水部分地区属于中当里，习水西北部地区属于白皓里。

至元十四年（1277年）11月，元军攻占全国最后一座城池神臂城，实现全国的统一。元至元十五年（1278年），四川设行中书省，泸州州治由神臂城迁回泸州，归属剑南道宣慰司重庆路。合江治所迁至神臂城南岸济民市（黄氏坝），现今叙永、古蔺、泸县部分地区划归合江管辖。至元二十八年（1291年），改宣慰司为廉访司，合江属西蜀四川剑南道廉访司重庆路泸州。

元世祖十四年（1277年），播州第十六任沿边安抚司杨帮宪降元，在原仁怀堡境域设仁怀古滋等处（治所设在今赤水市复兴镇），同时派巡检管辖境域治安。废原武都城，设立军事机构古滋城千户所，古滋城千户所以袁氏为长官。滋城千户所及仁怀古滋等处隶属湖广等处行中书省播州军民安抚司管辖。至元十八年（1281年），播州军民安抚司升为四川等处行中书省播州宣慰司。原合江南部地区的习水、赤水境域大部地区划归播州宣慰司仁怀古磁长官司管辖。

元朝至正二十二年（1362年），明玉珍占据四川后，在改州为府，泸州为大夏泸州军民府，合江属之。在今习水县土城镇高坪村堡子头设永宁镇边都元帅府，隶属泸州管辖。

元朝至正二十三年（1363年），红巾军首领明玉珍在重庆称帝，国号"大夏"，大夏在原有四川等处行中书省播州宣慰司和仁怀古磁等地境域建立怀阳县（治所设在今赤水市复兴镇）。时，今赤水、习水境域隶属播州宣慰司怀阳县管辖。

明洪武九年（1376年）年六月，合江县治从黄氏坝迁回合江城，全县仍编为7里。隶属于四川行中书省泸州直隶州。

明洪武五年正月（1372年），大夏国政权降明，怀阳县废。明王朝改古磁城千户所，设军事机构唐朝坝长官司，唐朝坝长官司以下设领寨、坪等基层单位。唐朝坝长官司以袁氏为长官，属播州宣慰司管辖。

明嘉靖七年（1528年），播州宣慰司第二十七任宣慰使杨相仿汉制设置里甲。将其领地划为54个里，分别委任属下的大姓头人等土目管事。时，播州宣慰司在今习水、赤水境域置有儒溪、仁怀、上赤水、下赤水和丁溪等里。

明成化十二年（1476年），永宁宣抚司与播州宣慰司互为仇敌，此后攻杀不休。明嘉靖年间，永宁宣抚司奢氏利用播州宣慰司杨氏中衰之机，先后侵占了与播州宣慰司毗邻的儒溪、仁怀、上赤水、下赤水等里疆地。永宁宣抚司奢氏还将播州宣慰司管辖的唐朝坝长官司改置唐朝镇，仍以袁氏为长官，直隶永宁宣抚司。

明隆庆五年（1571年），杨应龙承袭播州宣慰司第二十九任宣慰使后，不承认永宁宣抚司奢氏侵占播州宣慰司疆地为其所有。并将永宁宣抚司奢氏侵占播州宣慰司在赤水河东岸的辖地全部夺回，恢复原有仁怀、上赤水、下赤水等里疆地。为维护播州边地的安宁，杨应龙未将在赤水河西岸的播州宣慰司所属儒溪里辖地夺回。此后，今赤水河成为当时播州宣慰司与永宁宣抚司的界河。

明万历二十八年（1600年），播州宣慰司宣慰使杨应龙与明军对抗，明万历二十九年（1601年）平播后，实行改土归流，废播州宣慰司设遵义军民府和平越军民府。遵义军民府隶属四川布政司。平越军民府隶属贵州布政司。同年四月，李化龙向朝廷申请恢复仁怀县建置，其申报理由是："仁怀滨播枕永，襟合带泸，为（元）怀阳县故地，当复一县。"设县请求被批准后，李化龙即派征播人员，"才思开爽，众曰号能"的四川宜宾县县丞曹一科出任恢复后的首任仁怀县知县。新县将永宁奢氏土司侵占播州从河西至黎民的八百余里地全部划归为仁怀县区域。当时坐镇土城的是平播功臣，正五品官的威远卫指挥袁初。曹一科上任后到仁怀县境内选址修建县衙，他认为："土城居各里之中，当大路之要，山明水秀，地坦人稠，离府城七日，宜创县城于此。"正准备平地基修县衙时，却遭到镇守土城的世袭土官袁初的刁难。袁初以权势压人，买通风水先生，诈称"今年不利于此方动土"。曹一科既不敢得罪袁初，但是又讨厌王继先"得陇望蜀"的政治野心，因此只好将县衙改建到县境北端无人争占的荒野留元坝（今赤水城）。复置仁怀县后，全面清理前播州宣慰司与永宁宣抚司疆界，对永宁宣抚司奢氏侵占播州宣慰司播州长官司杨氏在今赤水河西岸的儒溪里（今习水县同民、醒民及土城镇部分境域）收归遵义军民府管辖。复置后的仁怀县领仁怀、赤水、郎城、丁溪、安罗、李博六里。时，今习水境域时属郎城里、丁溪里和赤水里部分境域。同时，废除永宁宣抚司在儒溪里地域上所设立军事机构唐朝镇，在原址上新设立军事机构儒溪归化堡及威远卫左所。

明崇祯二年（1629年），增设河西里、吼滩里。分丁溪里为丁山里、小溪里。分郎城里为二郎里、土城里。至此，仁怀县共为十里。时，今习水境域时属土城里、丁山里、小溪里、吼滩里、二郎里及赤水里部分境域。崇祯十七年（1644年）明朝灭亡后，桂王朱由榔建立的南明政权后期主要活动在今云南、贵州一带。时，南明政权在今习水县土城镇设置军事机构忠赤镇，与已经取得政权的清朝对抗。

明洪武十四年（1381年），设仁怀县，隶四川行省之遵义军民府。清朝仍袭明朝建置，雍正六年，随遵义府改隶贵州，后改由遵义府通判驻守管理。直至光绪三十四年（1908年），又因仁怀直隶厅与仁怀县同名，改仁怀直隶厅为赤水厅，隶遵义府管辖。1914年，撤销赤水厅，建立赤水县。至此，仁怀、赤水基本上从合江分离出去。

清康熙元年（1371年）七月，合江隶属四川泸州直隶州，嘉庆七年（1802年），川南设永宁道，合江隶属川南永宁道泸州直隶州。光绪三十四年（1908年），川南永宁道改为下川南道，合江隶属下川南道泸州直隶州。到清朝中期，其疆域基本稳定，没有大的区划调整。习水、赤水等地区划渐渐从合江分离出去，形成相对独立的区划。民国三年六月，改下川南道为永宁道，民国十八年十月，撤销道的建制，实行省辖县，新中国成立后设立专区。

清顺治十五年（1658年）十二月，仁怀县归清，所领十里依旧。清雍正六年（1728年）7月29日，仁怀县随遵义府改属贵州。清雍正九年（1731年），仁怀县治所由今赤水市城区迁往今仁怀市冠英乡生界村。同时，移遵义府粮铺通判驻仁怀县旧城（今赤水市城区）。清乾隆三年（1738年），改遵义府粮铺通判为遵义分府。同时，将河西、仁怀、土城三里划归遵义分府管辖，遵义分府归遵义府管辖。清乾隆十三年（1748年），改遵义分府为遵义厅，遵义厅仍隶属遵义府管辖。清乾隆四十一年（1776年），改遵义厅为仁怀直隶厅，仁怀直隶厅隶属贵州粮储道管辖。

清道光十五年（1835年），遵义府仁怀县衙提高"地税丁粮"，激怒了仁怀县七里民众。尤其是小溪里一带里民抗拒不缴。其中有小溪里铁匠坝里民穆继贤与小溪里谢家坝道士谢法真会合共两千多人，竖起造反旗帜，攻打温水场等地。道光皇帝闻奏，恐事态扩大，火速调遣川、滇、黔、湘四省把总以上的武将33名，经历以上的文官16人，官兵、乡勇、团练4000多人，于道光十九年（1839年）十月初至小溪里方家沟将这次造反血腥镇压下去。清廷为防范和弹压温水一带地方"悍民"反叛，于清道光二十年（1840年）正月二十日，移遵义府经历和遵义协右营右哨千总驻温水汛所。遵义府经移驻温水后，更名为"温水府经"，仍隶属遵义府管辖。后"温水府经"改名为"温水理民经政厅"。遵义府经移驻温水后，同时划出仁怀县丁山、小溪、吼滩三里归温水府经管辖。至此，今习水土城、民化、醒民、同民、隆兴、习酒、东皇、马临、杉王、九龙等十个镇（街道）仍隶属贵州粮储道仁怀直隶厅管辖。温水、良村、三岔河、寨坝、泥坝、大坡、仙源、双龙、官店、桃林等十个乡镇隶属温水府经（温水理民经政厅）管辖。其余桑木、永安、二郎、二里、回龙、程寨六个镇仍隶属仁怀县管辖。

清宣统三年（1911 年）十二月二十日，温水辛亥革命人士何时清接管温水理民经政厅，成立"大汉温水分军政府"，并出任指挥官。时，今习水温水、良村、三岔河、寨坝、泥坝、大坡、仙源、双龙、官店、桃林等十个镇乡隶属大汉温水分军政府管辖。土城、民化、醒民、同民、隆兴、东皇、马临、杉王、九龙等九个镇（街道）隶属遵义府赤水厅管辖。桑木、永安、二郎、二里、回龙、习酒、程寨七个镇仍隶属遵义府仁怀县管辖。此时，清朝虽被推翻，但仍保留府、州、厅、县建置。

话说泸州地区端午习俗

泸州是历史文化非常厚重，民俗文化十分丰富的地区之一。民间过端午节的形式多样，内容比较广泛，开展的活动也很隆重。但县区的不同，在内容和形式上也有些差异。本人着重以合江地方为主谈一些端午节的活动。

赛龙舟是端午节的主要习俗，也是全国普遍性的纪念活动形式。相传起源于古时楚国人因舍不得贤臣屈原投江死去，划船追赶拯救之，借划龙舟驱散江中之鱼，以免鱼吃掉屈原的身体。后来形成固定习俗，每年五月五日划龙舟以纪念之。后来，赛龙舟除纪念屈原之外，在各地人们还赋予了不同的寓意。如江浙地区有纪念近代女民主革命家秋瑾的意义；贵州苗族人民在农历五月二十五至二十八举行"龙船节"，以庆祝插秧胜利和预祝五谷丰登；云南傣族同胞则在泼水节赛龙舟，纪念古代英雄岩红窝。合江民间划龙船，是以竞赛娱乐为主要目的，而合江焦滩乡则在农历五月十五举行端阳节，称大端阳节，是为了纪念天干后喜降大雨的民俗活动。

端阳节吃粽子是泸州民间的又一传统习俗，这个习俗在全国许多地方也存在。据记载，早在春秋时期，用菰叶（茭白叶）包黍米成牛角状，称"角黍"；用竹筒装米密封烤熟，称"筒粽"。东汉末年，以草木灰水浸泡黍米，因水中含碱，用菰叶包黍米呈四角形。晋代，粽子被正式定为端午节食品。这时，包粽子的原料除糯米外，还添加中药益智仁，煮熟的粽子称"益智粽"。到了唐代，粽子的用米，已"白莹如玉"，其形状出现锥形、菱形。

泸州地区端午吃粽子是一种民俗，食料主要由糯米为主，根据不同的爱好加豆沙、猪肉、松子仁、枣子、胡桃等，外包主要用斑竹叶和蓼叶，也有用芭蕉叶、嫩芦苇叶、虞美人叶等，品种丰富多彩。端午节的早晨家家吃粽子纪念屈原，一般是前一天把粽子包好，夜间煮熟，早晨食用。过去读书人参加科举考试的当天，早晨都要吃枣粽，至今中学、大学入学考试日的早晨，家长也有做枣粽给考生吃的。现在的泸州，新婚之家端午向新娘的娘家送粽子也成一种习惯。

钩猴子是泸州地区民间的传统习俗，主要品种有猴子、心子、辣椒等，这种习俗与其他地区有所不同，其他地区以香囊为主。钩猴子使用丝布或绒布来做包布，内以棉花为主，辅以朱砂、雄黄、香药等物。形状各不同，颜色也各异，玲珑可爱，清香四溢。猴子主要是给小孩戴的，不戴了要挂在野外的豆枝上，传说有防小孩出豆子和麻子之效，也有避邪驱瘟之意。

挂艾叶菖蒲是端午节又一习俗，在民间的端午节都要以菖蒲、艾条插于门楣或门的两侧，有的悬于堂中。艾条奇特芳香，可驱蚊蝇、虫蚁，净化空气。菖蒲的叶片也含有挥发性芳香油，是提神通窍、健骨消滞、杀虫灭菌的药物。民间相传，张献中进川时，带来的官兵见人就杀。一次，张献中见一个妇女，身上背着一个大孩子，手里牵着一个小孩子，感到很奇怪。于是张就问为何把大孩子背着，小孩子牵着。妇女说，大孩子是别人的孩子，算是我的弟弟，小孩子是我的儿子，现在长矛罪（官兵）见人就杀，我把弟弟背着，把我的孩子牵着，如果官兵来了，我就放弃自己的孩子，背着弟弟跑，如果能跑脱，就可以救弟弟一家人，孩子死了，我还可以生，弟弟死了，这一房人就没有了。张献中听后很感慨，他觉得一个妇人都知道放弃自己的孩子去救一个外人，我为啥要把人杀绝呢？他就告诉那妇女，你回家去采一些艾叶和菖蒲挂在门口，说明你是信善之人，官人就不会杀你。后来家家户户都挂起了艾叶和菖蒲，官人就都不杀了。后来成为一种民间习俗，在端午节都挂艾叶菖蒲，有驱邪保运之意。

中国古代崇拜五色，以五色为吉祥色。在泸州民间还有拴五色线的习俗。在端午节那天，大人起床后第一件大事便是在孩子手腕、脚腕、脖子上拴五色线。系线时，禁忌儿童开口说话。五色线不可任意折断或丢弃，不能沾水，只能在七天后才能去掉，抛到河沟或水田里。据说，戴五色线的儿童可以避开蛇蝎类毒虫的伤害；扔到河里，意味着让河水将瘟疫、疾病冲走，儿童由此可以保安康。

在泸州的一些地区，在端午节有熏雄黄酒的习惯，相传喝了雄黄酒不得怪病，蛇见了就会跑，不会咬人。还有小孩子涂雄黄记的习俗，目的是图吉利，驱病邪。

合江腊肉的美味

说到合江美食，凡是合江人都会想起一道菜，那就是合江腊肉。合江腊肉和合江豆花齐名，是合江美食中的姐妹花，二者相依相存，荤素各半，黑白分明，是合江人最爱的美食。

合江腊肉产地较多，可以说农村家家户户都可以做，但肉质较好，咸淡恰当的要数笔架山腊肉。笔架山的香熏腊肉，既有可口的美味，又有诱人的色彩，那真的算是非常地道的地方美食和旅游商品。

在合江民间，传统的猪肉储藏方法很多，但常用的有烟熏法、谷储法、油藏法等。烟熏法就是将肉腌制后，挂在通风透气的地方，用柏香、香樟等树叶和柴草进行香熏，通过柴草的浓烟熏陶，肉的表面形成一层保护膜，使其腊肉长期保存原质的味道，肉质不腐不变味；谷储法是将腌制的腊肉晾干或熏干后，放在谷子堆了，让谷子来温存，谷子具有通风透气利水的特点，长期保持谷子的温度和保持肉的干度，使其不腐朽，不变味；油藏法是将新鲜的肉切一斤左右的墩子，放在油锅里煮熟后，让油包裹在上面，放在密闭的容器里存放，因为有油包裹，与空气完全隔绝，相当于真空存放，长期保存肉质不变味，是农村储藏肉常用的方式。随着社会经济的快速发展，冰箱逐渐进入农家，冷冻式储藏法已成为普通家庭对腊肉的储藏方法。但大凡合江人做的腊肉，都要经过腌制和香熏的过程。香熏是腊肉质量的好坏的重要基础，腊肉熏得好，肉质的保鲜就好，香味就浓，肉质就美；反之，肉质不好，味道较差。

合江的腊肉是川南黔北地区腊肉做得最好的地方之一。在合江的地界上，笔架山腊肉、天堂坝腊肉、龙挂山腊肉都是很有名的，但以笔架山腊肉最讨人喜欢。因为笔架山腊肉不但肉质鲜美，色彩深红，皮质脆糯，特别是笔架山的猪脚杆，咸淡恰当，香熏时间长，皮厚肉糯，吃起来十分可口，是合江人的最爱，也是合江人接待远亲佳朋的上上美食。凡是客人来到合江，走时送上一块合江香熏腊肉，或者一根熏得黑黄的猪脚杆，客人一定会喜欢得了不得，这不仅仅是美食，也是一种亲情，更是一种友情，而且还是一种文化的交流，一种乡愁记忆的传递，一种民间腊肉腌制技艺的传承与发展。

在合江的农村，人们都有吃腊肉的习俗。但制作腊肉，选料也极为考究。普通农家做腊肉一般选用黑毛土猪或者引种的瘦肉型猪肉，这种猪肉皮薄、脚小、肉质细腻、肥瘦适宜，以黑毛土猪制作腊肉尤为更佳。农家的烟熏腊肉一般都要到冬腊月杀年猪时才制作，除留够过年用的鲜肉外，其余趁鲜用炒热食盐，配以一定比例的花椒、生姜、橙皮、辣椒、八角、白糖、芒硝、苞谷酒等香料，均匀地搓在肉及肉皮上，然后皮朝下，肉朝上，最上一层要皮朝上，肉朝下码放，腌入木缸或塑料缸中，中间翻缸一次，以利入味及排出腥味。腌制一个星期后，用竹扣或棕叶子穿挂起来，滴干腌制中依附在肉上的水分。然后在农家堂屋中间置放两条高板凳，搭上木条或铁架子，周围用纸壳或竹席挡起来，把腌好的猪肉放在上面，进行烟熏火燎。尤其是有院子的人家，搭一个小小的熏棚，效果更佳。通常是选用柏香丫枝、青冈柴、芝麻秆、豆草壳、苏麻秆、花生壳、苞谷芯或其他柴草慢慢熏烤数日，就算基本制作完成。而笔架山的腊肉通常是在腌制好后，直接挂到厨房的屋梁上，厨房做饭主要以烧柴为主，其中柏香、青秆柴、香樟叶是主要柴料，通过长时间的烟熏，腊肉逐渐熏干呈黑黄色。因为长期有烟熏着，腊肉表面干洁，肉质不腐，看起来十分美观。

在合江的农村，农民做腊肉也是通过腌制后，将腊肉挂在灶屋里的房梁上，让做饭时的烟火慢慢熏制，时间长了，肉就熏干了，也不会腐烂。特别是在过去，农村家家户户都是烧柴草做饭，所以熏制腊肉还是很方便的事情。即使城里人，虽不宰杀年猪，但每到冬腊月，也要在市场上挑选上好的腿子肉，回家如法腌制，熏上几块腊肉，有客来访，伴以菜品上桌，当是待客之上品，可表主人的热情。

在合江的农村，被柏香丫熏得黑不溜秋的腊肉，看起来似乎很脏，表面因烟熏形成的薄膜，可以防止蚊虫叮咬，防止细菌侵入，可保存很长时间，有的人家保存两三年的腊肉还不腊口。特别是在春夏季节，朋友相聚，偶尔吃上一顿腊肉，真的是很美的事情。特别是城里的人，吃过一次腊肉，腊肉特有的风味便会念念不忘，十分上瘾。

合江笔架山腊肉是上好的腊肉，远近闻名，喜欢的人群特别多。笔架山腊肉切开之后，瘦肉呈现出玫瑰色，看起来十分美丽而诱人。煮制腊肉是有讲究的，被烟熏得黑乎乎的腊肉很难用冷水洗干净，所以，洗腊肉一般用热水或淘米水。洗净之后，连皮带瘦肉切成薄片，或蒸或炒，端上桌来都是油亮油亮的，烟香四溢，非常诱人。肥肉晶莹剔透、有胶质的嚼头，瘦肉绵糯绵糯的，都带着松柏烟味特有的清香。蒸熟的腊肉，通明透亮，可以一片片，一丝丝撕着吃，嚼在口里，满嘴生津，齿颊留香，说不出的爽快。

在笔架山吃腊肉，特有的烟香让人回味无穷，大块吃肉大碗喝酒成为一种民俗。有朋自远方来，带到笔架山，不亦乐乎，品着腊肉的美味，那股亲情，那种友情，自当溢于言表。

在合江，腊肉的做法或吃法有很多，如豌豆炖腊蹄、大豆煨腊肉、腌菜煮腊肉、冬笋炒腊肉、筇竹笋炒腊肉等，这些都是比较普遍的做法。合江农村还有一道腊肉美餐就是豆豉炒腊肉。豆豉是腊肉家常菜谱中的绝佳搭配，用豆豉炒腊肉，不仅能够去腻，还能够释放腊肉的香味，再加上一点蒜苗和红辣椒丝同炒，味道更佳。一盘豆豉炒腊肉上桌，翠绿中夹杂着几点鲜红，几分微辣，那鲜亮的菜色，那鲜香的滋味，总能让人口舌生津。豆豉是合江的一道传统美食，营养丰富，风味独特，既可以当调料，又是很好的乡土美味。豆豉是中国汉族特色发酵豆制品调味料，最早的记载见于汉代刘熙的《释名·释饮食》一书中，誉豆豉为"五味调和，需之而成"。公元2至5世纪的《食经》中还有"作豉法"的记载。古人不但把豆豉用于调味，而且用于入药，对它极为看重。《汉书》《史记》《齐民要术》《本草纲目》等，都有此记载，其制作历史可以追溯到先秦时期。据记载，豆豉的生产，最早是由江西泰和县流传开来的，后经不断发展和提高，使豆豉成为人们独具特色的调味佳品，随着湖广填川的人口迁徙，这道美食传入合江，成为合江的重要美食和美食辅材。

腊肉炒豆豉是合江的特色菜品，其传统工艺已经很成熟，已经成为合江美食中的精品，在农村大多数人都会做。

历史上，腌制腊肉的风俗是从什么时候开始的已经无法考证。中国制作腊肉的传统历史非常悠久，早在2000年前的《易经·噬嗑篇》云："于阳而炀于火，曰腊肉。"当时人们已经有了剩余的食物，那些暂时吃不了的食物，用盐腌起来可以延长保质期，而腊肉的制作，也许在那个时候就已经开始。

腊肉的"腊"字，最早是繁体字的"臘"。那时的臘月指的是狩猎之月。入冬以后庄稼收回家了，便进入了农闲时期，传统的狩猎时节便就到来了，男劳力便开始狩猎活动。猎物拿回家，一时吃不完，便把它制成肉块，以便分期食用，这就是最早的臘肉。不过，古代缺盐，腊肉不是腌制型，而是晒干的肉。简化字推广以后，"臘"和"腊"成了同一个字。其"腊"字的原意是指古代人在农历十二月合祭众神，因此那个月叫作腊月。现在有一种说法，咸肉大多是在腊月腌制的，所以叫作腊肉。

人们开始制作腊肉的时间已经无法考证。我在网络上搜索了很多，但有种说法引起了我的注意。意思是说，相传有个村民把剩余的猪肉撒上食盐，第二天又将腌制了一夜的猪肉用绳子吊挂起来。时值冬至，连日大雪，无法出门，那户人家便将腌制的猪肉取下煮食，却发现味道不同一般，咸香可口。从此，用盐腌制猪肉成腊味的吃法便这样流传开来。

其实，中国吃腊肉的风俗流传很广，而且古书记载也很多，如元代陈元靓《岁时广记》、明代杨慎《丹铅总录》等都有腊肉的描述。元代《居家必用事类全集》中更是记载详细："羊、鹅、鸭等，先用盐、酱、料物腌一二时，将锅洗净，烧热。用芝麻油遍浇。以柴棒架起肉，盘合纸封。慢火熓熟。"那就不仅是单用猪肉做原料了，和今天的腊鸡、腊鸭等一样丰富多彩。

随着改革开放的不断深入，合江农村发生了翻天覆地的变化，有房住、有肉吃、有衣穿已经成为农民的基本生活保障。现在大多数的合江人家里都存放的有腊肉，有人有客总会煮上一盘香肠和一碗腊肉，通常会对客人说：这是我亲手做的，以示主人的贤惠和热情。这道菜也是最容易吸引人眼球的乡土美味。

随着人们生活水平的提高，人们对美食的追求越来越浓烈，菜品佳肴也越来越多，但对于腊肉，合江人从来就没有想着去忘记，而是一直都在惦念。每当节假闲时，那香喷喷、辣酥酥、色泽诱人的腊肉总会激发人的动力，让人不自觉地去煮一点腊肉，慢慢咀嚼，慢慢品味。这咀嚼和品味的不仅仅是腊肉的味道，而是咀嚼的是沧桑的岁月，品味的是快乐的人生。

　　腊肉是合江人的传统美食，也是合江的最爱。走入农家，看到农家厨房屋灶头上方挂着的一串一串腊肉，似乎看到了农民生活的变迁，看到了农村欣欣向荣的情景，看到了脱贫攻坚的成就，看到了乡村振兴的图景。

　　闲暇之时，一个人待在书房，每当中午时分，色香味俱全的腊肉味道总会浮现在大脑里，让人慢慢回味，垂涎欲滴，宛如一缕田园乡愁，美美地涌上心头，使人久久不能释怀。

合江美食"九大碗"

　　说起合江美食，合江人自然而然地想起合江的九大碗。合江九大碗是合江美食中民俗文化的重要特征，也是合江人忘不了的乡愁。

　　我从小生活在农村，小的时候农村的生活是十分艰苦的，不要说吃肉了，就连吃饱稀饭都成问题。在我的记忆里，家境很贫寒，缺失粮食，更缺少油荤，每天要干很多活路，但肚子根本填不饱，一听说某亲戚或乡邻有婚宴喜事要办"九大碗"，心里总是美滋滋的，这是打"牙祭"的好机会。所以在我的记忆里，九大碗是我的最爱，也是农村人美食的追求。在合江民间来说，九大碗就是最好美食，这不是九大碗怎么好吃，而是它的文化融入了合江的骨髓了，形成了一道美食文化分水岭。

　　据我对赤水河流域历史文化和民俗文化的研究，"九大碗"在赤水河流域已经沿袭千年的历史。从古至今，无论家有多豪富，或家有多困难，只要是有喜事临门，都免不了要办"九大碗"，以此作为对亲朋好友重情厚礼的回报。九大碗是赤水河流域的重要民俗之一，也是合江民俗文化的重要载体，合江人的酒席大多以九大碗为主，然后根据地域区分做了适当的增减，九大碗的美食是深入了家家户户的，深入到了合江每一个人的心中。

　　"九大碗"是合江地区的一大民俗，是人们招待客人的宴席样式。各乡镇大同小异，只是在菜品的搭配上各有区别。有钱人家鸡、鸭、鱼、肉、山珍海味样样齐全；无钱人家就地取材，家园所出，尽力所为。甚至祠堂庙宇也做九大碗，但他们主要以豆腐、野菜为原料，做成素席九大碗，在合江也是很有名气的。

　　为什么民间要把这种酒席称之为九大碗呢？这得从我国的民间习俗说起。

在我国民间，人们把"九"看成自己心目中的"天数"和最富有神奇色彩的数字，是因为"九"这个数字的象征意义，在我国可以说历时最久，涉及面也最广的。

"九"作为数不同于一般数字，在中国古代被认为是一种神秘的数字，它起初是龙形（或蛇形）图腾化之文字，继而演化出"神圣"之意，于是中国古代历代帝王为了表示自己神圣的权力为天赐神赋，便竭力把自己同"九"联系在一起。如天分九层，极言其高，天证诞日为正月初九，天子祭天一年九次。"九"为最高数，又与"久"谐音，所以自古为人们所喜爱。历代皇帝更爱"九"，他们穿九龙袍，造九龙壁，想使其天下永久，因此，举世闻名的皇宫（故宫）简直成了九的王国。三大殿（太和殿、中和殿、保和殿）的高度都是九丈九尺；故宫内各宫、殿与大、小城门上金黄色的门钉，也都是横九排、竖九排，一共九九八十一颗；台阶的级数也是九或九的倍数；故宫内宫殿房屋总数为九千九百九十九间；天坛、颐和园等皇帝所到之处，建筑也多以"九"为基数。《史记·武帝纪》中说："禹收九牧之金，铸九鼎，象九洲。""九鼎"便成为传说中一个国家最重要的传国之宝，并留下了"一言九鼎"的成语，以示说话的分量之重。在中央统治集团内部，设"九卿"，即九个官职，从秦汉到清朝，代代如此。尽管这样崇"九"，历代皇位并没长治久安，只不过是利用了"九"与"久"的谐音来表达"万岁"渴望"万寿无疆"的一种欲望而已。

我国民间对"九"也很偏爱，这表现在凡事用"九"作计量单位，"数九"便是一例，南朝梁代《荆初岁时记》记载："俗用冬至日数及九九八十一日，为寒尽。"此后，"九九歌"便开始在民间流传，这些"九九歌"巧妙地利用自然界的一些生态现象和天气征兆，反映冬季九九中的气候变化规律。到了明代，出现了"画九"，清代，又发展为"写九"，无论是"数""画"还是写，都是以"九"为标准数字，勾勒出冬季的天气变化情况等。（摘自《学汉语》作者赵玉品）

在合江地方民俗中有九九归一的说法，九代表长久与圆满，故我们的祖先们将答谢客人的酒席称之为"九大碗"，意思是亲朋友谊天长地久，家庭万事吉祥如意，老人福如东海，少壮鹏程万里。

合江的九大碗美食菜品大同小异，用料基本相同。在县城和周边地区，在改革开放以前的九大碗基本上是相同的。通常来说，第一道菜叫头碗，又称十余，是用土鸡蛋打碎，加上一定的小粉调和，用小铁锅抹上少许菜油，摊成薄片，然后将剁碎的瘦猪肉加上配料抹在蛋皮内卷成一筒，蒸熟后，再切成薄片，俗称蛋丸片。装碗时先将蛋丸片铺在碗内，再加上干豆腐片、豆芽和各种配菜，放在蒸笼内蒸熟后，又翻倒在较大一点的碗内，舀上调料从上淋下，一碗美滋滋的头碗菜就可以上席了。头碗菜具有家庭融合的意思，意味着新人要和睦乡邻、团结友善。

第二道菜是走子（东坡肉），又称肉蹬子，意味着五子登科，具有怀抱娇妻脚镫子之意。是取其猪肉肥瘦均匀部分，用酱油上色，配上一定的作料上蒸笼蒸熟上桌。过去要开刀的，将整个走子分割成八个以上方形肉丁，现在不开刀，直接上席。

第三道菜是坎子，有些地方叫扣子，是将稍肥点的猪肉，用菜油加上少许的甜酒汁或料酒，在铁锅内"抛光"，一些地方叫"跑皮"，使其颜色鲜艳，呈紫红色，将其切成小片，加上芽菜，放点甜味，装入蒸碗内蒸熟后取出，又用其他稍大点的碗或盘子翻转后即可上席，"倒园子"意味着新婚夫妇恩爱甜蜜，翻云覆雨，洞房春暖，锦帐情浓。

第四道菜是竹笋汤。乡村人家做不起山珍海味，只好将竹笋代替山珍。因时而异，新鲜或者晒干的罗汉笋、水竹笋、慈竹笋等均可。竹笋取其谐音为"注省"，有注意节省之意。古诗经上说"损有余，补不足"，暗示新婚夫妇婚后要勤俭持家，有粮常想无粮时，学会今后过日子。这道菜现在城里大多改成用清蒸团鱼或清蒸鱼了。

第五道菜是杂骨头。先将排骨炖到大半熟后，然后和上较粗的米粉，加上辣椒、胡椒粉等作料进行搅拌均匀，然后装碗，碗里要垫上红苕、南瓜或者土豆之类，最后放到蒸笼里蒸熟起锅上桌。

第六道菜是酒米饭。制作是将糯米用开水浸泡进行蒸制，在糯米熟后，配上陈皮、大枣、白糖（或红汤）等作料，放在蒸笼了蒸，让糯米蒸得烂熟后起锅上桌。

第七道菜是酥肉，就是将豆粉拌以鸡蛋，搅入碎排骨中，有的要加上少量面粉，与排骨、瘦肉等混合后，放在菜油锅里炸熟取出。通常要放在大碗内蒸，然后配以作料上桌。有些地方是放入调好作料的炖锅内煮一煮，舀出上席。这道菜中的酥肉具有疏通肺腑之意，吃到这道菜，意味着人要学会豁达开朗，待人接物要彬彬有礼，要孝顺父母，尊老爱幼。这是传统的正菜，是九大碗的最高菜品，通常农村的宴席出这道菜就要放鞭炮，主人家要出来献礼谢客。

第八道菜是银耳汤或者三鲜汤。通常用银耳熬成，装碗上席；也可以根据家中现成的菜料，选用三种或者多种菜进行搭配，配成清淡的菜羹汤。这道菜意味着桌席上的客人三生有约，清白光明的寓意。

第九道菜是小菜汤，也叫一清二白。小菜汤有多种做法，传统的做法是将白豆腐切成小片加上少许白菜再配上时令小蔬菜，是较为清淡的配碗，预示着做人要清清白白。

改革开放以后，合江的九大碗变化比较大，各地方做法不太相同，但坎子、走子、酥肉、杂骨头等主菜没有变化。传统的九大碗是蒸六个菜，现在有的只蒸四个菜；过去九大碗就只有九个菜，随着经济社会的发展，人们生活水平的改善，现在的九大碗有"四凉、四要、六炒、九大碗"和"九炒、九要、九大碗"之说，现在城市的九大碗有20多个菜至30多个菜不等。传统的九大碗性质发生了本质的变化，但这也标志着人们生活的历史变迁，也意味着人们对美食的不断追求与向往。

九大碗是合江人的最爱，也是合江美食中的第一套餐。不管是城市还是农村，只要是办酒席，都少不了九大碗的菜品，只是菜品的增加或减少而已。随着人们对健康美食的希望值越拉越高，在菜品的做法上也在推陈出新，味觉效果也越来越好。

我是接近六十岁的人，经历过社会主义革命和建设时期和改革开放时期。在记得小时候，那时的农村很穷，根本吃不上饱饭，也没有肉吃。有一次我随父亲去吃"九大碗"，由于物质生活的困难，坐上桌就连续拈了两坨酥肉，被父亲瞪了我几眼，我感受到了当时的父亲极不高兴，像是给他丢了脸似的，我当场就感到很惭愧，因为那个时候一碗酥肉就只有八坨，一桌坐八个人，我拈了两坨就意味着我把其他客人的那份都吃了。还有一次，父亲带我去吃九大碗，去拈了坎子，筷子一下就拈了两块肉（那时的坎子切得很薄），同桌人都用异样的眼光看着我，父亲骂了我两句，说我不懂规矩，像牢里放出来的罪犯那样穷吃饿吃的，说得我不好意思，脸上一阵火辣辣的。那时，我还常常看到，个别的老年人在吃"九大碗"时，还偷偷将自己分内的那个肉坨子，拈来放在一张纸里裹起来，装进衣兜里，带回家去给家里人打"牙祭"。那个年代由于生活的困难，很多穷人家里一年半载都尝不到肉，让饥饿的人们沾一点"油荤"又未尝不可呢。

至今回忆起来，儿时吃的农家"九大碗"既不浪费又不亏钱，每桌吃下来，主菜基本上是光盘，只剩下少量的汤水。农家"九大碗"还让宾客们吃得可口、舒心、惬意。如今，随着社会经济的不断发展和人民物质生活水平的不断提高，人们对"九大碗"这个概念已经模糊甚至淡忘，婚嫁变成了"赶人亲"，不再提吃"九大碗"。人们置办的酒席已经突破了"九大碗"的酒席概念，有钱者大讲排场，办上几十个菜，鸡鸭鱼一样不缺；无钱者也要咬紧牙巴撑面子，至少办十多个菜，吃不完的菜居多，奢侈和浪费现象十分突出。

时光荏苒，岁月如歌，合江的九大碗已经不再是一席菜品的概念，而是一种民俗文化的传承。回眸合江人数十年的酒席变迁，合江人实现了从解决人民生活温饱问题到构建和谐社会的跨越。勤劳勇敢的合江人对传统文化开始觉醒，开始变得自信，人们的物质生活、精神生活都取得了巨大变化。特别是党的十八大以来，人们的精神充满勃勃生机，人们的生活变得蒸蒸日上。作为地地道道的合江人，对九大碗的记忆很难忘记，那份情结难分难舍。也许这就是乡愁，早已融入合江人的血液中，让人永远回味着那种特别的味道，这种味道就是家乡的味道，就是亲人的味道。

合江人所爱，豆豉炒牛皮菜

　　合江是生猪养殖大县，牛皮菜是养猪的绝佳饲料，是农村生猪养殖的必备青饲料，俗称猪草。在合江的农民家里，只要在养猪，就一定会种植牛皮菜，因为牛皮菜好栽种，好管理，产量高，喂猪营养价值高。所以说对于合江农民来说，牛皮菜是太熟悉不过的了。

　　牛皮菜又叫厚皮菜，柔嫩多汁。从我对农村的了解来看，在 20 世纪，牛皮菜主要是猪、鸭、鹅、兔、鱼等动物和家禽的饲料，以喂猪为重点，很少有人弄来食用。那个时候农村为什么不食用牛皮菜呢？因为那个时候农村穷，没有油吃，牛皮菜吃白水有一种碱的味道，不太好吃，而炒来吃很香，但需要炒腊肉或豆豉，这些东西那个时候都很稀缺，所以没有多少人拿来食用。

　　我家住在合江县的一个偏僻小山村，房屋在渠山的半山腰上，出门便瞧见丁山，落脚便是泥泞的山路。在改革开放前的六七十年代，我老家的村非常穷，根本就吃不饱饭，一日三餐能够有稀饭、麦羹羹、红苕汤填饱肚子就算很不错了。自家地里的牛皮菜很多，但就是从来没有拿来吃过，在我的记忆里，这种东西就是用来喂猪的饲料。

　　小时候也经常走亲戚，也没有见过哪家把牛皮菜当过菜来吃，也许是那个时代人们的认知水平还不够吧。在 20 世纪 80 年代，农村还很穷，根本没有饱饭吃，但对于黄鳝、泥鳅、田螺之类基本上没有人整来吃，为什么呢？就是理念和认知的问题。所以任何事物的认知和了解，都需要一个过程，正如人与人之间的感情一样，从陌生到熟悉，从无知到了解需要一个消化过程。所以今天的人们，不能用现在人们的生活理念去看待 20 世纪人们的生活理念，不能说不吃泥鳅黄鳝就是傻，而是每一个时代有每一个时代的生活理念和价值评价标准，时间变了，认知变了，理念也就变了。

在我的记忆里，四十多年前的昨天和四十多年后的今天，农村的反差真是的天壤之别。四十多年前的农民，几乎都穿黑色的或蓝色的衣服，衣服上面往往还带有许多补丁，哪个人穿上一件灯草绒或哗叽做成的衣服，那算是好得不得了啦。那时的布要凭票供应，由于布票不多，又没有多余的钱，过年时能添置一套新衣服已经算很奢侈了，而且穿的衣服大多是买布来自己做的。哪有今天我们的衣服全是机械制作，色彩五彩缤纷，衣柜琳琅满目，什么样式都有，本来还是很好的衣服，看不顺眼了就被丢掉了。尽管那个时代农村很穷，也没有什么吃的，但就是没有人把牛皮菜当成菜来吃。对于今年的年轻人来说，似乎有些想不通，但就是历史的真实，是不可否认的乡愁记忆。

改革开放之后，特别是国家扶贫攻坚行动以来，村民的收入突飞猛进，洋房如雨后春笋般拔地而起，每家每户都有了装修别致的楼房。农民家里各式各样的家具电器与城里人并无差异。煤气炉、冰箱、消毒碗柜、太阳能热水器和宽屏彩电应有尽有，也安装了天然气和自来水。大多数人都用上了智能手机，许多农户开上了小汽车。他们行走在干净宽敞的农村大道上，经常聚在一起跳跳健身舞，敲敲小锣鼓，每个人脸上都洋溢着幸福的笑容。

随着脱贫攻坚行动的推进和乡村振兴的深入，农村产业结构得到了较好的调整，农村经济得到了快速的发展，农民逐渐富裕起来，有肉吃，有衣穿，楼上楼下，电灯电话已经成为农民的家常便饭。随着生活质量的提高，人们对美食的研究不断深入，牛皮菜的利用和食品开发逐渐走进人们的食谱，开始走上合江人的餐桌。

随着科技的发展和普及，人们对牛皮菜有了更深入的认知，研究发现，牛皮菜的营养价值是特别高的，含有还原糖、粗蛋白、维生素及大量的钾、钙、铁等微量元素，含有丰富的膳食纤维，具有清热解毒，润肠通便，行瘀止血的功效；牛皮菜还有一定的营养强身作用，能稳定和调节妇女内分泌功能，增强机体体质，起到调理月经，减少白带的作用，所以人们开始利用牛皮菜来做美食。

我不知道是谁发现了豆豉炒牛皮菜特别好吃，又是谁传承了这道菜的制作技艺。这道菜首先在农村传播，然后进入城市，由农村的贫民餐桌到城市的大型餐厅，厨师都能做这道菜，许多农民也能做这道菜。在餐桌上，许多人都会点上这道菜，有的是想品味这道菜的美味，有的是怀念种牛皮菜喂猪那个时代的艰辛，还有的是为了怀念那些曾经流失的岁月，那一抹难忘的乡愁。

说老实话，这道菜真的很美，现在已经成为合江人餐桌上的美食，合江人的最爱。

豆豉，古代称为"幽菽"，也叫"嗜"，是中国汉族特色发酵豆制品调味料。最早的记载见于汉代刘熙《释名·释饮食》一书中，誉豆豉为"五味调和，需之而成"。公元2至5世纪的《食经》中还有"作豉法"的记载。古人不但把豆豉用于调味，而且用于入药，对它极为看重。《汉书》《史记》《齐民要术》《本草纲目》等，都有此记载，其制作历史可以追溯到先秦时期。

豆豉炒牛皮菜是家常菜谱中的较好配档，用豆豉炒牛皮菜不仅能够去除美食中的油腻，还能够释放豆豉特有的香味，再加上一点蒜苗和红辣椒丝同炒，味道更佳。一盘豆豉炒牛皮菜上桌，翠绿中夹杂着黑红，几分微辣，那艳丽的菜色，那鲜香的滋味，让人看上一眼，都能口舌生津。

豆豉炒牛皮菜不但是山里农家的传统美食，而且也是城市餐馆的常用美餐。这道菜营养丰富，风味独特，是很好的乡土美食，它制作的历史悠久，传承的地域较广。

据记载，豆豉的生产，最早是由江西泰和县流传开来的，后经不断发展和提高，使豆豉成为人们独具特色的调味佳品，而且传到海外。豆豉以黑豆或黄豆为主要原料，利用毛霉、曲霉或者细菌蛋白酶的作用，分解豆类蛋白质，达到一定程度时，加盐、加酒、干燥等方法，抑制酶的活力，延缓发酵过程而制成。

做豆豉的季节一般在凉爽的秋末，或者带着些许寒意的初冬。温度太高，容易坏掉，而温度太低，则无法发酵。做豆豉时，豆子煮的软硬程度也很讲究。煮太软，做出的豆豉会有苦味，而且不美观；煮太硬，吃的时候会觉得没熟。所以煮的时候，就煮到刚刚过芯最好，尽量不要让豆子破皮，这样最后做出来的豆豉才能颗颗色泽黑亮剔透。

农家腌制的发酵型食品在制作过程中，通常要做好容器的烫洗消毒，原则上不能沾有生水或者油脂，这样更能降解淀粉、蛋白质，以帮助食物形成独特风味的微生物生长环境。做豆豉、做豆瓣、做麦酱、做豆腐乳基本上都是同样的道理。

在合江，其制作流程也很简单，农村上了年纪的人一般都会做。据我的调查和目睹的制作技艺，其过程大概是：首先是备好普通黑豆或黄豆，择除杂质，将其倒入铁锅里炒成半熟，并用竹筛把壳按丢；添上水在干净的铁锅或铝锅里，用柴火或煤火将水烧开，就开始煮豆了。其间还要不停地翻动，煮上一个半小时后，用手捏捏豆子可以捏烂，表明豆子已煮熟了，把锅中的豆子用笊篱全部捞出，装到一个干净的没有沾油的盆中摊凉。选用大小合适的竹筲箕，四周铺好宽扁叶子（芭蕉叶、蓼叶、黄粑叶等），将煮熟的豆子装在竹筲箕里，盖上一层叶子（芭蕉叶或报纸），然后放到避风温暖的地方，再在上面盖上一床棉被，在一定温度和密封条件下等待煮熟的豆子自行发酵。捂制7天以后，扒开扁叶子，露出空隙，一股淡淡的豆豉香味便飘了出来。拿起几颗豆豉轻轻一捏，豆豉好像身上长出了白色的泫丝，这表明豆豉发酵好了。

接下来，把豆豉倒在一个大锅里，往里面撒上食盐、花椒粉、辣椒粉、木姜子粉、蒜末、生姜末、味精、白酒，并把豆豉使劲搅拌均匀，晒上几天太阳，利用阳光来杀菌消毒后，即可食用。

现在是中国女人健身养身时代，随着人们生活质量的提高，女性们对美食的要求也越来越生态化、营养化，而豆豉炒牛皮菜既有食用作用，又有医疗作用，同时又是非常顺饭的一道菜，越来越受到女性们的青睐。不管是在家里，还是在乡村农家乐，都会准备或点上这道菜，因为这道菜记录了乡村的历史变迁，也记录了人们对美食的认知过程，记录了人们从传统美食向生态美食的发展过渡，同时也记载了中国社会几十年来思想和理念的发展进化过程，是时代变迁的重要产物和历史见证。

豆豉炒牛皮菜是合江人的一道地方名菜，豆豉浓浓的豉香，特有的风味，传承着合江人记忆里的那些老味道；牛皮菜清白相间的色彩造就的美食，像一幅生态的图腾，深植于我的记忆深处，让我永远无法释怀。

欢歌曼舞谱新篇

——《欣乐十周年》序

　　岁月沧桑，光阴如梭，转眼间，合江欣乐合唱团建团十年了。十年，只是一个小小的数字，十年，只是一段人生的过往，十年只是弹指一挥间的说辞，但在这十年的背后，却融入了合江县欣乐人太多的汗水，蕴藏了欣乐人太多的故事，铸就了欣乐人太多的辉煌。

　　我是音乐合唱团成长的见证者。十年前，胡秀珍女士来到文体广电局给我讲，为了传承民俗文化，繁荣文化市场，弘扬时代精神，她要组织创建一个合唱团，希望得到文广局的支持。听到这个消息，我非常欣慰，因为我看到了合江人的文化崇拜与文化欣赏，看到了合江人的文化自信与文化自觉，看到了合江人对文化的责任与担当。

　　胡秀珍同志是个非常有公益心和时代责任感的人，她主动担当，主动作为，挑起了传播文化，弘扬精神，服务人民的责任。在她的多方筹措和努力下，合江县欣乐合唱团于2010年4月正式成立了。

　　欣乐合唱团是一个集声乐、舞蹈、曲艺、语言类于一体的综合性文艺团体。据我所知，建团当初团员只有五六十人，参与人员主要是中老年朋友，演唱形式比较单一。后来在胡秀珍团长的合唱团班子的带领下，人员迅速发展壮大。表演形式从单一的歌曲合唱向舞蹈、曲艺、演唱等多种形式发展，很快成为活跃在合江地界上的一支优秀的歌舞团队，在合江文化界产生了较大影响，有了较好的声誉，成为繁荣合江文化的中坚力量，受到了泸州文化人的广泛关注。

　　2020年年初，胡秀珍团长找到我，向我介绍了欣乐团近十年的发展情况，她说欣乐团现在已经有团员 186 人，内部有欣乐演唱团、舞蹈队、模特队、交谊舞队、莲枪队、腰鼓队、民乐队、铜管乐队等八个专业团队，还先后成立了白沙、望龙、大桥三个分团。欣乐团内部还成立了工会和文化志愿者服务大队。创建了欣乐团原创基地和非物质文化传承基地两块牌子。成立十年来，年年中标合江县送文化下乡文艺演出，多次参加合江非物质文化遗产展演、荔枝品鉴会、合江春晚、荔城清风行等演出，多次参与合江大型庆典活动，主动参与了慰问部队、慰问敬老院、送文化进校园、进社区、进工业园区等公益演出活动，成为一支活跃在荔乡大地的文化传播精英。

欣乐合唱团不只是本土的文艺精英团队，更是走出合江，走出国门，传播中华文化，繁荣文化市场，促进文化交流的文化演艺队伍。2012 年，欣乐团走进北京金色大厅，参加了全国第二届中老年才艺比赛，并获得银奖；她们参加过中韩文化交流比赛、中国好节目走进港澳文艺演出、中俄文化交流比赛；她们参加过北京"盛世欢歌"全国第二届中老年文艺会演、第十二届"中国中老年华文奖"桂林赛区比赛、国家大剧院合唱比赛等全国重大赛事活动。曾经获得国家级和省级的金奖、银奖、最佳指挥奖、最佳组织奖等多项重量级殊荣。她们的原生态山歌表演节目《逢春栽秧歌满怀》、民俗表演节目《合江抬工号子》、原创节目《合江新三绝》皆参加过参加泸州电视台农民新春大联欢演出，受到泸州文化界专家和观众的好评，合江县欣乐合唱团被泸州市评为"四星级"专业演艺团队、合江县文艺演出精英团队。

合江县欣乐合唱团以生态文化、民俗文化、乡土文化为主要特色。坚持原创为主，不断挖掘赤水河流域文化内涵，将地域文化通过加工提炼打造成精品节目，通过多种形式在社会传播，尤其注重了非物质文化遗产的传承与保护，先后保护传承了合江高腔山歌、合江抬工号子、合江酱油酿造技艺等地域性非物质文化遗产，打造了《逢春栽秧歌满怀》《凉风吹遍荔枝林》《合江抬工号子》《欣乐之歌》《合江老城十八巷》《正月逢春好唱花》《杨梅小调》《合江新三绝》《赤水河畔欣乐人》等精品代表作。通过抢救即将灭绝乡土文化，挖掘历史文化资源，打造精品文艺节目，服务于地方社会建设，坚持公益为主，不计回报，不计得失，以默默的付出奏响合江县欣乐人笑谈人生的凯歌，以欢歌笑语传递生命延续的快乐，这就是合江欣乐团的突出亮点，也是合江县"欣乐人"难能可贵的奉献精神。

　　人生易老事无老，勤耕十年酿辉煌。合江欣乐合唱团的十年，是传承民俗文化，弘扬合江精神的十年；是团结合江文人，振兴合江演艺的十年；是挖掘地域文化，打造区域精品的十年。《欣乐十周年》的诞生，是合江县欣乐合唱团的十年成果的记载，是合江文化人努力前行，助推扶贫攻坚的历史记载，是合江文化人自强不息，服务于民的记载。十年艰辛两茫茫，不用说，自难忘，功过是非，自有后人的评说。

　　白塔朝霞，云蒸霞蔚；引领风流，文化铸魂。独辟蹊径，自创新意，业绩惊艳川黔两地。开弓没有回头箭，敢为符阳谱新篇。今天，赤水河畔的欣乐人，文化匠心，酿造幸福，滋养合江精神。向上向善，耿耿丹心昭日月；兢兢业业，技进乎道，一丝不苟求精益。合江欣乐团十年的硕果与辉煌定将载入史册，合江欣乐团的未来定将色彩斑斓，鹏程万里。

　　是为序！

蒋介石巡视合江纪实

　　合江不仅历史悠久，文化资源丰富，传奇故事众多，而且名人文化非常厚重。在对合江的历史文化研究中，我发现了许多不为人知，或者很少有人知道的传奇故事，如苏轼、杜浦、杜牧、陆游、黄庭坚、石达开、蒋介石、毛泽东、朱德、刘伯承、赵紫阳、胡耀邦等与合江不解之缘，留下了许多鲜为人知的典故传说，其中蒋介石来合江的经过值得一提。

　　我曾经说过蒋介石来过合江县城，但很多文化人都说不知道，这也不奇怪，因为那段历史已经快有70年了，现代人又有多少人能记起呢？

　　最近我在整理收集的史料中，找到了原民国时期合江县县长徐竟存的一份回忆资料，从中找到了准确的记载。以供后人研究了解合江乃至泸州历史文化之参考。

　　1945年10月，抗日战争刚胜利不久，时任四川合江县县长的徐竟存忽然接到驻泸县的76军军长廖昂的电话，说是蒋介石第二天由泸州乘轮到合江，特通知准备。徐竟存事先知道蒋去泸县视察并检阅青年军，也有说是出来避寿。来合江是临时的计划，当时徐竟存并不知道如何接待。他当即电话与泸县县长庹献之联系了解情况，得知泸县接待工作很费了一番筹划，用了3000万元（民国票制），由军部、专署、县府分别负担。徐竟存听说后很为难，论当时合江的财力是根本筹不到这么多钱的，于是徐竟存就约集几位秘书科科长商量，大都主张盛设公堂，高规格迎接。参加人员认为：最高当局长官来合江，正是开拓前途的大好时机；有人说：蒋最喜整齐青绿，务要多下功夫；有的说：宋美龄最爱豪华，招待上不能寒酸；有的说：随行人员不少，生活安排，要从宽裕。这一些都有道理，不过徐竟存心里一算，合江经济不发达，十四年抗战，早已民生凋敝，徐竟存又不愿敲诈老百姓以逢迎上峰。他想了半天，没办法，便觉得顺其自然罢了。徐主意打定，他只布置将县府内略事清扫而已，一切工作，照常进行，严格保密。

第二天下午，徐竟存派人到北门口外轮船码头守望，徐竟存又与叙泸警备司令部通了电话，问明蒋座船（专轮）已于午间起航。徐竟存于下午4点后，又到码头看望，不久，果见有一小火轮从上游驶来，缓缓停在江心，数分钟后，有数人下轮乘坐小船划向岸边。徐竟存到码头边迎接，下轮船来的人穿着浅灰色中山服，当头者掏出一张名片递给徐竟存，一看乃是蒋的侍从室侍卫长俞济时，徐竟存还送上自己的名片，俞济时即说："不必多操心，只注意两点：第一，通知所有武装部队不得鸣枪放炮；第二，蒋总裁今晚不上岸，要保密，县里不要作行动"。说毕，称他有事，请不要照管他，各自带领两个人走了。

徐竟存于是回转县府通知驻军部队、接兵部队、伤兵医院、稽查所、国民兵团、补训处、地方警察部队沿码头一带通宵警戒。晚间，徐竟存安排人在江边定点观望，要求如见蒋下轮要上岸，火速报告。有人建议到码头迎接。徐竟存说，既指示不作接待行动，徐竟存则认为，自己是地方官，守着岗位，是自己的职责，何必远迎。因此，徐竟存照常在县府内办公。

第二天上午9时，江边人回县府报告，说码头上有宪兵和侍卫人员布置警哨，蒋座的轮船上亦有活动，大概是蒋要上岸了。徐竟存得知后，吩咐下人随时探报。后又陆续来告，蒋已上岸，沿大街走向城内，并向县府方向走来。徐竟存才走出大堂外广场坝迎接，即见蒋走在前，身着黄哗叽军装，戴军帽，脚穿黑皮鞋，披着其出门常披的黑大氅，步履甚健，后面跟一大群高级军官，已进入县府大门了。徐竟存随即走上前，递上自己名片与蒋介石。蒋介石接后看了一下，望着徐竟存颔首示意说："好、好！"两声，徐竟存亦向蒋先生问好。并即引入县府花厅内。

原来合江县大堂后为一凉亭，凉亭左侧为一大办公室，右侧进一圆门秀花厅，内有10余方丈，旧为一芭蕉林，绿荫蔽天，徐竟存嫌其不透光，空气不好，已经改栽为花木，环境不错。花园正屋为一客厅，悬竹帘，中间摆有一餐桌，围藤椅两层，有10个座位，此为平日客厅及小会议之所，两旁小屋为小办公室。蒋来即坐厅堂正中藤椅上。蒋先生坐定后，随行戴金领章将官等 10 余人均站立餐桌前方左角；徐竟存则站立右侧桌旁。蒋先生示意徐竟存坐，徐竟存即坐蒋侧旁。蒋先生见桌上摆有花瓶及鲜花，庭中花木繁盛，意甚怡然，便说："庭院多种些花草就甚好。"随即询问徐竟存到合江多久及今年工作情况。

徐竟存告知蒋介石自己到任近两年了，今年春季忙兵役，夏季修机场，秋季赶征粮，冬季办选举，并指着墙壁上所悬挂的工程优胜奖大旗示意。

蒋先生颔首说："嗯！好。"

徐竟存趁机进言说："在主席领导之下，迎来了胜利，举国腾欢！只是 8 年艰苦抗战，民间疲惫，望主席领导全国裁军减政，早复疮痍，亿兆之民，延颈渴望！"

蒋闻言，停了一下说："嗯！嗯！这个……这个……好！会考虑的。"

这类意见，蒋是厌闻的，徐竟存也是壮着胆子不顾一切才提出的，当时没碰钉子，算是万幸。蒋又问了些别的话，才举杯喝了两口开水。

将先生起身绕餐桌左方出厅门，从左阶沿下左厢房。时值徐竟存祖母去世未久，按照合江地方习俗，他每天要在庙中念经纪念，所余留下的孝花堆置厢房内，将窗子关闭。蒋行至窗下，将窗推开查视，则见室内空旷，唯纸花百十朵。其随员即说"县长尚戴孝未除"，当时徐竟存左臂仍然戴着黑纱。

行至大办公室，徐竟存即请蒋先生训训话，蒋答："好！好！没说的。"他站了片刻，见县政府各员工均庄肃办公，没有过多打扰，便走出办公室，边走边问："县署是不是坐北向南？""问案在二堂吗？"等，徐竟存一一回答。

出至大堂前，见两排杨槐树尚整齐，只左行第三棵稍有偏斜，蒋走近前向徐竟存说："此树斜了，叫人先将树根处石板取开，把树扶正，再盖还石板，就整齐了。"徐竟存唯诺。

一行人随蒋前行，将至县府大门，右侧为看守所，蒋看见看守所大门系锁住的，徐竟存急叫人去取钥匙，并叫所长速来。当时看守所已由县府移交地方法院管辖，所长系法院方面所派一位姓欧阳的。开门后，蒋径直进入，见小天井摆些石灰竹木之类，杂乱无章，便愤然作色，适欧阳进来，向蒋行一鞠躬礼，徐竟存介绍说这是欧阳所长。蒋先生黑着脸厉声骂道："混账！你这是怎么干的！"

徐竟存急引蒋前行，蒋步入一监房，光线甚暗，有一老婆婆，口喊"大人申冤，他们说我逼死媳妇，其实是她寻短见，我从未虐待过她，请大人开恩！"蒋又问："你判罪吗？"那人答说："没有判，我没有罪，是冤枉我的。"蒋回头看向徐竞存说："徐县长，你叫审判长把她放了。"徐竞存点点头。接着，另有人喊冤的，说他有冤枉，徐竞存一看，是原任警察局榕山镇派出所所长刘某。他因晚间查旅馆，见一客商有钱，即以拉壮丁逼迫，结果索贿5万元了事。被害人嗣后控告到县衙，查明实情，徐竞存经依法判了他5年徒刑。（当时贪污罪尚属军法审判，由县府兼理）寄押在司法看守所的。蒋问他什么罪，他答："贪污罪判了5年。"蒋大声说："贪污判5年，已经很轻啦！"该人即默然了。蒋停视片刻，即转身出大门。行间，白崇禧告诉蒋主席，现在推行司法独立制度，由法院主管审理和监禁。蒋即转向徐竞存说："你告诉审判长把这老太婆放了，说是我说的。放了后，你给我来一报告。"徐竞存只好口应说"是"。

　　蒋随行中，有专管拍照人员，当时徐竞存注意到在县府大门前，曾摄取镜头多张。出得县府大门，街上两旁人山人海，街心已无行人，蒋的侍卫前行，只稀疏约10来个，呈丁字形，靠街边走，间隔很长，每人相距3米以上。侍卫均着灰色中山装，外面未持武器（据说腰间有短枪）。蒋在前行，白崇禧与徐竞存随蒋后，再后即是跟随高级将官多人。行不多远，白崇禧推徐竞存上前说："你去随主席说话。"徐竞存只好上前与蒋先生并行。蒋随走随问，偶亦提问地方政事。

　　行至北门外大街寺庙前，门外挂有合江县三民主义青年团团部的吊牌，蒋即停步转身，向大门走去，进至大殿内，只摆有长桌，四周无一张椅子或座凳。徐竞存立即叫人，却没有人应答，徐竞存急速进至殿后，只见几个妇女家属在洗衣服。徐竞存问邬干事长在哪里？回答都说不知道。徐竞存催着叫人快去找。当时蒋站立桌前，用手摸桌面，灰尘很多，立时变色，叫徐竞存找人拿名册来。徐竞存去推办公室，办公室是锁着的，没有人。忙叫人开锁入内，翻得一本团员名册，是用十行纸写，每行写一团员姓名，只写了十几行，10余个团员而已。拿与蒋看，蒋脸色转青，后徐找来一股长，蒋就问："你系什么人？"来人回答是训练股股长。蒋又问："你们领薪没有？"来人答："领了。"蒋又问："每月领多少薪水？"那人说每月80元。蒋问："哪里发的？"那人说是省团部汇来的。蒋又问："领了薪水就这样做事吗？"该股长不敢再说。蒋先生气愤转身向外走。时国民党县党部书记长李某持名片来见蒋介石，蒋颔首招呼，仍前行。

蒋介石沿江边大街直到轮船码头，走下石梯后上了趸船，与送行者举手示别。白崇禧亦分别与送行的人握手告别。

这时早有木船停在趸船边等候，上置有藤椅2张，蒋与白先后上小木船后，坐定，船工即划向轮船。随侍将官们，亦分别乘木船跟去。徐竟存在趸船上停待，蒋侍卫多人尚未撤走，互相谈说，故意说给徐竟存听："主席即是当今皇上，这个县民众，见主席来，尚多头包白帕，太不成体统！"另一个又说："这县里招待太简陋！"徐竟存心想，自己无钱办豪华接待，更没有钱送这些侍卫们，受点批评，也是应该的。

待蒋先生上轮船后，轮船并没有开走，还停留在江中间。徐竟存回到县府，因宋美龄未上岸，有人建议，送些鲜花去问候，徐立即安排一位女教师带领小学女学童4人，由徐竟存爱人陪同，用一个瓷花瓶插上鲜花，带去问候宋美龄。

他们坐上小船来到江心，告知来意后，宋美龄很高兴。宋亲自在轮船客厅接见，一面抚摩孩子们，一面说："我因旅途稍有不适，没有下船来看大家，现劳你们过江来看我，很感谢！请代我问候全县的妈妈们、孩子们！"寒暄数分钟，将徐竟存等人送到船边作别。

随后，蒋的专用轮船即起锚东下。

蒋介石走后，自然大事已了，只留下些小问题：蒋要徐竟存转告审判长释放老太婆，徐竟存即找法院院长谈话，某院长有难色，说："就是元首大赦也要经过一定手续。"徐竟存只好将当时实况告知他，说蒋要等他回报，请他斟酌。院长说需要与首席检察官商量。第二天，人是释放了，徐竟存也就据以呈报公文。不几天，国府文官处通知，已呈蒋阅可了。但过不久，就传说有人主张叫老太婆拿钱出来修一个"中正亭"，以示感恩，徐竟存听说后，立时表态，不能借事使民间受苛扰，修亭之事作罢。

法院看守所的欧阳所长，不两天也就被撤职，可能是当天使蒋介石发怒，其上级把他换了。

更严重的，就是三青团干事长邬仪，本人不在团内，团部无人工作，平时作风也有问题。使蒋介石认为要起点好作用的三青团，竟如此不济事，为之大伤脑筋。不上 3 天，四川省三青团干事长李天民给合江县府来一电报，说撤销合江三青团团部，干事长邬仪撤职，其三青团文卷财物，交县府接收保管。因此，合江三青团就此暂告结束。这一点，从人民的利益来说，也算是一件好事。

从这些史实看来，蒋介石做人够威严的。所过之处，稍不顺心，即发脾气，甚至骂人打人。他一行一坐，高级将领，都肃立恭候。后来徐竟存到泸县，听专员刘幼甫闲谈中说：蒋去泸县，自军部以下，无不凛然，深恐不称蒋意，惹来大祸。即如蒋乘车经过河边至城内公路，都是连夜赶修新路，恐旧路所过之区域不太清洁，引起蒋发怒；在渡江时，蒋坐在横渡轮船舱内，召见当时驻泸青年军某副军长，某副军长慑于蒋的威严，口语嗫嚅不清。出来后，同事笑之，谓其平日侃侃而谈，何以竟如此股栗口呐？某发火道："你们没看见面前那样大个东西吗？"于是传为笑话。

蒋介石巡视合江，停留 20 多小时之久，但在船上过的夜。在此之前，合江历史上尚没有国家元首亲临县境的记载，至少我至今还没有查找到。

历史的星光还是那么灿烂

2011 年 3 月 27 日，纪念毛泽东思想宣传队成立四十周年大会在合江党政大楼召开，我十分荣幸应邀参加这次的纪念大会！他们要我作个发言，我也就答应了。会后自我感觉这次发言很满意，便把发言材料集录于此，也做纪念。

毛泽东思想文艺宣传队，是曾经活跃在中国大地上的一个政治思想路线宣传组织，是毛泽东思想的传播者和宣传者。

在当时的历史背景下，毛泽东的政治路线是靠阶级斗争、枪杆子里面出政权、农村包围城市夺得政权；靠正确处理人民内部矛盾、群众路线来推动中国人民的思想实践；毛泽东思想就是以武装人民、统一战线和群众路线来进行无产阶级专政下的继续革命。

今天在此聚会，正是回忆那个年代，怀念那段美好的岁月，找回人生的美好青春和年华，找回同志间、朋友间那段真诚的友情。更是唤醒当代人的毛泽东思想觉悟，怀念毛泽东思想，宣传毛泽东思想。

毛泽东不仅仅是政治家、军事家、战略家；更是伟大的诗人、思想家、宣传家。毛泽东思想是马克思主义普遍真理与中国具体实践相结合的结晶。它武装了革命的无产阶级的头脑，为无产阶级提供了科学的、革命的世界观，锻造了改变世界的强大思想武器。毛泽东思想在坚持激发人民大众奋发图强的政治路线基础上，不断摸索经济与政治社会相互促进的规律性，坚持马克思哲学的实践性和阶级性，组织人民建立由低级到高级的生产资料公有制，弱化私有观念对革命建设的扭曲力。毛泽东坚持无产阶级专政下继续革命的理论，就是在政治、组织上为人民"解放生产力""换发人民的创造力"保驾护航。

为了更好地宣传毛泽东思想，推动人民群众思想观念的大改造大提升，大约从 1966 年开始，全国几乎每一个企事业单位、每一个农村生产大队、每一所学校和医院都成立了"毛泽东思想宣传队"。

在城市的工厂学校，农村的田间地头，宣传队的各种演出活动络绎不绝。演出节目以革命京剧《沙家浜》《红灯记》等样板戏曲目为主，每场演出通常从歌舞《东方红》开场，以《大海航行靠舵手》结束，基本形成了一个固定的模式。

在当时，无论走到哪里，宣传队队员都是群众眼中的骄子。就像今天的歌星影星一样，你们受到的是最热烈的追捧。能够进入宣传队，成为一名表演者，会唱歌、会跳舞、能拉琴、会吹号，成为当时的年轻人最热烈的追求。

你们这些曾经身穿绿色军装的"毛泽东思想文艺宣传队"，带着我们穿越历史的时空隧道，走进另一个时代，让我们回到历史的记忆当中。那巨幅毛主席画像、醒目的最高指示、催人奋进的毛主席语录、澎湃激昂的革命歌曲，大伙儿一起吃大锅饭、唱《东方红》、看《白毛女》，令人浮想联翩。

"人民公社"这个名称虽然已离我们而去，但作为一段历史它永远记在了人们的心里，记在了共和国发展的史册中。在"合江人民公社"时代的皱褶里，每一个村落、每一块大田、每一口水库，甚至每一块石头，每一片树叶，都还记录着、珍藏着你们所亲历的靓丽的青春演绎的那一段难以忘怀的岁月。

在我的记忆深处，当时我们村的毛宣队在我们生产队开挖鱼塘的生产现场演出的情景还历历在目，宣传队的涂政全、朱卫全、徐进等演员的形象和表演的节目还记忆犹新。当时我还是一个放牛娃，因为跑去看演出去了而误了割草，回家还挨了父亲的一顿臭骂，差点挨了一顿打。今天，我不知道他们是否来到这里，他们和在座的各位一样，都给我们留下了深刻的记忆和美好的形象。是他们让我童年的时代感受到了艺术的美，感受到了毛泽东思想的厚重与伟大。

前年秋天，我在外地考察学习，应朋友之邀到一个叫"农家傲"的饭店吃饭，并说有毛泽东思想宣传队的演出，特别有意思，请我去看看。我们进了"农家傲"大厅，这里的气氛与其他酒店就是不一样，大厅墙上悬挂着当年"文化大革命"的宣传画，有马、恩、列、斯、毛的画像，有"文化大革命"的标语。大概是晚上七点左右，一队身着军装，戴着红袖章的男女红卫兵高喊着毛主席语录，扛着红旗，手拿毛主席语录小红本上场了，报幕的女红卫兵向观众说："各位领导，各位同志，各位无产阶级战友们，现在农家傲毛泽东思想宣传队演出开始，你们听到了我们的歌，观看了我们的演出，你们可以回忆起那激情燃烧的岁月。"他们演出的内容，从打倒牛鬼蛇神、学大寨、跳忠字舞、歌颂人民公社、知识青年上山下乡，以及"文化大革命"中流行的毛主席语录歌。红卫兵在舞台上声嘶力竭地叫喊："一人下乡，全家光荣""下定决心，不怕牺牲，排除万难，去争取胜利""毛主席万岁！万岁！万万岁！毛主席万寿无疆"时，我心里是一阵酸楚，更是一种震撼，在场的所有观众全都报以热烈的掌声。

这场演出，真的让我忽然觉得时光倒流，让我沉浸在那段不堪回首的童年岁月，回到四十年前的"文化大革命"中，当时我只有几岁，经常去看村上的文艺宣传队的演出，在大脑中有些记忆。今天看那男女红卫兵，他们的演出那么认真执着，与当年的你们应该是一模一样。在他们的身上，我似乎看到了你们的昨天，你们的身影，你们的流金岁月。

今天在这里聚会，是对历史的回忆，更是对历史的总结。在当时，是你们活跃了农村文化生活，推动了农村文化的发展，促进了农民劳动生产力的提高，给人民带去的是精神支柱和食粮。你们不只是文化的表演者，更是思想的传播者，应该说，是用你们的青春岁月，点燃了合江人民那个时代的激情之火；是用你们的青春年华，传递了毛泽东思想的伟大光芒。

在此，请允许我真诚地说一声：谢谢你们！伟大的毛泽东思想的宣传队员！是你们用青春年华鼓励了一代人奋发向上，造就了一代人的思想灵魂，推动了合江经济和社会的向前发展，谱写了合江毛泽东思想宣传队的华丽篇章。

历史悠久的先市古镇

先市镇位于合江西南方的赤水河北岸，东临密溪、实录，南与车辋镇、法王寺为邻，西与尧坝接壤，北与佛荫镇相连。距合江城区 25 公里、泸州市城区 55 公里、贵州省赤水市 20 公里。全镇面积 62.4 平方公里，辖 19 个行政村、5 个居委会，人口 40163 人。

先市是赤水河流域建制较早的场镇之一，早在汉代就有少数民族人聚居。到唐代，神童先汪任合江县令，后隐居笔架山，死后葬于先市场赤水河边，其后人皆在先市居住谋生，渐渐发展壮大成为一个较大的家族。唐代时期，这里没有名称，民间传为先氏家族居住的地方，随着人口的集聚，市场渐渐形成，后人便把"先氏"改作"先市"，先市由此而得名。

先市为合江县最早的建制镇之一，在合江历史上与白沙、福宝、榕山合称为最早的"四大古镇"（唐朝）。先市古镇历史悠久，文化积淀厚重，唐宋时期的历史遗痕可寻，清代建筑保存相对完好，西南民俗建筑风格较突出。现在保存较好的历史文化街区建筑体量是合江县乡镇中最大的，主要有团结路、互助路、新华路、水井沟、拖场坝等古街道，有酿造坊、希望滩、粮站、下坝、三观堂、半边街、大佛寺、农机站、马鞍山庙、白搭坝等古建筑群。在清代时期建成有"九宫八庙"，随着城镇的变迁，许多历史古迹被破坏，现尚存的遗迹有观音庙、地祖宫、广福寺、马鞍山庙、南华宫、文昌宫、王爷庙（紫云宫）、马王庙、火神庙（黎明宫）、张爷庙、禹王宫、三官堂、大佛寺等。文昌宫附近的三圣宫、万寿宫和新华街靠河排的水神庙，中华人民共和国成立前已作民居，现只有遗迹可循。古镇上的先汪墓、牌坊（寨子门）、酿造坊、抗日战争纪念牌、张献忠驻军遗址、石达开赤水河渡口、古街道、大龙寺（伏龙寺）、马鞍庙等历史文物保存完好。

在先市镇境内有先汪古墓、唐代晚年修建的青石板一条街、抗日英雄纪念碑、佛教圣地大佛寺、清朝祠堂家何村、清酱油酿造老作坊、清朝牌坊、石达开3渡赤水遗址（石达开5渡赤水，其中有3次在先市）、清朝时期的合江跨度最长的单拱石桥——合龙桥、王朝闻之故居等一大批历史文化遗迹。

先市是名人荟萃的地方，曾留下许多名人的足迹。该镇除了唐代的神童先汪之外，先后诞生了卓越的马克思主义文艺理论家、美学家、雕塑家、中国美学奠基人王朝闻，著名将军、原中国军事博物馆馆长贾若愚，中国3D打印技术的引领者、中科院院士王华明，中国著名书画家张静涛等数十名中外名人等。唐蒙、黄庭坚、石达开、张献忠、朱德、刘伯承曾在先市驻军或停留过。

先市历史文化街区因其独特的自然因素、传统的酱油酿造和酸菜泡制工艺，所产酱油和酸菜畅销川南黔北，享有"酱油酸菜之乡"的美誉。先市酱油酿制的产生和发展，与川南、黔北、渝西地区历史上的经济、社会、文化的发展紧密相连。它是该地区酱油酿造传统的体现，也是该地区食品文化传承的载体。唐代神童先汪喜爱先市清酱，形成了以酱油祭奠先人的遗风；清代形成的"先市豆油，仁怀醋"的赞语，至今仍在人们的口头传诵。一部先市酱油酿制工艺史，见证了川南、黔北、渝西经济社会发展的历史。

唐德宗真元年（785年），七岁神童先汪"举于朝，蒙诏试，授神童，伴读宫中十四年，赐进士，授合江令"（《四川通志》）。老年在安乐山（笔架山）教书，死后葬于先市场观音山。先汪是合江的历史名人。唐德宗贞元中进士（799年），出任过合江县令。相传他三岁便会写文章，七岁能背诵《四书》《五经》。被当地官员称为神童并得到当朝天子德宗皇帝钦赐。今合江县先市镇上街还存有他的坟墓，焦滩乡神臂城下有他幼年读书背诗文的地方——"读书岩"。据《合江县志》记载"读书岩"是他少年时读书的地方。唐代泸州考中进士的不多，先汪是这其中之一。他的诗词很多，但大多已尽数散佚，有记载而尚存的有《咏之江》——"之江如练舞长空，一色水天相映红。安得仙人施妙法，世间无水不朝东。"和《题安乐山》——"碧峰横倚白云端，隋代真人化迹残。翠柏不凋龙骨瘦，石泉犹在镜光寒。一身回向天边立，万壑皆从谷底看。莫道烟霄无路上，但存仙骨到非难。"（诗文来自清嘉庆《四川通志》）两首。

王朝闻是从先市走出去最有影响力的中国当代名人，他既是合江人的骄傲，也是泸州人的骄傲。王朝闻（1909—2004 年），别名王昭文，后取《论语·里仁》中"朝闻道，夕死可矣"语义，更名王朝闻。笔名汶石、廖化、席斯珂，卓越的文艺理论家、著名雕塑家、美学家、艺术教育家，新中国马克思主义文艺理论和美学的开拓者与奠基人之一。

王朝闻 1909 年 4 月 18 日生于四川省合江县先市镇（原新店乡）雄坪村六社花滩子。幼年在周家祠堂启蒙读私塾，先后在先市高小、中南山中学（早期合江中学）读书，早年学习绘画、雕塑。1926 年在成都艺专等学美术，1932 年在杭州国立艺专学雕塑。1937 年参加浙江抗敌后援会所属的浙江流动剧团和五路军战地服务队，从事抗日文艺宣传活动，同年加入中国共产党。1939 年在成都私立南虹艺专学校教书，任成都民众教育馆美术部主任。1940 年 12 月赴延安后，曾在鲁迅艺术文学院美术系任教。1941 年为延安中央党校大礼堂创作的大型毛泽东浮雕像，被称为解放区美术作品的代表作。

中华人民共和国成立后，曾在中宣部文艺处等部门工作。历任中央美术学院副教务长、《美术》杂志主编、顾问，中国美术家协会副主席、顾问，中国艺术研究院副院长，中华美学学会会长、名誉会长，中国作家协会顾问，国务院学位委员会第一届学科评议组成员，全国政协第三、四、五、六届委员等。50 年代后期，他的文艺评论虽以造型艺术为主，也广泛涉及文学、戏剧、电影、曲艺、民间文艺、摄影等领域。他的理论发现，源于直接和间接的审美经验，注重理论联系实际，把艺术创造和艺术欣赏融为一体，在全国拥有广大的读者群。2004 年 11 月 11 日 23 时 10 分因病在北京去世，享年 96 岁。

王朝闻是在艺术创作上取得突出成就的实践者。他为《毛泽东选集》封面创作的浮雕《毛泽东像》、圆雕《刘胡兰像》、圆雕《民兵》等作品，都属于新中国美术的代表作。他是熟谙实践的美学家。在七十余年的艺术与学术活动生涯中，横跨美术、文学、戏剧、电影、曲艺、民间文艺、摄影等领域，先后出版了专著和论文集 40 余种，近千万言。他通过数十部近千万言的著述，为建设具有中国特色的美学和文艺理论体系做出了卓越贡献。他的美学既是艺术家的美学，也是哲学家的美学，具有鲜明的理论特色。他一生坚持文学艺术为人民服务的方向，关注艺术与生活中的重大课题，坚持真善美的艺术理想，强调继承中华民族优秀文化传统和借鉴外国的先进文化。他十分注重美育教育，为提高文艺工作者和群众的审美素养付出了毕生心血。他的美学思想和理论建树，指导和影响了新中国的几代美术工作者。

在先市场上文物古迹甚多，其中牌坊算是历史的重要遗存。先市的牌坊有两处。大码头牌坊位于先市码头到十字口的街上，坐西南向东北，建于清代。石质结构。在坊额上刻有文字，风化严重，现已难以辨认。该牌坊在街中设门，当时为城内居民安全，防止水路小偷，罪犯逃跑而建。猪市坝牌坊位于古街新华路，建于清，坐西北朝东南，石质，占地面积5平方米。主楼嵌匾，上面在"文化大革命"期间用草泥粉糊过，字迹被遮掩，有部分文字暴露在外，但已字迹模糊。右尽间嵌碑，碑文用楷书竖写阴刻，文字风化严重。该牌坊在明间设门，当时为城内居民安全，防止山区小偷，罪犯逃跑而建。

先市酱油酿造作坊是先市场重要的文物古迹，现在既是省级文物保护单位，也是省级非物质文化遗产保护单位。该作坊旧址分前后两时期完成，前期系清末穿斗式歇山式顶的四合院建筑，四合院建筑在一个台基上，由厢房，大门，前厅，后厅、天井组成。在四合院大门两侧向外凸出小厢房，左右两厢房建制一样，系后期建筑，约晚建30年。在大门前有一踏道，前厅为四柱三开间，中间由厢房、前厅、后厅、天井组成。后厅为五柱四开间歇山式顶的房屋。明间分为两部分，前面为浸泡池，蒸料灶，后为拌场和蒸料房；左次间分前后两部分，前面为灭菌室，后为制曲室，梢间为仓库。露天酿晒场在作坊外约5米处的赤水河边，时代较远。

下坝贾家大院位于先市拖场坝尾端，为民国时期的砖木结构公馆式单体建筑，分为上下两层。房外有廊檐，正面墙壁有泥塑装饰。原系贾习久地主大院，新中国成立后收归政府所有。

先市古镇坐落在赤水河边。隔河相望为合江名山丁山。古镇始建于唐代，历经唐宋明清多次叛乱，现存的街道分为两段，一是解放路路段，二是新华路路段。解放路路段是从解放路1号到解放路30号，为石板路，街道两边还有部分穿斗式悬山顶建筑。二是新华路路段，西北东南走向，从新华路36号民居到67号民居。东南街口为新华路与和平路交叉口，长92米，街宽5.2米，为石板路，街道两边有少数穿斗式悬山顶建筑，保存一般，新修房屋较多。

抗日英雄纪念碑在先市初中校园内，其准确的称谓是竖立于1939年的"抗日阵亡将士暨死难同胞纪念碑"。现在我们看到的只有四块牌，还有两款没有找到。

据了解，这个地方原来叫广福寺，据说过去有一个寺庙。六十年前，先市镇人民的"抗日阵亡将士暨死难同胞纪念碑"就竖立于广福寺门前的空地上。为了永久保存纪念碑，当时特地修了一座白塔，把纪念碑镶嵌于四周的塔身上。后来，人们就把这个地方称为白塔坝。白塔坝附近一个叫郑秀才的老人告诉我们，他不仅从小就居住在广福寺，并且由于小时候喜欢读书，活泼好动，他对抗日纪念碑的由来比较了解。据他介绍：1939年，中国人民伟大的抗日战争进入第二个年头，日本帝国主义疯狂践踏我中华大地，肆意屠杀中国人民的暴行，和中国军民奋勇抵抗日本强盗的英雄壮举，通过各种宣传渠道传到合江，鼓舞了广大民众，人们对浴血奋战在抗日前线的军民充满敬意，对死难同胞表示深深的同情和哀悼。为了永远牢记历史，激励民族斗志，当时的爱国人士、先市区区长郑贤榜号召一区一镇五乡的民众踊跃捐款，为抗日阵亡将士暨死难同胞树碑立传，得到了广大民众的热烈响应。经过紧张的募捐，1939年9月，纪念碑破土动工。今年89岁高龄的刘安民，当年在师傅的带领下参加修建抗日纪念碑。从刘安民断断续续的回忆中，我们得知，为了建好这座意义非同寻常的纪念碑，当地进行了精心的设计、选址，决定在环境幽雅的广福寺建造一座白塔，把纪念碑镶嵌在六边形的塔身上。当地有名的石匠姚海清凿刻碑文，每块碑长两米，宽60厘米，厚15厘米。同时，10个民工昼夜施工，历时4个月，1939年岁末，雄壮、美观的"抗日阵亡将士暨死难同胞纪念碑"竣工。

在四川抗战之初就竖起鼓舞军民坚持抗日，奋战到底的纪念碑，实属罕见。更值得一提的是，碑文慷慨激昂，铿锵隽永，表达了中国人民同仇敌忾，捍卫祖国独立和民族尊严的英勇气概。光阴荏苒，岁月沧桑，在动乱的年月，曾经鼓舞人心的抗日纪念碑渐渐破败，坍塌，几块石碑也不知去向。

1989年，在先市"抗日阵亡将士暨死难同胞纪念碑"竖立50年后，先市初中在整修校园环境时，意外地发现了流失多年的四块纪念碑。此后，先市初中几届校长承担起了保护纪念碑的责任，重竖于先市初中校园内的抗日纪念碑，成为生动的爱国主义教材。面对这些历经风霜，默默无语的石碑，回顾抗战历史，我们不能忘记那段中华民族的奇耻大辱，缅怀英雄业绩，对那些"为国而战，为战而死"的抗日烈士，对先辈们"士可杀，不可辱，民族深仇，九世而复，浴血而耕，浴血而战，先死后死，军民一贯"的抗敌气概，我们无不肃然起敬。

合龙溪是先市又一重要历史文化古迹。我们出先市场沿着古道而行，快到合龙溪，看到的是一座石拱桥。这座桥看上去十分精美壮观。走近细观，在拱顶北侧的扇形石上刻着"合龙桥"三个大字，字体优美，出于何人之手而未所知。整座桥用山间里的石块搭建而成，石块就是石块，可我从这座古桥的一块块石头看到了一种风景——那是古人的智慧和灵魂。

合龙溪也叫伏龙溪，因合龙桥而得名。合龙桥是合江境内修建于清朝跨度最长的单拱石桥。相传在修建合龙桥时，由于跨度较大，工匠们精心设计，每一磴拱桥石的长宽高都进行了精密的计算和准确的打造，并严密组织施工，做拱时也很顺利，但就在合龙的最后一块石头时，设计好的石头不是大了就是小了，无论如何修改放上去都不恰当。石匠掌脉师（施工总负责人）先后经历三天，换了二十一块拱心石都没有让桥完美合龙，掌脉师非常纳闷。正在这时，有一个牛偏耳（买卖牛的中介人）从桥下过，看到石匠老师无计可施的样子，便唱着说："山对山，岩对岩，坝子边那个猪槽抬过来，日装太阳夜装月，桥头香火永不败。"石匠师傅看过鲁班，懂一些门道，便将牛偏耳请到，在桥头架起香火祭拜天神后，将那猪槽抬来安装上，真是恰到好处，大桥成功合龙。此桥便取名合拢桥，随着历史的变迁，"合拢桥"被后人写着"合龙桥"。桥下的小溪取名为合龙溪。桥头当时用香火祭神的地方后来修成了寺庙，叫"合龙庙"。庙内菩萨很灵验，深受当地老百姓爱戴，至今香火都很旺盛。

古桥是一段沧桑的历史，砌在古桥上的每一块石头都在述说着过去的故事，涓涓的溪水伴随着先人的足迹流淌到今天。先人已去，精益求精、艰苦奋斗的精神却成了不死的灵魂。

先市是一个历史文化古镇，文化积淀十分深厚。那里的景点景观历史古迹也很多。从集镇到乡村，到处听到历史故事的传说，到处都可以看到浓厚的文化氛围，走到先市场就像走进一个历史文化宝库，那里有看不完的，说不完的，写不完的东西。

荣辱与共同发展

——纪念改革开放 40 周年

1978 年 12 月召开的党的十一届三中全会，重新确立了解放思想、实事求是的思想路线，把党和国家的工作重心转移到经济建设上来，开启了改革开放历史新时期。这一伟大转折，深刻改变和影响了我们这个具有五千年文明史的国家的前途和命运，也改变和影响了许许多多中国人一生的前途和命运。站在这片沐浴着时代春光的红土地上，回首改革开放 40 年的艰辛历程和辉煌成就，我们不禁心潮澎湃，感慨万千。

40 年，在历史的长河中只是短短的一瞬，然而，同全国一样，合江的面貌发生了翻天覆地的变化。40 年来，在地方党委的坚强领导下，合江的文学艺术得到较快发展，合江县老年诗书画研究会、合江县文联、合江县诗书画院也应运而生。合江文艺人精诚团结，积极奋进，带领本土诗书画艺术人才坚定不移地贯彻党的路线方针政策，坚持文化自觉和文化自信，以一往无前的进取精神和波澜壮阔的创新实践，在合江大地上谱写了一部自强不息、与时俱进的文化史诗，描绘了一幅气壮山河、生机蓬勃的艺术长卷。

40 年，在短暂的人生中应是长长的一段，然而，对于每位亲历者，却是生命的华彩乐章。改革开放的伟大事业，极大地激发了文化人的积极性、创造性，为每个人都提供了公平竞争的环境、驰骋人生的机缘。回望 40 年，我们欣喜地看到，继承了光荣传统的合江儿女，投身改革开放的大潮，经受市场经济的洗礼，通过振兴合江的伟大实践，使自强不息，努力奋进的合江文化人精神放射出时代的光芒，合江文化人以崭新的精神风貌出现在世人面前。

解放思想、实事求是，是马列主义、毛泽东思想和中国特色社会主义理论体系的精髓，也是贯穿改革开放 40 年历史的一条红线。40 年来，合江文化人始终站在改革开放的前列，努力解放思想、更新观念、探索进取，把对文学艺术的审美的追求置于艺术活动之先，积极拓展艺术创作新路子，积极探索艺术创作新方法，积极谱写歌颂时代的新篇章，不断增强合江文艺繁荣的责任感、使命感、紧迫感，以思想的解放，艺术的创新助推了合江诗书画文学艺术的繁荣与发展。

40 年来，合江艺术家和诗人，以大无畏的精神努力探索创新，创作出了许多享誉全国的优秀作品。他们在艺术创作中，融入了"真""雅""淡"的思想内涵，形成了合江艺术人独特的风格倾向。所谓"真"，就是修艺先修心，做人真诚、真实。真于言，真于情，真于心。以"真"的理念，建立起个人信用，为利用社会资源进行艺术的创作奠定良好的基础；以真诚相待来构建人际关系网，从而能更好地为社会服务。所谓"雅"就是作为艺术人要高雅、儒雅，雅于言，雅于行，雅于事。一个优秀作品的出世需要诗人或艺术家拥有美好的气质、质朴的心灵、真挚的表现。只有一个具有优雅风度的文化人，才能创作出魅力四溢的优秀作品。所谓"淡"就是对名誉要平淡、恬淡，淡于名，淡于利，淡于得。为了熊掌，就把鱼看得淡一些；为赢得更广阔的艺术空间，要把稳定、舒适的环境看得较淡；为了追求艺术的审美和艺术的人生，要把金钱、名利看得较淡。这就是合江艺术人的修养，是合江诗人的修为，是合江人文化自觉的时代再现。

40 年的探索，历尽艰辛，充满曲折；40 年的奋斗，如火如荼，可歌可泣；40 年的成就，精彩纷呈，绚丽夺目；40 年的历程，壮美如诗，回味无尽。改革开放是决定当代中国命运的关键抉择，是推动经济社会发展的强大动力。40 年的实践启迪我们：艺术实践永无止境，文艺创新永无止境。我们只有高举中国特色社会主义伟大旗帜，始终坚持解放思想、实事求是、与时俱进的思想路线，勇于探索、勇于创新，坚持服务社会、服务人民，不为任何风险所惧，不被任何干扰所惑，毫不动摇地坚持文艺为人民服务的理念，坚持改革开放，与时俱进的创作思维，我们才能不断开创合江诗书画艺术创作的新局面。

抚今追昔，合江文化人的共同步履、共同心声，穿越时空，感动并激励着仍在为加快发展而奋斗的今天的人们。眺望明天，一个精诚团结，努力拼搏，艺术至上，名家辈出的合江文学艺术团队，正以恢宏的理想，出现在川南黔北的文坛……

时代发展到今天，合江文化人正以高昂的热情深入贯彻党的十九大精神，积极落实习总书记在文艺座谈会上的重要讲话精神，全力以赴弘扬优秀的艺术作品，积极传播当代价值观念、体现文化精神、反映审美追求，创作思想性、艺术性、观赏性有机统一的优秀作品。

诗书画艺术作为独具东方精神的视觉语言，不仅承载着数千年来中国文化的精神特质与审美内涵，更成了中国历代文人修内质、养德操、冶性情的精神托付。合江文艺人定将弘扬历史文化，承传历史精神，以诗会友，以艺交友，以德送友，以新的文艺思想传播文艺创作，以新的艺术魅力感染社会人群，再现时代的脉搏，颂歌时代精神。

水磨镇印象

　　2008年五月中旬，我随同合江赴灾区参观考察团先后参观学习了映秀、水磨、都江堰等地的灾后重建和新农村建设工作。在我们参观的四个点中，每个点都有其独自特色，或规划、或理念、或干部思想、或灾后重建的精神，每一个点都给人以新的启迪。在这些点中，给我印象最深的要算水磨镇。

　　水磨镇地处阿坝州汶川县南部岷江支流寿溪河畔，位于青城后山、卧龙自然保护区、震源映秀三个具有极高旅游价值的风景区的中心。距世界文化遗产古迹都江堰市34公里，面积88.44平方公里。全镇共辖1个居委会，18个行政村，73个村民小组，总人口15000余人，其中农业人口近13000人。是羌族文化积淀深厚，历史悠久，工业集中，产业发展的一个山区乡镇。

　　地震前，水磨镇是阿坝州高耗能工业重镇，60多家企业汇集于此，支撑着该镇百姓一半的家庭收入。水磨又是一个集羌、藏、回、汉等民族聚居地，民族文化历史源远流长，水磨镇有碑文记载的历史可追溯到商代，汉代便有了老人村，现还残存着唐代、宋代的道路、明代台阶和清代古树等。

　　在汶川，有人这样说："有一种情怀叫大爱，有一种典范叫水磨，从浩劫到重生，水磨在悲与壮、痛与爱中迎来新生。"确实不错，我们走在水磨这块重建的热土上，昔日满目疮痍、残垣断壁的"黑色记忆"已慢慢淡出视线。取而代之的是学校的欢笑声、琅琅书声，春风阁和禅寿老街的古戏台、禅寿书院、古牌坊，2501户焕然一新的农房掩映在青山绿水之间，"羌家乐""藏家乐""茶家乐"偶现其中。在短短的一年多时间里，水磨人弘扬"人生能有几回搏、奉献热血铸水磨"精神，发扬"团结协作、锐意创新、苦干实干"的优良作风，创造"争分夺秒、超常跨越"速度，谱写了一首感天动地的重建新曲，向世人展现出一幅赏心悦目的"生态新城、文化名镇"美丽画卷。

在水磨的学习中，让我们感动的很多，让我们记忆的也很多。从文化的视角来看，给我们启迪就更多了：汶川地震后，如何定位水磨镇发展目标及其重建规划，是摆在当地党政面前的重要课题。当地干部群众坚持科学重建、高起点规划、高标准建设的先进理念着力构架美好的未来。他们在确认广东佛山市作为援建单位后，认真和援建单位一起，深入丽江等考察调研，请全国著名专家进行科学论证，提出了"工业外迁，腾笼换鸟""文化包围城市"的初期规划战略。最终定为将水磨镇打造成"汶川生态新城、西羌文化名镇"，形成以寿溪湖为核心的"一湖两岸四片区（一湖是指寿溪湖，四片区是指禅寿老街、水磨羌城、公共文化福利的诺亚方舟和行政办公片区）"的总体规划，并引入阿坝师范专科学校、四川音乐学院等高校，让水磨回归文化，成为一个宜居的旅游城、文化城。

思路决定水磨未来发展的出路。在建设中，水磨对发展定下了这样的基调：发展必须遵循经济发展梯次推进的规律，发展必须主动接受中心城市成都的辐射，走特色城镇化道路；水磨的真正生命力、灵魂则在于悠久的历史文化和优美的生态环境。

优质、高效推进的灾后重建让"汶川生态新城，西羌文化名镇"的画卷日趋明朗，以教育、旅游、商贸、休闲为主体的"一湖四区"画面跃然眼前。体现了"世界眼光"，同时还借鉴了日本的生态环境学、瑞士的优美旅游小镇和不丹的藏族建筑现代文化。正是来自不同地方的"水磨人"朝着一个目标共同努力，水磨终究注定涅槃重生。

"工业外迁，腾笼换鸟"的建设理念让原来的许多工厂搬走了，怎样让百姓富裕，人民安居，成了水磨干部亟须解决的问题。灾区干部解放思想、敢想敢拼、以务实的作风、超一流的速度建设"水磨羌城"。他们将可持续发展理念融入水磨镇灾后重建工作，重建不仅是原址重建，让灾区的群众有房住，而且更注重以后的生存发展问题，让新的产业助推当地农民长远的生活保障。"水磨羌城"由和谐广场、170 幢居民楼、农贸市场、飞鸿广场等组成，总建筑面积 42570 平方米，计划安置 302 户居民。"水磨羌城"延续禅寿老街的建设理念，与之共同组成区块内的主要道路和商业步行街，将老街的商业延续过来。并借鉴羌族传统民居风格，充分结合西羌的深厚文化内涵，继承与发展西羌文化，形成协调统一、民族特色明显的羌寨。按照"生态、文化、安居、乐业"的理念打造"水磨羌城"，真正意义上实现"人人有就业、家家有房住、户户有商铺"的新农村美好生活。

震后两个月就落成的"羌芽基地"，更是喜煞着灾区群众，因这里常年雨水充沛，植被完好，特别适合茶叶的生长，汶川县"南茶北果"的"茶"是水磨百姓经济的主要来源。

以前水磨镇老百姓的收入主要是进厂务工，60多家工厂每年大概有1400万资金"流"进百姓腰包，占了老百姓一年纯收入的一半。震后水磨，工厂残垣断壁，工业外迁、"腾笼换鸟"，百姓赖以生存的工厂搬走了，如何为百姓另谋"出路"？成为水磨人的当务之急。当地干部拓展思路，勇于创新，高速运转，依托"万亩茶园"以及优质的山水景观资源，扩展茶园的外延经济效益，营造优质的生活和旅游环境。震后短短两个月时间，损毁的茶园得到修复，厂房也进一步维修加固，扩大了产业规模，茶叶产量达到震前的6倍，带动了附近的1000多户茶农生产致富。初步形成了集茶产业开发、茶文化旅游于一体的汶川县南部茶业经济带；羌家乐、藏家乐、茶家乐如雨后春笋般发展起来。茶山绿浪翻滚，茶农欢声笑语，茶厂机器轰鸣，茶叶芳香醉人的画面再现水磨。

文化是一个城镇的灵魂，一个地方从长远发展来看是以文化论输赢，因为文化是千百年来积淀下来的民族精神和灵魂所在，是地方的个性和特质。他们一开始就把水磨镇的灾后重建与文化的传承弘扬结合起来，让文化覆盖这个城市。在重建中，水磨人始终把文化融入规划、建设、发展的各个环节，让文化的生命力再现城市的发展，吸引各方宾朋。寿溪河的水在磨中、磨在水中的水流组合，形象地展示了"水磨"的文化内涵，城市的广场、街道、校园、房屋处处融入人文化的生存理念，让人与景与物相融合。

禅寿老街是水磨文化的集中展现，这是一条百年老街，是目前镇内古建筑较为集中的街道。地震后，对禅寿老街的重建改造积极借鉴云南丽江古镇重建经验，采用"复原再生、恢复重建和立面改造"三种模式，保留禅寿老街的历史风貌，融合了羌、藏、汉的民族文化特色，让我也让参观的人们流连忘返。

在水磨的参观时间很短，水磨优美城市景观和深远的文化内涵难以举目看完。随着车队缓缓而去，我们远眺水磨新城，青山和绿水掩映之间，白墙青瓦点缀着黄色羌族碉楼和红色阁楼，一幅如画长卷迎面展开……远眺大山、近瞰流水，满目古镇街景，倍感清风拂面，不禁让人感叹，在水磨干部群众和参与援建单位的艰苦努力下，短短一年多的时间里，一座湖滨山地新城的悄然崛起，它不仅托起了水磨人民幸福生活的梦想，也见证了地震灾区一个小镇的涅槃重生。

　　在水磨镇灾后重建的背后，值得我们学习的不只是定位的高起点，规划的高标准，工作的高效率，更主要的是灾区干部群众"自强不息、顽强拼搏、万众一心、同舟共济、自力更生、艰苦奋斗"的抗震救灾精神，这种精神永远值得我们学习和借鉴。

思绪随风

看着吹落一地的玉兰树叶，如那万缕的情丝，风中我那思念的心随着思绪在风中飘悠。昨夜我依然有梦，梦中依然有你；依然有那玉兰花的幽香，随风飘到了我的身边，在你的目光里我依然能看到彼此眼中的温情。

回首这漫漫的长路，在这相识的日子里有你相伴是一种幸福与快乐。虽然相识不是一种偶然的奇遇，但你已经走进了我的心里，已经记不清我什么时候心中有你，或许是那一次在街上偶然的交谈中，或许是在你在校园里的座席间，让我们从相遇，相识到相知。

友爱的开始，都是它的激情燃烧的时刻，而在爱的面前总会有许多的温馨。子夜里在我内心的荒芜处，我在迷途中等待，那雨丝的飘零，轻滴落内心的落寞时。只有你的走入才使我不再寂寞，不再冷清，不论时间的长短，看到你是我的快乐。

虽然认识是在不经意中，那言语的片片却从不经意里走到了心中，原来缘分不必刻意追寻，缘来尽在不经意之中。

这样的不经意也会让我刻骨铭心地牢记，在漫长的黑夜里心中的情丝总会蔓延，微笑中的泪花在闪动着盈光，当我沉寂时，提起笔写下你；当我想你时，提起笔画下你的笑容；记下我们曾经的一页。想起此刻的思念是那么的幸福，打出的文字是那么的爱恋。虽然思念的心情有些隐隐的刺痛，但有你在身边却是这么的快乐。你如一盏心灯，照亮我心海的每一个角落，一份温暖油然而生。

随风的思绪总在蔓延。尘在外，缘在手，而你在我心里。我在纸上画着你的笑脸，撷下秋天的玉兰清香飘逸，秋天的风景是这么的惬意。秋风吹过一切无痕，诗里的墨水渐渐干了，但心海却依然波涛汹涌。

一种期待，一份心结，始终知道天各一方，终是缘分隔不断。那爱的痕迹与心语总在这夜间凝成一朵心花，在为你而开放，也许这一生的文字只为一个人而写，所有的温暖、牵挂与思念也只为有你。不知秋风吹向哪里，只想用文字来装扮你的风景，我会任思绪飞于你的风景里，让它游走于你的周围，即便会醉，会痛也是最美。让发丝在淡淡的月光下随风飘舞，把那朦胧的渴望装点成梦里的唯一，只希望能在梦中见到你，梦到你那自信的样子，心里会涌上了甜蜜。

一次美丽的相逢，一次心灵的碰撞，会让我记忆终身，阳光灿烂充满温暖，伸手就能触到快乐的边缘。我用那你喜欢的独特方式，在音乐的海洋里荡漾，跟着你的声音，踏着你的节奏，一颗心随你越过这秋天的风景。

今夜望着窗外的月光，在静静地想你，你也在想我了吗？

踏着红军的足迹前行

　　许多年来，我一直在寻找红军的足迹，希望还原更多历史的真实，让更多年轻人能记住红军长征那段艰难的岁月，但由于事务繁多的原因，至今还没有如其愿。

　　我生活在赤水河边，英雄的赤水河留给我太多怀念，尤其红军"四渡赤水"的传奇，深深吸引着我的向往。于是我走进赤水河，走进红军长征走过的地方，追忆那段让中国人刻骨铭心的历史。

　　"四渡赤水"是中国工农红军长征中谱写的光辉篇章，它创造了中国的历史，磨炼了一代伟人，也成就了新中国的诞生。在那段辉煌的历史中，有许多不为人知的故事，值得一提的是"鸡鸣三省"会议。

　　"鸡鸣三省"会议一直是一个谜团，史学家们对这次会议的地点一直存在争议，这使我产生了浓厚的兴趣，从而使我走进这一个谜团中难以自拔。

　　在川、滇、黔结合部的"鸡鸣三省"地区，保留红军长征时期古迹较多的要算四川的石坝彝族乡。走到此地，红军指挥部、驻军房等历历在目，"石厢子会议"陈列馆、红军行军图在公路边尤为醒目，各种红色元素到处可见。现在公路进场口的红色广场边，竖有纪念碑和火炬等红色记忆标志建筑，中间有一个小广场，广场前面高挂着五星红旗，红旗在微风吹拂中高高飘扬，纪念碑在阳光的照射下光芒四射。看到这样的场景，便让我回想着红军长征那些艰难的岁月，怀想着老一辈无产阶级革命家的丰功伟绩。

　　据当地的文史工作者介绍，著名的"鸡鸣三省"即"石厢子会议"就在这里召开的。就在这个当年小小的村落里，伟大的中国共产党实现了"博古交权"，进一步确立了毛泽东在中央的领导地位。

根据我对历史的了解，所谓的"鸡鸣三省"会议地点争议较大，云南说是在扎西的水田寨，贵州说是在林口的小庄子，四川说在叙永的石厢子，各种说法不尽相同。但"鸡鸣三省"会议地点只有一个，这是肯定的。作为一个文化人，我不敢断言具体的地点在哪里；作为一名游客，真实的再现历史是应有的责任。

在我看到的史料中，毛泽东讲过"鸡鸣三省"会议。他说："1935年1月党的遵义会议以后，红军第一次打娄山关，胜利了，企图经过川南，渡江北上，进入川西，直取成都。击灭刘湘，在川西建立根据地。但是事与愿违，遇到了川军的重重阻力。红军由娄山关一直向西，经过古蔺、古宋诸县打到了川滇黔三省交界的一个叫作'鸡鸣三省'地方，突然遇到了云南军队的强大阻力，无法前进。中央政治局开了一个会，立即决定循原路反攻遵义，出敌不意，打回马枪，这是当年二月。"（见《毛泽东文集》第8卷第315页，人民出版社1999年版）

1972年6月10日，周恩来在党中央召开的一次会议上说："从土城战斗渡了赤水河。我们赶快转到三省交界即四川、贵州、云南交界地方，有个庄子名字很特别，叫'鸡鸣三省'，鸡一叫三省都听到。就在那个地方，洛甫才做了书记，换下了博古。"（《党的历史教训》，据中央档案馆所存记录的周恩来讲话稿）

1985年，杨尚昆在《坚持真理，竭忠尽智——缅怀张闻天同志》一文中也写道："2月5日，到了'鸡鸣三省'这个地方，常委决定闻天同志在党中央负总的责任。"

四川省党史专家吴启权《石厢子交权》一文说，石厢子会议从大年三十（2月3日）晚上，一直开到大年初二（2月5日）凌晨。根据毛泽东提议，会议决定洛甫（张闻天）接替博古（秦邦宪）在党内负总责。

《红军长征在古蔺大事记》载，2月3日，中央纵队及5军团由摩尼进驻泛称鸡鸣三省的石厢子。4日，红军在石厢子没收了土豪彭正凯、周世成两家的粮食及财物分给群众。同日深夜至5日凌晨，中央政治局在石厢子召开会议，进行博古交权。党中央由张闻天负总责。5日，中央纵队离开石厢子前往扎西地区。

《中央红军和红军川南游击队在叙永大事记》载，2月3日，红二师继续围攻叙永县城……军委纵队从摩尼出发经东瓦沟、阿里普到石厢子宿营。4日，军委纵队仍住石厢子。红军将没收地主的粮食、衣物分送给贫苦群众，军民共度春节。以野战军司令部朱德名义，向各军团作战斗部署。同日，中央政治局常委分工，由洛甫代替博古负总责。军委纵队5日上午从石厢子出发，行至云南威信水田寨，因镇雄独立营郑耀东盘踞碉堡，红军没有进水田寨，乃绕道而行，于是日23点半才到达花房子一带宿营。

又据史料记载，1935年2月4日，中央苏区项英致电中央与军委，提出"目前行动方针必须确定，是坚持现地，还是转移方向，分散游击及整个部署如何，均应平定"。并批评中央和军委"自出动以来无指示，无回电。也不对全国布置总方针"。2月5日，中央分局又致电中央，提出中央苏区行动方针的两个意见和"对各个苏区的领导"问题，"请立复。迟则情况太紧张，则愈难"。为此，张闻天立即召开中央政治局扩大会议进行了讨论，并于当天复电项英。这说明5日当天张闻天就代表中央复电给项英了，他应该已是党的总负责人了。同时这个会议应该是1935年2月5日10时以前就已经结束。其回电内容大概是中央专门研究了苏区的问题，以中央书记处名义致电项英并转中央分局：一是分局应在中央苏区及其邻近苏区坚持游击战争，目前的困难是能够克服的，斗争的前途是有利的。对这一基本原则不许有任何动摇。二是要立即改变你们的组织方式与斗争方式，使与游击战争的环境相适合，而目前许多庞大的后方机关部队组织及许多老的斗争方式是不适合的。三是成立革命军事委员会中区分会。以项英、陈毅、贺昌及其他二人组织之，项英为主席。一切重要的军事问题可经过军委讨论，分局则讨论战略战术的基本方针。

根据《红军长征追踪》上卷第226页记载：2月4日，中央领导和军委纵队驻在四川石厢子，5日由这里出发经石里等地，傍晚才进入云南扎西水田寨。

中共党史学家、原中央党史研究室副主任石仲泉用了五六年时间，基本走完了中央红军的长征路和其他方面红军的部分长征路，并将所见所闻所思所论记录下来，集成《长征行》，于2006年1月出版。据石仲泉《长征行》一书记载，"鸡鸣三省"会议是红军一渡赤水之后中央政治局召开的一次重要会议。"鸡鸣三省"会议之说，源于周恩来在1943年延安整风期间讲的。他说：遵义会议后，博古继续领导困难，再没有人服了。当部队行进到四川、贵州、云南交界地方，在一个叫"鸡鸣三省"的庄子里，毛主席把我找去说，洛甫现在要求变换领导，毛主席说服了大家，当时就让洛甫做了书记。

《毛泽东在彝乡石厢子开会过年》一文记载，"鸡鸣三省"石厢子，位于川南门户叙永县城南 79 公里处（今石坝彝族乡政府所在地），濒临赤水河畔，南与贵州毕节县大渡乡毗邻。石厢子位于赤水河北岸，红军长征时是一个居住着 75 户人家的村庄，聚居着汉、彝、苗等各族群众 400 多人。沿着石厢子左侧陡峭的山谷而下。就是赤水河上游的大渡口。2 月 3 日（甲戌年腊月三十）拂晓，毛泽东、周恩来、朱德等率领中央纵队从摩尼向石厢子进发，经安基屯、东瓦沟、阿里普，于下午 5 点多钟抵达石厢子。红军总部、电讯部、没收征发委员会、银行等均驻扎于此。根据军部安排，红军总部驻石厢子万寿宫，毛泽东住在老乡肖有恩家里，电台设在老乡刘春和、刘会元、陈文中家里，中华苏维埃银行设在老乡袁继武、彭海家里，没收征发委员会设在老乡王连山家里，苏维埃纸币兑换处设在五圣宫。到达的当天晚上，中央政治局和中央军委负责人召开重要会议，用开会的形式在石厢子过新年。22 时，以朱德总司令的名义向各军团发出命令："我野战军为迅速脱离当前之敌并集结全力行动，特改定分水岭、水潦、水田寨、扎西为总的目标。……军委纵队明日仍在石厢子不动，准备开水田寨、扎西之间的地域。"2 月 5 日凌晨 3 时，以朱德总司令的名义向各军团发出"我野战军目前方针在集中全力于长宁以南及西南地域争取休息进行金沙江之侦察，在渡江不可能时，即留川滇边以机动"的电令。

"鸡鸣三省"会议换了党的总书记，是党史上的一件大事。但是，这个会议的具体地址在哪里，一直是长征史研究的一个疑团。我几乎走访了"鸡鸣三省"地域，寻找"鸡鸣三省"会址，希望有所收获，由于缺乏原始资料根据没有办法做出肯定的回答。但经过考察知道了，"鸡鸣三省"地域，有狭义和广义之分。狭义的"鸡鸣三省"地域，指的是川滇黔三省交界的岔河一带——很早以前，分属三省的岔河曾住有三户人家，直线距离均为 200 米左右，任何一家鸡叫，三户皆闻。故有'鸡鸣三省'之称。临河一带，早已没有住户。这个小范围的岔河地区是原始意义上的"鸡鸣三省"。目前大家所讲的"鸡鸣三省"范围较大，即以岔河口为核心的方圆数十里的川滇黔三省交界地带，这是广义的"鸡鸣三省"。

综合有关资料可知，石厢子会议很可能从 2 月 3 日（甲戌年腊月三十）晚上就已经开始，2 月 4 日全天开会，2 月 5 日（乙亥年正月初二）10 点以前已经结束。石厢子会议的议题之一是讨论中央红军的行动方针；议题之二是讨论中央苏区的问题；议题之三是中央政治局常委分工，确定由洛甫（张闻天）接替博古（秦邦宪）在党内负总责，由毛泽东、周恩来负责军事。2 月 5 日上午 10 点多钟，毛泽东、周恩来、朱德率军委纵队向云南省扎西水田寨方向作战略转移（见 2004 年 4 月 22 日《人民政协报》）。2 月 3 日 22 时至 2 月 5 日 3 时，朱德先后在石厢子发出《我野战军应改向摩尼、后山铺、两河口一线向川滇黔三省交界之分水、扎西等地集结》《关于我军向分水岭等地前进及 4 日战斗部署》《三军团派团分别扼守站底、两河口。五军团扼守摩尼以北防永宁敌南进》《野战军司令部关于我军在永宁战斗情况及向古蔺前进的部署》《关于我军行动部署》《我野战军目前方针在集中全力于长宁以南及西南进行渡金沙江之侦察》等电令。此外，中央书记处于 2 月 5 日发出《中央书记处致项英转中央分局电》。

在赤水河边，留下了太多的红军故事，每一个故事都那么精彩，每个故事都那么传奇，每个故事都传递着红军长征精神。我不是史学家，无法去评价历史的真实。但我是中国人，我必须与大家分享这段故事，因为这个故事不只是一段历史，更是红军长征中的一块丰碑，且在《中共党史》上找不到记载。

我把这段历史记录于此，希望让更多中国人记住红军长征这光辉历程，记住革命先烈为中国的解放事业付出的艰辛和努力。正是他们抛头颅洒热血，英勇向前的大无畏精神推动了历史的发展，造就了美丽中国。

王朝闻的童年逸事

　　说起王朝闻，中国的文化人都比较熟悉，对于泸州人来说那就太熟悉不过了。但对于王朝闻的童年，知道的人就不多了，就连他的家乡合江人来说知道的人为数也不多，或者说知道的人大多数都已经离开了这个世界。

　　我的老家离王朝闻故居不到千米，母亲王德修与他同宗同戚，尽管不到八十岁，但已经不太记得清楚王朝闻的父亲的相关来历了，就连王朝闻的弟弟王昭烈（别名王西林）的儿子王国方也不太清楚其祖父的情况，好在王朝闻的两个姐姐的后人还知道一些，王朝闻的大儿子王国辉小时候常在父亲身边，听到说过一些来历，加上王朝闻的妻子简平写过一些王朝闻的逸事。本人又经过多方了解，积累了一些史料，故罗列于此，与大家分享，已算是对一代名人文史资料的拯救做了一点事情。

　　王朝闻的本名王昭文，"昭"为入川后字辈排位。王朝闻是他从艺以后才改的名。取义来源于《论语·里仁》中"朝闻道，夕死可矣"。后来又取了汶石、廖化、席斯珂等笔名。他是中国卓越的文艺理论家、美学家、雕塑家，艺术教育家，新中国马克思主义文艺理论和美学的开拓者与奠基人之一。

　　王朝闻早年学习绘画、雕塑。1926年在成都艺专学美术，1932年在杭州国立艺专学雕塑。1937年参加浙江抗敌后援会所属的浙江流动剧团和五路军战地服务队，从事抗日文艺宣传活动，同年加入中国共产党。1939年在成都私立南虹艺专学校教书，任成都民众教育馆美术部主任。1940年12月赴延安后，曾在鲁迅艺术文学院美术系任教。1941年为延安中央党校大礼堂创作的大型毛泽东浮雕像，被称为解放区美术作品的代表作。中华人民共和国成立后，曾在中宣部文艺处等部门工作。历任中央美术学院副教务长、《美术》杂志主编、顾问，中国美术家协会副主席、顾问，中国艺术研究院副院长，中华美学学会会长、名誉会长，中国作家协会顾问，国务院学位委员会第一届学科评议组成员，全国政协第三、四、五、六届委员等。50 年代后期，他的文艺评论虽以造型艺术为主，也广泛涉及文学、戏剧、电影、曲艺、民间文艺、摄影等领域。他的理论发现，源于直接和间接的审美经验，注重理论联系实际，把艺术创造和艺术欣赏融为一体，在全国拥有广大的读者群。2004年 11 月 11 日 23 时 10 分因病在北京去世，享年 96 岁。

王朝闻是在艺术创作上取得突出成就的实践者。他为《毛泽东选集》封面创作的浮雕《毛泽东像》、圆雕《刘胡兰像》、圆雕《民兵》等作品，都属于新中国美术的代表作。他是熟谙实践的美学家。在七十余年的艺术与学术活动生涯中，横跨美术、文学、戏剧、电影、曲艺、民间文艺、摄影等领域，先后出版了专著和论文集 40 余种，近千万言。他通过数十部近千万言的著述，为建设具有中国特色的美学和文艺理论体系做出了卓越贡献。他的美学既是艺术家的美学，也是哲学家的美学，具有鲜明的理论特色。他一生坚持文学艺术为人民服务的方向，关注艺术与生活中的重大课题，坚持真善美的艺术理想，强调继承中华民族优秀文化传统和借鉴外国的先进文化。他十分注重美育教育，为提高文艺工作者和群众的审美素养付出了毕生心血。他的美学思想和理论建树，指导和影响了新中国的几代美术工作者。

王朝闻 1909 年 4 月 18 日（旧历闰二月二十八日）出生于四川省合江县原新店乡（现在属于先市镇）凉水井村（现在的雄坝村）六社的花滩子。在我童年的记忆里，花滩子是一座三合头结构的土木宅院，房前一条小溪围绕，房屋对面是一个不太高的小山。房屋坐南向北，有两座院门，北面的一座称大朝门，南面的称小朝门，王朝闻小时候老少三代人就居住在这里。现在这座院子已经被改造，修起了两座楼房，好在合江县对王朝闻故居进行了努力保护，原王朝闻居住的房屋保存完好，文化部门还专门为他建了陈列馆，对房屋进行了修缮。当年他用过的床、柜子、书桌、椅子、洗脸架等物件完好无缺。

据王家祖传，王朝闻祖上是明末清初从湖北省黄州府麻城县迁来的移民。他家祖上不算富有，有田三十石，但还能生活。祖父育有五子，他的父亲排行老大，自幼习武，在 1901 年考中了武秀才（最后一次科举考试）。王朝闻的二叔、三叔、四叔都务农，老二学过一些医术，老三做大米生意，五叔王伯桢在成都读商业学校，毕业后在成都的金融界有一点小名气。

王朝闻的父亲叫王基禄，字宪章。自 1903 年朝廷废止武科举后，父亲弃武从文，东渡日本官费留学，在东亚帝国铁道学校学习土木工程。学成归国后，任职于川汉铁路的建设工程。夫人周氏病故得早，留下两个女儿。王朝闻的生母是继室，姓张，是现在合江车辋镇先操坝一大地主的女儿。据说他母亲进过女校，受新思潮影响不愿嫁给一般的地主少爷，王基禄丧妻后便有人从中做媒。虽然双方的家境不很般配，但因对方是留过洋的，他母亲便不顾门第的悬殊嫁了过来，同时还带来一个丫头叫李四姐。这大约是 1908 年的事。王朝闻母亲嫁过来时没有正式的名字，于是王朝闻的父亲为她起了名字叫作张国权，从中可以窥见王基禄对于当时时局的态度。一年后王朝闻出世，起名王昭文。王家一门添了长孙，祖父母十分钟爱。

在王朝闻两岁时，他父亲带着他们母子、两个姐姐和李四姐一同去了宜昌。王朝闻的父亲在川汉铁路任职工程师，技术上负有重要责任，带领着一批工程技术人员奔走在沙市、宜昌、秭归、巫山等地勘查路基。据王朝闻的家人说，现存王朝闻最早的一张照片便是 1911 年在巫山县城拍摄的。1992 年王朝闻路过兴山县，还特意去观看一段当年他修筑的路基。他记得，小时候曾经看到家中留存的杂物中有一块"符阳王寓"的木匾，可见他父亲在当地有一定地位。据王朝闻的二姐的后人说，王朝闻的父亲出行乘坐的轿子与县太爷的一样，在轿杆上缠着黑布以示特殊。待人宽厚，从不让轿夫与百姓抢行。有一次厨师上街买菜，因分量不足在小市上争吵起来，折断了菜贩的秤杆。王基禄对厨师说："他们是小本生意，起早贪黑很辛苦，为了赚几个小钱缺斤短两是难免的。虽然这种行为不好，可是不能这样对待他们。"随即拿出钱来，让厨师去赔偿小贩的秤。

1911 年 5 月，清政府先是将商办的川汉、粤汉铁路收归国有，转手又将修筑权出卖给英、法、德、美四国银行团。这一卖国行径，激起四川、湖北、湖南、广东等地人民的强烈不满，酿成著名的"保路运动"。川汉铁路的股东们在成都组织保路同志会，罢工、罢市、抗粮、抗捐，展开群众性的抗争。9月，四川保路同志会在重庆武装暴动，成立了蜀军政府。10 月 10 日，同盟会发动武昌起义，辛亥革命的风暴席卷大江南北。川汉铁路全线停工，王朝闻的父亲便带着一家老小，乘着包租的大木船返乡。沿江途中多次遭到革命军拦截，好在他是铁路工程师，并非清政府官员，每一次官方都客气地给予放行。这么停停走走，一个多月才抵达重庆。重庆蜀军政府的副都督、革命党人夏之时（合江县人），挽留王朝闻的父亲王基禄参加政府工作，而王基禄不愿为官，在夏之时的关照下返回了老家花滩子。后来军政府又邀请王基禄出任合江县县长，仍被婉言谢绝。王朝闻的父亲的理想是实业救国，期待着局势稳定之后，重新投身于川汉铁路工程。

第二年的夏天，整个大西南的局势基本稳定下来，王朝闻的父亲王基禄执意出川去接洽川汉铁路的复工事项。他去了没过多久，家里收到自宜昌某旅店发回来的一封电报，内容是王基禄病危的消息。当时他家里顿时乱作一团，不知怎么办。好在王朝闻的祖父健在，也是个经历过世面的人，他组织家人商量，决定派在成都上学的老五王伯桢赶赴宜昌。可是老五王伯桢抵达时，王基禄已经撒手人寰，带着他的梦想仙逝了。据说王伯桢在整理遗物时，大哥除了几件衣物外什么都没有，住宿的费都还欠着的。王伯桢结清了所有费用，携带大哥王基禄的灵柩返回家乡，那时王朝闻年仅 3 岁，王朝闻的弟弟王昭烈才出生。

王基禄死后，王朝闻一家人的日子开始过得艰难。王朝闻随着年龄增长，他开始感到母亲的脾气越来越大，李四姐被当作出气筒，母亲动不动就大声呵斥，而李四姐总是默默地承受着。有一天，王朝闻回家后见到一位老农民坐在灶前同李四姐谈话，李四姐却一言不发。母亲告诉他："那就是李四姐的父亲，家里生活好过了些，想接她回去，但是李四姐不愿意走，坚持留下来"。后来王朝闻才听说，李四姐是赤水河对岸的贵州人，在她两三岁时遇到灾年，父亲把她装在箩筐里挑过赤水河来打算卖掉。一个老婆婆指点说："在这里你卖不掉，前面不远有个姓张的大户人家，他家的老妈妈有善心，你可以求她收留这个女娃。"李四姐的父亲依言而行，把李四姐挑到车辋镇先抄坝张家大院，张妈妈怜惜她，便花了一斗米买下来，交给张二小姐带。后来二小姐嫁到王家，李四姐作为陪嫁丫头跟了过来。她是跟着王朝闻的母亲长大的，不愿意在母亲寡居无助的情况下，抛弃她的女主人。

王朝闻父亲的生前轶事，大多是王朝闻的姐姐讲述的，这些关于王家的故事，对形成王朝闻善良、宽厚的性格起到潜移默化的作用。据说王朝闻的父亲在世时，对李四姐也很好，当年李四姐不过十来岁，父母坐轿子回娘家，她抱着包袱跟在后面，有时候还要小跑。王朝闻的父亲便叫她把包袱放到轿子里来，减轻一点负担。王朝闻的母亲脾气有些急躁，为了一点小事就呵斥她，他父亲总是从旁劝解，说她也是人，不过因为家里穷才卖到你家来的，不要苛待她。在他父亲的教诲下，同李四姐年龄差不多的两个姐姐与李四姐感情很好，王朝闻也把她当作亲姐姐对待。

王朝闻在小的时候很顽皮，他的淘气也给李四姐惹出过不少麻烦。据说有一次，他母亲让人从县城买来一个新式夜壶。前面有个嘴子，后面有个手柄，不像老式的尿罐用起来那么方便。用这个新奇玩意的头一个夜晚，他和弟弟隔一会儿就要起来小便一次。几次之后，王朝闻异想天开地要把夜壶挂在蚊帐钩上。可是刚一挂就翻滚到地上被打碎了，床上的被褥也弄湿了。李四姐早晨进来，看见两个小少爷弄得狼藉不堪，一句责备的话也没说，就动手清扫房间、拆洗被褥。他母亲见了，反而斥责李四姐没有照顾好弟弟。看见母亲大发脾气，兄弟俩吓得赶忙溜出门去了。

李四姐是一个心地善良的人，对王家从没有二心，许多王朝闻他们做的错事，他母亲都爱怪罪李四姐，但她从未有怨言。李四姐的人生是不幸的，在一个雨后的早晨，她沿着小朝门外面的石阶下河边挑水，不小心滑倒了，造成了脊椎骨折。在当时的情况下，家境不算富裕，离县城又远，没有得到及时的治疗，伤愈后就成了驼背。此后，她像负重的骆驼一样，默默地承担着王家的家务劳动。同她年龄相仿的王朝闻的大姐、二姐都相继出嫁了，而她直到三十多岁，才嫁给了先市镇的一个石匠，过着平淡的农家生活。

全国解放以后，已经功名成就的王朝闻对于为他家奉献了青春年华的李四姐十分怀念，到处托人打听到她的下落。最终得知李四姐的丈夫因患肺病已经去世，没有留下儿女，李四姐孤零零地一个人生活在先市。于是每逢年节，王朝闻便给她寄去一些钱，慰藉她凄凉的晚年。

1986年王朝闻十八岁离开合江后首次，也是唯一一次回到家乡。他在时任县领导和文化界人士的陪同下回到了故居花滩子，在老家吃了一顿午饭，我当时在新店中学教书，也清晰记得那天的事情。王朝闻在简平的陪伴下，拄着拐杖，但精神特别好，当看到他启蒙读老学的周祠堂已经被拆了后，很感遗憾。后来他到了读过书的新店中学、合江中学等地寻旧，也到了笔架山、福宝等地考察。过后听到他的外甥女罗安青说，当年她在先市教小学，生活比较清苦。李四姐每次收到王朝闻寄来的钱，都要把她叫到家里吃一顿肉，并且一改寡言的习惯，反复称赞共产党的干部有情义，他显得很高兴。

相传王朝闻外祖父家另外一个丫头的命运，也曾震撼他的心灵。她同一个长工恋爱，被外祖父发现后强行拆散，卖给山里一户农家做媳妇。七八岁时，王朝闻曾经跟随母亲和一位姨母去山里看望那个丫头。三个人走进低矮、昏暗的茅屋，屋里有很浓的潮湿发霉的气味。她的丈夫到地里干活去了，家里只有她同一个睡在床上的奶娃。众人相见惊喜万分，她想不到小姐们会进到山里来，赶忙打开屋内唯一的木柜，取出一块水糖掰下一块放入碗里招待他这个小少爷。王朝闻喝着这粗碗里还漂着一点米糠的红糖水，他的心中泛起隐约的不安。有一次，门前来了一位老年乞丐，王朝闻不仅给他剩饭剩菜，还征得母亲同意让他暂时住在大朝门的门洞中。可是两三天后，因为几位婶娘的坚决反对只能让他离去。

简平在记王朝闻的童年的文章中记述，王朝闻在感情上比较接近社会底层的劳动人民，这与他家庭的变故有很大的关系。他父亲在世时受人尊重，有条件带着全家人外出活动，对于拴牢在土地上没有机会见世面的亲友而言，是何等的值得羡慕。但是他父亲去世后，经济来源全靠祖父留下的田亩。以每年收取的 30 石租谷应付六口之家开销，渐渐地入不敷出，家道中落的困窘日益凸显。一些有钱有势的亲友，逐渐地疏远冷淡他们。人情的冷暖变化，在小孩子心中刻下伤痕，也许这便是他真诚同情不幸者的潜在根源。

王朝闻在小的时候，他三个姐姐经常给他讲述三峡的风光，什么险滩瞿塘峡、神女峰、铁棺峡、牛肝马肺峡等，十分神秘有趣。其实船过三峡时他也在场，只不过太小了一点罢了。姐姐们讲的见闻，不仅引起他憧憬自然的美好愿望，而且激起他思念父亲的幻想。父亲是那么的了不起，可惜自己享受的爱抚太少了。他曾经连续几天坐在小朝门的门槛上，眺望着小河对岸通向远方的道路，幻想慈爱的父亲坐着轿子突然出现。但是，即使看到有轿子行过那条小路，却都不往这边转来。

6 岁起王朝闻被送往周家祠堂读私塾，后来母亲带他回先操坝居住时也请过姓张的塾师，前后总共上过 3 个私塾。对这些塾师留下的印象主要是严厉，其中一位俭朴正直的刘先生，引起王朝闻特别的尊敬。小孩子学习《论语》

《孟子》很难发生兴趣，不过认识一些汉字便有了自学的基础。他儿时的美好回忆很多。

王朝闻从小天生聪明，善于动脑子。我在童年时代，经常听到关于他的故事。据说他在周祠堂读私塾的时候，特别喜欢玩泥巴，周祠堂离他家只有几百米的路程，有时要走一个多小时。放学了他就和几个同学约起在田边抓半湿的黄泥建房子、捏泥人，做出来都特别的像。那个时候都穿长衫，经常回家衣裳上都沾满了黄泥，害得李四姐天天为他洗衣服。后来大一点后，和同学一起上学或放学，他就经常在田边随便抓一块黄泥，捏同学的泥人，他想捏哪个人捏出来就特别像。有一次他在上学的时候捏了一个老师的像，拿到了教室放在讲桌上，大家看了都说很像老师，老师看了也笑了。不过还是被老师批评了，说他不用心读书，不该做这些泥人，更不该不尊敬老师，被罚一戒尺（古代教师专门用来惩罚学生的竹片）。

花滩子老屋前面是一条小溪，在夏天，小溪里的水不多，到处都出现小水池，他很喜欢玩水，经常跑到水池里摸鱼儿，渐渐地也学会了游泳，水性特别好，有时还要抓一些鱼回家。后来胆子越来越大，开始偷偷下到小河沟去洗澡，家长们担心出事，请老师严加管教，禁止孩子们去河溪和池塘里游水。当时教他的老师想了一个办法来禁止小孩子们玩水，就在每个同学的手臂上画一个红圈，如果沾水红圈就会褪色，学生就要吃戒尺。可没过几天王朝闻就想出了对策，那时点灯都用桐油，所以桐油到处都有，在老师用红墨水画圈后，他就用桐油在红圈上抹一下，桐油是离水的，红圈上抹了桐油就使得红圈形成了一道隔膜，沾水后红圈仍然保存原来的样子。洗澡的事还是在偷偷干，大人拿他也没办法。有一次河里涨水，河水很深，他和几个小孩仍然去游泳，大人看见害怕急了，叫他们赶快起来，他们就是不听，却继续在河里游，手脚也不动，但就是沉不下去。大人感到奇怪，后来才发现，这几个小孩把长裤子打湿，裤筒里灌上空气，然后把裤脚用稻草拴上，就形成了一条充气裤，相当于气皮垫，放在人的身体下面，人体就不会下沉。

由于王朝闻小时候的这些经历，使得他对身边的每一件事情都喜欢用心去研究，总会想出与众不同的处理办法，善于探索出许多很独到的东西。这对形成他独特的思维方式和审美观照奠定了较好的基础。

凌子风与尧坝古镇的渊源

凌子风是中国影视界的杰出导演，祖籍尧坝陈墙上，祖父在清光绪时做过管钱粮的京官，父亲凌望超任北洋工业学堂实验工厂厂长。其姐凌眉琳、姐夫李苦禅都是齐白石的高徒。凌子风受姐姐的影响，报考北平美术专科学校。在校三年间，举办过个人画展。1934 年，参加共产党外围组织"中园美术人联盟"。1937 年到延安后，参加西北战场服务团，任编导委员长。1943 年任鲁迅艺术学院教授，1948 年加入中国共产党。1949 年中华人民共和国成立后，回东北电影制片厂指导新中国第一部故事片《中华儿女》的拍摄，在录音中曾十天十夜不休息，被香港同仁誉为"拼命三郎"。其作品有《中华儿女》《李四光》《边城》《春桃》等。1990 年，凌子风回祖籍地尧坝拍摄了《狂》片。此片是他的"压轴戏"，是他一世人生中的最后杰作。他先后获得"为争取和平自由而斗争奖""百花奖"和"金鸡奖"等最佳导演奖。

凌子风祖籍本是北方人，他的祖父在清朝末期因为犯错被发配到边区，即今天的尧坝镇境内的城墙上，在那里生活了 19 年之久，后来他爷爷时间满后回到北京，当上了监考官。凌子风成名后，一直在寻找他爷爷被发配边区居住的地方，经过多方打听，才找到了城墙山。到尧坝后，发现尧坝场古民俗风格保存较好，地方十分美丽，历史风貌得到原始，加上爷爷的第二故乡，便想为这个地方做点事情，先后带上了他的弟子郭宝昌、黄建中等来尧坝考察，并将谢晋大导演也请了来，积极推荐导演们到尧坝古镇拍摄古装剧目。

他说："爷爷在尧坝生活几十年，这里是他的故多，也是我的家乡，我要为家乡做点事情"。后来，他在尧坝古镇拍摄了电影《狂》，为尧坝影视基地的形成奠定了重要的基础，也正因为如此，尧坝的名声渐渐大了起来。

　　恰如凌子风对"狂"字的解释："好一个狂，狂乱的时代。"狂他把李吉人的长篇小说《死水微澜》更名为《狂》搬上银幕。1992 年，尧坝镇的古朴民风打动了 75 岁高龄的凌子风，"那真是一个狂乱的时代呢，中国闹义和团，义和团刀枪不入，你外国人洋枪洋炮，我都不怕，正是一些狂人"。这个"狂"字也正是凌子风性格和创作风格的写照。而当时刚刚毕业，从没在农村生活过的许晴将影片中那个旧时代里无畏反抗旧秩序的蔡大嫂演得精彩到位，成为她最得专家认可的角色之一。

　　凌子风是新中国成立后著名的"四大名导"之一，是名扬亚洲的电影人。他一生的成长道路，为我们提供了不少值得学习的地方。凌子风 1933 年在北平美术学院雕塑系学习。1935 年为南京国立戏剧学校第一期学生，在舞台美术系学习。1937 年任武汉中国电影制片厂美工师。1938 年任抗日艺术队文学部部长，西北战地服务团团委、编导委委员，晋察冀边区剧协常委、乡村艺术辅导、乡村艺术干部训练班校长。1940 年冀中军区火线剧社副社长。1944 年延安鲁迅艺术学校教员：时年在鲁迅艺术学院塑铸"毛主席像章"向中共七大献礼。1946 年延安电影厂演员、延安战地摄影队队长、西北电影工学队教学部部长。1947 年石家庄市委宣传部联络员、石家庄电影戏剧音乐工作委员会主任、石家庄电影院总经理，并写了《接收，改造，管理城市电影院经验总结》报中央。1949 年东北电影厂导演，北京电影厂导演。

　　他一生的职务头较多，先后有"中国电影基金会"理事，"中国电影家协会"理事、名誉理事，"中国社会经济文化交流北联协会"顾问，"中国老年书画研究会"顾问，"中国书画收藏家协"顾问，"北京华夏文化艺术海外联谊会"名誉会长，"北京艺术文化交流中心"顾问，"湖北荆门市人民政府"艺术顾问，"广州万泉河国际旅游度假村"终生高级顾问等。

　　他 1917 年生于北京一个满族的书香门第世家。1933 年，凌子风考入南京国立戏剧学校舞台美术专业。后考入北平国立艺术专科学校油画系，后转入雕塑系。抗日战争爆发，凌子风毅然离开校园奔赴延安。在那个特殊的年代，电影这门刚刚步入有声阶段的艺术也没有超然世外，而是肩负起同民众一起受认识时代的任务，为民族的兴亡而奔走呼号。正是在这样的背景下，凌子风接触到了像蔡楚生、史东山、应云卫、袁牧、陈波儿这样的进步电影人，并开始接触到电影这门艺术形式。其实凌子风曾经是电影的反对派，他觉得电影没有舞台戏好，舞台戏是艺术而电影还算不上。1938年途经武汉时，为筹集路费凌子风接受了武汉电影制片厂的邀请担任美工师，才有了对电影这门艺术更深的了解和认识。

战争期间为了适应战斗环境和农村演出的特点，凌子风倡导不用布景，利用现成的街道、打麦场、大的院落，用生活中的真人真事就地取材自编成剧来宣传抗战，创造了"田庄剧"这一具有广泛影响的演出形式。"田庄剧"的灵感与凌子风对电影的重新认识和接受不无关系。

此后凌子风曾先后担任过鲁迅艺术学院戏剧系教授、华北联大艺术学院戏剧系教授，组织过战地摄影队记录了延安保卫战的史实，也参加过许多剧目的演出。

从1948年开始，凌子风调至东北电影制片厂专门从事电影创作，1949年到"文化大革命"前的17年间，凌子风导演以饱满的热情创作了大量影片，在电影界获得"拼命三郎"的美誉。除了第一部给他带来巨大声誉的作品《中华女儿》，凌子风还拍摄了《光荣人家》《陕北牧歌》《金银滩》《春风吹到诺敏河》《母亲》《深山里的菊花》《红旗谱》《春雷》等。这个时期的凌子风创作丰厚，当然质量也良莠不齐，对此他有非常清醒的认识。回忆起这个时期的创作，凌子风说："我有一个特点，就是领导交给我的任务我一律接受，不讲价钱。只要领导说给我拍，好，我就拍。我当作学习、熟悉业务的机会，给我任务我就拍，所以我拍了一些也不是那么好的。"

那一代电影人与电影的结缘受着诸多外在因素的影响，所以对电影的认知也不可避免烙着鲜明的时代印记，这种现象恐怕不是一个人的局限，而是一个时代的局限，在这样背景下的创作也就难免无法保证个人的艺术个性和艺术水准。

凌子风于1949年第一次当导演时诚惶诚恐地拍摄了《中华女儿》，之所以诚惶诚恐是因为他这个电影的门外汉领导的是一批电影经验比自己丰富的人，这倒真应了那句俗语："无知者无畏"。不懂电影"语法"的凌子风不受任何清规戒律的束缚，硬是将第五代导演的标志性影像语言——全景加特写这样的两极镜头提前作了尝试。凌子风与翟强联合导演的这部《中华女儿》，也创造了新中国电影史上的两个第一：新中国第一部表现革命战争的影片，新中国第一部在国际电影节上获奖的影片。

　　1960 年，凌子风将被视为描写农民革命斗争第一史诗的《红旗谱》搬上银幕，再现了 20 世纪 20 年代后期北方农村波澜壮阔的革命斗争，成为凌子风这时期创作最成熟、成就最高的作品。

　　"文化大革命"初期，凌子风与许多电影人一样失去了自由创作的机会，被打成"黑帮"，下放到"五七"干校劳动改造，留下了长达 10 年之久的艺术创作空白。"文化大革命"后恢复创作自由的凌子风迅速恢复创作状态，1979 年拍出的《李四光》预示了他又一次创作高潮的到来。1990 年，凌子风回祖籍地尧坝古镇拍摄了《狂》片。此片是他的"压轴戏"，是他人生中的最后杰作。

李耀龙与尧坝

李跃龙在清嘉庆年间奉命剿匪有功，得到嘉庆黄帝嘉奖赐银修建进士牌坊。牌坊构造为三檐四柱三间，坐北向南，石结构，通高7.8米，面阔8.8米。中间高，两次间低，屋顶采用歇山式，有斗拱承挑。牌坊南北两面的正中檐下，均有一块石刻的火焰装饰图案的大匾，书有"圣旨"二字。两面正中檐口下，在上下石坊间均有两块相同的石匾，上题为"营守府"，下题"赐进士第"。牌坊中间两根石柱上刻有对联，朝南一面为"景明北停处提刑按察仗司按察使王正常题"的楹联："对天仗以呈能，勇冠貔貅之队""戴宫花而焕彩，荣耀桑梓之邦"。石柱背面楹联："宴预鹰扬，银榜金花初得意；名题雁塔，铜筋铁肘尽称奇。"落款为："特授四川成都府成都县正堂候补州正堂王太云题赠"字样。进士牌坊高大庄严，犹如一座纪念碑，不仅记录了李跃龙的功名，它也是尧坝场南侧入口的标志。

李跃龙因剿匪有功，得官银修建了进士第（李公馆）。进士第坐东朝西，背靠一座小冈，宅前左右是小丘及大片的农田，十分开阔，远处是鼓楼山。出于防御的需要，宅子用整齐的青石垒了坚固的围墙，完好时有三米多高，可与合江县的城墙相媲美，村民因此称此宅为"城墙上"。李跃龙迷信风水，风水中水是财的象征，为保住财，李跃龙在住宅前开挖了一个水塘，宽6、7米，长30多米，水塘上架小石桥通向住宅大门。住宅正前方是鼓楼山，形如笔架，水塘如砚，池边种植高大的竹子，如支支毛笔，都是有关文运的因素。水塘竹木不仅让住宅环境幽雅恬静，还解决了住宅的消防用水。

李跃龙有两个儿子，当年建造府邸时先造了北面一座，考虑以后儿子长大分家，紧挨着它同样又建了一座，两座宅子的格局、质量相同，既可合起来使用，有门互通，亦可分开独立使用。宅子均为前后两进院，各有自己的院门，当地称"朝门"。朝门为八字式，高大气派，两侧有一对石狮，门枕石上刻有精细龙纹的石抱鼓，门柱上有门联，还有一对石桅杆。上台阶进入朝门后是宽大的天井院，前进正房三开间，正中为过厅。左右是卧室，厅房两侧厢房各三开间带前廊，作为客厅、客房、杂物房等。穿过中堂到后进天井院，格局与前进相同，正房当间内挂有正堂匾。前后两进的建筑前檐均有雕饰华丽的牛腿，隔扇窗的雕饰纹样十分精美，中堂和正堂建筑的屋角高翘，富丽堂皇。府第的轴线部分建造得规整方正，全部采用木结构。在轴线建筑之外，另建有跨院，作为厨房、仓房、农具房、猪圈、牛棚、马厩、鸡鸭舍等，雇工也住这里。为防火、防盗，除居住之外的辅助房，多用石条砌筑，窗栅为细致精美石雕。住宅的地面，天井及部分中轴建筑室内全用整齐的石条铺砌，下雨不存水，雨过地面干。天井院内摆些盆花，整齐舒适。尧坝老人说，1982年前后"喻嘴河"修建小水电时，缺少石材，就将当时已经成为公产的李跃龙宅当作石料基地之一，拆取了它的围墙、辅助房和部分墙基的石条。一年多的时间，小水电建成了，建造者们得到了表彰。人们大致计算了一下，李跃龙老宅竟贡献出一百多方的整石条，不免为宅子的精工细作感叹。

　　李跃龙是个热心公益事业的人，他曾捐钱修建了尧坝及附近许多座桥梁，以及庙宇和家族祠堂，老百姓喜欢他，敬重他。土匪常想敲诈他，但鉴于李跃龙自身武功高强，有家丁武装，不敢轻举妄动，于是就故意找点麻烦，让李跃龙出点血，给点钱。传说，以前每逢除夕，李家朝门上迎新送旧，都会贴同样内容的一副新对联即："父进士子进士父子进士；婆夫人媳夫人婆媳夫人"。这年对联头天贴好，第二天一早家人发现对联被人篡改成："父龟子子龟子父子龟子；婆卖娼媳卖娼婆媳卖娼"，明显是有人存心让他难堪。看看痕迹估计是"老二"留下的，于是李家急忙撕去，当日请了人，花了钱才将此事摆平，但不敢再贴那副进士联，换上了一副："银榜金花初得意；铜筋铁肘尽称奇"的新联。这件事之后，李家加强防御，在进士府高墙四角增修了碉楼，由家丁站岗护院。住宅不仅舒适气派，也安全可靠。

李跃龙"城墙上"住宅背后是个小山冈，树木茂密，紧挨林子南有片水塘，环境优美，结合自然地势形成了花园，平时供家人休闲，小孩子玩耍。在社会动荡，匪患猖獗的时候，商业无法正常进行，街上的商铺里只存很少货物，多数货物存放在家中，一些老商客便来到家中，在园子里谈生意。

周其斌的传奇故事

周其斌是尧坝孝文化的代表者，也是武文化的传播者。周其斌祖上在明末清初湖广填川时，从湖北孝感迁移新店雄坪，后又从新店移居尧坝。新来到尧坝这个地方，人生地不熟的，又没有老业，日子过得紧巴巴的。周家人发誓要振兴家业。于是周家制定家训，家训以忠、孝、仁、义和勤俭、好学、奋发向上为主要内容。于是周家人严守家训，经过多年的努力，周家日子逐渐好起来。到周其斌这一代时，已是从湖广填川的第六代了。

嘉庆三年（1789 年）周其斌出世，其家父以家训严格要求周其斌。聘请私塾老师教授文化，聘请武师训练武功，在家训和老师的严格调教下，周其斌文化和武功大有长进，他的硬功夫，在当地小有名气。他的父亲一直希望他能考取功名，报效国家。更是以家训中的"出仕为宦，官清吏瘦；摄职从政，报国务民"来要求他。清嘉庆二十五年（1821 年），周其斌在成都府参加清朝举办的武举考试，即乡试，考中武举人，属是壬子科，榜名为占鳌。

周其斌中武举以后，经人向朝廷引荐，朝廷推荐周其斌到川西任知县，道光皇帝颁旨命其赴任。正当此时，其母亲身患重病，周其斌极为为难，在忠与孝的选择中，他选择了以孝为先。于是周其斌便上奏朝廷，不能效忠皇帝，只能在家为其母亲养老送终。皇帝知晓后，准其之请，同意留家孝母，并赞其："有孝道。"

在中国这个以官为本的社会，能够经过千辛万苦考取功名，并做官进入上流社会，光宗耀祖，读书做官，这是所有读书人的夙愿，但是，周其斌却能够以孝为先，亲情大于传统，这是非常难能可贵的。虽说忠孝不能两全，而周其斌能排除传统的学而优则仕的根深蒂固的观念，就是在今天也是值得称道的。

周其斌回到家乡后，仍然严守家训，勤俭持家。利用举人功名，联合贵州省地方官绅，维护川南黔北地区盐茶通道，同时经营通往黔北的盐业。这时，以周其斌为首的周氏家族在川黔两省名声大噪，家产殷实，富甲一方。周其斌功成名就后，仍不忘家训报答家乡父老，他出资修建尧坝场半条街，还兴办私学，在离尧坝场不远处的新房子和南桥湾等地兴办私学两处，聘请私塾老师授课，对贫穷家的孩子免收学费，还出资维修扩建东岳寺和赞助地方文化娱乐活动。他的勤勉好学，仗义疏财，为家乡人们所称赞。

尧坝在当时是江阳到仁怀厅的东大路，是川南黔北的重要陆路交通要道，商贾云集，马帮成行，尧坝场商贸交流非常频繁。当时鼓楼山驻有土匪，经常下山抢劫，扰乱尧坝地方秩序，特别是往来的商队常受到鼓楼山土匪的袭击，大批商人的财物受损，尧坝作为"小香港"的经贸地位受到严重威胁，川黔货物贸易受阻，许多商人不敢来尧坝经商。为整肃尧坝商贸，平叛地方匪患，周其斌主动与川黔两省武官经协商，合力剿灭鼓楼山土匪。

周其斌考取功名后的次年腊月，川黔两省官军二万多人，会集在尧坝，准备进山剿匪，由于两省官军互不信任，且兵卒也是常年受军官欺压拖欠军饷，战斗力也不强，要清剿鼓楼山的土匪，可能有困难。周其斌看在眼里，急在心里，凭借与贵州省都督有亲戚关系，便主动上奏道光皇帝，朝廷因周其斌为新及第武举人，便任命周其斌为川黔剿匪武官，统领两省官军，进剿鼓楼山土匪。

周其斌统领两省官兵后，用自己雄厚的家底，补发了兵勇的拖欠军饷，然后整顿军纪，颁布奖惩条规，士气大振，两省官兵在周其斌的鼓舞下，士气振奋，军威大发。就在这个时候，鼓楼山的匪首侯德鑫，得知周其斌统领两军后，便派人与周其斌联系，妄图通过贿赂，动摇周其斌进山进剿的念头。于是暗中派手下的两个头目到新房子周其斌家中送来书信，银圆二十封（每封50个银圆）和尖刀一把。在当时，1000个银圆是一个很大的一笔钱了，可以在尧坝场买到50个铺面。来信的人告知周其斌说：钱你一定要收下，进山进剿兄弟的话，就装模作样地做一下样子，今后还要合作。还威胁说，你们两省官军互不相信，军心也不稳，粮草也不多，当然也没有什么战斗力，你们进剿也是飞蛾扑火，自取灭亡。如果不从，山上的兄弟们在躲过这场围剿后，就会用这刀子与你相见，你看如何？周其斌当场就怒火填膺，痛斥土匪为周围乡亲和过往商人带来的祸害，多少乡民流离失所，好多商人血本无归，并告之来匪说：告诉你们的侯老大，我周其斌如果站得起来就是个人，站不起就是个狗，不把你们那些下三烂的东西收拾了我周其斌就不是武举人。周其斌不为金钱所动，不受土匪威胁，毅然统领官军上山进剿，原来土匪也是一群乌合之众，再加上周其斌率领的官军军纪严明，配合鼓楼山上群众，把土匪打得丢盔卸甲，狼狈逃出了鼓楼山，周其斌率领的官军大获全胜，得到川黔两省都督上奏朝廷嘉奖，尧坝场周围的乡民安居乐业，经尧坝的川黔两省的盐茶古道，又而恢复了往日的繁华。盐茶古道上的客商又开始了他们的营生。

同治四年（1865年）冬，周其斌去世于南桥湾，后葬于南桥湾后山。其碑文为：壬子科举人榜名占鳌（"文化大革命"中被毁）。

周其斌去世后，逢清朝末期，鸦片战争失败，国家被列强瓜分，社会风气败坏，家训无人传承，到第八代时，周家后人已染上鸦片毒品，又嗜赌如命，大部田产，房产悉数归于它人名下……周家逐步衰败下来，紧日子又来到了周家，一个家族就这样衰败下来了，从此，周家又落入贫苦的境地。

周氏家训中，"出仕为宦，官清吏瘦；摄职从政，报国务民。"对后世子孙提出为官清廉、报国为民的要求。从周家兴衰史上也可以看出，为官就要有一身正气，不被不良社会风气沾染，心中装着百姓，这样，家才兴，国也才能兴。如果忘记家训古训，骄奢淫逸会使个人处于危险的境地以致祸及族人。

仙洞的传说

在尧坝场的南面，有两座山很有名，一座是鼓楼山，还有一座就是仙顶山。在仙顶山的北端，沿现形的公路上行一公里，便是远近闻名的仙洞。仙洞分上下洞，相距数米，上洞进深十余米，宽八米，在石壁上开凿而成，内厅中央有玉皇、刘珍人塑像，正面和左右三方皆是菩萨，共有三十尊，都是在石壁上开凿而成，雕刻精湛，工艺微妙。内左侧石上有王佩超于乾隆五十二年十月十八日题述喻明怀等为保家平安而修洞的经历。洞左侧有"狐峰界世莫惊春，好本来目是山霞""磴抵风情液出落，素为韩飞处洞天"等诗句。现香案齐全，香客众多，参观者往来不绝。下洞洞深九米，宽九米，乃仙家晚休之所，内有四室一厅，虽然隔墙已坏，但墙体部分犹存，仙灶、仙床、仙厕可见。

相传刘珍人在安乐山修行时，有空便云游天下。有一天，他沿赤水河漫游，突然间看见大楼山烟雾缭绕，浓雾中桃花飞舞，有空中楼阁出现，他便走进山中，欲观究竟。到望娘滩，看见仙顶山上仙气十足，鼓楼山、龙挂山二龙戏珠，他心中暗想，这山定是仙家修行之所，他便到仙顶山去漫游。在仙顶山上，原来有个很大的寺庙叫仙顶寺，在清朝时期香火十分旺盛，远近闻名，在当时的尧坝地区堪称家喻户晓，后因大火焚烧，现在只能看到遗址。传说刘珍人到得仙顶后，发现仙顶寺后面有两个洞，两洞上下相连，所有用品皆为天然整石雕成。内居一个老母，老母孤身一人，年近八十，刘珍人拜之，老母收为义子。刘珍人十分孝顺，对母服侍周全，早送水，晚洗脚，处处为母分忧；因家里贫穷，刘珍人帮人挑水打柴，换取食粮以济家贫。刘珍人的忠孝之心，仙顶人家喻户晓，人人都说刘珍人是个大孝子。

仙顶洞时常有香客来游玩，常在此品茶论佛者有三位老者，刘珍人与他们十分相好，三位老者给刘珍人指点迷津，讲述修行之道，为人之理，刘珍人深得其教。有一天，刘珍人与三老者相聚，夜静后三老者辞行而去，临别时老者说："心到则有求必应，心诚则人非凡人。"刘珍人明其理，第二天一早，刘珍人的老母寅时起来煮饭，刘珍人早起，见母亲正淘米下锅。母亲说："我已吃素百日，如有一点肉吃该有多好啊！"刘珍人听了，便说："既然老母想吃，孩儿为你割去。"说毕，刘珍人步起，不觉步履轻盈，一脚踩去，竟到尧坝场南侧城墙上石滩上，踩下一米多长，一尺多深的脚印，第二脚踩去，落到新店场东面的石竹坝石滩上，又得一个同样大的脚印。到了石竹坝，他见笔架山和丁山在相互争着长高，但见笔架山增高较快，而丁山仙气不足，他便捡了两块大石头，吹上两口气，放在丁山顶上，顿时丁山顶上仙气缭绕，山峰直如云霄。他第三脚踩到了笔架山，不小心将笔架山脊踩了一个缺口——那两个脚印至今还可见，传说自从刘珍人踩了笔架山后，笔架山就再也没有增高了。刘珍人到县城，割了肉后回到仙洞，母亲还没有开始蒸饭。刘珍人说："老母亲，肉已经割回来了"。老母亲见刘珍人真的割了肉回来，十分惊讶地说："你这么快就去把肉割回来了，莫非你是神仙呀"。刘珍人得此话，双膝下跪，深情地说："感谢母亲的封赐，儿去也！"向母亲行"三拜礼"后，离仙顶而去，回安乐山，时日飞仙成佛。现在，在陈墙上和石竹坝的石滩上，还真存在着两个脚印。至于笔架山的缺口，还真是像脚踩之处。刘珍人成仙后，仙洞的三位老者不见往来，后人相传，其三位老者乃通天教主，太上老君，元使天真。现洞内上方雕的石像便是三位神仙。

据传刘珍人拜之母乃仙家圣母。刘珍人升仙后不久，刘珍人老母也修成正果，成仙而去，她的真身葬于仙洞前方的凹形地。此地地势平坦开阔，林木丛生，两边山脊相掩，乃天生宝地。刘母升仙后，常和仙女们在这块宝地上谈天说地，沐浴春光，生人不得入内。后人为这个地方取了个名叫"仙女晒羞"之地。每当春暖花开之时，仙女们在桃花、李花掩映中裸身浴桃花露，以求女人芳香四溢，容颜美丽。待阳光出时，让其照身，以补阳气。故此地为神圣纯洁之地，不能建房、埋坟等事。曾有一方家人士不信此说，硬将祖坟葬于此地，不到三日，雷雨交加，寿木自然变成数块，盖土全被冲走，家族数人头昏倒地，后即将祖坟迁至西山，方才平安。

据当地的传说，如果你是一个信佛信善的人，只要一生没有做过亏心事，在春暖花开的时节，你走进仙洞，就会听到仙女们的说话声；如果你是忠孝之人，或许会碰上神仙现身，指点你的迷津，那个神仙就是刘珍人的母亲。

而今，神仙不在，仙洞尚存，那些古老的传说和神奇的故事却吸引着众多的游人。

鼓楼山剿匪

鼓楼山方圆百里左右，层峦叠嶂，要到达顶峰的大鼓楼山，只有经过三条陡峭崎岖的小道，再过五道坚固的山寨才能到达，是土匪坐山为王的理想之地。有民谣曰："鼓楼山，宽又宽，五道寨子三道关，一条大路中间走，铁匠打了万斤铁，石匠凿断几匹山，都为鼓楼长治与久安。"说起尧坝场的历史总也离不开土匪的话题，俗话说："穷山恶水出刁民"，这刁民通常指的就是土匪，当地称土匪为"棒客""老二""棒老二""刀客"等。

尧坝场四周都是深丘地形，向西1.5公里是鼓楼山，这里山高林密，沟谷纵横，岩洞繁多，历来是土匪啸聚的窝点。据说最迟在明洪武年间，鼓楼山上就已聚集过大量的土匪，他们对尧坝及附近地区长期滋扰。清嘉庆年（1808—1809年）间，尧坝的新科武举进士李跃龙奉命剿匪，屡立功绩，皇帝为嘉奖李跃龙剿匪的功绩，特恩准他在家乡建立进士牌坊，至今这座石牌坊还完好地矗立在尧坝场南端街口。

清咸丰年间（1851—1861年），为永久消除匪患，泸州许朝仪等人倡议在鼓楼山建堡砦，以便官方管理掌控，于是在鼓楼山狭窄的通道上修建了双锁关、天保关和大生关等三关。关隘用石砌，坚固非常，雄伟又壮观，具有一夫当关，万夫莫开的气势。同时又在老人们山上建起五寨，即长治寨、久安寨、永兴寨、圆古寨、天星寨，希求永保平安，诸山寨统称"昌平寨"。各寨门上还刻有对联，如久安寨的大联写道："久大与山齐，石笋根深长镇地；安全将武堰，鼓楼声静不闻刀。"横额"永安门"三个大字。清同治二年（1863年），太平天国石达开的部队入川，战火连连，烧杀抢掠，尧坝街上的百姓惶恐不安，纷纷上了鼓楼山，据说那时期，鼓楼山曾躲藏了数万百姓。

太平天国灭亡后，恶霸王石君占山为匪，骚扰地方，老百姓被迫下山，鼓楼山再次成了土匪窝。

辛亥革命以后，军阀各路兵马为争夺地盘混战一团，整个四川处于兵乱之中，被击溃了的军阀士兵，带着枪弹武器，与地痞和无业游民纠结在一起落草为寇，他们四处打家劫舍，杀人越货。一批土匪时而接受招安，编队成军，时而又复成土匪，以致四川通往各省的商路大都受到严重威胁。例如：四川土匪最猖獗时，西康省的省长刘文辉在康定主持禁烟，却利用手中有军队及权力执法犯法，做起了鸦片生意。去雅安贩运鸦片时专门派军队往来押送，但拦路抢劫的土匪很多，运输队经常遭遇抢劫。后来，禁烟局的局长竟然在路上被土匪绑了票，花了一大笔赎金才脱了身。万般无奈之下，刘文辉只好把这些土匪都招了安，全数编入了自己的军队，土匪头儿做了警卫团团长，来往的商队这才能顺利地到达雅安。刘文辉作为地方军阀、高级政府官员，手中又有军队，拿土匪没办法，使土匪有恃无恐，更加猖狂。

合江与贵州一带的边境山区，官匪勾结。据合江民国年《南四区团练忠烈碑记》（南四区即：甘雨、佛宝、元兴和永兴）记载："民国以来，吾蜀兵祸日烈，吏治隳坏，莠民相率为匪，而各军又借招抚张势力，朝据萑苻，暮拥旌节，比比皆是"。民国七年（1918 年），靖国军朱德旅长曾率部队打到鼓楼山，实行"歼首要，赦胁从，缴械投降者免死，仍给枪械"的政策。合江县的匪患始终得不到真正的扼制。元兴镇"居民约八十家，商业细微，民国十三年（1924 年）被匪焚去三分之一"。双河场"旧名磨刀子，仅一小店，民国十一年（1922 年）先滩、中江、关口各场均沦为匪区，人乃改场"。关口"清康熙中创建，民国十四年（1925 年）春被匪一炬，仅存古庙四座"。当时合江匪患最严重的是尧坝、福宝、先滩等地区，民间流传着："兵如梳，匪如篦，团阀犹如刀刀剃"的谣谚。

为防土匪及过往军队抢劫，清代中叶，尧坝场周、李两姓第一次修整街道时就修建了木栅门防御，乡政府成立了团防队，进行防守和巡场。鼓楼山相距尧坝场只几里路，尧坝场商业的繁荣和商铺中囤货之丰，让土匪垂涎欲滴。但当时场上人多，有团防队巡逻，很难下手，于是土匪零星下山，到散住场外的农户家捉猪牵牛，搜钱抢米。还常常一哨人夜间下山，将绅粮当作"肥猪儿"绑了去，直到拿了赎金，才会放人。如果赎金不足或拖延了时间，土匪就会撕票。19世纪20年代，为加强对尧坝场的防御，同时兼顾场坝周边农户的安全，在尧坝场东、西、北的三处制高点上建起三座碉楼。

王宪章本是尧坝场有名的绅粮，要钱有钱，要势有势，他对土匪也畏惧三分，怕被捉"肥猪儿"，平时行事小心谨慎，以免招惹到土匪。一次王宪章在街上茶馆里与李柱陶一起吃茶，惯匪老二周桂廷从街上过，向茶馆里瞟了几眼，正巧眼神对上了王宪章。王宪章心中紧张，第二天找到李柱陶，请他出面将一百石谷子送给了老二周桂廷。李柱陶当时心里纳闷，但贪图好处费，就将谷子送到了老二周桂廷家。这时周正躺在床上瞌睡，听说之后，也十分吃惊，翻身猛然坐起的一霎间，周桂廷又冷静下来，若无其事地将谷子收下了。后来街上的人开玩笑说："塞住了金屁眼，免得被人拉了'肥猪儿'。"后来王宪章看见尧坝场建起碉楼，也在自家住宅四周建起碉楼，筑起防御性的墙垛，组织起私家卫队"门户丁"，装备了枪支。一些商人、绅粮也纷纷效仿。鼓楼山上土匪人数多，日常开销与吃喝只靠零散打劫很难维持。尤其是解放初，鼓楼山上的土匪有几千人，要不断购买枪支、弹药，进行训练，开销很大。于是他们瞄准了尧坝、先市、利合等地物资丰富的场集，趁赶场时抢场。据尧坝的老人说，抢场之前，土匪们都有周密细致的计划和具体分工，有负责探风的，实地指挥的，趁乱行抢的，掩护后撤的。他们混在赶场的百姓中，拿着扁担，背着箩筐，一旦时机成熟，负责指挥的土匪就会故意扯着嗓子大喊："老二来了，老二来了。"街上顿时会一片骚乱，混在人群中的土匪听到，便趁乱抢劫摊位，凡一切生活所需和值钱的东西，能抢到的统统一抢为快，一担担地挑上鼓楼山。有时还借抢劫的机会抓几个壮丁替他们挑担。如果那个土匪没有完成预计该抢的东西，或失手出了问题，回到山上会受到严厉的体罚，所以一旦抢场，土匪们极其凶狠。1950年4月上旬，国民党72军最后的残余部队约千人，逃向鼓楼山与土匪会合。土匪人数增加，抢劫场镇的事件更加频繁。尧坝场及周边大小场镇的商家纷纷歇业打烊，一段时间内连集市贸易都停了。偶有街上的店铺卖些日用百货，也不敢在铺子内多放货物，只要够卖上半天、一天的就行了。大宗货物都囤在商人乡下的家里，家里有家丁护卫安全得多。

1949年11月至1950年上半年，刘伯承、邓小平率大军，一举解放了云、贵、川、康（除西藏外），国民党势力在总崩溃的形势下，部分残余便与土匪勾结在地势险要、易守难攻的鼓楼山。1950 年泸合大批土匪啸聚于此，暴乱反共，危害人民，成为解放初期新政权的一大危害。

1949 年，国民党西南长官公署的高级参谋罗国熙，出任第七行政区督察专员、保安司令兼军统泸县组组长。同年 7 月，罗国熙组织召开专署行政会议，令各县充实地方武力（土匪），"上山打游击"，并亲自选定泸州、合江交界的大理村、鼓楼山为根据地负隅顽抗。1950 年正月十七日，合江驻地的解放军刚到尧坝场，就遇到了大批土匪的攻击，解放军寡不敌众，只好分两路撤离。第二天，土匪又抢劫了尧坝乡公所，故意给解放军点颜色看看，气焰十分嚣张。时任尧坝乡的乡长任体先，早就与鼓楼山土匪有勾结，准备在尧坝场建起自己的武装，担任土匪副总队长，并组织人力将重要的物资向鼓楼山转移，在原五寨的基础上加强工事，修理寨墙，储备粮弹，在各重要关口设置火炮和防守，鼓楼山成了一座坚实的土匪堡垒。尧坝场正西 2 公里有大鼓楼山的第一处制高点，从这里俯瞰，尧坝场及上山的小路都十分清晰，土匪就将火炮架在这里，只要有人上来就可开抢或开炮攻击。其他的关口也同样设有炮台。第一道关口炮台往上，还有道道关卡直到寨门。鼓楼山东寨门每道都用一尺六寸厚，五尺长的石条垒砌而成，坚固无比。各寨墙筑有小碉堡，有枪眼和瞭望孔。土匪都按编制驻扎，分工明确。山上有专门的更道寨寨相通，将鼓楼山环绕一周，山上分班全天巡逻，有情况敲锣示警。

为确保国家征粮征税任务，扫清匪患，1950 年 5 月 19 日，解放军 144 团抵达大旺，142 团抵达尧坝，5 月 23 日对鼓楼山的进攻正式开始。解放军正规军 2000 多人，地方联防队 500 多人，兵分两路，一路军从尧坝场出发，进攻长治门，另一路军从利合场出发，进攻久安门。一部分佯攻小鼓楼山，同时负责切断大鼓楼山土匪后路。经过几天的连续战斗，解放军炸毁了长治门，直捣匪巢黄泥墧，攻破久安门及小白门，打到土匪指挥中心土皇城。大批叛匪头目缴械投降，欧阳麟、任体先等匪首被活捉，鼓楼山剿灭战役取得了全面胜利。鼓楼山几百年匪患的历史终于彻底剪除，鼓楼山得以长治久安。

石顶烽火

石顶山是一座红色的山，山峰入云端，山脊如大梁，崖壁如刀削，丹霞绿中藏。雁过其腰不上顶，登高远望看长江。山上小石顶大石奇观，就像"四渡赤水"与"石顶烽火"的组合，声名远扬。

"四渡赤水"战役打响，为牵制川黔军阀，一场红色的风暴开始在这片土地上酝酿。

配合红军北上，李亚群、杨其生、冯剑魂、王合挺等一群共产党人，将镰刀和锤子装点的旗帜插在了山上，多年沉积的信仰点亮了起义的灯塔，照亮了川南黔北的黑暗，树立的红色的丰碑，在长征史上谱写了光辉的篇章。

桂梨园高高升起的义旗，被红色的记忆垫高之后，整个石顶山都成了红色。

一群人将生死置之度外之后，留下了传奇的故事，就像滔滔的赤水河，让我的灵魂在里面洗了个澡，眼睛变得潮湿。

没有相约的牛王坳遭遇战，杨其生等一批男儿，将忠骨埋在青山之下，用鲜血写下了红色的史诗，用生命唱响了革命的赞歌，在川黔边区革命斗争史上写下光辉的一页，遗存下来的便是现代人的精神之魂，像一部爱国主义教材，让人百读不厌。

石顶烽火的故事已经久远，但那群人浴血奋战的事迹却未被历史尘封，一个个鲜活的故事充实了我失血的灵魂，让我的血液从眼角流出。

唐蒙走夜郎

谁说夜郎曾自大，一壶浊酒归华夏。夜郎国，起于战国，兴盛于秦汉，至西汉成帝年间神秘消失。夜郎自大的故事演绎出扑朔迷离的夜郎民族风情，留给人们太多的猜想。

古代西南夷地，人烟稀少，森林覆盖，交通不便，商旅不兴，往来阻隔，唯有合江符关，地处长江与赤水河交汇处，水运繁华，交通便捷，巴蜀与黔北商旅往来，在此贸易汇聚，诞生古县符节。符节古城犹如历史的航船，承载泸州两千多年的文明。

西汉年间，唐蒙上书武帝，说夜郎有精兵十多万，盛产枸酱酒，经济繁华，若能归属，国将兴旺，名将远扬。武帝命唐蒙率精兵和粮草辎重万人，从符关进入夜郎，见多同，给赏赐，施以武威恩德，设官吏，实现大汉一统，谱写了夜郎归汉的光辉篇章。

唐蒙与南越王席间的美酒之谈，却导致一个国家的灭亡，留给我们太多的思考。

站在符关，心情很沉重，历史演绎的传奇，留下了金戈铁马的遗痕。一个国家的成败兴衰，取决于治国安邦的理念，成与败就在一念之间。

夜郎国消失了，但历史的遗存总为今天的游客讲述着精彩的故事，在这些精彩的故事背后，孕育的是中华文明的基因。

养病是一种快乐

近来身体不好，到医院检查，医院便不让我走，说我上班太辛苦，需要在医院养养身子。就这样我便来到了医院，每天和病友们在一起吃住和聊天。

与同室的病友相比，我的病不算重，因为他们几乎都站不起来，我比他们幸运多了。我们同一个病室住着四人，加上护理的就十多人了，好在我只有自己一人，小小的病床足够自己坐了。

同室的人对我很好，每当我需要什么时，他们都会帮我的，特别是输完液时，他们会争着帮我叫护士，他们会把水果削了皮放在的纸杯上让我空了时吃。有时我去做理疗去了，医生来找我找不着，我回来后，他们第一时间会告诉我。在这里，我们都是朋友，这种友情没有一点虚伪，很自然、很真实。在工作和生活中，我们常常追求真实的生活而得到的却是虚伪的笑脸，而在这种陌生人的交往中的朴实、真诚的关爱显得难能可贵。

入院几天下来，没有工作的牵挂，没有开会的疲劳，身体的痛减轻了许多。然而，心里的痛还在继续，我不知道这种痛要何时才能医好？我在医病，其实也在疗伤，这种伤伤在心里，痛在血里，有时候医生也很难治愈。

说实话，近来很多朋友问我在做什么我都没有说住院了，因为我不想麻烦别人，朋友们各有各的事，我不希望他们为我而放弃别的东西。朋友在于心灵的交汇而不是天天在一起。与在单位上班相比，我真的感到轻松多了，没有那么多的烦恼，每一天有规律地做着理疗、吃药、输液的事，感觉很轻松。

工作累了，就想静静。人静下心来，才会认真思考许多问题。也许，这几天的心灵休养，会为我解开许多心中的疙瘩，会让我的心灵得到净化，会让我与同志间的感情得到升华，会让我忘记过去的痛苦与烦恼，会让我记起那么多的真诚的友人。

我真的感到我还是算幸福的人，至少我还勉强有钱医病。在医院里，有的病人因为没有钱只有放弃医治；有的悄悄地离开了这个世界。

"生活很复杂，幸福很简单"，这句话是我这次医病的一点收获吧。因为这句话，让我明白了，幸福是自己的，在物欲横流的今天，人们总喜欢羡慕别人的生活，如果这样，就会给自己造成混乱和迷茫，在别人眼里，即使你是幸福的，可你又怎能懂得？

医院趣事

住进医院休养，时间渐长，病已渐轻。每天除电疗、针灸、输液、吃药之外，便有几个小时的时间健身静养，尽管医生说我病情还是很严重，但我还有那么多朋友的情结还没有了，阎王暂时不要我，所以还是活得轻松些。

由于病室的病人都是女的，房间小，空气差，家人强行要我晚上住进宾馆，白天就在医院治疗。我也就听命了。但最近我身边发生的几件事很有意思。

前些天几位朋友来看我，带了些水果来，我做完电疗输完液，带着吃的药就到街上吃饭去了，走时告诉同室的病友家属，叫他们拿来吃。第二天早上我七点到病房，二十多斤水果全都"吃完了"。

周四下午，我拿着医生开的检查单子去医院大楼做"腹彩"。到了先得排队登记编号，然后按照编号由医生点名去做。我去时前面只有十个人，每个人正常办理手续时间就是几分钟。我在队列中站了一个多小时，前面却还有六个人，我觉得很纳闷，便认真观察登记室里是怎么回事。这才发现，有很多穿着专业制服的人，不断地涌向登记室，他们进去手里拿的就是几张登记表；而在队列里站着排轮子的尽是那些地地道道的老好人。我便问那里的医生："那些穿制服的是什么人？"医生告诉我："那些是医院劳务公司的，专门负责抬病人的。"我似乎明白了许多，但我又能说什么呢？在这个世界上，在公平的原则下有很多的不公平，在合理的原则下有很多的不合理，又有谁真正去改变了这种现实了呢？

前天上午有几个同学来陪我聊天，顺便给我买来三束鲜花。我便把它放在我们病室的小桌上，改善病室的环境，供同室的病友欣赏。有的朋友劝我拿到宾馆房间去，我想放在病室里大家都能享受到，拿到宾馆房间就我和我的家人才能享受到。于是我没有拿走，第二天早上去，鲜花全"飞了"。我觉得很好笑，因为之前我们病室就有过，我刚住院的第三天，有个朋友送一束花给我，待我中午吃饭回来，花就"飞了"。后来有人给我说，那束花是同病室一个护理人员拿出去卖给了花店，市场上一百多元的花，本人说只卖了五块大洋，真的很有趣。

昨天上午，我做完电疗正在输液，一个十一二岁的小女孩拿着一束花，提着几斤苹果走到病房前对我说："师公！爸爸叫我来看你。"说完话，把鲜花和水果一放，转身就走了。我根本就不认识这个小女孩，我当时正在想她是谁？还没有来得及问她叫什么名字，她便不见人影了。后来医院有个重病人家里很穷，护士站领导动员大家捐款，我叫我老婆去多捐点款，同时也把小孩送我的东西捐给了那个重病人。至今我还是不知道那个小孩是谁。这也许是我心里的一块病，我想是不是那小孩搞错了……时间上有许多误会，正因为有这些误会，这个社会才变得丰富多彩；正因为有许多误会，往往才让我们记起那么多本不能认识和记得的人。

昨天我开始做针灸，针灸和六合在同一个科室。我所在的针灸治疗室医生姓黄，是一个年轻漂亮的女孩，年龄二十五岁左右吧。她是个心态很好的医生，也是一个很勤奋的医生。她每天要处理五六十个病人，最多时一天要扎1500针，还有的重病人要到病室去做，但她对病人总是和蔼可亲，笑语相迎，我没有看到过她有怨言。这几天我见她都是边做事情边吃点东西，这就是她的早餐。有趣的是，她一顿就吃了半根油条，她用胶袋将油条放到嘴里，用嘴一边含着一边吃，因为双手都在为病人扎针。看到她这个动作，我心里很不是滋味，不知是同情，还是敬重？而在医院的另一角，我看到的却是医生跟病人犟嘴，医生吼病人的一幕幕情景。

其实，人生是一种态度，是健康生活还是痛苦生活都是由自己的态度来决定的。给别人快乐的人，其实自己得到的是快乐，给别人痛苦的人，自己得到的也是痛苦。但愿这个世界都多一些笑声，少一些埋怨；多一些理解，少一些指责；多一些关心和帮助，少一些争议和自私。

合江赋

　　古邑合江，源远流长。春秋战国，先人拓荒，西汉置县，举名合江。赤水沿岸，皆为其壤，东携巴渝，南越怀安，西揽弥陀，北临永川。东西四百里长廊，南北横跨赤水长江，方圆近千里环疆。

　　锦绣合江，画卷悠长。热土涵芳，蒸腾春华气象；山河竞秀，展现西南风光。沿江烟霭浩渺，携清风扬碧浪；福宝天坛岩峰跌宕，披翡翠吐朝阳。赤水潋滟，两岸秋炼，金鸡献瑞，文笔呈祥。龙溪遍布，拥碧池送清凉；江岸灯火，怀热忱耀华光。自怀风光锦绣，山水秀美催人遐想；山溪鸣唱，伴灵鸟以徜徉。千年森林，树种繁多铸奇观；琴蛙龙潭，别样明净展画廊。丁山、榕山、笔架山山高气爽；福宝、尧坝、法王寺古朴古香。竹海幽幽，林涛荡荡。荔枝遍野，柚子满山，青稞垂吊，水果飘香。秀木千姿千古秀，香花百态百花香。山环水复，瀑影岚光，丹鹤高飞，白鹭低翔。鸟语和山溪共鸣，琴声伴江涛回响。扁舟泛浪，千秋江河古韵长；小桥流水，万般乡情随波荡。

　　卓异合江，人文馨芳。村俗淳朴，崇德而高尚；民风高雅，好学而自强；地灵人杰，熠熠华章。忆合江历史，唐蒙出使夜郎，武功绝伦，收复河山，何惧硝烟沙场。神童先汪，三岁读四书五经，七岁进京，辅佐皇子十七载，廿一回乡做正堂。苏轼、黄庭坚踏华阳，书画山石谱华章。一代名将，朱德、刘伯承登笔架山，忧社稷兴亡，墨宝挥洒江南岸。文豪朝闻，勤奋永攀，美文名雕千秋赞；中华名导，云集合江，古镇影视万古扬。贫家之子李大章，跋涉华南，川政奇功威名扬。赫赫穆青，少年留法，革命先驱名垂江南。

　　美名合江，中华名扬。合江荔枝，历史悠长，唐朝飞马送长安，奥运金果世界传。合江酱油，百年名酿，远销异乡；三江果品茗香，福宝野菌蜂糖，天南地北颇有市场；合江山羊、鸡汤，驰名而叫响；协和豆花，美味而名扬；合江烤鱼品质上乘，五湖四海争相品尝。合中、马街，聚人心以拥希望；少岷、城关，传经纶以造栋梁。文化名邑，俊彦辈出傲华阳。历代先贤，多有雄才振朝纲。真龙支部，石顶烽火，英烈洒血染红壤。华阳后生，气宇轩昂，女子贤淑端庄，小子卓尔不凡。政治和谐，经济发展，政通人和，民生保障。道路通达，福满城乡，寸步芳草，满目琳琅。乡村画廊，人居华堂，村村文明，户户小康。富庶和谐欢声畅，歌舞升平乐无疆。嗟夫！道不完佳话美谈，赋不尽殊荣华章。尤喜今朝人奋勉，一代更比一代强。

和谐合江，基业日昌。趁中华复兴之机，扬帆远航；乘江南崛起之势，凌云翱翔。党心、民心、进取心，同心改革开放；活力、实力、竞争力，合力创业图强。工业、农业、第三产业科学发展；山区、坝区、边远地区蒸蒸日上。工业园区，厂房林立，产品优良；楼宇栉比，捷报频传，高歌猛进三江伟岸；中国荔城，鲜花族簇，滨江广场，艺人云集，古韵新风笙歌扬。两江新区，引城市东连西扩，高速纵横，大桥空跨，集群臣之智宏图大展；滨江大堤绵长，荔枝广场烂漫，彰显魅力非凡，声名显兮雅韵长。跨江展翼，宏图构想，工程未动，万众瞻仰。

噫嘻！合江永盛永安定，祥吉常在常吉祥。福录财神，各有所长，话语千言，落地方响。沙弥地里披星戴月，菩萨庙里高高在上。历来英雄继往开来同台发展，总有悲喜交集情绪激昂。路漫漫其修远兮，指点江山来日方长；业昭昭其耀华兮，再铸辉煌切莫空谈。面华夏远望，立大志于江南，让群星聚首，内强素质，外树形象；怀爱民之诚心，寻富民之良方，兴强县之大业，谱旷世之华章。未来合江，后人定当称赞。

小平功德赋

——纪念小平 100 周年诞辰

华夏大地，伟人辈出，当代英豪，汗牛斗屋。顶天立地，波澜壮阔，充满传奇人生，威望崇高，功德卓著之世纪伟人，非小平莫属。

天府沃土，广安锦绣，协兴牌坊，邓家老屋，青山绿水环抱，桌椅床凳古朴。秀竹相依，胸怀大志潜心苦读。先生赐名希贤，五岁翰林私塾，步数里，转县立，才智朝阳初露。五四运动，成渝学生联动，为声援北京，小平毅然投入。勤工俭学，元培、玉章在京起事，重庆办学，绍昌送子，川东青年直出夔门，十六辞亲，涉洋远行。

客居巴黎，勤奋好学，大钊引路，加入"少共"，刻版编辑《少年》《赤光》，才华横溢，老练成熟。廿岁入党，时任领袖，多方活动，努力进行共产主义传播。"少共"不幸，"法政"封喉，为避逮捕，周转莫斯科。强国鸿志，千斤沉重，六年飘摇，奉命回国，投身革命，忠贞报国。

中华疆土，四分五裂，中山举旗，浪潮迭起，国共合作，大展雄风。蒋氏叛变，国人悲伤。广州"清党"，小平怒喊，中共立志，再写篇章，受命于危难之时，化名邓斌，深入广州。百色、龙州，起义艰难，英明领导，果敢顽强，创建"红八"，右江人民放声歌唱。军阀割据，民族危难，受党派遣，治理瑞金，制乱平冤，政令通达，为保苏区，风霜雪夜铸朝阳。王明"左倾"，小平义愤填膺，横眉冷对，努力抗争，为民族之存亡，一片冰心。不测风云，冤屈濒临，下放农村，置于贫民。稼祥力荐，恩来器重，遂命主编《红星》，国耻恨，民族魂，唤醒多少中华英雄，将军五次大围剿，战略转移同流难，遵义会议，硝烟未散，马背撰稿撒江南，燎原之火，八方点燃，转战南北，威名远扬。

刘邓携手十五年，逐鹿中原，驰骋江汉。淮海大战，运筹帷幄，决策奇想，胡须未刮捷报传，两月灭敌八十万，典型战例，世界远扬。

解放大西南，百万雄师过长江。天府四川，乃敌心脏，刘邓二野，谋略江南，迂回贵州，阻蒋向南，瓮中捉鳖，打回故乡。蓦然回首，二十九年，昔日希贤，远涉重洋；今日故乡，千军万马，首席指挥官。

中国新建，百废待兴。为国家繁荣，修铁路，建工厂，一马当先；为民族兴旺，抓生产，重发展，呕心沥血。国务规划，出谋划策，修改党章，制定国策，出任总书记，忧民忧国。展国人志气，灭强国威风，舌战晓夫，世界称展。胆识过人，眼光长远，领袖风范，全球展现。十年浩劫，两次蒙冤，一代伟人，下放监禁令锉零件，赤日炎炎，数九寒天，将军楼里叹当前，英雄泪，纵洒山水间。伟人胸怀，能伸能屈，久经考验，赤胆忠心终不减。

三中全会，再踏征途，真理大讨论，国人振奋，解放思想，实事求是，敞开封闭的国门，联产承包，农民富足，改革开放，中西兼容，特区建设，经济拉动，重科学技术，走精兵强国之路。世纪伟人，精心设计华夏民族伟大前途，"一国两制"，科学构想，舌战首相，收回香港，南方谈话，宏图远略，国人振奋，世界瞩目。

中华兴盛，国富民强。回顾历史，百年沧桑，为中华解放，华夏儿女血洒疆场；为民族兴旺，一代伟人南征北征，赤胆忠心谱华章。少年立志，中年宏图展，艰苦朴素，呕心沥血，奉献朝阳、夕阳，鞠躬尽瘁，功德无量。

今逢百年，万民颂歌，执笔抒怀，感恩敬重。

第五篇章　人生杂谈

　　一朵花不可能永远盛开，一株草不可能永远翠绿，人的一生不可能永远一帆风顺。但要知道，花儿谢了花蕾还会开放；小草枯了春来还会发芽；人生的不顺毕竟是暂时的，不久的将来总会撑起继续前进的风帆。

　　我们不要让泪痕沾满面庞，不要让悲伤占据心房，不要让绝望阻挡我们前进的步伐。当我们痛苦时，不妨换个角度来看待世界，也许你会发现，这个世界原来竟如此绚丽多彩！

　　当走过一段人生路之后，我们才发现，朋友与生命同样珍贵，关爱别人与关心自己同是生命的重要组成。这个时代最需要的是支持与理解，是热情与真诚。我们都生活在这个社会，这个社会更需要我们去关注，为社会的和谐美丽而努力。

学会放弃，人生才会精彩

在经济快速发展的今天，花红酒绿的世界让人的心欲不断膨胀。钱欲、物欲困扰着年轻人的心境，让有的人失去心理平衡。有的人为钱财苦苦追求，甚至放弃亲情，放弃友情，放弃爱情。我们都知道，钱财对人来说很重要，但绝对不是人生的唯一。其实，物质贫乏不可怕，可怕的是心理贫困。心理贫困，富也会沦为贫穷，心理富足，穷也能转为富裕。

在生活中，我们为了生存总会遇到很多的无奈。很多事情，总是在经历过以后才会懂得，懂得珍惜，懂得放弃，懂得坚持，懂得宽容。

人生是一份没有答案的问卷，苦苦的追寻并不能让生活更加圆满。也许一点遗憾，一丝感伤，会让这份答卷更隽永，更漂亮。

人生的经历就如感情，痛过，才会懂得如何保护；傻过，才会懂得如何坚持，在得到与失去中，我们慢慢地认识自己。对物欲而言，人生不需要那样无谓的执着，有些欲望为什么就不能割舍呢？学会放弃，生活才更容易，道路才更宽广；学会放弃，在落泪以前转身离去，留下简单的背影，你会感到从未有过的轻松；学会放弃，将昨天埋在心底，留下美好的回忆；学会放弃，让自己能有个更轻松的开始，人就是在不断得到与失去的过程中前行，得到阳光，你会错过雨；得到成熟，又会失去年轻；得到名誉和掌声，也许会失去享受家庭的温馨和亲人的抚慰。人生旅途路漫漫，该放弃的就放弃，放弃私利，灵魂会变得更加纯净，情感会变得更加细腻，得到的是品质的提升，是社会公信力的树立，收获的是人生的美丽和掌声。

人的一生，得到和失去都是无法勉强的，得到时，坦然接受；失去时，即便是再难也得割舍，不要在无法挽回的现实里苦苦挣扎。人总要学会适可而止，该放手时就放手，这也未尝不是一件好事；因为放弃是一种宽容，放弃是一种美丽。

　　一朵花不可能永远盛开，一株草不可能永远翠绿，人的一生不可能永远一帆风顺。但要知道，花儿谢了花蕾还会开放；小草枯了春来还会发芽；人生的不顺毕竟是暂时的，不久的将来总会撑起继续前进的风帆。我们不要让泪痕沾满面庞，不要让悲伤占据心房，不要让绝望阻挡我们前进的步伐。当我们痛苦时，不妨换个角度来看待世界，也许你会发现，这个世界原来竟如此绚丽多彩！

幸福需要用心去感悟

　　什么是幸福，幸福是什么？可能每个人的答案都不一样，有人说有爱就有幸福，有人说有钱就有幸福，有人说有汽车、别墅才叫幸福，有人说拥有健康的身体就是幸福。

　　我认为幸福是一种体会，一种感觉，一种知足的心境。幸福在于拥有自己拥有的东西，而不是在于拥有别人拥有的东西，只有漠视他人所拥有的，才能按照自己的意愿，自由自在的生活。常言道：知足常乐！

　　如果你斜斜地躺在床上，手里捧着书——艺术的、文学的、专业的。泡上一壶好茶，看着腾腾的热气上飘，嘴里时不时地嗑着瓜子，偶尔抬头看一下电视，有时低头喝一口茶……或者是静静地坐在铺着地毯的地板上，喝着咖啡，耳边是自己喜欢的音乐，再或者干脆什么都可以想，什么也都可以不想，感觉自己像一个自由的人……这在别人看来无非是百般无聊的消遣时光的方式罢了，又怎能做幸福论？可我觉得这也是一种幸福！

　　人生是美好的，人生是快乐的，人生的最大乐趣，是享受人生的幸福。关于幸福，古往今来有着太多的诠释和描述，可我觉得，没有一种解释能够涵盖幸福的全部。在漫长的人生旅途中，有人为寻找幸福而跋涉，有人为创造幸福而拼搏。可是幸福究竟是什么？幸福在哪里？其实真正的幸福并非只是"躺在床上看电视"，这只是反映一种幸福的心境罢了！忙乱固然使人充实，恬静却也别有一番情趣。事实上，没有什么时候能比你此时此刻更幸福了，就看你能不能细心感悟。

　　幸福伴随着你生活的脚步，幸福伴你走过人生的旅途。幸福就是人生中一位匆匆的过客，是在平淡无奇的生活里一闪而过，快得使人来不及体会。

因此，幸福就在于把握现在，珍惜所有，要时时感悟幸福，及时抓住幸福，稍有不慎，它便与我们擦肩而过。那样，你只能在回忆中去品味了。

幸福是一种感觉而不是拥有，不要说谁比谁幸福，因为幸福是无法比较的。幸福与否，是每个人自身的感受，有人腰缠万贯却未必幸福，有人身无分文却心境舒畅。对物质财富的追求，仅仅是欲望的满足，而不是幸福的真谛，有时你得让自己游离于物质之外，因为，精神追求带给你的幸福感是同等物质条件所无法比拟的。你比别人拥有更多的财富，不说明你比别人拥有更多的幸福。

人生的幸福和烦恼是等量的，就看你如何感受。就像在沙漠里发现的半瓶水，如果你说："太好了，还有半瓶水。"你感受到的是幸福。如果你说："真糟糕，只剩下半瓶了"。你感受到的是烦恼。上帝给予每个人同样多的幸福，就看你能感受到多少。如果你悟性极好，那么你就会被幸福包围。

幸福是你生命的每一刻，是默默的问候，是静静的关怀。幸福是一对白发老人相互搀扶的双手，是我们童年沾满泥巴的笑脸。幸福是一个人、一杯茶、一本书的静谧，是携侣登高、听风沐雨的闲致。幸福是长辈的一声唠叨，是爱人的一个微笑。

有人把幸福比作上帝掷到人间的一块最费思量的诱饵，没有得到的时候，它让你魂牵梦萦，一旦得到，又让你感到味道索然。所以，幸福是一种感觉而不是拥有。如果你觉得别人比你更幸福，那一定是你把自己的幸福弄丢了，努力去寻找吧，幸福需要细心去感悟。

等待是一种别样的美丽

　　走过了萧瑟的秋，又到了一年的初冬。这段日子的天气，总是那么无常。时而晴天，时而细雨绵绵。而我，依然独行江边，不喜欢撑伞，走在细雨萧瑟的晨雾中。习惯了把自己搁浅在忧伤的角落，聆听一场雨的倾诉，风的呢喃……

　　忧伤，是我生命的主旋律，欲罢不能。在破碎的八月，我无法再找回遗落的故事；在繁华的九月，落叶飘零，隐隐透着耐人寻味的沧桑。想想，如果一辈子总是这样过，是不是对自己的人生太不负责？毕竟来一趟人间不容易！

　　选择孤单，选择寂寞，选择沉沦，选择等待。在一个人的世界里，把与爱无关的独角戏演得淋漓尽致。我知道自己是个喜欢安静又清淡的人，喜欢用沉默和淡然，把所有的不安与无措掩饰。所以很多时候，我都是一个人享受着黑夜、白昼，一个人欣赏繁华而凄凉的风景！总觉得天是蓝的，蓝得让人忧郁；夜是静的，静得让人流泪；生活是苍白的，苍白得让人感觉无力。

　　我有属于我自己的信仰，有信仰的人是幸福的。很多人不喜欢我这种享受清静、喜欢独处的个性，也有人在背后说我：自命清高、傲气。其实这些我都知道，但是我不愿意改变。我的清高，我的傲气，就是为了要远离这些无聊的人和事，远离那些卑劣的画面。有时想想真的好奇怪，我还没说他们呢，龌龊、有点贱、骨头有点轻。如果你是个有自知之明的人，那么就请你打住这种习惯。因为清高是我的事，也是你所学不来的宝贵财富。

　　有人说：人生的缘分，就像一场雷阵雨。雨过天晴，缘分也就烟消云散了！我不信，因为这种缘分太离谱，至少它不会发生在我的身上。世事本无常，就看我们自身怎么去处置。虚情假意的缘分，它不叫缘分，所以也不会有人去珍惜，不要也罢。

从书柜里重新翻出这本出自 20 世纪的《爱的呼唤》的书，用淡紫色的丝巾轻拍书面上那似有似无的灰尘。《爱的呼唤》写的并不是轰轰烈烈的爱情，而是红尘中每个人都有可能会遭遇的故事。曾经的爱，曾经的美好，一切终归于平淡，成为过往……

有的人说我像个不食人间烟火的文化人。站在镜子前，怎么看都找不到不食人间烟火的感觉。我只是一个平凡的人，一个爱生活、懂生活、珍惜生活的人，和别的人没有区别，也需要理解，需要爱。对我来说也许是于爱恨情愁中，要比别人看得透彻。

寂寞午夜，给自己泡上一杯清茶，伴着忧伤的音乐，还有淡淡的思念。这是刚开启的十月情怀之初，我想，我会在这样的一个季节，带着残存的寂寞，聆听某一种情愫的召唤，破浪起航。寂寞十月，我相信，属于我的温馨港湾就在身边，从未远离！是谁说的：为爱等待，是一种别样的美丽！

思念是一种痛

思念，是一种痛，一种无法言说的痛。

思念，是"倚楼无语欲销魂"的难解情思，是"为伊消得人憔悴"的刻骨折磨，是"愁肠已断无由醉，酒未到，先成泪"的痛彻心扉。

每一个白天，每一个夜晚，每一次风来，每一次风去，每一朵花开，每一朵花谢，每一声潮起，每一声潮落……思念都在，它都在深深地刺痛着我，让我每时每刻都不能回避。我想逃走吗？虽然我感到她是那样残忍地折磨着我，但我却无可奈何，我不知道怎样才能逃离它，我用尽办法也不能把它从心中赶走。其实我也从来就没真心想让它远离，或者说我更多的是心甘情愿被它折磨，怎么舍得让它离去呢？它的离去，虽然我的心很痛，但我却在痛苦中享受不一样的快乐。正是因为痛，我才体会到爱在自己心中生长着，思念是痛的，而爱是甜的。如果真的失去了这思念的痛，我可能会更加撕心裂肺，觉得一下子坠入黑暗中，生命似乎没有了希望。

都说当局者迷，旁观者清，但没有经受过痛苦的人怎么可能真正理解痛苦？没有陷在思念中的人怎么会理解思念有多深多痛？所谓的旁观者清只是因为身为局外人，不能体会那种痛苦，反而要责怪身在其中的人的痴迷。这正是"少年不识愁滋味，爱上层楼。爱上层楼，为赋新词强说愁。而今识尽愁滋味，欲说还休。"啊！思念因为无法言说，才让人更加痛苦，这痛苦只能自己默默承受，让自己的心时时忍受它的啃噬。这刻骨的疼痛虽然令人备受煎熬，但却会让人在痛中感受到一种真情，一种想来会让人落泪的真情，人也因为这真情的存在而变得崇高，于是所有的痛苦也就有了价值。

它自己去了远方，没有了心，欢笑怎么能打动我？我对周围的一切都已麻木，我只能感受到远方思念的人那深情的呼唤，而这呼唤更加深了我的孤独。心的孤独怎么会不让人痛苦？是"我住长江头，君住长江尾，日日思君不见君，共饮长江水"的无限惆怅，是"都来此事，眉间心上，无计相回避"的深深无奈。我与思念的人共享一方蓝天，共享一团丽日，共赏一轮明月，但我们就是不能牵手，就是不能相见，难道真的是只能痛苦地吟出"此水几时休，此恨何时已"？水永远不会枯竭，相思怎么可能停止？除非好梦成真，我们能够聚首，才不再会有那无法远离的孤独，孤独与思念也应该是连理枝吧。

思念只是一种痛，一种深深的痛，一种无法言说的痛，一种孤独的痛，这痛虽会消磨我的肉体，却会丰富我的精神。

在这痛中感受着爱的真挚，感受着情的纯洁。珍珠是美丽的，但孕育她们的过程却是异常的痛苦。我的思念就如一只蚌，虽然让我的心为痛的砂砾所伤，但时间久了，却会孕育出珠贝。感情如果没有经过痛的磨砺，怎么会闪耀出迷人的光彩？

思念是一种痛，一种深深的痛，一种无法言说的痛，一种孤独的痛。只是，因为思念，让人能够享受这痛，无论多深多久！

红颜浪漫终永恒

　　什么是情？何谓情人？有情有义的人？仁者见仁，智者见智，众说纷纭。"见山是山""见山不是山""见山又是山"。复杂与艰难的，有时候是心境、有时候是外表、有时候是省略号或等等。

　　人生中有"红颜"、有"知己"、有"情人"！有纯精神范畴的，也有不属于纯精神范畴的，关键在精神主宰的结合和身体主宰的结合。情人是水，时而激荡，时而舒缓，没有人知道它流向哪里，不知道它要在哪里停留。情人是花，娇艳美丽，含苞待放，勾人魂魄，也许是真情，也许是眷恋，也许是无言的思念。

　　有人说情是爱的灵魂，情是心中的向往，是感觉的共鸣，是灵感的碰撞，是电光的闪耀，是甜蜜的琼浆，是醉人的纯酒；情人是爱的化身，有情人会心心相印，惜情人自难舍难分！相守过风花雪月，相偎过浪漫长夜，相伴过花开花谢，相随到沧海桑田，相依相偎度流年，这是情！开解你、抚慰你。爱情短暂、友谊却永恒，它能够令你感受到比情欲之爱更深层次、更震撼人心的长久感动，这也是情！青春萌动的浮想联翩，年少情怀的涩涩的单相思，藏在心底的恬美影子，多少年痴情经过时间的洗礼和空间的重合，再次碰撞的火花，那也是情！在平淡的 365 天又 365 天中，默默守候着对方的幸福，能够在最后回首的时候，想到对方见证了自己成长的每一步而默默绽开微笑，这还是情！也许仅仅是一个不常谋面的朋友，或在旅途邂逅、在职场相逢、在网络相识，彼此没有戒备的心全然开放，在各个方面都能够理解彼此、给予彼此最大的支持，我觉得这也有情字。

　　"一片志诚心，万种风流相"，既怀一腔痴情，又解万种风情。都曾想自己的红颜知己是内在美和外在美有机融合的极品：以花为貌，以鸟为声，以月为神，以柳为态，以玉为骨，以冰雪为肌，以秋水为姿，以诗词为心；玲珑剔透有涵养，善解人意知书达理，心灵如清泉之娟秀，感情如藕丝之缠绵，品德如翰墨之清晰，处世如诗文之方正，时时以自己的聪明去匹配着对方的才智，既痴情又知趣，让双方的精神境界和思想境界共同超凡脱俗，成为提升自己的另一种美丽动力。

能做红颜知己的必是女人中的精品。能拥有红颜知己的必是男人中的智者。红颜知己可遇不可求。真诚之中相识相知，灵犀之间朝夕相伴。人的一生就像数轴，男人站在生活的十字路口，就像数学中的坐标，横轴上：妻子是原点，左边是父母，生命在递减，右边是子女，根脉在延续；纵轴上：原点向上的是红颜知己，她能引领心仪的男人不断向上，走向前方，向下的则是婚外情人，时刻有将男人瞬间拉向堕落深渊的危险，谁知弦外的知音是懂琴还是懂人呢？

从情窦初开到经历感情的跌宕起伏，是否依然坚信最初的执着是自己终生的爱恋？是否也会偶尔担心对方能否陪你慢慢变老？沧海桑田之后面对世事变迁，什么样的人才是最适合你的终极情人？凉风习习，往事又纷飞，本以为情感会灰飞烟灭，美丽只如落叶般飘零。但入夜，琴声瑟瑟，如水流的歌声唤起心悸的渴望，只有在尘封的记忆里晾晒往事，翻拣着曾经的美丽，往往会有口中无语而咽泪千行的悲伤。看星河隐现，山岳潜行，谁在耳边一声长叹、吐气如兰？织女牛郎早已成双成对，相依相偎！

烟花一夜，红烛半支。淡淡的一缕情丝悠悠地飘浮在朗朗的月空之中，静静的长廊环绕着一池清清的塘水，浓绿的叶子上的鲜花轻轻地随着暖暖的气流相互簇拥着，如华的月色，清凉的气息，恬静的烟雨，今夜真美！

千杯对萧醉，是谁弄乱了词，明月唱玉碎，是谁空对着杯。情归何处，问谁能知，不与谁说，又与谁说？得到了是真，还是心中拥有了是真？谁的情人是谁的葬花，谁的身边熟睡着谁的花，谁的花儿落满天涯？销魂欲消神，说不清，只缘已是花中人。情悠悠，爱悠悠，情浓意更浓！

生如夏花

　　夏季是万物繁盛的日子，也是百花盛开的时候。夏日的繁花与春季的花朵相比，虽然少却了几分清新的感觉，也许没有春日里桃花、杏花、牡丹花等集中开放时的壮美，可是花期更长、种类更多、分布更广。炎热的盛夏，院落内、公园里、田野间、道路旁，随处可见在青枝绿叶的衬托下，大大小小、形状各异、色彩不同的绚丽花朵。夏日的繁花伴随着太阳的热情一起开放，既令人赏心悦目，也给人以启迪。印度诗人泰戈尔的名句："生如夏花之绚烂，死如秋叶之静美"，或许更能说明夏花与人生之间的意义和关联。

　　是的，我赞同诗人的比喻，佩服诗人的见解。生命的意义当从夏花中得到启迪和借鉴。

　　生如夏花，就要像花儿一样，不失时机地现蕾怒放。不管是动物，还是植物，生命总是有一个过程。时分四季，从农事的角度讲，就是春种夏长秋收冬藏；人有幼长老壮，就自然生长的角度说，青壮年时期一如激情四射、如火如荼的夏季。作为植物，人工培养的也好，自然生长的也罢，即使是一株野草，它也会凭着自己的本能，在夏季里尽情地开放出花朵，忠实地履行自己的生命旅程，延续着春华秋实的轨迹。作为万物之灵的人类，没有理由不在生命最繁盛、精力最旺盛的时期，让自己的生命之花绽放得精彩美丽。否则，时过境迁，就只有等待着叶落归根了。自然界的花朵可以年复一年地开放，而人的生命却只有一次。只要力所能及，就要像夏花一样展现自己的能量与魅力，活出自己的色彩。

　　生如夏花，还要像花儿一样，把自己的美丽展现给人间。绿色是生命的色彩，也是自然的基调。那些花儿就像开放在绿叶丛中的精灵，在植物体中闪烁着耀眼光芒。生如夏花，也应当学习夏花的这一可贵之处，把每个人自身真善美的奉献给社会。俗话说得好，金无足赤，人无完人。每一个人都有自己的弱点和不足。克服自己的弱点，改正自己的不足，才能不断完善自己、提高自己。像毛主席教导的那样："做一个高尚的人，一个纯粹的人，一个有道德的人，一个脱离了低级趣味的人，一个有益于人民的人"。绝不能像一些腐败分子那样，台上一套、台下一套，人前一套、人后一套，大搞鬼魅伎俩，愚弄群众，欺骗世人。而是如同夏花一样，将淳朴真实的美，无私地奉献给社会、奉献给人类。

生如夏花，更要像花儿一样，经历风雨的磨炼。自然界中的夏日之花，没有什么高贵的花朵，风雨的吹打磨炼是它们必须随时面对的考验。风雨之后才能见彩虹，往往在风雨之后才能看到夏日花朵的清新颜容。一场风雨过后，无数的花儿落下了，可新的花蕾又不断地诞生。既然是属于花的季节，什么样的风雨也阻挡不了花开的脚步。人生就是需要夏花这种不屈不挠的顽强毅力。因为任何事情都不可能是一帆风顺的，困难与挫折总是在所难免。只有战胜困难，才能勇往直前；只有面对挫折才能勇敢地生活。在这方面，身残志坚的张海迪就是一个很好的范例。对选定的目标就要坚定不移，不畏艰难，不畏险阻，咬定青山不放松。用自己的辛勤劳动和汗水，浇灌出灿烂的幸福之花、生命之花。

至此，想起了宋代女词人李清照的一句诗词："生当作人杰，死亦为鬼雄。"这豪迈的语言与泰戈尔婉转的诗句，竟有着异曲同工之妙。人杰岂不是像自然界里的鲜花一样，备受瞩目吗？

生活的美在于感悟

在当今的社会，随着人们生活水平的提高，竞争日趋激烈，生活节奏越来越快，而由此带给人们的压力越来越大，令许多的人郁郁寡欢，甚至愁眉不展；令许多人心浮气躁，甚至无所适从；令许多人脸红心跳，甚至欲壑难填；令许多人寂寞难耐，甚至想入非非。其实，人生活在社会里，不管竞争多么残酷或名利多么诱惑，不管生活多么富有和多么贫穷，谁也无法回避，这就需要每个人去面对它、正视它、解决它。这取决于每个人以什么样的心态来面对现实，面对自己的人生，面对自己的生活。

人处在社会势利旋涡中，恰如身处荆棘丛中！心不动，人不妄动，不动则不伤；如心动，则人妄动，伤其身，痛其骨，于是体会到竞争的残酷无情和人生的诸般痛苦。人生在世间时时刻刻像处于荆棘丛林之中一样，处处暗藏危险或诱惑。只有不生邪心，不存妄想，心如止水，才能使自己的行动无偏颇，从而有效地规避风险，抵制诱惑。否则就会痛苦缠身，苦不堪言。

面对社会灯红酒绿、诱惑多多面前，身心纹丝不动者，是正君子；心动，身不动，是君子；身心都动，是伪君子。但是，人处在社会中，有时也会有怦然心动的感觉。但这种心动的感觉，不像交响乐那般激昂，不如竖笛声那般优美，也不似钢琴奏响那般明快，那般韵律。它就好像清风月夜的那轮弯月，有着疏疏朗朗的洒脱，它就好比小溪流水的那片泉声，有着叮叮咚咚的跃动，它就好比丛林深处的鸟叫，有着平平淡淡的节奏。每当我为人世间真善美的行动所感动、所领悟、所怦然心动时，那种感觉亦是如此。

生命有时是一种快乐的享受，当它充分发挥出光明、纯洁、高尚、真诚时；有时又是一种痛苦的煎熬，当它充分发挥出黑暗、龌龊、卑鄙、虚伪时。

生命似乎在这两种情况永远延伸着，每一刻都要我们审视自己，该如何去抉择。

在生命的过程中遇到不如意的事是很正常的。如工作、婚姻、生活，没有任何人会一生如意美满。为此，关键的是不要使那不如意成为自己生命中的主导，而应该让其成为生命中的动力，以坎坷来增长自己的智慧，修养自己的心志。人要宛如一泓清水，虽无碧波涟漪，却微澜万象，耐人寻味。这样，才能使自己获得生命中真正快乐的源泉了。

用心去生活，人生犹如广阔深沉的大海。人生之路，布满荆棘和坎坷，暗涌翻滚。有时呼啸奔腾、一泻千里之气概，有时风平浪静、纹丝不动之寂静。在这样的环境中去历练和磨砺，使之成熟。只要用心去生活，就会淡泊名利，物我两忘，敞开胸怀，广纳百川，更有"静观万物皆自得"的怡然和从容；用自己的勤奋铸造百舸争流的格局，努力驶向光明的彼岸，而留给自己的依然是蓝天白云。

用心去生活，婚姻爱情犹如温馨平静的港湾。柴米油盐酱醋组成一部美丽动听的交响乐，给家庭婚姻带来了天伦之乐。婚姻家庭的组成，就要承担着一份责任。只要用心去生活，夫妻将会共度人生征程中的艰辛，共排尘世间的污泥浊水，远离金钱名利的诱惑，共享人间爱情、亲情、友情的幸福欢乐。

用心去生活，生命犹如绚丽多姿的历史画卷。人的一生中，既有爱情婚姻的美好，也有烦恼痛苦；既有事业成功的喜悦，也有遭遇挫折的沮丧；既有一帆风顺、春风得意，也有迷惘徘徊、失魂落魄；既有激情澎湃、心绪飞扬，也有平凡平淡、寂寞清静。只要用心去生活，就会有所为有所不为，平平淡淡，无悔无怨，方有生命的永恒。

用心去生活，人生犹如一首"高山流水、珠落玉盘"的乐章。它那清澈的泛音，活泼的节奏，犹如"淙淙铮铮，幽间之寒流；清清冷冷，松根之细流"。息心静听，愉悦之情油然而生。人生只要用心去生活，就会在灯红酒绿中保留一份清醒；就会在喧嚣躁动中求取一份清静；就会在金钱名利面前存有一份淡泊；就会在色情面前坚守一份纯真。

人生苦短，人只是世界上的一粒尘土，熙熙攘攘，灯红酒绿，总会令我们忘记了用心去生活。人生中要看清爱的本质，只有那样，才能在爱中得到升华。但是，只要去倾听心灵的律动，去体会这人生美好的感觉，去体会一点一滴给我们带来的快乐。这样就不会抱怨生活对你不公平，因为生活是由你一手创造的，犹如一张白纸，点缀好坏都由你决定。只有这样，一切喧杂，一切城府，一切迷惘，才会随之远去，留下的就是心情愉悦，美丽的人生。

人的生命中，只要你敞开心扉，就会感受到人生的乐趣；倾听心灵，就会拥有别样的美丽。人生中有一种情感，只能用心去感受；有一种美，只能用心去享受；有一种情，只能用心去珍惜；有一种爱，只能用心去储藏。人只要用心，生活就能更美好、更幸福、更快乐、更灿烂……

人生总有许多意外

人生总有许多巧合，两条平行线也可能会有交会的一天，这样的确是美丽的，但变幻无常更为美丽。人生总有许多意外，握在手里面的风筝也会突然断了线。

我深信，是瞬间迸发的热情让彼此相遇。在这个熟悉又陌生的城市中，无助地寻找一个陌生又熟悉的身影。看见的，看不见的，风轻轻吹过，在瞬间消失无踪，记住的，以往的，只留下一地微微晃动的迷离树影……看不见的，是不是就等于不存在？也许只是被浓云遮住，也许刚巧风沙飞入眼帘，我看不见你，却依然感到温暖。记住的，是不是永远不会消失？我守护如泡沫般脆弱的梦境，快乐才刚开始，悲伤却早已潜伏而来，寒风轻轻吹过，细细的雨在天空中漫舞飞扬。

雨渐渐散去，如今我已不再置身事外，一切色彩皆已融入声音与气味中，且如曲调般绝美地鸣响。我何需书本呢？望着窗外黑色的夜，我知晓它们的话语，并将那眼睛如花般摘下，人不是鱼，怎会了解鱼的忧愁，鱼不是鸟，怎会了解鸟的快乐，鸟不是人，怎会了解人的荒唐，人不是鸟，怎会了解鸟的自由，鸟不是鱼，怎会了解鱼的深沉，鱼不是人，怎会了解人的幼稚。你不是我，怎会了解我。于是我总在快乐的时候，感到微微的惶恐，总在开怀大笑时，流下感动的泪水。我无法相信单纯的幸福，对人生的起伏悲喜，既坦然又不安。有人说，摘不到的星星，总是最闪亮的；溜掉的小鱼，总是最美丽的；错过的电影，总是最好看的；失去的友人，总是最懂你的。而我始终不明白，这究竟是什么道理。

我遇到许多的不平凡，但一直遇不到平凡的你。如果你给我的一切只能是一场梦，请你永远不要将我唤醒，让我在迷路的夜晚，丢掉回家的方向，丢掉那条熟悉的回家小路。但是，我并不感到慌张，就像那熟悉的朋友，常常突然消失，但终究会出现。原来以为有了翅膀，就会变成一只鸟；以为变成鸟之后，就可以拥有自由。如今，我有了期盼的翅膀，却只能在自己的空间里飞翔。原来，自己还是搞不懂，是想要翅膀来飞翔，还是只要一种追求飞翔的感觉。

　　谁会在黑暗的深夜，人潮散去的时候给我点温暖，这寂寞的空间仰望蓝天的感觉我已不复记忆，云彩的变幻依旧让人痴迷。昨日的悲伤我已遗忘，可以遗忘的都已经不再重要了。然而谁会在下一个出口等我？她会握住我的手，告诉我星星的方向，陪她走一段路。也许我们该坐下来，静静地喝杯茶，诉说未来的愿望。

常修平常心

　　最近在网上看到一句话，我深受启迪，便记录了下来，作为提醒自己的座右铭——"人生处处皆风景，羡慕他人不如做好自己"。

　　最近孩子经常跟我说，他的某某同学最近又买了豪车，某某同学买了别墅。我只是淡淡一笑说："你父亲是平民，有一碗饭吃已经知足了，那些东西与我们无关"。他只是笑着说："说说而已，没有别的意思，我知道你走到今天已经很不容易"。听到这话，心里似乎有些安慰，父子心有灵犀，何不是开心的事。在这个世界，人一生下来便不平等。有人天生好命，一出生便丰衣足食，轿车接送，从小听到的是恭维声音，生活上无忧无虑，不需奋斗，就可享受终生；有人天生不幸，出生后最美的食品是母亲的乳汁，没见过巧克力，没坐过小轿车，没进过幼儿园，吃不饱，穿不暖，童年忍饥挨饿，常年东奔西跑，老年病痛折磨，艰难困苦度生活。我们该怎么去看待，需要一种良好的心态。

　　有这么一则寓言：猪说假如让我再活一次，我要做一头牛，工作虽然累点，但名声好，让人爱怜；牛说假如让我再活一次，我要做一头猪，吃罢睡，睡罢吃，不出力，不流汗，活得赛神仙；鹰说假如让我再活一次，我要做一只鸡，渴有水，饿有米，住有房，还受人保护；鸡说假如让我再活一次，我要做一只鹰，可以翱翔天空，云游四海，任意捕兔杀鸡。

　　我们总是不由自主地会去羡慕别人所拥有的东西，羡慕别人的工作，羡慕朋友买的新房，羡慕别人的车子等，唯独忽视了一点，我们自己也是别人所羡慕的对象。

　　其实人总是在这样互相羡慕着中生存。有的人常常幻想有一天一觉醒来，自己就有了高官厚禄，或者成为亿万富翁。做人，去拿别人完美的人生来做比较，当作人生的目标，其实并没有什么不妥，关键是这个定位与现实有多远，能否实现，不切实际的东西最好不要去想，想多了总会生病。

其实这个世界上并不存在十全十美的人，那些我们所羡慕的人同时也在承受着他们的不如意。所谓家家有本难念的经，为人虚荣的本性常常使他们愿把自己风光的一面展示给人看，而又有谁能真正看到别人风光背后的苦痛和辛酸呢？很多时候，得到的就是所承担的，每件事情都像硬币一样有正面也有反面。当然，有的人的确值得我们羡慕，不完全是因为他们得到的多，而是因为他们曾经付出的多。

其实，人是不能盲目攀比的。俗话说，人比人气死人，货比货真难过。人与人相比，如果能比出志气，还能激发出斗志；如果比出来的是丧气，就会越比越窝囊，反而不如活得洒脱一些。因此知道比上不足，比下有余就够了，平平淡淡才是真。人要做到既不羡慕，也不嫉妒，走自己的路，踏踏实实生活，这本身就是一种高深的境界。

人如果把持不住自己，超出自己的能力范围苛求生活，到头来必然会受到生活的惩罚。比如有的人不知深浅，蹚进深水，快淹死了，才被人捞上来，捶胸顿足地做人工呼吸，从而得以活命；有的人打肿脸充胖子，兜里没有几个钱，硬到大酒店里转一转，而后眉飞色舞地宣传，"我去过，我见过，人家那个生活！"有的人天天吃不上肉，还要弄块肉皮，每当出门前，往嘴唇上抹一抹。

面对现实生活，没有人给你做人工呼吸，你就不要往深水里去；摔倒了，没有人扶你，你就看好脚下的路，小心翼翼地走，哪怕是走得慢一些，甚至多走了许多弯路，也不要紧，起码是一步一个脚印，走得稳稳当当。

跋涉于人生途中，多饮隐忍之水，不要埋怨，不要逃避，可以在暗夜里低吟几声，而后舔干喋血的创口，再跃马扬鞭，无须呐喊惊叫。人生之河流，走向都一样，但水岸不同，有的上下起伏，中间拐弯；有的左平右狭，前窄后宽；有的刚起步时跌宕，先急后缓；有的始终柔弱，缓步悠长；有的先清后浊，中途变身；有的风雨裂岸，遇障转向；有的水苦涩，有的水酸咸。没有从头到尾都平直，都通畅的。做人要做到一种境界，当人不仅仅是作为人的活体存在的时候，这就是完美的。

　　世界上没有任何欢乐不伴随忧虑，没有任何平和不蕴藏纠纷，没有任何爱情不埋下猜忌，没有任何光明不留下阴影，没有任何满足不带有缺陷。想活得随意些，就只能活得平凡些；想活得辉煌些，就只能活得痛苦些；想活得长久些，就只能活得简单些。没有上上活法，适合自己就是最好的。任何人都有三个自己：骨子里的，表现出来的，别人眼睛里的。第一个是最难的，第二个是最假的，第三个是最累的。

　　人的思想决定人的身体，人的内在决定人各有其味。生活里，有三个问题令人关注：一是吸引人吗？二是令人愉快吗？三是知道自己的所处地位吗？能经常想第一个问题的，是女人；能经常想第三个问题的，是男人；盲目徘徊在第二个问题里的，男女一样多。世上很多人都适用这句话：远看像什么似的，近看什么都不是。比海洋更大的是天空，比天空更大的是人心，人活着只有心灵的眼睛，才能看到肉体眼睛看不到的东西。

　　生存的本身，就和"强"字分不开，活着就意味着健在。所谓生命就是一种力量，它时刻都在努力征服周围的一切，包括自身的菌、病、欲。只往上看，发飘；只朝下瞅，腿沉；不往上看，不往下看，又找不准自己的位置。人生最不好把握的就是视力，向前看和向后看都很重要，只有向前看才能生活，只有向后看才懂生活，保持一种适宜状态是最好的选择。

　　人活得伟大的杰作就是自己能准确把握适合自己的度，知道如何恰如其分地生活。

值得珍藏的友人

什么是缘分呢？是前世的修行，是今生的等候？是美丽的邂逅，是天意的安排？是一见钟情，是日久生情？是平平淡淡，是相知相惜？……我想只有经历过的人才能深深体会这其中的深意吧。

从陌生到相识，再到相知，不但需要时间，还需要心的历程。从无意的点击到随意的问候，从偶尔的关心到时时的想起，就是在这些不经意间被感动了，扣动了心弦，拨动了心音。停止了时间，淡淡的素香沁人心田……

"盈盈一水间，脉脉不得语。"突然觉得好失落，为什么相处久了会有感情？为何会无缘无故地挂念？时时会想起？如果不联系了是不是就了结了呢？可是这样会不会加重彼此的思念？牵挂之泪一滴一滴地往下淌，残留了几缕清痕，落下了一地的寂寞……

可是我能做什么？只想将一生的话语放在手心，一生把你的名字珍藏在我心里，一生与你在不现实的空间里，共同分享着这世界上的开心与快乐，静静地无怨无悔地……

很想对你说三个感谢。第一个：谢谢你让我走入你的生命，作为朋友或许我不是你最精彩的，但是我会尽力做到最好。第二个：谢谢你愿意走进我的生命，扮演朋友的角色，或许你不是最好的，却是我生命中最精彩的。第三个：谢谢你这一路的陪伴，很多的包容、安慰、关心、鼓励、支持……在我开心的时刻，在我失落的雨季，在我彷徨之秋，在我迷茫之巅，所有的过去都在你给我的回忆里。有缘做到朋友是很难得的，更何况是知心的好友。

相识来自缘分，相知来自诚意，相惜来自彼此的心灵，做不了寸步不离的相依，做不了一生一世的永远，只留片片思忆飞扬，点点相思沉淀……

我会把你珍藏，我会把你思念，人尽黄昏时，无悔也无怨……

清泪横流回友人

　　望穿你眼中的流年，我相信你真的爱过我，就像我真的为了你，可生可死，可抛弃一切。已经一周过去了，我还在原地徘徊着。

　　我那么的爱你，虽然笨拙，但努力做了，我没有背叛你，尽管你说我怎么那样，但我问心无愧，因为我这颗心对你没有一点阴影。我相信爱情，我相信只要是真爱就能永远。

　　我天天在家一个人反思一个人哭，眼泪一次次崩溃了，你无能为力的这样走着，我还能够说些什么？我还能够做些什么？我好希望你会听见，因为爱你，我只能默默祝福你。

　　我希望我们能够彼此可替代，所以我才那样用力地爱，爱到心脏，爱到骨髓，直到现在。我一直固执地认为面对什么事情我都能够坦然的微笑，可是，终于在你转身决定离去的一刹那，我泪如泉涌，不可抑制。过往的幸福映衬着当下心灵的疼痛，原来，世界上最痛的痛是离别。

　　有一天当你想起我，面对爱情是否吝啬？还会不会怀念当初的炙热？也许我还期待，期待永远……我唯一没有做好的事，就是还没有和你在一起，但我努力做了，有些事需要一点时间，用这点时间是为了造就我们明天的幸福，你为什么不懂？

　　忘记你比忘记自己更难。我不是怕你忘记我，而是怕你有一天重新把我想起，而我已经不在人世，一切的后悔都来不及了。岁月带走的是记忆，但回忆会越来越清晰。真的有一天，你回过头来告诉我，一直在惦记我，但我仍然会相信，因为我会等，等到永远……尽管那时你已经不是原来的你，而我，仍然是过去的我。

在心灵深处散步

　　生活如山间的清泉，偶尔有人向其抛洒尘埃，从而变得污秽。人生本来是一场美好的梦，但偶尔在梦中也有惊吓的时候。追求是生命之于停息的动力，理想的实现，是人性的本能在灵魂的漫游中找到了归属。

　　在事业的追求中，并没有找到属于自己的空间，有格子里漫步却看到一条通向光明的路，心灵的窗口在扩张。在对窗口的遥望中，似乎发现一个女孩在路边草丛里默默流泪，泪水浸湿了她的面颊，我无法自禁，最终向她走去。

　　岁月在风起的时候发生位移。我不知道埋葬多年的苦痛是否如五月的石榴在冰箱里长时间冰冻？生长在果木枝头的情感，不知是否随着果子的成熟而变质？

　　等待总是伴随着希望而诞生，希望的破灭往往是等待的失败，在生命的延续中，谁也不愿因为等待而让美好的希望低头。在别人的等待中，也许你就是他的梦。倾诉是痛苦的最好解脱，大山是最可靠的朋友。有些话你觉得不便对外人说，那你就向大山倾诉吧！他会用心静听泉水的叮咚声，用心欣赏风雨雷电组成的旋律。

　　时间能让两棵树拥抱在一起，尽管小时候相距很远，因为树越来越大，枝越来越多，最终共同依存，抵抗风霜的侵蚀。

　　大山常常也多情，嫩嫩的绿芽总是从地平线上迸出，然后连绵不断……

夜幕下的心语

　　夜已经很深很深，所有的喧闹都已经酣睡。可我，却辗转反侧，难以入眠，因为，难忘你那一双忧郁的眼睛，更难忘你那句句满含忧伤的话语。

　　夜深人静，我细细咀嚼你的文字，感受着你的忧伤，好想化作一缕阳光，驱散你心中的阴霾，带给你欢乐的时光，可我又怕自己的揣测和洞悉会无意中伤了你，于是，除了无奈还是无奈。

　　生活本是一本念不完的经，一生中真的会有太多解不完的结，想不明白的事，但只要活着就得面对，什么样的境况都是自己走出来的，对也好，错也罢，走过了，留在身后的也只不过是一处已经观赏过了的风景，风景的美与不美都不重要了，重要的是你已经观赏过了，留下的记忆也只能是暂时在脑中盘旋些时日而已，久了自然会忘却，而前面，或许还有更美的风景在等待你去欣赏，所以，千万不要气馁！

　　朋友，我真的好希望你能开开心心！乐观，不是一句空话，生活里的沟沟坎坎，是需要我们勇敢前行的，更何况，那些所谓的沟沟坎坎，不过是雨后的水洼，看似深不可测，其实只不过是水洼而已，走过去，回头望，来路也会渐行渐远，只是因为我们赋予了它太多的悲情、太多的凄风苦雨，心路才会变得如此坎坷……朋友，我真的不希望，你囚自己于那方寸之地，落寞感伤，要知道，一切东西在躺倒之前，都是信心先躺倒的，输给谁，都不要先输给自己啊，永远不能逾越的只能是横亘在自我心理的鸿沟！不要总是让自己活在忧心忡忡的阴影下！好吗？因为我真的好希望你能开开心心！

　　一年中总要经历四季变化，生命历程也如此，总会走过春夏秋冬。我喜欢冬临的时刻，因为我知道，冬天来了，春天还会远吗？

朋友，一个人活的是心情，快乐的是心灵的天空！请你走出心灵的沼泽，去迎接美好的生命春天！好吗？

为你喝彩！为你加油！

女人与酒的传奇

　　翻开中国历史，女人与酒的故事太多，真的要说三天三夜也说不完。但作为酒的研究，女人与酒当然是少不了的话题。我在研究酒文化的过程中，曾看到网上有这样的提问：女人是酒的发明者吗？面对这样的问题，我的神经开始名动，我需要找到答案，于是我查找了大量的史料，将一些历史的记载转录于此，以供参考。

　　甘甜喷香的酒到底是谁发明的？在甲骨文和金文里已经有了"酒"字，不过"酒"字不从水，而是写成"酉"字。据考古学家考察，这就是最早的"酒"字了。酿酒的历史要追溯到文字产生之前的遥远年代。《战国策·魏二》记载："昔者，帝女令仪狄作酒而美，进之禹，禹饮而甘之，遂疏仪狄，绝旨酒，曰：'后世必有以酒亡其国者。'"酒是帝女令仪狄制作的。帝女也罢，仪狄也罢，都是女性。

　　帝女何许人也？一种说法是舜之女，另一种说法是天帝之女。两晋时期著名学者郭璞在《山海经图赞》里说，天帝之女的面相是"蓬发虎颜"，蓬发犹可，而虎颜是否带一点古老的图腾痕迹呢？这说明酿酒业在我国兴起较早。酒的发明者就是帝女。后来有杜康之说，晚矣。此为男权社会的修正罢了。

　　古希腊社会中的酒神家喻户晓。中国有酒神吗？《楚辞》中的《山鬼》是女性，也有人认为她是中国的酒神。

　　"被薜荔兮带女萝"，是说葡萄酒已经酿成，还需要用叶蔓做女神的冠带和衣服。也有人说山鬼明明是木石之中的鬼怪，怎么可能成为酒神？其实人类发明了酒是受到自然界果实成熟落地发酵的启迪。

　　熟透的果实产生酒味，那么称徘徊于山木林石中的山鬼为酒神就没有牵强附会之嫌了。更不用说，这位酒神兼美与爱于一身了。

　　在我国的历史上，汉代卓文君与司马相如的爱情故事被传为千古佳话。他们是如何相识的呢？原来，卓文君之父卓王孙因爱慕司马相如的名声而大摆酒筵。主雅客勤，个个微醉。司马相如应邀抚琴助兴。美丽多才的卓文君在屏风后倾听到司马相如的琴声。才子司马相如一曲《凤求凰》拨动了她不甘遵循封建礼仪而终生寡居的心扉。有酒才有诗，好诗借于酒兴。那么可不可以说这美满的琴瑟合音借助于酒为媒呢？大家闺秀卓文君深夜奔司马相如。

　　卓文君之父为西汉时期的首富，但是由于封建礼教的束缚，不给女儿半文财产。卓文君夫妻二人阮囊羞涩无法度日，只好开个酒舍。淡妆素雅的卓文君，亲自站在置放酒翁的土台上卖酒，不卑不亢，神态自如。为了爱情永驻，司马相如也不再抚琴。他与酒舍的伙计一样身着短脚裤，提壶洗碗干杂活，谈笑风生。

　　最后卓王孙只得妥协。在封建社会里，女人重情，男人薄情。为追求婚姻的自由，身为显贵的卓文君当垆卖酒，没想到司马相如后来要纳妾。卓文君把酒赋诗："……今日斗酒会，明旦沟水头，躞蹀御沟上，沟水东西流。"她义正词严地谴责了司马相如，在《白头吟》中表达了"愿得一心人，白首不相离"的美好愿望。女才子卓文君不仅仅开过酒舍，而且还会喝酒呢！

　　中国的仁人志士"立壮志以身许国，当其报国忧民"的政治理想被残酷的现实击碎之后，他们往往借酒消愁，表现出风流倜傥、狂放不羁的性格。殊不知，借酒消愁的不独乎男子，中国的知识妇女往往也借酒消愁。

　　西汉女文学家班婕妤多才多艺，曾被汉成帝宠幸，后皇帝移情他人，她自作赋曰："顾左右兮和颜，酌羽觞兮销忧。"她既为爱情的毁灭而忧愁，更有自尊自重、自我解脱的方法，借酒消愁还不足矣，而后她毅然离开了皇宫。

　　在下层社会的妇女中，借酒消愁的也不为少数。唐代的女道士兼女诗人鱼玄机往往借酒消愁。"旦夕醉吟身，相思又此春。雨中寄书使，窗下断肠人。山卷珠帘看，愁随芳草新。别来清宴上，几度落梁尘。"她愁思绵长，自称为断肠人。为了忘却这愁思而旦夕饮酒，以酒浇愁。但即使如此，又何能消愁？在《寄子安》里，她写道："醉别千卮不浣愁，离肠百结解无由。"这千回百转的感伤，可与李清照的"举杯消愁愁更愁"相媲美了。这美妙的诗情缘于酒，没有酒，何能有如此豪兴？

如果说前两位诗人抒发表达的是对那些朝秦暮楚的男性的谴责，她们借酒抒发胸中的快乐，局限于个人的情感，那么北朝北周赵王宇文昭的女儿千金公主远嫁到遥远的突厥，则更深刻地表现出妇女颠沛流离的命运了。"盛衰等朝露，世道若浮萍。荣华实难守，池台终自平。富贵今何在？空事写丹青。杯酒恒无乐，弦歌讵有声。"虽贵为公主，但毕竟是女人，始终逃脱不了被支配的命运。在异国他乡，婚姻的痛苦和思国思乡的痛苦互相叠合着，剪不断，理还乱，已经达到苦不堪言，举酒亦不能消愁的地步了。

在我国历史上，贵妃醉酒历来被公推为中国传统四大美人图之一。在此次酒局中，杨贵妃美中见醉，醉中见美，与太监宫女们演了一出好戏。这是十大酒局中唯一的美人酒局，而且是唯一以女子为主角的酒局，所以不可不选。却说这天傍晚，皇宫院内凉风习习，皓月当空。唐玄宗与杨贵妃本来相约在百花亭品酒赏花，届时玄宗却没有赴约，而是移驾到西宫与梅妃共度良宵。良辰美景奈何天，虽然景色撩人欲醉，杨贵妃也只好在花前月下闷闷独饮，喝了一会不觉沉醉，边饮边舞，嘴里念叨着"李二郎你枉为人君，说话不算数……"万般春情，此时竟难自排遣，加以酒入愁肠，立时便醉。一时春情萌动不能自持，竟至忘乎所以，面对高力士等一干太监宫女，杨贵妃频频做出种种求欢猥亵状，倦极才快快回宫。

我们大家通常所了解的贵妃醉酒，是通过著名的京戏《贵妃醉酒》而所知的，与历史的真实而有所差异。据说《贵妃醉酒》最早的版本是昆曲。原曲目中杨贵妃大醉后自赏怀春，轻解罗裳，春光乍泄。当然高力士们不解这种风情，倒也无伤大雅。后来梅兰芳同志亲自出手，以霹雳手段对这部作品做了"去污化处理"，所有少儿不宜内容已经不复存在，今天被搬上了电视荧屏。

我们大家都知道历史上最出名的酒仙、诗仙是唐代李白，但很少有人知道历史上还有一个比李白还能喝酒的女酒仙，而且是妓女，她的名字叫张怡云。

元代初年，灭宋后，原宋代的皇亲国戚全部都做了贱奴，男的都罚去劳役，女的全部发往教坊，作为乐妓。有一个宋室公主叫玉莲，嫁给一个张武官，官居驸马都尉，南宋临安沦陷，张武官自刎，玉莲携带幼女被发娼门。

玉莲精于音律，擅长歌舞，不久在妓院里红了起来，一顿饭三斤白酒不在话下。酒文化悠久，是交际的琼液，是友谊的桥梁，是遣兴的佳味。"三杯通大道""酒逢知己千杯少"。男人能饮，尤其李白被誉为诗仙、酒仙，女流能饮的就非常少了，尤其是也能称"仙"的，更是凤毛麟角。母亲玉莲能饮，女儿怡云十六岁，就超越了母亲，不仅音律精通，歌舞擅长，书画诗文都比母亲精通，不久就成为燕都名妓。当时的著名画家赵松雪、商正书、高房山为她作有一画"怡云图"，请张怡云自己写诗题于画上，张怡云作《石榴花》一首，道出张怡云的心思。张怡云一句"何日里开宴出红妆"让赵松雪拍手叫好，说她是寻觅知音，答应一定为她找一个知音，并且告诉她，该男子是豪饮之徒，如不嫌弃方可引荐。张怡云笑说自己也是豪饮女子，大家惊呆，小小年纪居然能豪饮，而且是初成的女孩，大家有些不信。商正书更是不信，摇头不止。张怡云笑着告诉他，只要哪个小子能饮超过她，就嫁给他。不过要求必须是元朝的巨贾，否则出不了三千赎金的。三千两赎金？够吓人的啊！赵雪松不含糊说，三千两就三千两，一言为定。怡云点头，表示赞同。赵雪松心里有底，他认识一个名叫恰木的蒙古族人，此人喜欢李白和杜甫的诗歌，请奏朝廷取名杜效陵。此人喜欢汉族文化，爱与文人往来，尤其是喜欢汉家美女，早想娶一个汉家女做妾。他早托付赵雪松为其寻找一知己，赵雪松见张怡云不仅能豪饮，人品才学超人，可谓真正人间知己。赵雪松一出门就碰见了杜效陵，惊呼有缘，拉着杜效陵就往张怡云住处走。杜效陵问去何处，有何事。赵雪松让他把跟随都打发了，拉着他就走。

张怡云母女见杜效陵虽然长得彪悍，但也是一表人才的美男，欢喜得不得了。赵雪松见张怡云不讨厌杜效陵，心里很是愉悦，张罗着他们二人比酒量。张怡云亲自下厨，做起酒菜，酒菜上来了。杜效陵情不自禁吟诗，张怡云立刻以诗文对答。她的诗文不俗，杜效陵一惊，不由得喜欢上她。

拼酒开始，杜效陵给张怡云倒上一杯酒，张怡云接过酒一饮而尽，杜效陵哈哈大笑，自己也一饮而尽。张怡云的母亲捧出一坛子白酒，杜效陵吟诵杜甫有关酒的诗歌，张怡云就吟李白的诗歌，两人边饮酒，边赋诗，不见醉意。赵雪松悄悄告诉张怡云的母亲吩咐家人去打酒，家人跑出去打了几次酒，都不能满足他们的酒兴。不知不觉，两人拼酒拼到了黄昏，杜效陵渐渐地有点不支了，张怡云却还是在豪饮，饮酒如水的好爽劲头，让杜效陵佩服不已，尤其是借着酒兴，她的诗文幽怨哀婉，触动了杜效陵的心，他许诺明日来，给张怡云赎身。

第二天，杜效陵带着家人和三千两银子，为张怡云赎身，并赏赐老鸨和主管，携带着张怡云母女回到府上。杜效陵的正室见他娶回一个汉家美女，很是生气，但也没有办法，只好认了。杜效陵与张怡云每日吟诗豪饮，她还能帮助杜效陵处理公务，正室慢慢地喜欢上了她，一家人和睦相处，与杜效陵白头偕老，度过一生。

在赤水河流域，谈到奢香夫人可说是人人皆知，她为人豪放英明，深受庶民爱戴，曾统领水西十余年。相传她饮酒豪爽，对属下亲和力较强。有一次平西战争中，她为鼓励将士英勇杀敌，她说："如果你们打了胜仗，我一定陪你们同乐。"没过多久的一次战斗中，将士们果获全胜，在与将领们的庆功宴上，她与将军豪饮三碗，直至大醉，让所有将士为之感动。所以在她执政期间，虽然是女性当家，但大家拥护有加，誓死跟随，以致造就了这位享誉川黔的女中豪侠。

在今天的赤水河流域，人人皆可饮好酒，但我们千万不要以为饮酒是男人的专利，实际上女中豪杰比比皆是，只是女人低调谦逊而已，真正饮起酒来，也许不少男人会成为手下败将。同时，我们也应该记得，中国最早的酒不是男人酿造出来的，而是出自美女之手。所以当你请客相聚喝酒时，记得带上女人，因为有她们的存在，男人酒喝才会安心。

请善待身边的女人，记得女人给我们的点点滴滴，我们的生活才会丰富多彩；善待女人，感谢女人为我们的默默奉献。

有知音才能让心灵不再孤独

人类是生命中最奇怪的生物，我这样说并不是贬低人类，而是说在生物界，人是最复杂、也是最不可思议的物种。

很多时候我们渴望得到的，恰恰是我们隐藏最深的。一方面我们渴望别人了解自己，渴望得遇知音，但另一方面我们又怕别人了解自己，因为我们深知人心叵测。在生活中一个过于坦诚的人往往可能被一些居心不良的人抓住把柄，成为人际关系的牺牲品。因为在你的坦诚中难免会暴露一些弱点，而这些弱点，一旦被人利用，便会给你的人生造成坎坷，甚至会影响你生活的轨迹。

于是，我们陷入一种悖论之中。越是交往密切的人，如父母、同学、同事、战友，越是难以成为知己，反而与自己生活毫无关联的陌生人却极易成为知音。一曲《高山流水》让晋国的大夫和一个樵夫成为知音的故事千古流传就是明证。

朋友易得，知己难求，人生得一知己足矣……这样的浩叹从古至今人们一直在重复着，其中包含了多少的寂寞、无奈和痛苦。

心与心可以亲密无间，也可以成为世界上最遥远甚至无法逾越的距离。陌生人与知音之间的距离，原本遥不可及，但人生是奇妙的，两个完全陌生的人往往会因某种机缘而邂逅成为心灵上的知音。当今，互联网让人足不出户就可以和世界上任何一个不相识的人互联互通。虽然这个虚拟世界是现实社会的投影，其中不乏尘世的丑恶，但是在交往中你总会遇到一个或两个至诚脱俗的人，让你有一种相见恨晚的感觉。

网络是虚拟的，但交往的人是真实的，这样的交往让人直接触及心灵，可以免除一切世俗的偏见，你不必计较对方的年龄、性别、身份、职业、贫穷和富有，每一个人的心灵里都是一个天使，天使与天使的交往应该是纯洁无瑕的。

我喜欢这样无尘的交往，因为彼此都有一颗高贵的灵魂，灵魂里有着圣洁的情怀、高雅的志趣，天使与天使的交往，没有世俗的图谋，彼此只希望给自己找一个心灵的伴侣，让自己在尘世受伤的心灵得到慰藉，让自己被世俗玷污的情感得到情感的共鸣。与天使的交谈如坐春风，言谈之间你会领略到满园春色姹紫嫣红，你的灵魂会浸透馥郁的花香，你的情感会化作青山绿水……

"千山鸟飞绝，万径人踪灭，孤舟蓑笠翁，独钓寒江雪。"柳宗元的《江雪》之所以成为千古绝唱，就是因为他用短短二十个字，营造了一个天地寂寥、凄清寒冷的独绝意境，塑造了一个孤高清傲的渔翁形象。这不仅是他政治上失意被贬永州时真实的精神世界的写照，同时也揭示了人孤独的本质。

人的孤独痛苦，来自人性弱点所造成的世俗的险恶。物欲横流，没有谁可以让所有的人变得纯洁高尚，即使是上帝也不能让滚滚红尘变成伊甸园。

高尚的人内心永远是孤独的，屈原的《问天》，便是他对污浊人世的愤懑和厌弃，屈原的投江，便是他对人生的绝望和反抗。

屈原是孤独的，孤独是可以绝望的，绝望就是毁灭。倘若屈原生活在可以通过网络互联互通的现代，我想他一定可以找到知音，而有了知音的屈原也一定不会投江的。

人是孤独的，这和有无亲人和朋友无关，因为这是灵魂的孤独，但我们可以拒绝孤独！那就是去寻找一个心灵的伴侣，让灵魂有一个依托，让情感不再漂泊。

渴望得到，就不要隐藏，更不要惧怕，敞开你的胸怀吧，在虚拟的空间一定会有一个灵魂在寻找你，他或她也许是你前世的知音。

男人，请珍爱你的女人

　　爱是人世间最真最挚的情感，也是人世间最迷人的渴望。男人倘若拥有一个女人的爱那是一种快乐，同时也是一种幸福。当一份爱伴随你身边左右时，作为一个男人没有理由也没有条件对这份爱视而不见，或者用一种漠然与敷衍的表情来淡化那份情感的存在。既然上帝给予你一个特殊的名字——男人，同时上帝赋予你一份沉沉的责任——珍惜与呵护。

　　女人的爱，总是细腻而脆弱，那份爱一旦得到回报时，就会变得坚强而执着，倘若那爱一旦受其伤害，却又变得如此的弱不禁风。

　　做男人，你就别让爱你的女人伤心哭泣！无论你身处何方，也无论何事远离自己的家，男人请别忘记抽点时间，给家里打个电话，给守在家里那个爱着自己的女人送上一句问候，或者报上一个平安。因为男人总在太多的时候，忘却归家的路，也忘却了守在家里那位爱着自己的女人等待自己时，那份牵挂与惦记是多么的孤独且担忧。

　　女人一旦付出那份真爱，她就把自己所有的一切上了锁，执着而无悔的坚守着自己真爱的男人。无论风雨与坎坷，只要自己爱着的男人依然还在自己的身边时，她都会默默承受。其实女人没有过多的奢望与期待，她需要的仅仅是自己爱着的那个男人，能于心底真切地感受到她的付出，一切为了心中那个真爱的他。

　　做男人，就别过多用欺骗与谎言，轻易地对待爱着你的女人。无论你的谎言有多美丽与完美，其实都逃不过女人那颗敏感而细腻的心。太多的时候，一切谎言都会呈现于你的眼睛里，让爱着你的那个女人对视而知。只是某些时候，女人不愿意揭穿那美丽谎言后的阴影，她害怕真实的看见那道阴影后，从此心灵深处留下一个很痛难愈的伤痕，因为那个女人，心里还残留着一份对你的在乎，依然从心底里还深深地爱着你。

爱一个女人很容易，而让一个女人心底里踏实而安稳，却于男人是如此的不容易。当一个男人拥有一位爱着自己的女人时，请别轻易地让自己的女人那颗心整天悬在半空而不曾落地般的踏实。女人其实很善良，也很温柔。当你不经意无心犯了错误，只要你能坦诚相待，女人总会用她那颗豁达的心，真实地原谅你包容你，她只希望你那颗游离的心，不再时时游荡不归！

醉过方知酒浓，爱过方知情重。一份爱的存在，不是凭空而起伸手可及。既然曾经真实地爱过，彼此牵手走过，为何却在牵手相伴的路途放手呢？为何总在不经意时让爱着自己的女人伤心哭泣呢？人生一世注定风雨坎坷，太多的烦恼琐碎之事，如彼此天空中的阴云飘过，可阴云不可能永远停留，总会有阳光出现的时候。

倘若你让爱着你的女人伤心哭泣，难道说当你面对女人眼角那滴酸涩的泪珠时，你的心底就不曾激起一缕涟漪吗？女人是水做的，但女人并不是轻易就流泪的，当女人有泪流而哭泣时，谁能读懂那滴泪蕴含了多少的伤心与痛苦。男人，请别让爱你的女人伤心哭泣！

当你走出家门时，是爱着你的那个女人为你送上衣；当你晚归时，是那个爱着你的女人为你递上热水；当你烦恼时，是那个爱着你的女人与你相伴；当你成功时，是那个爱着你的女人曾经在你背后默默地付出了一切。

有时，在男人的眼里，女人仿佛都很傻很傻，其实这是男人不了解女人。女人原本不傻，而是她们情感太善良与细腻。只要能拥有一个爱着自己的男人时，她就愿意无悔地奉献出自己一切，哪怕再苦再累也感觉心有所值。而这一切的奉献，只不过是想与爱着自己的男人一起，风雨同舟，携手漫步人生岁月。

活得简单，才能活得自由

在五光十色的现代世界中，让我们记住一个古老的真理：活得简单才能活得自由。

自古以来，一切贤哲都主张过一种简朴的生活，以便不为物役，保持精神的自由。

事实上，一个人为维持生存和健康所需要的物品并不多，超乎此的属于奢侈品。它们固然提供享受，但更强求服务，反而成了一种奴役。

现代人是活得越来越复杂了，结果得到许多享受，却并不幸福，拥有许多方便，却并不自由。

仔细想一想，我们便会发现，人的肉体需要是有为它的生理构造所决定的极限的，因而由这种需要的满足而获得的纯粹肉体性质的快感差不多是千古不变的，无非是食色温饱健康之类。殷纣王"以酒为池，悬肉为林"，但他自己只有一只普通的胃。秦始皇筑阿房宫，"东西五百步，南北五十丈"，但他自己只有五尺之躯。多么热烈的美食家，他的朵颐之快也必须有间歇，否则会消化不良。多么勤奋的登徒子，他的床第之乐也必须有节制，否则会肾虚。每一种生理欲望都是会餍足的，并且严格地遵循着过犹不及的法则。山珍海味，挥金如土，更多的是摆阔气。藏娇纳妾，美女如云，更多的是图虚荣。万贯家财带来的最大快乐并非直接的物质享受，而是守财奴清点财产时的那份欣喜，败家子挥霍财产时的那份痛快。凡此种种，都已经超出生理满足的范围了，但称它们为精神享受未免肉麻，它们至多只是一种心理满足罢了。

人的肉体需要是很有限的，无非是温饱，超于此的便是奢侈，而人要奢侈起来却是没有尽头的。温饱是自然的需要，奢侈的欲望则是不断膨胀的市场刺激起来的。富了总可以更富，事实上也必定有人比你富，于是你永远不会满足，不得不去挣越来越多的钱，赚钱便成了你的唯一目的。

奢华不但不能提高生活质量，往往还会降低生活质量，使人耽于物质享受，远离精神生活。只有在那些精神素质极好的人身上，才不会发生这种情况，而这又只因为他们其实并不在乎物质享受，始终把精神生活看得更珍贵。一个人在巨富之后仍乐于过简朴生活，正证明了灵魂的高贵，能够从精神生活中获得更大的快乐。

一个专注于精神生活的人，物质上的需求必定是十分简单的。因为他有重要得多的事情要做，没有工夫关心物质方面的区区小事；他沉醉于精神王国的伟大享受，物质享受不再成为诱惑。

在一个人的生活中，精神需求相对于物质需求所占比例越大，他就离神越近。

智者的共同特点是：一方面，因为看清了物质快乐的有限，最少的物质就能使他们满足；另一方面，因为渴望无限的精神快乐，再多的物质也不能使他们满足。

我一向认为，人最宝贵的东西，一是生命，二是心灵，而若能享受本真的生命，拥有丰富的心灵，便是幸福。这当然必须免去物质之忧，但并非物质越多越好，相反，毋宁说这二者的实现是以物质生活的简单为条件的。一个人把许多精力给了物质，就没有什么闲心来照看自己的生命和心灵了。诗意的生活一定是物质上简单的生活，这在古今中外所有伟大的诗人、哲人、圣人身上都可以得到印证。

人活世上，有时难免要有求于人和违心做事。但是，我相信，一个人只要肯约束自己的贪欲，满足于过比较简单的生活，就可以把这些减少到最低限度。远离这些麻烦的交际和成功，实在算不得什么损失，反而受益无穷。我们因此获得了好心情和好光阴，可以把它们奉献给自己真正喜欢的人和真正感兴趣的事，而首先是奉献给自己。对于一个满足于过简单生活的人，生命的疆域是更加宽阔的。

许多东西，我们之所以觉得必需，只是因为我们已经拥有它们。当我们清理自己的居室时，我们会觉得每一样东西都有用处，都舍不得扔掉。可是，倘若我们必须搬到一个小屋去住，只允许保留很少的东西，我们就会判断出什么东西是自己真正需要的了。那么，我们即使有一座大房子，又何妨用只有一间小屋的标准来限定必需的物品，从而为美化居室留出更多的自由空间？

许多事情，我们之所以认为必须做，只是因为我们已经把它们列入了日程。如果让我们凭空从其中删除某一些，我们会难做取舍。可是，倘若我们知道自己已经来日不多，只能做成一件事情，我们就会判断出什么事情是自己真正想做的了。那么，我们即使还能活很久，又何妨用来日不多的标准来限定必做的事情，从而为享受生活留出更多的自由时间？

话说秋天

　　我从古诗上看到，历代文人那么热情地讴歌秋天，赞美秋天。我想，是因为秋天的景色太美丽迷人了，使诗人们看了触景生情或感事抒怀。汉武帝刘彻的《秋风辞》写得好："秋风起兮白云飞，草木黄落兮雁南归。兰有秀兮菊有芳，怀佳人兮不能忘。"这是一幅多么美丽的秋景呀！刘禹锡的《秋词》写道："自古逢秋悲寂寥，我言秋日胜春朝。晴空一鹤排云上，便引诗情到碧霄。"作者一反文人悲秋的伤感情调，赞秋气、吟秋色，唤起人们冲破云霄凌空直上的勇气；更表现出诗人宽广的胸怀和积极向上的精神。伟人毛泽东赋予秋以新意，吟出了"战地黄花分外香""不似春光，胜似春光"的壮丽诗篇。

　　写到秋天的景色，我首先会想到香山的红叶。从香山红叶自然又想到杜牧的名篇《山行》："远上寒山石径斜，白云生处有人家。停车坐爱枫林晚，霜叶红于二月花。"这又是一幅色彩鲜明秀丽、爽朗明快、生机勃勃然的图画。秋令红叶，美如云霞，素与东篱黄菊、不老青松、傲雪红梅相媲美。据说常见的红叶树不下一千种，颜色有绯红、桃红、紫红、嫣红、朱红、猩红，五彩缤纷，各有千秋。

　　秋天的本色是金黄，金黄之美属于秋天。在北方我们常见的杨树叶、柳树叶、秋树叶、银杏叶、槐树叶，都是很美的金黄色。我还听人说，胡杨是秋天最美的树。这是生长在我国新疆、一亿三千万年前遗下的树种。在同一棵胡杨树上，却长着杨树、柳树、枫树三种不同形状的叶子。但经秋风一吹，初霜一打，就都变成了透亮、耀眼的金黄色，那一团团、一簇簇茂密的金黄色叶片，倚在蓝天与白沙之间，恰似一幅醉人心魄的油画。

　　春天百花齐放，姹紫嫣红；秋天有名花荟萃，争奇斗妍。"季秋之月，菊有黄花"。秋菊不仅千姿百态，清香四溢，而且傲霜挺立，凌寒盛开。在我国，重阳节赏菊古已成俗。入秋之后，桂花开放，红叶娇艳，十里飘香，浓郁远溢，沁人心脾，是人们十分热爱的一种花木。秋海棠，叶色多彩，光泽透亮，花色纯洁，小巧玲珑，惹人爱看。还有秋水仙、秋牡丹、秋紫薇、秋玫瑰等不计其数的名花竞相在秋天开放，把秋天涂染得比春天更富有灿烂绚丽的色彩。

　　秋天，燕子飞走了，春天还会飞回来；柳叶衰落了，春天还会吐出新芽。"离离原上草，一岁一枯荣。野火烧不尽，春风吹又生。"白居易并没有因荒草枯叶而悲愁，而是通过对荒草顽强生命力的赞颂，表示对未来充满着希望。"若是心头无闲事，四季都是好季节"。因此，"悲秋"一说并没有什么道理。

　　秋天还代表着成熟和富足。百里西风起，禾黍又飘香。秋收时，农民们起早贪黑地收割、打晒、入仓，是一年中最繁忙最劳累的时候，也是收获最丰厚的时候。他们收获的不仅有粮食瓜果和欢乐幸福，还有勤劳和智慧、朴实和善良、奉献和高尚、信心和力量。

　　秋天还意味着吉祥和喜庆。"最团圆夜是中秋"，在这秋高气爽、清辉流溢的中秋之夜，合家欢聚一堂，举杯畅饮，赏月拜月，谈古论今，早已成为我国民间最流行的风雅之事。

　　在我的人生历程中我已经走过了近五十个秋天，每一个秋天都有不同的感受。我已经是走进秋天的年龄，走过春天，秋天也是美好的，因为秋天不仅能引发人们对往事的美好回忆，更使人充满着期待，期待更美好的未来。

话说酒德

　　酒德是在饮酒中的品行修养的重要表现，也是中国酒文化的重要内容。说老实话，我对酒文化并没有深的研究，得来的大多是网上传说的东西，只是把这些史料和众多的见解收集整理出来吧了。当然我并非借用别人的东西来装脸面，而是做一个阶梯，将中国几千年的传统酒文化传承下去而已，或许这也算一种德行吧。

　　中国几千年的酒文化，已经赋予了酒德文化很深的内涵。在众多的酒德论理中，我认为应以儒家为正宗。

　　在中国的正史上，儒家的学说被奉为治国安邦的正统观点，酒的习俗同样也受儒家酒文化观点的影响。儒家讲究"酒德"两字。早在春秋战国时期有"饮惟祀""无彝酒""执群饮""禁沉湎"说法。所谓"饮惟祀"是说古代只有在祭祀时才能饮酒；"无彝酒"是说不要经常饮酒，平常少饮酒，以节约粮食，只有在有病时才宜饮酒；"执群饮"是指禁止民从聚众饮酒；"禁沉湎"是说禁止饮酒过度。

　　孔子也是主张饮酒的。《论语》中"酒"字一共出现过五次，其中四次出自孔子之口，可以证明他老先生平时是喜欢饮酒的。有一次他甚至说，酒席上，肉不能多吃（不要超过主食的量），但是，酒可以不限量，只要酒后不乱来就行（《论语·乡党》）。如果让孔子代言酒文化的话，我想对理学家、道学家、伪君子有都有一定的威慑作用。许多专家解释说孔子反对饮酒，我认为有失历史真实，从孔子的诗文中可以看出，儒家并不反对饮酒，用酒祭祀敬神，养老奉宾，在儒家学说中认为都是德行的修炼。

　　中国人的好客，在酒席上发挥得淋漓尽致。人与人的感情交流往往在敬酒时得到升华，劝酒是最有力见证。在我国，劝酒在酒席上都能见到，但东西南北各不相同，南方劝酒温和，东方劝酒低迷，北方劝酒刚烈，西部劝酒强硬。特别在川南，酒仙们如果没有把一桌人中三两人灌醉是很难收兵的。但不管如何说，劝酒本是一种好德好善的表现，是希望别人多喝酒，在古代酒还是属于上等的待客制品，劝人喝是善良的表现，是正能量的酒德。

在酒席中，敬酒和罚酒都是酒德的重要表现载体。敬酒有文敬和武敬之分。文敬是传统酒德的一种体现，即有礼有节地劝客人饮酒，没有主观意愿上的强加。现在我国大多数地区也都进入敬酒的文明时代，文敬成为德行修养的主方向。武敬在古代敬酒中是常有的事，多数不在主宾之间，而在客人与客人之间的"敬酒"，为了使对方多饮酒，敬酒者会找出种种必须喝酒的理由，若被敬酒者无法找出反驳的理由，就得喝酒，酒席上的弱者往往是强者的俘虏。当然在这种双方寻找论据的同时，人与人的感情交流得到升华。现代饮酒已经出现代饮的方式，这是文明饮酒的标志，显得人性化，既不失风度，又不使宾主扫兴的躲避敬酒。

罚酒也是酒德的表现，作为饮酒中约定俗成的规矩，谁破了就当就受惩罚，讲究信用，坚守品德，一语千金，这种传统美德正是社会主义核心价值观的来源。罚酒是中国人"敬酒"的一种独特方式，但在外国和对待外国人不能用，这是中国的传统文化。

"罚酒"的理由也是五花八门，最为常见的应该是对酒席迟到者的"罚酒三杯"。在酒城泸州一带，酒文化十分丰富，罚酒的种类很多，所谓"两脚一站，吃了不算""屁股一抬，吃了重来""滴酒三滴，罚酒一杯""酒杯离手，吃了还有""端酒不碰杯，喝了加一杯""碰杯不碰响，幺妹再加满""一口不喝完，加满重新干"，如此种种，花样较多，目的只有一个：体现酒席上的善良——劝人多喝酒，我却乐心头。真是个"劝人喝得人憔悴，笑语欢心无白头"。

古诗词中的酒文化

　　在我国的传统文化中，酒文化是重要的文化之一，而在酒文化中，诗与酒的不解之缘演绎了酒文化强劲的生命历史。中国文化传承较早的主要是诗词文化，而在古代文人的眼里，有酒必有诗，无诗酒不雅，无酒诗不神。酒能激发诗人的创作灵感，诗能增添饮酒的高雅情调，酒和诗就像是一对姐妹花，彼此依托，相互映衬。

　　中国是一个酿酒、饮酒的国度，也是一个赋诗、吟诗的国家，很久以前，诗与酒便结下了不解之缘。中国的酒起源于远古时期的农耕社会；中国最初的诗，大约也产生于这一时期。中国第一部诗歌总集《诗经》中，就有44首与酒有关，如"为此春酒，以介眉寿、以御宾客，且以酌醴、君子有酒，酌言献之、我有旨酒，以燕乐嘉宾之心"。可见，酒是社交宴会中的"天使"，觥筹交错之际，举觞称贺之时，美酒堪称传递心意的佳媒。

　　在东晋诗人陶渊明之前，酒中已经积淀了若干情感因子，只是作为创作素材被吟咏入诗。荆轲谋刺秦王，酒酣辞行而歌《易水》；刘邦欲定天下，饮酒非醉而唱《大风》；曹操鏖兵赤壁，把酒横槊而赋《歌行》，秦汉时期，酒只是激发情绪而已。直至魏晋时代阮籍、嵇康，"也还是酒是酒，诗自诗"，两者之间没有显示必然的内在联系。

　　陶渊明是第一个有意识地将诗与酒"攀亲结缘"的人，并在诗中赋予酒以独特的象征意义，"忘忧物"的指称，便是他的发明。陶渊明是位清高自洁的大诗人，流传下来的诗有174篇，在这些诗歌中，有56篇写到饮酒，"诗酒联袂，寄意遣怀"已经成为文学史上的千秋佳话。"故人赏我趣，挈壶相与至。班荆坐松下，数斟已复醉。父老杂乱言，觞酌失行次。不觉知有我，安知物为贵。悠悠迷所留，酒中有深味！"他的诗主要表现自己远离污浊官场，归隐田园的乐趣，称颂从酒中品到的"深味"。陶渊明的咏酒诗为后人树立了酒徒、隐士、诗人"三位一体"的风范，对后世文人的饮酒生活和饮酒赋诗产生了极为深远的影响。

隋唐时期，史称"盛世之治"，既是中国酒文化的全盛时期，也是中国诗文学的全盛时期。唐代诗人以其开阔的胸襟，宏伟的气魄，借鉴、扬弃了前人的诗酒流韵，转而讴歌"盛唐气象"。既有心神的澄静，又具人性的高扬，活泼欢畅，饱满健举，创造出一种唐人特有的诗酒浪漫情调，使古代诗酒文化发展到了巅峰，流溢出醉人的馨香。著名的饮酒诗人李白与杜甫，是中国诗坛盛极一时的"双子星"。据统计，李白现存诗文 1050 首，与酒有关的有 170 首，占总数的 16%左右；杜甫现存诗文 1400 多首，与酒有关的约 300 首，占总数的 21%；而在《唐诗三百首》选本中，明确提到酒的诗有 46 首，占总数的 15%。

李白是一位浪漫主义诗人，他一生曾多次隐居学道，野山深林之中，"倾壶事幽酌，顾影还独尽"，这时他往往乐于独斟自饮，飘然来去。如要寻酒友，凡夫俗子是不得入座的。他的《山中与幽人对酌》："两人对酌山花开，一杯一杯复一杯。我醉欲眠卿且去，明朝有意抱琴来。""幽人"，想必是一位与之气味相投，仙风道气的高士。这种独特的饮酒方式看，李白确实得到了陶渊明"任真"的嫡传。

杜甫是一位现实主义诗人，在"安史之乱"中颠沛流离，后寓居四川近十年，他的咏酒诗写得较实。他的《谢严中丞送青城山道士乳酒一瓶》："山瓶乳酒下青云，气味浓香幸见分。鸣鞭走送怜渔父，洗盏开尝对马军。"蜀中酿酒素有传统，青城山秘酿尤为著名，今日还留传其名酿"洞天乳酒"。杜甫受酒后，与邻翁、渔父等乡老朋友分享，一面下棋消遣，一面品尝美酒，其田园乐趣由此可见。

宋代的苏东坡的饮酒诗中，除"破愁解闷"之外，还增添了无限野趣与友情。他的《饮湖上初晴后雨》（之一）："朝曦迎客艳重冈，晚雨留人入醉乡。此意自佳君不会，一杯当属水仙王。"相传苏轼并不擅饮酒，但颇好置酒招客，本诗所描写的就是这种情景，他曾说："天下之不能饮，无在予下者；天下之好饮，亦无在予下者。"又为后世文人，开启了新一流酒风。苏东坡对酒很有研究，著有《东坡酒经》专书，以及咏"竹叶酒""洞庭春""真一酒""蜜酒""桂酒""松花酒"等诗作，都可以直视为酿酒史料，留给我们一份珍贵的酒文化遗产。

酒道的精神内核到底是什么？其实我也没有一个准确的答案，或许就是"既醉以酒，既饱以德"，这就是所谓的"醉翁之意不在酒"。欧阳修的《醉翁亭记》指明中国酒文化的魂灵"在乎山水之间也"，"山水之乐，得之心而寓之酒也"。在诗人的笔下，对酒多有赞誉：酒为古人情感的载体，在诗中得到淋漓尽致的表达。

当人生不得志的时候，愁肠满腹，忧心忡忡，名家诗里都有不同的表达"何以解忧，唯有杜康"；"座上客常满，杯中酒不空"（孔融）；"行觞奏悲歌，永夜系白日"（徐干）；"功名万里外，心事一杯中"（高适）；"但觉平生湖海，除了醉吟风月"的辛弃疾，过着"寄酒为迹"的生活，当报国无门的时候则感到人间路窄酒杯宽。无论"把酒话桑麻"的孟浩然，还是"把酒问青天"的苏轼，或是"煮酒论英雄"的曹孟德，寄托于酒中的情意总是难以言表。李白主张"人生得意须尽欢，莫使金樽空对月"，况且"长风万里送秋雁，对此可以酣高楼"，"将进酒，杯莫停，与君歌一曲，请君为我倾耳听"。

陶渊明的"酒中有深味"；元好问的"人若不解饮，俗病从何医"；李白"举杯邀明月"；苏轼"人生如梦，一樽还酹江月"，又体现了诗人内心深处的孤寂。友朋会聚时诗酒相迎，一人独饮时飞觞邀月，苏东坡"酒酣胸胆尚开张"，而怀素则"狂来轻世界，醉里得真如"。那一曲新词，酒一杯的感觉让诗人们抒发了"共将诗酒趁年华"的才情，杜甫诗云："宽心应是酒，遣兴莫过诗"，酒朋诗侣成为中国文人的精神寄托。酒助诗兴，酝酿了无数优秀诗人的诗篇，同时也丰富了中国的酒文化。

给家庭放一次假

　　长期的工作积压已经让心灵变得弯曲，上班、吃饭、上网、睡觉已经成了一种家庭生活的固定模式，有时候真让人窒息，如此的状态也许该是生命的归宿，但太多的人到死都无法摆脱出来！

　　生活中有太多的困惑，是需要释然的，可事实却是无法释怀后的纠结！特别是工薪基层，受着很多传统习俗的束缚，明知自己生活得很痛苦，很压抑，但又没有办法走出这种纠结。

　　最近老婆出去旅游了，孩子在因工作忙，基本上天天加班，家里就剩了自己！不得已过了十天的单身生活。一个人的好处在于可以随便的起居，可以想喝就喝，为自己开一罐啤酒、倒一杯小酒，糟糕的是什么都得自己亲自动手，更糟糕的是早上晨跑忘了带钥匙，自己将自己锁在了门外，除了穿一身"短打"，成了一无所有的人，好在朋友给予大力帮助，积极提供方便，才使自己免于尴尬。对于一个家，有时候你会感到可有可无，甚至想逃脱家的约束，但当真正没有的时候，你才真正感受到家的重要。

　　一个人在家，虽有些寂寞，但也有不少乐趣。恰逢周日，好友打电话给我，很高兴地告诉我钓到了一条"河鲢"，我当然知道他们想搞什么鬼，我说没时间，但他坚持的要为我留着，于是我同意了，便联系了几个哥们一起赶过去，晚上就在熟悉的餐厅加工。其实吃"鱼"不过是个由头，只是大家坐坐聊天吧了！

　　和这样的朋友在一起，与其说是为了吃饭，倒不如说为了喝酒。本来我身体欠佳，说不喝的，但几个人却一定坚持，开始是说找人帮我代，但面子又放不下，哥们一劝，啤酒一杯杯地倒进了肚子，"鱼"也进了肚子。

吃完了饭，朋友兴致依然很高，反正回到家也是一个人，所以索性让自己放纵一次，于是一行人又去了 KTV。很长时间不去卡拉 OK 了，我的记忆是今年的秋天，朋友聚会后，进了包房，直接的就是啤酒，绿色的瓶子是最熟悉不过的，一桶桶地提进来，然后就在彼此的碰杯声里进了肚子！

那天我是午夜之后回到一片狼藉的家，飘飘然的好像没有洗澡就睡了！

次日的清晨，依然有隐隐的头疼，前一天的啤酒喝太多了，因为是周末，不上班，心里很空虚，也很无聊，便漫无目的地在网上跟网友瞎聊。老婆在家，是反对与异性网友聊天的，今天好了，男的女的一起了，虽然都是陌生人，也没有什么特别的话，但总觉得自己是一种心灵积压情绪的释放，很开心，很快乐。

很多年前我就这样想过，因为社会整体的焦虑、浮躁，一个人想保持心理的健康，已经变得异乎寻常的艰难。人在很多时候，其实是很需要给心灵放假的，很需要对积压情绪的释放。

当今时代的工作压力经常让我们心情压抑，偶尔的家庭放假是每一个健康人的心里欲望，只是有的人敢于说出来，有的人不敢说而已。特别是有一定地位的人，其实他的内心非常空虚，很多事想做而不便做，想说而不敢说，与之相比，我要比他们幸运得多。当然，人是需要有修养的，更需要一点文化的底蕴，不然他的思考和智慧就会走向一个深渊，走向文明的另一面！

在经历了很多事之后，其实认真地想一下，所有经历的不过是人生的一个部分、一个片段，经历了就是该经历的！每一个生命都有他自己运行的轨迹，不是别的人可以改变的！于是让我们尊重每个独立人生各自的生活和规律，不要轻易说不"可以、不可以"，以淡定的心态看待身边发生的一切！

一个家庭也要经常放放假，让每一个成员适时放松一下积压的心情。人可以卑微地活着，但不要忘了享受生活、享受生命！毕竟我们都是要死的，只要我们在法律和道德的框架下生活，还有什么可以让我们觉得担心、可怕的呢？

感悟生活

常常在最闲静的时候，才会感悟到，一个人的生活是可以分为十分的：三分随烟火，三分入浮云，三分求名利，一分游梦乡。

只是，难得一静，在尘世的喧嚣中奔跑，往往不经意间将那些宁静的心境摒弃了。生活，不只是简单的为生而活着，也许有着更为广阔的内容，只是为了眼下的名来利往，会变得狭隘而短见。

人间的烟火，无人能避，也无须避，那是最真实无华的生活背景。红尘中，最难割舍的点点滴滴，不是那些辉煌绚烂，也不是那些刻骨铭心，而是那些日子琐碎中的点点滴滴。

毕竟，生活是忙碌，或是烦琐，总是要给自己一些宁静的时刻，就好像两首美妙的乐曲之间的短暂的停一下，这时停顿，是一片空白，那样的瞬间，宠辱可忘，灵魂可以自由憩息或驰骋，而心随浮云，情伴花开，这才是最美的生活。

本人认为，生活本身就是一个不停向上的过程，只有努力过，即使不辉煌，也算达到人生的一定高度，也无怨无悔。生活不仅仅是需要向上，同时也需要淡泊，向上是一种行为，淡泊是一种心境，两者的结合才是生活的本质和意义所在。

只是太多的人在人生的奋斗过程中，太过投入，错失了身边许多的美好，去求太多表面浮华的东西，占据了生命中太大的空间，使得生活变得简单而拥挤。于是，忙和累成了好多人对生活的感悟和感叹！的确，人们有时似乎连做梦的时间也没有，即使有梦，也只是噩梦。羡慕那些能在艰难的生活中，梦见蓝天和白云的人。虽然，境遇暗淡，却没有被染黑，而有色彩的梦。梦不是全部，却如盐，虽少，但不可少。

　　生活和世界其实更如诗人席慕蓉诗中说的那样"在温柔地等待着我成熟的果园"。我们只是一棵果树，长于红尘，仰望青天，我们也曾努力生长，也曾花团锦簇，也曾经历风雨，也曾有梦，也曾果香四溢。这样才是最真，最美，最无悔的生活！

感受幸福

幸福！是一个美好的字眼！在每个人的心里或许有不同的感受，有不同的领悟，有不同的理解！

我年轻的时候，在一本高中课本中读过一篇课文，名字叫《幸福的花为勇士开放》。大概是老作家魏巍的大作吧，有些记不太清楚了！不过其中的一些内容我还是记忆犹新。那里有老一代文人对幸福的理解和诠释。在当时读来真的让人感觉豪情满怀，激情无限！

对于幸福的理解，随着历史的发展和时代的进步，或许有了多种版本，有了多种诠释。

人，是有需求的。简单的有生存需求、有生理需求、有初级的物质需求。高级的有丰富的物质需求、精神需求等。

在我认为，人的自我价值的实现，才是人生的最大的需求！需求是人们为自己定下的一个目标，一个幸福与否的参照！

对于乞丐来说，温饱就是幸福！对于身陷囹圄的人来说，自由就是幸福！对于孤独的人来说，朋友就是幸福！对于单身的人来说，享受家庭的温暖就是幸福！可是，对于那些富豪来说，我体会不到什么是他们幸福的感受？或许是成功？或许是地位？或许是财富。

幸福，就是要一步一步地向前看。就是要脚踏实地地，切合实际地为自己定下下一步的目标。这目标不能太高，不能太不着边际，更不能没有基础地胡思乱想！

需求这东西，挺让人贪婪的！可是越贪婪，离幸福越远！因为你够不到。

人们的幸福感受，或许随着物质精神需求的不断满足而逐渐枯萎！试想，若是酷车、豪宅、靓妹全有了，你还会追求什么呢？你还会有幸福的感觉吗？

　　所以，贪婪这东西得遏制！路得一步一步地走，需求得一点点地实现，时常定些小目标，时常得到满足，时常地感受一些幸福。岂不惬意？

对酒当歌酒意浓

酒是一种可以燃烧的液体，但在人性的事务中，它不只是燃烧的物质，而是精神的象征。在泸州，酒文化是主要的文化定位。本来我不喜欢酒，但走在官道上，离开酒又不行，便引发了我关于酒的话题。

酒，从混沌的农耕文明之伊始就从容而热烈地走上了精神的祭坛，把率性、诚挚和张扬的品性凸显得淋漓尽致。于是，它的因子固执地沉积在文化人的骨腔里，从《诗经》的骨密质里，从《离骚》的骨殖里，从汉赋、唐诗、宋词的韵味里，溅射出生命的张力；将文化的属性展示得分外多姿多彩；使历史充满人性的魅力，使纯正醇香的文化浓郁的内涵悄然绽放出生命别样的釉彩，弥散出幽香的韵味。

源远流长的历史文化呈现出的璀璨光芒，没有了酒的呵护，没有了酒在有机体内的发酵和热烈而激昂地燃烧是多么的淡然无味啊！

走上祭坛的酒，清冽而清醇，把人对天地的敬畏，把人对先哲的缅怀，把人对自我的悉数剖析，尽情地斟酌；走下祭坛的酒，流进我们的清肠浊肚，带来又带走我们莫名的惆怅和欢欣。酒，是既能登得上大雅之堂，又能以天庭信步的逍遥步入寻常百姓人家。酒，就这样燃烧着人生的脊梁，就这样湮没人与天地、人与人间的距离。

酒，是社会的元素。屈原因酒之烈焰燃起忧国忧民的思虑，使人与文字的境界超越痛楚与苦难；李白的斗酒能使之诗三百流芳人间；杜牧的酒、姜白石的酒使百里秦淮河淹没在脂粉的馥郁气息里而不失真品格；岳飞的酒让人怒发冲冠，豪气顿生，瞬间捣得黄龙府邸，还我河山原貌；晋之陶氏、谢灵运的酒充满田野的泥土气息、花朵的芬芳，在黑暗里燃亮我们的眼睛，寄情于山水，遁世避俗地踏步漫歌；在浔阳江边，司马公泪水浸湿的青衫里，我们分明地觉得酒的矫情和润湿……

酒具有超然的真性情。我们置身于物质的形态里，不由得觉得酒之清醇和醇厚；酒是脱俗的性灵，存活在性情的托盘上，以虚步凌云的快意占据历史的项背。当麦芒的针锋刺伤天空蔚蓝色的眼睛时，酒的味觉已延伸至生命的唇齿边，酒的余韵便在皓齿粉舌的纠缠和嗔怪里漫过季节深处的等待。酒以一种豁然开朗的姿态占领我们内心的脆弱与坚强。于是，酒便赋予更多的内涵和外延。

酒从源远流长的人类史河里流淌出来，从耕耘的麦垄间铸就一副"站着生，立着死"的身板。酒从古到今，被文人骚客冠以诸多光怪陆离的名称，但无一例外地没有忘却酒之真品格。

对酒的品茗，在人们的故事里长成纷繁的枝叶，在庸常的生活里积淀厚重的矫情。酒，在豪气迸溅的光芒里，推杯交盏，激情四溢；在被酒俘获的懊恼、沮丧里欲说还休，且永远无法割舍对它的依恋。酒的音符弹奏着人们内心的真伪，依旧是人们津津乐道的、亘古地被称为"天籁"的东西。清风、朗月、流水潺潺；弈棋、投射、枚猜，载歌载舞，以一副醉酒的空旷和逍遥步入类如《红楼梦》中结诗社的场景里；以一副醉酒的曼妙织入《贵妃醉酒》的飞舞袖间，体悟跟跄而真挚的腰肢芬芳的肢体语言的丰富韵味。

自古以来酒就是中国文化中的一大特色，酒历来备受人国人的喜爱，忧也要饮酒，喜更要饮酒；朋友相聚要饮酒，喜出望外，"呼儿将出换美酒，与尔同销万古愁。"那种飘逸和浪漫情调，会感染读到这首诗的每一个人；分别要饮酒，故此就有了"今宵酒醒何处？杨柳岸、晓风残月。"的喟叹；得意时要饮酒，不得意是也要饮酒，借酒抒胸怀展壮志。

酒实在是妙品，几杯饮后就会觉得飘飘然、醺醺然。平素道貌岸然的人，也会绽出笑脸；一向沉默寡言的人，也会谈笑风生。三四好友相聚，清酒七八分，聊天尽兴，大笑大哭由性而生，没有半点做作之感，顿感生活之美好，为难得之享受。饮酒一般在环境幽雅酒吧，两三人就足矣，一边品酒一边听酒吧播放的轻歌妙曲，任思绪翩跹，昏黄的灯光下静享片刻心灵的对话。

现在很多人也钟情酒了，或许酒有其独有的魅力。对酒的感觉随着年龄的老去，有更深的体会了。喝酒给我们的不是纯粹意义上的喝酒了，是对生活更深层次的体会与享受。陶渊明饮酒诗中有"悠悠迷所留，酒中有深味。"说的就是如此境界吧。

有人比喻说：茶好比素雅的妻子，酒却似热烈的情人。茶是人们生活的必需品。酒其实是宣泄情绪的道具。升华情感的溶剂！所以说茶使人精华内敛，酒让人个性张扬！茶向人揭示的是清心寡欲。淡泊明志的心境，酒向人灌输的是潇洒恣意，舍我其谁的豪迈气概。

酒虽然是清闲的饮品，却很是丰富了中国诗文的内涵。酒使人激情，使人亢奋，使人迷醉与幻想，使人忧愁……酒在酒杯之中是那么透明、润泽、剔透，使人有了些许与禅定相似的透明心，使人从现实的生活中超越，有了彼岸的联想。这或许就是酒步入了诗歌的殿堂就一定达到了最高境界，而且与人的自然属性——豪情，相映相承的原委了。

柳宗元在他的《始得西山宴游记》里写道："……悠悠乎与颢气俱，而莫得其涯；洋洋乎与造物者游，而不知其所穷。引觞满酌，颓然就醉，不知日之入。苍然暮色，自远而至，至无所见，而犹不欲归。心凝形释，与万化冥合。"醉倒的诗人在西山顶上的夕阳余晖中，不想回家了，想象自己与万物合为一体，这便是醉酒的最高境界了。

酒是一种可以在体内、外燃烧的液体，可是在体内燃烧的"能量"释放得远被外界要多得多，内化了的酒分子，显现得更加与众不同，体外的酒最终化作了云烟而销声匿迹；而饮进包裹金玉的躯壳，酒已经升华成了别样的心性。有酒盈樽，当歌否？

懂得泪水，才懂得人生

　　生命总是在自己的啼哭中开始，于别人的泪水里抵达终点。医学上认为，眼泪有清洁眼球的作用，是对外界刺激的应激性反应，从胎儿时开始，就有了基础泪。于是泪水就给生命打上了烙印，直到生命结束后，或许还有泪水在记忆你已飘逝的灵魂。

　　人是情感的动物，有七情六欲，不能长期压抑在心底。显现于外，不在乎表情、语言、动作等，喜也好，悲也罢，哭着笑着，泪水在眼眶中积聚，像水一样的流，一滴一滴便是情感的世界。这世界里有真也有假，有真情也有陷阱……

　　泪水不仅与伤感、悲痛有关，也和喜乐有关。怒极反笑，喜极而泣，人在巨大的惊喜或者幸福之前，一时难以找到最好的表达情感的方式，而泪水往往抢先一步，情溢而出。笑中有泪，性情率真，然其后之诸多感慨复杂情感一时之间是难以道尽的，全部凝聚在这夺眶而出的液体之中了。

　　泪水似乎与女子有缘，善睐明眸，若有雾气朦胧，便是幽潭一碧的美丽，生生摄人魂魄风流无限。泪光点点的黛玉曾经勾走过无数男人的心，为什么都指望"天上掉个林妹妹"，可想而知。因泪水，男人往往自作多情地要去怜香惜玉，女人也往往顺水推舟小鸟依人，泪水就成为和谐爱情的一种润滑剂。但女人们不能过多地使用，因为面对女人的泪水，男人总是惶恐不安，不知所措，要么就不闻不问，要么就溜之大吉。女人应该记住许多时候笑容和泪水同等重要。

　　男儿有泪不轻弹，所以男人习惯于把眼泪藏在心底，让它在血液里流动，这是文化传统的影响。伪装出来的坚强总会有崩溃的一天，当男人真正要哭的时候，一定要当心，那如真实决堤的海一发不可收拾。但大多数男人都会选择在无人的角落或者最亲近的女人面前伤心欲绝地哭一场的，大部分时间里他笑容掩饰着泪水。敢笑敢哭，是真性情人，心真情真，泪水也真。

有一颗感动的心，我们用泪水滋润世间的真善美；有一颗怜悯的心，我们用泪水去祭奠痛苦和哀伤；有一颗真诚的心，我们用泪水去温暖苦痛的灵魂。

人生总在泪水中前行，酸甜苦辣百味尝尽，或许，"懂了泪水，就懂了人生"。

潮流杂谈

　　每天千篇一律的生活，每天的周而复始，一切都显得那样的枯燥乏味。但是这也许才是生活，这也许才是和我们雷同人的生活。

　　每当看到朋友生活得多姿多彩，我在想是不是自己真的老了？是不是自己已经不再属于这个年轻的群体？是不是自己的内心已经超出了我的年龄范围？每次和陌生人聊天我都会告诉他们我比他们大，让他们喊我大哥，除非这个人真的比我大很多，我才会告诉他我的大约年龄。有的时候我都在自问，我的心理年龄到底属于哪一个分组？但是每次都是笑自己可笑。

　　前几天，我的几个外地学生回来请我吃饭，饭后在滨江路喝茶，小青谈起了她在上海的一些生活琐事。她告诉我，上海人的理念和生活方式与我们这里有很多不同。她和一个叫平儿的女孩一起居住，那是一个赶潮流的女孩。平儿每天早出晚归，问她每天都在忙什么？为什么会如此的繁忙。平儿笑着告诉她："我在谈恋爱呀，所以很忙呀。"是呀，每一个恋爱中的男女都是如此。

　　小青说，有一天她无聊之际，漫步走到阳台时，看到平儿被一辆黑色的轿车送回家，她很吃惊，平儿的男朋友看起来很年轻，却是如此的成功，小青曾经见过平儿的男朋友，似乎不像一位成功人士，但是这位？平儿说过她的父母就是工薪阶层，所以这份奢华不属于平儿的父母，难道平儿又换男朋友了吗？就在小青猜想的时候，听到了平儿的开门声，小青快步地走了出来，希望平儿能给她一个解释，小青并不希望好友平儿受到伤害。平儿看到小青，还没有等小青问她什么，她就大声地喊道："姐姐快来帮忙呀，累死我了呀。"小青笑着看着这位可爱的妹妹，想说的话语无法启口。也只有等到平儿想说的时候再说了。

小青笑着接过了平儿手上拎着的东西，问她怎么你发奖金了呀，还是超市今天不要钱呢，你买了这么多的吃的？平儿笑着告诉她："不是我买的，是一位朋友买的，你就放心吃吧，不会向你要钱呀。"看着平儿的调皮，小青也被她逗得开心地笑了起来。

小青在稍稍休息一会后，问起了平儿她心中的疑问。平儿看着她的眼睛，告诉她那只是她的朋友，没有特别的，不过就是他要比朋友要近一些。小青说她当时并没有明白，疑惑地看着平儿，平儿告诉说那是她以前的男朋友，不过就是现在还在来往。小青问平儿，那你现在的男朋友知道吗？平儿告诉说他不知道，为什么要让他知道，那样会很尴尬的。小青说她当时无法回答她的话语，她也不能理解，也许她真的不属于这个段落，要不为何自己无法回答这个问题？

平儿告诉她，她以前的男朋友本来两个人感情很好，后来因为某些原因分手了，但是感情还有呀，有的时候他们还在一起，她喜欢那种感觉。小青说："听着平儿的话语，我很吃惊，我无法理解她的心里，我也无法明白。既然已经分手了为何还要在一起？各自都有自己的恋人，却又总在一起。你想过你现在男朋友要是看见你们你会如何解释？我在等待着平儿的回答。平儿告诉我看见了就分手呗，这有什么为难的。你有没有想过别人会怎么看你？会不会认为你是一个放荡的人呢？这些你都想过吗？平儿吃惊地看着我，姐姐，你好老套呀，为什么我们的年龄差不多而你的想法如此陈旧？我们不过就是上过几次床，再说现在都什么年代了，还有谁会去这么想。再说上床又不是什么了不起的事情，姐姐你也应该开放一些了，不要如此的老旧了。"

小青说："看着平儿我起身告诉平儿我累了，想休息一会，静静地走到自己的卧室，随手关上了门，脑海里却想着刚刚我们的谈话。我不想让自己也如此开放，我也知道自己根本就劝不了平儿，我只能祈祷她在某一天可以真正地爱护自己。"小青说着，心里好气愤的样子。

接着另一位从重庆回来的同学又讲起了另一个故事：有一对夫妻两个人要离婚，女人不同意，又哭又闹，甚至以自杀来要挟。她希望以此来留住男人，她不希望这个男人身边有别的女人的存在，更何况这个男人曾经是那样的爱她。其实这个女人心里也明白，男人的身边早就有另外一个女人了，只是她自己不想承认罢了。女人希望可以维持这段婚姻，希望他可以继续在自己的身边。这一切可想而知男人已经不再爱这个女人了，他的心已不再属于这个女人。

大约过了半个月，男人回来了，正好这时这个女人刚洗完澡，看到女人的娇羞可爱，男人无法控制自己，女人以为男人回心转意，满心欢喜，结果事后男人还是拿出了离婚协议，冷冷地让女人签字，原以为彼此会是重归于好，没想到却又是一场暴风雨。女人很痛心，问男人难道你我之间只是存在身体的欲望吗？你真的就对我没有半分留恋吗？男人看着女人说，曾经自己很爱她，但是现在已是今非昔比了，勉强也没有用，你也不要再用自杀来威胁我。听到男人的话语，女人明白了，原来男人真的离自己很远了，已不再有爱情的存在。

在现实的社会里，性爱只是男人的一种生理发泄，他也许不会去在意这个女人是否真的是自己的所爱。女人因为爱这个男人，所以才会在意男人的欲望，但是有的男人却相反，他们可以要爱，但是可以没有爱情的存在。男人也不会因为不爱这个女人了，而拒绝女人的爱。

占有对男人来说就是征服，不要奢望和你上床就是爱你。女人是爱情的崇拜者，没有爱情就谈不上爱，没有爱情也不会为这个男人绽放自己的身体。就好似上面故事中的女人，两个人本就没有了爱情，可是她还在期盼，甚至用自残来挽留男人，其实这样是很可笑的，最后伤害的还是自己，而不是这个男人。

我们都希望自己的爱情是甜蜜，是幸福的。尤其女人在爱情面前大多智商为负值，如果盲目地去一厢情愿，那么只能是满足了某一些人的欲望，而不会换来所谓的爱情。

爱一个人可以爱到发疯，当受到伤害的时候也可以伤得体无完肤。既然没有了爱情，那么就不要放任自己的身体，平儿就是没有明白这个道理。

在这次杂谈中，学生们谈了很多大城市的故事，也讲到了许多超前的生活理念，特别是同居问题，大家都认为，过去是没有结婚不能同居，同居不正常；而今是没有同居不结婚，没同居就结婚不正常。这就是时代的变化，也是人性理念的变化，尽管很多观点我不完全认同，但有一点是不可否认的——我们这代人与现在的年轻人的心理差异太大了。

现实生活中，每一个人都有按照自己意愿去爱去生活的自由，但我们生活在一个文明古国，许多传统的美德和价值取向还需要年青一代去继承和发扬。

茶酒与咖啡

"水是生命之源，茶是灵魂之饮。"当我在一篇文章中读到这一句时，有感惊艳，心跳之余，忍不住再三回顾。茶是有灵魂的水，那么酒呢？咖啡呢？也是有灵魂的水吗？

在我的印象中，茶古典，酒风情，咖啡有品位。它们或奔放，或温情。可以这样说：茶，拥有水的气质之美；酒，拥有水的风情之美；咖啡，则拥有水的浓郁之美。

在我的感觉里，香茶如夏风，红酒如秋风，咖啡如春风。夏日里的晨风，仿佛新沏的一盏香茶，沁人心脾而让人清新又醒脑；一夜的秋风，仿佛开启的一坛酒，撩人心魂而让人风情而沉醉；春天里的和风，仿佛新磨的一杯咖啡，迷人馨香而温润馥郁。

所以，也可以这样说：茶是气质高雅的淑女，酒是风情万种的尤物，咖啡则是细腻多情的丽人。

我之所以喜欢茶酒与咖啡，不过是喜欢那份有朋有伴的欢闹或者独品静思的感觉。与友品茶，便可以在那种宁静的氛围中远离尘嚣，去体会高山流水的美丽，感受那种品啜畅叙的欢愉；与友沽酒，便可以在那种豪放的感觉里，纵情言欢，做一回李太白，做一回苏东坡，让自己一醉累月轻王侯，于是，情景慷慨激昂了，生命酣畅饱满了；独饮咖啡，看云卷云舒任思绪飞扬，让自己的情感搅和在这浓郁的咖啡芳香中，让咖啡的温润和那种独特的浪漫与柔和的苦涩滋润那份孤寂的灵魂，给自己一个爱的理由。

有人说：一个人的咖啡，苦涩；两个人的茶，写意；三个人的酒，热闹。我不知道在我的生命中，该与哪些人同在？

　　记得曾看过一个酷爱品茶的人在文章里写他在准备品饮茶之前，不能吃辛辣怪味的饮食，要先净口，还要洗手更衣，那种虔诚那种神往，算是把饮茶前的工序都做足了。我到深圳，我的表侄儿请我到他的茶房喝工夫茶，那一套大大小小的茶具看得我眼花缭乱，什么茶杯、茶碗、茶镊、茶漏、茶海，一样样精心细腻的茶具，在烧水、洗杯、斟杯、闻香、细品、慢啜的过程中让我的心也有了一份素净，仿佛远离了尘世的烦恼和喧嚣。

　　烦恼或心绪不佳时，我更愿意走进咖啡屋，在缓缓流淌的音乐溪流里；在装饰怀旧的氛围里，倚窗独饮。轻搅咖啡，品呷着浪漫，吮吸着温润，依恋着咖啡带给我的那种浓郁的芳香的味道，它就像我无声的知己，静默地倾听着我的欢乐与忧伤、成功与失败，我在慢慢地细啜中品味着一份浓浓的咖啡物语、微微酸涩的香浓情绪、挥之不去的缠绵心事。

　　有朋自远方来或者三五好友欢聚，当然应该是去酒吧更热闹。因为酒吧的氛围和浓烈的香醇更能撩拨人的情绪，或浅啜或豪饮，或从容沉思或热情奔放，或优雅怀旧或快意淋漓。因为我们的压力需要释放，我们的烦恼需要发泄，我们的情绪需要放松，狂歌劲舞，把酒言欢，放纵心情，痛快而惬意，相逢老朋友结识新朋友，共吟"人生得意须尽欢，莫使金樽空对月"。

　　人生亦如这茶酒与咖啡，有酸甜苦辣，坎坷和曲折，泪水与欢笑。人生的一切都是一个谜，茶酒与咖啡无非是对这个谜题的诠释。那么，还有什么疑问呢？就悠悠闲闲地品一盏茶，潇潇洒洒地饮一杯酒，安安静静地啜一杯咖啡吧。

第六篇章　评论视角

　　不管是作家还是艺术家，没有科学认知世界的能力，就不会创作出具有时代影响力的作品。世界观的转变是人的根本转变，符合世界人类命运共同体的世界观可使艺术家正确观察、体验和认识客观世界与主观世界，从而形成正确的创作目的与动机，加之个人的艺术修为和创作方法的有机结合，激发艺术作品格调和品位的内在情感，方能创造出崇高的审美境界。

　　胸怀不宽，则有小人之忧。王阳明说："能容小人，方成君子。"一个人的胸怀若是宽阔如海，则世间的刁难，就像投海的石子，掀不起波澜。相反，处处争论是非，心中风浪四起，坏事便如惊涛拍岸，奔涌而至。

　　作为艺术家，其作品不是自己推销怎么样的好，而是通过他人的审美观照来体现其艺术价值，说直接点就是让欣赏者在其中学到了什么，感受到了什么。艺术创作者需要自信，但不是傲气，要用别人的眼光来检验自己作品的艺术价值，这更多的要看作家的修为和思想境界的高低。

浅谈当代作家创作的缺失

　　作为一名文学爱好者，对文学我只是一个门外汉，称不上作家和诗人。个人的阅历还不敢对中国文学乱加评论，但作为一个读者，总有自己的思想和个性，就从个人审美的视角来看，中国文学似乎缺点什么。综观当代文坛，总有人不断提出这样的问题：为什么在这个经济社会高速发展的"伟大"时代里，却总是出现不了伟大的作家，出现不了我们时代的莎士比亚、托尔斯泰？出现不了新的曹雪芹、鲁迅、矛盾式的大家？诚然，我们拥有不少优秀的富于才华的作家，有的作品已呈现出大手笔气象。但从整体状态看，我们今天的文学仍然存在着较为严重的危机。不管怎么说，中国文学进入了一个相对自由的时代，作家们在写什么和怎样写上，可说享有了相对充分的自主权。但还是产生不出多少社会公认的大作家大作品，其根源究竟何在？

　　曾经有人问我：当代诗人诗集每年有千部以上的数量面世，那么自 20 世纪 90 年代以来至今近万册的诗集里，究竟有多少能经得起时间的阅读？有哪些书读者在情不自禁地看第二遍、第三遍？对此，我常常陷入举证难的尴尬境地。

　　当今时代，"书本"或"作品"的定义已经发生变化。这也严重地改变了文学的生产机制。原先的"书"是神圣的，要代代相传，作者需要十年磨一剑之功力，力求打造出货真价实的东西。然而，现在的书，更换率和淘汰率急剧加快，往往变成了一次性的、快餐性的物品——由于成了商品，消费性和实用性占了上风。大凡商品，都有一个突出特性，那就是喜新厌旧，追逐时髦，吸引眼球，用完即扔，于是文学也就不能不在媚俗、悬疑、刺激、逗乐上大做功夫，这样，也就不可能不以牺牲其深度为代价。

目前，创作上的浮躁现象表现出两个尖锐的矛盾：一个是出产要多的市场需求与作家"库存"不足的矛盾。一个作家如果在市场上没有一定数量的产品频频问世，就可能会很快被遗忘，于是焦虑感压迫着作家，不少人只有拼命地写，对作家自身资源的耗损极大。另一个是：市场要求的出手快与创作本身的要求慢、要求精的规律发生了激烈的矛盾。一个作家如果 10 年、20 年才写一部小说，就跟不上这时代的文化商品的节奏。现在很多作家身陷于两大矛盾之中，精神焦虑，甚至虚脱。不少作家的"库存"因为透支而被掏空了，耗尽了，不但生活积累、语言积累，连知识积累也越来越贫乏。没有时间充电、读书，也没有时间沉到生活深处，甚至都没有时间好好地"生活"，于是只能变着法儿闭门造车，抓住一点东西就尽力注水、膨化、稀释，书一出来又希求叫好，以支撑门面。

就我的视角来看，现在文学的缺失，首先是生命写作、灵魂写作、独创性写作的缺失。与之相联系的，是作家与读者的关系，市场是通过读者起调解作用的。最值得肯定的态度还是把读者当对手。你得千方百计地以强烈的艺术感染力征服他，你要提供出使你的对手意想不到的更多新东西，你会因对手的矜持而激起真正的创作欲望和独创能力。这才是最大程度的尊重读者，也最有益于大作品的产生。可惜的是，今天逢迎读者和消解读者的写作现象比较普遍，如凶杀、暴力、色情文学，不负责任的网络写作、地摊写作甚至堂而皇之的"成人写作"以及由出版社策划、从市场找热点、多名枪手共同协作的"新多元化"写作。而具有"深度""力度"的征服性写作比较罕见，这导致了创新精神的失落。

其次，作家缺少肯定和弘扬正面精神价值的能力，而这恰恰应该是一个民族文学精神能力的支柱性需求。今天的不少作品，如新乡土写作、官场文学等并不缺少直面生存的勇气，并不缺少揭示负面现实的能力，也并不缺少面对污秽的胆量，却明显地缺乏呼唤爱、引向善的能力，缺乏辨别是非善恶的能力，缺乏正面造就人的能力。

所谓正面的价值声音，并非指当下政治性的"导向"，或表彰好人好事之类，它要广阔得多。它应该是民族精神的弘扬，伟大人性的礼赞，应该是对人类某些普世价值的肯定，例如人格、尊严、正义、勤劳、乐观、宽容等。有了这些，对文学而言，才有了灵魂。它不仅表现为对国民性的批判，而且表现为对国民性的重构；不仅表现为对民族灵魂的发现，而且表现为对民族灵魂重铸的理想。其实，即使在批判现实主义文学中，也有强烈的人性发现和终极关怀的光芒。比如《红楼梦》，它绝望，悲哀，甚至虚无，但它的内容里却始终燃烧着美丽人性和青春浪漫的巨大光焰。而我们不少作家把负面的国民性当作了唯一的深刻和深度，这只能说明精神资源的薄弱。事实上，文学中正面精神价值的匮乏和缺乏说服力，正是社会、文化、哲学领域正面精神价值匮乏和缺乏说服力的反映。

再其次，缺少对现实生存的精神超越和对时代生活的整体性把握能力。作家的根本使命是对人类存在境遇的深刻洞察。一个通俗小说家只注意故事的趣味，而一个能表达时代精神的作家，却能把故事从趣味推向存在，他不但能由当下现实体验而达到发现人类生活的缺陷和不完美，而且能用审美理想观照和超越这缺陷和不完美，并把读者带进反思和升华的艺术氛围中去。陀思妥耶夫斯基的《罪与罚》写的是人的灵魂问题，有人心的深刻忏悔，有法律的审判、道德的审判和灵魂的审判。

很多作品没完没了地写油盐酱醋和一地鸡毛，当然有的写得很好。但大都缺少一种精神关怀和人文关怀。现在的流行是越脏、越丑越叫座，反而说深刻啊深刻。其实，生活并不是那样的。这里还是有个"度"和分寸感的问题，这是文学的审美特性所决定的。不是说生活中的灰暗、污浊不可以写，而是说，有的作家只有写灰暗污浊的能力，没有审视，思辨，取舍，提升以及使正确的审察植入作品血脉之中的精神能力。

最后，缺少宝贵的原创能力，却增大了畸形的复制能力。大量注水或千书一面，用几个模式可以一言道尽的，比比皆是。这已经导致了当前文学中数量与质量比的严重失衡，威胁着当今文学的整体艺术水准。这些年我们目睹了一个又一个"复制浪头"，一个时间段什么故事吃香，什么题材耸人听闻，这类作品像事前商量的一样，联袂而出，而且发行业绩出奇地好；而创意独特的深思之作，往往受到冷落。流行总是压倒独创。不少名家，渐渐形成万变不离其宗的结构"秘方"，把几种他最熟悉的审美元素拿来调制一番，就能调出一盘色香味俱全的美味佳肴。其实他永远在写着同一部作品。比如当今的网络文学，许多作品质量不高，但点击率却高，那是因为这些作品与情、爱、色有直接的关联，而传统文学却在网上遭到冷落。

　　一般来说，作家一生创作都有自我重复的影子，即使有的大作家，自我"重复"的特征也很明显。可是，问题不再重复，而在于精神探寻的递进性，由递进而展示思想和心理的丰富性、深刻性和原创性，杰出作家往往以其思想魄力能实现这种跨越，而许多作家的精神探寻则缺乏这种"精神的递进性"，故其创作不是高层次的原创，形而下的批判远远大于形而上的精神超越。"原创"二字不是从天上掉下来的，是长期观察，体验，深切地、紧张地甚至是悲剧性地思考的结果。

　　综观中国当代文坛，所谓的大作家很多，但真正得到全社会认可的名作家有多少？而这些名家在何处？我实在找不到准确的答案，但愿在不远的将来这些名家能从所谓的大作家的人群中脱颖而出，成就更多的曹雪芹、莎士比亚、托尔斯泰。

浅谈文学的标准

凡事都有个规矩，没有规矩做不成大事，只能败坏好的事业。文学艺术创作也是如此，当代文学要有一个好的前景，作家必须遵循一定的文学创作的标准。

现在是民主时代，做一切事情都讲自由，作家作为有知识的精英人士，在搞创作的时候，更是注重"自由写作"。似乎现在搞文学根本不需要考虑任何的标准，似乎现在的文学没有标准就是标准。

丢失标准和尺度的文学难以产生好的作品，于是不知悔过的"作家"们又对现在的文学失望了。说文坛是垃圾厂，说文学没有理由继续存在了。这些所谓的时代先锋"作家"真是无耻至极！

文学是脆弱的艺术形式，总是受到各方因素的影响。在各种外在压力下，文学容易丢失自身的标准。20 世纪中期，文学受到政治因素的影响，变成政治的宣传工具。20 世纪末，文学开始受到经济商品大潮的冲击，文学价值观念蜕变，沦为经济利益链条中的一个商品链接。

文学属于文化，偏偏文化不占对文学的主导地位，重归文化园地，文学就会找回自己的标准和尺度。

文学的基本尺度就是为人民服务。文学作品是拿给别人看并且让他人有所受益的艺术作品，不是仅供自己消遣生命所用，对于别人无用的东西，对于自己也是没有益处的。

文学的基本标准还是在于思想性、政治性、教育性。把它们拿起来重新审查一番。文学本身是人的精神活动的产物，必然带有思想的痕迹。抹去文学的思想性，只能说明作家的精神错乱，不适宜文学创作。思想深刻，并且具有进步意义，一定是对别人有启迪的优秀作品。

中国现在的社会是有政权的社会形式，没有政权的社会形式据说是共产主义，不知道以目前的人类进化程度要等多少世纪才能实现。在有政权的社会里，一切事业必然要接受它的领导并且为它服务，除非离开它的管辖范围。但是，到了另一个国家，也就是进入了另一个国家的政权管辖范围，不可避免又要受到政治的影响。

文学家的思想可以是自由的、前卫的，但是文学创作要为人民服务，为社会服务，文学的自由不足以成为脱离政治根本方向的理由，思想的前卫不足以成为脱离社会现实的理由。理想社会要依托现实一步一步地实现，文学家容易逃避现实把不能一下子实现的理想之梦强加在似乎具有超时空能力而确实没有超时空能力的现世。混淆幻想和现实的界线是文学家的致命伤。

没有政治的社会不可能一下子就来到，这不是文学家可以努力做到的事情。在有政治的社会里，文学创作必然要讲政治性。为政治服务的文学会有利于人们理解政治生活，有利于提高人民的精神觉悟，增强社会稳定和人民团结。良好的政治环境有利于作家进行文学创作，不好的政治环境只会抑制作家的创作，"文化大革命"反证了政治对于文学的益处。

脱离这一种政治的文学就是纯粹的理想主义大文化视野下的"纯文学"吗？有几个人会相信这种玩笑话？叫嚷着摆脱中国政治的文学家必然投靠别国的政治怀抱，为他国的政治服务。以摆脱政治的理由出走，不能再以投奔另一种政治而自打耳光，所以拿寻找"独立自主的纯文学"来掩人耳目。

思想是可以在人群中传播的，别人告诉自己一种想法，自己在受益之余对那人心存感激，所以尊重那人传播思想是教育了自己。思想是文学的种子，文学是思想的花朵。依靠思想生成的文学作品必然要讲教育性。不是思想催生的文学不足以堪称优秀的文学，是垃圾文学，也不要讲教育性了，文学垃圾不教育人也会毒害人的。"身体写作"的东西只是在文坛混乱的时期冒充文学而已。

讲教育性，有人会以为是很累人的。其实，文学艺术的教育性是体现在潜移默化的陶冶情操中的。言传身教某种学问是学术论文的功用。艺术作品不等同于科学理论，文学作品的教育意义是在传导艺术美感之中轻松获得的。

优秀的文学作品必然蕴含一定的思想，宣称不思想的文学其实还是体现一种虚无思想的。让读者在你的作品中受到一定启迪，你的作品才是有益于读者的好作品。

现在是经济社会，懦弱的文学家眼睁睁地看着经济规律篡夺文学的艺术标准，任由文学在经济的海水里迷惘地漂荡。

文学的根基却是在文化的土壤里，把文学强行移植到经济的火坑里，文学只有死路一条。经济规律不能替代文化规律，不能成为文学艺术的主导力量。文学商品化只会制造更多的文学垃圾。

文化是文学艺术的母亲，文学家如果还要保留文学家的名号，必须让文学回到母亲的怀抱。否则，文学家只能是失去血肉的稻草人，真正的文学家将在地球上杳无踪迹。诗人往往是文学家里的精英，诗人已经意识到文学失去文化血液的绝境，以自杀给世人留做暗喻。

文学属于一种艺术形式，艺术家往往是不切实际的幻想家，以为拥有幻想就拥有一切，可以不顾及文化的血脉关联。为所欲为不一定就是艺术，艺术家都是有娘养的，艺术也是有血脉传承的。

现在，文化界的歪风邪气就是艺术以为自己是石头显圣的孙悟空，无所不能，天生有旷世奇才，不但不认从文化的宗法，还要反文化，以显艺术的"先天慧根"。

文学也受到这种歪风邪气的侵害，也叫嚷反文化，创造"纯文学"的先天灵光。遗憾的是，艺术离开文化之后，变成了没有生气的僵尸一般的伪艺术。艺术家不是没出生就有才的"天才"，在艺术的迷幻境界里日渐疯癫。文学家制造文学垃圾之时蜕变成唯利是图的商人。文学丧失文化血脉之后苍白无力，因为贫血而趋向死亡。

有人说，文学的"为人民服务"可以淡然处之，必须要考虑的是为读者服务。其实，为读者服务也就是为人民服务。关键是为哪些读者服务，怎样为读者服务？

中国作家应该为属于人民的那些读者服务，如果为反对中国人民的读者服务，就不必在中国做文学事业了。所有的人都可能是你的读者，你要不讲任何原则地为所有读者服务并让他们满意吗？历史上没有哪个文学家可以做到，未来的历史中也不会产生这般完美的伟大文学家。

为读者服务，也要考虑是为读者的低级精神欲求服务，还是为读者的高级精神欲求服务。为读者的低级精神欲求服务，文学就要降低品格。为读者的高级精神欲求服务，文学才能提升作品的质量。

文学是语言艺术，语言是文学的依托。文学作品语言的优劣直接影响作品的艺术水准。语言修养体现作家的基本文化素质，运用语言的功力不足，作家只能是有行为障碍的"残疾文学家"。

当代文学不如现代文学的艺术水平高，提倡口语化写作是一个重要原因。文学创造了书面语，书面语奠定了文学艺术的辉煌成就。

当代文学口语化写作泛滥成灾，作家的语言水平和普通人说话的水平差不多，让人民大众对作家和文学大失所望。

文学家和文学要重塑尊严，必须重新确定：书面语写作是文学创作的底线。

追求自由写作，没有任何标准的文学创作并不能让文学繁荣，只会让文学衰败，给文学研究家留下"文学没有必要继续存在"的假象。

时逢世纪之初，重新研究确定文学的标准，在 21 世纪重塑中国文学的辉煌，这理当成为文艺家的共同责任。

从宋晓红的《月落日出》谈开去

夏秋之际，对于我们长江上游地区来说，是天气最热的时期。天气热了就不想在外面闲逛。待在家里总得找些事情来做，看书便是最好的休闲。

因为找到了一块整体时间，终于把宋晓红同志的《月落日出》读完了。说老实话，这些年来，除了《泸州文艺》和《少岷》的文章必读外，很少静下心来读长篇小说，或者读了也是"抽查性"的阅读，没有认真去把一部长篇小说认真细致的读完。读《月落日出》算是例外，因为它毕竟是晓红同志的作品。

在我看来，这部小说是典型的官场小说。对一个经历了合江五十年变迁的人来说，小说中万海洋、汤达明、柳东明、刘太勇、许家辉、方美丽等重要人物，我大致能找出他们的原型，尽管这种对号入座的原型不一定是作者的本意。鲁迅先生曾经说过："一千个读者有一千个哈姆雷特。"形象大于思想是文学鉴赏的基本定律，不同的人有不同的审美情趣，不同的审美视角可以看到不同人物特征，也可以看到不同的人物命运。而从我的视角来看，小说中的人物形象和本来的原型总会找到一一对应。从小说的故事中，我看到了发生在本地域内的传奇故事和那些活生生的人物形象。

任何一部作品的体裁都源于生活，都是在生活真实的影子里开始"添油加醋"，勾勒提炼出具有可读性和感染性的内容，而《月落日出》正是如此，它来源于生活而又高于生活，是现实生活的再现和提升，可以说是融入作者思想和审美观照后的艺术加工。既然是虚构性文学作品，我们不能妄加猜测小说与现实的连贯性和必然性，非得这样去想，那就大错特错了。因为除非虚构文学以外，文学作品都存在艺术加工的过程，这种艺术加工正是把理想化的东西展现给人们看，在艺术欣赏的背后感悟生活的真实。

　　回到《月落日出》小说的本身，我不可否认，全篇小说贯穿的是作者心目中好人与坏人的博弈，是两个阵容之间的斗争，这种斗争融入了作者的审美思想，带给人们的是满满的正能量。

　　小说中的女主人公是个不怕困难，喜欢与困难挑战的官员，官职小时有任性，官职大了有韧性。为了达到目的，不畏强不畏上；官职大了游刃有余，同样为了达到目的，恩威并施。当然，无论哪种都是建立在公平正义之上的，为了否定一个弊大于利的项目投资，她敢于违背领导的意愿，果断出手，显示出一名干部的责任与担当。这种人物思想的再现，正是作者审美艺术的再现。

　　小说客观地描绘了男女故事。男人与男人的竞争，女人与女人的竞争，构成了小说的实质性内核，当然，不是以男女苟且之事那么小儿科，而是以一个男人富有担当和多情来描绘爱情的伟大，从而增添故事的趣味性和连贯性。从这个意义上讲，作者的整体构思和结构安排是成功的，带给读者更多的悬念和思考空间。

　　由于年龄的原因，眼睛越来越不受用，所以我越来越不喜欢看网络文学，不是网络文学不好，而是眼睛受不了，所以更喜欢看纸质图书，这也是我钟爱纸质图书阅读的原因。

　　随着网络市场的发展与繁荣，小说的传播已经进入网络时代，以传统图书出版的小说更显得珍贵和实在。在网络文学与纸质文学的阅读中，我还是特别喜欢纸质文学作品的阅读，因为纸质图书的阅读更能找回那种读书品文修心的感觉。

　　网络文学本来是一种很好的文学载体，它更新快，信息量大，多种文体共存，多视角、多思想进行交集，可选择阅读的余地较大。但是，现在的很多网络小说都存在粗制滥造、文学水准太差的问题，读起来找不到文学艺术性的存在，而更多的是让人感到暴力、情爱、奸商、欺骗的思想再现，带给人们的是时代的潮流，传承的情爱文化，传统美德思想很难找到应有的生存空间。从某种意义上讲，这些小说很大一部分都是凭空编造出来的，没有社会现实作为基础，没有真正再现时代生活，引领人们对现实生活思考和对时代价值的追求。很多网络文学作品都是虚拟的，纯属脱离生活的娱乐性作品。

这样的网络小说为什么会有这么多人看呢？这是因为时代发展到一定阶段后，受市场经济的冲击，人们的思想观念聚焦到了金钱和利益上，文化缺失、道德缺失和信仰缺失已经成为普遍的社会现象，很多人在这些网络小说中寻求一时的刺激，让情爱小说中庸俗的理念痛快淋漓释放压抑、恐慌的情感。

就我个人对作者的了解，她是一个酷爱小说写作的人，在阅读习惯上更倾向于纸质图书的阅读，从这个习惯上讲，我们有许多相通之处。这种对纸质的审读倾向，促成了她小说的"政治性"倾向。读她的小说给人的感觉是满满的正能量，找不到些许低俗的东西和当代流行的超脱语言。从某种意义上讲，确实带有20世纪八九十年代的文学创作痕迹，这也许是长期读纸质文学带来的创作效应。

纸质文学是高雅文学，且不说纸质文学刊物对发表的文学作品怎样层层的审核和把关，就其公开发表出来的作品，在一定的区域内是有其水准和质量的，至少代表了一定作家群体的审美思想和文学修养，同时对政治的导向性和艺术的专一性有所把关，传递的是当代艺术思想。纸质期刊发表的文学作品不可能宣扬暴力，崇尚目无法纪的为所欲为，弘扬传统文化，传递正能量是对编者最基本的要求。因此，纸质文学作品更多的是以故事性来吸引读者，带给人们的不仅是消遣时光，更是一种对现实生活的审视和反思。

基本放弃网络文学阅读以后，我主要看的是泸州本土作家的作品，尤其是个人专著性作品，我一般都会认真去读。因为别人写一部书很难，签过名送给你，你却放在书架上集灰尘，不去审读和鉴赏，实在是对不起作者一片苦心，所以只要是别人送给我的图书，我都会认真去读。

晓红的作品是我喜欢读的，从了解她的为人开始的，作为领导作家，写出的东西与常人有所不同，会用另一个视角，另一种眼光去洞察现实，洞察人生，这或许也是作者本身没有感觉到的。作为女性，她会用独特的审美视角去触摸社会，用细腻的思想和情感去透视这个社会深层次的世界。

读晓红的文章，我一直在寻找女性写作与男性写作的差异性。但当我捧起她的书，在她的文字里找寻答案的时候，我的心是平静的。然而，当一行行文字在我的眼前晃过，当我最终掩上书卷的时候，我却再也不能平静了。在文人的笔下，在作者的眼中，爱情总是那么缠绵，那么美妙，那么富有诗意，那么温暖人心，是触及人心灵深处的痛或甜，是那么容易得到或失去。可是在她的《月落日出》中，那些书中的人物孜孜不倦追求的爱情，却显得那么深不可及，总在晃晃悠悠中不可触摸。我在想，是在写她自己吗？是她自己灵魂深处的吟唱吗？

其实是什么都不重要，重要的是阅读的本身是在文章阅读中找到审美带来的快感。阅读的快乐只有作品中的人物情感与自身的情感相统一时，才能享受到读书的乐趣。读别人的书或许能了解知识，明白道理，得到启迪；晓红笔下对现实生活的感悟和她波澜不惊的写作风格，带给人们的又是另外一种感受。她总是把悲伤的文字，痛苦的心情，用淡淡的语气说出来，像是在说别人的事，与自己没有丝毫关系，或者说她想表达给读者的，就是现实的生活，这就是真实的爱情，没有什么可以大惊小怪的，生活嘛，原本就是这样。

不得不说，她对爱情的诠释，是隐藏在外表之下的含蓄性爱情，与90后、00后人们所表现出来的直接、现实的爱情不属于同一类。她小说中表现的爱情是中国传统文化的缩影，是修养性爱情的化身，在中老年人的心目中，这才是真正的生活中的爱情。不管大家承认与否，现实生活中的爱情，永远都是灰色的，是没有纯乌托邦的爱情的。人们之所以把爱情想象得那么美好，那么快乐，那么令人陶醉，只因为那么纯粹的爱情，那种因爱而爱的爱情，那种灵魂深处所碰撞出来的爱情，在现实生活中要褪色的，它永远屈居于生活之后。也就是说：人们只有在吃饱穿暖，没有了生活压力的情况下，才可以在心中滋生真的爱情。可是人的欲望却又总是难以满足，人们总是在各种利益中盘旋，所谓"天下攘攘，皆为利来；天下熙熙，皆为利往"。人们总在利益面前乐此不疲，然而人生又是短暂的，真正当人们已看破红尘，看破功名利禄的时候，其生命又还能剩下多少可供消费的？

宋晓红的《月落日出》中描绘的众多人物，从生活的真实性角度来讲，可以说是没有十全十美的，大多人物都是灰色的人物，然而正是这些灰色的人物，却代表了一个时代，一个社会，代表着现实社会中普遍而又真实的人生。

现实社会中没有十全十美的人，更没有完好无缺的人生，人们都会生活在遗憾中，生活在得与失之中。张爱玲正是用这样的笔触告诉我们，得与失共存，美与丑相伴，想得到的得不到，不想得到的得到了，这就是人生，这就是人一辈子走的路。

简谈丁红光先生的艺术创作与艺术修养

中国文化史上有一个现象，大凡文化人物在精神遭受挫折时，往往都会不约而同地亲近于书法而放弃政治，专心致志于书法艺术，以书法来排遣愁闷，疗治精神创伤。

丁红光对政治并不感兴趣，所以潜心于书画作品的研究，他埋头于书法艺术的学习与钻研。"勤奋好学自成林，熟读诗书见性真。漫步书海识权贵，万日工夫终成名。"这是丁红光书画创作生涯的写照。

1959 年出生的丁红光算是我的忘年之交。他从小出生在书香世家，幼年深受家训教育，便开始从祖父丁鹏翔学习绘画，又深得伯父丁亚辛的诗文传习和父亲丁国章的哲学思想教育，从小就接受书画艺术的熏陶，对艺术有着无限的热爱。进入青年时代的丁红光向当代艺坛名家张海、陆贤能、许伯温、刁蓬、李代煊等求教学艺，其艺术修养得到很大进步，逐渐形成了他艺术作品出笔豪放，墨色明快，气韵生动的个性特点。

在泸州这块土地上，丁红光先生首先是作为一个书法家留在人们记忆中的。但他像许多文化人一样，并不自诩为书法家，他的书法不为一般人所知。说丁红光是泸州地区一个极具个性的书法家，许多人会不以为然。但他的书法，在书画界受到了很高的赞赏。

丁红光的书法有一定的家学渊源。他的父亲丁国章就是一个文化人，诗词歌赋样样皆能，两个叔叔也是书画爱好者，父辈三弟兄号称合江的"三丁诗人"。他从小受到家庭文化的熏陶，自幼就熟读史书，书画功底较好。

他有着坚实的学识基础，更有一份特殊出生在书香世家的境遇。所以他有大量的书法作品面世，大都创作于近十年间。特别是近些年来，他拒绝了各种诱惑，蛰居书斋，潜心学问，留下许多书法墨迹。

我是在三十年前认识丁红光的，在我的记忆里，他早期主要是画画，以画梅花和松柏为主，真正从事书法是近二十年的事。我见证了他从对书法的学习、创作、提升到形成风格的过程。他起初主要是以魏碑习作为主，后来转向行书，而且这些年进步很快，形成了其独特的艺术风格。他的书法变幻莫测，精彩纷呈，显示了他的桀骜不驯的性格与卓尔不群的艺术天分，表现出极尽变化的艺术创造能力。

在本土艺术家的书法作品中，丁红光的行书、雷朝的草书、于必昌的行草、罗亮的楷书都是我喜欢的，也分别收藏了他们的作品。丁红光是以行书见长的书法家，他的作品大多横粗竖细，讲究正斜倒的笔法结合。他主张以沉雄厚重的北碑来改变笔法柔弱现象。在书法作品中，有"碑"和"帖"之分，不同的作者，其倾向性不同。而丁红光书法则是碑帖结合，各体兼备，写得汪洋闳肆，大气磅礴。他那种率性而作，纵横捭阖，豪迈倔强的个性，总是跃然纸上，形成他有别于他人的风格特征。

说实话，在中国，丁红光并不算大家，但他对艺术创作的理解是深刻的。大凡书法家都只是在艺术创作上的成就，而丁红光不同，他善于艺术的修养，注重书画艺术理论的学习和研究，注重把书画艺术与文学艺术进行较好的结合，注重史学与书画艺术结合。所以成就了他对书画艺术创作深层次的理解。

丁红光的书法作品是以人格作为灵魂的，行笔随意而以点放达，心也不拘于物，归于自然而然，达到了艺术的较高境界。同样地，以他的书法作品来反观他的人生，我们又能体味到丁红光为人的胸襟，他的耿介、倔强的秉性，由他的书法呈现在我们的眼前，那种不为成法所羁的率意，非胸怀博大而坦白者，则难能有此境界。当然，也有人说他狂妄而自满，就我的观点来看，艺术家在于自信，我没有自信何创新？从这个视角来讲，狂妄是自信的有力证明。

我国书法艺术，是中华传统文化的一颗明珠，是值得传承和弘扬的民族文化精粹。我国的书法大多起源于古代碑文，尤其以墓志铭碑写方式流传下来的居多，后来逐渐衍生出帖文等专业性书法，以书法美的特质被广为传承。就中国的传统书法而言，书法艺术美表现在以下四个方面：一是运笔，即书法的线条美；二是结构，即书法的形态美；三是章法，书法的布局美；四是墨法，书法的墨韵美。章法、布局是书法艺术的第一感觉，墨法的运用，可使书法艺术更加神采飞扬。

墨作为一种物质媒介而出现在中国书法的艺术之中，是构成书法艺术的一个重要因素，它使我们的视觉产生出一种黑白相间的墨韵美。墨色在书法中不仅显示单一的黑色，而且在黑色中还能分出枯、湿、浓、淡。晋唐以前的书法艺术在墨法上的追求是高华秀润；晋唐以后的书法艺术在墨法上有所突破，表现为苍润兼施，行草间带有渴笔；明清以来，特别是明末清初的书家在墨法上枯笔得到运用。正因为墨法的变化使书法艺术更添光彩，所以墨法越来越受到人们的青睐。

当代社会科学技术高速发展，生活的节奏加快。历史的书法已经不再满足于晋唐、追"二王"的艺术风格，不再满足于历代各种流派的再现，人们需要得到的是能和时代节奏相吻合的艺术作品，因此放在现代人面前的就是全面地把握传统艺术的同时，探索新的表现形式。

中国书法几千年来，在运笔、结构、章法方面，我们的前人做了大量的探求，创造了数以万计的艺术佳作。但是，中国的书法艺术不仅表现在运笔、结构、章法上，自从汉朝蔡伦发明造纸术以来，还存在着一个墨法的问题，因此墨法的创新，是当代书法发展的必然趋势。

丁红光就是一个善于用墨法的人，他的字体有时粗犷，有时细微。在同一幅作品中，平直横竖倒皆有之，注重了布局与章法的有机结合，给人以结构与墨韵的双重美感。

就书法家墨法的应用而言，古代的作品是以浓墨为主的。如两晋及六朝人书迹，乃至唐人墨迹几乎都是墨光黝然而深的；北宋苏轼尤喜用浓墨，元朝赵孟頫、清朝刘墉都是笃学古法的书家，也都喜用浓墨。然而浓墨用得太过了，从审美的角度来讲便有很多缺失，笔画肥而自然臃肿，线条美就不能很好地显现出来。而北宋黄庭坚常常用淡墨，甚至墨干了，还用笔在纸上擦出字来，这种方法现代人也很喜欢用，虞潜、丁红光、李代兵的作品中就常常可以看到这种笔法，那种墨色清疏淡远，笔毫转折平行丝丝可数，不食人间烟火的味道让我记忆很深。丁红光的书法粗与细、大与小、浓与淡交叉使用，浓淡相宜，在感官上给人的感觉非常好，我是很喜欢的。在此我并不是说那种风格最好，而是我喜欢这种浓淡相间的风格而已。

艺术的创作同文学的创作一样要使文学作品进入一个广阔的天地，拥有更多的读者，必然把创作方法提到创新的日程上来。作家如果不与时俱进，还是用十年前的创作方法和写作技巧来创作作品，几乎就没有多少读者愿意去认真读。而书法同样如此，书法是不是用淡墨写字就是创新？笔者不这样认为，一幅书法作品，可以用淡墨来创作也同样可以用浓墨来创作，可以有两种墨色的风格产生，也可以同时存在两种以上的不同的墨色，只要章法不乱，不同墨色也能同时出现在同一幅书法作品上，墨法的活用可使字的结构也发生变化。泸州李代兵的行草、虞潜的行书、雷朝的狂草、欧俊楷的魏碑、王乾林的楷书等书法作品和丁红光的梅花、杨建军的月季、张文健的竹韵等，所用结块状笔墨现象较多，效果也很好。正因为墨韵起着变化，看似糊成一片的结块却可以使人在浓淡的墨韵之中辨出字形的笔画，达到神奇的作用，墨韵的变化又能使书法作品产生像水墨画那样强烈的虚实相间的艺术效果。这种多层次的墨韵美可以使人产生美感，引起人们的愉悦的感觉和无限的遐想，达到使人神往的境界。

正如虞潜先生所说：墨韵书法的枯、焦、湿、浓、淡只能在书写中一气呵成，同时墨韵要在书法传统的基础上发展，离开了传统的运笔、结构、章法，离开了书法的基本功，就不能创造出优秀的墨韵书法。丁红光曾经给我讲，书画必须讲究墨韵，没有墨韵的浓淡创作，那是没有力感、没有章法、没有生命的一堆死墨，形不成优秀的书法作品。

现代爱好书法的作者越来越多，但大多数都是学习者。究其原因，现在许多爱好者缺乏传统书画的熏陶，没有用心去学习传统的书画艺术，没有认真去学习和鉴赏名家们的书法作品，只凭老师的简单讲解和临摹几件作品就想当艺术家，那可是很难成的事情；要是真是这样就成了书法家，那真是天才。丁红光的书法创作，经历了四十多年的锤炼才有今天的成果。我们要看到每一个有成就的艺人都是历尽艰辛和不断学习才有的最后一鸣惊人。

丁红光不仅以书法作品见长，而且对艺术修养有着较高的领悟。在他的心目中，对艺术创作有较深的理解。他认为：学习书法必须要经过古碑帖的临摹阶段，这是任何一个学习书法之人都无法跨越和回避的。这个阶段是一个比较长的学习过程，而且始终贯穿在创作中。现代的墨韵书法对书法家来说，它的艺术要求不是降低，而是提高，深厚的书法传统的基本功、扎实的点画结构是现代墨韵书法的支柱，离开了传统的功底就不存在现代的墨韵书法。

对书法而言，我是门外汉，只有欣赏，没有创作。但作为诗书画研究会的会长，必须向内行请教和学习，了解行业内专业知识，才能不说或者是少说外行话。我曾经与丁红光先生探讨过怎样创作书法作品，他的见解给了我很多启迪。他说：临者得神，摹者得形。书法家的作品要想有神，就得先学会文字书法的外形构造；学习字形的书写，描摹是最基本的功夫。学习书画的人，都是从临摹开始，慢慢才进入独立创作行为。初学者在临习时，由于对字形笔画的来龙去脉以及间架结构缺少应有的了解，看一笔写一笔，那么永远不能得到书法的神韵，只有对字形的每一笔的来龙去脉和间架结构熟练掌握后，下笔果断而一气呵成，才能写出神来之笔。初学的人可花一些时间来进行摹写，掌握比较正确的字形，这对临习是大有好处的。

古人曾云："不能入得书，则不知古人用心处。"学书法，一定要静下心来，深入其境，并对书体中细微的用笔变化认真地观察，用心地体会，做到逐字察之，心领神会。我就是一个静不下心来学习书法的人，所以一直被书法这门学科拒之门外。

今年初夏，合江老年诗书画研究会书画组的同志请李代兵和王乾林先生讲课。我作为门外汉，认真听取了他的讲解，受益匪浅。李代兵说：读帖是临摹中最重要的一环。读帖必须要经过由表及里，由浅入深的一个"读"的过程，这个"读"可以帮助在临习阶段时，去体会不易发现碑帖中的各种特点以及对线条变化的认识。通过读帖，可以在反复的揣摩中对形质特性的进一步准确把握。王乾林先生说：书法家在读帖的时候，手可以在桌子台面上进行比画，帮助领会。通过读帖，可以帮助在临习时及时地发现纠正与帖子之间存在的差异，可以发现所临习的碑帖与自己的审美意识之间所存在的差异。丁红光则认为：读帖，可以从整体上去理解把握其精神风貌，感受它的精彩，这是一个对作品洞察力提高的过程。只有不断地提高眼界，不断地提高书写技巧，才能真正窥得古人书法的精妙之处。

就我认为，书画创作与文学创作是同宗的，任何艺术都需要在学习中继承，在继承中发展和创新，死学古人的作品和创作方法，没有继承和发展，那就无法成为具有个人风格的作家或艺术家。古人对临摹云："不能出得书，则又死在言下。"古往今来多少学书之人，由于将前人看得过于神圣，将前人的艺术创作看得过于神秘，因此在学习中，不敢有半点的放松。不敢越雷池一步，把碑帖中的每个字的外形通过上百遍、几百遍的死临，做到了与帖子十分相似的地步。虽然入得书，却不能出得书。因此，我认为不管从事文学或艺术创作，学习不能花太长的时间，因为创作作品的优劣与时间不成正比，与时间没有关系，一幅优秀的作品必定是在思考、研究、创新中创作出来的。

历史上的王羲之、颜真卿是中国书坛上两个不同时期的两座高峰。他们代表着两种不同的书风，两种完全不同的运笔方法。中国书法的运笔上可以归纳为两大方法：内撅与外拓。王羲之和颜真卿正是这两大运笔方法的代表人物。王羲之的书法采用的是"中宫紧收、向外发散"的内撅法；而颜真卿采用的是"中宫宽松，向外收敛"的外拓法。正是这两种不同的运笔，才产生了两种迥异不同的风格。同时王羲之和颜真卿又都是历史上创新的杰出书家。王羲之"一变古法"开创了一种"遒劲洒脱、雄秀之气"的新书体，才被后人"古今以为师法"。而颜真卿一变魏晋以来的正统书风——王羲之的书法，而开创出既有时代风貌，又有强烈个性的"厚重雄强，大气磅礴"的一代书风，而受世人敬重。因此，要想成为真正的艺术大师，没有创新与发展是绝对不可能的。

我可以肯定地说，丁红光是个非常好学的人。他的学习资源来自他的收藏。在丁红光的家里，收藏了3000多幅知名书画家的作品，按他的话说，一则是学习和临摹，二则作为欣赏与交流。如果一名书画家，家里没有收藏几件名家的作品，那一定是很失败的。有人说他收藏作品的目的是进行商业经营。其实，艺术作品本身就是商品，只要是自己创作的或者是花钱买来的，用于交换和商业销售也无可非议。当然，如果是用别人赠送的作品去做买卖的勾当那又是另当别类了。

在丁红光家里，除了收藏大量的书画作品外，还收藏了上千册理论书籍和画册，这不仅仅是一个普通书画爱好者能够做到的。他收藏的这些图书，目的是用于学习。他之所以不仅仅是地域性书法家，还是书画艺术的鉴赏者，就在于他的努力学习后的知识积累和艺术理论的思想的修为。当艺术家的审美水平和艺术修养达到一定高度之后，其艺术的观赏力和鉴别能力才能真正显现出来。这不是所有的书法家都能做到的。

　　书法的艺术，不可能在临摹阶段一步到位达到炉火纯青的地步，它正如人的一生必然要经过幼年、少年、青年、中年然后进入老年一样。青年时代是人生最美好的年华，青年人血气方刚，最具有理想，容易追随时代，这是人一生中最宝贵的时期。丁红光先生是一个很勤奋的人，他近十年来书法进步很快。他的学习也经历了临摹到创新的过程，而且在临摹阶段学习的时间较长。正如他说：我学书法也经历过青年时代，在书法创作没有成熟之前，我学了些狂草、大草来放开手脚，这对我今天的书法成熟是有着重要作用的。在创作上，他主张刻意去追求，特意去安排，开始阶段虽然缺少随意，缺少得心应手的挥洒，但一旦成熟，那就有了作品的大气之感。

　　作为一个文学艺术创作者，学习是成就自己的基础，创新才是成就大业的途径。我们怎么突破传统思想的约束，创造出更多优秀的作品，就丁红光的话来说，就是要立足于超越自我，实现创新与突破。怎样创新与突破，从他对艺术创作的理解来看，就是要突破传统的模式，创造属于自己的艺术风格。作品的外形是观者对作品的第一感觉，是作品气息流露的载体，用现代话来诠释，作品是否抢眼球，是否有强烈的视觉冲击，重要的一个方面取决于它的外形感观，做到行与行之间互相渗透，有紧有松，有正有欹，直中有斜，斜中取直，注重节奏变化，注重主次关系，带给人浑然一气的美感。

　　就我看来，在本土艺术家中，许多人自满情绪较浓，自以为是的人不少。他们不在艺术领域内进行不断拓展和追求，满足于目前的"自我"。这种"自我"僵化为一种艺术的"模式"，而这种"模式"为自己设下了种种障碍和陷阱，他们的创作只是不断地进行着自我的复制，使创作的机能因无法从外界重新获得创作的养料而不断地衰退，作品一件不如一件，作品的内在精神越来越苍白，无神采可言，无新意可言，这种艺术是没有生命力的。因此一旦在艺术上找到"自我"之后，就要在艺术的不断拓展追求之中寻找新的"自我"，不断地从古人经典中重新获得新的养料来滋润自己的创作，这样的作品才是感人的。而丁红光正是不断学习，不断创新，不断进步的艺人，他懂得不断创新，艺术家才具有生命力的道理。

　　人的一生之中，应该有许多表现"自我"风格的作品，书法作品的风格对于一个书家来说，并不只是一种表现的手法而定终身。而应该在不同的时期以不同的风格展示给观者，王羲之如此，颜真卿也是如此，王宾虹如此，张大千也是如此。因为艺术是在不断地探求中成熟的，在不断地自我否定之中以新的面目，创造出自己所要追求的艺术作品，形成强烈的自我风貌。丁红光正是如此，近年来，他在艺术创作的同时，主编和合编了不少文学艺术作品，如《少东吟稿》《三丁诗词选》《甘岳书画》《刁蓬先生山水画选》《合江书画》《陆贤能教授故乡留墨》《泸州书法作品选》等，这些图书作品的问世，足以证明他无愧于中国收藏家协会会员，四川省书法家协会会员、四川省美术家协会会员的荣誉。作家或者艺术家都是用作品说话的，不是自我去标榜自己是什么家，而是用作品去证明自己属于什么家。

艺术家的一生是不断学习的一生，也是追求创新的一生。学习不仅是创新的基础，而且是形成自己独特风格的阶梯。艺术修养是艺术家成熟的基础，艺术家修养的过程就是学习历史遗留的艺术精华的过程，就是对传统文化的继承与发展的过程。艺术家就是在继承与发展中实现了推陈出新和自我更新，从而促进了文化的发展与繁荣。

作家的文学修养杂谈

——兼评姚福康散文诗《灵魂的叩拜》

　　今年是中国共产党建党一百周年，在这个举国欢庆的时刻，我们的作家、诗人纷纷拿起笔撰写文章，歌颂中国共产党的百年华诞。甚至有很多老领导、老同志也激情满怀，重拾放下的笔，撰写美文、书画作品歌颂我们伟大的党。我有幸读到了叶怀祥先生的国学书法、张国志先生的诗歌《颂歌一百年华诞》、徐浩然先生的杂文《成功执政功德无量》、孙庆伍的诗歌《追梦人心向共产党》等一大批老同志的作品，感触很深。在他们的身上，我看到的是泸州人的文化自信与文化自觉，看到的老同志的政治修养和责任担当。特别是姚福康先生的《灵魂的叩拜》，触发了我的创作冲动和灵感，觉得自己也该写点什么来赶赶这个"热闹的场"。

　　中国共产党是一个伟大的党，从南湖中国共产党的诞生开始，领导和带领中国人民经历了北伐战争、土地革命斗争、抗日战争、解放战争、新中国建设和改革开放等重大历史时期，实现了站起来、富起来、强起来的伟大飞跃。在一百年的非凡奋斗历程中，一代又一代中国共产党人顽强拼搏、不懈奋斗，涌现了一大批视死如归的革命烈士、一大批顽强奋斗的英雄人物、一大批忘我奉献的先进模范，形成了一系列伟大精神，构筑起了中国共产党人的精神谱系，为我们中华民族的子孙提供了丰厚滋养。

　　任何一个优秀的文艺作品，都是在一定的社会背景下产生的，脱离政治的文艺批评是没有生命力的。作为作家，是应该讲政治的，在当代的时代背景下，不讲政治的文艺作品是很难"走出家门"，成为人们争相品味的"食粮"。讲政治就是要紧跟时代脉搏，塑造文学形象，颂扬时代精神。作为新时代的作家，更要明白没有共产党就没有我们今天的幸福生活的道理，就应该用我们手中的笔，努力弘扬中国共产党全心全意为人民服务的伟大精神。只有这样，我们才无愧于作家的伟大称号；只有这样，我们才无愧于那些为中国民族解放而牺牲的革命先烈们；也只有这样，我们才无愧于为国家富强和民族振兴而奋斗百年的中国共产党。福康同志正是以这种责任感，抓住井冈山、大渡河等独特的地标内涵和红色记忆，通过巧妙的情景再现和精湛的语言表达来完成了他的《灵魂的叩拜》。

党的十九届五中全会指出，"十四五"是全面建设社会主义现代化国家开局起步的重要时期，必须在文化强国建设上迈出坚实步伐。引导人们坚定"四个自信"，促进全体人民在思想上精神上紧紧团结在一起，加强社会主义精神文明建设，提高社会文明程度，这是作家义不容辞的责任。福康工作在政界，身居重要岗位，本职工作已经很繁忙。但他并没有因为工作的繁忙而停下笔耕，而是从讲政治的高度，把作家的责任担在肩上，带头开展文艺创作，积极创作文艺精品，用思想和灵魂引领读者对新时代伟大精神的认知和反思。他很谦虚地说："我只是一个文化人，做了一个文化人应该做的事情。"但我们的身边还有许多文化人却没有做到文化人该做的事情，与之相比，让我们看到的是文化的自觉与自信，是人民至上的一种责任担当。而福康同志的文艺写作，正是带着这种文化自觉去创作的。

一个作家，如果没有精神追求，胸中没有高山大海，就忘记了崇高，就会担当不起责任。作家是应该有崇高的精神气质的，所谓崇高就是作家要站在时代的前沿，为民族而呐喊，为人民而欢呼，为时代精神而导航。作家这种内在的精神和气质，在其文学作品中蕴藏着、传播着，应该成为作家文学创作的自觉追求。

崇高的精神追求与美学向度，是中国文学的优良传统，是体现于历代名家名作中的精神气韵。作家就应该有这样一种责任担当，就应该有这样一种助推社会发展和进步的正能量，就应该有这样一种为政治摇旗呐喊，助推经济繁荣富强的声音。福康的文学创作正是站在政治的高度来进行审美思考的。他在《灵魂的叩拜》（二）中写道："九十年的风雨，斑驳了许多珍贵的记忆；九十年的风沙，抹平了许多深深的足迹。而黄洋界的这门老炮告诉我，历史不是任人打扮的小姑娘，它永远鲜活在人们心中。""这是中国革命史上最重要的一炮。这是扭转乾坤的一炮，是挽救民族苍生于危难中的一炮。这一炮，为中国革命打开了一扇天窗。从此，中华民族走上了自立、自强、复兴的光辉坦途。"这些普通的话语却融入了深刻的内涵，让我们在文学审美中感到作家自觉的责任担当。

　　文学不能忘却精神的创造，不能忘却对人类温情的关怀和道德的美善。作家应该通过自己的作品，为拯救这个社会失血的灵魂挺身而出，为传承中华民族的传统美德而勤奋笔耕，为弘扬爱国爱民的时代精神主动作为。姚福康的《灵魂的叩拜》融入了太多的爱国爱民思想，给读者留下了很美的精神食粮。"井冈山的南瓜汤拥有坚硬的铁质，一支吃过南瓜汤的军队，从这里出发，打败了不可一世的侵略者，推翻了一个反动王朝，成为中华民族最坚固的钢铁长城！""这个周，我在这座山上，用红色经典整理思想，吃下了许多钙。我对井冈翠竹说，我的脊梁要和你的身躯一样永远苍翠挺拔。我对井冈杜鹃说，明天，我要带着我红色的灵魂与红色的诗歌再次飞翔……"他用简约的文字记录了在井冈山学习中的心得和感悟，这种心得和感悟融入了时代精神的内涵，融入了一个共产党员对革命圣地的崇拜和敬仰。通过他手中的笔再现了中国共产党建党一百周年的一段重要历史，赞美了中国共产党人用献血和生命换取了中华民族站起来、富起来、强起来的伟大精神。

　　作家是优秀民族文化精神的代表，今天空前活跃的社会现实、丰富深邃的文化振兴，都在持续不断地给予作家以创作资源。不管是有意识还是无意识，作家的生命成长、人生感受、艺术想象，都会与其所处的时代息息相关、唇齿相依。所以，作家要有面对现实而写作的勇气，要在生活与精神的两个层面上做时代的参与者，要做时代的代言人，反映民众心声，讴歌人性光辉，用文学的责任抒写这个伟大的时代。而福康的《灵魂的叩拜》正是对时代的讴歌和赞美。"对面是重兵，铁索上没有木板，下面是湍急的洪水。22名勇士冒着枪林弹雨，用自己的身躯连接中国革命的过去与未来。那些爬行的姿势，成为中国革命波浪壮阔画卷中最美的一页。"［《灵魂的叩拜》（三）］这种对飞夺泸定桥勇士的超凡脱俗的赞美，诉说的不仅仅是红军长征精神，而更多的是中国共产党的精神，是中华民族的精神。在字里行间让我们读懂了历史，也读懂了一个民族的伟大而神圣。

　　一篇好的作品问世，要经过作家的反复酝酿和创作修改才能完成的。作家文艺创作的过程，本身就是思想的磨炼和净化的过程，只有具有高度的时代责任感的作家才能写出无愧于时代的精品力作。福康正是这样一位具有高度时代责任感的作家，他的作品不算很多，但每一篇都精雕细琢，都闪烁着思想的火花。在他的文字里，蕴藏着深厚的爱党思想和爱国情怀。"面对英灵，我不敢用笔去切开历史包裹的伤口，不敢用文字去掀开那一页沉重的诗篇。""我只好眼噙泪水，仰望天空，颂念一个个死亡的名字。这些名字，没有一个是我熟悉的，没有一个是我不熟悉的……这是我生命中最沉重的一次颂读。"［《灵魂的叩拜》（二）］作者怀着强烈的时代责任感写下这段文字，从作家的角度引领读者对这段历史的重新认识和反思，让我们去记住那些革命先烈的名字，怀念革命先烈的丰功伟绩；在"眼噙泪水"的文字背后读懂作者的思想情怀和敬仰的民族精神。

"说好了，战争结束就回去看儿子的。战争结束了，儿子长大了，儿子的儿子也长大了，可您却永远回不去了。"短短数言，却记录了一段长长的历史，容纳了数以千计的故事，激发了读者太多的回忆，留下了太多的思考空间。文章高超的语言组合和表达方式，让我们在文字的背后看到一个带着深厚感情去怀念革命先烈的身影，看到一个接受红色教育洗礼，学史明理、学史增信的灵魂的再生。

作家需要有历史观，创作的过程就是对历史的评判过程。所有主题的筛选都应该放在历史的长河当中去思考，去选择，要用历史唯物主义观点去审视主题和确立文章内容，而不是随心所欲，随便去选择主题，表达个人的思想。每一个作家都生活在一定的社会环境里，这个环境里有鲜花，也有垃圾，作家的责任就是让鲜花花瓣更艳丽，让鲜花的香味更浓更烈，让人们在审美的过程中感到时代的脉搏，感到鲜花的露放，而不是让垃圾释放熏心的臭。

作家只有把作品还原到历史的现场去思考，去提炼，其写出的作品才有厚度深度、才有穿透力。文学艺术作品，都是对过去一个历史时段的把握，这种主题的把握释放出的闪光点，就应该是冲击人思维方式、思维情感的一种艺术表达。这个闪光点的提炼需要作家把文字背后的思想放在历史的进程中去观察和思考，因为作家所表达的思想和情感不仅仅是文字表面上的内容。福康《灵魂的叩拜》（一）中这样写道："十万杆红旗打开天堂的门，我按下快门，让自己的信仰进入焦距对准的红色跑道。一座山，被一段红色的历史垫高，被一群叫红军的人熨平。我的灵魂，在一条叫潢河的水里，洗了个圣洁的澡……"文句所表达的思想和主题远不只是文字表面的东西，更多的是沉积在文字背后一个共产党员灵魂的洗礼和净化，是对伟大的中国共产党的赞美和对革命先烈的敬重。

一部文学艺术作品，应该是让读者在情感上同频共振，心灵上感到舒适愉悦，与读者心理、精神、情感相契合的一种表达和传递。"不朽者住在不朽里。100 万无名烈士和 13 万有名有姓的忠骨，将历史的瞳孔凝住，让我的眼睛再一次潮湿。当我久久凝视烈士陵园中的竹子，我空虚的飞翔被红色的史诗填满。我满怀虔诚从红军烈士像前走过，我的灵魂和诗歌在这里深深鞠了一躬……"［《灵魂的叩拜》（一）］文艺作品的欣赏就是一种美的享受、美的感悟、美的价值提升，甚至美的素养的升华。

中华民族是一个伟大的民族，五千年的文明让中国人感到自豪和骄傲。中国人崇奉以儒家"仁爱"思想为核心的道德规范，讲求和谐有序，倡导仁义礼智信，追求修身齐家治国平天下的道德修养和人生境界。当代中国在吸收了西洋的物质文明后，其时代精神发生了裂变，做违心的事，说违心的话成了时尚，饱览私囊的人们却高喊着自己的正直与善良，撕开光彩的面纱，呈现出的却是灵魂的龌龊与肮脏。在物质繁荣、经济发达的背后潜伏着国民"灵魂缺钙""思想缺晒""感情缺爱"的危机，这种危机成为作者的隐忧。"这一周，我在红色的经典中整理思想，吃下许多钙片。信仰，这个看似空虚的词，在这里变得如此触手可摸，变得如此清晰可见。""只有心灵才能抵达事物的本质，有些东西是肉眼看不到的。我想，在未来的人生旅途中，我会把这个词挂在我的脚踝上，并成为我永远的导航仪……"［《灵魂的叩拜》（一）］作家是思想引领的倡导者和艺术审美的传播者，应该站在时代的前沿，主动担当起弘扬民族精神，拯救国民灵魂的责任。海纳百川有容乃大，山高万仞无欲则刚。人生的路，看过的是风景，走过的是经历，思考过的才是财富。在人生的路上，我们要不断努力，要不断奋进，要在学习和思考中纯洁灵魂、提升品位，这样人生才会更加精彩。作者正是站在这样的高度来构思作品，把思想性和艺术性有机的结合，从个人灵魂的"补钙"说起，呼唤人们通过红色体验来实现思想和灵魂品质的提升，用爱党爱国的思想填充灵魂的缺失，让中华传统美德在与当代人们浮躁的灵魂发生碰撞，让腐朽的思想在阳光下暴晒，从而变得高洁而纯净。

《灵魂的叩拜》是一组散文诗。散文诗既有诗的情绪和幻想，又有散文的外观和内涵，给读者美和想象。内容上保留了有诗意的散文性细节。有散文的外观，不像诗歌那样分行和押韵，但不乏内在的音韵美和节奏感。福康的《灵魂的叩拜》充分体现了散文诗的特点，给读者留下的美和想象特别丰富。"只等闲的万水千山中，我没看到五岭逶迤腾起的细浪。当年那群头戴五角星的人，沿途播下的种子，盛开成漫山遍野的杜鹃花，在和平的春风里摇曳着无言的诉说……"在这些文句中，意境深远，韵味深长，留给了读者丰富的想象空间，带给人们的是一种美的享受。

散文诗更注重气韵的生动。气韵的节奏不仅仅是语音的韵律，更是语言本义所具有的诗意韵律，要在气韵的变换中来完成所要表达主题的内涵与外延。气韵生动的核心就是寻找汉语之音、形、义、韵所波动的情感节奏。在情感节奏的波动中蕴藏思想的爆发力，形成崇高情感与时代的主题高度统一的语言文字组合，让读者感到震撼而产生心灵脉动。本文作者正是注重了诗意韵律的组合，在深邃的语言背后实现了情感与主题的统一。如："有些事是不能等的，就像灵魂追赶太阳的脚步。""历史放下吊桥，让我走进红色的心灵之旅。""我的灵魂进入红色的信仰。太多的感动与心跳，太多的爱与执着，像大别山的桂花树一样，枝繁叶茂……""当一滴坚忍的泪水凝固在眼角，我看见，那段不朽的历史，已经凝固在湛蓝色的天空。" [《灵魂的叩拜》(一)] 文艺作品应该对社会生活、自然现象与心灵碰撞进行高度提炼、凝神成诗歌语言的表达。作者高度的政治敏锐性和高超的语言艺术，让故事和情节融入精练的语言之中，通过作者跳跃性思维的表达来优化主题思想，折射出人们的价值导向和精神追求。

社会主义文艺，从本质上讲，就是人民的文艺。随着人民生活水平不断提高，人民对文艺作品的质量、品位、风格等的要求也更高了。作家对"人民"二字根植了真挚的感情寄托和深厚的理性认识，深刻理解人民是历史创造者的道理，深深懂得人民的需要是文艺存在的根本价值所在。因此，作为一名作家，就要进一步坚定文化自信，坚持为人民服务、为社会主义服务的方向，大力弘扬社会主义核心价值观，把推出精品、提高审美、引领风尚作为重要职责。"三天的红色之旅，我所敬仰的骨骼，嵌满星光和宝石，葳蕤相生，裸现时间的钙质。布满沧桑的往事里，历史深处那些红色的故事，在心底，烙印成永恒的感动。"〔《灵魂的叩拜》（三）〕"在心底，烙印成永恒的感动"的东西是什么？是人民英雄坚定信仰，坚贞不屈，忘我牺牲的精神。这些为中国共产党的伟大事业而牺牲的英雄是谁？是时代的精英，是中国人民的一员。作者始终把人民作为写作的对象和歌颂的对象，写的是自己的感受，记录的是红色的故事，歌颂的人民的英雄。把人民英雄的精神通过作者的感悟提升到时代的高度，然后作为精神食粮回到人民当中去哺育失血的灵魂，让人们的灵魂不再缺血，人们的精神不再缺钙，人们的信仰不再缺失。

浅谈合江诗歌现象

——从万利的诗歌说开去

中国诗歌进入 21 世纪，随着网络时代的到来，传统的诗歌创作方式和诗歌的传播渠道已经发生了较大的变化，传统的朦胧派、先锋派、新月派、九月诗派、鸳鸯蝴蝶派、象征主义、写实主义等文学流派渐渐从中国诗歌的代表性流派中退出。新的诗歌风格呈现出突飞猛进的态势，但都没有形成独特的流派风格，相对而言，后朦胧诗派和新诗潮诗派特点相对明显。可以说，当代诗人的写作风格大多把新诗潮诗歌风格作为写作的方向，但就基层初学写作的作家来说，都是凭感觉写诗，还谈不上什么派，什么风格。追求潮流是人的本性，适合政治是当代诗人作品生存的基础。为此，适合于网络传播的诗歌如春笋般涌现，不断地从地平线上冒出来。而这些新的诗歌潮流已经无法找到精准的定位，也无法说出其明显的特征，形成了百花齐放的局面。

当我们抛弃了从流派的视角去认识诗歌以后，我们几乎找不到客观的评价标准，对诗歌的好与差，通常都是读者从心灵的感应和情感的融合的角度去评判。要说把合江诗人的诗歌分成两大类的话，可以归纳为现实主义和浪漫主义，但这种分类是中国诗歌的普通分类，任何时代，任何诗歌都可以这样去划分，不具有个别性的特质。从诗歌的言说方式来看，可以把当代诗歌分以意象诗和口语诗两大类，事实上当代诗歌是这两大阵营齐头并进，除此之外已经无法分清何流何派了。

这些年来，合江诗人阵容也随着这个历史性变迁发生了很大的变化，老一批以写实主义为主的诗人阵容渐渐退出传统诗歌的创作之后，与之而来的是与当代诗歌潮流相接轨的新诗人，这些诗人以万利、匡红兰、江丽梅、周跃刚、张静、张涛、曾德健、张伟、古胜西、王唐银等为代表。而这些诗人中以万利、周跃刚、曾德健为代表的意象性诗歌创作和以匡红兰、晏小英、张静、江丽梅、张涛、张伟为代表的口语化诗歌创作更加凸显出来。合江诗歌的两大阵容的划分只是相对的，是对地域性诗歌特点的臆断。两大阵容的诗歌也有很大的交叉性，写意象诗歌的诗人也有口语化诗歌的作品，而写口语诗歌的诗人也有意象诗歌的作品，只是总体风格上的差异而已。

中国诗歌强调含蓄、简约、朦胧、暗示等特征，跟意象性诗歌派所表现出来的用具体意象来表达诗歌非常契合。应该说，意象诗歌与口语诗歌各有特点，意象诗歌意味较深，想象空间较大，很适合读书人阅读和鉴赏。随着当代人生活的快节奏、多选择性的发展倾向，静下心来认真读诗的人群越来越少，相比之下，而口语诗歌更适合网络传播，更能适合生活快节奏，阅读跳跃式欣赏的需要。

在此要特别强调的是，所谓意象诗歌和口语诗歌是从言说方式上来区分的，两者之间并没有优劣之分。诗歌的好与劣要从读者的欣赏视角来认定，并不是所有的好诗都适合每一个人阅读，也并不是所谓的差诗都没有人欣赏。怎样来评判诗歌的优劣，我个人认为应以读者的审美观照来确认，只要读者喜欢的诗歌，读者在阅读过程中能找到共鸣的诗歌就是好的诗歌。过于的追求某种潮流性和时空的跨越性，而不适合大多数人阅读，或者让多数人读不懂，再好的诗歌也不具有社会性和审美娱乐性。

这些年来，合江诗人群体中，万利的诗歌可谓意象性诗歌的代表者。当人们被过度抒情的浪漫主义诗歌折磨得极其不堪的时候，意象叠加等诗歌艺术原则使我们看到了诗歌的新生命。作为诗人，我们应该理解意象诗歌和口语诗歌的关系，两者虽然有所区别，又存在着相互的渊源关系，两者都有其诗歌独特的现代性内涵，各突显其诗歌的现代性特征。

万利的诗歌《镜画观音湖》就具有典型意象性特征。"我站在船上/湖上就有了两个我/这我倒不担心/我知道真正的那个我还在/我只是为了当初的誓言/不把我的一颗心掏出来看/"这样的诗歌在中国当代诗歌中非常多，但是却显现出非常不同的写法。中国诗歌中不乏情感抒发性的题材，但中国诗歌中抒情主体跟抒情对象之间是有距离的，主体可以沉迷膜拜，却绝对不会和叙写对象合为一体。

万利作为女性诗歌写作者，其诗歌的最大特点是"情感的流动性"。不管是写人写事，还是写山写水，所有的物像的背后都流动着一股浓浓的情，柔情似水，眷恋青春，怀想旧梦组成了万利诗歌的三部曲，物化美人是她特有的风格。中国诗歌物化美人的写法从屈原就开始了，所谓美人香草，是叙写者对于叙写对象的一种美好物化。后继者形容女性美如"闭月羞花""沉鱼落雁"，或"一顾倾人城，再顾倾人国"，或所谓"行者见罗敷，下担捋髭须。少年见罗敷，脱帽著帩头。耕者忘其犁，锄者忘其锄。来归相怨怒，但坐观罗敷"。这些都是从外在事物跟女性的对照或女性美对男性冲击的角度来叙写的。所以只要简单对照就可以看出万利诗歌意象具有别致性。她不但把"女性"物化为各种景物，借用景与物抒发自己的感情，而且在情感的流淌中展现女性独特的思维空间，在诗中把女性的唯美和多情如泉水一样喷射出来，慢慢地淹没读者的审美情结。

应该说，诗歌技巧的背后事实上是不同的文化想象，而正是这种文化想象使诗歌带上了不同的时代印记。中国诗歌的抒情主体基本是男性，在中国的传统文化中，男性可以赞美爱慕的女性，但却不可能将自己想象成女性。众所周知，屈原开启了中国诗歌的浪漫主义传统，但是他的浪漫想象的背后却依然有着传统性别文化的制约，而万利《水写的苍茫》："一张渔网/要捕捞多少晨昏/才能恋上鱼儿的思绪/一支长篙/要摘取多少星月/才能划动沉重的木舟/蒹葭苍苍/时光的水波粼粼/聚散雾湿的清冷身影/月色迷失/一盏渔火点取着亘古/在蛰伏中飘摇挺立/只有水无止境/水写的苍茫穿越到今/穿越一粒沙一滴水的生死轮回/只有水幻变无形/化成血脉里股股灼热生生不息/千万年来柔韧如一/草植根的地方/就是大地纵深的走向/就是宇宙势不可挡的预言。"诗的背后依托的是女性独特的审美视角，让物与人之间，情与景之间互为变换想象成为可能，正是这种独特的想象和跨越性的逻辑思维，使得万利诗歌的柔情性彰显出来，使她的意象性诗歌与口语化诗歌之间产生了质的区别，而这种区别，构成了意象性诗歌的真正内核。

我们再对万利的《一首梨花的慢词落上丹林的印》和中国唐代诗人白居易的《长恨歌》进行对比阅读，看看其中的异同。"我该如何打开你，丹林？美人在侧，淡妆素裹/一幅设色的画卷依依漫溢。于你，很难简单地/定论为横轴或立轴——那时空被你穿越/阳光雪一样落下，你意态翩翩，雀跃，随时起飞/青瓦白墙，燕子剪窗，田埂、波光点染菜花的甜香/谁在那梨花树下徘徊，种下前世之约，倚门而望/从此婉约，从此明眸善睐、豆蔻娉婷/一泓相思盛放一个翰墨丹青、林下清风的名字。"而白居易的《长恨歌》"玉容寂寞泪阑干/梨花一枝春带雨……"这两首诗都写了梨花，意象有许多相似之处，但又有不同的情感表达。我没有理由说万利的诗歌是对白居易诗句的模仿，但是我们却有充分的理由把它们放到一起比较。首先这两首诗的意象在构成上都是人和花；其次写作上都避开正面描写，以花类人，达到曲径通幽的效果。诗人要写的都是梨花，而所代表的是人的内心世界，而且他们都用梨花的意象特征来曲折实现情感的抒发，万利的诗更以通感的修辞使诗句更加饱满。当这两种意象产生触觉和视觉感受冲击的时候，实际上为花这个意象注入了相应的主观情绪。相比之下，带雨的梨花仅仅是对事物外在情状的叙写，而"谁在那梨花树下徘徊，种下前世之约，倚门而望/从此婉约，从此明眸善睐、豆蔻娉婷/"却经历了抽象的艺术组接，将美的花和情感的流动连在一起，从而产生了艺术上的张力。

众所周知，中国古典诗歌的内在原则是和谐，音韵的和谐、意象之间的和谐、意象与修饰语之间的和谐皆在考虑之列。"梨花一枝春带雨"非常和谐，而《一首梨花的慢词落上丹林的印》诗中梨花的意象与人的情感的嫁接则是有悖和谐的，但却表现出独特的审美意识，诗歌意象再现的独特魅力。

中国现代诗歌最大的特点也是和谐。音韵和谐、审美上的和谐使得中国传统诗歌已经成为一个自我封闭的系统。而万利的诗歌却是对意象诗歌创作与情感世界接轨的一次尝试，诗艺淳朴，思维赋予意象，注重于主观内涵的表达，展示的意象大多为现代女性对美好生活的追求与向往，当然也有女性特有的焦虑与不安。如万利的《死亡真相》："杀死一个人/不必用刀/冷漠就够了/保护内心/不必用盾/轻蔑就行了/为什么/今天你躺在了这里/地上不见血泊。"这首诗显示万利对于女性生活的客观态度。

人的一生中，思想的变化非常频繁，诗歌道路也丰富多彩，但在万利的作品中，我们可以看出她对生活现状的不满和对幸福生活的向往之情，带给人们对世态炎凉的讽刺和情感的宽容性思想。综观万利的诗歌，我们不难看出，她的创作意向不是单一的，而是多种思想的交汇与融合，更多展现出她对生存的体验和对情感的追求。作为诗人，对诗歌现代性的焦虑和对诗歌多样性的探索是永恒的。万利作为合江诗人群体中的中坚力量，其诗歌的可读性和感染性相对比较强，其意象诗歌特征表现得非常明显，可以说她代表了本土诗歌阶段性的创作倾向。

口语诗歌是当前网络比较流行的诗歌，非常适合网络时代快节奏的阅读人群。有的诗人把意象诗歌称作为高雅诗歌，把口语诗歌称作为通俗诗歌，我不完全赞成这种看法，但既然有人这样划分，自然有其道理。但从审美观照的角度来看，不管那种表现形式的诗歌，只要能给人以启迪，给人以思想，给人以悟道，给人以审美娱乐，我觉得就是应当提倡的。

在现代诗歌不是很受欢迎的今天，公开发行的报刊对诗歌的选稿存在地域性和认为性的导向，加上人情稿、交易稿、照顾稿的不断出现，诗人的作品要上刊物越来越难。众多作品在编辑手里的拥挤，将诗人和作家的心态挤变了形，于是在社会底层的作家和诗人中都有一个通病，那就是小气，总希望自己的作品就是最好，总希望别人都不如自己。本来有这种自信和志气并非有错，错的是喜欢去说别人的不好。其实作品的好坏不在于高雅与通俗，是在于有人读，有人喜欢读，拥有较多读者的作品就是好作品。当诗歌的意境与读者的经验不能大范围构成交集的时候，共鸣毫无疑问是困难的。

当代诗歌，应该有当代的特质，即就是要反映目前我们的社会、生活、思想和感情。而当代特质的显现需要我们在创作时具有当代意识。当代意识是对当代社会政治、经济、科学、文化等现象的反思。作为诗人应该关注当今世界，关注政治生态，围绕时代需要来写作才更具有生命力。随着自然、社会环境的变化，人类的思想发生了很大变化，人们对诗歌的欣赏度在降低，作为用思想、灵魂去铸造人们心灵的诗人，要想自己的作品拥有更多读者，要想自己的作品能够打动人，那在创作的时候必须要有博爱的思想和悲悯的情怀。

什么是"悲悯"？悲是慈悲，是对人间的苦难持有一种博大的爱；悯是体恤，是同情又并不蔑视，不是可怜苦难中的人，而是以感同身受的态度来对待。如匡红兰的诗歌《铭记2017》："迎着村民期盼脱贫致富的热切目光/我们暂时把父母、子女晾在一边/把周末节假日上下班概念统统抛弃/毅然奔赴新洋村这片28平方米的战场/打响一场艰苦卓绝的脱贫攻坚战/……人生没有白走的路/我们在脱贫奔康的路上携手前行/每一天，每一步/都镌刻在我们人生阅历中/沉淀为珍贵的记忆。"这首诗具有口语诗的明显特征，其意境不算深远，但却说出了当代扶贫干部的心声，在直白的语言中却蕴藏了诗人的悲悯情怀和无私的奉献精神，这正是当代中国人需要的精神，正是时代精神的缩影。

当然，口语诗歌的写作也要讲究情感的内敛，要把情感蕴藏在文字表象的背后。有些诗歌哭天抢地般的抒发悲情，手舞足蹈似的表达喜意，早已为人所不屑。款款而叙，娓娓道来，不经意间击中他人内心最柔软的部分，才是当代诗人追求的抒情方式。许庭杨的《承包》这样写道："我要把你的身心开垦辽阔/把陡坡也挖填成平地/你的每一寸土地/我都要承包，栽种爱/你的一个眼神/就是我的承包协议。"诗歌看起来很平实，没有变换的意象，但一句"你的每一寸土地，我都要承包"，把内心的情感浮现了出来，给人以极强的审美空间。这种情感内敛的笔法，让读者随着情境的铺设去打开，去融入，去共鸣，这比声嘶力竭地呐喊而读者只觉耳朵发麻要高妙得多。

随着当代诗歌叙事性的强化，诗歌的构思越发讲究精巧。经过多年的研究和尝试，我发现"多维转换"是创作时极为好用的一大法门。"维"是一个度量。现代科学理论认为整个宇宙是四维的，由时间、空间、记忆与感知构成。"多维转换"是目前潮流诗歌创作的基本特征。时间和空间的转换是当代诗歌的评判依据，时间上的转换有从过往到此刻，空间上的转换有从田间到街角，主体与客体之间，虚像与实像之间，便打破了界限，形成了亦此亦彼，亦真亦幻的思维结构，从而拓展了境界，提升了张力。可以说，多维转换在当代诗歌的创作构思上无疑起到了"曲线美学"所主张的作用。

有人说，当我们对地球生物圈中的所有生命都能建立起理解模式的时候，我们对于生命、对于人类的悲悯情怀，也就自然而然地滋长起来。当我们对人类的道德期待不那么强烈，也就不会过于去夸大人类的崇高与神圣。而对于人类的缺点、过错、惰性，也会有一种低调而又温柔的谅解。如果我们诗人都带着悲悯情怀去写作，都带着一颗善良的心去看待世界，那我们在写作的同时，定然会得到更多诗意的发现和心灵的慰藉。

作为诗人，只有当我们带着感情去写诗，用悲悯的眼光打量世界，倾心关注生活中的人情世故，让自己的诗歌首先打动自己，让自己的眼泪在创作的过程中流淌，我们的诗歌才有可能闪出直抵人性、照亮灵魂的光芒。

与诗曼舞

生活的历程已经让我这个田坎上的农民走过了半世人生。年龄一大把，对情对爱已经变得冷漠，唯独爱诗不减，日不见诗，如初见情人之抓心挠肺而不安，真奇怪过激。

于诗，我虽写过数百首，但与之隔阂不小，难成生死之交，千年之好。我生性笨拙，文学功底浅薄。读高中时，因作文太差常被老师邀请做客，虽后努力改进，十年不断写日记百万余字，但天生庸才，何谈后天补血。所以写些诗也无多少惊世之作，迷离之语，偶有佳句被编者赏识，被读者挚爱，那也许是诗人与爱诗的人属同道的缘故罢了。否则，就是偏心。

不久前，参加一个在西柏坡开展的笔会，有一个高校生与我聊天，他问我："诗歌是不是把记叙文弄成一截一截的，再加些标点符号便成了"我没有正面回答他，而心里却升起一种愁绪，这种愁困扰着我，让我几个月几乎没有动笔写诗。近年诗歌的变异，确实让一些人把诗写得连散文都不如，使现代诗蒙上了一层阴影，加上读诗的人越来越少，谈诗的人越来越多，甚至有的诗作者和编辑连什么是诗，现代诗的基本特征都难以言表。对古体诗词更无人问津。细思想来，中国诗歌除唐诗的绝对权威和纯净外，宋词、元曲都是宋、元时人在唐诗巅峰之作的威逼下，自知无法超越的步步撤退之举，我等要是不识趣，搞点旧瓶装新酒的玩意儿，岂不是不伦不类，贻笑大方？见于此种心绪，虽有澎湃激情，却也欲说还休诗心来之商阁。

然而，天生与诗为舞，情如手足，犹如情侣相随，离之越久思之越切。因为诗有"疏影横斜水清浅，暗香浮动月黄昏"的恬适；因为诗能抒发"年年今夜，月华如练，长是人千里"的忧伤；因为诗能描绘"绿窗春睡轻"，

"闲阶静，杨花渐少；朱门掩，莺声犹嫩"的山景纯净。唯有"天涯地角有穷时，只有相思无尽处"的名句，才能真正体会到诗的浑厚与精深。人在闲暇时，朗诵一首唐诗，一首宋词，定能让人心情开朗，情趣横生。消沉时翻一句名句足够让人精神振奋，神采飞扬。

在我的生活里，除了诗，没有什么能安慰我的灵魂，没有什么能给我无穷尽的力量，没有什么像诗一样给我无限的相思。当今的文化市场，尽管肥皂剧越拍越长，文化快餐越来越多，但都无法让我陶醉于日新月异的舞台面孔，也无法为花枝招展的红衣短打少女而高歌，而唯有诗，深居心中，不时敲打着我的灵魂，逼迫着我去读诗，写诗，沉醉其间，不知归路。

经济时代给予诗歌这种文学体裁以严峻的考验。金钱、美女已经让文学走到了时代的边沿，物质与精神在斗争，肉体的满足与心灵深处的追求在抗衡，面对金钱，有多少人看重精神这种无直观形象的意识反映？然而，正是这种吃不饱穿不暖的心灵境界，才使人类向着高尚与美丽发展。

读一点诗，便隐入一种冥想，心中某根已经有些僵硬的神经被一下一下拨动，眼睛有些潮湿，为时代，为人类，为今天的文学艺术而担忧。诗能给人以力量和感动。一对初恋的情人，赠给对方一句诗，也许能让对方爱你终生。读诗，就是寻找一种感觉。在当今花红酒绿，经济潮涌的时代，我们缺乏的就是那么一点默然拥有的感动，就是那么一点让人心变得潮湿，变得柔和的东西。

我在诗海里徜徉十余个春秋。诗，这个天生的水做骨肉与我相亲相爱，相影相随。有了诗，我的心变得柔情；有了诗，我的情变得灼热；有了诗，我的生活永远充实而富有。

我们都爱诗吧！让诗带给你生活的美丽与温馨，让你在诗海里散步，去感受那怦然心动，天马行空的美感与乐趣。

浅谈艺术修养与艺术创作

　　我不是艺术家，对艺术实在没有研究和修为，但作为一名作家，对艺术却有着不灭的倾慕之情。因为作家的创作带来的社会价值虽然不亚于艺术的影响力，而经济价值却远远依于艺术作品。一个知名的作家的一篇几千字的文章，可争取的稿费就只有几百元钱，而一个有一定成就的画家，一幅画就要卖到几千元甚至上万元，这就是作家与艺术家在经济效益上的天壤之别。

　　艺术是人们把握现实世界的一种方式，艺术活动是人们以直觉的、整体的方式把握客观对象，并在此基础上以象征性符号形式创造某种艺术形象的精神性实践活动。它最终以艺术品的形式出现，这种艺术品既有艺术家对客观世界的认识和反映，也有艺术家本人的情感、理想和价值观等主体性因素，它是一种精神产品。

　　对字画作品，我是疼爱有加，已经收藏的作品好像有几百幅。我不是经营者，更多的是用来赏析，从艺术作品中去感受、领悟艺术家的思想和作品的美感。作家和艺术家的相通之处，就在于通过作品的创造去发现美、创造美、传播美的思想。精湛的艺术作品常折射出艺术家深邃的思想。艺术家通过对人生真谛和社会发展规律精深的体察与领悟，方能产生独特的认识和精辟见解，从而创造出优秀的艺术作品。凡在艺术史上留下光辉一页的艺术作品，无不具有独特的思想意义与哲理光彩。它们的产生正得益于艺术家的深刻思想修养。莎士比亚作品具有深刻人文主义思想，所以成为文艺复兴时期的时代缩影。

　　不管是作家还是艺术家，没有科学认知世界的能力，就不会创作出具有时代影响力的作品。世界观的转变是人的根本转变，先进世界观可使艺术家正确观察、体验和认识客观世界与主观世界，从而形成正确的创作目的与动机，加之个人的艺术修为和创作方法的有机结合，激发艺术作品格调和品位的内在情感，方能创造出崇高的审美境界。艺术家若仅凭精湛的技艺无深厚知识积淀，即使作品再精彩，也只是"虽工亦匠"，不会产生深刻影响。因艺术家要表现的对象是整个社会人生与大千世界。无论自然科学、社会科学还是艺术理论、生活知识都要涉及，才能博古通今、学贯中西。社会生活是艺术创作的广阔源泉，艺术家生活经验与生活知识的广度与深度直接关系到艺术家的成就。生活知识的内容包罗万象，既包含历史的、民族的、地域的等时空知识，又包含政治、经济、科技、文化、伦理、法律、宗教等方面的内容。艺术家只有尽可能地掌握、熟悉这些理论知识，形成良好的生活知识积淀才能更好地以艺术作品反映生活。

艺术创作是离不开情感的再现的，艺术的重要特征就是审美情感与艺术美的有机结合，缺一不可。对艺术家而言，尤其需要强烈的健康感情、完善的审美情感与独立的人格。通常而言，艺术家的情感比普通人更具敏感性、易发性、持久性，从创作欲望的激发到意象的形成，由艺术构思到物化成作品，艺术家始终处于激情洋溢之中。艺术家的情感是群体、大众情感的凝聚，是净化的、健康的代表人民的心声。其情感是日常生活情感的升华，要求品位更高，要有独立完善的人格和威武不能屈，贫贱不能移的精神。只有高尚的情感才能体现其人格魅力，才能使作品更具生命力，才能产生更久远的影响。

作为艺术家，其作品不是自己推销怎么样的好，而是通过他人的审美观照来体现其艺术价值，说直接点就是让欣赏者在其中学到了什么，感受到了什么。艺术创作者需要自信，但不是傲气，要用别人的眼光来检验自己作品的艺术价值，这更多的要看作家的修为和思想境界的高低。

我作为一个艺术爱好者，实在没有对艺术品鉴别能力，但从个人欣赏的角度，对合江艺术家门的作品有些个人的看法，当然不是对艺术家门的评判。在我的印象深处，合江本土艺术家们的作品带给我了很多的启迪，对我的文学创作产生了积极的影响，特别是自然的美和艺术的美，曾经让我一次次产生冲动，鼓励着我努力地发掘生活的美和人性的美。在这个意义上讲，我得感谢合江的艺术家们为这个社会创造的具有教育人、启迪人的优秀作品。

在合江艺术家的美术作品中，张文健的国画作品是很值得欣赏的，他的作品蕴含着磅礴的气韵，透视出一种清新淡雅的色彩，空间感和立体感都非常强，在他的艺术作品中常常流露出一种对自然和社会的天然美，让人感受到艺术家高昂的激情和博大的胸怀，带给人们对艺术的享受，特别是他的梅兰竹菊"四景图"，让人有更多对生活的感悟和对自然美的思考；他的山水作品清新典雅，在画面的背后总是蕴藏着一种艺术家的气质。谢跃荣的钢笔画，立足本土文化，选题朴实，构图精巧，笔法细腻，美感蕴藏其间，让人感到艺术家勤奋的基本功和高深的艺术修养，每一幅画都能带给人美的享受。张昌伟的花鸟画，笔法鲜艳，色彩自然，在他的作品中能让人感到大自然的灵动美。张大成的传统山水画，清新而秀美，大气而恢宏，在艺术作品中总是流动着大自然的美感，给我的印象也特别深。要说交情，杨建军算是我的忘年之交，早在十多年前他就专程为我创作了两幅山水画，至今还摆在我的客厅里，时时感受到那份真诚的心和浓浓的情。杨建军的作品朴实自然，思想性和艺术性结合较好，在自然得体的画质中能感受到一种乐观向上的精神。冯指挥的版画可以说是合江版画艺术的代表，承传了本土版画艺术的精华，洋溢出活泼自强的艺术思想，带给人们艺术观照的美感。王文成的人物画也留给了我很深的印象，人性的美在他的笔下更具多棱性，立体的美感很具欣赏力。

在合江艺术家的书法作品中，罗亮老师的作品恢宏而大气，行笔刚健而有力，在他艺术作品的背后可以感受到一种热爱祖国、热爱自然、热爱生活的情怀，在美术作品中蕴含着美学的思想，这实在是难能可贵的。朱华熙的书法作品柔中带刚，行云流水，自然得体，笔锋干净，文雅相间，留给人们很多想象的空间。张静涛、陆贤能等算是合江的奇才，平生从事艺术研究艺术人，数十年如一日，为美术创作做出积极的贡献，带着对艺术的热爱和追求，谱写了一曲合江山水美术的赞歌，其艺术的价值远远超越了合江的历史，带给人们的全是鲜活灵动的作品。更为可敬的是对艺术执着的追求中表现出来的热爱艺术、热爱生命的思想，这种思想正是当代艺术的灵魂所在。丁红光可算是书、画皆得的艺术家，十多年前我就收藏过他的梅花图和书法作品，通过十年的精心磨炼，可以说其艺术造诣有了很大的提升，特别是其书法作品，在原来的基础上实现了较大的飞跃。为人真诚是艺术家的修为，丁红光不只是艺术的修养较高，而思想的修养更是我学习的榜样，在这一点上，丁红光算是本土"德艺双馨"的艺术家。古英俊算是合江青年艺术家的代表，他的作品极具灵性，在大气中更显艺术的魅力，在欣赏他作品的同时，可以感受到作者深邃的思想和对艺术美的修养。艺术家是思想和艺术的结合体，一个先有思想，再有艺术的艺术家，一定是一个很有作为的艺术家；一个只有艺术没有思想的艺术家，永远不会成为大家。雷朝的作品粗犷而匠心，他继承了中国传统书法的隐忍之术，在作品的背后用心种植了艺术的思想，让人感受到的美不只是艺术的美，更具思想的美。艺术创作的本身是思想的创作，如果一幅作品没有思想性，那是很难有生命力的，因为我们欣赏作品的最终目的，是希望在欣赏的同时感受到思想的熏陶，得到情感的共鸣和审美的娱乐性。只有深藏思想内涵的作品才是真正的艺术作品，只有思想和艺术相统一的作品才是优秀的作品。艺术家的思想不一定都在艺术作品中体现，有的艺人用思想和行动教育和影响了一批人，丁超算是这样一种人，他热心公益事业，积极服务于艺术工作者，努力帮助合江艺术家们协调、解决各种问题，留给大家的是积极作为和无私的奉献。说实话，这样的艺术家的艺术修为值得大家点赞，更值得大家学习。

　　这些年来，合江的艺术家们以对历史负责和对艺术负责的态度，积极创新思维，创造出了许多优秀的作品，国家级的很多奖项中，都可以找到合江人的身影，这是让人十分欣慰的事情。合江的艺术家队伍也在不断壮大，许多新生力量在不断成长起来，渐渐成为川南一支生力军，这让我们看到合江艺术创作的希望和明天。鲁迅先生只是一个作家，他平生很少写诗，可他喜欢经常在门外与朋友闲聊谈诗，后人把这些闲聊记录下来，成了《门外诗谈》，引起了不少诗人的关注。我只是一个门外汉，对艺术实在不敢班门弄斧，但合江艺术家们大多是我的好友，在与他们的闲聊中学到了不少关于书画的知识，这是让我很为感激的。还有很多合江中青年作者的作品，我只是偶尔见过一些，没有收藏，也没有认真品赏，所以不敢去一一评说。

　　在我认为，艺术家重在艺术修养，没有艺术修养的所谓"大家"是很难成器的。艺术修养除了要掌握基本的艺术理论知识外，还应当具备艺术创作、艺术交流、艺术评论、艺术创意以及艺术传播等方面的艺术活动能力。合江艺术家阵营中，张文健、丁红光、谢跃荣、杨建军、冯指挥等都是我二十年前就认识的朋友，说老实话，当初我看到他们的作品时，真的不敢恭维，可他们勤奋的艺术修养，让他们的艺术作品走向了成熟，走向了大气，其根本的原因在于他们在艺术修养的同时，特别注重思想的修养。而贾大绒、豆光明、杜彬等一批人，我认识他们时还没有进入艺术创作的境界，经过人生的洗礼和艺术思想的熏陶，思想上的修为造就了他们艺术的修为，渐渐成了合江成长较快的艺术家。所以说艺术家需要的是先修心，后修艺，只有思想和艺术的同时进步，才能让艺术家真正走向成熟。

不是每一个艺术爱好者都能成为艺术家的，是否能有成就，能成为艺术家中的佼佼者，关键要看其思想的修为，可以说，修养对艺术家自身及其作品具有重要意义。作为艺术家，其艺术才能固然有先天的天资禀赋与一定生理基础，但起决定作用的还是社会实践、培养教育和自我修养。相同专业者受同样的培养、教育，而成就却迥然不同，这正是个人修养差异造成的。不加强艺术修养就不会成为艺术家，即使成为艺术家不继续加强个人修养也将迟早失去艺术家的桂冠。所以，加强艺术修养对能否成为艺术家、成为何种艺术家，甚至能否永远成为艺术家都具有决定意义。艺术家通过艺术创作活动最大限度地关心人民权利和最大限度满足时代要求，最有成效推动社会发展从而成为优秀艺术家，这要求艺术家有高度的事业心和责任感，要以严肃认真的态度对待艺术创作及艺术活动。

艺术家的艺术修养，就是要做到在艺术上精益求精，要认真严肃地考虑自己作品的社会效果，力求把最好的精神食粮贡献给人民。艺术风格是艺术作品内容与形式的统一所呈现出来的艺术特色。艺术家因其生活阅历、思想性格、审美趣味、艺术才能及文化修养不同其艺术风格也不同。而生活阅历、思想性格、审美趣味、艺术才能及文化修养同属于艺术修养范畴。

追求独特的艺术风格是艺术家的必修课，艺术风格包括个人风格、时代风格和民族风格，而个人风格受艺术修养的影响最大。艺术修养不同，风格各异。例如同样题材的艺术创作个人修养不同会形成不同艺术风格。同是画马唐代韩干的马风骨雄健丰满，宋代李公麟的马雄健不凡，徐悲鸿的马则又呈刚健奔放风貌。《文心雕龙·体性篇》即言画家的个人艺术风格就是其在作品中集中体现的创作个性，即"画中我"。而艺术家的创作个性主要取决于艺术家的个人思想、阅历、性格、气质、学识等艺术修养。

　　艺术家的艺术修养还在一定程度上影响着艺术作品的格调高低。中国古代的画论就强调把"技而进乎道、艺而进乎道"作为最高追求目标。所谓"道"就是人生修养的境界，对道的修悟的高下则反映了人品的高下。人品的问题反映在书画中便有"气韵不可学""气韵必生知"等说法。人品不完全是天生的，后天的修养决定着它的涵养和发展。所以在人品上每个人不是消极被动的，而是可以充分发挥主观能动性，不断提高的。《孟子》曰："吾善养吾浩然之气。"中国古代画论一再强调画品系乎人品，人品高则画品高，人品卑则画品卑，这就是"人品不高用墨无方"的道理。

　　在我认为，作为艺术家的艺术创作应充分体现其民意性，因为艺术不是只由艺术家来欣赏，而是让广大人民来欣赏，这才能真正达到艺术的社会性效果。如果一个作品没有读者，即使再好又有何意义；一幅美术佳作，如果没有人欣赏，即使再好又有多少价值。所以说艺术作品的社会性、贫民性非常重要。意大利文艺复兴时期著名美术家达·芬奇的优秀肖像画《蒙娜丽莎》，可以说是人见人爱，世界上不同国度的人都喜欢，原因何在？在于艺术的贫民性和社会性，在于艺术家的艺术修养和造诣。

　　从一个非艺术家的视角来欣赏艺术，我想重点是看艺术品的直观性、协调性、典型性、教育性，其他专业特征并不是所有欣赏者都感兴趣的。所谓直观性，就是具体生动性和直接可感性。有些艺术作品中，艺术美的直观性表现得十分明显。它们直接作用于我们的感觉器官，使我们经过联想或想象，在脑中产生出美的形象。合江张文健、古英俊的作品之所以能获大奖，就是因为他的作品处处呈现出一种直观的美。所谓协调性，最根本的是指内容和形式的统一，也就是说以完全美的艺术形式表现真实的生活内容。罗亮、丁红光、谢跃荣等的艺术品都具有这个特质。所谓典型性，就是艺术作品中的形象既具有鲜明独特的个性又能反映一定社会本质的某些方面，并寄寓着艺术家的审美理想和审美情感。例如，中华人民共和国成立初期我国著名舞蹈家戴爱莲创作的《荷花舞》，既有鲜明的个性，又反映了我国广大人民在中华人民共和国成立后所过的那种和平幸福、欣欣向荣的新生活。在翠柳环绕的荷塘中，荷花仙子们身着粉红舞衣和淡绿舞裙，轻盈安详地婆娑起舞，创造出芙蓉出水的恬静意境，深深激发人们对大自然、对祖国、对和平的无限热爱的美好感情。张文健的兰花、张昌伟的花鸟、王文成的人物、贾大绒的梅花，在一定意义上，这种典型性表现得较明显。艺术的教育性是人们通过艺术活动，受到真、善、美的熏陶和感染，而潜移默化地引起思想感情、人生态度、价值观念等的深刻变化，它不同于道德教育。艺术的娱乐观念是人们通过艺术活动而满足审美需要，获得精神享受和审美愉悦，它不同于生理快感。

艺术与其他意识形态的区别在于它的审美价值，这是它的最主要、最基本的特征。艺术家通过艺术创作来表现和传达自己的审美感受和审美理想，欣赏者通过艺术欣赏来获得美感，并满足自己的审美需要，艺术的影响力和感召力都是很大的。在我们全面建设小康社会，积极践行社会主义核心价值观的今天，艺术家的责任不只是创作艺术品，而是要通过艺术品的感染力教育人、启迪人、引导人，让人们的灵魂在艺术的欣赏中得到净化，让人们的思想在艺术的熏陶中实现飞跃，让人们的情感在浮躁的生活中得到慰藉。但愿我们的艺术家们都能自觉担当起这个责任，让中国艺术的内核在人们的审美观照中散发出更加耀眼的光彩。

周跃刚的诗及其诗歌意象

说起诗歌，大多数人最先想到的就是唐诗。唐诗把我国诗歌的发展推向了高潮，是中华民族的瑰宝。随着社会的进步，诗歌的题材也逐渐丰富起来，如宋代的词、元代的曲、清明的诗歌以及现代诗。然而，无论再美妙的诗歌都离不开生活元素的启迪，这就好比鱼儿离开了水不能生活一样，诗歌的创作并不仅仅是天马行空的想象，更是诗人生活的写照。

我对跃刚的诗歌过去读的不多，但最近两年他在报刊频频出现，才引起了我的关注。他的诗不管是内容，还是形式都有其个性特点。

首先，他诗的内容比较集中，这是现代诗难能可贵的。如他的《我是一粒麦子》："我咬紧土壤的血脉，久久不放／如同紧握救命的稻草，迟迟不松／我的根／穿破石头堆砌的堡垒，在一场又一场／猛烈的风吹雨打中，将生命的触角延伸到地下／千万里／我是一粒麦子，一粒麦子／面对大地，我渺小却不卑微／我高高挺起胸膛／以最美的姿态／迎娶阳光／我的爱情幸福美满／我的故事纯粹简单／我是那么执着地奔往成熟／以明媚的黄／照亮所有农人眼中的丰收／我仅仅只是一粒麦子，存活于世俗之外／总在凝霜的夜晚，蘸着月光／痴想与念也常单独剥开夜色，欣赏几千万光年外／银河的美我的一生只一次饱满，所有梦想／都汇成生命之乳，为你，我愿以全部的青春／去爱／去毁灭／去重生。"诗歌是一定的社会生活的最集中的表现。诗歌的思想内容是通过创造意境来表达作者思想感情，反映社会生活的。诗中内容比较集中，紧紧抓住了麦子的内涵，内情与外景水乳交融，情理与形神的和谐统一，具有强烈感染力和启示效果，读起来极具内容的冲击力，是一种美的享受。

其次，表达方法具有极强的抒情性。他的诗歌大多以抒情为主，故乡情，父母情，朋友情，大地情表现得淋漓尽致。如《妈妈》《亲的画像》《想念母亲》《一盏茶的时间想你》《乡村物语》《有位恩人叫故乡》等诗都有着浓郁的情感流动，而且很自然很真实。诗歌本身就是一种抒情的文学样式，诗贵真情。没有感情，就没有诗人，也没有诗歌。诗的创作贵在自然流露，不能掺以丝毫的矫揉造作。诗歌的抒情与其他文学样式的抒情相比较，其表现特别强烈。对于一首诗来说，灵感是因；对于客观世界而言，灵感是果。诗人因社会生活而获得灵感，又因灵感而创作，这也就是诗人写诗的过程。

最后，不少诗具有较强的哲理性。有人说，"用了回车键就是诗"；为此我为唐朝人感到遗憾——唐朝没有回车键可用。分行是形式，不是本质。作为写诗人，该是毋庸置疑的。诗言志，好的诗歌必然是有内核、张力、指向等因素的。分行与语言，是为了诗的整体服务的。而一首完整的诗，其气场的内蕴及其影响，才是一首诗的价值。一首好诗，有呈现、命名、立言的功能，有能令读者产生共鸣、思考与想象的空间，甚至跨越时空而影响后人的魔力。在周跃刚的诗中，能读到很多极具内涵的东西。如《阳光》："追寻一种温度，将青春的刺疼放进海/我站在蓝色的光束之上/遥望，生命最原始的模样。"又如《收藏阳光》中，他这样写道："许久，我都不敢触碰那抹羞涩的红/如玫瑰的血/……蘸染在春天的画里/我还是那追风筝的人/追着风/就能抵达流浪的驿站/那里衣着单薄的记忆/总能唤醒乡愁。"再如《乡村物语》中，短短的几句诗，却表现得深邃的情感世界："我无法忘记亲人的爱与关怀/正如晚夜/那颗星的光，闪着追踪我的脉搏/我有恋乡情结，稍微走远了，便有乡愁/而那星光，引爆我全部的思绪/……故乡的老街上，该有卖糖葫芦的姑娘/一串一串，穿成红色的思念/故乡的老桥下小河旁，该有隔壁的邻居王阿姨/正洗着初生儿的童年。"

当然，我只读过周跃刚的部分诗歌，对其人也不算熟悉，他很多优秀的作品也许我并没有读到，也不敢乱加评判。作为坚守诗歌、立志于诗的人，具有自觉的精品意识相当重要。虽然业余爱好对诗人的创作有着巨大的贡献，但是诗人也是普通人，自然就离不开生活环境。古代人的生活讲究亲近自然，他们尽量不破坏生态平衡，让自然与人类处于一种和谐的状态，吃穿用行都与自然融为一体。因此山高水美，牛羊成群，到处都呈现出一幅幅秀丽的画卷。因为有了美景，诗人的灵感才能被激发出来，写出的诗句才会妙笔生花。

然而，现代的诗歌远远不如古代，原因就在于我们破坏了生态平衡，使自己远离了自然，只禁锢在一个个狭小的水泥盒子中，同时也禁锢了我们的思维。忙碌的生活让人们的心逐渐变得浮躁，渐渐失去了一份平静一份悠然，写诗的人也就越来越少了，而真正的诗人更是少得可怜。

生活是诗歌创作的最好老师，源于生活的诗歌看似平凡，却又暗含着哲理。生活与诗歌是息息相关的，没有对生活的热爱就不会创作出优美的诗句。但愿周跃刚同志永远保持一颗纯洁的心，仔细品味生活中的真谛，今后能写出更多美妙、优秀的诗歌。

浅谈作家的责任担当

党的十九大以来，在以习近平同志为核心的党中央领导下，中宣部和文化部文艺创作工作出台了一系列扶持和奖励政策，中国文联和中国作协对繁荣文艺创作，助推文化产业发展，完善产权制度等方面进一步加强；省市文联更加自觉地推动优秀文艺作品的生产，让文艺创作与时代发展更加接轨，让文学艺术更好地服务于经济建设和社会建设，有力地增强了文学艺术的凝聚力、影响力、创造力。

但是，随着经济社会深刻变革、对外开放日益扩大、互联网技术和新媒体快速发展，各种文艺思想交流交融交锋更加频繁，传统文学越来越不受关注，而随之诞生的网络文学、网络博文、微信短文占据了现代人阅读空间，传统文学生存的空间越来越小，纯文学阅读的人群越来越少，特别是中、长篇小说、较长的散文和诗歌除非常优秀的作品外，基本上没有多少人把它们读完。所以，作为作家，我们应该对当代的读者人群进行重新认识，对我们作家的责任应该重新思考，对作家这个名称的定位应该重新审视。

不可否认，随着网络时代的深入，消费文学已经走到了时代的前沿，那些以感官阅读和情趣阅读的作品已经把传统的文学挤压到读者休闲阅读的边沿，真正的纯文学作品，在很大程度上就是作家群体本身在读，这不得不说是文学的悲哀。当代网络上出现的一些低俗、庸俗、媚俗的东西，迎合了一些消费者的低级趣味，使人的原始欲望膨胀起来，审美趣味在下降，精神世界在萎缩。这些不良现象让有良知、有责任感的作家们痛心疾首，但我们作家自身又不能在时代的进步中，跳出传统的文学认知，真正创作出更多适合现代人阅读和欣赏的优秀作品，让艺术的感染力去感动今天的人们，去拯救失血的灵魂。

况且，我们今天所谓的许多作家，根本就不具备作家的素质要求，一是缺乏爱国情怀，对国家、民族不关心，不重视，只有个人英雄主义，没有民族至上的责任感；二是缺乏亲民思想，在骨子里没有老百姓，没有人民群众，只有作家自己，自己就是最好的，就是最优秀的；三是缺乏道德修养，从来不懂得尊重别人，团结文人，当自己拿到了上一级协会的入场券后，对下级协会的会员就觉得自己比他们高一等，自满自傲情绪不断地膨胀，其实他本人也没有写出多少让人欣赏的作品；甚至有的作家协会的领导凭借权力关系和人情关系走到了主席、副主席的位置上，不懂得虚心求学，低调做人，而是大吹大擂，自认为了不起，有的连一部像样的作品都没有还大言不惭地称为著名作家，真的让人感到颜面丢尽，严重损害作家形象。作家作为精神产品的创造者，人类灵魂的工程师，首先要具有美好的品德情操，良好的职业道德，纯净的人格魅力；要用高尚的情操塑造人，用优秀的作品鼓舞人，这才能真正受到人们的拥戴和尊重。

我说这些现象，在四川作家的群体中存在，在泸州作家群体中同样也存在。所以我们作家，面对时代的发展与进步，确实需要重新认识和反思我们作为作家的定位问题。需要深化对文艺创作方向性和重要性的认识，需要深入挖掘文艺作品社会价值的内涵，进一步激发优秀文艺作品的生机与活力，这对于传承中华传统文艺，提升人民群众文化素养，维护文艺的发展与繁荣，增强国家文化软实力都具有十分重要的意义。

文学是思想艺术的创作，也是形象艺术的创作，这需要精神来支撑。这个时代，没有精神的作家也在写作品，但没有精神的作家的作品是没有精神的作品。没有精神的作品，不会是高原，更不会是高峰，只能是平原或者是洼地，只能是平庸的甚至是庸俗的。

作家既是一种职业，也是一种荣誉，更是一种责任。我们不要只享受作家的荣誉，更应该担当起作家的责任。我们可以想象，一个作家只是为了挣名声而写作，只是为了赚稿费而写作，只是为了享受作家名誉带来的光环，那他文学作品带来的艺术价值何处在？其作品的影响人、教育人、塑造人的作用怎么发挥？其作品的社会性怎么彰显？所以说，作家不是简单的作品生产，而是对人类思想和灵魂的艺术加工，是需要一种责任担当才能写出优秀的作品。

一个作家，如果没有精神追求，胸中没有高山大海，就忘记了崇高，就会担当不起责任。作家是应该有崇高的精神气质的，所谓崇高就是作家要站在时代的前沿，为民族而呐喊，为人民而欢呼，为时代精神而导航。作家这种内在的精神和气质，在其文学作品中蕴藏着、传播着，应该成为作家文学创作的自觉追求。崇高的精神追求与美学向度，是中国文学的优良传统，是体现于历代名家名作中的精神气韵。作家就应该有这样一种责任担当，就应该有这样一种助推社会发展和进步的正能量，就应该有这样一种为政治摇旗呐喊，助推经济繁荣富强的声音。

作家要善于从基层社会的文化资源中提炼题材、获取灵感、汲取养分，把中华民族优秀传统文化的有益思想、艺术价值与时代要求相结合，运用丰富多样的文学形式进行文学创作，积极撰写适合群众阅读、底蕴深厚、涵育灵魂的优秀作品。作家群体应提高创作生产组织化程度，倡导中华美学精神，推动美学、美德、美文相结合。立足本土文化元素和人们的审美习惯，创作出更多彰显地域人文精神内涵和审美风范的佳作，不断满足人们对新型文学作品的需要。

文学不能忘却精神的创造，不能忘却对人类温情的关怀和至上的美善。作家应该通过自己的作品，为拯救这个社会失血的灵魂挺身而出，为传承中华民族的传统美德而勤奋笔耕，为弘扬爱国爱民的时代精神主动担当。作家是优秀民族文化精神的代表，今天空前活跃的社会现实、丰富深邃的文化振兴，都在持续不断地给予作家以创作资源。不管是有意识还是无意识，作家的生命成长、人生感受、艺术想象，都会与其所处的时代息息相关、唇齿相依。所以，作家要有面对现实而写作的勇气，要在生活与精神的两个层面上做时代的参与者，要做身处时代的代言人，要观察社会变迁，反映民众心声，讴歌人性光辉，用文学的责任抒写这个伟大的时代。

作为作家，我认为在服务中心，服务大局，传承文学精神上做好三个坚持：一是坚持社会主义先进文化方向。紧跟习近平新时代中国特色社会主义理论中文化发展方向，立足于"双百方针"在文艺创作中的指导地位，弘扬社会主义核心价值观，挖掘时代精神，解决现实中灵魂缺失的问题，助推地方经济的发展。二是坚持以人民为中心的创作导向。坚持为了人民、依靠人民、共建共享，注重作家思想的培养和人生品质的养成，把跨越时空的思想理念、价值标准、审美风范转化为人们的精神追求和行为习惯，不断增强人民群众的文学参与感、获得感和认同感，形成向上向善的社会风尚。三是坚持自我更新和创新性发展。坚持辩证唯物主义和历史唯物主义，秉持客观、科学、礼敬的创作态度，取其精华、去其糟粕，扬弃继承、转化创新，不断赋予新的时代内涵，不断补充、拓展、完善新型社会的文学审美意识，使文学创作的精神实质与当代社会人群的审美倾向相适应，不断满足人们在快节奏的生活节拍下对文艺欣赏的需要。

青山绿水伴新魂，留得声名在人间

——怀念伍松桥老师

伍松桥老师走了，走得那么匆忙，走得那么悄无声息，走得那么让人难以置信。但他真的走了，连朋友都没来得及告别……

11月4日晚，我在微信朋友圈中突然看到一条消息："伍松桥先生因突发疾病，抢救无效去世。"

看到这则消息，我心里突然感觉被什么冲击了似的，一种失落感油然而生。瞬间一个疑问突然产生："这是真的吗？"我继续翻看着微信朋友圈的消息，一条条关于伍松桥先生去世的消息滚动而出，我坚信了松桥先生已经离开我们的真实性。

伍松桥先生是为人谦逊的人。我是一个文学爱好者，平时喜欢看看一些报刊，在20世纪90年代，《四川日报》副刊是我期期必看的，当时伍松桥先生正是副刊《原上草》的主编，那时我也写一些稿子，好希望能得到发表。记得有一次，我邮寄给他几首诗歌，同时也写了一封短信，意思是想得到他的指点和帮助，那时我们没有见过面，他也不认识我，我也没有抱多少希望。信寄出后没多久，我收到松桥先生的回信，对我的诗稿给予了点评，并提出了许多修改的建议，后来在我的稿子中选了一首诗来发表。他又把我推荐给当时在《诗刊》任编辑的蓝疆老师，叫我把修改后的稿子发到《诗刊》看看能不能用。这件事一直让我很为感动，从此一直把伍松桥先生作为自己的文学老师，有什么问题总会请教他。

1998年，我的第二部分诗集《新世纪的黎明》出版发行，第一时间我便把书寄给了他，他收到书后也给了我回信。他谦虚地说："我认真拜读了部分诗歌，感觉写得很朴实，情感非常浓烈，可以看出你很有文学素养，有较好的写作基础，愿今后能看到你更多的优秀作品。对于诗歌，我不在行，你可以多请教叶延宾、梁平等诗人，他们的诗写得很好。"正因为他的推荐，后来认识了梁平等老师，对我的文学创作起到了积极的推动作用。

第一次与伍松桥先生见面是2004年秋天，我当时在合江县委宣传部任职，分管外宣工作。我到《四川日报》社汇报工作，中午报社陈书记请我们吃饭，我提到了伍松桥老师，陈书记便把伍松桥老师请了来，与我们共进午餐。他见到我非常高兴，亲切握着我的手说："陌生的熟人，终于见到你了，你的文章写得不错，给我的印象很深。"后来又叫我选点较好的文章发给他，如果质量符合发表要求，可以安排编发。

2005年《四川日报》在成都举办通讯员培训，我有幸参加了，再一次聆听他的教课，他那精彩的演讲、潇洒性格、豁达的情怀留给我深刻的印象，至今我还能记起他当时讲课时的面容。在他讲课后，还亲切地与我握手，问我工作的近况，有什么新作没有。当听说我写了个中篇小说，他非常高兴，鼓励我要多写多改，只有写多了，改精了，才能出好作品。

伍松桥先生是个学识渊博的人。他退休以后，经常活动在四川文坛，积极参加文学、文史活动。2014年秋天，他在泸州参加文学活动，活动结束，他想去合江神臂城调查宋元战争历史，考察神臂城古战场遗址。他对我说："你是地方史的研究者，对合江神臂城很熟悉，能不能给我当一次老师，到实地帮我讲解一下神臂城之战和介绍一下文物遗迹！"作为他的学生，没有理由不陪同他前去考察。记得那天，他穿着一件夹克衣服，一身野外徒步的行装，他行进于田间地头，步履矫健，精神奕奕，很像一个年轻的小伙子，一天走下来，从未感到苦与累，随同的人都很难跟上他的脚步。在实地考察中，他以博学的知识和独到眼光，去触及中国古代战争历史、探寻文物古迹历史变迁。他不但是四川的资深编辑，也是以文史研究守护巴山蜀水的记录者。特别是近几年，他十分关心泸州的文学事业，经常参加泸州作家的文学活动，与我们分享文学创作的快乐，传递精益求精的写作精神，弘扬文学创作的正能量，为泸州作家群体输送了文学修养的优质血液，帮助一大批人提高了文学创作水平。随着他对泸州文化的参与度的提高，我们见面的机会也就更多了，经常一起探讨文学创作的思想与灵魂、文学创作的精神与技巧，甚至与我探讨泸州文史的发展、泸州文化的建设、泸州旅游的形象塑造与开发，可以说，他与我的交流已经涉及泸州文化、艺术、旅游建设的方方面面。与他的交往中，使我更加深刻地感受到他广博的知识、深邃的思想和厚重的人生。他不但是个资深编辑、作家，而且还是一个史学家、社会学家。

在我的印象中，伍松乔先生为人处世谦和温润，他是做任何事都特别认真的人。一旦认准感兴趣的事情，总会刨根问底去研究、去探索，一定要寻找其内部的根源，很多时候，我都会被他问得语塞，然后又给我讲许多深刻的道理，与其相处，让人感到博学而真诚。

他在四川文学界人缘甚好，对后辈作家关心和厚爱，可以说，他是一位非常优秀的作家，但同时他又具备很多作家所没有的素养。他不是书斋型作家，而是学者式、田野式的作家，他对社会有着较强的责任感，对文化有着深厚的感情，对作家有着超凡的认识。据我对他的了解，他一直有非常强的独立思考能力，对整个社会的文化现象，一直都没有停止自己深刻的思考，并且敢于说真话、说实话。从这个意义上讲，他是中国当代文化的探索者和推进者，他的思想和言行彰显了一个作家神圣的使命。

69岁的伍松桥先生走了，走得那么突然，走得让我难以相信。他的离世，让我难以接受，更让我感到生命的无常。近年来，文艺圈走了不少朋友，许多人的离去都让我为之惋惜。泸州蓝启发先生的离开，曾经让我伤感和怀念，因为他的文章精辟且内涵丰富，让我很受启迪，而今面对又一位良师的离去，注目他的张张相片，心里唯忧生命之可贵，面对人生的未来，实在让人不敢望窗外的夜空，不敢想象天亮之后的明天我们又将是什么样子。

今天，写下几笔文字怀念伍松桥老师，我的心沉浸在无边际的悲伤与回忆中，感觉身边都是驱赶不走的寒意。我们文学爱好者，孤独寂寞地游走于人生路上，需要的是优秀老师的引领和关怀，他走了，再也没有他的理解和关爱，再也听不到他的良言和对文学的析解。在这个世上，只有老师的爱是最无私的，是对学生毫无所求的。他走了，留给我们的是无数的悲伤与无数的不舍。在这漆黑的夜晚，我望星空，真的好希望能再看他一眼，因为他是我的良师益友。

赤裸一生来盛事，勤奋耕耘谱新篇。青山绿水伴新魂，留得声名在人间。伍松桥老师留给我的是做人勤奋好学的品德和精益求精的精神，他是我敬仰的作家，是我永远怀念的老师。

愿伍松桥老师一路走好！

群星聚首写千秋

——《合江县优秀小品集》序

十七届六中全会是我国的一次文化盛会，她响亮地提出了"建设中国特色的社会主义文化强国道路"，她标志着中国文化的春天已经到来。为了响应中央号召，加快推进合江文化的大发展大繁荣，为社会民间演艺团体提供更多优秀的舞台剧本，特地组织编辑了这部《合江县优秀小品集》。

作为文化人，真正懂得和了解"妙趣横生、特色浓郁"的小品的创作及审美无疑都是颇具意义的。特定的文艺形式总是孕育并发展于特定的历史文化背景。20 世纪 80 年代是我国社会改革开放大变革的年代，文艺界的新现实主义与表现主义同处竞荣，剧坛上"探索戏剧"出现并发展，于是诞生了独具魅力的戏剧新样式——戏剧小品。回首新中国戏剧历史，可以说现实主义一直主导着剧坛。但是，新中国剧坛在前三十年基本上还是传统的现实主义一统天下，戏剧创作是按照生活本来面貌再现生活，真实地反映生活现实，揭示生活本质，塑造典型艺术形象，从而感染观众，实现艺术的社会功能。

20 世纪 90 年代初期，我县老一批作家开始涉及小品创作，小品创作队伍也应运而生，作家主体意识增强和文学的多元化促进了我县的戏剧文学的发展，一批优秀的自创舞台作品开始出现在合江的舞台上，这些舞台作品让合江人感到更加亲切，也带给合江人更多美的享受，从而推动了合江戏剧小品的创作与发展。

有一句名言："生活中不是缺少美，而是缺少发现美的眼睛。"可见，"发现"对于一个艺术创造者是何等的艰难，对于艺术创造工程是何等的重要。"发现"是创作的灵魂，没有"发现"就没有生命力。现实的困惑是我们面对生活却不能发现美。我们天天处于现实社会中间，却未能发现生活的真实。合江作家群体却有这样的本事，也有这样的耐力和信心。他们以摄影家的眼光去观察生活，去认识生活，从而创造生活美。

本人认为，作家在每一次创作动笔之前都要认真思索，为了表达某种主题，选择什么样的题材，能比前人新发现些什么？能比旁人多发现些什么？能引导读者和观众再发现些什么？如果没有，或者不多，这部作品就是写出来也未必有艺术的真实性。

艺术的真实性总是与发现和创新相随相伴的，读者和观众对真实感的认知总是以新品味的获取为快感，合江作家群体就是以这样的追求去鞭策自己，去拷问自己的作品。因此，合江文化人都知道，像宋晓红、夜郎更夫、胡正银等作者发现和追求真实的眼光是诚恳的，是谦虚的，具备了艺术创造者的穿透力，这种穿透力有足够强度去阔清浮象和谜团而捕捉往事的本质真实。同时，他们对真实发现的眼光有足够的伦理自觉，从现实生活的纷纭浮象中把握真实，进而诉诸笔端，诉诸舞台，成为艺术的真实。因此，本集的许多优秀作品，在对真实的追求和把握中发现善和美，也完善了善与美。

创作风格决定了作家对创作意象的选择和手法的应用。在本集作品中，每一位作者都有其各自的创作经历和创作风格。

赖培东同志的小品创作是他艺术生涯中的重要成分。作为文化分管局局长出生的他，在推广普及舞台戏曲中发现，影响戏曲发展的重要因素是缺少本子，尤其是缺少优秀的本子。作为文联秘书长的使命感促使他把大量的精力转移到了戏曲本子的创作上来。为此，他一手带头写本子，一手深入剧团指导排练。为此，他走上了戏曲小品的创作和研修之路。他的那种孜孜以求刻苦勤奋的艺术创造精神和敬业精神实在令同行们感动。他时常为一个戏剧形象的确立，为一句道白、一句唱词、一个舞台动作及其他细节的设计而煞费苦心，或求人商榷、或熬个通宵达旦。

宋晓红同志的小品不少为应时而作，紧紧地根据时代脉搏，把握真实性，紧紧地配合了党委和政府中心工作与时俱进。他清醒地知道，客观的真实性在艺术创作中有明显的局限性，但在创作阶段，对真实情况的发现仍使他产生了极大的兴趣。这种兴趣，激发她创作的兴奋，使他的创作有了神圣和永恒的价值。人对真实的崇拜，永远源于人生对"实在性"的追求。可以说，没有真实，人生就失去了依托和参照。人生要是没有了依托和参照，是多么的可怕。只有双脚踏在真实土地上的作家，才会构建起对自己、对同类、对生活，尤其是对艺术的基本信息平台。漠视真实，无异于漠视世界，漠视社会和人生。真实的驱动力，是人们审美意识和审美热情的重要动因。晓红同志就是依托着这种对现实的真实刻画，达到了一种艺术形象的升华。

胡正银同志应该归入写实主义的作家群，虽然他的剧作中有不少理想主义的成分，但通过对他大量的紧贴现实生活的创作审视，我所赞赏的，仍是他对真实生活的发现和忠诚。其实，正银的创作冲动也多由急于把自己的这种发现告诉读者和观众而引起的。由于这种忠诚，他的作品才力求使读者和观众对剧中所反映的现实形态给予新的发现。这种艺术受体的新发现和再创造，使作者自己和读者、观众一起更加地贴近了真实的大地。

匡红兰同志的作品不算多，但可读性和教育性很强，《代理妈妈》写出了她的人格追求，更写出了一个时代的声音。作者让人们越来越清醒，越来越正确地认识到了自己和自己所生存的环境，从而为形成了共同的社会认同感，为艺术自由度的获得，也为人们更迫切地去改造自我，改造自我生存的环境，打下了坚实的基础。红兰的小品产生了极大的教化作用，这与"文所以以载道也，文章合为时而著"的中国传统创作思想合了拍，共了鸣。

宋家惠同志的小品很多，因他个人要出专辑而没有收录他的作品，但作为合江群体，他小品创作的主力军地位是不能改变的。他的戏曲小品创作有着强烈的主体意识，也有着可贵的道德评判。他的主体意识是与他的主观意识相依相辅的，他的道德评判是他作为一个党员，一个经受了数十年人生历练的人，从业已发现的真实中发现的。然后，再用自我良心的道德标尺作刻意的规范和批评。每一次的规范和批评，都是他力图惩恶扬善的主体意识对客观真实的一次无情裁决。我们遍观他的小品创作，无论是以哪种方式来展现裸露的或掩饰的人性，都能真切地体会到，他处处都没忘记因对情节性、场景性、性格化的严格把握而抛弃了道德评判的职能。在道德评判上，他是严格的，分明的。因此，他的小品无一不是文明与道德的良好载体。当然，他的这种主体意识所呈现出的道德评判，亦不乏温馨与温情。

诸能请同志是合江的一代笑星，他更多的是出现在表演的舞台上，算是集小品的创作、编导、表演于一身的文化人。他的作品诚实而厚重，善于从小处着笔，通过对人物的语言塑造来展现人物形象，特别是语言的本土性、性格的大众性方面有其独特的表现效果。如《哪个更宝器》，从标题就表现出一种独特的个性，读者通过对标题的个性化想象，可以展现更多更广的形象空间，从而带给读者审美的娱乐性。

何萍同志是很少写东西的文化人，她更多是通过舞台来体现她人生的价值。《张二哥回家》是她不多得的小品。小品中的艺术典型是作为现实的真实来再现的，力求达到对现实生活本质规律的真实把握，达到理想的真实。她塑造的"张二哥"的形象，把本质真实寓于现象真实之中，以充分体现高度的本质真实，具备了本质真实和现象真实的统一。

对合江作家群的小品，我们可以拿艺术的某些规律来对照。艺术典型的本质真实，须表现社会生活的规律，经过深入挖掘、集中概括，从作品的语言深处表现出来，这样表现出来的本质才会比普通的实际生活现象更加深刻，更加强烈，更加充分，更带有普通的意义。如果说现实生活是一堆豆秸草，杂乱而无章，纷纭而浮象，艺术典型则应该是那堆豆秸草的豆粒，而这些豆粒须经过捶打、剥离，风扬之后才能充分地显现于人们的粮仓。从这一粒豆子，可以联想到豆子的生长全过程，可以联想到豆秆、豆萁，也可以联想到田里滴汗的农夫和炎热的烈日。还可以联想许多，那是观众和读者的事。龙启权的《陈蜞蟆摸奖》中的陈蜞蟆，《生日》中的支书，都可以列入这类典型。在不同风格不同意象的情节冲突中，这种典型都经过了充分的提炼、概括而形成，别具典型性。

现实的真实与理想的真实的统一，在这部集子中得到了很好的体现。艺术总是要高于生活的，典型化本身即应包含理想化成分，否则，作品一定沦为单纯写实主义，对人们起不到共鸣与感化作用。综观合江的小品创作，主体意识无时无处不在表达着作家的某些理想成分，欲扬先抑、人物前后大转折、逗哏设伏、草蛇灰线，抖埋包袱等手法，无不是为促动这种理想主义的体现而运用的。作为小品，无论是以本子的文学美感让读者以怡神，还是以舞台的形象效果叫观众以赏目，都是劝喻向上，讽世趣美，促人奋进的，文明进步的光环始终在笼罩着作者、读者和观者的心脑。可以说，这是一部能够代表合江小品创作的主观、主题、主体意识的代表作，应引起广泛的关注。

当然，合江作家群体是个相对较传统的小品作家群体，我们不能拿前沿的创作理论和现行某些无规则的创作眼光去评判这些作家的作品，我们只有把他们放在大众化、公众认可的文艺批评框架里来审视，才会发现这些作品的重要价值。在此，我对这部小品集子和合江作家群体讲一些个人的看法，旨在肯定合江作家们忠实生活，忠实艺术真实，重视道德评判的崇高品质；同时，更重要的是大家在繁忙的工作事务之中，还能保持这么一种童心、文心和创作的进取心，还能克服重重困难，苦苦追求，执着追求小品的创作，这种精神是一种难能可贵的精神，也就是合江作家精神。

文以载道艺更新

当今世界，随着国家经济的快速发展和人民生活质量的提高，人们的内心发生着较大的变化，四十年前人们单纯和安静的内心已经无法找寻，当今年轻人的心目中，已经无法平静。物欲的发酵，情感的开放，已经让现代的年轻人的内心变得波涛汹涌，对人生的审视变得极度彷徨。社会如此，文学艺术界也如此。

艺术家们对金钱的贪婪与恐惧导致价值观的失落和道德底线的失守，看似繁华无尽，其背后却是自私与冷漠，无奈与惶恐。于是，许多艺术家的艺术创作失去了思想的内涵，开始追求商业的价值，让艺术作品以商业的形式呈现在人们的面前，其本身的艺术价值严重缩水。

艺术家是以艺术作品见客的，却有不少所谓的艺术家没有什么作品，可夸夸其谈是艺术家或艺术大师，甚至对真正的艺术家妄加批评和指责，让人们无法判断什么才是真正的艺术。人们内心的疑惑无法找到答案。可时代匆忙的节奏，谁又愿意停下步子来认真思索，安顿自己躁动的灵魂？其实我们的内心都被时代的物欲追求裹挟着，很多时候无法走进真正的艺术创作空间，去创作属于自然性的艺术作品。

合江是一个历史悠久，文化底蕴厚重的地方，历史上出现过许多较有成就的名家，但其作品的高度和影响力在全国来说，其公认度还是有限的，就其原因还是艺术思想与艺术作品的和谐统一问题。只有艺术没有思想的作品，很难具有广阔的传播空间，在人们的审美和传颂中往往会被扭曲和阉割。作为一个文化大县，没有几个让社会公认的名家，面对泱泱大国的文化传承，实在有些尴尬，在我们都在夸夸其谈文化繁荣的时代，外表的光鲜之下隐藏的是内心的废墟，艺术家内心的庸俗、肤浅，必然导致的是艺术创作的枯索与荒芜。

英国首相丘吉尔说过这样一句名言："我宁愿失去一个印度，也不愿失去一个莎士比亚。"这句名言昭示着的一个真理，那就是人类的伟大价值不是因为能够征服世界、主宰世界，也不是强权和财富的皈依，而是因为拥有高贵的文化和不朽的精神，才能让一个民族兴旺发达。

国家如此，地域也如此。合江需要莎士比亚这样的精英，但不需要人人都说自己是莎士比亚。综观合江诗书画界的现象，自认为是莎士比亚的人太多，真正的莎士比亚太少。彼此之间诋毁的较多，颂扬的较少；从事诗书画创作的人很多，真正能创作精品的人太少。这种现象实在不利于艺术的创作和文艺的发展。因此，作为诗书画的创作者，应该清醒地认识自己的水准和艺术作品的地位，应该把自己放在中国艺术的大背景下审视，这样在纷繁的艺术创作表象面前才不会迷惘和失去方向，才能真正潜心于学习和创作，才能创作出更多的具有思想和艺术双重价值的高原之作。

作为合江文化人，我没有妄加指责和评论的权利，但我希望人才辈出，文艺繁荣，社会荣昌，也希望文艺家的团结与协作，让地域性的高山连成一片，形成较大的高原，凸显在中国文学艺术的大地上，让人们认识她、记住她、向往她。

"铁肩担道义，妙手著文章"，作为作家发出的呐喊，没有怨言只有担当，没有私利只有家乡情怀。虽然微弱，力道有限，但愿像一股清风，能够驱散悬浮在人心之中的尘埃，洁净曾经被污染的灵魂，让合江文人务实创作，多出精品力作，繁荣地方文艺。

记得 20 世纪 30 年代民族危亡之际，地质学家丁文江说过这样一句话："只要少数之中的少数，优秀里面的优秀，不肯坐以待毙，这个民族就总有希望。"这话搁在今天同样适用，并且意义深远。振兴地方文艺，创作高原之作，就需要思想的引领，需要精神的洗礼，需要道德的回归，"文明其精神，野蛮其体魄"，在传统文化的弘扬中求得涅槃，浴火而重生，以正义和良知锐身先任，共同促进文艺的发展与繁荣，因为我们都深深爱着这片土地，我们都深深爱着文学艺术，这也是编辑这期《符阳耆艺》的原动力。

书画艺术是诗书画会员主要从事的艺术形式，合江书画艺术发展随着新中国的建立与发展，同样经历了思想和艺术的发展变迁过程。从清末民初的张静涛、穆继波、陈伟到解放初的王朝闻、税庭显、罗亮、林绍基，再到改革开放后的虞潜、李代兵、王乾林、丁红光、张文建、杨建军、谢跃荣、张大成、雷朝、古英俊、于必昌等无不经历了思想和艺术的洗礼，才形成了个人的风格，占据了地方性书画艺术及雕刻的一席之地。合江的其他书画艺术家同样也如此，他们的骨子里都流淌着"共产党"的血液，他们的思想经受了中国特色社会主义道路理论的熏陶，他们的灵魂接受了家国情怀清泉的洗涤，才形成了艺术创作中的爱国情怀，这不仅体现了艺术家思想的修养，而且再现了艺术家对艺术的执着追求。可以说，没有新中国的改革开放，没有中华民族文化强国的引领，合江就不会有"老年诗书画研究会"这个组织的存在，我们今天的诗书画艺术发展就不可能有百花齐放，百家争鸣，群星璀璨的局面。所以在此，我们得感谢我们的祖国，感谢伟大的华夏民族，祝福新中国七十年华诞！

"文以载道，艺存天下"。《符阳耆艺》杂志是发表古体诗词和书画作品为主一个刊物，主要刊发会员作品，旨在引领合江诗书画艺术创作，展示地域性创作成果，推介名家的创作经验和艺术思想，促进文化艺术的和谐发展。在编辑中务求内容生动、丰富多彩，客观真实，并将秉承可读性、耐读性和学术性的统一。但因为篇幅有限，还有许多人的作品没有选用上去；由于编辑人员审美的差异性，许多方面还不尽完美，这都需要大家的包涵和理解。在这个世界上，任何艺术都没有绝对的完美，何谈非专业人士编辑的一本杂志。

情感在灵魂深处散步

生活的历程已经让我这个农民作家过了半世人生。年龄增长，对情对爱已经变得冷漠，唯独钟爱文学不减，日不写作，便如初见情人之抓心挠肺而不安。

我虽写过两万多行诗歌，一百多万字的散文，二十余万字的小说，二十多个舞台和影视剧本，十余首歌曲，出了八部专著，但与文学仍有隔阂，还不算生死之交。我生性笨拙，文学功底浅薄。读高中时，因作文太差常被老师邀请做客，虽后努力改进，十年不断写日记百万余字，但天生庸才，何谈后天补血。所以写些文章也无多少惊世之作，迷离之语，偶有佳句被编者赏识，被读者挚爱，那也许是文人想通，读者相惜的缘故罢了。

我天生不是为官之人，在事业的追求中，我并没有找到属于自己的空间；在格子中漫步，却看到一条通向光明的路，心灵的窗口总是随着铅印的文字在扩张。

文学是我相依相伴的女人，写作已经成为我的职业。与文为舞，情如手足，犹如情侣相依相随，离之越远思之越切。对我来说，因为写作有"疏影横斜水清浅，暗香浮动月黄昏"的恬适；因为写作能抒发"年年今夜，月华如练，长是人千里"的忧伤；因为写作能描绘"闲阶静，杨花渐少；朱门掩，莺声犹嫩"的山景纯净。"天涯地角有穷时，只有相思无尽处"，拿起手中的笔，才能真正让心情开朗，情趣横生，才能让自己精神振奋，神采飞扬。

在我的生活里，除了文学，没有什么能安慰我的灵魂，没有什么能给我无穷尽的力量，没有什么能像文学那样给我无限的相思。当今的文化市场，尽管肥皂剧越拍越长，文化快餐越来越多，但都无法让我陶醉于日新月异的舞台面孔，也无法为花枝招展的红衣少女而高歌，而唯有写作，深居心中，不时敲打着我的灵魂，逼迫着我去阅读、思考、写书，沉醉其间，不知归路。

时代的变迁让作家的写作经受着严峻的考验。金钱与美女已经将文学创作逼到了时代的边沿，物质与精神在斗争，肉体的满足与心灵深处的追求在抗衡。面对金钱的诱惑，有多少人能看重文学创作中精神产品的价值潜能呢？然而，正是这种吃不饱穿不暖的心灵境界，引领了人类向着高尚与美丽发展。

生活本如山间的清泉，偶尔有人向其抛洒尘埃，从而变得污秽。人生本是一场美好的梦，但偶尔在梦中也有惊吓的时候。追求是生命不至于停息的动力，人性的本能是在灵魂的漫游中找到它应有的归属。

人与艺术本是不同的物种，但只要努力去靠近，迟早会相互融合。时间能让两棵树拥抱在一起，尽管小时候相距很远，因为树越来越大，枝越来越多，最终共同依存，抵抗风霜的侵蚀。

大山常常也多情，嫩嫩的绿总是从大山深处飞出，因为它蕴藏了厚重的能量。人对艺术的追求何不如此？艺术的生机孕育了灵魂的深邃，如大山里的鲜花，季节来临时总会连绵不断开放。

我们都爱文学吧！让写作带给我们生活的美好与温馨。与文漫舞，让情感在灵魂深处散步，总能感受到那怦然的心动和天马行空的美感与乐趣。

远博厚重垂青史，呕心沥血写千秋

——《古琴天籁》序

　　尽管在我们所处的世界有无数未知和神秘让人类敬畏和恐惧，但《古琴天籁》却不因为它的多义和深邃让我们却步。它不仅让我们看到了中华民族童年时代的纯真和多情，更让我们懂得的是：人是可以那样的无拘无束，那样的热情奔放，那样的自由洒脱。在中国，看美丽的山水，唱幸福的情歌是民俗的承传。山水，是永恒的风景，记录了千百年的幸福与憧憬；情歌，是一面镜子，折射出一个时代的青春与爱情。二者一样倾心于浪漫的音符，一样陶醉于山水的和弦。

　　中国古典情歌是祖先留下的历史宝藏。它的远博厚重和雄伟浩瀚，却令许多人望洋兴叹；即使读史爱好者，亦有一种敬畏之感。如何使之"降尊下凡"，普及到一般读者和群众，不能不说是值得研究和重视的问题。尤其对现代人中"薄古轻史乏学"的问题，更不应漠然视之。

　　古往今来，以诗诀歌赋记史诵史者古代有之，如杜甫的善陈时事，其著世称诗史。就情歌而言，多为反映一时一事或一定时期的史实。我国诗歌源远流长，而情歌则是其最精华的部分，其反映的史实具系统性，以简洁明快的韵体为读史提供便捷门径。就专门以情歌之类别进行长篇结集而写史的，目前还不见有为之者。本书作者立足情歌这个专业类别，自古到今进行深层次的研究，把记史与记事有机结合，较好地展示了我国的情歌发展历史，挖掘了我国情歌的深邃内涵，集中展示了我国情歌的厚重和风情，这不能说不是一种创举。这体现的是作者的历史责任和文化素养。

　　本书破开先例，卷首以"中国古代情歌发展散介"述其大概轮廓，收其史实大事作引，铺叙兼取名典逸闻，引文加以点注，如一树之年轮，力求较强的时序性，将史、地、人、事做一席佳肴摆放有致，以飨先贤，以飨读者，以贻后人。史限远及原始群落时期，详及先秦后汉、唐宋元明，一以贯之于近代中国，通史数千年，皆一个"情"字贯通，让人读来新奇。缀文中间或读杂史选录，亦视其价值而用。不仅无损正史，且具同树异枝、添锦匀绣之宜。同时力求"降尊趋卑"，化冗而短，化圣而凡，通俗易懂，孩童可诵。著者立场观点，抑扬褒贬，尽在字里行间。读之可知晓历史大要，领略先辈风范；熟诵可悟古今兴替，明晰褒贬是非，辨忠奸，知善恶，识愚贤，以史为鉴。面对浩瀚史海，本书仅作敲门之砖，以引导人们巧结史缘，深读细研。相信有志于史者，以此为匙，一定会被中国情歌历史之魅力所吸引和震撼！

本书共四辑。第一辑《情窦初开——唐朝以前的情歌》含史前华夏至秦汉一统，乃是我国早期情歌之精华；第二辑《古琴双绝——唐宋情歌》是中国诗词鼎盛时期的佳作汇聚，以诗读史，以史展示当时民间风情和群众文化。第三辑《天籁绕梁——元明清情歌》含宋辽并至近代中国，收文不多，但都乃精华。第四辑为《佳句补萃》收录了古今佳句锦言，以名人情感积累之精华，开启读者情商之大智，乃见作者选文之用心。

中华文化，源远博大，厚积深蕴，藏神流韵。语言文字妙若连珠，字字奇珍。"有真意，去粉饰"，方知其巧妙，"少做作，勿卖弄"，尚达其意行其韵。大千世界，事史万象，无不可入诗入画，入歌入赋，入诀入韵。但苦于历史之深邃，篇幅之所限，历史名篇不尽一一收入，加之审美观的不同，文中不足和缺陷，自然存在，但这并不影响本书之精美和华丽。

受作者之托，是以为序。

柔情似水诗意浓

——浅谈晏小英《相遇过往》中的诗歌

2020 年秋，晏小英女士签名送了一本她的文集《相遇过往》给我。拿到书我便迫不及待地翻了翻，因为她毕竟是我的同事和好友，一起工作多年，我知道她写的文章不是很多，但文章的情感很浓，极富思想性。

这部文集共收录了晏小英散文 20 篇、散文诗 16 篇、诗歌 17 首、小说 3 篇，属于一部综合性的文集，也是她的第一部文集。该书由著名书法家、原泸州市文联主席虞潜先生题写书名，原泸州市作家协会主席吴鹏权先生作的序，由中国文化出版社出版的。

人的一生，因如诗歌而美丽，诗歌也因人的情感融入而变得温馨。当今时代，在生活快节奏，信息高速度，工作高压力，娱乐多样化，审美简单化的浪潮中的人们，都被迫立足现实而生活着，即使心里很浮躁，可又有多少人愿意静下心来吟诗对月，品味毫不值钱的文字游戏呢？只有像我这样"吃错药"的人，才会在月亮升起，秋风萧瑟的季节，捧起别人的书，在梦里慢慢品读。

我是从写诗歌开始爱好起文学的，所以对诗歌有种特别的情怀，拿到《相遇过往》，我首先读完的是诗歌，其实小英的文章之前大多是读过的，不过都是零星的读到，再次从她的文集中读她的文章，又有不一样的感受。

在我的记忆的，我印象最深的是她的散文诗《给心灵减负》，当时是在《少岷》杂志上看到的，她说："有时候，我们的脚步格外沉重，那也许是心灵负荷太多欲望；有时候，我们的眼睛充满迷茫，那也许是心灵弥漫有世俗的尘埃；有时候，我们的脸上写满惆怅，那也许是心灵正翻滚失意的潮起潮落……"这是作者面对工作与生活的深层次思考，也是对人生走向的反思。当今时代，我们都生活在激烈竞争的浪潮中，工作和生活的压力，几乎让我们没有太多喘息的空间，渴望放飞心灵，寻求灵魂栖息的自然，是一种共同的心灵追求。当我们长时间生活在压力巨大的空间里感到窒息的时候，如果能徜徉于青山绿水之间，闻花香，听鸟语，望碧海，观星月，让心灵释然，那是让人多么愉悦的事。作者在文章中释放出了人性的本能追求，是人生境界的真实表露和真诚直白。

在我的印象中，她在报社工作的时候，编写过一部合江人的诗集《风醉符阳》留给我的印象很深，那是一部在《合江报》上发表的诗歌的汇编。从那本书里，我已经感到了小英较高的诗歌鉴赏水平和诗歌创作的艺术修养，她很少写诗，但对诗歌创作的能力是不在话下的。

《相遇过往》收录了晏小英17首诗歌，大部分以短诗为主，都是近些年写的，创作时间较为集中。这些诗歌中，有的用燃烧的爱讴歌家乡土地，以家乡的山山水水寄托故园情怀；有的以情爱无价的理念抒发内心情感体验，用爱融于生命的色彩的信念，表达爱在她心目中的分量；有的以生命旅程写人生和社会感悟，在感受生命的点点滴滴中，表达对多姿多彩生命的向往。

人总要有激情，激情是需要表达的，最基本、原始的表达就是吟唱，这种吟唱落脚到文字上就是诗歌。诗是情感的迸发，诗是灵魂的再生，诗是生命的总结和再现，这是文化人的对诗歌的普通认识，也是诗歌创作的初衷和出发点。诗歌离不开情感的表达，没有情感的流动就没有诗歌的存在，情感是诗歌的源头，是诗歌价值的生命线。所谓诗言志，其实在言志的背后是言情，"志"是被情感包裹着的，没有情感的包裹，所谓的志都是空白的。读晏小英的诗，给人强烈的感受，就是她对外界、对内心、对生命历程和周围事物的感悟，都没有离开浓浓的情怀，以情贯通，用情领悟，首首诗意，满纸情深，用诗的语言刻画出她的情感图腾。

晏小英的诗，无论是写身边的亲友，远方的思念，旅程的经历，时光的慨叹，都突出浓浓的情怀，心中有情，笔端流义。她在《魂牵子山的石人》中这样写道："不知泪湿了多少等待的晨昏/不知熬过了多少殷殷期盼的秋冬/再没有辛勤劳作的甘苦/失却了天伦之乐的温馨/就这样默默矗立着呆呆的眺望着/只有那郁郁葱葱满山的杜鹃花呀/如霞似火簇拥着你/唯见那莽莽苍苍碧波荡漾的林海啊/如泣如诉护卫着你。"诗的本体是在写石人，在石人的形象背后融入的是作者内心的情感流动，是作者对没有人生辛勤劳苦的向往，是对人生天伦之乐的追求，作者在写石人的同时，抒写了森林的圣洁和带给人的美好静谧，写出了对大自然的眷恋，表达了对美好人生的期待和深情。

人类的情感具有自然属性，有它的天然性和自然流露的本能。情感的天然属性在于源于内心，自然发生，真切真实，是不可以轻易替代的。如她的《思念如花朵盛开》中的第一节："刚刚搁下遥远的通话/便又开启悠长的期望/一笼笼红艳的思念/穿越大半个地球/点亮了/无数等待的夜空。"这是一个母亲对孩子的情怀和心底声音，是走不出母女情结的文字宣示，远在国外的女儿在母亲的眼里永远没有长大，所以每时每刻都牵动着母亲的心，孕育着母子连心的难以割舍情怀。作者的情感起伏是诗歌里的常见元素，正因为这种情感的传递，才能勾起读者的情感波动和联想，形成作者与读者情感的共鸣。在晏小英的文集《相遇过往》中的绝大部分诗歌，都具有这种柔情似水、因事动心、触景生情的特点。

诗人心中没有太阳，又怎能给予花朵以颜色呢？作为诗人应当以阳光的心态去写诗，让诗的语言充满正能量，让诗歌释放出灿烂的光彩。小英的《编写党史有感》正是在阳光的心态下写成的："苍茫灯火里　我虔诚读写/那些普通的身影重又鲜活　深动/明理暗里的出没/地上地下的穿梭/热血与骨头，交与烽火/锻造惊世骇俗的镰刀、斧头/青春之歌点燃了/满山遍野的红杜鹃。"

诗歌就是把心中的情感转化成文艺分享表现出来，同时也是诗人思想灵魂与文字的有效融合，然后在诗人与读者之间搭建一座桥，让彼此的情感进行流通。小英的《琴娃湖》正是情感与景物相融合，借用写景来变卖内心的感情，她这样写道："独奏的韵律/是幽林飘洒的雨丝/合唱的节拍/如满湖摇曳的波光/莫非古老宫阙遗失的旋律/抑或现代童话走出的故事。"诗人将古老和现代拉扯在一起，其故事的背后是诗人内心的情感流露。晏小英的诗中，用情而不滥，而是饱含她的人生信念和智慧，传递她自己的看法和准则，表现出非常豁达的人生态度。她要的是诗歌意象中的真实，而不是客观的真实，达到一种心灵的超脱，这是难得的境界，因为既然选择了诗和远方，就没有什么比纯净的内心更可贵。

　　诗歌语言能在某种机缘条件下转换为艺术情感，用心灵的清泉去浸染读者的灵魂，这正是抒情诗的重要特点。诗歌的艺术作用就是能够敲打人的神经，引发情感的共鸣，创造感染力。小英在《给凋零废墟上的花朵》中这样写道："大地被疯狂撕裂/天空在痛苦呜咽/教师坍塌了/桌凳破碎了/朵朵如花的生命顷刻间香消玉殒/……一切都还没有来得及/那么多美丽的期盼就被无情碾碎/那么多纯洁的灵魂就在瞬间摧毁。"这些很平淡的语言，却写出了作者再次深入汶川地震现场考察的心灵感应，写出了她内心对自然灾害的憎恶和对地震的感伤。

　　小英为人真诚，心地善良，勤奋好学酿造成了谦逊的品格。特别是担任《合江通讯》主编的日子，让她对文学感悟巨大，领悟颇深，文字修炼得到了较大的提升，使她发出"我多想对着蓝天吟诗一首，心里有一种要歌颂自然、歌颂生命的渴望"的感慨，从而以诗塑造心灵中的自然。从她的诗歌里能看出她对文学的积极追求和较强的创作欲望，在她不断审阅别人的文学创作中找到了自己文字表述的独特风格。她的诗歌语言文辞丰富，语言精美，意象深远，在诗的语言中用文字再现出生命的价值。如《依依乡情》中，她说："牵着一朵朵美丽的格桑花/放飞一串串魂牵梦萦的夙愿/洗衣歌的旋律还是那样温暖与感动/雪域高原的风情也不再遥远和陌生。"诗人是在赞美作曲家罗念一所创作的洗衣歌，从洗衣歌的意象中想象到雪域高原的美丽，在格桑花的品格中寓意人性的美。她借助诗歌，用精美的语言，表达她对艺术的感知和认识，抒发浓烈的人生情感，其文字的组合达到了非常和谐优美的地步。也正是她任主编和担任《少岷》杂志编辑的经历，让她遨游书海，让她的文学思想和文学修养都得到较大提升，而且创作出了大量的文学作品，完成了自己的创作夙愿，使其艺术风格逐渐走向成熟。这是一个人精神和艺术的双重收获，在担任编辑的同时，不但通过学习让自己变得丰满，让情感变得更加细腻，她的文学作品就像清泉一样不断从灵魂深处流出，涌进读者的心里。可以说《相遇过往》的出版，形成了小英文学创作上的一个坐标，使她用文学的语言将自我情感转化为艺术情感，获得了新的人生圆满。

　　诗人林莽说过："诗歌中的语言与情感，是一首诗中不可缺少的两个组成部分，一首好的诗歌作品必然是语言的艺术，也必然潜藏着源于生命内在的真情。"晏小英在《相遇过往》中选编的17首诗歌可以说都做到了，留给读者的是满满的收获。晏小英写诗的时间不长，却能看出她固有的对文字和诗歌的内心敬仰。能看她将诗歌当作生命旅程的印记。从晏小英对文字的敬仰来看，她重视对诗歌语言的锤炼，事实上她的诗歌语言也确实简洁顺畅，干净利落，传导真情，没有矫揉造作。她内心的体会在诗歌里像透明的海水，里面的珍奇宝藏让人一览无余，她写的是很清秀的诗。

人们对文学精品的追求是没有止境的，任何文学作品都有好和差的两面性，只要我们不断追求美好的东西，在本质很好的基础上净化和提升，总会在高原之上占领一块美丽的园地。小英是一个谦虚好学的人，她能站在一定的高度看待人生现实和风云演幻，审视文学的美与丑，在对文学执着的追求中不断加强文学的修养，不去纠缠儿女情长，我想她的明天一定是大有作为的。在诗与远方面前，诗是永恒的，感情可以永恒，这是让文学创作精神延续下去的理由。愿小英同志将美丽的诗歌不断写下去，写出人生，写出精彩，把生命中的情感和诗意揉成一团火焰，温暖别人，照亮自己前行的路。

人老不离乡土情

——评胡正银报告文学《底色》

不久前，在合江县委宣传部开会，胡正银也在，他送了他新出版的报告文学集《底色》给我。他没有说什么，便带着微笑走了，连客套话也没有说，步履那么坚定有力，给人的感觉就是自信。

把书拿回家，我便认真地通读了一遍，我知道，好友的书不读三遍是过不了我心里的坎的，况且正银是我几十年的朋友，至少要写篇评论来"捧捧场"吗。于是我又反复读了几遍，加上这些文章之前就读过，人物大多是我以前就认识的人，故事已很熟悉。可以这样说，正银的文章只要是公开发出来的我都读过。说实话，有些文章我几乎读得有些生厌了，好的是读别人的文章，吸收的是自己的营养。

我很喜欢读熟人的文章，有时候程度上甚至超过喜欢读自己的作品。原因在于，个人生活中的许多问题一时间想不通，但在读别人的文章中偶尔可以找到答案，甚至可以让聚集在心中的压抑瞬间得到释放，让自己变得开心而舒畅。

作为作家，其写作的过程本是一件孤军奋战的事情，从坐在电脑前的那一瞬间开始，你就要单枪匹马地进行战斗。从这个角度讲，写作者或许是全世界最孤独的人。在这种时候，阅读他人的作品，将使人获得难得的精神鼓舞，你虽然无法和对方进行哪怕一句实际的对话，却有可能实实在在地产生一种日常口头沟通中无法产生的精神共振，从中汲取力量获得启发，这是专属于写作者的私密体验。

胡正银是我的老兄，比我大十岁。胡正银算是一个地方性的实力作家，他最早从写新闻开始走进散文写作，然后一发不可收，出版两部散文集后转入写小说，这些年写出了大量的中短篇小说，影响力越来越大，可读性也越来越强。他的小说、散文、报告文学都写得很好。在我的思维定义中，正银写文章喜欢从小处着笔，情节简单而明了，文笔细腻，语言朴实而清新。特别是他的小说，一个小故事他可以写成上万言的大文章，这足以见证他收放自如的写作功底。将故事放大，将篇幅拉长，这是胡正银小说写作的重要特点。报告文学《底色》就是他这种写作风格的重要例证。《底色》中收录的三篇文章故事简单，细节深入，语言平实，结构顺其自然是共同的特点，这也是胡正银写作的风格。

胡正银是一个偏向于理性思考的作家，文章中的哲理性强，文字背后有深意，隐藏的内涵深刻，注重给读者理性思维的东西。在情感的运用和表现上不是那么强烈，很少读到行云流水的情感流动。就《底色》的文章构思和故事编排上，其完美的程度可以说是无懈可击、不容置疑的。我读别人的文章喜欢换一种表现手法去思考，把别人的写作方法与自己想象中的方法进行比较，寻找别人写作与自己写作的差异点，在他人的文章中找到自己想要得到的东西。我是以情感为重的写作者，所以在故事的编排，细节的描写，悬念的设置等理性文学的写作中，正银身上有许多东西值得我学习。

报告文学是运用文学艺术的语言和表现手法，真实及时地反映社会生活事件和人物活动的一种文学体裁。它的基本特征是新闻性、文学性、政论性。可以说是用文学手段处理新闻题材的一种文体。

这些年来，随着马克思文艺理论思想的不断强化，中国复兴之路理念的不断形成，中国梦和乡愁思维的不断引入，政治性文艺思想浪潮的不断深入，文学的政治性要求更加明显。而报告文学正好能较好地反映现实生活，因为具有新闻性和政论性的特点，可以很好地表现当下各级党委政府需要表达的主题，领导和社会都比较关注，所以当前写报告文学的越来越多，也比较容易上稿，报告文学逐渐走向又一个春天。

正银同志抓住了这个机遇，立足于对农业和农村工作的思考，站在作家的高度，审视农业科技推广和农民的生存空间问题，在关工委这个独特的行业中选择人物，在乡村的土地上挖掘素材，通过关工委一批同志深入田间地头开展农业科技实验和送科技下乡，关心下一代的生产和生活的故事记述，给我们展现了十余个具有鲜明个性的人物形象，通过十多个故事的记录，呈现出了三个内容相近的报告文学，以《底色》为统领，写出了具有时代特征的新时代报告文学作品。

《种绿》这篇小说紧紧抓住了量子农业的实验这个主题，以宋天文开展量子技术实验的经过为线索进行展开，详细记录了在田间、地头、果园、园区开展工作的详细经过。通过农业活动实践又把关工委的一帮人引入其中，重点记录了陈维国、刘成云、郑淑琼等一些关工委人员的工作史实，同时以果园和基地为依托，记录了主人公廖友成、成守能、王华洁、马平等一些专业户开展工作的情况。小说从总体来看，主题鲜明，突出的是量子技术的实验和量子化肥的推广；人物相对较集中，在每一个章节集中地写两个人物，然后以关工委的其他人员穿插在其中作为补充，而全篇小说就是以宋天文为中心人物，以陈维国代表的关工委工作开展为线索进行展开，层次基本清晰。小说在抓住量子技术实验的主题框架下，有意的切入了扶贫攻坚的背景，把小说的题材置放到扶贫攻坚的社会背景下，这样增强了文章的时代性和政治性。

就整篇报告文学而言，因为是由很多个故事构成的作品，故事与故事之间相对独立性很强，虽然是以主要人物作为主线来连接，但故事之间关联性不强。文章写得很细，也很具体，细节表现得很突出，但格局不高，结构上还有优化的空间，有些段落显得有些多余，给人一种有意堆砌文字的感觉。

《植根》这篇文章写了龙潭村、中坝咀村、符阳村、李子坝村、柿子田村、双旋子村、渡口村等多个场景，记录了十多个人物及其相关的故事，内容丰富而且比较接地气，笔法细腻而充满活力。就单个章节来看，故事紧扣农业、农村、农民的"三农"问题，人物平民化，语言通俗化。在表述方式上主要以记叙为主，说明为辅，有的地方加了适当的描写，总体来看偏向于日记体的写法。文章具有通俗性和贫民性的特点，主题具有时代性特征。

但是作为整篇报告文学而言，章节之间关联不大，相对的独立性较强。如果把文章按照片段来切开，每个章节都可以单独成篇，相互之间没有依存关系；记录的事件比较平淡，故事性不是很强。

　　《护苗》主要写合江县关工委的陈维国、刘成云等同志，在开展关心下一代的工作中，与所关心的对象之间的工作过程记录。报告文学强调以真实感悟为主要内容，对社会生活、自然现象与心灵碰撞进行高度提炼、凝神成故事内容的表达。而这篇文章注重了真实感悟与现实生活的表达。从结构上与前面两篇基本相同，语言和行为描写上与前面两篇相近。但这篇文章对人物的描写要多一些，情感的交集较多，情节更细腻，人物有血有肉，形象更加丰满，可读性更强。

　　报告文学具有新闻性的特征，具有时效性的限制，所以在构思写作之前，作者应该先殚精竭虑，把文章的社会性和现实意义挖掘出来，紧跟着时代节拍，及时地送到读者的手中，努力在读者身上唤起时代精神和社会责任感的反应，不然就会失去意义。任何优秀的文学作品都是通过作者深思熟虑、笃定冷静的提炼思考来赋予文章深邃的教育意义的。而胡正银的《底色》写了那么多的人物和故事，写出的人物个性千差万别，故事真实而各不相同，其构思的精巧和材料组织的严密是值得肯定的。

　　整部书在编排上还是比较科学的，文章开头展示出一个生动逼真的生活场面来进行引领，给人以现场实感，效果不错。整个主题比较鲜明、新颖。在结构上虽然没有在集中的主题统率下进行一直贯穿，但所造材料对表现主题是有效果的。总体而言，这部书没有开端、发展、高潮、结局的常用报告文学结构，也没有用倒叙手法，引起悬念，但作者通过对材料的选择提炼，在保证真实性的前提下突出反映对象的典型意义，形象化地加以表现，并体现出作者的思想情感倾向，从而使之具有较高的可读性、感染力和说服力。

　　我始终认定，一本好书比它的作者更富智慧，它能传达出作者没有意识到的东西。我喜欢一个说法，叫固执的无兴趣。要培养一种固执的无兴趣，你必须把自己局限在特定的知识领域。你不可能对事事都求知若渴，必须强迫自己不要样样都学，否则你什么也学不到。《底色》记录的是普通农村人们生活的故事，写得很平实，但是传递给人们的是关工委那些老同志生命不息，夕阳艳红，无私奉献的精神，这种精神正是新时代中国特色社会主义建设所需要的，正是文化自信和文化自觉的积极表现，正是中华文明的发扬与传承，这也正是这部书的价值所在。

　　读别人的书，欣赏别人的作品，其本身就是审美观照的过程，也是情感体验的过程。人类的情感具有自然属性，很大程度上是天然性。情感的天然属性源于内心，许多时候会自然发生，不容易被别的事物替代，但却能在某种机缘条件下转换为艺术情感，这正是文学作品生命力的源泉所在。胡正银的《底色》是优秀的文艺作品，许多地方具有感染力，能引起人们的共鸣，也能带给人们以知识和营养。但愿在今后的写作中，能有更多的感情注入，让读者在感悟和感动中品味作品。

话说《十岁当家》

2021 年 10 月 5 日，我在合江县九阳大酒店参加一个朋友儿子的婚庆典礼，正好李扬增先生也在。那天我在底楼大厅，大厅内摆桌席较多，正要开席时，我看见一个 80 岁的老人，他手里拿着一本厚厚的书，在大厅内不断地寻找着人。我见是李扬增老师，便主动离开席位去与他打招呼。他看见我很高兴地说："听说你在，我正在找你呢！"然后他告诉我，说他最近出版了一部书，一心要签名送一本给我。

我接过他送给我的书，书名《十岁当家》便深深地吸引了我。第一时间我的反应是——他十岁就当家了吗？带着这个疑问，我把书好好地收藏，回家便认真拜读，希望能最快地找到我要的答案。

翻开这部厚厚的《十岁当家》，这是李扬增先生的诗词文章汇编，全书分百姓故事、锦绣中华、情系教育、稀龄学韵、附录等 5 个篇章，收录李扬增先生撰写的生活故事 24 篇、游记散文 20 篇、教育心得 11 篇、诗词近百首，还收录了他的朋友们为他这部书出版写的贺文和他的弟子们为他八十岁生日写的贺诗。该书张崇武作序，张佑迟作跋，共 17 个印张，洋洋洒洒 28 万字，装帧素雅，显得十分大气，让人爱不释手。

李扬增先生是我非常敬重的老师和挚友。早在 1986 年，当时我在新店中学任教，同先市初中的黄家贵、罗泽、祝国祥等是非常好的朋友，在他们的介绍下，我就认识了当时任先市初中校长的李扬增先生。在我的印象中，他为人谦虚，平易近人，礼贤待人，文辞新颖，说话很有修养和内涵，给人高大而伟岸的感觉，非常讨人喜欢。自从我们相识以后，朋友相聚经常见面，来往平凡，逐渐成了忘年之交。由于工作的原因，他后来调到城关中学任校长，我到了乡镇工作，相对接触较少。他退休后，潜心于文字学研究，在合江县关工委做关心下一代的工作，做了很多公益的事情。

2013 年，合江县成立老年诗书画研究会，他任副会长。人生总有许多巧合，友情人总会相遇。2016 年我从合江县文旅局局长岗位退下来，组织上安排我到老年诗书画研究会任会长，我们又在一起战斗，得到了他大力的支持和帮助。虽然我后来离开了老研会，但我们一起研究老年文学艺术，共同为合江文艺发展献计出力的情结却深深地凝结在一起，牵挂常在，心与心的相通从未分离。

读完李扬增先生的《十岁当家》，给我的印象最深的不是他的文章精美和内涵的深远，而是一种"老骥伏枥，志在千里"的境界，是一种"甘为人梯，乐于助人"的品格，是一种"勤奋好学，精益求精"的精神。

勤奋是成就人生的基石。生而为人，都在为衣食住行奔波，总有社会所赋予的角色要扮演，总有家庭的责任要担当，总有这样或是那样的牵绊。周国平说："人生的使命就是把生命照看好，把灵魂安顿好。人生最好的境界是丰富的安静。"到了一定年龄应该明白，做人最重要的是，让自己内在丰富，对外让别人舒服，恬静平和，云淡风轻。李扬增先生正式这样一个人。他在《把握自己》中这样写道："人生的来去，不过是幸运与遗憾的往复；不过是美好与烦恼的转换……优雅地老去，那是文化的境界，体面地老去，那是物化的支撑，还是心平气和从容地老去吧。"这是胸怀的强大和灵魂的高洁的再现，只有胸怀的强大才能生活得坦然，才能让人生路走得更远。

李扬增先生这种思想的形成，来自他的勤奋好学和对文字的精益求精，在他的文章中放射出一种强大的力量。对于一个人来说，真正让你强大的，是在独自思考和学习中的积淀和进步。要想自己的文章散发出力量，就应该通过不断的学习来提升和充实自己，应该不断思考人们需要什么，社会需要什么，我们的文章该怎么写才能教育人和打动人。坦白地说，李老师的文章文学性并不是很强，但思想性却很高，在他的《十岁当家》中，做到了思想的深邃和灵魂的纯洁，实现了用作品去教育人和感染人的目的。有人说，对自己最好的投资和打扮，不是名牌衣服、高档化妆品，而是看做过的事、走过的路、迈过的坎和读过的书。做个人品有感染力的人，就要用加法的方式去爱人，用减法的方式去怨恨，用乘法的方式去感恩，用除法的方式去烦恼，如果你做到了，你会发现身边的人都在向你微笑！李扬增先生他做到了。

有作品不一定能成为作家，没有作品肯定不能成为作家。谦虚是写作成功的阶梯，一个八十岁的老人，还在不断笔耕，写出大量的诗词和散文作品，本身就蕴含了一种谦虚好学的精神和做人的品格。写作往往是一种苦差事，就是因为要受到很多限制。如果没有专业精神、实证精神，没有对语言精益求精的精神，就很难写出好的作品来。天外有天，人上有人，谦卑是一种态度，更是一种修养。他在《老年续志》中这样写道："解甲归田已赋闲/不疲充实记心间/应邀研学诗书画/受聘关心青少年/岁岁寻机游世界/周周把盏会神仙/暮年不暮腰胸挺/多读经文把寿添。"这就是一个八十岁老人的生活态度，更是一个作者勤奋笔耕的心灵告白，"暮年不暮腰胸挺/多读经文把寿添。"作者非常谦虚，文字精练而内涵深远，表现出了一个作者良好的心态和积极的生活态度。

写作就是在语言上雕刻，精益求精，就是为了创造出别人没有说出的那一句话来。好的作品，都是灵魂深处发出的声音，而这种声音往往不止是一种，或许是很多种声音融合成的交响乐。《十岁当家》中的文章，有文学形式的散文、诗歌，有教育教学的授课教案，有生活应景的讲话稿，有记录人生经历的心情日记，这些多门类的文章放在一起，以个人的生活体验和人生感悟贯穿其中，形成了一种积极向上的生活链条，带给人们的是广博知识内涵和高雅的生活品位，让人们的愉悦的品读中有所思，有所悟，有所得。

文学不是让这个世界变得简单，而是要从简单中看到复杂的世界。写作不是让人性变得更清晰，而是变得更复杂多样化。好作品的作用就是能给人以知识和精神，促使人们对社会、对人生、对生活的再认识，能引起人们对生活和人生的反思，让人们精神境界变得更加高远，让人的思想格局更加升华。《十岁当家》中，有大量的篇幅是写人记事的，讲的是身边的故事，说的是自己的人生经历，看起来非常平实，也没有太多的文学语言。但在这些故事的背后，孕育了人与人之间的真实情感，蕴含了作者关爱社会、关爱他人的博大情怀。我们在阅读这些文章中，对人情世故有着更广阔的理解，对生活的态度和处世哲学有更多的反思，从而让我们更加懂得宽容，更加懂得和谐，更加懂得关爱，让我们的悲悯和同情之心在灵魂的碰撞中发酵而变得高洁。

今天的世界，正经历着历史上最广泛而深刻的社会变革，也正在进行人类历史上最为宏大而独特的实践创新。而且，面对互联网和信息化的呼啸而来，"历史变化如此深刻，社会进步如此巨大"，人们的精神世界无比活跃，各种观念思潮碰撞令人眼花缭乱。这些，为文艺的发展提供了无尽的宝藏。作家必须坚持与时代同步伐，记录、描写、反映这个时代，才能创作出属于这个时代的优秀作品。李扬增先生是一个勤奋笔耕的人，特别是七十岁以后，仍然紧跟时代的节拍，潜心于文学艺术的研究，不断在生活的体验中汲取营养，把生活的积累与新时代人们的生活观念融合在一起，挖掘沉积于现实生活中的传统思想和精神能量，写出了大量与时俱进的文学作品，这是值得称颂的。俗话说"怀才就像怀孕，时间久了会让人看出来"。李扬增先生的才气、学识和文字修养，通过《十岁当家》得到了很好的透视，数十年的怀孕，一个健康美丽的"小孩"终于分娩。

单看李扬增某篇作品，确实很单纯，就是生活轨迹的记录，就是个人生活的再现，就是人脉关系的展示，就是作者内心情感的表白。如果把他的所有文章拉通来看，在文字的背后总是有一种清纯、安静的情感在流动，有一种正能量的精神在发光。真实情感是文章的生命，一旦失去便就没有了文学的支撑。郁达夫在《还乡记》中以内心独白的方式，表现人生的苦闷与精神的彷徨以及生命的孤独感与荒凉感。这种心灵的剖析，颇具情感的真实。在《背影》中，朱自清写父亲去月台的栅栏外买橘子，以父亲的"背影"呈现父子之间的情感。虽用笔朴素，却以情动人。李扬增的散文《三个女婿》《走近老康》《渊博罗亮》《古城印象》《友情之旅》等写出了许多与人之间朴素纯真的情谊，在文字的背后，呼唤的是人与人之间的真情，颂扬的是人性的善良本性。正如王国维在《人间词话》中所说："故能写真景物、真感情者，谓之有境界。"这也是李扬增先生的文章难能可贵之处。

一部书，或以情感动人，或以故事感人，或以思想育人，或以精美的文字愉悦人，这都是构成一部优秀书籍的重要条件。一部书不可能十全十美，不可能篇篇都是精华，只要某一点突出，能抓住读者的心，能给读者以教育和启迪，就不失为一部好书。

愿李扬增先生在未来的人生路上能创作出更多优秀的作品，用自己的光照亮更多文学新人，用自己的热温暖更多读者的心，让"老骥伏枥"的精神在人间发散、延续、传承。

话说中华孝道

　　近日偶到广通公司办公室，恰逢我县退休老教师张德辉在那里与李迅聊天，在李迅的引荐下，我认识了这位已经 73 岁的老教师。他告诉我，他正在编一部关于"孝道"方面的书，以此来教育后人，传承中华孝道。我听到很高兴，中华五千年的历史文明，忠孝历来是重要的道德规范之一，而当今的青年人中，对忠孝的概念已经淡薄了，确实需要有更多的人来呼吁和拯救这种中华传统美德。张老师请我为他的书《孝亲美谈"二十四孝"》写序，在这个老人面前我只是个后生，况且传承中华"孝文化"也是我的分内之事，便就答应了。

　　接到这个任务，我想了两天却无法下笔，我总是在写"序"还是写"论"的问题上纠结，因为我真的没有想好怎样来写才恰当。最终我还是选择把在忠孝问题上自己的一些观点写出来，共同来倡导和引领中华"孝道"的传承，共同来发扬中华孝文化。

　　孝与感恩是中华民族传统美德的基本元素，是中国人品德形成的基础。我国孝道文化包括敬养父母、生育后代、推恩及人、忠孝两全、缅怀先祖等，是一个由个体到整体，修身、齐家、治国、平天下的延展攀高的多元文化体系。

　　孝道是中国传统社会十分重要的道德规范，也是中华民族尊奉的传统美德。在中国传统道德规范中，孝道具有特殊的地位和作用，已经成为中国传统文化的优良传统。

　　舜是中国古代守孝的第一君主。中国传统文化是以孝敬父母为核心的孝道文化。传说很久以前我国有个君主叫舜。舜出生在一个穷苦家庭，年幼丧母，父亲是盲人。后来父亲又娶后妻，生一子叫象。从此后母常虐待舜，后来连父亲也讨厌舜。每当父母发狠心要杀死舜时，舜只好逃跑。可当父母生病需要人照顾时，舜又回到他们身边，尽力服侍父母，还处处让着弟弟。舜的孝心感动了天地。当舜在历山的农田耕种时，竟有大象跑来帮他犁田，小鸟飞来替他播种。后来，尧帝发现并提拔了舜，让舜协助自己来管理国家大事。舜在尧手下干了 28 年，做过各种各样的官，都很称职。最后，尧把帝位传给了舜。尧之所以选中舜为帝位继承人，就是因为舜不仅有才干，而且是个大孝子。可见，把孝亲敬老作为选拔官员的标准是自远古就沿袭流传下来的，并时代相袭、贯穿百代。

　　人间有三大真情：亲情、友情、爱情。如今，亲情缺认、友情缺位、爱情缺真的现象屡见不鲜。特别是在亲情方面出现的"六亲不认"的不孝与不感恩现象导致的问题已构成社会问题，影响了人际和谐、家庭和谐、社会和谐建设的进程与质量。孝与感恩是中华民族的最基本的传统美德，是中国人传统美德形成的基础，也是政治道德、社会公德、职业道德、家庭美德，个人品德建设的基本元素，也是当今政治文明、经济文明、精神文明建设不可忽视的精神支柱和精神力量。所以，给予我国孝道文化以科学和现代的诠释，对当下公民教育大有裨益。孝道已成为中华民族繁衍生息、百代相传的优良传统与核心价值观。为了维护、形成这个孝道传统，在周朝，每年举行一次大规模的"乡饮酒礼"活动，旨在敬老尊贤。礼法规定，70 岁以上的老人有食肉的资格，享受敬神一样的礼遇。春秋战国时，70 以上的老人免一子赋役；80 岁以上的老人免两子赋役；90 岁以上老人，全家免赋役。在中国民俗中，还有隆重的老年仪式礼。在民间 60 岁的老人可以接受儿孙的祝寿；在宫廷中，则有皇帝亲自主持尊老的礼仪。东汉时期，皇帝带头倡导养老敬老之礼。清朝年间还举行过大型的尊老敬老活动——千寿宴。康熙六十一年（1722年）正月初二，在乾清宫宴请 65 岁以上的老人，共有 1020 人。筵席上，老人和康熙平起平坐，皇子皇孙侍立一旁，给老人倒酒。康熙还即兴赋诗，名曰《千叟宴诗》。为保障崇孝风尚固化，历代皇帝采取褒奖孝行、劝民孝行的各种举措。汉文帝时，诏令天下郡守，推举孝廉之士，授以官爵；隋唐开始实行的科举制度中，均专门设立孝廉科名。在整个封建时代，《孝经》是国家规定的教材，开科取士的考评依据。小孩子从入学起便从童蒙教材《三字经》

《弟子规》中诵读"首孝悌，次见闻"。此外，严惩不孝。隋唐后的刑律皆将不孝列入等同谋反不予宽赦的"十大恶"之中。杀父母者历代皆凌迟处死。明律中，凡不顺从父母致使父母生气的事皆视为忤逆，可告于官，要打板子直至判刑。民间流传的"打爹骂娘，天打雷劈"，表明不孝者皆为世人所不齿，天地所不容。

"百善孝为先"，"夫孝，德之本也"。孝道文化是中国传统文化的基本文化，"民用和睦，上下无怨"，这种和谐文化就是中国特色文化。作为中国特色社会主义社会理应承继这份道德遗产，发展这份优良传统，丰富中国特色社会主义的伦理精神与道德规范。

从传统文化的角度来说，孔子弘扬华夏先民的优良传统，第一次将孝道文化提高到人文关怀的理论高度，给予了全方位、多角度的阐述，并不遗余力、身体力行地进行倡导。孝道文化的内涵，在伴随着中国文明社会的发展进程中，形成了丰富的内容和特定的外延，渐次积淀和内化为中华民族的心理情感，成为一种永恒的人文精神、普遍的伦理道德，熔铸于儒家伦理道德思想体系及传统文化之中，以至于对后来中国两千多年的中国封建社会产生了广泛的影响，被称为古老的"东方文明"。

当然，传统的孝道在被封建统治者作为工具时，过于强调服从，过于强调在下的臣子、幼辈对在上的君父尊长尽忠尽孝的责任；在具体的礼节上，其内容也过于繁缛和刻板；至于养老礼制涉及的养老对象，更局限于一部分退休的达官显宦、耆旧老臣，而不能普及到一般的民众，使之打上了官本位的浓厚的烙印。从此意义上说，孟德斯鸠对于传统中国之礼教及其养老制度的评价，多少带有理想化的色彩。但是，无论如何评价我国传统的孝道文化，都不可否认其更是中华民族文化的精华，其养老敬老的基本社会道德，是一份弥足珍贵的文化遗产。在大力弘扬传统文化、积极推进公民道德建设的今天，尤其是在我国已经进入人口老龄化的形势下，研究和弘扬传统的孝道文化，具有十分重要的意义。因此，我们应该以兼容并蓄的态度来审视孝道文化，确实认识到孝道文化的社会价值和现实意义。

孝道文化的核心是敬老养老。为中华民族普遍认同的优良传统，它强调幼敬长、下尊上，要求晚辈尊敬老人，子女孝敬父母，爱护、照顾、赡养老人，使老人们颐养天年，享受天伦之乐，这种精神无论过去、现在还是将来，都具有普遍的社会意义。不少有识之士大声呼吁：孝道是中华民族的传统美德。不管社会如何进步，社会文明如何发达，这种美德什么时候都不能丢。否则，就无异于大道废弃，纯朴破产，人心堕落，社会倒退。乌鸦尚有反哺（用口衔食喂其母）之孝；羊亦知有跪乳（小羊吃奶时要下跪在地上）之恩，更何况人乎？试想，父母既有养育之恩，更有数十年如一日的教诲，为人子女者，能不义无反顾予以回馈吗？尤其当父母处于垂老之年、贫病交迫之际，不尽子女的孝道，能说得过去吗？可惜，这些浅而易见的道理，过去是因受"左"倾思想的奚落、当今是因"金钱至上"而被迫"靠边"。因此，提倡并弘扬孝道，恢复它的本来面目，应该作为社会主义精神文明建设的一项基本内容来抓，切实让孝道文化这一传统文化在新的形势下得以发扬光大。

敬老、爱老、养老精神需要发扬光大。人把孝道即敬老、爱老、养老列为学校教育和社会教化的一项重要内容，我们一定要继承发扬这一优良传统。我们略做考证便可得出结论，古代孝道教育的目标就是，使敬老养老观念由家庭推广到社会，并通过社会教化与社会教育的结合，有效地营造了一种尊老敬老的社会风尚，鼓励人们"老吾老以及人之老，幼吾幼以及人之幼"，把孝敬父母、爱护子女的道德情操推己及人，尊敬、爱护和关心天下所有的老人和儿童，以推动家庭和谐与社会进步。当代著名作家冰心就非常关心对孩子孝敬父母的教育。她要求，对儿童的教育不能只讲大道理，首先要教会孩子如何关心父母、爱护父母。可见，只有孝敬父母才能家庭和睦；只有家庭和睦才能社会安定；只有社会安定才能经济繁荣；只有经济繁荣才能国富民强。很多事例证明，孝敬父母绝不是一件小事情！孝敬父母的教育是最基础的道德教育。

提高全体国民的基本道德素质，是当代社会精神文明建设的重要任务。从我国的现实情况看，孝道也是形成现代人际关系和谐的价值渊源，还可以说是保持社会稳定的重要因素之一。事亲行孝，历来是做人的根本，是中华民族传统美德，是家庭和睦、社会安定、民族团结的基本要素。孝道文化是中华优秀传统文化的重要组成部分，是中华民族爱国主义情怀的感情基础和道德基础。古代的孔孟儒学提倡的孝道，已不仅仅是一种通过行为表现出的人伦道德，而且还是一种社会性行为，行孝者对社会公德负责，肩负着社会责任。从我国社会主义精神文明建设的需求和面临的现实看，正处在传统走向现代化的转型期，伴随改革开放的步伐，旧的道德规范与不相适应的矛盾正日益碰撞、磨合，重塑与重建具有中国特色的现代道德文化体系和体现时代精神的伦理精神，是每一个中国人所面临的道德选择。传统孝道文化中倡导的重根源、主入世的精神，对加强中华各民族的团结、齐心协力进行社会主义现代化建设，起着溯宗归祖的作用。我们应该认识到这是当代社会公民道德教育的最佳切入点和出发点。尽管在当代社会，人们似乎更加注重社会角色和社会道德，而不甚重视其家庭私德，这有其一定的合理性，但中国古代视孝道为一切道德之基本，是一种更为深刻而渊源的思想观念，是一种不宜移易的理念。现在有些人，父母生前不孝敬，等到老人死后却大办丧事，有权有势者甚至圈地筑坟，车队簇拥，络绎不绝，连日宴席，以显示其能"光宗耀祖"。这绝不是什么孝道，而是借着父母的牌位显示自己的"荣耀"。这种现象是对传统孝道文化的歪曲和亵渎！而通过对这种"孝道"的批判，也正显示弘扬孝道文化的重要性和社会意义。

我从佛书上看过这几句话，挺有教育意义，摘抄于此，以示后人。"百善以孝当先/万恶以淫为首/父母不亲谁是亲/不敬父母敬何人/千两黄金万两银/有钱难买爹娘身/活着儿女不尽孝/死后排场瞎胡闹/在家不要言相激/一旦抛离便不归/在生之时不敬重/死后空劳拜孤坟。"

是为序！

话说作家的格局与文品

人有人品，文亦有文品。品字从三口，本义是指众多人口。品字用作动词时，含有辨别、分析、感悟的含意；作单位词用，则有等级、数量的含义。《说文》中解："品，众庶也，从三口。""人品"则包含有两层意思：一是指人的道德境界、世界观、人生观和人格魅力；二是指人的文化水准、个性特征和长相外貌。而"文品"则是读者对文艺作品思想风格和文化品位的判别。

读到一篇好文章，我们往往不只满足于其知识的渊博和丰富的文辞，更为敬佩和看重的是文章所承载的思想与文品。当在夜静中细品李白诗时，能从盎然诗意中看到古人那种特有的人文精神，能品味到社会与自然，人生与人品的融合，能让我们在精神上得到比诗更高的感悟，遥感到诗人的人品与风骨。也只有当文品与人品同辉时，才能真正体现出文与人的价值和魅力。

南宋时秦桧和明朝的严嵩，都是当朝才学很高的人，并都写有不少好诗文，因其都是奸臣，人品毁掉了文品。常言说得好"不怕没有好文品，就怕没有好人品"。文章在一定程度上是人品的外在表现，在行文中所使用言辞的力度和精神气势是离不开作者思想印记的，从中我们能领悟到人品与文化、人品与情感及至与生命的密切联系。人民群众不仅看你写的文章，更要看你在文章中"写了谁、依靠谁、为了谁"，不仅要品作品，更要品人品。

俗语云："文如其人"，是说人品与文品有一定的关联。其实，人品与文品既有形也无形，有形的是端庄秀美的言辞，无形的是隐含于字里行间中的昂然正气。

"纸上春秋，见证时代变迁；笔底波澜，推动社会进步"。古人提倡的"文以载道"，在现代社会则仍然有用，作为文化人首先要无愧于社会责任和职业道德，更要用良好的人品和文品来引导社会舆论，担当起"文以载道"的神圣使命。在一定程度上讲，这就是人品与文品的问题。

我从1982年开始在《战斗报》上发表诗歌到现在，已经四十年了。四十年时间真是弹指一挥间，不知不觉就过去了。在这四十年里，我从一个小兵到一个作家，确实经历了精神的磨炼和人品的锤炼的过程。

我最初开始写文学作品的时候，我们营部的一个书记就告诉我："文章是有文品的，就像做人要讲人品一样。只有良好的人品，才能写出优秀的文学作品，因为作家是靠思想和灵魂去教育人和感染人的。"书记的这席话我一直藏在心里，伴随我走过了四十年的风风雨雨，直至今天还死死牢记着"先修人品，再树文品"的道理。

我不知道我的文章是否能打动人的心，但我的每一篇写作都坚持用心去写，用血液去酿造时代的精神。尽管文章有别人的说三道四，尽管好坏都有说词，但每一篇文章都有情的流动，每一段文字都有心血的注入，因为血总是热的。

我记得在手机上看到过这样的故事。从前，一个人坐在小院子里，整天对着一株大树发愁：四合院围着一棵树，是个"困"字，太不吉利。有人劝他：把树砍了不就行了？这人又摇摇头，忧愁地说：树砍了，院子里就只有人了，"困"字变"囚"字，更不吉利。砍也不是，不砍也不是，于是每天长吁短叹，满腹惆怅。直到有天一位道长路过，听闻他的烦恼，大声笑道：院中所处甚狭，什么不困？院外天地之大，何困之有？红尘烦恼不过一二，若都挤在眼前一亩三分地里，便多是过不去的坎，纠缠不清的人。格局一大，天地一宽，小的事情不需要放在心上，人生总会洒脱自然。

胸怀不宽，则有小人之扰。王阳明曾说："能容小人，方成君子。"一个人的胸怀若是宽阔如海，则世间的刁难，就像投海的石子，掀不起波澜。相反，处处争论是非，心中风浪四起，坏事便如惊涛拍岸，奔涌而至。韩信胯下之辱的故事众所周知，面对他人的羞辱，韩信自知单枪匹马，若是硬拼肯定是自己吃亏，于是当着众人面从他胯下钻了过去。

事情过后，韩信曾一度成为当时的笑料，但韩信并未放在心上，反而不断地磨炼自己，让自己成长，后来，韩信受到刘邦的重用，之后又做了楚王。

韩信之后召见那个曾经侮辱自己，让他从胯下爬过的人，封他为中尉。

并告诉诸将："当年他侮辱我时，我本可以杀了他，可是我也不会因此扬名，所以忍了下来，才有了现在的成就。"最终韩信成了著名的军事大家，帮助汉高祖刘邦一统天下。

老话说得好："欲成大树，不与草争；将军有剑，不斩蝼蚁。"区区小人，本不足挂齿。可若与之较劲，便等于将自己拉低到和小人相同的层级。非但讲不清道理，遇到小人使绊，还可能任由一件小事，催生出无数坏事。真正有格局的人，遇到烂人会及时绕路，遇到烂事能及时止损。胸怀大了，值得挂心的事便少了。

中国古代历来都重视人的德行，讲究品行修养的重要作用。"文如其人"这是强调文人的道德品质，是中国传统的人文观。因为文字所承载的就是思想，而思想决定着一个人的品质，身为文人，首先要做到品行端正。要写出好的文章，首先要做一个好人，德之不立，无以立言，有了超人之品德，方有超人之文章。

人品的高下，直接决定着文章品位的高低，因为所有意境优美、清秀隽永的文章是由人一字一句用心去写出来的，读者要品文章所阐发出的人文精神和内涵，品作者当时的心境、思想意境乃至为人之道。古人作文，尤重立意，以"文以载道""文以明道""文与道俱"为己任，无论学者之文，应试之文，抑或交际之文，都追求一种"文道合一"的境界，以文施教化，以文表达心声等。

孟子说："吾善养吾浩然之气。"孟子的文章，也宽厚宏博，使人感受到一种充塞于天地之间的浩然正气。这不仅仅是单靠执笔学写文章就能到此地步的，这是因为他维护天理正义、公道良心的社会责任感充于内心而溢露到外貌，发于言语而表现为文章。他的"富贵不能淫，贫贱不能移，威武不能屈"的名言对于塑造中国历代优秀文化人的精神性格起了重要的作用。

再如唐代的白居易提出了"文章合为时而著，歌诗合为事而作"，认为文章必须担负起"补察时政"的历史使命，从而达到"救济人病，裨补时阙，使闻者足戒"的目的。

眼界不远，则有遗憾之忧。泰戈尔在《飞鸟集》中说道："如果你因为错过太阳而流泪，那么你也将错过繁星。"一个人的眼界小了，就会只看到近在咫尺的得失。只有把目光放得长远，远到足以看见辽阔的星辰大海，才不会因为错过落日而烦恼。

齐白石是中华书画名家，他是一个格局非常高的人。有一天，他在画室作画，外边有人在吆喝着卖大白菜。他心想古代王羲之曾用书法《黄庭经》换了一只白鹅传为佳话，自己怎么就不能用画去换白菜呢。于是他画了一幅画，出门寻卖白菜的小贩。小贩见到齐白石，赶忙招呼他。齐白石从怀里摸出一卷纸说："我拿这画的白菜，换你一车白菜，怎么样？"小贩一听勃然大怒："拿一张画的假白菜，要换我一车真白菜，想得美！要不是看你年纪大，我非打你一顿。"齐白石只好灰溜溜地走了。后来这个小贩才知道，这老人就是齐白石，这幅画，大概可以买下几十万车的白菜。他的肠子都悔青了，可是这样的机会却再也没有了。

生活中常常是如此。心理学中有个"衍射效应"，意思是说，一件事的后续影响，往往取决于人们看待它的心态。如果盯着错误不放，它就会在心中不断放大，影响人们的判断，进而引发一系列坏事。曾国藩《冰鉴》中有言："既往不咎，乃做人之第一格局。"过去的所有错误与遗憾，一旦放到往后二三十年的人生里去看，都会成为不值一提的小事。为人处世若总觉行有不得，往往就是向前看得太少，又回头望得太多。所谓，"过往如何，皆是过往。"放眼未来，才能收获更绚丽的风景。

心境不大，则有情绪之乱。《论语别裁》中曾说："有本事没脾气为上等人，有本事有脾气为中等人，没本事有脾气则是下等人。"网络上曾有个热门讨论："人过三十，最该培养哪些能力。"其中，"控制情绪的能力"被提到最多。一个高赞评论如是说："当我戒掉情绪，发现生活的一切都变得简单了。"你能控制情绪，方能控制人生。控制情绪，首重修心。一个人如果心境太小，装不下的情绪多了，生出的事端便也多了。

在小说《世说新语》中记载了这样一则故事：有个名叫蓝田侯王述的人，此人脾气十分大，一次，他用筷子扎鸡蛋，没有扎到后，便将鸡蛋狠狠地摔在地上。看着摔在地上的鸡蛋，他又用脚去踩，结果踩来踩去就是踩不中。愤怒至极的他从地上捡起鸡蛋，恶狠狠地放在嘴中咬破，这才泄了气。一颗鸡蛋便使自己丧失理智，心生怨恨，这样的人却在生活中很常见。遇到一点小事，就大发雷霆，用脾气来遮挡内心的急躁与恐惧，这样做的后果便是把事情越弄越糟。真正的聪明人，懂得动脑不动怒，无能的人，只会动怒而不动脑。常言道:"心乱一切乱,心安一切安。"

宋代的陆游说过:"汝果欲学诗,工夫在诗外。"认为对真理的不懈追求应该是人生和文学的永恒主题,心系百姓,不辱使命,品德高尚,才能写出有感染力的文章。他一生以梅花的品格自勉,"雪虐风号愈凛然,花中气节最高坚""高标逸韵君知否,正是层冰积雪时"。

历史上流传千古的著作名家几乎都是具有梅一样品格的人,从《归去来兮辞》中,人们读出了陶渊明"不为五斗米折腰"的操守;从《满江红》中读出了岳飞"待从头、收拾旧山河"的正气;从《岳阳楼记》中读出了范仲淹"先天下之忧而忧,后天下之乐而乐"的胸怀。他们的文章传承至今,无不表达出其高风亮节、不谋一己之私的语言形象,其崇高的文学地位与其高尚的人格交相辉映,崇高的信仰是其成就的关键。而对于那些人品不好或大节有亏的人,其文亦受其人品影响,随人而逝,文章还能传下去吗?

世上本无过不去的坎,静下心来总能找到合适的办法。倘若稍有不顺便大动肝火,只会在情急之下失去理智,任由细若蚊蝇的小事搅乱生活。《菜根谭》中有言:"故君子事来而心始现,事去而心随空。"方寸不乱,事事随空,是一种心境,更是一种格局。做人做事,先把心境修大,装得下情绪,才守得住人生。

你站在山脚,眼前是熙熙攘攘的是非,你也跟着激辩不休,苦恼这世界的吵闹。你站在山顶,眼中是万里河山的境界,天朗气清,沾不上半点人间的烦恼。行走世间,顺心与否,不在于命运的造化,而在于看事的高度,处世的格局。胸怀广博,不跟小人计较,心宽路宽,便是顺遂前程;眼界深远,不同往事纠缠,无怨无患,自有一世清欢。人生在世,把心放宽,把事看远,格局大了,世界也会跟着变好。

中国的传统文化,以道德标准衡量一切事物,引导着人们以正确的是非观去面对"善"与"恶""正"与"邪"这些原则性问题。而文化人作为社会的良知,千百年来一直就具有追求真理,维护道义的传统,他们以强烈的社会责任感和捍卫道德的勇气而备受人们的尊重,使人们在作品的品读中学到做人做事的道理,把追求光明和美好的愿景,在人生的旅途中逐渐变为现实,让文学艺术的品读变得高雅而舒畅。

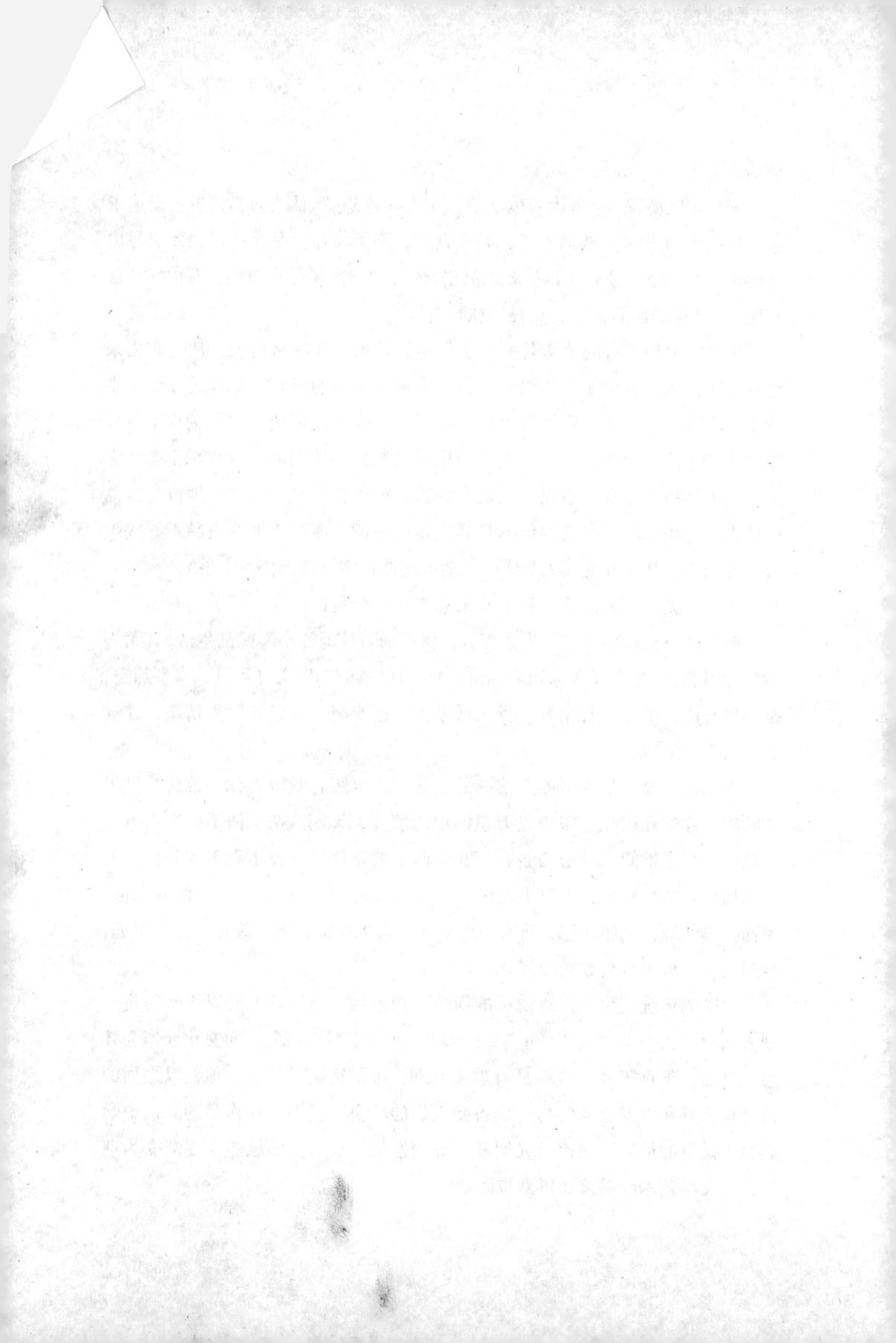